La reine violée

Éclose entre fleurs de lys

CHANTAL

TOUZET

La reine violée

Éclose entre fleurs de lys

ROMAN

J'AI LU

à ma mère

Avant-propos

> L'époque tout entière où se déroulent ces événements est un roman qu'aucun romancier n'oserait écrire, tant la réalité dépasse de très loin la fiction la plus audacieuse.
>
> Jean MARKALE, *Isabeau de Bavière*

La Reine violée est une histoire dans l'HISTOIRE, une œuvre de fiction, de chair et de sang, néanmoins étayée par une solide documentation. Son héroïne, Élisabeth Wittelsbach Visconti d'Ingolstad, princesse de Bavière et future épouse du roi de France Charles VI, dit le roi fou, demeure à ce jour la plus méconnue et la plus vilipendée de nos reines. Le propos de ce roman n'est pas tant d'établir sa biographie ou de lui rendre justice que de la restituer dans sa vérité, à travers la turbulence chaotique de son temps.

On ne sait presque rien de son enfance, de son éducation, et si les historiens s'accordent en général pour la faire naître en 1371, ils ignorent le mois et le jour de sa naissance. En France, on l'appela Isabelle, mais la postérité se souvient d'elle sous le sobriquet d'Isabeau. Elle n'avait que treize ans lorsqu'elle fit ses premiers pas sur le sol français, dans le tourbillon d'une époque à la fois cruelle et raffinée.

Jamais vie de femme ne traversa une telle intensité d'événements, de passions et de tragédies : crimes crapuleux et crimes d'État, infanticides, reniements, trahisons, émeutes, massacres...

L'idée première de ce roman découle des circonstances extravagantes de son mariage avec Charles VI. Ce dernier allait sur ses dix-huit ans, il était le plus beau et le plus puissant des princes de son temps, mais si fantasque, si porté sur la fête et le sexe que son entourage doutait déjà de son bon sens. Le père d'Isabelle, le duc Étienne de Bavière, connaissant la réputation du roi de France, rechignait à lui donner sa fille, d'autant que Charles VI avait la fantaisie de se marier par amour. S'il n'avait pas trouvé Isabelle à son goût, son refus aurait été un camouflet. Les négociations autour de cette alliance furent donc tenues secrètes, surtout auprès de la principale intéressée. Il fut convenu que les jeunes gens se rencontreraient par hasard au pèlerinage de Saint-Jean d'Amiens, le 13 juillet 1385. Lorsqu'il vit Isabelle, le roi en tomba follement amoureux et exigea de l'épouser sur-le-champ. Pourtant, au lendemain de la nuit de noces, il précipita son départ pour la guerre de Flandre, comme s'il prenait la fuite. À son retour, quelques mois plus tard, les jeunes mariés se voyaient si peu que le duc de Bourgogne, oncle du roi, dût intervenir pour qu'ils « aillent s'ébattre ensemble ». Que s'était-il passé lors de cette unique nuit ? Il était permis d'imaginer le pire : tel fut le point de départ de *La Reine violée*.

Cependant, pour écrire ce roman, les faits historiques ne suffisaient pas. Il fallait vivre le quotidien avec les personnages, au rythme des heures canoniales carillonnées : manger, dormir, s'habiller, prier, s'étuver, se débaucher, accoucher, aller aux retraits d'aisance, guerroyer en armure, se laisser administrer les plus invraisemblables médecines, voir Dieu et le Diable en toute chose, croire à l'irrationnel, chanter avec les troubadours, danser la sarrasine ou la carole... et mourir.

C'est ce réalisme de l'ordinaire qui a nécessité les plus longues recherches, car je voulais être le plus possible en osmose avec l'époque et entraîner le lecteur dans cette immersion médiévale.

Si, pour les faits avérés, il m'est arrivé de prendre quelques libertés, notamment avec la chronologie, ce fut surtout pour favoriser la fluidité du récit. Par exemple, Louis de France, le frère cadet du roi, fut fait duc d'Orléans en 1392 seulement, et je n'ai pas tenu compte de ses titres successifs de comte de Valois et de Beaumont, de duc de Touraine, qui n'auraient rien apporté à mon récit, sinon de la confusion.

Parmi le foisonnement des personnages, il m'a fallu aussi faire des choix. Dans le gouvernement des princes des Fleurs de lys constitué par les oncles de Charles VI, je n'ai pas fait mention du duc de Bourbon, oncle maternel du roi : le personnage était trop insipide aux côtés des flamboyants ducs de Berry et de Bourgogne. En outre, si les complots des barons visant à chasser ces derniers du pouvoir en 1388 furent bien réels, la conjuration Montjoie Isabelle est purement imaginaire, mon but étant de simplifier les faits pour une meilleure lecture et d'en aviver le suspens. Certaines dates sont contestables et pourront être contestées, mais elles sont souvent imprécises dans les généalogies : ainsi, celles des naissances ou des décès, à une époque où l'état civil n'existait pas. Je pourrais citer d'autres exemples de licences, mais elles ne portent que sur des faits mineurs et ne trahissent en rien le déroulement ni la véracité des événements, qui sont ici scrupuleusement respectés.

C.T.

I

PÈLERINAGE À SAINT-JEAN D'AMIENS

1

En Picardie

Un jour, pour charmer son ennui, le roi de France, Charles le sixième, dit le Bien-Aimé, était allé à la chasse dans la forêt de Senlis. Il aperçut un cerf, plus beau que les autres, qui portait au cou un collier de cuivre doré, avec cette inscription : « *Cæsar hoc mihi donavit.* » (César me l'a donné.) Il lui fut assuré que cet animal était resté dans ce bois depuis le temps de cet auguste empereur romain, ce qui était grand prodige.

Le jeune roi fut tellement enchanté que depuis il a fait graver sur sa vaisselle d'or et d'argent, et sur tous les meubles d'apparat, un cerf volant portant ce collier.

D'après la *Chronique du religieux de Saint-Denys*

En tête de colonne, dressé droit sur ses étriers, Frédéric, duc de Bavière, leva haut le bras. Une corne mugit, des ordres répétés en écho, et le long convoi s'immobilisa sur le pavement de la route d'Amiens. Une silhouette menue sauta prestement d'une litière armoriée. Elle fila sur un sentier de chèvre et disparut derrière un taillis tout en retroussant la jupe de son surcot.

À l'abri du bosquet, jambes écartées, soupirant d'aise, Isabelle Wittelsbach Visconti d'Ingolstadt, princesse de Bavière, pissa, tout debout.

L'air vibrait d'un soleil acide qui gardait quelque chose de printanier en ce jour de juillet 1385. Il fit miroiter la fine rigole dorée qui se formait entre ses pieds, cherchant son chemin de pente dans le cailloutis. Une courtilière qui passait par là s'y prit ses pattes grêles, qu'elle agita de spasmes furieux, outrée de cette rencontre malencontreuse. Isabelle, qui l'observait, éclata de rire.

Derrière les fourrés, le tumulte se gonflait d'une effervescence de caquetages et d'exclamations. Le charroi déversait ses gens, les cavaliers mettaient pied à terre, chacun profitait de la halte pour se soulager et se dégourdir les jambes.

Isabelle secoua sa cotte de drap vert, lissa par-dessus son surcot de taffetas rose changeant et s'esquiva. Elle se mit à courir de toute son âme sur le sentier bordé de genêts en fleur, comme sur les chemins escarpés de sa Bavière, heureuse de son jeune corps affamé de liberté et d'exercice. La ceinture haute, vert et or, qui lui étranglait la taille la gênait à peine. Bien moins que la lourde tresse de sa chevelure noir de jais qui lui fouettait les jambes comme un serpent animé de rage par la course. D'un geste coutumier, elle attrapa la torsade de ses cheveux entrelacée de rubans et l'enroula autour de son poignet sans ralentir sa course... quand soudain elle entra de plein fouet dans un homme au détour de la sente. Deux longues mains osseuses l'agrippèrent, l'empêchant de choir.

Isabelle leva les yeux et rencontra un regard blanc tourné vers le ciel. L'homme n'avait pas de prunelles. C'était l'un de ces nombreux errants, moines mendiants, mages ou astrologues, hirsutes et déguenillés, qui sillonnaient les routes. Certains étaient fort bavards et radoteurs, mais il était recommandé de les laisser dire avec patience et respect. D'aucuns prétendaient que leur charabia était l'invisible et mystérieuse voix du Seigneur et qu'il était mal avisé de moquer leur incohérence, de peur de s'attirer le mauvais œil.

Celui-ci était immense, long, maigre, dans une pelisse multicolore faite de morceaux d'étoffes rapportés. Il était d'allure fière malgré son infirmité. Son visage était glabre, à la peau cuite et tannée ; ses cheveux gris bleu, noués sur la nuque par un lacet, descendaient en queue-de-cheval jusqu'au milieu du dos.

Curieusement, la princesse de Bavière n'eut pas peur alors qu'il la palpait avec la légèreté des mains d'aveugle.

— Je vois le chaos et la guerre. Le frère tuera le frère. Le fils reniera la mère. La mère reniera le fils. Les hommes seront perdus de Dieu entre deux tabernacles[1].

L'homme avait une voix profonde, prenante, égale.

Isabelle se garda bien de le contrarier. Encore un fol, songea-t-elle, échappé de la colonne où toutes sortes de gens s'étaient ralliés : marchands, colporteurs appelés pieds poudreux, mendiants, bateleurs ou pèlerins, qui profitaient des gens d'armes pour cheminer en sécurité.

Celui-ci était sans doute un prédicateur, un de ceux qui aimaient à annoncer sans relâche la venue de l'antéchrist et l'Apocalypse.

— Donne tes mains, lui demanda-t-il dans un souffle.

Elle les mit dans les siennes, en s'étonnant toujours de ne ressentir aucune crainte, nullement

1. Allusion au Grand Schisme : deux papes, celui d'Avignon Clément VII et celui de Rome Urbain VI, se disputaient alors la chrétienté.

gênée par l'étrangeté de ses yeux blancs finement veinés de rouge.

Il les enveloppa dans ses paumes, les pressa doucement.

— Je vois une couronne sur tes cheveux. Retourne, Basileia, on te ment.

— Pourquoi « Basileia » ? N'est-ce point ainsi que se dit « reine » dans la langue des Grecs ?

— Tu seras reine.

— Je ne suis qu'une noble pèlerine sur le chemin de Saint-Jean d'Amiens, pouffa-t-elle en haussant les épaules. Et toi, qui es-tu ?

— Je suis Zizka.

Il lui rendit ses mains en murmurant avec gravité :

— Quand tes larmes se feront larmes de sang, alors je serai à tes côtés, toujours.

Que signifiait ce galimatias ?

Des cris proches éclatèrent.

— Isabellette, où es-tu ? Isabelle ?....

C'était la voix aigrelette de Catherine, son amie d'enfance, et celle, légèrement rocailleuse, d'Ozanne, sa nouvelle suivante.

Isabelle se détourna un instant, distraite par les appels.

Quand elle fit face à nouveau, l'homme avait disparu, dissous dans l'éther ensoleillé de cet après-midi de juillet. D'instinct, elle sut qu'elle le reverrait. Et ce fut aussi d'instinct qu'elle tut cette étrange apparition.

« Isabelle ! » s'entendit-elle encore appeler.

— Je suis là, attrapez-moi ! cria-t-elle.

Avisant non loin un champ de blé ondoyant de blondeur, elle courut s'y perdre et se laissa tomber de tout son long sur le dos, les bras en croix, avec délectation. Elle poussa un profond soupir en reprenant son souffle, savourant cet instant de répit. Dans sa cache bucolique, il lui semblait n'être nulle part, à l'abri des exigences de la duchesse Jeanne de Brabant. Déjà trois mois qu'elle avait quitté sa Bavière pour se rendre au pèlerinage de Saint-Jean d'Amiens en royaume de France, chaperonnée par cette affreuse douairière.

Mais bientôt les grands chaumes s'agitèrent. Catherine de Fastavavin en émergea et se jeta sur elle avec un cri de triomphe.

— Touchée !

Elles roulèrent l'une sur l'autre en hurlant de rire. Enfin, elles s'immobilisèrent dans un emberlificotement de jupes, de bras et de jambes, et restèrent ainsi, haletantes.

Catherine finit par se dégager, s'assit, et remit un peu d'ordre dans sa tenue. Isabelle restait toute chiffonnée, étalée dans un sillon avec un sourire béat.

— N'avez-vous honte, demoiselle, dit Catherine en prenant une grosse voix, de vous vautrer ainsi dans vos beaux atours ? Croyez-vous que l'on vous ait offert si précieuse garde-robe pour vous conduire de si vilaine façon ?

Isabelle entra dans le jeu et prit un air coupable.

— Madame de Brabant, vous avez raison, et je vous en demande humblement pardon. Je ne mérite qu'un bliaut de méchante laine que je porterai pour ma punition. Ainsi, je pourrai me rouler tout mon soûl pour mon contentement sans vous mécontenter.

— Taisez-vous, demoiselle de Bavière. Vous êtes une insolente !

Les deux jeunes filles éclatèrent de rire. Isabelle reprit son sérieux et dit d'un air boudeur :

— C'est vrai, ça ! Avec cette grosse douairière, je ne sais ce qu'il convient de faire, et rien n'est jamais fait pour lui plaire. Elle ne cesse de me prodiguer conseils et réprimandes.

Trois mois plus tôt, Jeanne de Brabant était l'hôte du duc et de la duchesse de Bavière au château de

Ludwigsburg, près de Stuttgart. Une visite de courtoisie, comme il est de bon ton de se faire entre maisons princières. Isabelle ne s'était guère souciée de la visiteuse, jusqu'au moment où son père, Étienne d'Ingolstad, lui annonça qu'elle devait partir, sous la garde de cette inconnue, au pèlerinage de Saint-Jean d'Amiens, en France. La jeune princesse, qui n'avait jamais quitté son château natal, avait protesté avec énergie. Son père l'avait semoncée d'importance, lui rappelant ses devoirs d'obéissance et de bonne chrétienne.

Et c'est ainsi qu'à peine avertie de ce voyage, Isabelle avait dû s'en aller sous la protection des hommes d'armes de son oncle Frédéric, accompagnée d'une maigre suite bavaroise, dont sa bonne nounou chambrière, Miette, dite la Clabaude, parce qu'elle clabaudait tout le temps, et son amie Catherine de Fastavavin.

Jeanne de Brabant laissa la nounou prendre tout juste le nécessaire dans un coffre hâtivement rempli. La Clabaude avait beaucoup récriminé sur cette insuffisance indigne d'une princesse, mais la douairière avait rétorqué, avec une grimace de désapprobation, que la garde-robe de la demoiselle de Bavière sentait par trop sa montagne et qu'elle la pourvoirait en chemin. Le trousseau fut en effet fort bien pourvu lors de leur passage à Bruxelles, où les attendait une très illustre dame, Marguerite de Flandre, duchesse de Bourgogne.

L'étape bruxelloise s'était éternisée en séjour de trois semaines, durant lesquelles les duchesses s'étaient relayées pour martyriser la princesse de Bavière. De son maintien jusqu'à ses bijoux, de ses cheveux jusqu'à la pointe de ses chausses, tout avait été méticuleusement surveillé, transformé, travaillé par les intraitables femmes. On avait exigé d'elle qu'elle supporte avec patience les essayages des atourneresses, qui s'affolaient dans un tourbillon d'étoffes précieuses, de passementerie et d'orfèvrerie.

Or Isabelle manquait de patience. Il n'y avait guère eu que le maître à danser qui ait trouvé grâce à ses yeux. « Est-il nécessaire de savoir se bien tenir en cour et de danser la sarrasine pour aller faire ses dévotions au chef de saint Jean-Baptiste, madame ? » avait-elle demandé à la douairière de Brabant.

La traitant d'impertinente, celle-ci lui avait répondu que Dieu et ses saints aimaient à être priés avec le luxe qui leur est dû. Et pourtant, sa mère Thadée Visconti lui avait dit naguère bien autre chose : que le luxe est la parure du Diable et de ses démons, et qu'il engendre la luxure.

Isabelle n'avait jamais songé à demander ce que « luxure » voulait dire. Brusquement, elle se remit sur son céans, arracha un épi de blé qu'elle froissa entre ses paumes.

— Où est Ozanne, elle n'était pas avec toi ? demanda-t-elle à Catherine, qui s'était allongée près d'elle, une touffe d'herbe en guise d'oreiller.

— Si fait ! Mais la duchesse de Brabant l'a fait rappeler.

La princesse de Bavière souffla dans sa main pour faire s'envoler la paille et enfourna les graines encore tendres dans sa bouche.

— À quoi bon me la donner, si c'est pour la garder par-devers elle ? bougonna-t-elle en mâchonnant.

La pulpeuse Ozanne de Louvain lui avait été attachée, lors leur passage à Bruxelles, comme demoiselle de compagnie. Pour la princesse de Bavière, qui avait treize ans, les dix-sept ans d'Ozanne faisaient d'elle une grande personne qui savait les choses passionnantes que l'on ne doit pas savoir. Isabelle l'admirait, s'émerveillait de son charme, de sa beauté, de sa blondeur et de ses yeux d'un bleu lumineux, translucide, un bleu d'aigue-marine.

— Elle te l'a donnée le temps du pèlerinage. N'oublie pas qu'Ozanne appartient à la maison de Brabant, lui rappela Catherine.

Elle aussi aimait bien la jeune fille, mais le fait qu'elle soit à la douairière suffisait à éveiller sa méfiance. Isabelle cracha rageusement son mâchon de blé.

— N'as-tu pas remarqué comment elle me regarde entre ses paupières boudinées ? lança-t-elle avec irritation.

— Ozanne ?

— Mais non, Mme de Brabant, pardi ! Elle me regarde avec des yeux de maquignon, comme si j'étais une pouliche à vendre qui aurait des vices cachés, assura Isabelle qui avait plus souvent joué avec des enfants de fermiers qu'avec ceux de princes. Et plus on approche d'Amiens, plus elle me regarde comme ça.

— Peut-être qu'il y a une foire aux damoiselles comme il y en a aux bestiaux. C'est pourquoi elle t'a attifée avec tant de luxe, rétorqua Catherine en éclatant de rire.

Isabelle resta songeuse un instant, les sourcils froncés.

— Tu sais, toi, ce que « luxure » veut dire ?

Catherine de Fastavavin se redressa et regarda sa compagne, surprise par cette question saugrenue. Les appels des cornes lui évitèrent de répondre.

— Il nous faut retourner, se contenta-t-elle de dire en se levant.

— J'ai pas envie, pas encore ! protesta Isabelle.

Elle prit un air renfrogné en fixant un bourdon qui butinait un coquelicot, froissant avec acharnement les fragiles pétales. Sur fond d'azur, deux buses évoluaient de concert, décrivant dans le ciel une ronde paresseuse. Elles lui rappelaient son vieux château de Ludwigsburg et son oisellerie ; surtout Autan, son épervier, lui manquait. Il devait s'ennuyer sans elle.

Ils n'avaient même pas pu courir l'alouette ensemble aux premiers beaux jours du printemps.

— Allez debout, Isabelle ! s'impatienta Catherine. Mme de Brabant sera courroucée d'attendre.

— Au diable la Brabant et ce pèlerinage à Saint-Jean d'Amiens ! C'est vraiment trop cruel d'être si loin de la Bavière.

Elle se leva néanmoins et défroissa sa jupe d'où elle détacha quelques picots. Catherine prit son amie par la main.

— Allons, viens, nous sommes bientôt rendues, et nous serons encore plus vite de retour chez nous.

Elles s'en revinrent en silence, main dans la main. Elles avaient toutes deux la nostalgie de leur pays natal.

Les cornes lancèrent à nouveau leur appel, pressant les retardataires : le convoi reprenait la route.

*
* *

Depuis Bruxelles, la suite de la princesse de Bavière s'était considérablement étendue, et l'on cheminait à présent en grand équipage. Le gros de la chevalerie de l'ost du duc de Bavière s'était rallié à sa piétaille. À cette armée s'étaient joints les nobles gens des maisons de Brabant et de Bourgogne. Leurs chariots suivaient au pas lourd des bœufs, chargés de meubles, vaisselle, tapisseries, garde-robes et autres trésoreries, dont les seigneurs s'encombraient dans tous leurs déplacements, déménageant ainsi de château en château.

Le convoi s'étirait sur plusieurs lieues et les paysans aux champs accouraient pour le voir passer, saluant de leurs larges chapeaux. Les bannières chatoyantes claquaient fièrement au vent ; les armoiries fuselées d'azur et d'argent de Bavière rivalisaient avec les lions rampants du Brabant, le bandé de

Bourgogne, et avec les flammes héraldiques des nombreux seigneurs qui composaient sa suite, une suite digne d'une reine.

Dans un cliquetis d'armure et de harnais martelé par le piétinement des chevaux, le long cortège s'ébranla. Isabelle, par sourires et prières, avait gagné l'indulgence de Jeanne de Brabant afin de monter en compagnie de son oncle Frédéric. Assise en amazone sur la housse de croupe, elle était follement ravie d'échapper à l'ennuyeuse présence de la douairière. Chevauchant derrière elle, Catherine avait reçu même permission avec le seigneur Adémard de Courtemay.

La jeune princesse se retourna, cherchant le regard complice de son amie, mais celle-ci ne lui accorda aucune attention : elle avait posé son fin menton sur l'épaule de son seigneur bavarois, lui enserrant la poitrine de toute la force de ses bras. Isabelle pinça les lèvres de dépit : Catherine, dès qu'elle était avec Adémard, n'avait d'yeux que pour lui et prenait des airs niais. C'était le seul sujet de dispute entre elles.

— Tu es encore trop jeune pour comprendre, lui avait-elle dit avec suffisance.

Catherine de Fastavavin était une ravissante Bavaroise, déjà fort bien pourvue d'appâts pour ses quinze ans. Elle avait une chevelure couleur de blé mûr aux reflets fauves, un visage de fouine en forme de triangle terminé par un menton effilé. Le nez aussi était très fin comme pour laisser plus de place à ses immenses yeux bleu marine que bordaient des cils si blonds qu'ils en étaient transparents.

— Qu'est-ce qu'il y a à comprendre ? Une niaiseuse est une niaiseuse, lui avait répondu Isabelle avec humeur.

— Tu n'as pas encore le sang. Ta très noble mère, dame Thadée Visconti, avait défendu de te parler de toutes ces choses tant que tu n'aurais pas le sang.

Il est vrai que Catherine mettait, toutes les lunes, un linge garni d'étoupe entre ses jambes, qu'elle ôtait tout sanglant. Elle semblait tirer de cette dégoûtante indisposition une grande fierté. Isabelle en avait conclu que les femmes devenaient stupides lorsqu'elles avaient le sang, et elle n'était guère pressée de l'avoir.

Elles avaient toujours été ensemble, jour et nuit, malgré le mariage précoce de son amie avec un baron bavarois cacochyme qui avait eu le bon goût de mourir avant de faire femme sa petite épouse.

La princesse de Bavière étouffa un bâillement : l'allure du convoi était si lente qu'elle l'endormissait.

— Galope, bel oncle ! Galope !

Le jeune duc, qui s'ennuyait aussi, talonna son cheval en poussant un grand cri et le lança au galop. Elle se mit à hurler de plaisir en remontant la colonne à pleine course. Ils dépassèrent à un train d'enfer la litière empanachée de Marguerite de Bourgogne, qu'elle salua au passage d'un geste joyeux. Et la foule des piétons encouragea de ses clameurs le cavalier et sa cavalière dans un envol de chapeaux.

Trop tôt, Frédéric lâcha les rênes et laissa sa monture reprendre le pas. Le destrier pommelé du duc soufflait à grand bruit de naseaux, secouant sa tête admirable.

— Encore, bel oncle, encore !

— Laisse, il a longuement cheminé, ne vois-tu pas qu'il est fatigué ?

Isabelle soupira, mais se résigna. Elle aimait trop les chevaux pour en crever un. Comme ils remontaient lentement le convoi, elle s'étonna d'un tel déploiement de forces pour aller en pèlerinage.

— Pour un peu tu aurais emmené toute ton armée. Partons-nous à la bataille, mon oncle, ou penses-tu que tes soudards doivent faire avec moi leurs dévotions ?

— Les routes ne sont pas sûres. La trêve avec l'Anglais[1] a débandé un grand nombre de mercenaires. Ils vivent de rapines, mais le pays n'a plus grand-chose à leur offrir. Sans mes preux, nous serions déjà en chemise.

Isabelle avait découvert les Flandres avec surprise et dégoût. Un pays plat où seuls les clochers accrochaient l'horizon. De nombreux villages avaient été détruits, rasés, brûlés. Des bandes furtives de paysans faméliques cherchaient dans les ruines l'espérance d'un objet familier épargné, ou un sac de farine oublié par les pillages. Le plat pays suait la peur et les cendres.

Tout était si différent de sa Bavière, ses fières montagnes, ses lacs comme des miroirs, et cet air vivifiant qui enivre.

*
* *

Dans sa litière, Jeanne de Brabant, les yeux clos, semblait somnoler, engoncée dans une houppelande de lainage fin. Sous le chaperon à longues cornettes enroulées autour du cou, elle étouffait, la respiration oppressée, le visage luisant de chaleur et de fatigue. Cette route n'en finissait plus...

Elle grimaça. Un nouvel élancement lui rappela cette veine qui saillait, rougeâtre et douloureuse sur le gras de son mollet, depuis le départ de Bavière. L'emplâtre que lui avait appliqué Ozanne de Louvain, fait de « fiente fraîche de vache enveloppée dans des feuilles de vigne », était censé calmer l'inflammation. Cette bâtarde, quelque peu guérisseuse, connaissait les arcanes des simples, des potions et des charmes. Elle les tenait de sa sorcière

1. C'est la guerre de Cent Ans, une série de conflits entrecoupés de trêves, entre la France et l'Angleterre, de 1337 à 1453.

de nourrice et du grimoire *Le Grand Albert des secrets*, que celle-ci lui avait légué.

La douairière jeta un regard d'inimitié à la jeune fille qui se tenait coite dans un angle de la voiture, regardant rêveusement le paysage. En face, Miette la Clabaude, la rustique et encombrante montagnarde aux humeurs bougonnes, ronflait, bouche ouverte.

Ozanne était le fruit des amours illégitimes entre feu l'époux de la douairière et une noble dame de sa maison. Cette dernière avait reçu un juste châtiment en mourant en couches. La naissance l'avait mortifiée, d'autant que cela confirmait sa propre stérilité. Encore heureux que ce ne fût qu'une fille.

Une fille fort belle, il fallait l'admettre, et cette beauté la servait. Au printemps de cette même année, lors des fêtes du Mai[1], elle lui avait ordonné de se tenir au plus près du roi de France et de le séduire. Comptant sur le charme d'Ozanne et l'appétit charnel de Charles VI, elle espérait qu'il en ferait sa favorite. La douairière veillait à pousser des gens à elle dans les allées du pouvoir. Mais cette bâtarde n'avait pas su retenir l'attention du jeune souverain.

Aujourd'hui, elle avait placé la demoiselle de Louvain auprès d'Isabelle lorsqu'elle avait compris à Bruxelles qu'elle ne gagnerait jamais l'amitié de cette dernière, qui s'était révélée d'une pâte qui ne se pétrit pas facilement. Jeanne de Brabant ne pouvait s'empêcher de la comparer aux chevrettes sauvages de ses montagnes bavaroises, libres et capricieuses, cabriolant à leur guise sur les escarpements. Elle saurait bien la mettre au pas ; l'indiscipline de cette jeune personne ne saurait ruiner ses entreprises.

Ozanne se devait de lui rapporter ses faits et ses dires ; mais, surtout, de surveiller son linge afin de

---

1. Fête païenne très importante qui célébrait le retour du printemps, le renouveau. Le Mai désigne aussi les branchages que les garçons déposaient aux portes des jeunes filles.

lui signaler immédiatement toute trace de sang. Car la princesse de Bavière était toujours une fillette malgré ses treize ans bientôt révolus. Une bouffée de rage fit flamber le visage de Jeanne de Brabant alors qu'elle songeait à l'ironie du sort, qui voulait que son destin soit suspendu aux premières menstrues de cette péronnelle malapprise.

Elle fut soudain distraite de ses aigres pensées par l'approche d'une bruyante chevauchée. Elle se pencha hors des ridelles et vit une dizaine de très jeunes gens, tête nue, cheveux au vent, en chausses et pourpoint, qui cavalcadaient avec enthousiasme. La plupart devaient avoir moins de vingt ans. Nulle livrée, nul signe héraldique qui pût les identifier, mais la qualité des harnois de leurs chevaux trahissait le haut parage. Ils poussaient des cris pleins de rires, invectivaient avec éclat, bousculaient l'ordonnance de l'escorte.

À leur vue, Ozanne se rencogna dans la litière, soudain toute pâle, tandis que Miette la Clabaude ronchonnait, fâchée du tapage qui l'avait tirée de son sommeil.

Dehors, chevaliers et gens d'armes tirèrent leurs épées, mais le duc Frédéric de Bavière leva la main en signe d'apaisement.

— Halte ! cria-t-il avec force.

L'ordre se propagea, les hommes remirent au fourreau, et le convoi s'immobilisa.

L'un des jeunes hommes, celui qui menait la folle cavalcade, fit le même geste d'apaisement pour calmer ses compagnons, puis il exécuta une brusque volte qui fit cabrer son cheval devant Frédéric dont la monture renâcla. En croupe, Isabelle, un instant déséquilibrée, affermit sa prise autour de la taille de son oncle tandis que les deux hommes se saluaient.

— Messire, admonesta le duc de Bavière, qui que vous soyez, vous apportez le désordre à cette pieuse escorte qui fait route vers le pèlerinage de saint Jean-Baptiste.

— Mille pardons, messire, se contenta de répondre l'importun tout en dévisageant la princesse de Bavière de façon fort inconvenante.

Gênée, celle-ci rosit, mais se reprit aussitôt. Se redressant avec orgueil, elle releva le nez, et défia ce regard insolent. Elle avait les yeux les plus admirables qui soient, soulignés de cils longs et abondants. Ses prunelles étaient d'un noir de nuit, avec des fulgurances violettes lorsqu'elle était en fureur, comme à l'instant, alors qu'elle s'exaspérait de cet examen. Enfin, elle n'y tint plus.

— Ne savez-vous pas devant qui vous vous tenez ? lança-t-elle d'une voix claire. Nommez-vous, messire !

Ce dernier se contenta de répondre par un éclat de rire heureux. Il s'inclina profondément devant elle, la main sur le cœur, avant d'éperonner son cheval et de s'éloigner au galop en hurlant :

— L'on ne m'a point menti ! Noël, Noël !...

Sa petite troupe s'élança à sa suite dans un train d'enfer en reprenant à tue-tête ce cri de la liesse populaire : « Noël, Noël ! »

Un chevalier cependant était resté ; il était aussi brun que l'autre était blond, et bien qu'aussi jeune, il paraissait plus mûr. L'homme semblait frappé de stupeur dans la contemplation d'Isabelle. Il avait un regard sombre, où se mêlaient l'admiration et l'étonnement. Mais la princesse de Bavière ne prit pas garde à lui, elle suivait des yeux le beau cavalier blond qui, abandonnant brusquement ses compagnons, faisait demi-tour. Il s'arrêta à bonne distance dans une éclaboussure de soleil, la regardant à nouveau. Il se tenait bien campé sur sa selle, un large sourire aux lèvres.

Tout à loisir, elle remarqua le riche pourpoint dont il était vêtu, fait de soie vert herbeux, brochée d'un cerf ailé sur la poitrine. Elle était fascinée par la fière allure du jeune homme, par sa carrure et l'étroitesse de ses hanches. La lumière jouait dans ses boucles dorées, auréolant son séduisant visage à la manière des enluminures des romans de chevalerie. L'irritation d'Isabelle tomba d'un coup.

— À moi, gentil Bourdon ! Le cavalier blond appela soudain l'homme qui s'attardait.

La jeune princesse s'avisa seulement de la présence du dénommé Bourdon, et surprit le vent de colère qui passa dans ses yeux sombres, des yeux à l'acuité dérangeante. Enfin, il piqua des deux et rejoignit vivement son compagnon ; les deux hommes s'éloignèrent, prirent le galop, et disparurent.

L'astre du jour venait-il de s'éteindre ? Cette radieuse journée de juillet semblait subitement devenue grise. Un vide accablant envahit Isabelle, un manque, une sorte de faim. Oui, elle était terriblement affamée du désir de revoir l'insolent cavalier blond.

Elle se retourna vers Catherine, toujours blottie contre son Adémard. Et soudain, pour la première fois, elle l'envia.

2

Au château de Ludwigsburg

> Les Visconti ont conquis la seigneurie de Milan au siècle précédent, et se sont débarrassés de la famille régnante, les Della Torre, en les faisant suspendre dans des cages de fer. Depuis, les Visconti règnent en tyran à Milan, et se dévorent entre eux, perpétuant la cruauté de leur dynastie.

Trois mois auparavant, Étienne Wittelsbach, duc de Bavière, recevait l'ambassade de la duchesse de Brabant, venue solliciter très officiellement la main de leur fille unique Isabelle, au nom du roi de France, Charles le sixième.

Et pour appuyer la demande en mariage du roi de France, la douairière s'était fait accompagner par le jeune frère d'Étienne de Bavière, le duc Frédéric.

C'était au lendemain du dimanche de Quasimodo, le mois d'avril retenait encore les neiges d'un hiver opiniâtre. Dans la tour est du vieux château de Ludwigsburg, une table avait été dressée dans le retrait des appartements de la duchesse Thadée Visconti.

La puissante famille des Wittelsbach se partageait le titre et le duché comme le voulait leur coutume : Étienne gouvernait les États ; Frédéric, comme beaucoup de cadets allemands, courait l'Europe, mettant son épée et son ost au service du souverain en guerre le plus offrant. Pour l'heure, il était lié par contrat honorable de fiefs et de rentes à la cause française dans son éternelle querelle avec l'Angleterre, ce qui faisait de lui l'allié honoré de Charles VI. Cette guerre lui offrait une inépuisable source de profits et de gloire. Par ce fait, Frédéric avait évidemment tout intérêt au mariage de sa nièce Isabelle avec le roi de France, qu'il appelait déjà monseigneur beau-neveu.

Alors que le repas s'achevait, Jeanne présenta sa requête en longues circonlocutions aimables, vantant hautement la noble famille des Wittelsbach d'Ingolstad de Bavière, pour en arriver à l'honneur de cette alliance avec la famille des Valois et le prestige de la cour de France.

— Le prestige de la cour de France ? l'interrompit alors brutalement le duc Étienne, qui l'avait écoutée sans broncher.

Cramoisi d'indignation, il souligna sa réprobation par un violent coup de poing sur la table qui fit danser gobelets d'étain et aiguières d'argent.

— La cour de France n'est que jeunes loups affamés menés par de grands fauves avides, gronda-t-il.

La douairière s'attendait à cet éclat. Toutes les cours d'Europe savaient que le royaume de France était mis à sac par les princes des Fleurs de lys, ainsi que se nommait le conseil de tutelle des oncles du jeune Charles VI. Des fauves avides, comme le disait si justement le duc Étienne.

Le duc d'Anjou, l'aîné de ces grands prédateurs, avait eu l'heureuse idée de mourir l'année précédente. Mais ses frères, les ducs de Berry et de Bourgogne, continuaient à se disputer le pouvoir, et gouvernaient en nom et en place de leur royal neveu, abusant sans vergogne de sa jeunesse pour leur plus grand profit.

Quant au roi lui-même, il ne montrait aucun goût pour la politique. Bien qu'il allât sur ses dix-huit ans, il continuait de s'accommoder fort bien du gouvernement des princes des Fleurs de lys qui le laissait libre de son bon plaisir. On le disait aimable et fort beau, mais de nerfs fragiles et d'esprit léger. Il était entouré d'une coterie de jeunes gens, si bien nommés « jeunes loups affamés », qui n'aimaient que le luxe, les fêtes, les tournois... et l'amour.

— Et croyez-vous que je sois si impatient de mettre Isabelle dans une telle cage, bougonna Étienne en se faisant servir du vin par un échanson.

— Je connais monseigneur Charles VI, mon frère, intervint Frédéric de Bavière. Il avait douze ans à la mort de son père, c'était encore bien jeune. Mais je le crois aujourd'hui prêt à prendre le pouvoir, et à chasser ses oncles et ses courtisans prévaricateurs.

— Que nenni ! On connaît jusqu'ici les bougreries du roi et de ses petits barons, et je gage que tu fais avec eux bonne compagnie, lui répliqua vertement Étienne en se levant lourdement.

Il se saisit de son gobelet de vin, et se dirigea vers l'étroite fenêtre à meneaux : la conversation était close. Tout en l'observant, Jeanne de Brabant piocha une dragée dans une coupelle. L'aîné des Bavière ressemblait à un ours, songea-t-elle, un ours comme ceux de ses montagnes, comme celui qui doublait de sa fourrure son ample pelisse, comme celui qu'il venait de leur être servi en ragoût sucré et poivré qui lui avait soulevé le cœur.

— À moi, mon frère ! Venez voir, elle l'a lâché, tonna Étienne, de la croisée.

Frédéric accourut et s'immisça comme il put dans l'embrasure qu'occupait la puissante stature de son aîné. En bas, dans la haute cour, en aplomb de la tour de l'est, Frédéric distingua sur la neige des silhouettes emmitouflées parmi lesquelles il reconnut ses neveux, Isabelle et son frère Louis.

Sa nièce dressait haut son poing ganté, semblant menacer de sa fragilité Dieu lui-même ; un épervier décrivait de larges révolutions dans le ciel, juste au-dessus de sa tête.

— Elle l'a lâché, elle lui a ôté sa longe pour la première fois. Par les tripes asticotées d'un pendu, qu'elle ne le perde ! Elle va en pleurer et l'appeler des jours durant à s'en briser le cœur, s'alarma Étienne.

Sa fille avait capturé au nid l'épervillon, au printemps dernier, alors qu'il n'avait que huit jours. Et suivant la pure tradition de l'autourserie, elle lui avait donné patiemment la becquée faite de chair de poussin fraîchement étouffé. Elle l'avait habitué à se tenir sur le poing, à pied comme à cheval, à se familiariser avec ses chiens et répondre à son nom : Autan.

Le vent glacial qui s'engouffrait par la fenêtre ouverte fit frissonner Jeanne de Brabant.

L'épouse d'Étienne, Thadée Visconti, n'avait encore rien dit. Se restaurer semblait être sa seule préoccupation.

Jeanne rajusta sa houppelande reversée de martre, et attendit patiemment sans brusquer les choses : c'est avec la duchesse de Bavière que tout allait se jouer. Elle la regarda détacher méthodiquement du bout des doigts la viande d'un morceau de côte d'ours et se la fourrer dans la bouche. Totalement dépourvue de dents, Thadée était lente à mastiquer. Extrêmement menue, noiraude, la tête étroitement enserrée dans une coiffe et une mentonnière blanches, elle avait une présence spectrale qui mettait mal à l'aise.

Enfin, sans lâcher son os, elle consentit à parler.

— Ma fille Isabelle, souffla-t-elle à mi-voix, est près de ses quatorze ans, et pourtant il faut que je vous confesse qu'elle n'est pas femme encore. Ce retard vient sans doute de son allure frêle.

Tandis que la Visconti se remettait à mâchouiller son os, la duchesse de Brabant sourcilla. Le fait que la princesse ne puisse encore procréer était un fâcheux contretemps. Le duc Philippe de Bourgogne, surnommé le Hardi, était le véritable instigateur de cette proposition de mariage. Il était le plus jeune des oncles, mais aussi le plus puissant des princes des Fleurs de lys. Et plus qu'une reine, il voulait une génitrice pour son royal neveu.

— Isabelle est donc une enfant, reprit la châtelaine. Qui me la gardera du roi en attendant qu'elle soit formée ?

— La maison de France sait garder l'innocence dans ses alliances. Pensez-vous qu'on y viole les fillettes ? répliqua la douairière, feignant l'indignation.

— Que nenni ! Mais, sans aller jusque-là, je me suis laissé rapporter ici même certains propos, chuchota Thadée, comme si elle craignait que Dieu puisse l'entendre proférer des ragots inconvenants. Il paraît que monseigneur le roi Charles, pourtant bien jeune, participe à des bacchanales où il prodigue tant de faveurs au sexe, et avec une telle fureur, qu'on est en droit de douter de son bon sens.

Comme la duchesse semblait ruminer ses dernières allégations ainsi qu'elle ruminait sa viande sur le devant de ses gencives, Jeanne de Brabant se garda de répondre : ces excès charnels étaient bien réels et secrètement encouragés par l'entourage de Charles VI. Pourtant, les accusations de Thadée avaient de quoi faire sourire quand on savait qu'elle était issue de la famille des Visconti, de bien pire réputation.

Le regard de la visiteuse s'attacha au hasard sur les armoiries sculptées du manteau de la grande cheminée : la bisse couronnée des Visconti, une espèce d'énorme serpent à tête de loup, avalant tout vif un être humain. Elle songea qu'il n'y avait pas de représentation plus cruelle en héraldique.

— N'est-ce point là vérité vraie ? demanda tout soudain la Visconti, faisant sursauter la duchesse de Brabant. Le roi Charles VI n'est-il point un débauché ?

— Des rumeurs, dame Thadée, mentit effrontément la douairière. Des rumeurs qui se gonflent en chemin, et il est long de France jusqu'en Bavière. Gardez-vous de la bouche du Démon, il parle souvent par celle des rapporteurs.

— Il n'empêche que je ne vous tiens pas quitte. Si je vous donne ma fille, je veux votre promesse solennelle de la garder du roi tout le temps nécessaire, car laisser une épouse impubère aller au lit avec son époux est un crime devant Dieu.

— Vous l'avez, soyez sûre que j'y veillerai, promit Jeanne obligeamment, voyant bien que ce détail était la véritable pierre d'achoppement de la résistance bavaroise au mariage de leur fille.

Une vétille pour la duchesse de Brabant qui n'était qu'une entremetteuse et ne visait qu'à s'acquérir les complaisances du duc de Bourgogne. Depuis qu'elle était veuve, elle savait combien son Brabant attirait de convoitises, aussi cherchait-elle à obtenir les plus hautes protections. Elle avait pour mission d'amener la princesse de Bavière en France à n'importe quel prix. Ce qui pouvait se passer dans la couche royale ensuite lui importait peu. Tout à ses pensées, elle surprit soudain Thadée Visconti qui la lorgnait. Jeanne eut la fugitive et désagréable impression que la châtelaine de Ludwigsburg lisait dans ses pensées.

Toujours penchés à leur fenêtre, Étienne et Frédéric poussèrent soudain un rugissement de triomphe. Isabelle venait enfin de récupérer Autan après l'avoir longuement appelé, si longtemps qu'on pût le croire perdu. Mais il venait de fondre sur le poing de sa maîtresse, serres crochetées dans le gant qui protégeait sa main. Dans la haute cour, des valets d'écurie amenaient des chevaux. Le prochain lâcher de l'épervier se ferait en pleine forêt.

Thadée Visconti, enfin rassasiée, s'essuya les doigts dans la nappe.

— Ainsi, madame de Brabant, vous vous portez garante de l'honneur de ma fille, et j'ai votre promesse solennelle. Avec l'aide de Dieu, elle sera tenue. (Elle se dressa brusquement.) Alors donc, allons prier, duchesse.

Ce n'était pas une proposition, c'était un ordre, pire, cela ressemblait à une menace. Thadée affichait une mine brusquement durcie, son nez partait à la rencontre de son menton, sa bouche n'était plus qu'une ligne que la rondeur d'une lèvre n'adoucissait pas. De profil, elle faisait penser à une sorcière.

La duchesse de Brabant se leva avec réticence et la suivit.

Alors que les dames quittaient la salle, le duc de Bavière referma la croisée.

— Allons, mon frère, visiter l'oisellerie d'Isabelle. Elle vient de s'enrichir d'un paon entièrement blanc. Cette rareté vaut le coup d'œil.

*

* *

La dame de Brabant suivait Thadée Visconti dans un interminable dédale de couloirs et d'escaliers sombres et glacials, au cœur de l'antique forteresse de Ludwigsburg. Un incompréhensible malaise s'était saisi d'elle et ne faisait que croître. Enfin, la châtelaine ouvrit une porte lourdement ferrée à l'aide d'une grosse clef qu'elle portait à sa ceinture, et introduisit Jeanne dans une minuscule chapelle qui semblait n'être faite que pour son usage personnel.

Un étroit vitrail pris dans une meurtrière diffusait une lueur parcimonieuse à travers la représentation du Jugement dernier. Le Christ en majesté, juge impassible, en était le centre. En dessous, les âmes damnées étaient précipitées dans le feu des enfers. En haut, des anges jouant de l'olifant accueillaient celles des bienheureux. Un petit autel était tendu de noir, ce qui n'était guère la couleur de Dieu. Un seul cierge y brûlait tout à côté d'un crucifix et d'un énorme livre à couverture de peau regrattée à fermail d'or.

— Prions, madame, ordonna sèchement la duchesse de Bavière en s'agenouillant sur un prie-Dieu. Prions !

Et elle s'abîma dans des oraisons, abandonnant Jeanne à sa perplexité. Cette dernière s'agenouilla à son tour sur un prie-Dieu. Le silence était total, à peine troublé des marmottements incompréhensibles de Thadée Visconti. Incapable de réciter la moindre patenôtre, la duchesse de Brabant jeta un coup d'œil frileux autour d'elle. Sur les murs, sirènes, chimères, dragons et autres monstres se disputaient les tentures des murs avec des représentations du péché de luxure sous toutes ses formes, en images hautement suggestives. Sur le plafond à voussures romanes était peint le Christ en Croix, suant le sang. Il couvrait de sa douleur rédemptrice toutes les turpitudes humaines de ce bas monde, réunies dans cet espace exigu. Le vitrail en était sans doute la conclusion, la justice divine triait le bon grain de l'ivraie. Jeanne se douta qu'ici, nul prêtre n'avait jamais servi la messe mais qu'il s'y déroulait des offices d'un tout autre genre.

— Il faut combattre les forces du mal avec les mêmes armes qui appellent les forces du bien, dit tout soudain la Visconti. La prière ! Prier Satan, c'est l'apprivoiser. Il est un ange déchu, mais un ange, les oraisons à son adresse le flattent. Ainsi, on obtient son soutien contre ses ennemis bien plus efficacement que celui de Dieu, épuisé de sollicitations.

Jeanne fut incapable de répondre. Sa gorge était nouée, elle était glacée jusqu'aux os. L'esprit du mal était tenu pour aussi puissant que celui du bien, et capable d'intervenir efficacement dans les affaires des hommes. Et le fanatisme religieux était toujours plus démoniaque que divin.

— Nul doute que ma fille s'en ira loin par-devers moi au pays des Français, suppôts du pape schismatique d'Avignon.

Thadée Visconti était italienne, elle honorait naturellement le pape de Rome.

— Et si je ne puis appeler sur ma fille la protection divine en ce royaume d'hérésie, je peux en appeler au Diable sur sa protectrice, vous-même, madame !

Jeanne eut un long frisson.

— Que voulez-vous dire ?

— Que si ce n'est Dieu, le Diable se fera le garant de vos promesses.

Thadée se leva et alla prendre le livre sur l'autel, elle le baisa dévotement puis le présenta à Jeanne.

— Posez votre main droite sur ce livre sacré, madame, et répétez après moi.

Jeanne, toujours à genoux, obtempéra presque avec soulagement. Il ne s'agissait que de jurer sur un livre qui était sans doute plus cabalistique que biblique. Dieu la tiendrait quitte de ce serment. Elle répéta après Thadée :

— Moi, duchesse de Brabant, jure sur ma foi de garder Isabelle de tout commerce charnel avec Charles le sixième, roi de France, avant qu'elle ne se purge pour la première fois et qu'elle ne soit femme.

Reposant le livre, Thadée se lança ensuite dans une incantation dans une langue que la duchesse de Brabant ne comprit pas. Avec horreur, celle-ci la vit prendre ensuite le crucifix de l'autel et le retourner. Puis elle le brandit la tête en bas, et se mit à psalmodier, se balançant d'avant en arrière, les yeux révulsés vers le ciel :

— Si le sang Isabelle n'a pas, qu'il se retourne aux veines du parjure, et la veine inférieure gonfle et noue et rompt et que la plaie suinte, et pue et souffre année après année au gras de la jambe, et qu'elle finisse et sèche et se ferme le temps d'une lunaison, de façon que les humeurs pourrissent le corps en dedans, membre après membre, avant une douloureuse mort.

Jeanne de Brabant se releva, plus blanche que morte. Cette femme était en train de lui jeter un sort. Le crucifix inversé est un signe du culte voué à Satan. Cette femme était une sorcière, elle n'en doutait plus.

— Madame, l'Église condamne tout commerce démoniaque. Craignez que votre malédiction ne se retourne contre vous.

— Que nenni, souffla Thadée. À votre pâleur, je sais que vous garderez Isabelle du roi. L'intervention des forces du mal ne sera pas nécessaire, grâce à Dieu, ajouta-t-elle, fielleuse.

Avec colère, Jeanne quitta l'oratoire infernal. Elle fit quelques pas dans la galerie où la pénombre l'engloutit. Elle ralentit, prise de la soudaine angoisse d'être incapable de retrouver son chemin. Allait-elle devoir se laisser reconduire par son exécrable hôtesse ?

Et les incantations reprirent, stridentes, déchirantes, la clouant définitivement sur place. Thadée n'en avait pas fini avec ses malédictions.

— Si le sang Isabelle n'a pas, qu'il se retourne au chef du suborneur, et sa tête en dedans gonfle et noue et rompt, et qu'il en demeure hors de sens. Chaos, chaos, chaos ! Que le sang se retourne et se déverse à flots en royaume hérétique. Et le frère versera le sang de son frère. Et le fils reniera la mère, et la mère reniera le fils. Chaos, chaos, chaos !

La voix était aiguë, sauvage. Jeanne de Brabant préféra se perdre dans les profondeurs glacées du vieux château, que se damner à écouter les envoûtements démoniaques de la Visconti. Elle s'enfonça résolument dans l'ombre du couloir. Les imprécations diaboliques de Thadée ne cessaient de résonner dans sa tête : « Si le sang Isabelle n'a pas, qu'il se retourne aux veines du parjure, et la veine inférieure gonfle et noue et rompt. »

Une veine palpita sur sa jambe gauche.

*

* *

Le soleil d'hiver pénétrait généreusement dans le colombier par de larges baies tendues de filets. L'air était saturé de plumes et de duvets, de l'odeur âcre des fientes. Ce n'était que roucoulements, pépiements, cancanements dans une agitation fébrile, giflée de grandes envolées d'ailes déployées, tandis qu'Étienne distribuait du grain. Les oiseaux d'Isabelle avaient ici leurs quartiers d'hiver. Au printemps, certains seraient lâchés, d'autres maintenus en cages dans les jardins.

Le château de Ludwigsburg possédait la plus belle collection d'oiseaux d'Europe. Certaines espèces venaient de mondes lointains, apportés en présent par de nobles voyageurs. Héritant des goûts de son père, l'élevage des oiseaux était devenu la passion d'Isabelle.

Aigles fauves, grands ducs et blanches colombes frayaient avec les oiseaux exotiques aux couleurs flamboyantes, argus mythiques, calaos, pics de paradis, cacatoès à huppe rose, perruches cancanières. Et les passereaux communs, aux humeurs bruyantes et batailleuses, se glissaient par les mailles des filets, profitant ici de la manne généreusement distribuée. Autan l'épervier avait été élevé au colombier comme tant d'autres.

Le majestueux paon blanc vint picorer le pain que lui tendait Frédéric. Il semblait conscient que sa rareté le protégeait des hommes et de leur tournebroche.

— Parlons net, lança Étienne brusquement, parlons dot. Qu'en espère-t-on ?

Nous y voilà enfin, pensa son frère. « Cédez en tout point, lui avait recommandé le duc de Bourgogne, et prenez-la sans dot. L'avarice du duc de Bavière n'y résistera pas ! »

— Rien, laissa tomber Frédéric.

Étienne en resta sans voix.

— Le roi prend Isabelle sans dot, confirma Frédéric en jetant le reste du pain au paon qui le dédaigna, l'abandonnant à une bande de moineaux qui s'y rua sauvagement.

La pingrerie d'Étienne l'emporta. Il prit le temps d'enfiler des gants de cuir épais et de prendre un morceau de viande d'une gibecière qu'il avait apportée. Aussitôt, un superbe faucon se percha sur son poing, et se mit à dépecer la chair.

— Cela me sera-t-il certifié par contrat ? demanda-t-il, méfiant.

— Cela le sera, le rassura son jeune frère qui avait hâte d'en finir, tant cette concentration de plumes commençait à l'indisposer. Le nom et le noble lignage d'Isabelle suffiront à la reine de France.

— Tout beau, tout beau ! Reine de France, ce n'est pas encore fait. On sait le jeune roi bien fol. On sait qu'il désire se marier selon son bon plaisir. N'est-ce point vrai ?

— Charles souhaite une épouse suivant son inclination. C'est une garantie supplémentaire, allégua Frédéric. D'ailleurs, ne souhaite-t-il pas déjà la rencontrer au plus tôt, tant il a été séduit par le portrait du médaillon que vous lui avez fait tenir ?

— Certes, certes, mais si, malgré tout, à la voir en chair et en os, il ne la trouvait pas à sa convenance... Isabelle nous serait renvoyée humiliée et déshonorée.

— Non pas, gentil frère, Philippe le Hardi connaît son neveu, il a pris toutes les précautions qui s'imposent.

En juillet, il y a grand pèlerinage en la cathédrale d'Amiens où est tenue en châsse la tête de saint Jean-Baptiste. Je conduirai Isabelle adorer la relique sous la protection de mon armée. Le roi y sera également pour y faire ses dévotions. Ainsi, se rencontreront-ils par hasard, et s'ils se plaisent, alors seulement, nous parlerons officiellement de mariage.

Étienne restait perplexe. Il abandonna le morceau de viande au faucon qui s'envola dans les hauteurs de la tour avec son butin, et se mit à marcher en silence, les mains nouées dans le dos, écrasant de ses chausses fourrées la paille fraîche qui jonchait le dallage. Enfin, il se planta devant son frère.

— Qui saura ?

— Le roi, bien sûr, la dame de Brabant et le duc de Bourgogne qui accompagnera son beau neveu à Saint-Jean d'Amiens, répondit Frédéric, en chassant négligemment une tourterelle posée sur son épaule.

— Isabelle… ?

— … N'en saura rien.

Étienne restait figé devant Frédéric, le regard lointain, cherchant quelques raisons à différer encore sa décision. Il pensa que si sa fille était bien pourvue de doctrine et connaissait le latin, elle n'avait guère été initiée aux usages du protocole.

— Elle est sans manières, dit-il enfin.

— On se fait fort de lui en donner. Madame la duchesse de Bourgogne, Marguerite de Flandre, nous attendra à Bruxelles où nous ferons étape. Avec la duchesse de Brabant, elles feront de notre sauvageonne une ravissante courtisane.

— Je vois que tout a été prévu, répliqua Étienne d'un air sombre.

Enfin, comme l'épervier Autan, il prit soudain son parti et abattit une main crochetée sur l'épaule de son cadet.

— Beau frère, je vous confie mon enfant avec crainte. Sachez que, si vous me la ramenez, vous n'aurez jamais de plus grand ennemi que moi.

*

* *

Une échauffourée de plumes blanches, et une tache de sang s'élargit sur le glacis immaculé. Autan tenait fermement dans ses serres une perdrix des neiges toute palpitante. D'un coup de son bec, il lui ouvrit la tête, friand de la cervelle encore chaude, et qui lui revenait en juste récompense.

Isabelle avait réprimé un cri de joie pour ne pas courroucer Autan. Elle sauta de sa monture en ôtant ses gants, et s'approcha doucement. Louis regardait du haut de son destrier, sans piper mot. L'instant était encore crucial, il fallait qu'Autan se laisse dérober sa chasse. Isabelle se devait d'aller à lui en se gardant de tout empressement à se saisir de la proie ; puis doucement, sortant griffe après griffe, sans l'irriter, d'obtenir de l'épervier qu'il lui abandonne sa prise.

Enfin, elle se redressa et brandit la perdrix qu'elle lança à son frère avec un sourire de triomphe. Elle remit son gant gauche et tendit le poing. Autan, docile, revint s'y percher. Isabelle frôla de ses lèvres la tête de l'oiseau prédateur, et comme elle lui chuchotait des mots d'amour, il clignota des paupières, abaissa le cou, écarta ses ailes puissantes comme s'il faisait la révérence à sa petite maîtresse.

— Autan n'est-il pas le plus brave des éperviers que j'aie élevés ? demanda Isabelle à son frère d'un sourire radieux.

— Ah, petite sœur, tu dompterais un fauve, lui répondit-il en éclatant de rire.

La cloche sonnait à la chapelle du château de Ludwigsburg. On les appelait. Le destin de la jeune princesse de Bavière venait d'y être arrêté. Avec comme seule protection les terribles malédictions de sa mère, c'est sans dot et sans apanage qu'elle allait devoir partir pour affronter bien d'autres fauves.

3

Amiens

Mauvais présages.

Une vache a mis bas un veau monstrueux qui, ayant la forme d'un animal à deux têtes, avait trois yeux et deux langues séparées dans sa gueule fourchue. Pendant huit jours, on vit jour et nuit un globe de feu brillant voltiger de porte en porte au-dessus de la ville de Paris sans aucune agitation de vent, sans éclair et sans bruit de tonnerre.

D'après la *Chronique du religieux de Saint-Denys*

Partie à tierce, après la grand-messe, du petit prieuré de Rivery où la suite bavaroise avait passé la nuit, Isabelle n'était arrivée qu'à basses vêpres, deux heures avant le coucher du soleil, dans les appartements qui lui étaient réservés dans l'Hôtel des ducs de Bourgogne à Amiens, le samedi 25 juillet 1385.

Le cortège, allégé du gros de l'ost du duc Frédéric laissé en bivouac, était resté longtemps en vue des remparts de la capitale picarde, dominés par les tours hérissées d'échafaudages de Notre-Dame d'Amiens, tant la progression avait été lente et cahotante. Chemins et routes qui y convergeaient étaient encombrés d'un invraisemblable charroi de marchands, pèlerins, hommes d'armes, bateleurs, cavaliers, villageois, bestiaux, équipages en grand harnois qui allaient, dans un grouillement tintinnabulant, vociférant, caquetant ou braillant des cantiques. Jamais Isabelle n'avait vu un tel encombrement. Sa litière n'avançait que par secousses malgré la piétaille de son oncle Frédéric qui leur ouvrait le chemin à grands moulinets de bâton, hurlant : « Place, place à monseigneur de Bavière ! »

Il y avait eu encore plus de presse au passage des douves et à l'étranglement de la haute porte fortifiée de la ville. À l'intérieur des murs, ce fut pire. Le cortège piétinait dans un désordre indescriptible. L'assourdissant concert des cloches battant tierce, sixte, none, étirait le temps au fil des étroites ruelles à encorbellements, jonchées de feuillages et de pétales de fleurs. Les façades des maisons étaient tendues de brocarts, de tapisseries, d'oriflammes. Aux carrefours coulaient des fontaines de lait et de vin. La cité était en liesse et partout le lys royal fleurissait.

— Qu'ont donc tous ces gens, bel oncle ? demanda Isabelle, alors que la largeur d'une esplanade avait permis à Frédéric de chevaucher au côté de sa litière.

— On dit que le roi est dans les murs d'Amiens. Il serait arrivé il y a deux jours en compagnie de son oncle de Bourgogne.

Ainsi donc Charles VI était dans la ville, et la cité en fête s'offrait à son souverain, parée, excitée comme une putain, chaude et vibrante. Le duc de Bavière apprit à sa nièce que monseigneur Charles le sixième venait lui aussi faire ses dévotions au chef de saint Jean-Baptiste. Ce soir, dans la grande salle des banquets du palais épiscopal, il recevrait l'hommage des notables de la ville ; elle-même se devrait de présenter le salut de son père, Étienne III, duc de Bavière, à l'illustre roi de France.

La peste soit de ce prince ! Cette obligation ennuyait fort Isabelle, elle ne voulait songer qu'à son beau cavalier blond entrevu la veille. Son image la hantait. Par les fentes des courtines de la litière, tenues closes sur ordre de la duchesse de Brabant, elle guettait dans la foule un visage qui lui ressemblait, son visage.

— Attention, lui murmura Catherine, gentiment revancharde, tu prends des airs niaiseux.

La jeune princesse éclata de rire, bonne joueuse.

— Qui peut-il être ? lui chuchota-t-elle.

— Quelque goliard, suggéra la demoiselle de Fastavavin malicieusement, de ces mauvais étudiants en rupture d'école.

— « Gens qui mènent tapage n'ont point lignage », ronchonna Miette la Glabaude, évoquant la bande dissipée des jeunes fous qui les avait importunés la veille.

Elle voyait d'un mauvais œil l'excitation d'Isabelle, qu'elle adorait et couvait comme une poule son poussin.

— Tais-toi ! s'irrita celle-ci, tu ne sais pas ce que tu dis. Il a bien trop fière allure.

— Moins que mon Adémard, répondit encore Catherine, résolument taquine.

Isabelle se tourna alors vers la demoiselle de Louvain.

— Ozanne, toi, tu peux le dire, lui demanda-t-elle, qui est le plus beau, mon cavalier blond inconnu ou ce rougeaud d'Adémard ?

Il est vrai qu'Adémard était un solide rouquin dont le visage, constellé de taches de rousseur, s'était malencontreusement enflammé au soleil de la campagne flamande. Ozanne avait appliqué un onguent d'oignons broyés sur ses brûlures ; puis son nez, ses joues avaient pelé. Mais de ce désagrément, il en retirait à présent une couleur ambrée qui faisait merveilleusement ressortir l'eau verte de ses yeux.

La demoiselle de Louvain, perdue dans ses pensées, n'avait pas suivi la conversation. Elle songeait au roi. Depuis qu'elle le savait à Amiens, elle était taraudée par la peur et le désir de le revoir. Aux grandes fêtes du Mai, sur les ordres de la duchesse de Brabant, elle s'était laissé trousser par le jeune souverain. Sans même s'apercevoir qu'elle était vierge, il l'avait prise sur un bahut avec une urgence flatteuse, mais ce ne fut que pour l'oublier tout aussitôt. Et depuis, elle l'aimait, d'un amour secret, absolu, désespéré.

— Eh bien, le diras-tu, Ozanne ? Qui est le plus beau, Adémard ou mon beau chevalier blond ? répéta Isabelle qui s'impatientait.

— Le chevalier blond est une illusion. On ne peut juger d'une illusion, finit-elle par répondre avec une sorte d'amertume dans la voix.

Cette réponse sibylline fit pouffer de rire Catherine et fâcha la princesse de Bavière.

— Ni goliard ni illusion. Je le reverrai, et alors vous serez toutes bien surprises de sa noblesse.

Elle savait, elle, que son chevalier était bien réel. Il était le visage de chair de tous les preux de son imaginaire. Depuis qu'elle en avait été éblouie, elle l'inventait sans cesse : il volait à son secours, terrassant quelque dragon qui la menaçait, tel le grand saint Georges ; il lui écrivait des lais et jouait de la viole à ses pieds, chantant son adoration d'une voix admirable, louant sa beauté et ses vertus.

Elle avait vécu jusqu'à ce jour dans la poésie du romanesque courtois, et suivant les règles du genre, la princesse retrouvait toujours son prince en des circonstances extraordinaires et miraculeuses. Héros de parchemins et d'enluminures. Mais qu'en pouvait-elle savoir ? Isabelle avait été soigneusement tenu éloignée de toutes les contingences charnelles et de leurs engeances. Élevée dans le culte de Notre-Dame, elle pensait que les enfants venaient de l'Esprit saint, comme pour la Vierge ; ils étaient un cadeau de Dieu. Et s'ils étaient du Diable, c'était à la suite d'accouplements bestiaux. Elle croyait innocemment que seules les bêtes s'accouplaient. Tels étaient les principes dans lesquels sa mère, la prude et démoniaque Thadée Visconti, l'avait tenue.

*

* *

La sonnerie du couvre-feu avait résonné depuis longtemps. Dans la vaste salle des banquets, l'hommage de la ville d'Amiens à son roi déroulait son fastidieux défilé : du prévôt au bailli flanqués de leurs assesseurs, des échevins et autres officiers de la Couronne, sans compter les maîtres de corporation, ou les hobereaux picards, tous venaient en procession s'agenouiller devant leur souverain, en signe d'allégeance et de fidélité.

La cérémonie se passait dans le tumulte et l'indifférence des courtisans qui formaient la cour de Charles VI. Ils n'avaient cure de ces hommages, un seul leur importait : celui d'Isabelle Wittelsbach Visconti d'Ingolstad, princesse de Bavière, et ils piaffaient d'impatience.

Les plus folles rumeurs couraient depuis les grands tournois des fêtes du Mai, où l'on disait que le duc de Bourgogne y avait arrêté de marier le roi. Depuis, toute tête nouvelle était épiée, jaugée, qu'elle soit couronnée ou pas, car on savait Charles assez fantasque pour ne prendre que femme à son goût. Et le moindre regard, le plus léger sourire du roi faisait battre les jeunes cœurs d'une espérance déraisonnable.

Or donc, la présence d'une princesse germanique entre les murs d'Amiens n'était pas passée inaperçue, d'autant plus qu'elle résidait à l'Hôtel de Bourgogne, ce qui semblait en dire long.

Enfin, lorsque tous les notables de la ville se furent retirés, elle parut...

*
* *

Isabelle embrassa la salle d'un seul coup et baissa aussitôt les paupières, fixant le sol devant elle, comme il sied à la bonne éducation des jeunes filles. Mais ses prunelles restaient éblouies par toute cette pompe furtivement entrevue, par les lumières des candélabres et des innombrables torches qui garnissaient les murs, le chatoiement des étoffes, le rutilement des bijoux. Des effluves de parfums agressifs et le bourdonnement des conversations l'étourdirent un instant. Mais elle redressa le buste, et se tint roide et fière. Roide, car ne voulant perdre une miette de sa petite taille, fière, car elle était princesse de Bavière. Seule sa main tremblait, posée sur le poing fermé de son oncle qui la conduisait dans la presse des courtisans. Elle se sentait l'objet de la curiosité de centaines d'yeux. Parmi ceux-ci, elle se raccrochait au regard bleu de son beau cavalier blond qu'elle voulait croire présent dans la foule ; c'était pour lui qu'elle marchait avec tant d'orgueil et de majesté. Les courtisans s'écartaient devant elle et sur le passage de son escorte. Au fur et à mesure que la princesse approchait du dais royal, chacun se tut, observant avidement sa ravissante silhouette de petite poupée brune. Elle portait une résille d'or qui enserrait son opulente chevelure noire tressée de perles ; un voile arachnéen en samit retombait en léger miroitement sur ses épaules nues que soulignait le menu vair bordant son corselet de satin bleu. De larges manches en barbe d'écrevisse balayaient le sol de leurs longues pointes déchiquetées. Son teint était blanc, rouges et gonflées ses lèvres peintes, bombé son large front.

Elle était belle à couper le souffle. Belle, comme l'enfance qui enfante la femme.

Marguerite de Flandre, qui se tenait au côté de son époux, le duc de Bourgogne, lui chuchota :

— Ne vous avais-je pas dit qu'à Bruxelles nous avions rendu irrésistible cette petite montagnarde ?

— Assurément. Encore faudrait-il qu'elle le soit pour mon neveu, grogna Philippe le Hardi.

— Elle l'est, lui souffla Marguerite avec un sourire confiant. Il ne peut la quitter des yeux.

Parvenu au pied du trône, Frédéric s'immobilisa et retira son poing, laissant Isabelle atrocement seule. Elle prit conscience de l'étrange silence qui s'était abattu, et qui pesait soudain comme une chape. Elle leva enfin lentement les yeux. Elle se tenait devant trois marches recouvertes d'un tapis vert fleurdelisé d'or qui montaient à un piédestal où elle rencontra, foudroyée, le regard d'azur du beau cavalier blond.

Il était vêtu d'un ample pelisson ponceau brodé de pierreries à haut collet, doublé de fourrure d'écureuil. Les manches étaient démesurément évasées, barbelées d'échancrures rondes et profondes, sa taille étroite était prise dans un pourpoint, soulignée d'une simple ceinture dorée.

Le beau cavalier blond… portait couronne.

Le roi de France.

Il la fixait avec cette étrange insistance, ce regard admiratif qu'elle n'avait pu oublier, et qui l'avait poursuivie dans la folie de ses rêves. Elle ne pouvait plus détacher les yeux des siens. Son cœur lui faisait mal tant il battait. C'était le miracle de l'amour courtois. Alors que le roi se levait brusquement et descendait les marches, Isabelle sembla reprendre conscience de sa mission, sur laquelle elle avait été dûment chapitrée, et tomba à genoux.

— Monseigneur, je suis l'humble demoiselle Isabelle de Bavière Visconti, messagère du salut de mon père, le duc de Bavière, Étienne Wittelsbach d'Ingolstad, au très puissant et très redouté roi de France, récita-t-elle d'une seule traite, en pleine confusion.

Charles se pencha et la releva. Isabelle frissonna sous la pression de ses mains chaudes et musclées sur ses épaules nues.

— Ne savez-vous pas devant qui vous vous tenez ? lui glissa-t-il malicieusement à l'oreille, et elle devint écarlate.

Puis il haussa la voix afin d'être entendu de tous :

— Nous souhaitons la bienvenue à demoiselle Isabelle de Bavière Visconti en notre royaume de France, et rendons pareil salut au très puissant et très redouté seigneur son père, le duc de Bavière Étienne Wittelsbach d'Ingolstad.

C'était fini, les salutations étaient faites. Frédéric reprit la main de sa nièce, ils se retirèrent de ce même pas lent de cérémonie. Dans la salle bondée, personne ne songeait à parler, en suspens, épiant le roi d'un seul regard. Celui-ci restait perdu dans la contemplation de la grand-porte par où la ravissante princesse de Bavière venait de disparaître avec sa suite. Il affichait un air ravi, quelque peu hagard. Philippe le Hardi s'approcha de lui.

— Eh bien, seigneur mon neveu, qu'en est-il ? Nous restera-t-elle ?

Charles sortit de son songe ébloui.

— Par Dieu, oui, je la veux ! et je n'en veux pas d'autre, lança-t-il joyeusement à l'assistance.

La rumeur se gonfla et devint assourdissante. L'événement était considérable. Le roi épouse !

La duchesse de Brabant se laissa choir dans une cathèdre. Elle ne savait si elle devait se réjouir : des élancements douloureux à la jambe ne cessaient de lui rappeler la malédiction de Thadée. Ozanne ne lui avait toujours pas rapporté qu'Isabelle avait le sang.

Louis de Bois-Bourdon, sénéchal du Berry et seigneur de Graville, grand ordonnateur des menus plaisirs de monseigneur le roi, lui tendit un gobelet d'argent empli de vin aux épices.

— Eh bien, madame, quelle victoire ! Je dois vous féliciter.

Leurs regards se croisèrent, celui du sénéchal du Berry était sombre et méprisant ; dans celui de la douairière, il n'y avait nulle trace de triomphe, juste de l'angoisse. Bois-Bourdon en fut surpris.

Favori de Charles VI, le sire de Graville était dans les secrets d'État, connaissant jusqu'à l'âme du roi. La veille, lors de la folle chevauchée du jeune souverain qui s'était porté incognito à la rencontre d'Isabelle de Bavière, Bois-Bourdon était ce sombre chevalier qui était resté en arrière, la fixant étrangement. La beauté, l'innocence mâtinée d'insolence de la princesse, la pureté de son visage l'avaient bouleversé. Depuis, ce visage le hantait. De l'avoir revue ce soir l'avait ému plus qu'il ne voulait se l'avouer. Depuis une terrible nuit d'hiver où on lui avait volé son enfance, il se croyait pourtant incapable d'émotion. À vingt ans, le sénéchal ne connaissait plus que les sentiments de la haine et de la vengeance. Lui, qui s'attendait à découvrir quelque princesse morgueuse, imbue de ses titres et de ses prérogatives, avait été troublé par l'extrême jeunesse d'Isabelle, réveillant en lui l'écho de sa naïveté et de sa vulnérabilité d'enfant ; et il savait ce que les machinations et la cruauté des grands de ce monde pouvaient en faire.

Bois-Bourdon se détourna de Jeanne de Brabant. Même la secrète détresse qu'il soupçonnait en elle l'écœurait, car elle était de ceux qui n'ont pitié que d'eux-mêmes. Il se heurta à un jeune garçon très agité, en chaperon et pourpoint d'écarlate aux fleurs de lys.

— Est-ce vrai, Bourdon ? Crois-tu que mon frère va épouser cette demoiselle de Bavière ?

— C'est à n'en point douter, monseigneur.

Le visage de l'adolescent, Louis de France, duc d'Orléans, se convulsionna de dépit.

— Pourquoi justement elle ? Ne me laissera-t-il donc rien ? Par Dieu, je crois que je pourrais le tuer.

— Que dites-vous, monseigneur ?

— Je le tuerai, je le tuerai ! s'écria encore le frère cadet du roi, avant de s'enfuir.

Le sire de Graville le regarda se frayer un chemin dans la presse à grands coups de coude rageurs, provoquant l'étonnement sur son passage. Quelle mouche piquait le premier prince de France ?

*

* *

Louis d'Orléans quitta la salle des banquets et s'engouffra dans les vastes corridors du palais épiscopal où il surprit trois archers de garde, assis sur les dalles, en train de jouer aux dés. Il passa son dépit sur eux, bourrant le premier à sa portée de coups de pied en explosant de fureur.

— Bandes d'hérétiques, vous serez damnés, l'Église interdit le jeu ! Le Diable est dans ces murs.

Laissant les trois hommes de garde hébétés, et l'un d'eux les reins endoloris, Louis poursuivit sa course pour se précipiter dans le cabinet du cardinal de Laon.

Pierre Aycelin de Montaigu, cardinal de Laon, homme d'Église et de cour, remplissait les triples fonctions de précepteur, confesseur et confident de monseigneur Louis. Il assistait en outre au conseil de régence du gouvernement des princes des Fleurs de lys. Par ce fait, il était au courant des projets matrimoniaux du duc de Bourgogne. Comme la bonne fortune ne tient qu'à celle des grands, et comme Philippe le Hardi était de fait le véritable chef du royaume, le cardinal se contentait, pour l'instant, de soutenir sa politique.

C'était un homme raffiné, d'allure comme de goût. Il était grand et mince dans sa simple dalmatique blanche, et portait beau sa quarantaine. Ses cheveux poivre et sel partaient en couronne de l'arrière de son crâne pour flotter librement sur ses épaules. Son front dégarni lui donnait plus que de l'élégance, le charme de la race. Esthète, extrêmement cultivé, le cardinal de Laon n'avait jamais cessé d'entourer Louis de France de soins jaloux et possessifs. Il l'avait éduqué à l'ombre du pouvoir – pour le pouvoir.

La tenture de la porte se souleva violemment. Le cardinal reçut l'habituel coup au cœur que lui causait toujours l'apparition de son élève. Le jeune prince était terriblement agité.

— Mon frère n'est qu'un débauché. Tout le monde le sait, tout le monde l'y met, tout le monde se tait ! Et voilà qu'il s'en prend à une pucelle qui nous vient tout juste de Bavière.

Il se saisit du hanap au chevet du cardinal et l'envoya sur le sol avec violence. Pierre Aycelin regarda la timbale d'argent rebondir et rouler à grand bruit de métal jusqu'au mur en songeant tout à la fois qu'il avait bien fait de finir son vin de Poissy, et que les projets de Bourgogne semblaient en bonne voie.

— Et qu'est-ce qui vous contrarie, monseigneur ?

— C'est qu'elle m'est à moi destinée, Dieu me l'a envoyée, je l'ai su dès que je l'ai vue. Je l'aime !

Louis avait lancé cette dernière affirmation comme une évidence établie, connue, sue, et devant être respectée, même par son frère le roi. L'homme d'Église en resta un instant interloqué.

Louis de France avait un visage menu sous une tignasse foisonnante couleur châtaigne. Il était futé, d'esprit subtil et curieux de tout. Il aimait l'étude et la beauté, et contrairement à son aîné, il n'était guère porté sur les exercices du corps. Il ressemblait davantage à son père, le défunt Charles V qui aimait à passer des heures en sa librairie du Louvre. Mais Charles le Sage était austère. Son plus jeune fils, lui, était impatient de mordre dans la vie en jouisseur, impatient d'avoir un rôle de premier plan sur l'échiquier du royaume.

Le cardinal de Laon savait que Louis serait un séducteur aussi séduit que séduisant. Il savait que, bientôt, il faudrait compter avec lui car il possédait une des rares choses qui ne s'enseignaient pas : l'ambition. Pour l'heure, Louis enrageait de son jeune âge, enrageait de sa condition de cadet, enrageait d'amour. Et cet enragé, le cardinal l'aimait : non comme on aime un fils, mais avec toute la force de ses sens. Il n'avait pas vu grandir Louis comme il n'avait pas vu grandir ce désir coupable. Il avait suffi d'une petite princesse étrangère, émouvante dans sa beauté, pour que cet enfant, qui lui avait toujours appartenu, lui échappe, alors qu'il ne l'avait jamais possédé. Une sourde douleur monta en lui – il savait qu'elle allait devenir intolérable – alors que Louis se laissait aller à une véritable crise de rage.

— Je le hais, je le hais, je le hais !

Victime d'un coup de foudre qui lui faisait perdre tout sens commun, Louis se mit à hurler, sangloter, trépigner, ainsi qu'il le faisait petit lorsqu'il n'obtenait pas ce qu'il désirait. Enfin il se jeta sur le sol, se roulant sur la fourrure de loup où reposaient les pieds du cardinal. Il lui enserra les jambes de ses bras, mendiant désespérément une consolation. Une vague de passion submergea l'homme d'Église. Rien, ni Dieu, ni Diable, ni les hommes ne l'empêcheraient de saisir cet enfant, de l'étreindre, d'étouffer ses cris de révolte sous ses lèvres. Pierre Aycelin se laissa glisser près de lui sur le sol. Il l'embrassa à pleine langue, buvant ses larmes, forçant sa bouche. Louis, hoquetant, s'accrochait à l'homme d'Église, lui rendait son étreinte, cherchant furieusement un répit à son chagrin ; peu à peu, un trouble bienfaisant l'envahit.

Maintes dames de cour l'avaient autorisé à prendre avec elles des privautés. L'une d'entre elles l'encourageait régulièrement à planter son affûtiau, ainsi qu'il se disait plaisamment : un jeune prince devait être enseigné en cette matière. Ces jeux d'alcôve, qui faisaient partie de son éducation, ne l'avaient jamais ému, plutôt fait rire. Mais il aimait à présent, et désirait avec violence. Il n'était plus que désir charnel. Sous les caresses du prélat, son esprit se mit à dériver dans un rêve où le visage d'Isabelle flottait, souriant à lui seul. C'étaient ses mains sur son corps, ses mains qui écartaient son pourpoint d'écarlate, qui cherchaient sa peau. Ses mains impatientes et habiles qui faisaient sauter les aiguillettes qui maintenaient ses chausses à son surcot. Son haut-de-chausse glissa de la taille jusqu'aux genoux, le laissant merveilleusement nu, offert, tendu. Puis une bouche chaude lui arracha un cri.

Il se mit à râler dans un rythme lent et doux. Enfin, l'éblouissement le cabra sur le sol comme un arc.

*

* *

De retour à l'Hôtel de Bourgogne, la princesse de Bavière s'était dépenaillée promptement de ses riches et encombrants atours, au grand dam des chambrières et de Miette la Clabaude, plus clabaudeuse que jamais. Bousculant et chassant ses gens, elle avait bâclé ses oraisons, pour enfin s'enfouir dans le grand lit qu'elle partageait, comme à l'accoutumée, avec Catherine de Fastavavin.

Cette dernière était une orpheline issue de petite noblesse bavaroise tombée en dérogeance. Thadée Visconti, qui était sa marraine, avait recueilli sa filleule dans sa mesnie[1] comme le voulait l'usage. Catherine avait alors cinq ans et Isabelle trois. Elles avaient grandi ensemble, inséparables.

Bien qu'épuisées par cette rude journée, plus complices que jamais, elles n'avaient de cesse de pouvoir babiller en toute liberté, trop surexcitées pour trouver le sommeil.

— N'est-il pas le plus noble ? Le plus noble des plus nobles ? Ne l'avais-je pas dit ? répétait encore la princesse avec triomphe.

— Il te regardait de bien belle façon. Tu dois rendre grâce à cette vilaine douairière de Brabant. Sans elle, tu serais apparue au roi en futaine de pèlerine.

— Je gage qu'il aurait trouvé comme elle que je sentais par trop la montagne.

Elles éclatèrent d'un rire clair et insouciant, Isabelle était amoureuse à son tour, elles avaient retrouvé une totale connivence. Mais si l'amour de Catherine était de chair, celui de la princesse de Bavière était toujours de parchemins et d'enluminures. Il n'était point de gente damoiselle qui n'ait été nourrie depuis l'enfance au lait gracieux de la *fin'amor*, point qui ne connaisse, sur le bout des mots, les délicatesses de son code, ses raffinements, sa poésie, son idéal courtois. Nul château, nulle maison bourgeoise qui n'ait en sa librairie les lais de Marie de France, Lancelot, le Chevalier au lion ou Perceval...

— Crois-tu qu'il sera demain à la messe solennelle de saint Jean-Baptiste ?

1. L'ensemble de la famille d'un seigneur, la domesticité comprise.

— Ton oncle Frédéric n'a-t-il pas dit qu'il venait aussi en pèlerinage pour faire ses dévotions ?

— Crois-tu qu'il me regardera ?

— Il ne saurait y manquer, lui assura son amie en riant.

— Peut-être recevrai-je un billet, et qu'il se fera mon poursuivant d'amour. Alors je devrai le refuser pour bien le désespérer, comme il est écrit dans les romans. Il sera mon homme lige de corps et d'âme et mon champion, et m'éblouira d'exploits qu'il viendra déposer à mes pieds, au château de Ludwigsburg, et je lui donnerai le bout de mes doigts à baiser, en récompense de sa bravoure et de ses épreuves...

Catherine s'amusait du délire d'Isabelle dont la voix s'empâtait de somnolence. Il est vrai qu'elles avaient tant lu les livres interdits de Thadée Visconti, jusqu'à en savoir des passages par cœur. Elle récita à mi-voix :

Il faut que jeunesse se mette
À être gaie et amoureuse :
C'est la saison belle et heureuse.
Qui n'aime en mai a l'âme dure,
Quand il entend sous la ramure,
Des oiseaux les doux chants mélodieux...

— Tu t'en souviens, Isabelle ?.... *Le Roman de la Rose*.

Mais Isabelle ne répondit pas, soûlée des émotions de cette longue journée, le sommeil venait de la terrasser. Elle avait glissé dans les rêves où elle était Guenièvre, Laudine, Iseut... pour son beau cavalier blond. Elle était la « Rose enclose en verger d'Amour ».

*
* *

Au palais épiscopal, Pierre Aycelin de Montaigu ne prit pas garde, tout d'abord, à un bourdonnement vague et lointain. Il s'enflait. Bientôt, les corridors résonnèrent de galopades et de cris. Le cardinal se redressa vivement, et jeta un coup d'œil inquiet au jeune prince à moitié nu, alangui sur la fourrure de loup, qui paressait à reprendre ses esprits. Laon fut prompt à retrouver les siens, avec la prise de conscience de sa folie.

Que venait-il de s'accomplir ?.... Plus tard ! il y réfléchirait plus tard. Pour l'heure, il devait se porter aux nouvelles.

— Rajustez-vous, monseigneur.

Il avait retrouvé son ton de précepteur et sortit vivement de son cabinet. Dans les couloirs, l'agitation était extrême. La foule des courtisans regagnait son logement d'un même pas de course, et comme le palais était plein comme un œuf, cela faisait du monde. La moindre soupente, le plus petit retrait avaient été requis pour les gens de cour : chevaliers, écuyers, prélats, conseillers, nobles dames et dames d'honneur ou d'atour qui composaient la suite du roi. Médusé, le cardinal regarda passer cette vague déferlante et mugissante de courtisans affolés.

— Que se passe-t-il ? lança-t-il à la cantonade.

— Le roi se marie ! lui répondirent des cris de panique.

— Il se marie dans deux jours ! surenchérit une voix perçante.

Au même moment, le cardinal de Laon chancela et se récupéra de justesse en s'adossant contre le mur alors que Mme de la Rivière venait de s'échouer dans ses bras, à bout de souffle. Empêtrée dans un amoncellement d'étoffes d'apparat, elle comprimait son énorme poitrine d'une main, s'agrippant à Pierre Aycelin de l'autre. Elle avait la respiration rauque, le visage cramoisi. L'épouse du conseiller Bureau de la Rivière lui faisait toujours penser à une baleine apprêtée pour une parade de foire, et qui, hors de l'eau, s'asphyxiait sous son propre poids.

— Notre beau sire se marie lundi, éructa-t-elle.

— Cela ne se peut, s'étonna le prélat, qui songeait que ce mariage, s'il devait se faire, avait été prévu à Arras, dans un mois.

— Le roi ne veut rien entendre.

Elle souffla un grand coup avant de pouvoir se redresser, libérant l'homme d'Église écrasé contre le mur.

— Le roi a dit tout net à son oncle de Bourgogne qu'il voulait épouser la demoiselle de Bavière sur-le-champ. Qu'il ne prendrait ni repos ni nourriture tant que sa mie ne serait en sa possession. Il criait et tapait du pied, il fallut bien céder…

— Eh bien, coupa le cardinal, n'en devons-nous pas plutôt louer le Seigneur ?

— Vous n'y songez pas. Deux jours ! Il n'y a pas ici le tiers du nécessaire ! Nous allons faire bien piètre figure à ce fastueux mariage.

Elle lança dans le registre des aigus le nom de sa chambrière qui ne pouvait l'entendre, et reprit sa course. Sa silhouette boudinée et enrubannée disparut dans un roulis périlleux à l'angle du couloir. Il en est ainsi dans toutes les cours. Quel que soit l'événement, il se mesurait à l'importance des alarmes domestiques.

Le cardinal écouta décroître les fureurs de cette agitation dans les entrailles du palais en songeant qu'il y aurait plus d'une soubrette et plus d'un valet martyrisés dans les heures qui allaient suivre. Il se retourna pour regagner son cabinet et se retrouva face à face avec le jeune Louis. Il souriait. Son péché souriait. Un péché qui n'avait nulle connaissance d'en être un. Louis était amoral avec innocence, et n'avait pour maître que son désir. Et c'est toujours en souriant qu'il quitta son précepteur.

— Qu'il l'épouse ! Moi… elle m'aimera, lui lança-t-il avant de sortir, avec cette conviction que possèdent les enfants.

Le cardinal de Laon resta seul avec sa passion et sa faute. Il eut soudain une pensée qu'il jugea tout aussitôt hérétique : le crime de sodomie était sans doute moins grand en dalmatique blanche que dans la pourpre cardinalice. Laon songeait sodomie alors qu'il s'était contenté d'une caresse jugée contre nature. Mais il s'agissait du premier prince de France, et ce grand homme d'Église en faisait un péché capital. Les valets et les écuyers qu'il avait forcés ou pervertis étaient oubliés comme de vulgaires péchés véniels.

Mais il en était un pour s'en souvenir.

4

La Saint-Bonaventure

> D'accoutumer son enfant à entendre des vanités et de laids discours des chansons, des romans, des instruments et autres choses semblables qui donnent des goûts de luxure, c'est un poison pour la mémoire, le jugement et la volonté. Ce poison pousse l'enfant à dissiper les biens qui lui viennent de son père, de sa mère et de sa parenté, il emprisonne son âme dans le feu éternel.
>
> *La Doctrine puérile*, Raymond LULLE

L'épée siffla en tournoyant, le roi n'eut que le temps de rouler sur le dos et de présenter son écu au-dessus de sa poitrine. Dans un cri sauvage, l'épée s'abattit sur le cerf ailé et se rompit sous la violence du choc. Bois-Bourdon resta courbé, pantelant après l'effort. Ses mains crispées ne tenaient plus qu'un pommeau de bois. Charles éclata de rire en balançant de côté son bouclier. Il se laissa aller dans l'herbe, bras et jambes écartés, les yeux plantés dans l'azur, reprenant son souffle.

Le soleil était déjà haut levé en ce radieux dimanche de juillet, veille des noces royales. Hors des murs de la ville d'Amiens, sous les remparts près de la barbacane, le pré s'était transformé en un vaste chantier de toile et de bois qui grouillait comme une fourmilière ; et la fleur de la chevalerie en avait fait aussi, ce matin-là, son terrain d'entraînement. Cris des jouteurs, ahanements des lutteurs, charges de sabots furieux se mêlaient aux hennissements, aux coups de marteau, à la stridence des scies, et aux mugissements des bœufs de trait.

Le sénéchal du Berry se redressa, haletant. Il avait les narines pincées ; son corps ruisselant de sueur était encore agité du frémissement de ses muscles après ce terrible effort. Des mèches de cheveux lui mâchuraient le front et les joues, collant à sa peau mate devenue grise de peur. Il embrassa des yeux le paysage. À quelques pas, de jeunes seigneurs s'entraînaient au maniement de la lance sur un mannequin de paille suspendu à un pieu, appelé la quintaine. Bernard d'Armagnac, à pleine course sur son destrier, l'enleva d'un seul coup avec son piquet : un exploit qui lui arracha un cri de triomphe. Des charpentiers qui passaient l'applaudirent avant de poursuivre leur chemin vers la construction du beffroi de la lice, où se trouveraient les loges des dames.

Depuis les premières heures du matin, on s'affairait à préparer les fêtes du mariage. Une cohue de manouvriers bâtissait des estrades, préparait la lice, dressait une forêt de tentes pour y loger la multitude – la ville n'y suffisait déjà plus. Cette nuit, les chevaucheurs et les hérauts étaient partis aux quatre coins de l'horizon pour aller crier la nouvelle « Le roi épouse ! » Et l'on attendait foule aux festivités qui suivraient, plusieurs jours durant, cet événement considérable. Comme à l'ordinaire en de telles circonstances, il y aurait aussi affluence de jongleurs, ménestrels, acrobates, montreurs de bêtes, marchands ambulants, et leur cortège habituel de mendiants, de ribauds et de filles folieuses. Une pléthore, qui accompagnait toujours ces réjouissances, était aussi l'occasion de débauche et de mauvais coups. Les fidèles en avaient perdu le chemin de la châsse du chef de saint Jean-Baptiste.

Charles VI, toujours étendu sur le sol, avait repris sa respiration.

— Bravo, Bourdon ! Tu as la rage qu'il convient, lança-t-il gaiement à son adversaire.

Le sire de Graville restait hagard, épouvanté par la violence de son geste. Il entendait encore cette voix qui était montée du plus profond de ses entrailles et qui lui disait « Tue, tue, tue ! » Il ressentait l'horreur d'y avoir cédé dans le vertige d'un instant, alors que son roi venait de tomber.

— Si l'épée avait été d'acier, mon bouclier n'y aurait pas suffi et tu me rompais en deux, maraud ! continuait le roi, qui jubilait à cette perspective.

La plupart du temps, l'entraînement se faisait avec des lances émoussées et des armes de bois tendre ou de cuir bouilli afin de limiter les blessures, car il n'était pas rare qu'il y ait des morts ou blessés lors de ces exercices violents ; et ces accidents étaient considérés comme de mauvais présages. Avec son favori, Charles VI avait ainsi lui-même décidé des règles de leur combat : épée de bois contre écu. Cette résolution avait sauvé la vie du jeune souverain.

— Eh bien, gentil Bourdon, tu ne m'en as encore rien dit ? demanda-t-il en se mettant à plat ventre.

L'expression du sénéchal se durcit tandis qu'il regardait le roi arracher une pâquerette pour en mâchonner distraitement la tige. Nul autre que Bois-Bourdon ne possédait dans le regard cette intensité d'oiseau de proie, qui pouvait prendre une étrange fixité. Ses prunelles étaient si noires que l'on n'en distinguait pas la pupille. Il avait un nez aristocratique, fin et busqué, à la racine étroite. Ses yeux trop rapprochés lui donnaient le charme d'un léger strabisme, qui aiguisait encore leur puissance ténébreuse.

— Rien dit ? À quel propos, monseigneur ? répondit-il enfin.

— De la princesse de Bavière. Et qui d'autre ?

Compagnons de débauche, ils n'avaient point de secret l'un pour l'autre, et parlaient volontiers des femmes avec grivoiserie. Cependant, le sire de Graville, cette fois, sentait ne pouvoir supporter qu'Isabelle soit le sujet d'une conversation libertine.

— Eh bien ? Qu'en dis-tu ? insista le roi.

— Je m'en garderai bien, mon cher seigneur, de peur que ma très haute opinion d'elle ne passe pour basse flatterie.

— Dis toujours.

— Dispensez-moi, par pitié, sire. N'aiguisez pas ma concupiscence jusqu'au crime de lèse-majesté, biaisa Bois-Bourdon avec componction. Elle est vôtre.

— Elle est vôtre, répéta Charles à l'envi. (Cette remarque le plongeait dans la béatitude.) As-tu vu ses cheveux ? De la soie, et noirs comme jais. Et sa peau ? Fine, ambrée comme un fruit mûr. Et ses yeux, n'a-t-on jamais vu des yeux aussi admirables ? Elle regarde droit, avec une telle noblesse. Alors que toutes, toutes elles baissent les paupières devant ma personne, déjà soumises. (Il lança avec agacement.) Déjà prises !

Il est vrai que Charles VI n'avait jamais eu à se plaindre de la moindre résistance, de la plus petite attente. Sa beauté et son nom faisaient immédiatement se coucher les femmes, de la plus prude à la plus putassière.

Bois-Bourdon se détourna, agacé par le radotage amoureux du roi.

Des cris déchirants éclatèrent. Huguet de Guisay, qui combattait à la lutte avec son écuyer, venait de terrasser ce dernier et il le maintenait sur le sol, lui écrasant la poitrine du genou.

— Grâce, messire, grâce ! haletait l'écuyer.

— Je veux te l'entendre crier plus fort, insista le sire de Guisay en lui broyant la poitrine de plus belle.

Mais il ne sortit qu'un gargouillis de la bouche grande ouverte de l'écuyer, suffoquant comme un poisson hors de l'eau. De toute la folle jeunesse chevaleresque qui entourait le roi, Huguet de Guisay était le plus cruel, le plus imbu de son lignage. Il se plaisait par perversité à contraindre sous le fouet ses valets à marcher à quatre pattes, en leur ordonnant d'aboyer.

Le roi se mit prestement sur ses pieds, empourpré de colère.

— Presse donc encore, Guisay ! Tu n'as pas trop de mal à faire crier grâce, tu prends toujours plus faible que toi.

Sous l'injonction de son souverain, Huguet se releva, libérant son écuyer qu'il gratifia d'un coup de pied méprisant.

— Tous des chiens !

— Viens, Guisay, viens donc me faire aboyer ! Viens donc me prendre, moi !

Le roi le provoquait tout en approchant. Louis de Bois-Bourdon ne put s'empêcher de l'admirer. Le souverain possédait encore pur cet esprit chevaleresque qui commandait de défendre le plus faible. Cet esprit de justice et d'équité des anciens qui, depuis, avait abandonné l'âme de la chevalerie, plus occupée de faste et de gloire que de la protection naturelle de ses vassaux.

— Allez, viens ! Lutte à mains nues. Le premier qui touche la terre des épaules demande grâce.

— Je ne saurais faire crier grâce à mon roi, dit Guisay en se dérobant.

Il s'inclina, la main sur le cœur. Déjà il lui tournait le dos. Alors Charles se précipita et l'empoigna à plein torse. En tentant de se dégager, le sire de Guisay fut contraint d'accepter la lutte.

Il était plus petit que le roi, mais il était plus lourd. Sa stature courte et épaisse était surmontée d'une petite tête à cheveux roux qui n'avait pas l'air d'avoir été faite pour ce corps massif. Le roi, lui, n'était qu'harmonie, les épaules larges où roulaient des muscles ronds qui saillaient sous l'effort. Il était torse nu, les fesses étroites, bien prises dans son haut-de-chausse qui moulait ses cuisses puissantes. Charles était bien de ces princes qu'enfantent les chansons de geste, un prince qui enfante la geste elle-même. Le peuple, qui ne s'y trompait pas, l'avait nommé le Bien-Aimé.

Bois-Bourdon n'aimait pas le sire de Guisay dont il connaissait la vénalité. Il se détourna des lutteurs : à un jet de pierre de là, dans la lice à peine bornée, caracolaient deux jeunes cavaliers. La cotte aux fleurs de lys et celle du bandé de Bourgogne désignaient le frère du roi, duc d'Orléans, et le fils aîné de Philippe le Hardi, le comte de Nevers.

Louis d'Orléans avait fort étonné en se présentant sur le terrain en cuirasse et bassinet, visière rabattue. Ses maîtres d'armes étaient accoutumés à voir le jeune prince se tenir à l'exercice juste ce qu'il devait à son rang et à son éducation, et il mettait leur patience à rude épreuve par ses retards ou ses absences. Ce matin-là, il était arrivé tôt, juché crânement sur son destrier mené à la main par son page. Il affichait une morgue provocante, promenant les armes de France avec arrogance. Louis semblait avoir changé et vouloir en découdre.

Il avait travaillé un moment la quintaine à grandes chevauchées maladroites, et alors qu'il venait de manquer un coup, il croisa le regard d'un garçon de son âge, son cousin germain, Jean, comte de Nevers, l'héritier de Bourgogne.

À quatorze ans, ce prince de sang ne pouvait pas mieux se comparer qu'à un taurillon sauvage. Il en avait la noirceur de teint et de cheveux, il en possédait la fougue aveugle. Nevers était robuste, râblé et terriblement ombrageux. Comme ce dernier avait esquissé un sourire narquois, Louis s'était piqué, et l'avait défié en lice. Ce défi avait fait le tour du terrain d'entraînement et l'on avait pris des paris.

Connaissant la puissance de charge que possédait déjà le jeune Bourgogne, et le peu d'habileté aux armes de son puîné, le roi avait lancé lui-même un défi à son frère en plaisantant :

— Si tu lui fais vider les étriers, tu es digne de participer aux grands tournois de mon mariage !

Ce fut une maladresse. Mortifié par l'ironie de son aîné, le duc d'Orléans l'avait pris au mot. Quelle mouche le piquait ? Louis était trop inexpérimenté pour concourir à ces joutes violentes et parfois mortelles qu'étaient les grands tournois. Il n'en avait d'ailleurs jamais manifesté ni le goût ni le désir jusque-là.

Charles VI ne prenait pas la mesure de la jalousie de son cadet. Il était lui-même totalement dépourvu de ce sentiment, se réjouissant bien plus des bonnes fortunes de ceux qu'il aimait. Et Charles aimait son frère. Inquiet, il aurait bien aimé ravaler sa boutade. Mais il s'était rassuré : Louis mordrait la poussière au premier assaut, et serait alors dispensé de tenir sa parole malheureuse.

Le sire de Graville se leva : autour de la lice, près des palissades à moitié dressées, chevaliers, écuyers et damoiseaux s'agglutinaient à présent : le combat entre Orléans et Nevers était engagé. Des voix encourageaient les deux jeunes jouteurs qui se couraient sus dans un galop furieux.

Bois-Bourdon se retourna vers les lutteurs qui s'empoignaient toujours. Il voulait prévenir Charles, mais il se retint car celui-ci avait l'avantage. Arcboutés l'un contre l'autre, Huguet reculait, pas à pas. Les deux hommes avaient les muscles noués, luisants de sueur, ils sacraient haut et fort. Le sire de Guisay s'effondra soudain avec un cri de rage. Gisant sur le flanc, il se prit la jambe en grimaçant de douleur avec ostentation. Charles éclata de rire.

— Eh bien, Guisay ! Il n'est pas besoin de te faire toucher terre, tu y vas tout seul.

— Ne riez pas, monseigneur, la cheville a tourné, j'ai le pied rompu.

Bois-Bourdon intervint avec ironie :

— Moi, je dirais que c'est la lutte qui vient d'être fort heureusement rompue.

Le roi surenchérit, faussement scandalisé :

— Que me dis-tu, gentil Bourdon ? Il se serait laissé glisser exprès ?

En provenance de la lice, une clameur horrifiée s'éleva. Le sénéchal du Berry et le roi abandonnèrent le chevalier de Guisay à ses simagrées, et s'y précipitèrent.

Le public s'écarta aussitôt devant Charles VI découvrant son cousin qui se roulait sur le sol, hurlant de souffrance en se tenant l'épaule. Le jeune duc d'Orléans paradait sur son destrier en triomphateur, le bâton en guise de lance posé droit sur sa cuisse.

— Tu m'as pris par traîtrise, cousin, je te revaudrai ça ! lui cria Jean de Nevers.

Louis s'approcha du roi et releva sa visière.

— J'ai gagné le droit de jouter à ton mariage, noble frère.

— Il m'a chargé alors que ma lance s'était brisée ! hurla de plus belle le comte de Nevers, qui se remettait sur pied en refusant toute aide. Son bras accusait un angle curieux avec son épaule.

— Est-ce vrai ? demanda le roi à son jeune frère.

— Aux grands tournois, je prendrai les couleurs de la reine, rétorqua Louis d'Orléans avec aplomb.

Sur ce, il éperonna sa monture et quitta les lieux à grand train, son écuyer courant derrière. Bois-Bourdon suivit des yeux ce départ intempestif. La veille, le duc d'Orléans n'avait-il pas crié par deux fois : « Je le tuerai ! » en parlant du roi ? Qu'est-ce qui avait pu éveiller une telle ire ? La jeune Isabelle dont il venait de se faire le champion en portant ses couleurs ? Voulait-il se faire remarquer d'elle par quelque acte de bravoure, et était-il, lui aussi, tombé amoureux de la princesse de Bavière, au point de s'exposer gravement ?

Un vieux chevalier palpait l'épaule démise de Jean de Nevers qui jura de douleur. Fort contrarié par l'incident, le souverain tentait d'apaiser son cousin, lui assurant que son rebouteux lui remettrait promptement ce bras à l'endroit. Les fureurs de l'aîné de Bourgogne ne se laissèrent pas distraire par les amabilités de Charles VI ; le bleu de son regard lançait des éclairs d'acier, son menton prognathe se fit encore plus menaçant.

— La traîtrise serait-elle à présent l'apanage de mes cousins de France ? gronda-t-il entre ses dents serrées par la souffrance.

— Garde tes paroles, beau cousin ! Ou tu me fâcheras. Ce n'est que maladresse d'un chevalier encore sans mérite mais non sans cœur ; Louis est un enfant, répliqua Charles, oubliant que Jean était du même âge que son frère.

— Un enfant qui me rendra raison, alors on verra pour le cœur.

— Passe outre, mon cousin, ou c'est à ma personne royale que tu rendras raison.

Le comte de Nevers ravala son humiliation mais il était à gager qu'il ne l'oublierait pas. Loin de posséder la diplomatie de son père, Jean ne pouvait souffrir le plus léger abaissement. Le priver d'en obtenir réparation était une erreur.

Nevers tourna les talons et s'en fut en se tenant l'épaule, écartant de son bras valide toute forme de sollicitude, avec cet air de taurillon exaspéré par les mouches. Louis de France venait de se faire un ennemi mortel en la personne de son cousin germain, se dit Bois-Bourdon, et il est des haines d'adolescence qui ne s'effacent jamais, lui le savait plus que personne.

*
* *

Depuis l'aube, la vaste demeure de Bourgogne était en effervescence et résonnait des préparatifs du mariage royal.

Isabelle se réveilla en sursaut tandis que Miette la Clabaude tirait les courtines avec énergie.

— Allez, debout, paresseuses, il y a fort à faire et la journée sera rude.

Elle se mit sur son séant et regarda sa nounou d'un air ahuri.

— Qu'est-ce qui sera rude ?

À ses côtés, dans un envol de draps où elle était enfouie, Catherine émergea toute chiffonnée ; la Clabaude ouvrait grand les croisées sur un soleil déjà haut.

— Il faudra me dire, Isabelette, lança-t-elle, comment il va falloir maintenant que je te nomme. Je n'ai pas été dressée, moi, à servir une reine.

— De quoi parles-tu donc ? demanda celle-ci, complètement perdue.

— Je parle de tes épousailles avec le roi de France dont tout le monde cause, répondit la Clabaude à sa maîtresse. Sans compter que je n'ai pas que ça à faire, moi, il va bien falloir que je retourne auprès de mon Gustaf.

Gustaf était un métayer du château de Ludwigsburg avec lequel Miette, malgré sa quarantaine, s'était fiancée devant Dieu avant son départ pour Amiens.

Comme la princesse de Bavière semblait assommée par la nouvelle, Catherine demanda, incrédule :

— Le roi épouse Isabelle ?

— Et pas plus tard que demain.

— Ça veut dire qu'Isabelle ne reviendra pas en Bavière avec nous ?

— Et qu'y faire ? grommela Miette. Puisqu'elle convole, il nous faudra bien retourner sans elle. Une épouse doit demeurer dans la maison de son mari, une reine en son royaume.

Catherine fondit en larmes : elles allaient être séparées pour toujours. Il y eut un silence consterné, que rompit la voix blanche mais déterminée de la princesse de Bavière :

— Ne pleure pas, je ne serai jamais reine de France.

— Avec ça qu'on te demande ton avis, mon poussin, lui rétorqua sa nounou en haussant les épaules.

— Jamais ! hurla Isabelle de toutes ses forces.

Cette soudaine union la terrorisait. Elle n'était pas prête.

Miette la considéra avec désolation. Son Isabelle se tenait assise dans le lit, raide et tendue, le menton porté en avant dans un défi opiniâtre. Elle la connaissait plus que quiconque. Son poussin était la joie de vivre, une enfant turbulente et enjouée, de bonne compagnie. Mais elle pouvait faire preuve d'une obstination dont rien ne pouvait la faire démordre. Son haut front bombé attestait de la force de ses entêtements.

La Clabaude se rendit compte trop tard que, pour annoncer une telle nouvelle, il aurait fallu une noble personne de haute autorité. Alors, sans plus un mot, Miette s'en alla quérir la duchesse de Bourgogne, se reprochant en bougonnant d'avoir la langue trop bien pendue, et d'avoir bien mérité son surnom.

*

* *

Marguerite de Flandre avait fort à faire en ce dimanche de la Saint-Bonaventure. Son hôtel était à l'image d'une ruche en folie, comme des abeilles dérangées par un ours avec sa grosse patte gourmande de miel. Il lui fallait penser à tout, jusqu'à la robe de mariée dont la princesse de Bavière était dépourvue. Elle avait du mal à tenir ses gens, et ne cessait de rager contre ces noces intempestives. Et quand elle apprit qu'Isabelle refusait catégoriquement d'épouser le roi, elle sut qu'elle n'était pas encore au bout de ses peines. Elle se rendit en hâte dans les appartements de la princesse de Bavière tout en songeant à ses propres accordailles.

Elle avait été l'héritière la plus convoitée de son temps. Elle apportait dans sa corbeille de mariage, outre les riches Flandres, le Brabant dont la duchesse du même nom était sa tante, et puis l'Artois, la Franche-Comté, et d'autres moindres mais nombreuses seigneuries. Aussi, la compétition avait été acharnée. L'Angleterre et la France furent les plus opiniâtres. Marguerite méprisait son débauché de père, Louis de Maele, autant qu'elle avait aimé sa grand-mère, Marguerite de France, dont elle portait le prénom. Elle avait eu avec celle-ci une grande complicité, et lui avait confié que ses préférences allaient au jeune duc de Bourgogne. Sa grand-mère en avait été satisfaite : elle-même venant de France, il lui plaisait que sa petite-fille y retournât. Elle avait alors soutenu la demande de Philippe le Hardi avec une grande fermeté. Mais le comte de Flandre avait atermoyé, ne voulant fâcher les Anglais ; et sept années durant, ce mariage s'était négocié sans jamais se conclure. Excédée, Marguerite de France était allée trouver son fils et lui avait découvert sa poitrine : « Puisque vous ne voulez point obéir à votre mère, pour vous faire honte, je vais trancher ce sein qui vous a nourri, et le donnerai à manger aux chiens. »

D'un naturel impressionnable, son père avait enfin donné son consentement. C'est ainsi qu'elle avait épousé suivant son cœur. Mais qu'en était-il de celui de la princesse de Bavière ?

La duchesse de Bourgogne entra dans la chambre où elle trouva Isabelle renfermée sur elle-même. Elle la salua avec affabilité, celle-ci ne lui répondit pas, ne lui accorda aucun regard. Marguerite pensa avec inquiétude qu'on ne pouvait pas traîner de force cette enfant devant l'autel, et maudit encore ce mariage trop précipité : Charles VI avait souvent des toquades qui mettaient tout son monde dans l'embarras. Elle voulut rester seule avec Isabelle. Aussitôt la porte refermée, Isabelle sortit de son mutisme dans un flot de paroles rageuses d'où ressortait que le roi faisait injure à la noble maison des Wittelsbach en l'épousant de façon si cavalière. Il lui devait long courtisement, ainsi qu'un chevalier le doit à sa dame. Et puis elle ne voulait pas rester seule, abandonnée de ses gens, étrangère en ce royaume qu'elle détestait. Enfin, à bout de révolte, la princesse éclata en gros sanglots libérateurs, réclamant son père à grands cris, comme une enfant perdue. La duchesse la reçut contre sa poitrine avec toute la tendresse d'une maman. Tout en la berçant, elle évoqua longuement l'âme chevaleresque de Charles VI, sa beauté, sa grande bonté et sa douceur, l'amour infini qu'il avait déjà pour elle. Puis elle lui posa directement la question :

— Ne l'aimes-tu donc pas ?

— Si fait, madame, il est fort aimable. Mais ce mariage me fait trop peur, répondit-elle d'une petite voix épuisée.

Isabelle s'était attachée à Marguerite de Flandre, et sa grande noblesse l'impressionnait. À Bruxelles, quand la duchesse de Bourgogne l'atournait, elle jouait avec elle comme à la poupée et ses exigences finissaient toujours par un grand éclat de rire. « Vous êtes la plus jolie petite princesse qu'il m'ait été donné de voir ! » lui disait-elle.

La tendresse toute maternelle de Marguerite lui tira son premier sourire.

— Mon enfant, lui murmura cette dernière en essuyant d'un geste doux une larme qui roulait sur sa joue, Charles VI te veut pour épouse, et nulle autre que toi. Il n'est pas plus grand honneur pour une princesse. Tout le monde se prépare à ces noces si solennelles. (Elle se fit plus ferme.) Refuser le roi serait une injure considérable. Personne ne saurait te le pardonner. Même ton père Étienne de Bavière en subirait l'affront. Tu en resterais à jamais déshonorée.

— Déshonorée, madame, répéta Isabelle en fronçant les sourcils.

— ... Alors que le roi ne cherche qu'à t'honorer, termina la duchesse.

La princesse de Bavière resta un instant songeuse. Elle prenait conscience qu'elle n'avait pas le choix. Ses yeux s'emplirent à nouveau de larmes.

— Je ne puis pourtant pas rester seule en cette terre étrangère.

Marguerite acheva de la rassurer :

— J'obtiendrai de Charles que tous tes gens restent auprès de toi, lui promit-elle.

— Même Ozanne ? demanda Isabelle, pleine d'espoir.

— Même Ozanne, promit encore la duchesse, tout en sachant que cette dernière appartenait à sa tante de Brabant.

La princesse de Bavière poussa un profond soupir, puis elle se redressa avec détermination.

— Alors, puisqu'il en est ainsi, et puisqu'il le faut, je serai reine de France, consentit-elle enfin.

*

* *

Au même moment, Jeanne de Brabant faisait mander Ozanne de Louvain dans ses appartements. Il n'était pas en son pouvoir de faire reculer ces noces prématurées, mais elle saurait bien empêcher le roi de consommer ce mariage, faisant d'elle une parjure maudite.

« Si le sang Isabelle n'a pas, qu'il se retourne aux veines du parjure, et la veine inférieure gonfle et noue et rompt. » La malédiction de Thadée Visconti lui revenait sans cesse en mémoire et la terrifiait. « Et que la plaie suinte et pue et souffre... » Harcelée par la douleur qui lui taraudait la jambe, elle la voyait déjà puer et pourrir ; et qui voudrait d'une vieille femme pourrissante et puante ?

Car elle aimait.

Elle n'avait pas de fils, celui qu'elle aimait avait l'âge de l'être. Il serait son héritier. Elle l'avait promis à son amant. C'était par le Brabant qu'elle le tenait et qu'elle le gardait. Et à cause de son Brabant, Jeanne naviguait sur le fil du couteau. Il n'y a pas de pire situation qu'une veuve sans descendance. Son douaire excitait les convoitises de ses voisins germaniques aux humeurs belliqueuses ; il était, d'autre part, revendiqué par la maison de Luxembourg, dont son époux était issu ; mais surtout, son héritière directe était sa nièce, Marguerite de Flandre, l'épouse du puissant duc de Bourgogne. Ce dernier assurait pour l'heure la sécurité de son duché, estimant que le Brabant lui revenait de droit. Mais Jeanne n'avait toujours pas testé en faveur de sa nièce : elle y perdrait son amant.

Et le Hardi enrageait, sa politique d'expansion territoriale était insatiable. Cependant, elle avait le moyen de tenir en laisse ce grand fauve. Par l'un de ses rapporteurs qu'elle entretenait dans toutes les cours d'Europe, elle avait acquis la preuve que le duc de Bourgogne avait fait abréger la vie de son beau-père, le comte de Flandre, pour s'accaparer plus vite des riches États flamands, héritage de sa femme. Devant Philippe, elle avait fait de fines allusions à l'auteur de ce crime, une âme damnée au service de Bourgogne : Louis de Bois-Bourdon. Ainsi, il savait qu'elle savait. Cependant, elle se gardait bien de le pousser à bout, elle avait besoin de sa protection et il est des secrets mortels, un fauve reste un fauve. Habilement, elle lui laissait espérer son silence et son douaire sans s'engager plus avant, et le caressait dans le sens du poil en faisant le jeu de sa menée matrimoniale avec la Bavière.

La demoiselle de Louvain frappa doucement à l'huis et la voix hargneuse de sa maîtresse l'invita à entrer. Elle esquissa une révérence.

— Je suis à vos ordres, madame.

— Je l'espère bien, ma fille ! Il ne faut pas laisser la reine en la puissance du roi au soir de sa nuit de noces. À toi de le rendre impuissant. Use de tes potions, de tes maléfices, ou autres sorcelleries, mais rends-le impuissant.

« Rendre Charles VI impuissant ! » pensa Ozanne, qui crut que ses jambes se dérobaient sous elle.

— Madame, je ne le puis. Le roi est l'oint du Seigneur, et toucher à sa personne est un crime devant Dieu.

— Abandonnez cette enfant au soir de ses noces en est un autre.

— Madame, je ne saurai, supplia-t-elle encore.

— Tu sauras ! la coupa-t-elle durement, et sois plus efficace qu'avec tes emplâtres qui ne font qu'enflammer davantage cette damnée varice. Prends garde d'échouer, ou je te ferai jeter à la rue, nue et bâtarde comme au premier jour de ta naissance.

Il n'y avait pas un mot à ajouter, Ozanne se retira en tremblant.

*

* *

Deux heures après vêpres se tint la bénédiction des fiançailles royales dans le petit oratoire de la duchesse de Bourgogne, devant une poignée d'intimes français et bavarois.

Le roi était superbe, en pourpoint cramoisi à larges manches bouillonnées aux épaules, un feutre vert herbeux à revers noirs posé sur ses cheveux blonds. Il ôta de son doigt un anneau d'or et le glissa à celui d'Isabelle, celui dont la veine va directement au cœur.

— Moi, Charles, je promets par mon serment d'épouser Isabelle, si la sainte Église y consent. Amie, par cet annel d'or, je vous mets en ma possession et de vous aimer toujours loyalement.

L'aumônier tendit une alliance à la princesse de Bavière qui la passa à l'annulaire du roi.

— Moi, Isabelle, je promets par mon serment d'épouser Charles, si la sainte Église y consent. Ami, par cet annel d'or, je me remets en votre possession et de vous aimer toujours respectueusement.

— Et moi je vous fiance au nom du Père, du Fils et du Saint-Esprit ! Amen.

Et l'aumônier les bénit d'un signe de croix. Charles de Valois, dit le Bien-Aimé, et Isabelle Wittelsbach Visconti étaient promis.

Ils se tenaient de part et d'autre du prêtre. Isabelle portait une couronne d'or que lui avait offerte le roi, posée sur ses cheveux tombants, ruisselants sur une aube d'écarlate. L'aumônier prit la main de la fiancée et la mit dans celle du fiancé. Charles en baisa la paume et la pressa sur sa propre joue avec infiniment de douceur.

— Ma mie, je me donne à vous de corps et d'âme. Un sourire de vous et je serai en paradis.

Ozanne détourna les yeux en retenant ses larmes ; elle ne pouvait supporter de voir les mains de cet homme qui avaient caressé si brièvement son corps, ni ces lèvres qui lui avaient débité de si vains mots d'amour.

Celui qu'elle aimait épousait ailleurs, celui qu'elle aimait – quelle folie ! – était le roi de France.

— Qui êtes-vous, demoiselle à la jolie figure ?

Elle sursauta. Le roi, qui se faisait présenter la suite bavaroise, se tenait devant elle.

— Ozanne de Louvain, noble sire, répondit-elle en s'inclinant aussitôt.

— Ne vous ai-je point déjà vue ?

— Non pas, sire, je n'aurais pu l'oublier.

Elle niait, d'une voix mal assurée, tant elle redoutait d'être reconnue, et souffrait de ne pas l'être.

— Vraiment ? Êtes-vous de la maison de Bavière ?

— Je suis à Mme de Brabant, sire, au service de la princesse Isabelle.

— Et nous souhaitons que vous le restiez en qualité de première dame d'honneur de la reine. (Puis se tournant vers la duchesse de Brabant.) Madame, oserai-je vous demander la permission de nous céder cette ravissante demoiselle ?

La douairière, prise de court, ne put que s'incliner.

— Je ne saurais vous la refuser, Majesté, marmonna-t-elle, la rage au cœur.

Le roi, qui n'était pas dupe, la remercia d'un large sourire. Marguerite de Bourgogne souriait aussi, satisfaite : le roi suivait ses conseils et s'employait à s'attacher les familiers de sa future épouse.

C'est ainsi que Catherine de Fastavavin resterait en France avec le titre de chambellane. Quant au chevalier Adémard de Courtemay, il se vit nommer chef de lance dans la garde personnelle du roi, un honneur dont il n'aurait jamais osé rêver, et qui allait en faire pâlir de jalousie plus d'un.

Profitant du cérémonial des présentations, Jeanne de Brabant se rapprocha d'Ozanne.

— Et que dira la reine lorsqu'elle saura que sa première dame d'honneur couche avec le roi et qu'elle l'aime ? lui persifla-t-elle à l'oreille.

La demoiselle de Louvain devint mortellement pâle. La détestable douairière ajouta dans un souffle, avant de quitter l'oratoire :

— Je ne te tiens pas quitte, Ozanne la Bâtarde !

Isabelle vit la duchesse de Brabant sortir, et s'approcha à son tour d'Ozanne dont elle avait remarqué la soudaine pâleur.

— Es-tu heureuse de rester avec moi ? lui demanda-t-elle avec inquiétude.

— Fort heureuse et fort honorée, répliqua celle-ci avec un sourire contraint.

Le visage d'Isabelle s'illumina de contentement.

— Ainsi, nous ne nous quitterons plus jamais, lui lança-t-elle en lui donnant la main.

Ozanne se sentit au bord des larmes tant la juvénile confiance de la jeune princesse la torturait. Loin d'imaginer l'état d'esprit de sa dame d'honneur, Isabelle suivait des yeux Charles VI qui déambulait avec affabilité, saluant avec grâce, ayant un mot plaisant pour chacun.

— Vois comme il est aimable, lui confia-t-elle en lui tenant toujours la main. Il devance tous mes désirs comme un digne servant d'amour.

Ses craintes s'étaient dissipées. Le roi était bien son beau cavalier blond, à l'image de l'iconographie chevaleresque de l'imaginaire courtois.

C'est alors qu'elle croisa le regard profond d'un chevalier brun. Il la scrutait avec une telle force que ses pupilles semblaient converger sur sa personne. Elle avait déjà croisé ces yeux sombres et dérangeants sur le chemin d'Amiens, n'était-ce point lui que le roi avait appelé Bourdon ? Dans ces yeux noirs, elle ne voyait que nuages lourds, ceux de Charles n'étaient qu'azur.

Comme le roi revenait vers elle, elle se fixa dans cet azur-là et sourit à son fiancé avec confiance.

5

Bachelleries royales

> Lorsque tu prends dans tes bras les membres d'une femme, contemple les vers, la sanie, l'insupportable puanteur qu'elle sera dans peu de temps, afin que la représentation de cette pourriture à venir te fasse prudemment mépriser les déguisements d'une beauté de théâtre.
>
> Pierre DAMIEN, docteur de l'Église

Comme si les lourds nuages du regard de Bois-Bourdon s'étaient accumulés sur la campagne picarde, ils crevèrent brusquement en fin de soirée. Il se mit à tomber des trombes d'eau, alors que la nuit tombait. On sonnait le couvre-feu.

Ozanne regardait la pluie qui crépitait avec violence sur le carreau de la soupente qui lui servait de chambre, où elle s'était réfugiée après la cérémonie des fiançailles. Elle songeait avec angoisse aux menaces de la duchesse de Brabant, alors qu'elle croyait échapper enfin à ses griffes.

Première dame d'honneur de la reine ! Un instant, un ciel superbe s'était ouvert sur sa liberté, mais l'horrible douairière, tout aussitôt, l'avait refermé comme un piège. Si elle désobéissait, celle-ci la trahirait sans nul doute auprès d'Isabelle qui la rejetterait avec raison. Sans plus aucun soutien, elle se retrouverait dans un dénuement total.

Elle maudissait son sort. Mme de Brabant avait fait d'elle sa créature. Elle en usait avec elle comme une marâtre depuis le jour où elle l'avait tirée du fumier des cours basses du château de Louvain, dont elle portait aujourd'hui le nom fallacieux. Elle y avait grandi avec la marmaille du forgeron, soumise aux rudes tâches de la plèbe. Pourtant, personne n'ignorait qu'elle était la fille naturelle de Wenceslas de Luxembourg, l'époux de la duchesse, et d'une noble dame brabançonne qui était morte en couches pour son malheur. Son père s'était détourné de cette enfançonne qui avait tué son amante, la laissant au bon vouloir de son affreuse épouse qui s'était débarrassée d'elle chez le forgeron. Et son père était mort à son tour, sans jamais l'avoir reconnue.

Un jour, la duchesse de Brabant l'avait fait mander. Elle se revoyait, plantée au beau milieu d'une grande salle. La duchesse tournait lentement autour d'elle en l'observant. Elle se tenait immobile et tremblante, la tête basse ; elle n'était qu'une fillette de dix ans terrorisée.

— Tu es bien comme ta putain de mère, Ozanne la Bâtarde ! Tu as la beauté du Diable, lui avait-elle jeté après l'avoir dévisagée.

Elle dit encore qu'elle était sale et qu'elle puait l'écurie, et la livra à ses femmes de chambre afin qu'elles l'étrillent à l'en faire crier.

Comme elle ne connaissait ni A ni B, la duchesse de Brabant lui fit donner de l'éducation, tout ce que doit savoir une noble personne du sexe pour faire bonne figure dans le monde. Lorsqu'elle fut présentable, elle l'attacha à ses pas sous le nom plus honorable de Louvain – mais elle se plaisait bien plus à l'appeler la Bâtarde – et elle l'utilisa à ses fins jusqu'à la putasser.

Elle savait que suivant l'usage et la morale, la princesse de Bavière devait être soustraite à son époux au soir de ses noces, mais Ozanne ne comprenait pas les raisons qui poussaient la Brabant à intervenir, jusqu'à vouloir rendre le roi impuissant… la seule morale que possédait sa maîtresse était ses propres intérêts.

Rendre le roi impuissant était un acte redoutable, c'était un crime de lèse-majesté, elle risquait d'y perdre sa vie et son âme. Qu'en penserait sa nourrice, sa bonne Bertrande, la seule personne de son enfance qui l'ait tendrement aimée, si souvent consolée ? Elle lui avait appris le secret des plantes et des charmes, et lui avait dit une fois en lisant dans les étoiles : « Un jour, tu seras par amour d'un roi, une reine. » Mais celle qu'elle considérait comme une mère avait disparu trop tôt, lui laissant le mystère indéchiffrable des étoiles et un grimoire en héritage dont elle n'avait pas toutes les clefs.

Elle se sentit soudain si seule que les larmes lui vinrent aux yeux. Elle entendait encore sa gentille Bertrande lui dire : « Ma petite, une personne dans ta condition n'a que deux moyens pour survivre : son corps et sa tête ! Le corps, Dieu te l'a donné, la tête, à toi d'y veiller. » Et elle ajoutait toujours ces trois conseils : « Garde ta langue ; agis selon ta conscience ; et dans le doute, prie ! » Alors Ozanne pria, elle pria longtemps avec ferveur, puis elle se signa et ouvrit résolument la cassette qui renfermait ses poudres, ses herbes et son grimoire. Elle savait déjà où se tiendrait le roi, qui enterrait cette nuit sa vie de garçon : Adémard de Courtemay, qui y avait été convié, s'en était vanté devant elle.

*

* *

Tout heureux de ses fiançailles, Charles VI avait quitté Isabelle le cœur léger. Il aimait, et il était aimé, il l'avait lu dans le regard incomparable de sa fiancée. Elle était sa dame de cœur, il était son chevalier servant, et lui devait courtisement et hauts faits de bravoure. Il songea au glorieux dessein d'envahir le royaume d'Angleterre, décida d'en presser le projet et de le dédier à la reine. Il ferait bonne et rude guerre outre-mer en hommage et amour d'elle.

C'est avec l'âme de Guillaume le Conquérant qu'il s'apprêta à passer joyeusement sa dernière nuit de jeune homme. Le grand ordonnateur des menus plaisirs de monseigneur le roi, le sire de Bois-Bourdon, lui avait promis des réjouissances particulières : une bachellerie royale, fête orgiaque comme en organisent les étudiants et les chevaliers bacheliers.

Le sénéchal du Berry avait à son service un certain Pascal le Peineux dont le prénom si catholique cachait un personnage dangereux et retors. Le Peineux lui était dévoué jusqu'à la mort, Bois-Bourdon l'ayant sauvé naguère du supplice de la roue en l'achetant au bailli de Paris. Après cette grâce, il s'était fait baptiser sous le nom de Pascal, et avait fait vœu de faire pénitence en renonçant à boire du vin jusqu'à la fin de sa vie, ce qui lui avait valu son patronyme de « Peineux ».

Pascal le Peineux était d'une stature de colosse, d'une force d'hercule, et son visage carré était grêlé par la petite vérole. Officiellement, il était l'écuyer du seigneur de Graville, officieusement, il était son homme de main et son agent de renseignements. Car le nouveau baptisé était resté un ribaud de la pire espèce au service de son maître : rabatteur de vierges vénales, de putains au visage d'ange, de jeunes éphèbes à la recherche de bonne fortune, pour les « menus plaisirs » de la Cour. Il avait aussi l'art de faire parler les secrets les plus dissimulés.

Louis de Bois-Bourdon lui avait demandé de trouver quelque chose d'exceptionnel pour le roi. Le Peineux était entré par usure et menace dans le bordel le plus clandestin de la capitale picarde. Établissement de bains très bien fréquenté de jour, la nuit, il se métamorphosait en lupanar de luxe. Ce type d'étuve n'était guère original mais celui-ci dissimulait un arcane dont la révélation aurait fait trembler les braves gens d'Amiens et jeter sa tenancière dans les flammes d'un bûcher.

*
* *

La nuit était noire, l'orage s'était éloigné en grondements sourds, le ciel nettoyé était superbement constellé. Demain, il ferait grand beau temps. Une dizaine de silhouettes, enveloppées de capes sombres, le visage entièrement couvert, embronché d'un capuchon, se coulaient le long des berges de la Somme. Elles remontaient furtivement la grand-rue des Hortillages pour se fondre dans l'ombre du grand portail central de la cathédrale de Notre-Dame d'Amiens. Elles y conciliabulèrent, sous le regard de pierre du Christ Roi, pétrifié dans une expression d'éternelle mansuétude, et que les bonnes gens appelaient le *Beau-Dieu*. Puis les silhouettes se remirent en marche. Elles empruntèrent bientôt la ruelle étroite des Trois-Cailloux. Témoin du violent orage qui avait éclaté aux dernières heures du jour, un véritable ruisseau charriait encore dans le milieu de la rue les immondices jetées du haut des fenêtres par les riverains. Bien que leur errance fût interdite, des cochons se vautraient, repus, avec des grognements sourds, dans les eaux fétides. Ces éboueurs aux appétits solides avaient renoncé à leur service de nettoiement et dormaient. Il fallait les contourner ou même les enjamber lorsqu'ils se trouvaient sur le passage. Les silhouettes eurent bientôt leurs chausses et le bas de leurs houppelandes crottés et trempés.

Plus trace de pavoisement. Les pétales de roses et les feuillages avaient été balayés par le flot. Les tentures et les étendards avaient été retirés hâtivement. Derrière les volets clos, on les brossait, on les lustrait, on astiquait les ors et les argents que le soleil retrouvé ferait étinceler. Demain à l'aube, les rues grouilleraient à nouveau comme une fourmilière industrieuse. Les citadins sortiraient des huches leurs meilleures salaisons, tueraient et plumeraient leurs plus grasses volailles, mettraient en perce leur plus fameux tonneau. On travaillerait sans relâche à la fabrication des pâtés et des gâteaux, et l'on porterait en procession autant de victuailles gracieuses au palais épiscopal en l'honneur du mariage de monseigneur Charles le Bien-Aimé.

Les petits sont prompts à s'esbaudir des bonnes fortunes des grands, comme si leur bonheur était le leur, garant d'une ère nouvelle de paix et de prospérité. Les larmes étaient toujours le prix de ces espérances.

— Dormez, bonnes gens ! On veille !

Le cri du guet... Les sombres silhouettes se volatilisèrent dans une rue adjacente avec des rires étouffés. Pourtant, ils portaient l'épée au côté. Les archers passèrent en ayant soin de faire grand bruit d'éperons et de voix ; ils évitaient ainsi la plupart des fâcheuses rencontres. Enfin le guet s'éloigna. Les silhouettes encapuchonnées reprirent leur chemin et arrivèrent devant une porte basse à l'enseigne de *La Fille au bain*. L'un d'eux actionna un lourd marteau de bronze : deux coups longs, trois coups brefs. Un judas tiré instantanément laissa passer une faible lueur. La porte s'ouvrit et les silhouettes s'y engouffrèrent. Ils étaient attendus.

Un couloir était éclairé par de maladives chandelles de suif qui laissaient échapper une fumée nauséabonde. La femme qui leur avait ouvert, la maturité florissante, la taille cambrée, les hanches larges, les y entraîna aussitôt, sans un mot. Au fond, elle tira une tapisserie qui dissimulait une porte de chêne massif sculptée d'une femme nue, les cheveux épandus, émergeant d'un ruisseau. L'hôtesse les introduisit dans une immense salle à l'atmosphère saturée de vapeur d'eau, blanchissant la lumière des torches plantées dans les murs. Un fort parfum de musc dominait celui plus délicat de la fleur d'oranger et du romarin. Les cuviers étaient installés sous des dais à lourdes tentures. Des valets s'activaient à remplir d'eau chaude ces énormes baquets de bois, garnis de draps qui protègent la peau des échardes, et où l'on peut se tenir à deux ou à quatre sur des bancs qui se font face. Dans la haute cheminée, une plaque de ferraille était posée sur les braises qui surchauffaient des galets. Un homme, au torse de forgeron, luisant de sueur, les arrosait régulièrement. Dans un doux chuintement, il s'en élevait une vapeur épaisse. La chaleur était suffocante.

La tenancière frappa dans ses mains ; aussitôt, de plaisantes personnes accoururent, vêtues de simples chemises de drap fendues sur les côtés, les laissant nues au moindre de leurs mouvements à partir de la taille. Avec des rires et des mignardises, elles débarrassèrent prestement les jeunes gens de leur houppelande et de leur capuchon qui leur assuraient l'incognito. Des valets choisis pour la beauté sculpturale de leur corps, un simple pagne autour des reins, s'empressèrent à leur porter à boire.

La belle jeunesse dorée de la Cour était pourtant déjà passablement éméchée et les plaisanteries étaient déjà grasses. Il y avait là les compagnons proches du jeune roi qu'il appelait gentiment ses « Plaisants Cousins » sans qu'il fût question d'une quelconque parenté : on pouvait y reconnaître Guillaume du Chastel, chambellan du roi, Yvain de Lescart, le fier bâtard de Gaston Phébus, l'illustre comte de Foix, le comte de Joigny, le sire de Nantouillet, Aymeri de Poitiers, Pierre de Fénin, écuyer et panetier du roi, Huguet de Guisay, connu pour sa débauche et sa cruauté, et enfin Adémard de Courtemay, que sa nouvelle promotion de familier du souverain laissait quelque peu hébété.

Sur une estrade, des musiciens jouaient, un trouvère chantait quelque déchirante histoire d'amour en langue d'oc. Les hommes se laissèrent déshabiller, poussant des cris chatouillés, un gobelet de vin à la main, buvant pour boire, pour l'ivresse. Ils s'égaillèrent, nus comme des vers, certains dressant déjà leur virilité triomphante, et plongèrent avec délices dans les baquets d'eau tiède odorante, entraînant avec eux les « filles folles de leur corps ». Déjà, les valets dressaient des tables devant les cuviers ; on y ferait bonne chère tout en se laissant raser, laver et mignoter. En enfilade de la grande salle des étuves, on apercevait des alcôves où se trouvaient de larges lits de repos et d'ébattements.

Le roi regardait ses Plaisants Cousins batifoler dans l'eau comme des enfants, s'aspergeant, lutinant les femmes, s'interpellant à grands cris. Il était toujours heureux du plaisir que prenaient ses amis, mais lui n'était pas en train. Comme le sire de Graville, il ne s'était pas laissé déshabiller. Charles VI avisa qu'il en était un autre qui se débattait contre les entreprises d'une fille follieuse, bien décidée à effeuiller ce splendide spécimen de la chevalerie à la chevelure flamboyante : le pudique Adémard de Courtemay refusait de se laisser dévêtir. La chaleur et l'émotion avaient fait virer son teint couleur de ce fruit délectable qu'on appelait pomme d'orange ou pomme de soleil. Son visage crevait les écharpes de vapeur comme l'astre du jour d'une aube brumeuse. La puterelle entreprenait Adémard avec une énergie farouche, pleine de mains fourgonnantes. Celui-ci se défendait avec la maladresse des hommes qui ne veulent pas se servir de leur force. Enfin, il s'arracha à la fille, et prit la fuite, dépoitraillé, en protestant que son cœur était ailleurs. Charles VI éclata de rire en suivant des yeux son nouveau favori.

Alors que Bois-Bourdon s'entretenait avec la tenancière, une fille, la seule à avoir le visage masqué, s'approcha du roi. Elle lui tendit une coupe d'argent. Le souverain la prit machinalement. Charles la regardait en souriant tandis qu'elle délaçait lentement sa chemise. L'étoffe glissa sur son corps et tomba à terre. Elle était nue devant lui, le fixant de ses yeux aigue-marine derrière son masque. Elle avait un corps admirable, plein et doré à ravir. Le roi souriait toujours. Il prit une longue mèche de sa chevelure blonde qu'il enroula autour de sa main.

— Quel dommage que cette merveille ne soit pas de jais. (Il relâcha la boucle de cheveux qui se lova entre les seins de la jeune fille, et leva sa coupe.) Non, grand merci, demoiselle. Mais je bois quand même en l'honneur de vous.

Et Charles VI but d'un seul coup.

Le sénéchal du Berry, qui revenait auprès du roi, avait vu toute la scène. Son intuition le mit en alerte. Il s'approcha du masque, deux regards se croisèrent : l'effroi et la suspicion.

— Je vous connais ! Et je me souviendrai de ces yeux pâles, chuchota Bois-Bourdon, menaçant.

« Cet homme est le Diable ! » pensa Ozanne en ramassant prestement sa tunique pour s'en couvrir.

Dévoilée par ce redoutable chevalier, elle se sentait encore plus nue, atrocement impudique.

Charles avait déjà oublié la fille, qui s'esquivait en toute hâte. Il ne pensait qu'à son Isabelle, il s'ennuyait.

— Je t'ai connu plus imaginatif, gentil Bourdon, lui reprocha-t-il, désabusé.

— Aussi vous ai-je réservé le meilleur, lui rétorqua-t-il. Venez, la tenancière va nous conduire.

Elle les entraîna dans un autre couloir sombre, sortit une clef de sous ses jupons, et ouvrit une porte dérobée. Puis elle les abandonna discrètement après les avoir introduits dans une sorte de boudoir.

Charles et Bois-Bourdon restèrent quelque peu déconcertés par l'étrangeté du spectacle. Seul, crépitant dans la cheminée, un feu donnait de la vie et de la lumière à un décor parfaitement immobile. Des braises rougeoyaient faiblement dans des coupelles d'argent posées à même le sol, dispensant des filets de fumées paresseuses qui saturaient l'air de parfums orientaux. L'atmosphère avait une opacité trouble, estompant les contours de la pièce, accusant la chaude intimité des lieux.

Dans un amoncellement de fourrures blondes, un corps nu et délié était mollement étendu, laissant jouer sur une peau noire les reflets palpitants des flammes. Deux yeux les regardaient, deux pupilles d'onyx serties d'ivoire, dans un visage d'ébène lustrée. Le regard avait une expression d'orgueil soumis, celui d'une panthère noire, dressée, mais toujours dangereuse.

Une Barbaresque ! Une de ces femelles d'une race dont on parle avec effroi, cette race sauvage dont on dit qu'elle se nourrit de chair humaine.

Il se racontait que de glorieux croisés avaient ramené de ces êtres à peau sombre comme trophées. Ils les avaient soustraits aux harems et aux esclaves des califes, les princes arabes les ayant eux-mêmes achetés à des marchands qui allaient les capturer jusqu'au fond de la mythique Afrique. Peu d'individus de l'espèce avaient survécu, ils craignaient le froid. D'autres s'étaient adaptés et reproduits. On parlait beaucoup de ces créatures noires et démoniaques, alors que bien peu en avaient vu, et on leur prêtait toutes les malédictions de l'enfer.

L'étrange créature, mi-bête, mi-femme, les fixait toujours d'un regard immobile. Charles semblait sous le charme hypnotique d'un reptile, il était enfin distrait d'Isabelle. Il amorça un mouvement lent autour d'elle, comme cherchant un point d'attaque. La Barbaresque pivotait aussi lentement, faisant toujours face. Les yeux d'onyx et d'ivoire le suivaient sans ciller. Deux combattants qui se cherchent, s'observent, se défient.

Le roi revint doucement vers le sire de Graville et lui serra violemment le bras.

— Sont-elles aussi dangereuses qu'on le dit ?

— Je passe le premier si tu as peur !

— Peur !

Le roi en avait crié d'excitation car il aimait la peur comme il la redoutait. Il aimait le défi.

Le cri du roi avait provoqué une onde de choc sur le corps d'ébène. Alors elle se lova sur elle-même, se tordit lascivement sur le sol, faisant saillir ses seins fermes, admirablement dressés. Elle se mit à ramper sur les fourrures. Charles la regardait venir en d'interminables reptations jusqu'à ses pieds, jusqu'à ses jambes où elle grimpa au ralenti, avec une grâce féline, collant étroitement sa nudité sur ses cuisses, frottant son visage contre son bas-ventre, comme une chatte en chaleur. Le roi étendit une main et caressa son épaule, encore hésitant.

— Par Dieu, qu'elle est douce !

Il se pencha et la rejoignit, visage à visage, clair-obscur.

— Par Dieu, qu'elle est sombre ! Bourdon, crois-tu que je me damne ?

Mais le jeune sénéchal ne pouvait répondre, il était parti.

*

* *

Bois-Bourdon s'enfuyait.

Il traversa la salle des étuves où les chevaliers prenaient les femmes avec des rugissements de plaisir, tous ivres. Il sortit dans la rue, comme ivre lui aussi. Il en avait des nausées et l'air lui manquait. Il ne savait pourquoi il avait honte, pourquoi il ne pouvait plus retenir sa mémoire... Encore une fois vaincu par cet intolérable souvenir, il laissa monter à lui les images qu'il refoulait si souvent. Il lui fallait aller jusqu'au bout de son humiliation, laisser fluer cette souffrance absolue pour l'alléger un peu.

Il prit le chemin qui longeait les remparts de la ville d'Amiens.

Encore damoiseau, pas encore sacré chevalier, il était alors page au château de Bernay, en Normandie. Un soir d'hiver, trois personnages du plus haut rang s'ennuyaient. Ils avaient festoyé, comploté, et enfin avaient réclamé des femmes à grands cris, il y en eut même un pour réclamer de jeunes garçons. Que n'en avait-il été alerté ? Mais que pouvait connaître un enfant des turpitudes de ces nobles seigneurs ?

La neige tombée en abondance empêcha que l'on aille quérir de quoi les satisfaire ; et pour les mêmes raisons, nul ménestrel pour les distraire. Alors ils avaient bu, et bu encore. Et puis deux d'entre eux s'étaient querellés plaisamment à propos des faveurs d'une noble dame. L'un de s'en vanter, l'autre d'en douter. Le vantard prétendit en faire la preuve au moyen d'une soierie aux couleurs de la dame et qu'il possédait encore. Cette étoffe, il fallut que le jeune Bois-Bourdon la lui recherche au fond d'un énorme coffre.

Il avait obéi. Pour fouiller à l'intérieur du meuble, il dut y plonger le buste entier. Et l'horreur, l'inconcevable était arrivé. Les seigneurs avaient refermé le lourd couvercle sur ses reins, le maintenant prisonnier dans la plus humiliante des positions. Dans la demi-obscurité, la tête en bas, avec le sang qui lui battait les tempes, il avait crié grâce, supplié alors qu'on le mettait nu de la taille jusqu'aux pieds. Il n'entendait comme réponses que rires stupides et réflexions obscènes. Des mains lui avaient durement écarté les fesses. Il avait senti quelque chose de graisseux dont on oignait son orifice naturel. Et puis il avait hurlé à s'en casser la voix alors que l'on tentait de le forcer. En dépit de ses cris désespérés, on s'acharna à vouloir le pénétrer, avec des coups de boutoir rageurs, s'accrochant férocement à ses hanches, tandis que d'autres mains lui maintenaient les jambes.

Il ressentait encore, il ressentirait toujours cette douleur fulgurante, atroce, alors qu'éclataient des cris de triomphe. Et ce puissant et déchirant va-et-vient à l'intérieur de ses reins. Sa souffrance avait atteint alors un paroxysme intolérable. Se tordant en tous sens, il s'était écorché les ongles en griffant le bois, avait mordu et déchiré les étoffes aux fragrances suffocantes, les avait trempées de sueur et de larmes.

Il avait dû subir l'assaut successif des trois seigneurs.

Louis se souvenait surtout de ce moment où il avait accepté l'inacceptable. Au bord de l'asphyxie, sombrant dans une sorte d'hébétude, il avait cessé de se débattre, il s'était soumis. La douleur avait laissé la place à une sorte de jouissance de victime, et pour comble d'horreur, il avait durci et répandu sa semence.

Quand les seigneurs eurent pris leur content de plaisir, ils avaient relâché la pression du couvercle. Libéré, il s'était redressé, le visage violet, les yeux hagards, le souffle coupé. Mais s'il s'évanouit à ce moment-là, ce n'est pas à la vue du sang qui coulait le long de ses cuisses, ce fut de honte et d'humiliation.

Il avait treize ans, l'âge d'Isabelle. À treize ans, il s'était juré sur son salut qu'il tuerait ces trois hommes. Il y mettrait le temps, il y vendrait son âme. Car son enfance était morte cette nuit-là, et avec elle, tout ce qu'il y avait de tendresse, de pitié et d'amour en lui. Il était devenu un homme froid, dur et cynique.

Plus tard, le duc de Bourgogne l'avait pris à sa cour en qualité d'écuyer. Il s'y était bientôt rendu indispensable, organisant des distractions particulières où lui, Bois-Bourdon, jouait les maîtres de ballet. De victime, il était passé officiant. Il aimait à jeter les courtisans dans les plus basses débauches. Et plus ils avaient de noblesse, plus il les regardait avec satisfaction se vautrer dans le sordide, comme autant de vengeances sans cesse renouvelées.

Philippe le Hardi ne fut pas sans remarquer ses dispositions à se mettre au service des grands. Le jugeant sans scrupule, il lui avait commandé d'expédier *ad patres* son beau-père le comte de Flandre, dont il attendait si impatiemment l'héritage. Jamais ordre ne fut exécuté avec plus de diligence. Bois-Bourdon regarda mourir Louis de Maele dans d'atroces convulsions, sous l'effet du poison qu'il lui avait administré, sans aucune pitié.

Le comte de Flandre était l'un de ses violeurs. L'heure viendrait où il regarderait mourir de même les deux autres avec le même plaisir, en leur jetant son abjection à la face.

Et par ce crime, il avait prouvé sa fidélité au duc de Bourgogne, qui lui avait assuré sa protection. Peu de temps après, ce dernier l'avait placé auprès de son neveu avec pour mission de distraire le roi du pouvoir de toutes les façons possibles, et de lui en rendre compte. Ainsi, il était rapidement devenu le favori de Charles VI, le grand ordonnateur de ses menus plaisirs. Le jeune souverain lui avait donné en apanage la seigneurie de Graville, l'avait nommé sénéchal du Berry et l'entretenait sur un grand pied. Bois-Bourdon restait l'agent occulte du duc de Bourgogne qui le payait fort bien. Cette double activité l'avait considérablement enrichi.

Le seigneur de Graville était aujourd'hui un homme de cour puissant, qui riait avec dédain, jouissait avec dégoût. Doué d'un humour caustique, il poussait le trait jusqu'à la cruauté. Son impertinence, sa morgue et son mépris ne respectaient personne. Il aimait le jeu et les femmes, qui le lui rendaient bien, séduites par sa position et le mystère de son âme sombre. Il entretenait à la Cour une atmosphère de paillardise qui faisait beaucoup jaser. Le sénéchal du Berry était bien l'âme damnée du roi. Et il aimait à se damner, comme s'il voulait se salir encore et toujours plus.

Sans savoir comment, il était arrivé sur les bords de la Somme. Il se faisait horreur. Il se laissa glisser le long du tronc rugueux d'un vénérable peuplier et tomba sur l'herbe humide. Il regardait avec détresse le miroitement de l'eau sous la pâle clarté de la lune. Il se sentait comme les eaux de ce fleuve, poussées, emportées inexorablement vers des mers inconnues où elles se perdaient à jamais. Mais cette nuit, tout au fond de sa nuit, une lumière violette brillait.

— Mon Dieu ! murmura-t-il en pleurant, la tête dans les bras. Je l'aime.

*

* *

Au même moment, le roi rendait grâce au Seigneur. Dieu l'avait protégé de la tentation. Malgré le désir qu'il en avait eu, il n'avait pu posséder la Barbaresque, l'intervention qui avait noué sa virilité au dernier moment ne pouvait qu'être divine.

Ce serait sans tache que le roi de France entrerait dans le lit de sa tendre épouse.

6

Le roi épouse

Dans un chantier voisin de Rouen on achève la construction d'une ville de bois démontable en vue d'un débarquement massif en Angleterre, à l'exemple de Guillaume le Conquérant.

Ce chef-d'œuvre des maîtres charpentiers, haut de sept mètres et qui atteint sept lieues de circuit, est capable d'entourer quatre cents hectares. Cette immense ville de bois, avec ses demeures, ses pignons, ses églises, ses tavernes, suivra l'expédition de la glorieuse armée de mer en Angleterre. Véritable camp retranché fait de pièces détachées, il n'en faudra pas moins de soixante-douze nefs pour transporter ce gigantesque appareil outre-Manche.

D'après *Le Moyen Âge*, Jules MICHELET

Sur l'horizon de la campagne picarde, le soleil surgit, bouffi et triomphant. Il escalade pompeusement les remparts d'Amiens, chasse les derniers miasmes de la nuit, essuie les rues et les prés. La ville s'active déjà, grouillante et ronronnante comme une chatte qui va boire du lait.

Aujourd'hui, lundi 17 juillet 1385, à deux heures de sixte, le roi épouse.

C'était le lever de Charles VI. Assis dans son lit, il se lavait les mains et le visage à l'eau parfumée d'une aiguière que lui présentait son chambrier. Très animé, il conversait avec son chapelain, Pierre de Foissy, lui contant son aventure de la nuit et son inexplicable défaillance, alors que sa virilité avait toujours été jubilante. Était-ce le doigt de Dieu ou celui du Diable qui lui avait noué l'aiguillette ?

Le confesseur eut quelques secondes la bouche brusquement tordue de spasmes alors que dans un même tressautement son épaule et son menton convergèrent et se télescopèrent trois fois. C'était son tic des grandes émotions. Il cria d'abord au diable en se signant :

— Une Barbaresque est un succube, ces démons féminins qui abusent des hommes dans leur sommeil.

— Je ne dormais pas ! affirma le roi en sortant de son lit pour aller se soulager dans son retrait d'aisance où le chapelain le suivit. J'étais tout à fait éveillé, je l'ai vue comme je vous vois, et j'en étais fort excité, et brusquement, la nature m'a trahi... (À Pierre de Foissy qui restait pudiquement à bonne distance, il cria :) Mais venez donc me rejoindre ! Il y a là sur ce banc un autre trou qui n'attend que votre cul. Nous serons plus à l'aise pour causer.

Le chapelain se résigna à rejoindre son roi sur le siège percé, il avait lui-même une envie pressante, et c'est déféquant de concert qu'ils continuèrent leur conversation.

— Grâce soit rendue au Seigneur et à votre nature, sire, dit le confesseur en se signant, la voix enrouée par l'effort qu'il faisait pour se vider. Ces onagresses sont les pires des succubes. Leur peau noire l'atteste !

Il ajouta dans une cascade de pets foireux :

— Elle était velue, n'est-ce pas ? Sa peau était couverte de poils ?

— Fichtre non, sa peau était lisse comme soie. Par Dieu, que vous chiez puant, mon père ! Passez-moi donc de l'étoupe, que je vide les lieux.

— Lisse comme de la soie ! Voilà bien là encore une ruse du Malin, s'horrifia l'homme d'Église en arrachant un morceau d'étoupe qu'il passa au roi. Pardonnez-moi, gentil sire, mais d'y penser, les entrailles me lâchent.

Pierre de Foissy avait vingt-quatre ans, il était aussi petit et chétif que son fanatisme était grand ; et sa jeunesse en faisait plus un confident qu'un directeur de conscience. Sa haute fonction auprès du roi de France l'accablait bien plus qu'elle ne l'honorait, une véritable descente aux enfers tant Charles ne lui faisait grâce d'aucune de ses turpitudes. C'était devenu un jeu pour ce dernier depuis qu'il s'était confessé d'une nuit particulièrement édifiante avec la bande de ses Plaisants Cousins. Charles avait le goût du détail et ne s'en était pas privé. Pierre de Foissy n'y avait pas tenu. Il s'était mis à rugir et à baver tout en se roulant par terre, se frappant le bas-ventre des poings. Il disait que le Diable venait de s'accrocher de toutes ses griffes à ses couillons. Il supplia Charles de l'en déloger à coups de verge en se troussant avec frénésie comme s'il avait un serpent sous sa robe. Le roi avait dû fouetter le sexe de l'homme d'Église, qui bandait comme un taureau, tout simplement. Pour être confesseur, on n'en est pas moins homme.

Le jeune souverain avait beaucoup ri en rapportant cet incident à ses compagnons de débauche. Le malheureux prêtre s'en était confessé à un supérieur. Ce dernier lui demanda de se déshabiller et le signa trois fois sous le nombril : « *Tanta tranquillitate animi et corporis ut nullum ultra sentiret carnis motum, neque mulierem natura videret.* » Cette opération était censée le protéger des émois de la chair.

Aujourd'hui, le pauvre petit confesseur était encore une fois au bord de la crise en évoquant la Barbaresque, tandis qu'il rejoignait le roi dans sa chambre.

— Ces femmes sont des onagresses. Des bêtes !... Vous avez échappé par miracle au péché de bestialité, gentil sire.

Celui-ci passait une courte chemise de toile fine que son chambrier entreprit de lacer étroitement. Il sourit en regardant son confesseur se signer frénétiquement. Allait-il à nouveau devoir le fouetter ?

— Le crime de bestialité, la copulation avec bouc ou bélier, ou même chèvre, cochon...

Le roi vit bien que tout le bestiaire allait y passer, et tenta de l'interrompre en criant très fort :

— Pouah ! que me dites-vous là ?

— Pouah ! comme je vous le dis ! Et savez-vous, monseigneur, comment l'Église punit ces branleurs d'animaux ? (Son menton et son épaule trébuchèrent trois fois.) On leur arrache les parties honteuses avec un fer rouge que l'on jette au bûcher, et on les pend par les pieds jusqu'à ce que mort, pourriture et corbeaux les fassent choir du gibet. Et pareil, pareil pour l'animal forniqué, tentation démoniaque, jugé, pendu, brûlé...

Pierre de Foissy reprit son souffle pour se lancer dans des actions de grâces.

— *Deo gratias, Deo gratias*, gloire soit rendue à Dieu et à ses saints ! Miracle, miracle ! Dieu ne l'a pas voulu !

Charles VI était prompt à croire au prodige, et il se dit qu'il l'avait échappé belle. Et tandis que son chambrier lui passait une houppelande d'intérieur, il remercia le Seigneur de l'avoir rendu impuissant. Puis ce fut d'un cœur serein que le roi s'en alla assister à sa messe privée juste avant de faire matinel, un petit-déjeuner qu'il prenait toujours fort copieux.

Et il ne pensa plus qu'à son Isabelle.

Peu de temps après cette conversation édifiante entre le roi et son confesseur, le capitaine du guet reçut l'ordre de faire fouiller tous les établissements de bains de la ville, à la recherche d'une créature qui s'y livrait à la copulation, pervertissant les hommes, et dont la peau noire trahissait le caractère démoniaque. Point n'était pourtant nécessaire de tant chercher, le capitaine connaissait l'existence de la Barbaresque. La tenancière lui tenait bouche et yeux fermés par usure. C'est avec regret qu'il allait devoir se résoudre à perdre une partie de ses revenus. Pour distraire tous soupçons, il fouilla quelques étuves avec ses gens d'armes avant de perquisitionner à l'enseigne de la *Fille au bain,* mettant en émoi les bons bourgeois qui faisaient leurs ablutions quotidiennes. Les gens du guet se saisirent de la tenancière et de la Barbaresque qu'ils prirent soin d'enfouir dans un sac de toile, de peur que l'onagresse ne soit aperçue par la foule. Elle aurait été lapidée sur-le-champ, ce qui aurait été du plus mauvais effet le jour du mariage royal.

Le capitaine fit envoyer un messager à Pierre de Foissy pour le prévenir du succès de ses recherches, alors que les carillons d'Amiens se mettaient en branle pour appeler la population. Ils ne formèrent bientôt qu'une seule voix qui répercutait son allégresse de clocher en clocher jusqu'au fin fond des campagnes. Les villageois accouraient déjà en foule, lâchant en ce jour glorieux leurs travaux des champs, abandonnant leur ferme pour voir leur roi épouser.

Le soleil était de la fête, les remparts flamboyaient de tentures et d'oriflammes. Des calicots pendaient à chaque fenêtre, à chaque encorbellement, à l'image des fleurs de lys, du Christ ou de la Vierge. Les gens se répandaient dans la ville aux cris de « Noël ! Noël ! » Les rues étaient à nouveau jonchées de feuillages et de pétales de fleurs. On réamorçait les fontaines de lait, de vin ou d'eau de rose. Amiens n'en finissait plus de pavoiser, Amiens exultait de l'honneur qui lui était fait.

*
* *

À l'Hôtel de Bourgogne, l'oncle du roi, le duc de Berry, dit le Camus, venait d'arriver de son palais de Nesle, à Paris, afin d'assister au mariage de son royal neveu. Depuis la mort du duc d'Anjou, il était l'aîné des princes des Fleurs de lys, le gouvernement de tutelle.

Philippe le Hardi, en le voyant paraître, l'avait aussitôt entraîné dans son cabinet de travail où il hurlait et tournait comme un fauve en cage. L'objet de sa colère était ce fameux projet d'un débarquement en Angleterre dans lequel il s'investissait sans mesure.

— Nous avons rassemblé tout ce que nous avons pu acheter ! lançait-il à Jean de Berry, qui écoutait les arguties de son frère sans s'émouvoir. Nous avons loué des bateaux depuis la Prusse jusqu'à la Castille. Nous sommes parvenus à réunir mille trois cent quarante-sept vaisseaux de guerre et de transport, de quoi embarquer plus de cent cinquante mille hommes, soixante mille chevaux, du ravitaillement, de l'artillerie et des munitions. Nous avons réquisitionné soixante-douze bateaux pour le transport de la ville de bois. Tout le monde veut s'embarquer, porter la guerre sur le sol anglais, et toi... où est ton ost ?.... Il devrait être déjà en route pour Arras où se rassemble l'armée royale.

— Que de presse, mon frère, et que de presse aussi pour ce mariage qui devait se faire également à

Arras, répondit Jean de Berry. As-tu donc peur que la fiancée ne se sauve ?

Le Camus restait tranquillement assis, affichant une impassibilité ironique qui exaspérait son cadet de deux ans. Bourgogne avait comme devise « Il me tarde », celle de Berry était « Le temps viendra », ce qui en disait long sur leurs différences. Car si le Camus était benoîtement gras, d'une graisse placide, difficile à émouvoir, Philippe le Hardi, lui, était robuste et allait vite en besogne. Jeune, on l'appelait Philippe sans Terre, aujourd'hui, à quarante-trois ans, l'étoile de Bourgogne était en pleine ascension, une étoile dont la brillance faisait pâlir celles de toutes les cours d'Europe. Bien pris, de formes pleines, il avait le teint brun et les traits prononcés ; sa mâchoire inférieure accusait un fort prognathisme, marque de sa dynastie.

Quant à Jean de Berry, il tenait son surnom de Camus de son nez camard, qu'il avait court, en marmite, aux narines épatées. Il était tout en rondeur, la tête comme une pleine lune, les pommettes saillantes et rubicondes. Sa petite taille était toujours engoncée dans un manteau d'apparat à haut col à fermail qui avalait son cou jusqu'au menton. Il ressemblait à un gros chat matois tandis que son frère faisait penser à un puissant loup solitaire.

— À la presse tu opposes l'atermoiement, gronda ce dernier. Le roi en appelle au ban et à l'arrière-ban. Le roi veut faire la guerre d'Angleterre pour faire la paix.

— Le roi ! s'esclaffa le Camus tout en tournant ses nombreuses bagues sur ses doigts boudinés.

Et sa large poitrine fut secouée d'un rire silencieux. Son chien favori, de cette petite race de Poméranie qu'il affectionnait, lui sauta sur les genoux. Il caressa distraitement l'épaisse fourrure blanche du loulou qui se mit à se faire les dents sur l'énorme topaze que son maître portait au majeur.

— Tu ne veux que l'abaissement et la ruine de l'Angleterre pour protéger ta chère Flandre, reprit le duc de Berry d'une voix doucereuse. Où étais-tu alors que je négociais pour la troisième fois la paix avec Lancastre[1] ?... Tu faisais réunir le Grand Conseil par notre gentil neveu, et tu en appelais à la bataille outre-mer, accusant l'Anglais de vouloir gagner du temps de trêve en trêve pour repousser la vraie paix. Les princes des Fleurs de lys ne peuvent négocier la paix à Leulinghen et prôner la guerre à outrance à Paris.

Bourgogne savait qu'il avait joué un mauvais tour à son aîné en réunissant le Grand Conseil à l'insu du duc de Berry. Sa mauvaise foi le fit hurler plus fort.

— Leurs conditions sont inacceptables ! Qu'ont-ils à faire de garder Calais, Cherbourg et Brest si ce n'est pour avoir pied en royaume de France et y débarquer leurs troupes. Ils ne craignent pas la guerre avec la France, ils n'en souffrent pas car ce n'est pas chez eux que l'on se bat. Passons la mer, ruinons leur terre comme ils ruinent la nôtre et je gage qu'ils seront moins difficiles sur les conditions de la paix. Le temps est venu d'en finir !

Berry savait que tous les chefs de guerre, Clisson, Sancerre, Coucy ou Jean de Vienne étaient du parti de son frère. Charles VI lui-même, dans son ardeur chevaleresque, jubilait devant la magnificence des préparatifs de ce débarquement.

Le Camus sourit encore dans son triple menton.

— Il est plus facile de faire croire à Charles qu'il est Guillaume le Conquérant que de convaincre mes sénéchaux à lever une armée. La vie est dure en Languedoc.

---

1. Oncle du roi d'Angleterre Richard II Plantagenêt. La situation royale y était la même qu'en France, le roi a dix-huit ans, ce sont ses oncles qui tiennent le gouvernement. Le plus puissant était le duc de Lancastre.

— Plus dure encore depuis ta lieutenance ! Tu ruines à ton profit.

— Je gouverne au nom du roi mon neveu, gentil frère.

— Que nenni, tu spolies au profit de ton luxe.

— Au profit de l'art, gentil frère, de l'art. Je suis un mécène clairvoyant. Tu es un clairvoyant politique. Nous travaillons chacun au meilleur de nos intérêts.

Ce n'était que trop juste. Philippe, roi sans couronne, menait la politique d'un souverain édificateur d'empire. Son frère le Camus avait la passion ruineuse d'un collectionneur et d'un bâtisseur. Son goût démesuré du faste exacerbait ses appétits financiers. Berry était du parti de la paix, la guerre le ruinait.

— Tu as toujours su gouverner le roi à ta guise, reprit ce dernier, comme tu le maries aujourd'hui à ta guise. Et c'est toujours à ta guise qu'il faudrait me soumettre à ton hégémonie ?.... Envahir l'Angleterre. Ce n'est pas mon affaire.

Comme si toute discussion était devenue superflue, le Camus piocha dans un drageoir une noix confite au miel épicé que le petit chien happa goulûment au passage. Il en prit une autre et se la fourra prestement dans la bouche afin de la déguster tranquillement.

Comprenant qu'il allait falloir argumenter, Philippe le Hardi changea de tactique. Il ravala sa colère et s'installa posément dans un fauteuil.

— Pour t'offrir les États du Languedoc dont tu fais grand bénéfice, reprit-il avec un calme de mauvais aloi, tu oublies qu'il fallut les ôter au comte Gaston Phébus de Foix-Béarn. On regrette fort là bas la lieutenance éclairée de ce dernier, et l'on gronde. Les Méridionaux ont le sang chaud et la révolte prompte. Souviens-toi des Tuchins[1]. Le sang que tu as fait couler n'a pas encore séché.

1. 1381, « la révolte des Tuchins » en Languedoc contre l'administration du duc de Berry, matée avec une extrême cruauté.

Berry, qui se demandait où son frère voulait en venir, s'énerva :

— Et celui de Roosebeke[1] est-il sec ? La terre de Flandre qui reçut le sang du massacre de milliers de tisserands secouant le joug de ton beau-père fait-elle pousser des fleurs de lys ? Que non point ! Mais c'est sous la bannière de France, l'oriflamme de Saint-Denis, que tu as sauvegardé ton héritage. Et j'y étais !

— On ne le sait que trop ! Tu as crié si fort qu'il en reste des échos, répondit perfidement le Hardi.

Le Camus blêmit. Son frère faisait-il allusion à cette stupide rumeur d'assassinat ? Après que l'armée royale eut maté la révolte flamande à Roosebeke, le pays s'était soumis, mais Gand résistait toujours derrière ses fortifications. Louis de Maele, le comte de Flandre, voulait assiéger la ville et la faire tomber à tout prix. Mais le duc de Berry, las de ces chevauchées dans la boue, voulait rentrer chez lui avec son armée, jugeant qu'il en avait assez fait. Le comte et le duc s'étaient pris de gueule violemment en public. On n'avait jamais entendu crier si fort le placide duc de Berry. Quelque temps plus tard, le comte de Flandre mourait fort inopinément. Et la *vox populi* accusa Jean de Berry d'avoir fait empoisonner Louis de Maele. Pour une querelle ? C'était absurde. Qu'avait-il à y gagner ? C'était son frère de Bourgogne et non lui qui héritait de la riche Flandre.

Le Camus leva des yeux soupçonneux sur celui-ci. Il n'y avait jamais songé, mais à qui profitait le crime, si crime il y avait ? À Philippe assurément. L'aurait-il commandité, et aurait-il écarté de lui tous soupçons en faisant courir cette méchante rumeur à son sujet ? Berry connaissait son frère, il pouvait être machiavélique.

— Les sénéchaussées du Midi sont vassales du roi de France, reprit le Hardi avec un calme alarmant.

1. 1382, victoire de l'armée royale sur les Flamands.

Par l'hommage, elles ont le devoir de l'ost et le roi le commande. Il vaudrait mieux obtenir obéissance et les dégarnir, car leurs garnisons pourraient bien se retourner contre toi en faveur du prince de Foix-Béarn. Gaston Phébus a grande pitié des États du Languedoc. S'il se met en mouvement, les trois grandes sénéchaussées de Toulouse, Nîmes-Beaucaire et Béziers-Carcassonne seront avec lui. Dans ton Midi, tu me parais bien isolé au milieu de tes mercenaires et de tes cruels collecteurs d'impôts. Je me suis laissé dire qu'il y a considérable haine contre toi. (Il prit son temps avant d'achever.) Tu pourrais bien y perdre la vie !

Un courant glacial descendit de la nuque grasse du Camus jusqu'à faire frissonner les bourrelets de sa taille replète. Mais il n'était pas homme à se laisser impressionner par des menaces.

— Garde-toi, Philippe, je saurai me garder ! lui lança-t-il avec défi.

Et pour lui montrer le peu de cas qu'il faisait de ses prédictions funestes, sa face lunaire s'éclaira d'un sourire de commande.

— Tu n'as point encore dit ce qu'il en était de cette princesse de Bavière ? demanda-t-il d'un air qui se voulait malicieux.

Le duc de Bourgogne, ébranlé par ce brusque changement de ton, le regarda un instant d'un air perplexe.

— Jeune, jolie et fort insignifiante ! laissa-t-il enfin tomber. La reine idéale !

*

* *

Dans les appartements de la princesse de Bavière, les dames d'atour s'affairaient autour d'Isabelle. Jugée trop rustique, Miette la Clabaude avait été exclue des raffinements de cette toilette interminable. Mais cette dernière n'avait pas cédé sur le privilège d'éveiller elle-même Isabelle : c'était la dernière fois. Ce fut une aube mouillée de larmes, comme la rosée de l'aurore d'un matin qui s'ouvrait sur le bouleversement d'un monde, qui plus jamais ne serait le même. Son poussin avait longuement pleuré dans son giron. La Clabaude partait après la cérémonie des noces, profitant pour faire la route de l'estafette qui allait porter la nouvelle du mariage de la princesse de Bavière au château de Ludwigsburg.

Cette séparation était un déchirement, mais il en est ainsi des filles, qui vous sont arrachées un jour pour partir au bras de leur époux. Miette se consolait : son Isabelette épousait selon son inclination et vivrait heureuse, entourée d'honneurs et de luxe à la cour de France où la rustaude montagnarde n'avait pas sa place.

Lorsque les chambrières et dames d'atour envahirent la chambre, Miette, après avoir embrassé Isabelle pour la dernière fois, ne put réprimer un ultime clabaudage.

— Sûr que cet astiquage ne va pas plaire à mon poussin, ronchonna-t-elle en se retirant.

Non, cela ne plaisait pas à Isabelle : se faire apprêter avait toujours été pour elle une insupportable corvée. C'est le cœur gros et avec impatience qu'elle se laissa dûment étuver et laver de corps comme de tête par des mains étrangères.

Sa nuque reposait à présent sur le rebord d'une longue planche de bois où ses cheveux s'épandaient, épais, interminables. Ils y avaient été étrillés, démêlés à coups de peigne à grosses dents. Enfin, la première chambrière de Marguerite de Flandre s'attacha à les lustrer à la poudre d'iris qu'elle ôtait à l'aide d'un peigne fin pour n'en laisser que le subtil parfum et rendre la masse des cheveux d'une brillance incomparable.

— N'est-ce pas encore fini ? J'ai le crâne comme plaies et bosses, s'indigna la princesse de Bavière.

Elle en avait les larmes aux yeux. Se faire coiffer lui était le plus insupportable. Le poids de sa chevelure, d'une épaisseur et longueur exceptionnelles, lui donnait parfois des maux de tête. Ses cheveux étaient sa torture, elle ne savait pas encore qu'ils étaient aussi sa parure.

*

* *

Dans la cour d'honneur du palais épiscopal, le cortège nuptial s'improvisait dans un tohu-bohu indescriptible. Dames et beaux seigneurs s'interpellaient et se chamaillaient pour y trouver bonne place. Les chevaux, somptueusement harnachés, piaffaient dans l'énervement général, les pages et les écuyers couraient en tous sens sous les injonctions contradictoires de leurs maîtres et maîtresses. Les hérauts d'armes, qui avaient pour tâche d'organiser le défilé suivant la coutume et le rang de chacun, avaient bien du mal à régenter cette effervescence. Et nul ne s'avisa de ce qui se passait à l'arrière du palais, dans une petite cour qui communiquait avec la chapelle de la Vierge.

Un sac y était posé à même la terre. Il remuait faiblement en gémissant. Près de lui, une femme échevelée était à genoux, la tête basse. Un cercle d'hommes d'armes montait une garde craintive. Le chapelain du roi, cramoisi de fureur, était accompagné d'un diacre qui portait l'eau bénite et le goupillon.

— Ouvrez ! ordonna Pierre de Foissy.

Et son tic l'agita de façon frénétique.

Le chef des gens d'armes dénoua la corde de chanvre qui liait le haut du sac. Une tête noire en émergea, les yeux d'onyx et d'ivoire clignotèrent dans la lumière, le regard fou. Le cercle des gens d'armes eut un mouvement de recul. La voix du prêtre tonna à nouveau, étonnamment forte pour un homme aussi chétif :

— C'est elle, c'est le succube ! Refermez, refermez ! Sa vue blesse le soleil et le ciel même.

Et tout en saisissant le goupillon, il aspergea la Barbaresque qui se mit à hurler et à se débattre. Il fallut trois hommes d'armes pour l'enfourner à nouveau dans le sac. Pierre l'aspergeait de plus belle en gesticulant comme un forcené.

— *Vade retro, Satana !* C'est la preuve, c'est la preuve ! Voyez comme le démon se tord sous l'eau bénite. Arrière, Satan !

À deux heures de sixte, les abords de Notre-Dame d'Amiens bourdonnaient d'une affluence impatiente. L'arrivée de l'escorte nuptiale fut saluée par les carillons de la cathédrale qui se mirent à battre à la volée. Une clameur monta de la multitude.

La foule massée sur le chemin du cortège délirait de joie, se poussait des coudes, bataillait derrière le cordon des hommes d'armes qui peinaient à la contenir. Les badauds ne voulaient perdre miette des fastes royaux, mais la plupart n'en virent presque rien – le faîte des multiples flammes héraldiques qui ouvraient la marche, les mitres et les larges chapeaux des ecclésiastiques qui suivaient, bourdonnant de litanies, puis la forêt de coiffes chatoyantes des nobles dames juchées sur leur haquenée.

Vint la cavalcade des grands seigneurs et chevaliers, piaffants, arrogants, beaux comme des dieux sous le soleil. Les filles se battirent pour les approcher, tendirent les mains, les interpellèrent de leurs cris aigus en leur lançant des fleurs. Ils souriaient avec affectation, saluaient, envoyaient des baisers.

La famille royale qui suivait en retrait chevauchait de front : Louis de France, le frère du roi, et ses oncles, Philippe le Hardi et Jean de Berry, réconciliés pour la parade. Enfin, parut Charles VI le Bien-Aimé, couronné, le regard bleu impérial. Il portait une somptueuse houppelande à semis de fleurs de lys surbrodées d'or sur pourpoint cramoisi. Le roi avançait seul sur son fier destrier harnaché de toupets de plumes blanches et grelots. Les clameurs redoublèrent sur son passage.

En final, encadrée par des nobles duchesses de sang montées sur leurs magnifiques cavales menées au mors par un écuyer à leurs couleurs, avançait une litière fermée, empanachée et tendue de drap d'or où se tenait la fiancée, la mystérieuse princesse de Bavière. Les gens d'armes ne contenaient plus la foule qui, rompant les barrages, se referma derrière le cortège qu'elle suivit jusqu'à la cathédrale.

Isabelle descendit de sa litière sur le parvis dans une énorme bousculade. Elle se laissa conduire par son oncle Frédéric sous le portail des mariages où se ferait la bénédiction nuptiale, avant de pénétrer dans la cathédrale pour suivre la messe avec son époux.

La princesse de Bavière se tenait le buste raide, étroitement moulée dans un surcot à la jupe traînante de velours écarlate, brodé d'arbrisseaux d'argent. Les feuilles étaient faites de grosses perles irisées montées en trèfle, frissonnant au rythme de ses pas. Dans son extrême jeunesse, elle était d'une beauté émouvante. Ses cheveux tombants la recouvraient comme un manteau vivant, son front était ceint de la couronne offerte par Charles VI pour les fiançailles. Ceux qui eurent le privilège d'apercevoir la future reine de France en garderaient un souvenir ébloui.

Après la cérémonie, ses cheveux furent remontés dans une résille d'or par les dames d'atour avant son entrée dans la nef. Ils ne seraient plus lâchés en public, comme pour toute femme mariée, sauf au jour de son sacre.

*

* *

Alors que parviennent par bouffées les ondes puissantes des grandes orgues et les voix séraphiques des chantres, un sac dérive et s'enfonce doucement dans la Somme. Il s'agite faiblement, l'eau a ranimé la Barbaresque brisée. La boue lui entre dans la bouche, ferme les yeux d'onyx et d'ivoire, l'enveloppe dans une nuit éternelle.

Son corps martyrisé dérivera peut-être jusqu'au vaste océan, peut-être que des courants compatissants le déposeront tendrement sur une côte d'Afrique, sur une plage d'un autre monde fait de sable fin et chaud, au berceau de sa négritude.

7

Banquet et entremets

> Il faut aimer et chérir beaucoup votre mari, car l'homme est à l'origine de sa vie. J'en ai pour preuve la Genèse :
>
> Dieu ôta une côte et de la chair à Adam. Et lorsqu'Il lui eut donné la vie, Il amena la femme à Adam, qui, considérant la créature dit : « Voici l'os de mes os et la chair de ma chair. »
>
> C'est pour cette raison que la femme doit obéissance, soumission et beaucoup aimer son mari puisqu'elle fut créée à partir de la côte de l'homme.
>
> D'après *Le Mesnagier de Paris*[1]

Un vaisseau de haute mer avec tout un équipage guerrier traversait majestueusement l'espace central de la grande salle, entre les branches en U que formaient les tables somptueusement dressées. Les convives debout criaient, trépignaient, applaudissaient, tapaient du couteau sur les timbales de vermeil, ou jetaient sur la nef les roses et les lys qui

1. Ouvrage de pratique conjugale, domestique et morale, paru vers 1393, composé par un vieux bourgeois de Paris pour l'instruction de sa jeune femme de quinze ans. « Mesnagier » signifie chef de famille.

décoraient les nappes. Cette explosion d'enthousiasme accueillait la représentation du départ de la première croisade. Nostalgie d'un idéal perdu, toujours vivace dans l'âme populaire et chevaleresque. Le navire était fait de parchemins enluminés tendus sur une monture de bois, montée sur roulettes. Des acteurs costumés tenaient les rôles de Pierre l'Ermite, Gautier Sans-Avoir, Godefroy de Bouillon et des croisés.

C'était la fin du troisième service, le temps de l'entremets, nom donné au divertissement qui interrompt les festins, le temps de débarrasser les tables pour le service suivant. Deux dais de velours fleurdelisés surmontaient les places réservées de Charles VI et d'Isabelle de Bavière, situés en milieu des tables qui se faisaient face, séparées de la largeur de la salle. Les nouveaux mariés étaient assis sur de vastes cathèdres armoriées, la reine du côté des femmes, le roi du côté des hommes.

À l'arrivée du tableau vivant, le roi avait poussé un rugissement de triomphe et s'était juché droit sur son siège, allant jusqu'à faire l'équilibriste sur les accoudoirs et le dossier pour se hisser plus haut. Et l'assistance ne savait plus qui applaudir, du souverain acrobate ou de la nef des glorieux croisés. Et lorsque le roi se mit à hurler : « Dieu le veut ! », la devise des valeureux chevaliers de la Guerre sainte, toute l'assemblée se mit à scander « Dieu le veut ! »

Ce genre de représentation avait toujours exalté le roi au plus haut point. Ce jour-là, pourtant, son comportement était anormalement agité. Cette nervosité avait commencé alors que l'archevêque de Reims, Richard de Picque, conduisait la messe des noces. Le roi se levait à contretemps, ne supportait pas l'agenouillement, préférant la station debout, où il semblait à l'étroit dans ses vêtements de parade. Il manifestait une telle impatience que monseigneur de Picque se hâta de conclure la cérémonie. À la sortie sur le parvis, où les courtisans se bousculaient autour de la jeune mariée, Charles avait profité de la cohue pour s'isoler un instant avec Bois-Bourdon.

— Je n'ai plus de doute à ce que Dieu conduit mon mariage, lui avait-il confié fébrilement. Alors que l'archevêque baragouinait en latin que le Seigneur veuille élever nos âmes, voilà que ma lance se dresse hautement et fièrement, prête à monter toute puissante à l'assaut. C'était justement comme je pensais à mon impuissance de la veille, ce qui me rendait inquiet pour ma nuit de noces. N'y vois-tu pas là le signe divin ?.... Aussi, je rendis grâce au Seigneur de m'avertir qu'Il m'avait rendu ma vigueur, mais le signe persista si bien qu'il en fut torturant. Il me laisse encore souffrir malemort, serré comme je suis dans mon pourpoint. Veut-Il par là me faire sentir Son impérieuse présence ? Qu'en penses-tu, gentil Bourdon ?

Le seigneur de Graville songea immédiatement aux yeux d'aigue-marine derrière le masque de velours.

— Encore un miracle, monseigneur, vous en êtes si coutumier, répondit-il avec prudence. Vous êtes dans la main du Seigneur qui vous fait savoir par là qu'Il bénit votre union.

Charles parut très satisfait de cette réponse. Bois-Bourdon cependant n'imaginait guère la puissance divine s'amusant à affliger le roi de ce priapisme soudain. Il avait plutôt l'intuition que ce douloureux désagrément était lié à cette boisson que lui avait tendue le beau masque. La demoiselle de Louvain ! Il l'avait déjà remarquée lors des grandes fêtes du Mai, alors qu'elle tournait sans cesse autour du jeune roi. Il savait qu'elle était la créature de la duchesse de Brabant.

La présence d'Ozanne dans un bordel n'était pas innocente, pas plus – il en était à présent convaincu – que ce philtre qu'elle avait donné à boire au roi.

Qui avait armé sa main ? Si c'était sa maîtresse, quel pouvait bien être l'intérêt de cette dernière à mettre la virilité royale cul par-dessus tête ?

Depuis le début du banquet, le jeune souverain semblait avoir repris son calme ; il avait d'ailleurs rassuré son favori en lui affirmant que le signe turgescent de Dieu avait enfin lâché prise. Pourtant, à le voir à présent ainsi perché, presque en grand écart sur les accoudoirs de sa cathèdre, gesticulant et hurlant, le sire de Graville s'inquiétait à nouveau de son état, et instinctivement, ses yeux se posèrent sur la princesse de Bavière. Celle-ci devisait avec Louis d'Orléans qui s'était fait son écuyer tranchant. Il la servait, découpait sa viande, remplissait son verre, précédant ses moindres désirs. Comme tous les nobles barons, il faisait le service en l'honneur de leur suzerain, comme le veut la coutume lors des grandes occasions. Le jeune prince glissa quelques mots au creux de l'oreille de sa jeune belle-sœur qui éclata de rire.

Bois-Bourdon les observait de son œil d'aigle. Isabelle surprit son regard.

Elle surprenait trop souvent ce regard-là, il la troublait. Elle ne savait qu'en penser.

— Qui est ce sombre chevalier toujours auprès du roi ? demanda-t-elle à son beau-frère.

— Louis de Bois-Bourdon, sénéchal du Berry et seigneur de Graville, le ribaud de mon frère, répliqua le jeune prince avec dédain.

— Le ribaud ?

— Il est son âme damnée favorite.

Isabelle jeta un regard étonné au sire de Bois-Bourdon qui ne les avait pas quittés des yeux. Manifestement, l'âme damnée du roi avait compris que l'on parlait de lui. Elle s'efforça de prendre un air méprisant et se détourna, mal à l'aise. Elle se sentait enivrée de l'atmosphère surchauffée et saturée du parfum des épices, de l'excitation ambiante, et de vin, que lui tendait encore Louis de France. Au même moment, le roi se laissa choir sur son siège, et grimaça de douleur en se tenant le bas-ventre.

— Votre nature vous joue-t-elle encore un tour ? lui demanda le sire de Graville en aparté.

— Il semble qu'elle ne veuille pas me laisser en paix à nouveau, lui répondit Charles en gémissant. (Puis il ajouta en pouffant.) C'est que le temps me dure et me durcit tant je suis amoureux.

Tout en parlant, il jeta une œillade à Isabelle qui lui sourit. À cette remarque grivoise et au sourire innocent de la reine, Bois-Bourdon sentit le cœur lui manquer.

*

* *

Alors que la fête battait son plein au palais épiscopal, à l'Hôtel de Bourgogne, Jeanne de Brabant se morfondait d'angoisse. Comme elle pouvait à peine marcher tant sa jambe la faisait souffrir, ce fut portée sur un fauteuil à bras qu'elle était entrée en la cathédrale d'Amiens pour suivre la messe des noces. Mais à la fin, n'y tenant plus, elle avait renoncé au banquet et regagné ses appartements, où elle gardait le lit.

Le chirurgien de Marguerite de Flandre l'avait saignée à la pliure du bras par quatre fois sans qu'elle en fût soulagée. Il lui avait alors proposé de trancher dans le vif et de percer la veine d'un bon coup de lancette afin de la dégonfler de ses mauvaises humeurs. Jeanne de Brabant avait poussé de hauts cris. Il n'était pas question de crever la veine. Isabelle n'avait toujours pas le sang. Les malédictions de Thadée Visconti étaient-elles sur le point de s'accomplir ?

Ozanne avait bien donné un philtre au roi, mais comme Bois-Bourdon avait semblé la reconnaître, elle avait dû fuir le bordel sans pouvoir attendre les effets de sa mixture. En revanche, ce matin, Guisay, qui était l'un de ses informateurs à la cour de France, lui avait assuré que le roi était resté chaste et n'avait connu aucune des puterelles. Ce qui était bon signe car ce n'était pas dans ses mœurs. Cependant, chaste ne voulait pas dire impuissant.

À cet instant, son chambrier entra, et annonça justement le sire Huguet de Guisay.

— Qu'il entre, ordonna-t-elle, prise d'une soudaine angoisse.

Alors qu'il s'inclinait devant elle, elle lui demanda avec impatience :

— Eh bien, qu'est-ce qui t'amène pour avoir ainsi quitté les noces ?

— Madame, comme je vous l'ai déjà dit, cette nuit, le roi a enterré sa vie de garçon à la manière d'un damoiseau se préparant à être adoubé chevalier.

— Est-ce pour me dire ce que je sais déjà que tu me déranges ? l'interrompit-elle.

— C'est que, madame, les choses ont l'air d'avoir bien changé, et je voulais au plus vite vous rassurer.

— Me diras-tu à la fin !

— Le roi vient de me confier qu'il souffrait depuis la messe d'un mal étrange. Sans cesse, à ce qu'il dit, pardonnez-moi, madame, il bande comme un cheval tant il est impatient de connaître sa reine. Et il se sent, à ce qu'il m'a dit encore, la puissance à satisfaire toutes les oiselles d'un couvent.

Le teint de la duchesse devint cireux.

— Que me racontes-tu là ? Est-ce vanterie de goliard ?

— La bosse que faisait sa nature dans son haut-de-chausse ne pouvait m'en faire douter.

« Maudite bâtarde ! » songea la duchesse. Ainsi, elle a échoué à nouer l'aiguillette du roi.

— C'est tout ce que tu as à me dire ?

— Madame, vous sembliez soucieuse de l'intérêt charnel du roi envers son épouse. Vous pouvez être certaine que bientôt la reine sera fort honorée, et que ce mariage sera valide, lui dit-il avec un grand sourire.

C'était en effet ainsi qu'elle lui avait présenté la chose.

— Fais-toi payer et disparais, lui intima-t-elle, ne pouvant en entendre davantage.

Huguet de Guisay s'inclina, mais avant qu'il ne sorte, elle l'interpella :

— Où en sont les noces ?

— Nul doute qu'ils ne vont pas tarder à se mettre au lit. Notre roi est si impatient...

— Dehors ! hurla-t-elle.

Il sortit quelque peu éberlué, ne comprenant pas ce qui avait pu fâcher la douairière. La colère de celle-ci était telle qu'elle en avait oublié ses douleurs. Un violent élancement lui rappela sa varice, qui était à présent presque noire, protubérante, prête à rompre.

La prédiction de Thadée allait se réaliser.

Sa colère se fit panique. Les époux royaux allaient bientôt gagner la chambre nuptiale. Il n'y avait plus de temps à perdre, il fallait mettre Isabelle hors du pouvoir du roi, absolument, à n'importe quel prix. Qui pouvait empêcher cela ?

Le sénéchal du Berry ! Il avait l'amour du roi et grand empire sur lui. S'il avait vraiment reconnu la Louvain au bordel, qu'avait-elle à perdre ? Car Bois-Bourdon était terriblement perspicace. Aux fêtes du Mai, ne lui avait-il pas dit avec ironie : « Madame, il semble que vous ayez lancé l'un de vos papillons butiner Sa Majesté. Ne craignez-vous pas qu'il s'y brûle les ailes ? » Et pourtant, bien que sachant Ozanne son instrument, il s'était tu ; sans doute se tairait-il encore aujourd'hui. Le seigneur de Graville était un homme dangereux, mais elle avait les moyens de le faire taire : l'assassinat du comte de Flandre. Il lui fallait se décider…

Un nouvel élancement, encore plus brutal, la tordit de douleur. Alors, sans plus tergiverser, elle sonna son chambrier et l'envoya porter un billet au palais épiscopal.

*
* *

Dans la salle des banquets, où les tables avaient été défaites, l'heure était à la danse. Les cavaliers s'étaient empressés autour de leur nouvelle et ravissante petite reine, jusqu'à ce chevalier à la sombre figure qui la menait à présent sur une carole, et qui la dévisageait avec insolence.

— Vous ne m'avez guère rendu les honneurs jusque-là, beau sire, railla-t-elle en soutenant son regard avec orgueil.

— Il y en avait assez pour le faire.

— On sait qui vous êtes.

— Sire Louis de Bois-Bourdon, sénéchal du Berry, seigneur de Graville, à votre hommage, madame.

Comme la danse s'y prêtait, Bois-Bourdon s'inclina, une main sur le cœur, alors qu'Isabelle tournoyait lentement sur elle-même au rythme de la carole, comme toutes les dames qui formaient la ronde. La règle voulait qu'à ce moment, elles changeassent de partenaire. Les hommes avançaient d'un rang et présentaient le poing à la cavalière du couple précédent. Mais le sire de Graville happa d'autorité la dextre d'Isabelle et garda la reine. Louis d'Orléans, qui suivait, resta le poing vide et suspendu. Raide de fureur, le jeune frère du roi s'inclina sèchement et quitta la ronde en lançant avec dépit :

— À défier les règles, Bourdon, un jour tu en rendras compte !

Bois-Bourdon ignora la menace et continua ses savantes déambulations, guidant souplement Isabelle. Elle était légère et sa main si petite sur son poing.

— Ne vous êtes-vous pas fait là un nouvel ennemi, monsieur le sénéchal ?

— Pourquoi un nouvel ennemi ? Dois-je beaucoup en compter ?

— Vous êtes au roi, cela suffit.

— Je ne suis à personne.

— Vraiment, gentil sire ? Même pas au Diable ?

La danse les rapprocha, face à face, mains hautement liées, regards rivés. Isabelle, le visage levé vers son cavalier, retrouva cette acuité d'oiseau de proie qui la troublait si fort. Bois-Bourdon surprit à nouveau la fulgurante lumière violette qui émanait des yeux d'Isabelle. Jamais il ne les avait admirés d'aussi près. Le noir profond de l'iris s'illuminait en ses bords, comme si un soleil levant menaçait de ses premiers feux un horizon de nuit d'encre, le teintant de mauve. Et lorsque ce feu envahissait tout entier les pupilles d'Isabelle, ils lançaient alors cette lumière violette qui exprimait, à cet instant, le mépris. « Déjà ! » pensa douloureusement le chevalier. Et il la trouva belle à mourir.

La danse rompit leur face-à-face, ils reprirent leur déambulation. Les doigts d'Isabelle se crispèrent légèrement sur le poing de son cavalier.

— Ne dit-on pas que vous êtes l'âme damnée du roi ?

Elle tournoya à nouveau. Cette fois, le sire de Graville laissa faire la danse, et changea de partenaire. Charles VI suivait et avait saisi la main de sa jeune femme.

La musique cérémonieuse de la viole et la douceur de la carole avaient quelque peu alangui les danseurs. Aussi l'assistance sursauta d'un même corps alors que les trompettes se mirent à sonner à plein souffle, et que les grandes portes des extrémités de la salle s'ouvrirent violemment à deux battants. Une cohorte de bateleurs s'engouffra par l'une d'elles, jongleurs et acrobates envahirent la salle, repoussant de leurs facéties la noble assistance sur les côtés. Le roi avait conduit la reine sur une estrade où leurs dais avaient été accolés après le festin. C'était la suite de l'entremets, Charles se mit à applaudir, toute la Cour l'imita.

Dans leurs oripeaux de couleurs vives, les artistes acrobates exécutaient des roulades, des grands soleils, des sauts périlleux, tout en s'échangeant des balles et des quilles multicolores qui tourbillonnaient dans l'espace à une vitesse vertigineuse, météores d'arc-en-ciel. Profitant de la distraction qu'apportait le spectacle, Catherine de Fastavavin se glissa derrière la demoiselle de Louvain.

— Ozanne, que la reine ne me cherche pas. Dis-lui que je suis malade et que je me suis retirée, lui murmura-t-elle.

— Tu es malade ?

— D'amour, répondit malicieusement Catherine avant de s'éclipser.

Le cœur d'Ozanne se serra en la suivant des yeux : Catherine rejoignait Adémard de Courtemay. Elle envia le bonheur de la nouvelle chambellane, alors qu'elle-même vivait un amour impossible.

À ce moment, Charles VI se leva en poussant des cris de joie et il y eut un « ha ! » général d'admiration alors que le vaisseau des croisés faisait à nouveau son apparition. Simultanément, par la porte opposée, des hommes en chèche et burnous rouges apportaient une succession de trois remparts qu'ils rangèrent en ligne, censés représenter les murs de la Ville sainte occupée par les Sarrasins. Aussitôt, la salle entière se mit à les huer et leur crier des invectives.

Les jongleurs et les acrobates s'éclipsèrent pour laisser la place aux croisés qui jaillirent en hurlant de la nef à l'assaut des remparts de Jérusalem, munis de fléaux, haches, dards, miséricordes, ou autres armes en cuir bouilli. Derrière les fortifications, les infidèles étaient grimpés sur les échafaudages qui maintenaient debout le décor de bois. Ils défendaient la ville à grands cris, faisant tournoyer leurs cimeterres de carton au-dessus de leur tête en signe de défi. Les croisés escaladaient déjà de courtes échelles qu'ils avaient accotées aux remparts. Les Sarrasins les renversaient avec de bruyantes insultes alors que les croisés entonnaient un cantique à pleine voix. Dans une inconcevable cacophonie, trois fois les assaillants roulèrent sur le sol en d'acrobatiques roulés-boulés.

Le roi n'y tenait plus, trépignait d'impatience et lança sur les Sarrasins sa timbale d'argent. Aussitôt, toute la noce se mit à bombarder les infidèles avec tout ce qui leur tombait sous la main. La salle ne résonna plus que du tintamarre des heurts, des cris et des injures dans un désordre indescriptible.

— Un jour, ma mie, je me croiserai, et par Dieu, je reprendrai le tombeau du Christ et déposerai toute la Terre sainte à vos pieds, hurla Charles avec exaltation à Isabelle.

Et au comble de l'enthousiasme, il se rua dans la bataille, et se joignit aux croisés qui tenaient à bras-le-corps un énorme bélier. Avec des « han ! » de bûcherons, ils foncèrent en direction du pont-levis dessiné sur le décor central. Ils prirent de la vitesse, et la tête du gros madrier entra de plein fouet dans le rempart de bois. Toute la structure vola en éclats. La brèche était faite. Elle vomit une horde de Sarrasins, le cimeterre brandi, hurlant des imprécations. Un hymne d'action de grâce lui répondit alors, il s'éleva avec vigueur. Charles, chantant lui-même à tue-tête, arracha une épée de cuir à un comédien et engagea le combat avec trois Sarrasins à la fois. La salle se transforma bientôt en champ de bataille où infidèles, soldats de Dieu et noceurs se livraient à de furieux corps à corps.

Debout sur son estrade, Isabelle battait des mains. De sa vie, elle n'avait vu pareille exhibition. Prise dans l'euphorie générale, elle criait son enthousiasme lorsqu'elle sentit un souffle à son oreille : Zizka.

— Et c'est ainsi que les premiers croisés vont conquérir Jérusalem. Ce sera un beau et grand et pieux massacre... pour rien.

— Pour rien ? Même pas pour Dieu ? lui répondit-elle, choquée dans sa foi.

— Jérusalem sera reprise par les Turcs. Et de guerres saintes en guerres saintes, les croisés mourront de faim devant Damas, mangeant les selles de leurs chevaux et jusqu'à leurs propres excréments. Qui peut avoir oublié Barberousse se noyant dans un torrent, ou le grand Saint Louis mourant de dysenterie sous les murs de Tunis ? Les temps sont loin d'êtres venus où l'on cessera de se disputer et de martyriser Jérusalem qui appartient au monde, à tous les hommes, quand ils seront enfin des hommes de bonne volonté.

Les chants s'interrompirent pour faire place à un formidable cri de triomphe. Il saluait la victoire sur les Sarrasins qui gisaient tous sur le sol, figés dans une mort simulée. Isabelle oublia Zizka. Elle tapait des mains, heureuse comme elle ne l'avait jamais été, fière de la vaillance de son beau cavalier blond. Amoureuse.

Mais soudain, elle s'avisa que le roi piétinait avec une rage peu commune un Sarrasin à terre. C'étaient des coups de pied à réveiller un mort, et l'histrion tentait de parer comme il pouvait. Le visage de Charles, qui exprimait à ce moment l'égarement de la haine, lui fit peur.

L'hystérie royale donna le signal de la curée. Tous ceux qui jouaient les musulmans se firent bastonner et ne durent leur salut qu'en prenant la fuite. Le sang coula.

À l'écart, Bois-Bourdon observait cette sauvagerie sans surprise : il n'était jamais bon d'incarner les méchants au théâtre, mais jouer sous le burnous et le signe du croissant, c'était presque du suicide. Cependant, l'acharnement de Charles VI sur le comédien sarrasin lui fit douter de son bon sens.

À ce moment, le messager de Mme de Brabant s'inclina devant lui, et lui tendit un billet. Il en prit connaissance, et aussitôt ordonna de seller deux chevaux. Puis, repérant Ozanne dans l'assemblée, il se hâta vers elle, la saisit d'une poigne ferme par le bras, et l'entraîna. Elle cria de surprise et de douleur, puis le cœur lui manqua lorsqu'il lui dit :

— La duchesse de Brabant nous mande sur-le-champ à l'Hôtel de Bourgogne.

Avant de quitter la salle, il s'arrêta et jeta un dernier coup d'œil au roi. Des courtisans venaient de s'interposer et lui avaient arraché le comédien sarrasin avant qu'il ne le tue.

Il eut le brusque sentiment d'un malheur imminent.

Ozanne et Bois-Bourdon avaient à peine quitté le palais épiscopal que Charles, encore sous le coup de son emportement meurtrier, rejoignait Isabelle sur son piédestal. Il fit un signe nerveux à son héraut d'armes, puis s'empara de la main de sa jeune épouse.

— Ma douce amie, il est temps de se retirer, lui dit-il en lui baisant la paume.

Les trompettes sonnèrent. Le silence se fit. Le héraut annonça à pleine voix :

— Le roi et la reine vont se mettre au lit ensemble !

Aussitôt, l'assemblée applaudit. Charles VI, tout en saluant hâtivement, fendit la foule sans lâcher la main d'Isabelle qui suivait, abasourdie. Dormir avec le roi ? Cette idée ne l'avait même pas effleurée. Ses parents n'avaient jamais fait couche commune, et depuis toujours, elle-même partageait son lit avec Catherine, même lorsque celle-ci avait été mariée au sieur de Fastavavin. Sa peur fit place à l'effroi. Elle chercha des yeux sa compagne d'enfance.

— Et Catherine, monseigneur ? Je ne peux la laisser, supplia Isabelle qui se mit à résister et à se débattre.

Elle se sentait sans secours, soudain affreusement seule. Même Ozanne avait disparu. Charles, malgré ses dix-huit ans, avait connu beaucoup de femmes, des putains comme des vierges. Il connaissait les émois de ces dernières, aussi brida-t-il son ardeur, et s'arrêta. Avec douceur, il passa un bras autour de la taille de sa femme-enfant, l'attira contre lui, et lui baisa longuement les lèvres sous les vivats et les applaudissements des courtisans. Isabelle devint écarlate.

— Vous n'avez rien à craindre de moi, lui murmura-t-il, je suis votre époux qui vous aime d'un amour le plus doux, le plus révérencieux.

Puis il l'entraîna à nouveau, avec moins de fougue, malgré cette impérieuse impatience qui lui vrillait le ventre jusqu'à la douleur.

8

Le *Benedictio thalami*

Exécution à Paris : Jean Delsay a eu la tête coupée et plantée au bout d'une lance. Ses jambes et ses bras furent attachés aux quatre portes de la ville, et son tronc suspendu au gibet.

Jean Delsay, créature de Charles le Mauvais, roi de Navarre, avait été envoyé en France pour empoisonner les princes de Berry et de Bourgogne. L'effet de ce poison était si terrible, qu'ils se seraient sentis dévorés d'un feu extérieur et intérieur, qui leur eût arraché des cris. Leurs cheveux seraient tombés d'eux-mêmes, leur peau se serait levée et détachée facilement de la chair.

Grâce à Jésus-Christ, l'illustre maison de France fut protégée de ce poison.

D'après la *Chronique du religieux de Saint-Denys*

La lumière blafarde de la lune tombait directement par la lucarne de charpente, éclairant vaguement la grange de la cour basse du palais épiscopal. L'odeur des foins fraîchement rentrés était entêtante. Catherine, en se glissant à l'intérieur, se dit que le souvenir de ses étreintes secrètes avec Adémard auraient toujours pour elle ce fort parfum agreste. Déjà, au vieux château de Ludwigsburg, c'était un lit profond d'herbes fraîches qui avait accueilli leur première union. Le chevalier de Courtemay était puceau, elle était pucelle, et ils s'étaient fait l'amour à tâtons, du bout des lèvres et du bout du corps, délicieusement hésitants.

Elle se fondit le long du mur, contrariée par de forts ronflements. Cette grange était un véritable dortoir : palefreniers, valets de pied et autres gens de la valetaille avaient trouvé ici un refuge pour la nuit. Elle s'arrêta. Où était Adémard ?

Une espèce de couinement saccadé attira son regard. Derrière une grosse botte de foin, une tête échevelée tressautait, apparaissant et disparaissant comme montée sur ressort. Elle sourit et faillit pouffer de rire quand elle entendit une voix d'homme passablement congestionnée.

— Corne-de-bouc, ma jolie, que c'est bon de mettre ton tonneau en perce !

Il est vrai que la femme était énorme, et celle-ci redoubla d'ardeur, chevauchant avec une sorte de fureur. Enfin, elle s'affala dans un grand râle satisfait, disparaissant définitivement derrière la meule de foin. Catherine faillit crier quand une main lui saisit le poignet.

— Chut ! lui intima Adémard.

Le chevalier l'entraîna vers un angle de la grange, là où une dépression du foin formait une ruelle contre le mur. Une couverture y était étalée.

*

* *

La chambre nuptiale du palais épiscopal était celle de l'évêque d'Amiens, prêtée pour la circonstance. Elle était vaste et aérée d'une large baie donnant sur le chemin de ronde. Le lit trônait en son milieu, immense. On y accédait par trois marches recouvertes de velours cramoisi. Les montants du baldaquin étaient de bois sculpté à figures d'angelots. Les courtines rouges et or étaient ouvertes. De gigantesques tapisseries à imageries bibliques garnissaient les murs et séparaient la pièce en trois : la chambre proprement dite ; un oratoire avec un petit autel surmonté d'un immense crucifix ; la troisième pièce dissimulait un cuvier et un retrait d'aisance niché dans le mur.

Alors que les courtisans s'embouteillaient sur le devant de la porte, le marié se faisait apprêter par son chambellan Guillaume de Chastel derrière la tenture du cuvier ; la duchesse de Bourgogne déshabillait la mariée derrière celle de l'autel. Marguerite ne cessait de lui parler doucement, inquiète de la voir si égarée.

— Madame, vous m'écoutez ? À présent, vous êtes reine de France et vous vous devez au roi. Vous n'avez rien à craindre... entendez-vous ? Quoi qu'il exige, ne vous en alarmez pas. Ce ne sera que très légitime entre époux... Madame, comprenez-vous ce que je veux vous dire ?

Non, la princesse de Bavière ne comprenait rien. Elle était dans un état d'hébétude qui lui donnait cet air de molle docilité. Elle était perdue : que faisaient donc tous ces gens qui se pressaient dans cette chambre inconnue ? Et pourquoi Marguerite de Flandre, qui savait se montrer si maternelle, lui parlait-elle avec un ton si pompeux, lui donnant du « Madame » ? Alors elle se mit à réclamer Miette, sa bonne nounou qui l'apprêtait d'habitude à son coucher.

— Miette la Clabaude est partie tantôt, lui rappela Marguerite, en libérant la masse de ses cheveux de la coiffe. Il me revient ce soir le devoir de vous assister au moment solennel de vous mettre au lit avec votre époux pour la première fois, un devoir qui m'incombe en l'absence de votre noble mère.

Se mettre au lit avec le roi restait toujours pour Isabelle inconcevable. Dans la confusion de son esprit, il lui revint l'une des règles de la *fin'amor*, celle de l'*asag* : l'essai. C'était à la dame de le demander : elle permettait à son preux de dormir auprès d'elle, avec l'épée du chevalier entre eux, symbole de l'épreuve suprême, disait la poésie courtoise.

— Aurais-je dû demander l'*asag*, madame ?

— Isabelle, sortez de votre songe et de vos romans, lui répondit la duchesse, perdant patience. (Elle prit un ton plus ferme.) C'est votre nuit de noces. Vous devez vous montrer vaillante et faire ce qu'il faut pour donner des enfants à la Couronne.

L'autorité de la duchesse la sortit de sa torpeur.

— Dieu ne doit-il pas y pourvoir ? Croyez-vous qu'Il ne m'en juge pas digne ? répondit-elle avec humeur.

Consternée, Marguerite de Flandre se reprocha de ne pas avoir prévenu le roi de la grande innocence de sa petite épouse. Mais elle songea combien son beau-neveu était affable avec les femmes, et combien lui-même baignait dans les subtilités chevaleresques. Ces enfants s'aimaient, et ils sauraient bien s'en arranger…

*

* *

Bois-Bourdon n'arrivait pas à croire ce qu'il entendait. La reine de France était encore une enfant, la reine de France était impubère.

— Comment avez-vous osé, madame, osé livrer une fillette à la puissance du roi ? Pourquoi avoir gardé le silence ? Pourquoi parler maintenant ?

Le sire de Graville était blême de fureur. Ozanne pleurait en silence tandis que Jeanne de Brabant, allongée sur son lit, dissimulait une souffrance de martyre. Seules de grosses gouttes de sueur sur son front trahissaient sa douleur.

— Elle est en âge d'être femme. J'espérais qu'elle le serait avant le mariage. Tout a été trop précipité. Et j'ai peur d'en être damnée.

— Ne m'en contez pas, madame ! Vos peurs sont trop tardives.

Il y avait quelque chose qui lui échappait. Pourquoi la duchesse faisait-elle appel à lui in extremis ? Pourquoi prenait-elle un tel risque pour empêcher la consommation de ce mariage ? Et pourquoi Ozanne s'était-elle trouvée aux étuves ?

Il se tourna vers cette dernière.

— Qu'as-tu fait boire au roi ?

— Un philtre à rendre impuissant, avoua-t-elle sans réticence, le visage ruisselant de larmes.

« Maudite soit cette bavarde de bâtarde ! » songea la duchesse.

— Un philtre à rendre impuissant ? répéta Bourdon, incrédule.

Il se retourna vers Jeanne de Brabant.

— Sur votre ordre, madame, à n'en pas douter.

— Il me fallait tenter d'empêcher…

— Vous auriez pu choisir plus habile sorcière pour vos sortilèges, la coupa le sire de Graville en explosant de colère. Savez-vous ce qui se passe ? Votre philtre s'est mis à marcher à l'envers. Charles resta bloqué à bander jusqu'à la torture pendant toute la messe des noces. Des durcissements lui mirent les nerfs à vif pendant tout le festin. Il n'y eut guère de répit qui soulagea sa virilité. Vous imaginez-vous dans quel état le roi va connaître la reine ?

Ozanne, prenant toute la mesure de son crime, poussa un gémissement de désespoir et tomba à genoux, balbutiant des oraisons.

— Pour la sauveté de la reine, parlez au roi, supplia la duchesse. Suppliez-le, demandez-lui d'offrir cette nuit et les suivantes à la Vierge Marie[1] et d'attendre qu'Isabelle soit purgée pour la première fois. Je vous en prie, courez ! Pour la sauveté de la reine.

— J'y cours, madame ! Et je vous invite, vous aussi, à vous mettre en prières.

*
* *

Catherine contemplait son amant dont le regard luisait doucement, comme des émeraudes caressées par les pâles rayons de la lune. Elle adorait l'eau verte de ses yeux, elle adorait qu'il lui fît l'amour, elle adorait Adémard. Elle aimait à caresser son torse lisse, à la peau laiteuse de roux, constellée de taches de rousseur. Le seigneur de Courtemay était doux, infiniment tendre. Mais elle savait qu'il pouvait se battre avec une grande bravoure, comme le lion dont il avait la crinière. Elle avait cet instinct de femelle qui jouissait de faire manger une bête féroce dans sa main. Adémard l'attira à lui et la renversa sur la couverture, se couchant à nouveau sur elle.

— Je ne me lasse jamais de vous, douce amie.

Il pénétra sa chaleur.

Ils s'aimaient depuis l'enfance, depuis qu'Adémard était apparu à la cour de Bavière, comme page de monseigneur Louis, frère aîné d'Isabelle. Il avait onze ans, et les autres enfants se moquaient de sa tignasse carotte. Il les avait fait taire, à coups de pied, à coups de poing, malgré sa taille fluette d'alors. Et n'avait cessé depuis d'exercer son corps à l'art militaire avec acharnement. Il se voulait champion et l'était devenu sous les yeux éblouis de Catherine.

---

1. Il était assez courant au Moyen Âge d'offrir la nuit de noces à la Vierge en restant chaste.

Lorsque Thadée Visconti avait marié celle-ci, pas encore nubile, au seigneur de Fastavavin, elle en fut désespérée ; quant au jeune Courtemay, il pensa que sa vie n'avait plus de sens, et parlait de la donner pour délivrer le tombeau du Christ. Aussi avait-elle caché le moment de ses menstrues, prolongeant son enfance pour se protéger du barbon. Fort heureusement, il avait quitté ce monde brutalement, à table, le nez piqué dans sa soupe, faisant de Mme de Fastavavin une veuve, vierge, de quatorze ans.

Orpheline, Catherine était aujourd'hui chambellane de la reine de France. Page daubé d'un jeune prince bavarois, Adémard était devenu un noble chevalier, promu garde du roi. L'avenir leur souriait.

— Mon amour, lui murmura Adémard, essoufflé, épouse-moi. Laissons passer les fêtes du mariage royal, et épouse-moi.

— Rien ne me sera plus doux, mon ami.

Ils scellèrent leur promesse d'un baiser.

D'un dernier coup de reins, Adémard jouit, profondément enfoncé en elle.

*

* *

La Cour avait été refoulée de la chambre, le temps de mettre pudiquement les jeunes mariés sous les draps, nus comme au jour de leur naissance. Les courtisans se pressaient à nouveau autour du lit, débordant dans le corridor, se tordant le cou pour les apercevoir et ne rien perdre de la cérémonie du coucher. C'était le moment du *Benedictio thalami*, la bénédiction du lit nuptial.

L'assemblée se mit à genoux. Pierre de Foissy prononça les termes rituels en faisant le signe de croix de son goupillon, aspergeant la couche d'eau bénite. Les époux se signèrent. Les courtisans firent de même. Le confesseur entama une prière où il demandait à Dieu de donner abondance de fertilité aux nouveaux mariés, mais comme le roi affichait tous les signes d'une terrible impatience, il abrégea, et se retira respectueusement avec l'assemblée. Philippe le Hardi resta le dernier et fit un bref signe de croix en direction du lit.

— Que Dieu vous bénisse et bénisse les fruits de votre union, mes très aimés neveux.

Avant de sortir, le duc tira les courtines. Ils étaient seuls, enclos.

Isabelle, nue auprès de son beau cavalier blond, tremblait un peu, ne pouvant se débarrasser de sa peur. Il se retourna contre elle et posa une main sur son sein menu qu'il enserra doucement.

— Ma mie, nous voilà enfin seuls. Ne tremble pas, j'ai tant le désir de toi.

— Mon très redouté seigneur, ne mettrez-vous pas votre noble épée entre nous pour la nuit ?

Charles réussit à sourire. Il avait le souci de se contrôler mais n'y arrivait qu'avec peine.

— La reine voudrait-elle faire attendre le roi, alors que je n'y tiens déjà plus ?

D'un geste doux, il retira le drap. Sa nudité la faisait encore plus menue, et belle à tenter un saint. Isabelle voulut se recouvrir, mais il lui immobilisa tendrement les bras.

— Ma mie, ma mie, je t'aime trop.

Il tremblait à son tour. Il était à bout de résistance, ce désir douloureux l'avait trop taraudé depuis le matin. D'un seul mouvement, il s'allongea sur elle.

*

* *

Bois-Bourdon freina brutalement sa monture en plein galop dans la cour du palais épiscopal. L'animal dérapa des quatre fers et se cabra de frayeur en hennissant. Un valet d'écurie se précipita pour attraper le mors alors que le sire de Graville sautait de cheval.

— Où en sont le roi et la reine ?

— Couchés ensemble à ce qu'il paraît. Et croyez-moi, ils ont du plaisir à prendre, répondit-il gaillardement.

Sans répondre, Louis se précipita vers la grande entrée.

*

* *

Isabelle avait repoussé sauvagement le roi et s'était recroquevillée dans un coin des courtines. Avisant la longue chemise de linon surbrodée de soie que Marguerite de Flandre avait déposée au bas du lit à son intention, elle l'enfila fébrilement dans un réflexe de pudeur, terrorisée. À genoux sur le lit, Charles la regardait faire avec stupeur, alors que son sexe se dressait entre ses cuisses musclées, si congestionné qu'il en était anormalement rouge et dilaté. Isabelle ne voyait que cela. Tout passait dans sa tête à une vitesse foudroyante : les juments menées à l'étalon, les vaches avec les taureaux, et toutes sortes d'accouplements de ferme qu'il lui avait été donné de voir dans sa campagne bavaroise.

Ainsi, l'amour c'était ça… aussi. Elle ne voulait pas ; tout son être criait non.

Alors que la chemise glissait sur son corps, la protégeant d'un rempart fragile, Charles poussa un cri terrible. Jamais femelle ne s'était refusée à lui, jamais il n'avait éprouvé un désir physique aussi barbare, aussi torturant. Il fallait qu'il soulage cette insupportable tension. Il fallait qu'il la possède. Son visage se convulsa, ses yeux s'exorbitèrent, prirent une fixité hagarde, et il se rua sur Isabelle. Elle poussa un hurlement, se débattit furieusement, et s'échappa en laissant un lambeau d'étoffe entre les mains crispées de Charles. Elle sauta du lit et alla s'adosser contre une tapisserie murale, pantelante de terreur. La déchirure laissait ses seins nus, ses cheveux défaits ruisselaient autour de son visage, cascadaient sur ses épaules, tombaient bas en dessous de ses reins. Elle était d'une beauté féline, féroce dans son refus épouvanté. Alors les nerfs de Charles craquèrent, il devint fou. Il fondit à nouveau sur elle. Comme elle tentait de fuir, il la rattrapa et l'envoya durement rouler sur le sol. Il se laissa tomber sur elle de tout son poids, de tous ses muscles. Il la gifla à tour de bras, déchira encore sa chemise qu'il finit par lui remonter jusqu'en haut du ventre, et la frappa encore. Elle luttait des griffes et des dents, lui lacérant le visage, ce visage qui l'avait fait rêver, le visage de son beau cavalier blond. Charles semblait ne rien sentir, il grondait à la manière d'un loup. Comme Isabelle s'épuisait, il lui ouvrit les jambes de force. Elle sentit avec horreur des doigts qui pénétraient son intimité. En un sursaut de refus désespéré, elle se tordit et glissa comme une anguille sous le poids du roi. Enfin, elle se libéra et se précipita dans le corridor en exhalant une longue plainte d'agonie, et tomba, à moitié nue, dans les bras de Bois-Bourdon qui accourait. Il la serra fort, comprimant de sa chaude protection les tremblements incoercibles qui la secouaient tout entière.

— Je suis là, ma reine ! Soyez sans crainte, je suis là.

Elle s'accrocha à lui comme une noyée. Mais déjà le roi survenait et tentait de la lui arracher. Jamais le sire de Graville n'avait vu le roi dans un état semblable. Il paraissait ne pas le reconnaître.

— Par pitié, monseigneur, c'est une enfant !

Le roi était hors de sens. Le sire de Graville hurla, comme pour réveiller son esprit égaré.

— Ne la touche pas ! Charles, elle n'est pas femme encore, ne la touche pas, au nom du Christ !

Mais le roi luttait farouchement, sourd aux exhortations de son ami. Bourdon réussit à dégager Isabelle et la repoussa derrière lui. Elle glissa sur le dallage froid, où elle demeura, gisante de panique, les yeux rivés sur les deux combattants.

Le bruit de la lutte et les cris attirèrent trois hommes de garde. Croyant leur roi en danger, ils se précipitèrent à son secours. Mais Charles, avant qu'ils n'arrivent, les forces décuplées par la démence, assena de ses deux poings joints un formidable coup sur la tête de Bois-Bourdon. Les jambes du sénéchal plièrent, il tomba lentement à genoux, et s'écroula inanimé sur le sol, assommé.

— Saisissez-vous d'elle ! hurla le roi.

Les trois hommes de garde hésitèrent à porter la main sur leur trop jeune reine, elle paraissait si délicate, si vulnérable.

— Le roi l'ordonne, ou je vous fais pendre !

Avec précaution, ils se résolurent à porter Isabelle jusque dans la chambre où les menait Charles VI. Elle n'eut aucun geste de défense, pas un cri, tétanisée d'horreur.

— Couchez-la sur le lit et tenez-la fermement les jambes écartées à outrance.

L'affable roi de France n'était plus lui-même. Les gardes s'en aperçurent. Épouvantés par sa violence, ils obéirent. Charles s'acharna sur les pauvres restes de la chemise d'Isabelle, les déchirant, les arrachant avec férocité. Grognant comme un chien, il se coucha sur sa petite épouse, prit son sexe distendu d'une main et l'insinua entre les cuisses maintenues écartelées.

Alors elle se remit à hurler.

Ses cris et la résistance qu'il rencontra le rendirent encore plus fou. Il poussa sauvagement, donnant de puissants coups de boutoir. Enfin, il pénétra tout entier en elle et la prit avec une fureur bestiale tandis qu'une tache de sang vif s'élargissait sur les draps.

Mais le roi ne possédait qu'une enfant inerte et sans vie. Isabelle avait perdu conscience.

*

* *

Au même instant, Jeanne de Brabant tombait aussi en pâmoison sous l'effet de sa souffrance. Le chirurgien se résolut, malgré la défense de la duchesse, à rompre la veine d'un coup de lancette. Un flot purpurin épais et sombre se répandit abondamment dans le bassin d'étain présenté par son aide. La douairière reprit alors ses esprits et vit le sang. L'Hôtel de Bourgogne résonna tout entier du cri inhumain que poussa la duchesse Jeanne de Brabant.

9

Le songe amoureux

Je vous vends la passerose,
Car de vous le dire je n'ose
Comment Amour vers vous me tire.
Je vous vends le songe amoureux
Qui fait joyeux ou douloureux
Être celui qui l'a songé.
Je vous vends la fleur d'ancolie,
Je suis en grand mélancolie,
Ami, que vous m'ayez brisée.

Christine DE PISAN

Cette nuit-là, en reprenant ses sens, Isabelle vit en entrouvrant les paupières, le visage de la noble duchesse de Bourgogne penchée sur elle. Elle sentit aussi des présences qui s'agitaient dans la chambre.

— Elle est déchirée, donnez-moi le vin pour laver la plaie, disait une voix.

Marguerite l'appelait doucement. Mais aucun son n'aurait pu sortir de sa bouche. Elle referma les yeux. Elle ne voulait pas retourner au monde. Il venait de la blesser trop fort.

La duchesse de Bourgogne, prévenue par le sire de Graville, avait fait mander d'urgence sa propre ventrière. Elle ne voulait pourtant pas croire que cela fût si grave, ce n'était pas la première nuit de noces à se passer mal ; mais elle fut épouvantée en découvrant l'abondance du sang sur les draps. La reine, le visage tuméfié, les yeux révulsés, était comme morte.

La sage-femme soigna la plaie secrète avec des brins de citronnelle écrasés pour arrêter le sang, puis appliqua une compresse de toile imbibée d'huile de millepertuis. Sur les meurtrissures du visage, elle passa doucement un onguent de suc de sauge et d'huile rosat. Puis elle lui fit boire une décoction de larmes de pavot au lait de laitue.

— Elle passera de la pâmoison au sommeil. Il faut qu'elle dorme longtemps, cette pauvre enfant.

La sage-femme soignait Isabelle avec beaucoup de douceur et de compassion. Les chambrières avaient entièrement changé le lit, puis la duchesse de Bourgogne demanda que chacun se retire pour laisser la reine en repos. Elle seule veillerait l'enfant blessée.

*

* *

La matinée s'annonçait superbe. Le palais épiscopal se hâtait à son réveil, c'était jour de grands tournois, il fallait hautement paraître aux splendeurs qui se préparaient. Chacun en appela aux femmes de chambre, aux dames d'atour, aux écuyers, aux pages et aux varlets[1], aux maîtres d'armes et aux hérauts. Et puis brusquement, dans ce tumulte, une rumeur se mit à circuler : chacun devait se tenir coi et tranquille sur ordre du duc de Bourgogne. Toutes les réjouissances étaient suspendues. Le roi et la reine reposaient et ne paraîtraient pas en ce jour. Ils avaient été si bien au lit ensemble qu'ils ne sortiraient pas de la chambre. C'était une nouvelle inconcevable. Jamais Charles VI n'avait fait défaut à des

1. Jeune homme non encore armé chevalier, page, écuyer…

festivités, jamais il n'avait résisté au plaisir de jouter, et il s'agissait des grands tournois de ses propres noces.

En chemise, en robe de relevée, en coiffe de nuit, des groupes se formaient, s'interrogeaient, cancanaient. Une nouvelle rumeur se répandit bientôt à voix chuchotées. De source sûre, le roi aurait trouvé la reine mal conformée. On assurait même qu'elle n'aurait pas d'entrée naturelle et que la nuit de noces s'était passée à la chercher. Cela amusa la Cour un moment et l'on s'accorda à penser que Philippe le Hardi avait misé sur la mauvaise pouliche et qu'il avait préféré rompre les fêtes d'une si fâcheuse alliance. Mais lorsque l'on apprit la réunion du Grand Conseil pour le milieu de l'après-midi, les courtisans se perdirent en conjectures sur la gravité de la situation. Et à haute prime, un crieur battit le tambour dans la cour d'honneur du palais :

— Oyez, oyez ! Gentes dames et gentils seigneurs ! À tierce carillonnante, toute la Cour se rendra à la grand-messe qui sera dite par monseigneur de Picque, pour le roi, la reine, et pour la flotte française ! Qu'on se le dise !

Que venait donc faire la flotte française dans cet imbroglio de noces royales ?

*

* *

Toutes les cloches appelant à la grand-messe vidèrent bientôt le palais épiscopal. Le soleil entrait à flots par la large baie de la chambre nuptiale. Isabelle, du fond de sa lourde torpeur, sentit la présence de Zizka.

— Comment les enfants viennent aux femmes, Zizka ?

— Le Créateur donne l'enfant à l'amour de l'homme et de la femme qui s'unissent par le ventre.

Et dans son infinie sagesse, Il leur a donné ce que l'Église exècre, le plaisir.

— Le plaisir, est-ce la luxure ?

— Le Seigneur a dit « Croissez et multipliez ! », mais l'Église a oublié la parole de Dieu, plus obsédée de pudicité que de génération. Elle donne la virginité comme infiniment supérieure aux autres états ; il en sera ainsi tant que l'Église se plaira à mettre le Diable entre les cuisses des pauvres femmes.

— Les enfants ne viennent donc pas de Dieu ?

— Tout est à Dieu et y revient. Le temps d'une vie, le Seigneur laisse les hommes libres de leurs affaires.

La décoction terrassa de nouveau Isabelle, qui s'endormit d'un profond sommeil.

*
* *

Avant que le Conseil des princes des Fleurs de lys ne se réunisse, il y eut après la messe un conseil privé en grand secret avec le duc et la duchesse de Bourgogne, le sire de Bois-Bourdon, la ventrière… et Ozanne de Louvain, à genoux, en cheveux et en simple chemise comme une condamnée à mort.

— Qu'as-tu fait boire au roi ? demanda durement le Hardi qui menait l'interrogatoire.

— Je ne sais, murmura Ozanne de sa belle voix rauque.

— Parle plus fort, qu'on t'entende !

Ozanne, la tête penchée sur la poitrine, le visage mangé par ses longs cheveux blonds, était étrangement calme et résignée. Elle haussa légèrement le ton, sa voix se fit plus rauque encore, nouée.

— Je ne sais. Une poudre que m'avait léguée ma nourrice, pour ma sauvegarde.

— Tu mens !

— Sur Dieu, je ne mens point. Je sais qu'il y entrait de la menthe, du nénuphar et de la fleur de rue. Mais pour le reste, je ne sais point.

— Ces plantes sont désignées par Hippocrate et Aristote comme des anaphrodisiaques, commenta la sage-femme. Le nénuphar est la plante des ascètes qui délivre des tentations de la chair, la rue est connue aussi comme plante abortive. Mais rien de tout cela ne peut justifier l'état extrême du roi.

— Tu dis que ta nourrice t'a légué cette poudre pour ta propre sauvegarde ? reprit le Hardi.

— Oui, monseigneur. Pour me garder des hommes et de leur violence.

— Est-ce que tu as déjà eu recours à cette poudre sur d'autres que le roi ?

— Non, monseigneur, cela n'a pas été nécessaire.

— Donc tu ne connaissais pas les effets de ta mixture. Le roi était-il un danger pour toi ?

— Non, monseigneur, pas pour moi. Pour la princesse de Bavière.

— La reine était en danger avec son propre époux ? Pourquoi ?

— La reine est impubère.

Impubère !

La duchesse de Bourgogne se dressa, vibrante d'indignation.

— La princesse était encore une enfant ? Mais qui savait ?

— La duchesse de Brabant, intervint Bois-Bourdon qui ajouta avec âpreté : C'est sur son ordre que la demoiselle de Louvain a agi.

— Impubère ! Et elle ne m'en a rien dit, s'emporta Marguerite.

La duchesse de Bourgogne, fille unique du débauché comte de Flandre Louis de Maele, était tout à l'inverse de son défunt père, intraitable avec le bon usage. Elle avait les douceurs mais aussi la dureté de la vertu. Grande et de taille fine, elle était comme une pure flèche dressée contre toutes les iniquités d'une époque où l'honneur de la chevalerie s'était oublié. À Dijon, capitale des ducs de Bourgogne, le petit peuple l'appelait « la Bonne-Dame ». D'une prestance de souveraine, la plus riche héritière d'Europe était plus occupée de charité que des intrigues de cour. Sa colère n'avait d'égale que celle de son puissant époux, qui, comme elle, se sentait trahi par la duchesse de Brabant.

Philippe retourna sa fureur contre Ozanne.

— Jamais je n'ai ouï dire que Charles eût violenté une femme. Il faut que tu l'aies par trop empoisonné. Pire peut-être, envoûté !

Il empoigna la chevelure d'Ozanne, lui renversant la tête.

— As-tu usé de charmes contre la personne du roi ?

— Oui, monseigneur.

Le duc jura et lui relâcha la tête brutalement, la poussant en avant. Ozanne tomba douloureusement sur les mains. Elle se recroquevilla sur elle-même, et resta ainsi sur le sol, le front contre le dallage, écrasée de sa propre culpabilité. Il s'agissait à présent de maléfice. Ozanne se savait perdue, promise à la question, au bûcher. Comme étrangère à elle-même, elle ne cherchait ni à mentir, ni à se défendre. Elle parla sans qu'on le lui demande. Sa voix atone s'étouffait dans un silence de mort.

— Le roi m'avait connue charnellement lors des grandes fêtes du Mai. En souvenance de ses faveurs, j'ai osé garder une de ses aiguillettes.

Ozanne se tut, noyée dans ses cheveux, perdue dans ses souvenirs. Bois-Bourdon s'approcha et posa un genou à terre. Il glissa une main sous son menton et l'obligea à se redresser avec douceur. Assise sur les talons, le buste droit, elle restait pétrifiée comme une statue de sel, le regard fixe et lointain.

— Continue, l'encouragea-t-il avec mansuétude.

— Je n'étais pas sûre de la suffisance de ma poudre…

Elle hésitait. Puis reprit d'un ton monocorde :

— Il est écrit dans *Le Grand Albert des secrets* qu'il faut avoir la verge d'un loup nouvellement tué. Il faut se tenir proche de la porte de celui que l'on veut lier, il faut l'appeler et, aussitôt qu'il aura répondu à son nom, lier ladite verge avec un lacet de fil blanc, et il sera rendu si impuissant à l'acte de Vénus qu'il ne le serait pas davantage s'il était châtré.

Elle prit son temps à nouveau. Le silence était toujours absolu. Elle ajouta d'elle-même :

— Je n'avais pas de verge de loup, et aucun moyen de m'en procurer si rapidement. Alors j'ai fait comme le grimoire disait, mais… avec l'aiguillette du roi.

Personne n'a le courage de parler. La demoiselle de Louvain est coupable des plus grands crimes qui soient, celui de sorcellerie et de lèse-majesté.

— Après que le roi eut bu, je ne me suis pas sauvée tout de suite des étuves, je me suis cachée. J'ai vu le sire de Graville sortir d'une chambre secrète. Il ne m'a pas remarquée, il courait. Alors je me suis tenue derrière la porte et j'ai appelé : « Charles ! » Le roi se tenait dans cette chambre car il a répondu « Qu'on me laisse ! » Alors… j'ai noué l'aiguillette.

L'aveu était accablant. Après un instant de stupeur, le duc de Bourgogne se mit à jurer. Ozanne tressaillit et sembla soudain possédée. Elle se mit à hurler en se jetant sur le sol où elle se roula, en s'arrachant les cheveux.

— Tuez-moi, monseigneur, pour l'amour du roi ! Tuez-moi sur-le-champ ! Je veux mourir pour l'amour du roi.

Le Hardi s'empara de son épée, et dominant de toute sa stature la fille folle de douleur, il souleva l'arme des deux mains, haut levée.

— Maudite ! Maudite ! Retourne à Satan !

Marguerite et sa ventrière reculèrent d'horreur et sortirent vivement sans intercéder. L'épée du chevalier, arme du Christ symbolisé par la croix du pommeau, et sanctifiée par la bénédiction, était l'image de la justice immanente de Dieu. Dans le même mouvement, Ozanne se dressa sur les genoux, se signa et joignit les mains. Déjà, l'épée s'abattait, déjà elle avait la tête fendue, quand des mains nerveuses bloquèrent les poignets du duc.

— Tu oses ?

— Seigneur mon duc, il y a mieux à faire, dit fermement Bois-Bourdon. Épargnez Ozanne de Louvain, elle n'est qu'un pion.

Ils se mesuraient du regard à travers la croisée d'un mortel bras de fer.

— Avec ce pion, vous prenez la dame.

Le Hardi abaissa son épée lentement.

— La dame de Brabant !

— Oui, monseigneur ! Jeanne de Brabant a armé la main de cette fille. Elle l'y a contrainte. Ozanne de Louvain est plus dangereuse vivante que morte pour la duchesse. Ne tuez pas quelqu'un qui peut si bien nous servir.

Philippe le Hardi réfléchissait vite. Il sourit.

— Je la tiens, cette vieille charogne !

Ozanne se laissa aller sur le sol où elle perdit connaissance. Même la mort ne voulait pas d'elle.

10

Mardi 18 juillet 1385

> Ils mangent et boivent, dansent, chantent et s'amusent
> Gagnent leur couche, désirée, méritée,
> Car une épouse a beau être très sainte,
> Elle doit supporter patiemment, la nuit,
> Les nécessités qui font le plaisir
> De celui qui lui a passé l'anneau au doigt,
> Elle doit mettre un peu de côté sa vertu
> Pour le moment – pas d'autre solution.
>
> *Contes de Cantorbéry*, Geoffrey CHAUCER

À une heure après sixte, le roi sortit enfin de son sommeil léthargique avec un air de profond étonnement.

— Peux-tu me dire ce que je fais ici ? demanda-t-il au sire de Graville qui, après avoir sauvé Ozanne, était revenu à son chevet.

Puis, s'avisant qu'il était seul dans cette couche inconnue, il hurla le nom d'Isabelle, et avant que son favori ne pût l'en empêcher, il était déjà hors du lit et se précipitait dans les corridors.

Auprès de la reine, Catherine de Fastavavin veillait à présent, priant sur un prie-Dieu. Elle se leva à l'entrée du roi, et recula, plus de frayeur que par respect. Bois-Bourdon, qui l'avait rejoint, tenta de le retenir sur le pas de la porte.

— Que veut dire ceci ? murmura Charles VI en fixant avec incrédulité le lit nuptial où la princesse de Bavière dormait.

D'une poussée ferme, il écarta le sire de Graville et s'approcha avec hésitation. Il découvrit alors le visage tuméfié de sa jeune épousée, dont les ecchymoses lie-de-vin s'auréolaient d'une couleur verdâtre.

— Par le sang du Christ, qui a fait ça ? s'exclama-t-il avec horreur. Qui a fait ça, que je le tue de mes propres mains !

Ses cris réveillèrent Isabelle qui fut prise de panique en découvrant le roi.

— Tenez-le hors de moi, tenez-le hors de moi à jamais, je ne puis supporter sa vue ! hurla-t-elle dans une répulsion de tout son être.

Tandis que le roi restait paralysé de stupeur, Catherine se précipita sur le lit et prit son amie d'enfance dans ses bras.

— Qu'il s'en aille, supplia-t-elle, ne voyez-vous pas qu'il lui fait peur ?

Charles VI restait hébété, et n'offrit aucune résistance lorsque Bois-Bourdon l'entraîna hors de la pièce.

Le roi, tête baissée, les doigts enfoncés dans ses cheveux, sanglotait, en écoutant Bois-Bourdon lui narrer les événements de sa nuit de noces.

— Quand j'ai repris mes sens après le terrible coup de masse de tes poings, il y avait comme un tambour douloureux qui battait dans mon crâne ; hors, il n'y avait qu'un silence de tombe. Aucun homme de garde n'était en vue, le corridor était sombre et désert. Alors, pris d'un sombre pressentiment, j'osai entrer dans la chambre, la peur au ventre. La reine gisait seule sur le lit, écartelée. Je l'ai crue… morte.

— L'ai-je violée, gentil Bourdon ?

— Oui, monseigneur.

Charles poussa un gémissement d'horreur.

— Parle, Bourdon, ne me cache rien, supplia-t-il.

— La reine avait les yeux renversés, reprit ce dernier d'une voix enrouée, elle était tuméfiée au visage, à la poitrine, aux poignets, aux bras et aux chevilles. Ses cuisses étaient tout ensanglantées, le drap sous elle était rouge… mais elle respirait.

Il s'interrompit, étranglé d'émotion.

— Dis, dis encore, je veux savoir, insista Charles VI.

— Je l'ai recouverte pudiquement d'une courtepointe. Je la croyais seule, quand je t'ai aperçu, nu, replié sur toi-même, dans l'embrasure de la fenêtre. Je t'ai appelé.

— Et t'ai-je répondu ?

— Non, tu étais hors d'atteinte, absent, aveugle. Je t'ai passé une chemise et conduit par la main jusqu'à ce lit où je t'ai couché, et où tu t'es endormi aussitôt. Et j'ai prévenu la duchesse de Bourgogne.

Charles reniflait comme un enfant.

— Le dernier souvenir que j'en ai, larmoya-t-il, est celui de son visage terrorisé, elle enfilait sa chemise, elle me refusait alors que je la désirais à en devenir fou. Et puis, il y a eu ce voile rouge devant mes yeux. Et puis après… je ne sais plus.

Le seigneur de Graville avait pitié de lui, victime innocente, comme la reine, de tant d'intrigues de palais. Ils avaient été dépossédés de la beauté de leur amour.

— Ah, gentil Bourdon, quel crime ! gémit le roi. Dieu par Sa grâce m'a-t-Il ôté ma puissance pour la Mauresque en faveur de la reine, jusqu'à m'en rendre fou ?

— Non pas, Dieu n'y est pour rien. On t'a empoisonné ! (Charles releva la tête sans comprendre.) Ce coup de folie ne peut être naturel. On t'a empoisonné.

— Empoisonné, répéta le roi, sortant peu à peu de son accablement. Qui, mais qui m'a empoisonné ?

— Celui à qui ton mariage faisait tort.

— Le Navarre ! murmura le roi, effaré.

— Le Navarre, confirma Bourdon, satisfait d'avoir mené Charles là où il voulait.

Qui disait « poison » disait « Navarre ». Ce roi, dit Charles le Mauvais, était aussi surnommé par la *vox populi* le Grand Empoisonneur, dont on ne comptait plus les crimes. Ce proche parent de la maison de France[1], avait, à plusieurs reprises, tenté de faire assassiner le défunt roi Charles V, et encore tout récemment, les ducs de Berry et de Bourgogne. Navarre revendiquait depuis toujours la couronne de France, ce mariage et la perspective de la venue d'héritiers mâles ne pouvaient que l'enrager.

Le doute n'effleura même pas le roi. Il se dressa, vibrant d'une colère furieuse.

— Je porterai dans ses États la foudre et le feu ! J'y porterai ma vengeance. Je le provoquerai en duel judiciaire devant tous, et Dieu guidera mon épée jusqu'au cœur de ce traître, de ce lâche !

Bourdon laissait le roi rugir sa souffrance et sa furie.

— Je pars sur l'heure avec toute mon armée. Gentil Bourdon, je te laisse la reine, tu la protégeras, tu la choieras. Tu lui parleras de moi sans cesse. Tu lui diras combien j'ai été dévoyé d'elle

---

1. Le roi de Navarre, descendant direct des rois capétiens par sa mère, fille de Louis X, fut écarté de la succession au profit de la branche des Valois, au nom de la loi salique qui excluait du trône les femmes et leur descendance. Charles le Mauvais revendiquera toute sa vie la couronne de France et restera jusqu'à sa mort l'ennemi le plus acharné des usurpateurs Valois.

par traîtrise. Que je l'aime sur mon âme, que je lui apporterai le cœur encore fumant de ce félon de Navarre.

Alors qu'il reprenait son souffle, au comble de l'exaltation, le sénéchal intervint d'une voix déterminée :

— Cela ne se peut, gentil sire.

— Cela se peut et cela se doit ! Pour l'amour de ma mie.

— Comment justifier une telle campagne armée ? Voulez-vous rendre public que le roi a forcé la reine au soir de ses noces ? Pensez à la Cour, pensez à la Bavière. Cela ne se peut... pour Isabelle.

Charles réfléchissait. Il revoyait le visage martyrisé de sa si jolie épouse, et la honte le submergea.

— Ne ferons-nous rien ? demanda-t-il avec détresse.

— Si fait, monseigneur, Charles le Mauvais mourra par traîtrise, comme il a vécu. Je te le jure solennellement, pour l'amour de la reine, je tuerai le Navarre !

Le regard de Bois-Bourdon était à cet instant terrible. Jamais ses yeux d'aigle n'avaient été aussi noirs.

— Par Dieu, s'étonna le roi, il semble que c'est toi qui te venges.

Oui, c'était bien la vengeance qui faisait flamboyer les yeux du sire de Graville. Le Navarre était l'un de ses trois violeurs, il tenait là l'occasion de le lui faire payer avec la bénédiction de Charles VI.

— Tout ce qui touche à la personne de mon roi touche à ma personne, gentil sire, se contenta-t-il de répondre.

Le roi lui donna l'accolade, ému.

— Jamais je n'ai eu plus grand ami que toi, mon frère.

— Je n'attendrai que votre ordre, messire.
— Tu le recevras, répondit le roi âprement.

À cet instant, Philippe le Hardi vint aux nouvelles. Charles se précipita vers lui et lui tomba dans les bras :

— Bel oncle, savez-vous ?

— Je sais, répondit Bourgogne.

— Je souffre malemort, mais mon ignominie n'a d'égale que celle du Navarre qui m'a empoisonné. Le savez-vous aussi ?

— Je le sais aussi, beau neveu, dit le duc.

Par-dessus l'épaule de Charles, il jeta un coup d'œil satisfait à Bois-Bourdon qui lui avait suggéré ce stratagème. Car enfin, il fallait bien que le roi ne fût pas coupable, et Bourgogne répugnait à accuser la Brabant. Pour l'instant.

Il repoussa doucement son neveu, le tint à bout de bras par les épaules en le fixant droit dans les yeux.

— Nous te vengerons de ce méchant homme.

— Quand ? Le sire de Graville n'attend qu'un signe.

— Pas de précipitation, l'heure viendra, je te le jure. Mais pour le moment, il faut absolument garder secrète cette nuit malheureuse. Trop, déjà, se posent des questions.

Puis changeant de sujet, il lui fit part du courrier de Flandre, arrivé le matin même. Il annonçait les menaces que la ville de Gand et l'Angleterre faisaient peser sur la flotte française, et la réunion du Conseil pour une heure de vêpres.

Le roi décida qu'il y prendrait sa place. Il avait déjà rompu le projet de partir châtier ces Flamands afin d'éblouir sa dame et obtenir son pardon.

*

* *

Le Grand Conseil réunissait les princes des Fleurs de lys, Berry et Bourgogne, ainsi que les conseillers Bureau de la Rivière, le cardinal de Laon, le connétable Olivier de Clisson, l'amiral de mer Jean de Vienne, le grand Bouteiller de France, le sire de Coucy, et Guy de la Trémoille, grand chambellan du duc de Bourgogne. Hommes de bon sens et hommes de guerre. Et, sur une estrade, le roi.

Charles VI se tenait raide, le visage défait. On pouvait remarquer des griffures sur sa joue droite. Il en était beaucoup pour en conclure que la nuit avait été plaisamment chaude avec sa jeune épousée.

Le duc de Bourgogne se leva et vint se tenir à ses côtés. Posant une main protectrice sur l'épaule de son neveu, il s'adressa solennellement à l'assemblée :

— Gand s'est encore révoltée ! La ville félonne s'allie à l'Angleterre contre nous. Elle fait garnison dans le port de Damme et attend pour s'unir à l'Anglais afin de brûler et détruire notre flotte amassée à l'Écluse[1]. Qu'en dites-vous, messeigneurs ?

Cela fut vite dit. Il fallait corriger ces Gantois qui continuaient de narguer le roi de France. Ces gueux menaçaient la plus grande puissance maritime que la France ait jamais connue. Ils menaçaient le projet d'envahir l'Angleterre. On allait le leur faire voir !

Les foudres de guerre avaient parlé. On devait rallier l'armée royale au plus tôt à Arras, et se rendre à marche forcée dans les États du nord. Le seul opposant fut bien entendu le duc de Berry. Il se fit ironique à l'adresse de Philippe le Hardi.

---

1. Damme et l'Écluse étaient les avant-ports de Bruges dans les bouches de l'Escaut. Par un ancien bras de mer, le Zwin, ils reliaient la ville à la mer. Leur importance, du point de vue du commerce maritime et surtout stratégique, était capitale pour Gand qui résistait toujours à la suzeraineté de leur nouveau comte de Flandre, le duc de Bourgogne.

— Que n'avez-vous encore maté vos Flamands, noble frère ? Gand a décidément l'art de tenir les comtes de Flandre à merci.

Le duc faisait bien sûr allusion au feu comte Louis de Maele qui avait dû fuir sa ville de Gand déguisé en valet, trois ans auparavant, lors de la « Révolution des mécaniques » des tisserands flamands. Bourgogne n'eut pas besoin d'intervenir, d'autres le firent pour lui.

— Il est temps de châtier l'arrogance des Gantois ! clama le connétable de Clisson en se dressant.

— Il faut réduire définitivement les suppôts de l'antipape de Rome[1] !

— Il faut partir ! Laissera-t-on mettre à mal la flotte française sans rien faire ?

Et des cris fusèrent : « Mort aux hérétiques ! Sus aux Anglais ! Brûlons Gand ! »

Le Camus eut un geste d'apaisement.

— Certes, je vous entends bien ! Mais il est inutile de briser ainsi les réjouissances du mariage royal. Joutons, festoyons et amusons la Cour et le peuple comme il se doit. Après, nous irons.

Il ignorait, comme les autres, le drame de la nuit de noces.

— Le temps presse, mon frère, lui lança Philippe le Hardi. Et puis, qu'avez-vous à ergoter, votre ost n'est toujours pas là et nous saurons bien nous passer de vous.

— Il le faudra bien, sourit mielleusement le Camus.

Le duc de Bourgogne se détourna de lui avec colère et s'adressa au roi qui n'avait encore rien dit.

— Sire, mon neveu, nous attendons votre décision.

1. Allusion au Grand Schisme. Les Flamands, comme les Anglais, reconnaissaient le pape de Rome, alors que la France soutenait le pape d'Avignon.

Le Hardi tenait à cette guerre providentielle, pour ses propres intérêts, bien sûr, mais aussi pour distraire l'attention de la Cour du couple royal, d'autant plus qu'il avait appris la violente répulsion de la reine à la vue de son époux. La séparation et le temps arrangeraient les choses, pensait-il. Restait à savoir si son neveu allait se laisser séparer si vite d'Isabelle...

Chacun attendait la réponse de Charles VI dans le silence. Enfin, il se dressa.

— Que mon porte-étendard parte immédiatement lever l'oriflamme à Saint-Denis avec une escorte. Nous partirons demain pour Arras ! Nous irons à la victoire en l'honneur de ma dame.

On cria « Vive le roi ! » Puis il y eut une voix pour crier « Vive la reine ! »

Charles devint livide. Il vida les lieux.

*

* *

Alors que sonnaient complies, Isabelle se mit à gémir, se disant prise de douleurs d'entrailles et se plaignant que le sang lui coulait à nouveau. Catherine de Fastavavin s'affola, et fit mander la duchesse de Bourgogne et sa ventrière.

Au même moment, Philippe le Hardi se présentait chez sa tante de Brabant pour s'enquérir des nouvelles de sa santé. Il s'était fait accompagner du sire de Graville, d'Ozanne de Louvain et de son notaire.

Philippe pénétra seul dans la chambre où Jeanne reposait, assise, le dos appuyé sur des oreillers. Il la salua, affable, et sans y être invité, il s'installa confortablement sur la banquette de chevet.

— Je suis fort navré de vous savoir si malade, ma belle tante.

— Je vous remercie de votre sollicitude, mon beau neveu. Je suis encore bien faible, mais la crise est passée.

— Il ne faudrait pas qu'elle revienne. On vous a dit au plus mal cette nuit.

— Je vais mieux, je vous l'assure.

La douairière n'était pas dupe des égards de l'époux de sa nièce. Elle était sur le qui-vive. Depuis que la veine avait été rompue et avait longuement coulé, sa jambe avait dégonflé, la douleur s'était apaisée, mais la plaie suintait toujours. Elle suinterait toujours désormais par le maléfique pouvoir de Thadée Visconti.

— Que vous amène, Philippe ?

— Le souci que me fait votre santé.

— Allez tranquille, je ne suis pas encore morte.

— Grâce à Dieu ! Mais cet avertissement devrait vous pousser à mettre vos affaires en ordre.

— Passez outre, beau neveu ! Je sais ce que j'ai à faire.

Le duc se cala plus confortablement dans les coussins de la banquette. Il joignit le bout de ses doigts, et y posa ses lèvres, en signe de grande réflexion. Il prit un air matois.

— Ma très aimée et très respectée épouse est votre héritière naturelle et de droit. Ne croyez-vous pas qu'il est temps de tester ?

La dame de Brabant savait qu'il allait en arriver là. La Flandre ne suffisait pas au Hardi, il lui fallait aussi son duché, il lui fallait tous les Pays-Bas. Mais la duchesse voulait garder son Brabant pour son amant. Elle temporisa toutefois, inquiète de l'étrange calme du duc.

— J'y songe, Philippe, j'y songe. Que le temps vous presse !

— Vous connaissez ma devise ? « Il me tarde ! » (Il se pencha vers elle et baissa la voix.) Voyez comme je suis impatient : j'ai fait tuer ce ribaud de comte de

Flandre tant il tardait à mourir. Il y avait trop de haine accumulée contre lui et l'armée du roi n'y suffisait plus à maintenir la couronne comtale sur le front de mon beau-père. La riche Flandre commençait à nous coûter trop cher.

— Vous en parlez bien à l'aise, Philippe, siffla la douairière d'une voix blanche.

Elle avait le souffle coupé tant l'aveu délibéré de ce crime la prenait de court. La peur se mit à l'étreindre tandis qu'il lui souriait d'un air narquois.

— Nous sommes entre nous, belle tante, et vous avez su si bien me le faire entendre. Je sais que vous tenez les preuves que j'ai fait occire Louis de Maele...

— Par votre sbire de Bois-Bourdon, le coupa-t-elle, menaçante, tentant par cette précision à reprendre l'avantage.

— ... Comme je sais que vous avez fait envoûter le roi par votre sorcière de Louvain, continua-t-il tranquillement.

La dame de Brabant se redressa sur ses oreillers.

— C'est un mensonge, sur ma foi !

— Elle ne doit pas être si forte, votre foi ! lui lança-t-il avec force. Dans l'antichambre attend Ozanne sous la garde du seigneur de Graville. Dois-je la livrer en toute justice ? Je suis curieux de savoir ce qu'elle saura nous dire, soumise à la question ?

La douairière se laissa aller sur les oreillers. Ainsi donc, Bourdon avait parlé. Philippe savait tout.

— Votre sorcière est moins habile que mon sbire, reprit ce dernier. Il a reconnu Ozanne aux étuves, il l'a vue faire boire une potion au roi. On sait que par son entremise vous avez voulu le rendre impuissant. Elle a agi par magie... et sur votre ordre !

Il se dressa de son siège.

— Et cette nuit, Charles rendu fou par vos poisons et vos maléfices a violenté la reine de la plus cruelle façon !

C'étaient autant de coups assenés alors que le ton du duc montait. Chaque fois, Jeanne semblait s'enfoncer davantage dans ses oreillers. Penché sur elle, Bourgogne l'acheva en tonnant :

— Et vous avez laissé la reine impubère se faire violer !

Jeanne se sentit anéantie, elle avait perdu son Brabant, elle avait perdu son amant. Elle savait qu'à présent c'était silence pour silence. Dénoncer Philippe le Hardi à Marguerite de Bourgogne comme l'assassin de son père n'avait plus de poids : son crime à elle était encore plus grand.

Le duc s'était rassis tranquillement, satisfait de son éclat, laissant la douairière à ses aigres conclusions. Enfin, il donna l'estocade avec le sourire.

— Croyez-moi, belle tante, je suis fort navré pour votre voisin, le petit duc de Gueldre. Annexer votre Brabant méritait qu'il sacrifiât à Vénus dans votre couche. Mais reconnaissez qu'il était trop jeune pour vous.

Jeanne en fut mortifiée. Cet homme était le Diable en personne. Il connaissait les raisons de son entêtement à ne pas tester en faveur de sa nièce, un entêtement qui était allé jusqu'au chantage pour garder Guillaume de Gueldre, son amant.

— Il me reste à savoir, ajouta encore le duc de Bourgogne d'un ton perplexe, pourquoi vous vous êtes fourrée dans ce mauvais pas. Vous n'êtes pas femme à vous soucier des émois d'une vierge et vous n'étiez pas censée savoir qu'elle n'était pas encore nubile.

— Mais par sa mère ! Qui voulez-vous…

Le duc l'interrompit d'un franc éclat de rire.

— Sa mère ?…. Thadée Visconti ? Serait-elle revenue d'entre les morts pour vous édifier sur sa fille ? Décidément, vous mentez fort mal, belle tante.

— Que voulez-vous dire ? demanda la duchesse dont le teint devenait terreux.

Philippe cessa de rire brusquement. Il la considéra d'un air interrogatif.

— Je ne sais à quoi vous jouez, madame. La duchesse de Bavière est morte depuis quatre ans.

Ce fut comme un voile qui se déchire dans l'esprit de la douairière. Le duc Étienne était veuf, elle le savait, l'avait toujours su. Par quel prodige d'amnésie avait-elle pu l'oublier, alors qu'elle voyait, entendait, subissait la duchesse Thadée Visconti ? Elle ne pouvait pourtant douter de la réalité de cette apparition, sa plaie variqueuse en attestait. Le spectre de la duchesse de Bavière lui était-il apparu à seule fin de protéger sa fille ? Alors, ses malédictions de l'au-delà en étaient plus terrifiantes encore.

Face au silence pétrifié de sa belle tante, Philippe haussa les épaules et fit mander son notaire.

Dans la chambre d'Isabelle, la ventrière souriait à Marguerite de Flandre.

— Il n'était pas besoin de tant d'alarme. La reine va bien. Je lui ai donné de l'eau d'absinthe pour la douleur du ventre. Elle a ses premières fleurs[1], tout simplement.

C'est dans un état second que la dame de Brabant avait signé le document qui léguait son duché à sa nièce de Bourgogne. Elle en gardait l'usufruit jusqu'à sa mort. Et quand, plus tard, elle apprit qu'Isabelle était enfin pubère, elle tomba en pâmoison sous ce dernier coup du sort. À quelques heures près, la duchesse Jeanne de Brabant aurait été quitte de la malédiction d'outre-tombe de Thadée Visconti.

1. Terme en usage au Moyen Âge pour parler poétiquement des règles.

*

* *

Isabelle est devenue doublement femme par le sang. Elle reste trois jours et trois nuits, prostrée, somnolente, ne consentant pas à revenir au monde. Les yeux et la bouche clos. Et des images hantent son esprit fiévreux, émergent et se carambolent.

Son père l'embrasse avec émotion :

— Adieu, ma petite fille.

— Pourquoi adieu, mon bon père ? Je pars en France faire mes dévotions au chef de saint Jean-Baptiste. Je prierai pour vous. À vous revoir.

Elle étouffe de larmes, écrasée sur la vaste poitrine de Miette la Clabaude.

— Sois heureuse, mon poussin.

Et le visage d'un beau cavalier blond.

— Savez-vous bien devant qui vous vous tenez ?

— Gentil sire, ne mettrez-vous pas votre épée de chevalier entre nous ? supplie-t-elle encore et encore avec terreur.

Son image de prince charmant s'est brisée en mille éclats aigus comme des poignards qui l'ont blessée à jamais.

Son esprit vague escalade les sentiers escarpés de ses montagnes bavaroises, aspire la liquidité limpide de l'air d'un matin de neige, court le lièvre, bat de l'aile avec son oisellerie, se fait chatoyant comme les fleurs de son jardin… et soudain elle hurle alors que son ventre se déchire dans une douleur atroce.

Zizka est sur ce sentier de Picardie bordé de genêts en fleur, un sentier de soleil qui la mène à cette nuit amaurose.

— Le prince charmant ne cessera jamais de grossir un océan de larmes d'amertume, murmure-t-il.

— Zizka, quand reverrai-je la Bavière ?

— Jamais, Basileia.

— Resterai-je longtemps en royaume de France ?

— Ta vie.

— Alors je veux dormir pour toujours.

— Éveille-toi, Basileia, éveille-toi, insuffle Zizka, tu es la reine de France.

Isabelle Wittelsbach Visconti d'Ingolstad, reine de France, ouvrit les yeux.

II

LES AMOURS DE BEAUTÉ

11

Beauté-sur-Marne

Plaignante Olive Tisserand, violentée ; visitée au doigt et à l'œil, nous, matrones de la ville de Paris, avons trouvé qu'elle a :

Item : Les toutons dévoyés (seins)

Item : Le lippion recoquillé (le poil)

Item : Le pouvant débiffé (vulve)

Item : Le barbidan écorché (clitoris)

Item : Le guilboquet fendu (vagin)

Item : L'arrière-fosse ouverte (l'hymen)

Item : L'entrepet ridé (périnée)

Item : La Dame du milieu retirée (col de l'utérus)

Lc tout vu et visité feuillet par feuillet, avons trouvé trace de violence, et ainsi nous dites matrones certifions être vrai.

Extraits du procès-verbal

— Ya ! Ya !

— Ira ! Ira !

Et l'épervier est lancé dans la touffeur de la mi-août.

— Ira ! Ira !

Les sabots des chevaux à plein galop arrachent par gros paquets la terre des chaumes à quelques toises des remparts du château de Beauté-sur-Marne.

Le grand lièvre fuit en bonds désespérés, fantastiques. Une feinte. Et son corps se détend dans l'espace, crêté des pointes noires de ses hautes oreilles dressées, puis on ne voit plus que la touffe blanche de son cul. Il feinte encore alors que s'abat l'oiseau de proie. Deux cris de dépit éclatent, suivis de grands éclats de rire, le rire fuselé d'Isabelle, et celui qui détonne entre aigu et grave d'une voix en pleine mue : le rire de Louis de France, duc d'Orléans.

Le lièvre quitte les hauts chaumes en direction des fourrés de l'orée du bois où il disparaît.

Isabelle et Louis lâchent les freins, laissant leurs montures se remettre à leur guise. Ils rient comme des fous, penchés sur le col des chevaux qui se sont mis à caracoler, comme pris, eux aussi, d'une frénésie joyeuse.

— Quel beau cadeau m'as-tu fait là, gentil beau-frère ! Ton épervier est plus lourd qu'une buse.

L'oiseau, ailes grandement déployées, piétine une touffe d'herbe, la griffant de ses serres, cherchant dans la motte la réalité d'une proie. Dépité, il ouvre largement son bec sur une langue crochetée, rose et pointue, prêt à becquer.

— Volauvent n'est pas habitué au poing de femelle ! lance Louis du haut de son cheval. C'est mon fou Capucine qui l'a dressé.

Au même moment, l'oiseau s'arrache du sol et s'envole en direction du petit bois où s'est réfugiée sa proie manquée.

— Nous n'aurions pas dû rire, répond Isabelle en suivant l'oiseau des yeux. Nous l'avons vexé. Les éperviers sont ombrageux.

— Bah, il reviendra ! Il est si maladroit que la faim le fera bien sortir du bois.

Volauvent se perche sur la plus haute branche d'un jeune chêne et lance un cri d'aigre colère.

Louis était arrivé deux jours auparavant au château de Beauté-sur-Marne, où la reine s'était réfugiée après le départ de Charles VI, sans avoir consenti à revoir ce dernier. L'immense armée royale, toutes bannières déployées, était partie pour les États du nord, afin de châtier les trois garnisons gantoises qui s'étaient amassées au petit port de Damme. Le jeune prince avait accompagné son frère le roi jusqu'à Lille.

Ce changement fraternel et affectueux, il le devait à son précepteur, le cardinal de Laon, Pierre Aycelin de Montaigu. Après les noces, il avait été tant frustré des joutes annulées et d'Isabelle tenue hors de vue qu'il n'en avait pas décoléré. Avec patience, le cardinal de Laon avait transformé l'enfant jaloux et capricieux en stratège plus patient.

« Il ne servira guère à monseigneur de se mettre contre le roi. Il vous aime et grâce en soit rendue au ciel, il ne s'est encore jamais rendu compte de vos animosités. Faites-vous son allié ! Rapprochez-vous de lui autant qu'un frère doit l'être de son frère. Vous êtes duc d'Orléans, il est le roi. Affectez de l'aimer. Il vous rendra puissant. »

Ce prince était intelligent. Sa jeunesse s'ouvrit à la composition. Il accompagna donc Charles VI jusqu'à Lille en bon petit frère affectueux. Il en revint lieutenant général du royaume de France, un titre ronflant qui le gonfla d'orgueil. En outre, le roi lui recommanda la reine Isabelle en son absence. « Je ne saurais y manquer », lui avait-il assuré avec jubilation. Et au moment des adieux, le souverain lui avait glissé à l'oreille avec un air mystérieux :

— Doux petit frère, je songe à te marier très noblement, et avant peu, et si Dieu le veut, tu seras roi.

Le duc d'Orléans avait alors compris tout le profit qu'il y avait à jouer de l'amitié. Il saurait s'en souvenir. Le cardinal de Laon était de bon conseil. Louis avait également profité de la chevauchée jusqu'à

Lille pour se rapprocher de Frédéric de Bavière. L'oncle d'Isabelle s'était laissé complaisamment questionner sur sa nièce. Si bien que le jeune duc pensait en connaître suffisamment sur la reine pour savoir lui complaire. Aux mille manières qui pouvaient lui ouvrir les portes de son cœur, il en était une que Frédéric lui avait innocemment suggérée en lui racontant la passion d'Isabelle pour les oiseaux. Tout particulièrement pour son épervier Autan, resté en Bavière, et qu'elle regrettait si fort. Ainsi, dès son retour, il avait confisqué un épervier à son fou, le nain Capucine, et l'avait offert à Isabelle. Elle en avait pleuré de bonheur. Il avait fallu lui promettre de l'essayer au lâcher dès le lendemain, à la première heure. Et ce matin, jamais encore il n'avait vu Isabelle aussi radieuse.

Celle-ci scrutait toujours le petit bois dans l'espoir d'en voir revenir Volauvent se poser docilement sur son poing. Elle finit par se lasser et haussa les épaules :

— Tu as raison, lança-t-elle à son beau-frère, ce n'est qu'une buse !... Rentrons sans lui.

— Faisons la course jusqu'à la poterne du château, défia Louis de sa voix de fausset.

— Je gage que j'y serai la première, acquiesça-t-elle en éclatant d'un rire enchanteur, ivre de vie ; et elle talonna sa jument qui partit d'un puissant coup de reins.

Louis poussa un grand cri de joie et se mit à sa poursuite. Isabelle chevauchait sa monture à la manière des hommes. Le jeune duc d'Orléans, une fois de plus, admira son ardeur. Il était peu courant que les femmes allassent ainsi, c'était contraire à la réserve qui sied à leur sexe. Elles devaient se tenir assises de côté, jambes jointes sur le flanc gauche du cheval, le torse tourné bien droit vers l'avant. Mais la petite reine se voulait en liberté, comme en sa Bavière. Elle s'était chaussée ce matin-là de heuses de cuir fauve, montant jusqu'à mi-cuisse sur un haut-de-chausse, et pour la décence, elle portait un long bliaut lacé étroitement jusqu'à la taille, fendu devant et derrière. C'est dans cet accoutrement de petit page qu'elle avait rejoint le prince dans la cour basse où se tenaient les écuries du château, alors que l'aube pointait.

— Nous ne sommes pas à la parade, nous allons courre l'épervier ! s'était-elle alors exclamée devant l'air surpris de Louis. J'ai eu mon soûl de cérémonies. Laisse-moi à mon aise, gentil beau-frère. Nous ne sommes qu'entre nous.

Car de cette escapade, ils n'avaient prévenu personne. Pas même le capitaine de la garde personnelle de la reine, nouvellement nommé par le roi avant son départ : le sieur Louis de Bois-Bourdon, seigneur de Graville, sénéchal du Berry.

*

* *

Volauvent regardait de son œil rond les deux jeunes cavaliers qui s'éloignaient, se poursuivant à un train d'enfer. Juste sous les branches du chêne où il se tenait, dans l'ombre du petit bois, trois hommes, à haubert et bassinet noir, les observaient aussi, à travers la fente menaçante de leur heaume.

*

* *

Dans l'embrasure de la fenêtre de la salle du Petit Conseil, à demi couché sur le banc de pierre, les jambes étendues, bras croisés sur son pourpoint à larges manches bouillonnées, Bois-Bourdon avait le regard fixe, froid, poli comme de l'acier. Il semblait ne pas voir au-delà des remparts crénelés les coteaux de Nogent qui annonçaient la forêt royale de Vincennes.

Sa fureur était immense. Elle n'avait d'égale que sa peur qui sourdait de plus en plus fort au creux de son ventre.

La reine était sortie seule et sans garde, avec son jeune beau-frère, faisant fi du capitaine de sa garde personnelle. Dès qu'il l'avait appris, il avait envoyé sur-le-champ une estafette pour patrouiller à leur recherche, mais celle-ci était rentrée bredouille. Aveugle de colère et d'inquiétude, il ne prêtait aucune attention au débat qui se déroulait à ses côtés.

— La grande armée avait des tâches plus urgentes que d'aller mettre le siège devant la poignée de Gantois sise en la ville de Damme, s'indignait le conseiller Bureau de la Rivière. La Provence s'est soulevée et les hostilités avec l'Anglais ont repris en Guyenne.

Bureau de la Rivière avait l'ampleur de la voix des gens qui ont l'habitude d'avoir l'oreille des rois. Il était pourtant menu, perdu dans une ample houppelande de chambre, le visage étroit et parcheminé, mangé par un énorme chaperon.

— Mais la Flandre prime aux yeux de mon frère le Hardi, renchérit le duc de Berry aux propos du conseiller.

Il avait mis dans ce trait son habituelle nonchalance railleuse. Croisant l'œil hautain et réprobateur de la duchesse de Bourgogne, qui remplaçait toujours son époux au Conseil lors de ses absences, il inclina légèrement la tête dans sa direction.

— Belle-sœur, ajouta-t-il, je ne rends compte ici que de l'intérêt que porte mon frère votre époux à vos États flamands.

— Beau-frère, il s'agit moins de mater Damme que d'empêcher la ruine de tout l'effort maritime français. Damme et ses garnisons gantoises sont une porte ouverte aux Anglais sur le port de l'Écluse où se trouve le plus gros de la flotte. Dois-je vous le rappeler ici comme à chacun ?

Tous concernés par ce rappel à l'ordre, ils se turent. Berry sourit, Marguerite était pertinente. Mais plus encore, elle était droite et directe.

— Revenons à ce qui nous amène en ce Conseil, reprit Bureau de la Rivière, rompant le silence. Les caisses royales sont vides. Les dépenses de guerre sont énormes, sans compter ces gigantesques préparatifs du débarquement d'Angleterre. Nous avons déjà lancé des emprunts obligatoires...

— À fonds perdus, coupa le Camus, et le bourgeois regimbe.

— Certes, monseigneur, et quant au petit peuple, il est exsangue. Ce n'est guère le moment de susciter des révoltes en levant de nouveaux impôts. Reste l'Église !

Tous les regards se portèrent naturellement sur le cardinal de Laon qui n'avait pas encore ouvert la bouche, l'air préoccupé. Jusqu'ici, le raffiné prélat n'avait guère montré d'enthousiasme à se rendre en Avignon quémander des subsides au pape Clément VII.

— L'expédition de Damme doit soumettre une fois pour toutes la ville de Gand, et la mettre sous obédience du vrai pape, argumenta Bureau de la Rivière face au mutisme du cardinal. Tant que les États du nord en tiendront pour le pape de Rome, ils en tiendront pour l'Angleterre. Il faut faire valoir à Sa Sainteté Clément VII qu'il se doit de financer cette... « croisade clémentine » en Flandre.

Le duc de Berry se mit à glousser dans son triple menton :

— Que ce prétexte religieux sert magnifiquement les entreprises de mon cher frère. (Il croisa à nouveau le regard impérieux de la duchesse.) Mais bah ! laissons cela. Clément est munificent lorsqu'il s'agit d'assurer sa tiare sur son crâne pelé. Je souscris volontiers à votre proposition, monsieur le conseiller. D'ailleurs, il veut encore écraser l'Église française d'un nouvel impôt, il est juste qu'il nous en rende une part. Du grain en silo évite famine !

Il se retourna vers Pierre Aycelin de Montaigu avec son air d'ineffable ironie.

— Quand partez-vous, Votre Éminence ?

Le cardinal n'avait plus le choix.

— Au plus tôt ! Mais souffrez que j'attende la délégation hongroise.

On souffrit. Il ne s'agissait pas moins que du mariage de Louis de France. La reine de Hongrie-Pologne offrait sa fille Marie en mariage au duc d'Orléans, avec la Hongrie en dot.

Les tractations s'étaient faites dans le plus grand secret, et venaient heureusement d'aboutir. Le roi, soucieux d'apanager son jeune frère comme doit l'être un prince de sang, rêvait pour lui d'une couronne : celle de Hongrie était prestigieuse et ferait l'affaire. Quant au duc de Bourgogne, qui craignait les ambitions du jeune prince, il était ravi de l'occasion d'envoyer ce dernier au diable Vauvert, dans son lointain royaume, et de s'en débarrasser à si bon compte ; sans compter l'intérêt d'étendre l'influence française jusqu'aux rives du Danube.

Un chevaucheur était donc arrivé dans la matinée à Beauté, porteur d'un acte qui scellait le contrat des fiançailles de Louis de France et de Marie de Hongrie. Il précédait les ambassadeurs attendus au château dans les trois jours. C'était une affaire qui avait été rondement menée. Il s'agissait à présent de prévenir le duc d'Orléans. En tant que précepteur, c'était le cardinal de Laon qui devait s'en charger. La chose ne serait peut-être pas aisée. Une couronne aurait-elle le pouvoir d'éloigner le prince d'Isabelle ? s'inquiétait le cardinal, ne songeant qu'à l'arracher à cette inclination qui le rendait lui-même malade de jalousie.

— Nous partirons avec l'ambassade de la reine de Hongrie-Pologne, s'avança un peu vite le cardinal. Monseigneur d'Orléans et moi descendrons jusqu'en Avignon où je traiterai votre affaire. Ensuite, nous nous rendrons en royaume de Hongrie.

Le voyage serait long. Pierre Aycelin aurait pour lui seul le jeune duc. Restait à convaincre ce dernier.

Tout était dit des préoccupations politiques à l'ordre du jour. Un silence s'installa, et c'est alors que l'on s'avisa d'un autre silence, si fort que les têtes se tournèrent ensemble vers messire de Bois-Bourdon, rencogné dans sa fenêtre.

— Sire de Graville, ne désiriez-vous pas nous entretenir à ce Conseil ? s'enquit Bureau de la Rivière.

Au même moment, la trompette du guetteur sonna, annonçant le retour au château d'Isabelle et de son beau-frère. Bois-Bourdon sauta avec énergie de son banc de pierre où il semblait s'être statufié.

— Si fait ! Il faudra renforcer les gardes du château et me fournir des hommes d'armes. Geoffroy Tête-Noire est à la citadelle de Charenton.

Et il sortit rapidement, la mine sombre, laissant le Conseil restreint la bouche ouverte de stupeur.

Geoffroy Tête-Noire était connu dans tout le royaume pour ses tristes exploits de pillard avec sa bande de routiers, plus de quatre cents compagnons à gages, des soldats débandés de la pire espèce. Ce redoutable dépouilleur de châteaux, comme disait Jean Froissart, « était très mauvais homme et cruel, car il mettait à mort sans tenir compte de personne, et se faisait craindre si fort de ses gens que nul ne l'osait courroucer ».

La duchesse de Bourgogne fut la première à reprendre ses esprits :

— Geoffroy Tête-Noire ? N'était-il pas en Auvergne au château de Ventadour ?

Elle s'adressait au duc de Berry ; l'Auvergne faisait partie de ses apanages.

— Si fait ! répondit le Camus qui avait perdu sa jovialité, mais il a tant ravagé de Rouergue jusqu'en Bigorre qu'il vient sans doute en Île-de-France se faire un peu plus de graisse.

Mais c'était bien plutôt pour la sienne, de graisse, que le placide duc de Berry était inquiet.

*
* *

Dans la salle basse des gardes du logis de la reine, le sénéchal du Berry, campé sur ses jambes gainées de chausses, un poing sur la hanche, l'autre serré à se rompre sur le pommeau de la dague qu'il portait au côté, attendait Louis et la reine.

Il surprit un éclat de joie cristallin en provenance de la haute cour, et se raidit encore. Depuis la terrifiante nuit de noces, pour la première fois, Bois-Bourdon entendait le rire d'Isabelle, léger, juvénile. Ce rire était l'écho de l'insouciance, du bonheur de vivre, et de cette extrême jeunesse qui triomphe de tout.

Elle entra en courant dans son allure de petit écuyer, poursuivie par Louis de France : ils avaient encore des jeux d'enfants. Sans apercevoir le capitaine de sa garde personnelle, la reine se retourna vers son poursuivant, tout essoufflée.

— Tu as triché, beau-frère, je t'ai vu retenir ton cheval. Le roncin[1] de laboureur dont on m'a pourvu ne pouvait lutter contre ton coursier.

— Patience ! Je t'offrirai la plus véloce haquenée de tout le royaume...

---

1. Cheval de somme et de trait de peu de valeur. Ronsigne désigne la jument.

Sa voix mourut en apercevant le seigneur de Graville derrière Isabelle. Inexplicablement, le jeune Orléans, malgré son rang, se sentait intimidé par la maturité virile de ce sombre chevalier.

Suivant le regard de Louis, Isabelle pivota, et se trouva face au seigneur de Bois-Bourdon. Son rire s'éteignit comme flamme soufflée. Son visage se ferma et s'empourpra, plus cramoisi que son bliaut.

Bourdon ne lui laissa pas le temps de se reprendre :

— À partir de ce jour d'hui, les gardes seront triplés aux enceintes et aux poternes. Le pont-levis maintenu levé. Nul ne peut sortir de Beauté sans raison et bonne escorte armée. Nul ne peut y entrer, nul ne s'expose en dehors sans m'en avoir averti.

La princesse de Bavière redressa sa petite taille, ses yeux lançaient leurs feux violets.

— Prétendez-vous interdire à la reine de France les joies de la chasse ?

— Je vous ai en ma sauvegarde !

— Vous m'avez en votre sauvegarde ?....

Elle détailla ces mots, d'une voix haute et claire, comme pour en raviver le sens, le toisant avec dédain. Elle rompit, et, passant devant lui à le frôler, elle souffla plus bas, pour leur seul entendement :

— Garde ta sauvegarde, Bourdon, il est trop tard !

La haine palpable d'Isabelle fit frémir le chevalier. À la sauver du roi, il avait failli. Elle ne lui pardonnait pas.

Elle s'élança sur les premières marches qui menaient au logis de la reine, alors qu'apparaissait Ozanne de Louvain au premier tour de l'escalier à vis.

— Grâce soit rendue à Dieu ! Vous êtes sauve, madame.

Isabelle ne prit pas le temps de lui répondre, elle la bouscula et s'élança dans les escaliers où elle disparut.

Ozanne resta immobile, légèrement essoufflée, comme accablée. Le viol de la reine, sa propre forfaiture, tout était resté secret. La vieille duchesse de

Brabant, vaincue et malade, était retournée dans son douaire qui ne lui appartenait plus. Et Ozanne avait été confirmée première dame d'honneur de la reine, un honneur qu'elle portait comme un exténuant fardeau, tant elle ne pouvait oublier son crime.

Elle croisa les yeux du sire de Graville où elle lut tout le mépris qu'elle lui inspirait, qu'elle s'inspirait à elle-même. Elle se détourna et remonta lentement les marches.

— Eh bien, messire de Bois-Bourdon, demanda Orléans qui s'était ressaisi, pouvez-vous m'expliquer ce brusque déploiement de forces au château de Beauté ? Une armée se propose-t-elle de nous assiéger ?

— Il se peut, monseigneur ! On m'a signalé une bande de routiers dans les environs.

— Voilà qui est commun à toutes nos provinces.

— Il s'agit des Têtes-Noires !

Louis resta quelques secondes sidéré.

— Bigre !... La meute du fameux Geoffroy Tête-Noire ? Celui dont on parle aux veillées pour faire peur aux enfants ?

— Celui-là même, monseigneur.

— Il a fait du chemin ! On le disait aux confins du royaume.

— Il est ici.

Cela parut faire plaisir au prince.

— Eh bien, il faut que je m'arme ! Le roi mon frère m'a recommandé la reine, et je lui dois ma protection. Nous allons mobiliser nos hommes et écraser cette vermine.

Sur ce, il sortit à grands pas décidés pour rejoindre son propre logis qu'il partageait avec le cardinal de Laon. Bois-Bourdon se déraidit brusquement avec un bref soupir. Comme tous les Valois, comme tous ces preux chevaliers, comme le roi, Louis d'Orléans avait cette morgue insensée qui poussait toujours à l'exploit pour éblouir. Il n'était qu'eux de valeureux, ignorant la dangerosité de ces basses gens qui n'avaient que leurs révoltes décharnées comme armes, et la nécessité qui les poussait jusqu'au génie du mal.

*
* *

Isabelle se tenait adossée contre la muraille, près de l'entrée masquée par une tapisserie, qui donnait accès à ses appartements. Son cœur battait à tout rompre. Ce lâche, à présent capitaine de sa garde, lui rappelait trop son malheur. Elle ferma les yeux.

Cette affreuse nuit, où elle était au paroxysme de la terreur, il y avait eu les bras de Bois-Bourdon où elle s'était jetée, la chaleur de son étreinte, la force et la douceur de cet enveloppement, de cet abri. Elle était sauvée. Ce fut sa certitude en ressentant, serrée contre sa poitrine, un feu intense l'envahir, l'immense soulagement de la sécurité. Mais tout aussitôt, Bourdon l'avait rejetée derrière lui. Elle était sur le froid dallage, tombée, abandonnée, l'épouvante l'avait reprise tandis que deux ombres s'affrontaient. Alors elle avait vu le sire de Graville tomber à genoux devant son roi, soumis. Des hommes d'armes s'étaient saisis d'elle et l'avaient emportée…

Elle chassa de toutes ses forces ce souvenir intolérable, repoussa la tenture avec emportement, et se rendit droit dans son garnement, vaste pièce réservée à ses atours et bijoux, où elle savait trouver Catherine qui travaillait à des rangements.

— Je le ferai mettre aux fers, à fond de cave, à fond de galère. Je hais cet homme ! Je le hais ! hurla-t-elle en entrant.

— Ah, enfin te voilà ! dit son amie d'enfance en accourant. Le sire de Bois-Bourdon était fou de rage quand il a appris ta sortie…

— Ne me parle pas de ce Bourdon ! Ce débauché, qui me donne des ordres !

Elle était ivre de colère. Graville venait de l'humilier, lui qui l'avait laissée à son martyre, à la violence de son souverain.

— Et pour récompense de sa lâcheté, le roi l'a nommé capitaine de ma garde. (Elle cria dans les aigus.) Lui ! capitaine de la garde personnelle de la reine !

La chambellane tentait de délacer le bliaut d'Isabelle, qui lui échappait, ne pouvant tenir en place.

— Je t'en prie, reste tranquille ! lui intima Catherine.

La princesse de Bavière arracha elle-même son vêtement, et se jeta sur un faudesteuil, vautrée. Ozanne entra en silence, se mit humblement à genoux devant la jeune reine, et entreprit de lui retirer ses heuses. Ruminant ses ressentiments, Isabelle la laissa faire.

— Il faisait beau temps. J'étais heureuse. C'était comme en Bavière…

Les mots s'étranglèrent dans un sanglot d'enfant.

— Ne peut-on me laisser en paix, et rire tout mon soûl ?

Catherine s'affairait à décrocher une robe des grandes perches.

— Tu es reine de France, tenta-t-elle de lui rappeler avec énergie.

— Je ne le veux pas.

— Et nous sommes à une heure de sixte. Il faut t'habiller, le repas sera bientôt corné, ajouta encore fermement la chambellane.

— Je n'ai pas faim ! Je veux retourner chez moi, en Bavière.

C'était lancé comme un cri qui avait la force du désespoir.

— Cela ne se peut, Isabelle, lui répondit doucement Catherine, la voix enrouée d'une brusque émotion.

Les bras encombrés d'une cotte d'écarlate rosée et d'une robe de dessus en drap bleu foncé, la jeune Bavaroise revenait vers la reine qui se mordait les lèvres pour ne pas pleurer. Oui, cela ne se pouvait, Isabelle le savait. Ils l'avaient tous trahie. Même son père et son oncle... tous savaient.

Elle se laissa habiller comme une poupée par les mains expertes d'Ozanne et de Catherine qui se taisaient. Depuis les noces, ces dernières avaient appris à connaître ses humeurs, et à respecter son inconsolable chagrin.

Encore une fois, tout repassait dans la tête de la jeune souveraine. Ils savaient tous ! Cette abominable douairière de Brabant et ses atourneresses ; on la disait malade et retournée en ses États, c'était bien fait ! Et la duchesse de Bourgogne ! Elle l'entendait encore, à Bruxelles, lui vanter Charles VI : la grâce avec laquelle il dansait, la magnificence de son maintien et de ses vêtements, son affabilité, sa vaillance... À l'écouter, il était sans conteste le plus aimable et le plus beau roi-chevalier de toute la chrétienté. Elle ne lui parlait que de lui, jamais de pèlerinage. Et cette suite royale, ce déploiement militaire ostentatoire de son oncle Frédéric. Tous, ils savaient tous ! Ils paradaient. Ils s'enflaient d'orgueil parce qu'ils la conduisaient au roi de France. Ils n'avaient mené qu'une chèvre au bouc.

Elle, qui ne savait rien, qui croyait l'amour délicat, sensible, enchanteur. Mais ce n'était que bestialité et accouplement. Il mugissait comme le taureau qui monte une vache. Il déchirait et blessait comme le poignard. Il était sale. Il faisait honte. Isabelle ressentit ce long frisson d'horreur et cette profonde répulsion devenus si familiers.

Des larmes silencieuses s'étaient mises à inonder ses joues. Catherine la prit dans ses bras, spontanément, comme à chaque fois, pleurant avec elle :

— Isabelle, mon Isabelette ! Ne pleure pas. L'amour est beau, je te le jure ! Il est doux, il caresse. Il est tendre et respectueux. Ce n'était que première fois. Le roi est bon et t'aime.

Isabelle se laissa aller aux sanglots :

— Laisse-moi ! Ne me parle pas du roi !

— Je te parle du beau cavalier blond qui te vénère. Le roi était sous l'emprise des poisons du roi de Navarre.

Ozanne se détourna. À entendre toujours cette même fable, et toujours les vaines consolations de la chambellane, elle avait le sentiment qu'elle pouvait en mourir.

12

Terreur en Val-de-Marne

> Infanticide à Falaise.
>
> Un enfançon est mort après avoir été dévoré tout vivant au visage et à la cuisse.
>
> Les magistrats se sont réunis pour faire son procès. Il en a été jugé que la truie a été reconnue comme ayant tué l'enfançon en le mangeant tout vif ; et que cette bougrerie a été commise un vendredi, jour d'abstinence qui défend de manger de la viande. En conséquence, la truie est condamnée à mort.

Avec pesanteur, la lourde cloche de bronze du beffroi de Nogent se mit en branle. Son balancement s'accentua jusqu'à ce que le marteau vienne cogner la paroi. Une note profonde fit vibrer le métal alors que le marteau repartait sur sa trajectoire elliptique. Le même son grave lui répondit. Dong !... Dong !... Et puis encore... et puis plus vite... Même les pierres se mirent à trembler. Les battements se précipitèrent et s'amplifièrent, insoutenables. Le marteau fut bientôt pris de frénésie, battant sans cesse d'un côté et de l'autre, envoyant aux quatre points cardinaux sa sonnerie d'alarme : le tocsin !

Aux champs, aux étables, dans les boutiques, dans les foyers, la vie s'arrêta. On écoutait : le tocsin !

Bientôt, le bourdon du monastère de Saint-Maur lui répondit, répandant l'alarme à son tour, puis les clochers et les chapelles unirent leurs voix. Les carillons battaient à tout rompre comme battait le cœur de ceux qui les entendaient, figés dans la même peur. D'où venait le danger ? Quelle menace annonçaient les cloches à l'heure où elles auraient dû battre paisiblement la prière de l'angélus de midi ?

Alors chacun lâcha son ouvrage, qui le soufflet de sa forge, l'aiguille de sa tapisserie, le pis de sa vache, sa houe, sa faucille, ou son battoir. On se mit à courir aux nouvelles. Les rues de Nogent se mirent à grouiller comme une fourmilière éventrée. Au même moment, des aboyeurs parcouraient les hameaux et les campagnes :

— Les Têtes-Noires, les Têtes-Noires !

Il n'était pas une masure qui ne sût qui était Geoffroy Tête-Noire et sa bande. Il était une véritable légende qui se gonflait, répandue par les récits des colporteurs et autres pieds poudreux. Les bonnes gens, accablées de frayeur et de superstitions, aimaient encore à se faire raconter les horrifiques récits de pays lointains.

*

* *

Le campanile du château de Beauté répétait les mêmes accents, la même menace. Bois-Bourdon, debout sur la terrasse des mâchicoulis de l'angle ouest, écoutait la voix démultipliée de la terreur, face à l'immensité du Val-de-Marne. Il était tête nue, cheveux au vent, revêtu d'une simple broigne à mailles d'acier recouverte d'une cotte d'armes en peau de chamois, resserrée à la taille par un large ceinturon de cuir. Son baudrier reposait sur ses hanches, son épée de chevalier battait sa cuisse gauche. Le duc de

Berry était à ses côtés en grande houppelande et chaperon.

En retrait, la mine indéchiffrable, son heaume sous le bras, se tenait Pascal le Peineux en grande armure sombre.

— Il n'était pas nécessaire d'alerter la population. Geoffroy n'est pas prêt à attaquer. Ses hommes ne sont qu'en maraude, grommela le Camus.

L'humeur de Jean de Berry était maussade. On avait signalé plusieurs Têtes-Noires dans les environs immédiats du château. Ses joues rondes s'étaient comme affaissées en deux poires tirées vers le bas, creusant de profondes parenthèses d'amertume sur son visage.

Les Têtes-Noires lui empoisonnaient la vie dans ses apanages d'Auvergne depuis six ans, et ce poison venait le harceler jusqu'ici. La grande liberté avec laquelle agissaient de tels brigands en disait long sur l'impuissance du pouvoir royal à les contrôler. Les troupes régulières étant peu nombreuses, les souverains en guerre faisaient appel, notamment pour la piétaille, à des mercenaires mal payés qui vivaient sur les populations. Profitant du désordre de la guerre, beaucoup d'entre eux abandonnaient le combat légitime pour s'assembler en bandes de routiers qui se lançaient dans de fructueuses opérations de pillage. Les trois chefs les plus célèbres du moment étaient Perrot de Fontaines, dit « le Béarnais », se tenant à Châlucet, Aymerigot Marchès, établi en la forteresse d'Alleuze, et Geoffroy Tête-Noire.

Venu on ne sait d'où, Geoffroy Tête-Noire avait la réputation d'être le plus cruel et le plus sauvage des trois. Il s'était installé au château fort de Ventadour après en avoir chassé le vieux comte et ses gens. Il y vivait une vie de véritable seigneur, faisant régner sa loi terrible sur tout le pays.

Bois-Bourdon gardait le silence. Il songeait, comme le Camus, que le prévôt de Nogent s'était trop pressé à sonner le tocsin. Les paysans et le menu peuple n'avaient rien à craindre de Geoffroy Tête-Noire, malgré son épouvantable renommée. Grand prédateur de châteaux, il redistribuait volontiers ses surplus à la misère.

— Il ne pille et n'investit que là où il a à prendre, enchaîna le Camus, suivant la même pensée que le capitaine. On dit qu'il possède tant de richesses à Ventadour qu'il pourrait supporter un siège de sept ans.

Et les richesses que le bandit prenait sur les terres du duc de Berry étaient autant de moins pour son propre faste.

— La guerre de Flandre et d'Angleterre éloigne le gros de l'armée royale, répondit Bois-Bourdon, réfléchissant à voix haute. C'est ce qui l'amène. Et il se tient en la forteresse de Charenton comme à celle de Ventadour. Elle est inexpugnable. Le château de Beauté, lui, ne l'est pas. Il sait que la reine s'y tient avec sa Cour.

— Ce larron n'osera jamais !

— Il osera ! Ça l'amuse. Lui aussi aime l'exploit. Prendre une tête couronnée, c'est s'en mettre une sur la sienne. Imaginez la rançon qu'il pourrait en obtenir ?

Le Camus en resta soufflé.

— Comment pouvez-vous savoir ?

— Je le sais ! Geoffroy Tête-Noire a beaucoup recruté. Ils sont plus de cinq cents à la citadelle de Charenton. Pascal le Peineux est une de ses dernières et plus « fidèles » recrues.

Le duc se retourna vers l'écuyer de Bois-Bourdon qui restait toujours aussi impassible, il en resta sans voix.

— Le bougre ! souffla-t-il enfin.

— Il faut garder la reine à tout prix et en dépit d'elle-même. Nous attaquerons Geoffroy de l'intérieur…

— De l'intérieur ?

— Le Peineux est un lieutenant de choix pour les Têtes-Noires, qui ne voient pas plus loin que la sale gueule de mon écuyer ; sa force et son courage ont gagné la confiance de Geoffroy. Il nous ouvrira une brèche, et l'on investira ce repaire de brigands. Nous les anéantirons !

— Avec quoi ? Nous n'avons qu'une poignée de gardes.

— Toutes les milices des environs vont être recrutées. Le prévôt de Paris est alerté, j'attends des renforts.

Le duc de Berry se prit tout à coup à admirer le chevalier de Bois-Bourdon, l'âme damnée du roi.

Le tocsin se tut, puis les cloches se mirent à battre sixte, paisiblement. Le Val-de-Marne semblait si dormant que l'air se vitrait sous le soleil de ce midi de plein été.

*

* *

Dès l'heure de relevée, Louis d'Orléans se fit mettre en grand harnois et descendit dans la haute cour rallier les gardes du château de Beauté. Durant le repas, il n'avait été question que de Geoffroy Tête-Noire, de la menace qu'il représentait, de ses tristes exploits en Limousin et en Gévaudan. Un ménestrel avait même pincé sa viole en chantant :

Hélas, ce Geoffroy mauvais homme et cruel,
Met à mort chevaliers comme serfs et ménestrels...

Et de continuer, énumérant d'une voix douce et séraphique les pires horreurs, devant une assistance frissonnante d'effroi.

Mais le jeune prince ne s'en était pas laissé conter. Exalté par l'amour, il avait décidé, en tant que lieutenant général du royaume, de prendre la situation en main. En sortant de table, il avait donc ordonné, haut et fort, une sortie et une expédition punitive à basse none. Et qu'on se le dise !

Il s'imaginait déjà Isabelle le regardant se tenir mâlement à la tête des gens d'armes, et sa joie lorsqu'il reviendrait triomphant lui apporter la tête du bandit, cause de sa réclusion. Aujourd'hui, il nettoierait le pays de cette engeance, demain, ils pourraient à nouveau chasser ensemble en toute liberté.

Bois-Bourdon l'avait laissé à ses agitations puériles, négligeant les humeurs belliqueuses du prince comme s'il n'existait pas. Il savait avoir ses hommes bien en main.

Une fois dans la haute cour, le duc d'Orléans eut effectivement la désagréable surprise de trouver gardes et soldats qui ne l'attendaient pas en bon ordre et grande armure, comme il l'avait exigé, et nullement enclins à faire cette sortie aveugle. Il les harcela furieusement. En vain. On lui fit valoir, très humblement et avec regret, qu'ils étaient sous le gouvernement du capitaine de la garde personnelle de la reine, le seigneur de Graville, auquel devaient se soumettre tous les gens du château.

Force lui fut de constater que ses ordres n'avaient pas été pris au sérieux. Humilié, il s'en prit à son fou Capucine qui trottinait partout sur ses talons, soutenant son maître de ses criailleries bouffonnes, clamant que de ne pas obéir à si noble prince c'était désobéir au roi. Avec force grimaces et singeries, il menaçait la soldatesque de bastonnade ou d'écartèlement sur la roue, en passant par toutes sortes de réjouissances de même nature.

Capucine était nain, mais de jolies proportions, et paraissait être un enfant malgré la trentaine qui approchait. Il appartenait à Louis depuis longtemps et avait été son compagnon de jeu. Mais depuis ces derniers temps, ce n'étaient que disputes. Les fous de cour pouvaient tout se permettre, ce qui ne s'accordait plus avec les nouvelles susceptibilités d'adolescence du prince. Louis l'avait plusieurs fois chassé, et toujours repris. Leurs querelles faisaient la joie de leur entourage, comme à cet instant.

Le nain insultait grotesquement la garde qui s'en tordait de rire, ajoutant à la mortification du prince. Orléans finit par tirer son épée contre lui, exaspéré de fureur.

— Par ma foi, vas-tu te taire ou je te raccourcis encore !

Et Louis se mit à poursuivre Capucine à grands moulinets d'épée. Le nain était véloce sur ses petites jambes et Orléans heureusement fort maladroit à courir en grand harnois. Si bien que le nain harcelait le prince comme mouche d'été un âne, et ne se souciait guère plus des coups de glaive que s'ils n'étaient des coups de queue. Toute la haute cour résonna bientôt d'éclats de rire, et Louis craignit qu'Isabelle ne vît le ridicule de sa situation du haut de sa croisée. Ulcéré, il quitta les lieux.

Le sire de Graville avait assisté à la scène et le regarda sans sourire se diriger vers son logis. Il savait d'expérience qu'humilier un prince pouvait avoir des conséquences fâcheuses, et l'orgueil du duc d'Orléans venait d'être si fortement secoué que l'on pouvait craindre de sa jeunesse un coup de tête inconsidéré.

Louis regagna ses appartements où il retrouva le cardinal de Laon, auquel il fit part de ses récriminations. Ce dernier, tout en l'écoutant d'une oreille patiente, songea qu'il était peut-être opportun de lui parler de son mariage : la perspective de sa prochaine souveraineté pouvait adoucir l'injure qui venait de lui être faite. Aussi, profitant d'une brèche dans la litanie plaignarde de son pupille, il lui lut le contrat d'accordailles au sceau de Charles VI, tandis que le prince se faisait désarmer. Ce dernier fut quelque peu étonné :

— Roi de Hongrie ?

Sous le coup, il éclata d'un rire nerveux. Puis il sembla réfléchir tandis que son écuyer déverrouillait ses genouillères de ses jambières.

— Le souhait véritable de mon frère ne serait-il pas de m'envoyer avec presse hors du royaume ? répliqua le jeune duc d'Orléans, retrouvant son humeur belliqueuse.

— Ceindre la couronne de saint Étienne[1] est un honneur considérable...

— Je n'ai que faire de la couronne de Hongrie, coupa violemment Orléans. Que sais-je de la Hongrie et de cette princesse Marie !

Le fou Capucine enchaîna de sa voix nasillarde :

— Alors qu'il est des princesses si bien nanties à la cour de la reine... Isabelle, ricana-t-il, insistant sur le nom.

— Que fais-tu encore là, toi ? Va-t'en hors de ma vue ! hurla son maître.

Capucine se cacha derrière les amples plis de la robe de l'homme d'Église, et chantonna d'une voix affreuse :

Isabelle,
Belle entre les belles,
Mais qui adonc vous aime,
Isabelle,
Et qu'as-tu fait de Volauvent ?
Qui au nid point ne revient souvent.

Louis de France, fou de colère, lança :

— Ton épervier Volauvent n'est qu'une buse ! C'est la reine qui le dit.

---

1. Premier roi chrétien de Hongrie, couronné en l'an 1000.

— Est buse celle qui le dit.

— Il suffit ! s'indigna le cardinal en chassant le nain qui s'accrochait à sa chasuble.

Pierre Aycelin de Montaigu, homme d'intrigue et de circonspection, n'avait jamais pu supporter cette familiarité des fous qui parlaient fort ce que l'on pensait bas.

Sans se soucier de l'intervention du prélat, Louis tapa du pied dans son soleret, et piailla de plus belle contre Capucine :

— Oses-tu parler de la reine comme buse ?

Il s'assit brutalement avec un effroyable bruit de fer-blanc, malmené dans son armure défaite et bringuebalante.

— Le moyen de faire autrement, doux sire, grinça le fou, Volauvent ne sert que les petits oiseaux en plein vol et non la hase au sol.

À cet instant, le tocsin se remit en branle, les obligeant à encore monter le ton.

— Que ne me l'as-tu dit, gibier de potence ! criailla Louis en envoyant valdinguer ses armures de pied.

— Que ne m'as-tu demandé, voleur d'épervier !

Les solerets atterrirent contre le pare-feu qui fermait le foyer vide de la grande cheminée. Ils tintèrent comme cloche aigrelette, répondant à la voix grave du tocsin.

Louis se plaqua les mains sur les oreilles.

— Qu'ont-elles à sonner encore ! cria-t-il d'une voix éraillée. Capucine, ferme donc les croisées !

Le nain haussa les épaules sans bouger.

— Même avec une escabelle, je ne les atteindrais pas.

— Tu n'es bon qu'à jacasser comme un geai !

L'écuyer ferma les fenêtres avant de récupérer les solerets de son maître. Le fou ricana et se remit à fredonner sa chanson.

Le cardinal de Laon soupira, il n'y avait rien à faire pour achever la querelle. Il roula l'acte de fiançailles et l'enfila dans sa manche. Il s'était trompé, le moment n'était pas bon, le duc d'Orléans n'était pas prêt à entendre raison. Ses bonnes dispositions envers son frère le roi venaient d'éclater comme bulles au soleil.

Alors que l'écuyer achevait de débarrasser Louis de son armure, le précepteur songeait qu'il allait lui falloir trouver une ruse pour le convaincre d'accepter de ceindre la couronne de Hongrie. Et pour cela, il fallait le défaire de la reine. Comme le sire de Graville, il savait qu'il n'était jamais bon de toucher à l'orgueil d'un prince, et c'est avec cet orgueil que Pierre Aycelin allait essayer de le manœuvrer.

L'opération dont il venait d'avoir l'idée était à menées fort délicates, mais le seigneur de Montaigu était orfèvre en la matière. Il lui fallait profiter de l'aveugle colère de Louis à l'encontre du chevalier de Bois-Bourdon pour exacerber plus encore ce ressentiment.

— Pourquoi vous faites-vous désarmer alors que sonne l'alarme ? lui demanda-t-il tout à trac.

Le prince explosa comme il s'y attendait.

— Pourquoi je me fais désarmer ? Je n'ai aucune autorité en la place. Ce diable de capitaine a tout pouvoir. Mon titre de lieutenance n'est que jouet donné à un enfant. Mon frère s'est moqué de moi.

— Certes, monseigneur, c'est là bien mal reconnaître vos mérites.

— C'est le sénéchal du Berry, ce Bois-Bourdon qui commande.

Louis, enfin débarrassé de son armure, était à présent libre de ses mouvements. Capucine, se croyant oublié, chantonnait toujours « Isabelle, mais qui adonc vous aime... », tout en taquinant distraitement un scarabée égaré sur le sol. Louis s'approcha de lui par-derrière sur la pointe de ses chausses et lui décocha un formidable coup de pied aux fesses qui envoya le nain rouler sur le carreau.

— Hors de ma vue, nabot de chiennerie !

Capucine termina sa roulade en acrobaties, fit deux sauts périlleux arrière, et quitta les lieux en se frottant le bas du dos, chantant à tue-tête :

Isabelle,
Mais qui adonc vous aime ?
Las ! et que c'est fâcheux,
C'est un furiiii... eueueueux...

Sa voix s'éteignit dans le couloir. Il sembla alors que toute la colère de Louis l'abandonna. Il s'assit sur un escabeau en attendant le pourpoint qu'était allé lui quérir son écuyer. Coudes sur les genoux, mâchoires serrées reposant sur ses poings, il luttait visiblement contre les larmes.

Les cloches se turent à nouveau : elles sonnaient ainsi par intermittence pour appeler la population à la vigilance, et les plus isolés à se réfugier dans les places fortes les plus proches. Le silence se fit, pesant.

Le cardinal de Laon observait Louis, nu jusqu'à la taille, en chausses de soie et braies moulantes. Les muscles déliés de son jeune torse commençaient à se faire. Ils avaient des grâces et des douceurs de fille, mais l'on sentait déjà la force de l'homme. Pierre Aycelin n'y tint plus. Il lui fallait toucher cette peau. Juste seulement toucher. Depuis la nuit de la présentation d'Isabelle au roi Charles VI, rien n'avait changé en apparence entre Louis et son précepteur. Le duc d'Orléans semblait ne jamais y songer, n'y avait jamais fait allusion. Le cardinal, lui, se renouvelait sans cesse cette unique caresse, savourant encore, inaltérable, le goût délectable du prince.

Laon se leva, déployant l'élégance de sa haute taille et vint se placer derrière son pupille. Il posa doucement ses deux mains sur ses épaules, commençant à le masser. Un contact d'amicale apparence, consolant. Louis s'amollit et se mit à pleurnicher.

— Ce débauché tient la reine enfermée derrière ces murailles.

— Certes, il est bien triste de maintenir en cet état une si jeune et si noble dame, répondit doucement Pierre Aycelin.

Il laissa passer un temps. Il hésitait, et pourtant il se sentait capable de tout pour ne pas perdre ce prince dont la peau était si douce sous ses doigts. Son idée était folle, et peut-être follement dangereuse. Mais poussé par le mauvais ange de son désir, il reprit :

— Cependant, que peut craindre la reine avec un prince de France ? Qui oserait s'attaquer à fleurs de lys ? reprit-il de sa belle voix de basse.

— Vous avez raison, cardinal, mon écusson me garde et la gardera, elle, qui n'aime qu'à courir la campagne… (Suivant le fil de ses pensées, il lança soudain avec indignation.) Savez-vous que le roi ne lui a même pas baillé une haquenée à sa convenance ? Et voyez comme on me laisse démuni, je n'ai pas de quoi lui offrir une pouliche digne d'elle.

— J'en ai une en mes écuries, et de la plus belle race. Je vous la céderai volontiers, monseigneur, proposa doucement le prélat en pressant toujours de ses mains les épaules nues du prince.

Le visage de ce dernier s'éclaira :

— Vraiment, cardinal ?

Pierre Aycelin le lâcha alors que revenait l'écuyer pour l'habillement de Louis d'Orléans, et s'éloigna quelque peu, envahi d'un froid soudain, une brûlure au creux des paumes. Mais il se reprit rapidement, tandis que Louis enfilait un pourpoint mi-partie cramoisie, mi-partie bleu fleurdelisé.

— Elle est fine et rapide comme le feu, comme sa robe alezane, expliqua l'homme d'Église. Aussi, c'est ainsi qu'elle s'appelle : Alezane. Elle a juste trois ans. Voulez-vous la voir ?

Louis se mit à bousculer et presser son écuyer, soudain très agité.

— Sur-le-champ, si cela vous va !

Entre Alezane et Isabelle, ce fut le coup de foudre.

Louis, enthousiasmé après sa visite aux écuries, avait couru chercher la reine, impatient de lui montrer la pouliche. Isabelle, qui s'ennuyait, en avait retrouvé un grand souffle de vie. Affolant tout son monde, elle avait remis précipitamment sa tenue d'écuyère du matin. Elle disait ne pas pouvoir sentir un cheval en robe d'atour.

La bête était splendide, haute au garrot, vibrante d'énergie. Isabelle, enfourchant fermement la jeune haquenée, contrôlait tout juste le trot du fougueux animal dans les jardins de la basse cour.

— Cette pouliche a besoin de grands espaces, recommanda le cardinal de Laon, songeant qu'il jouait avec le feu.

— Le moyen de faire autrement, répondit rageusement Louis d'Orléans qui observait les évolutions de la princesse de Bavière, tout en tenant son propre cheval par le mors.

— Alezane est à peine débourrée. Pour que la reine puisse la prendre en main, il serait bon d'aller courir la campagne.

— Mais Bois-Bourdon l'interdit, vous dis-je ! jeta le prince comme un enfant impatienté par l'étrange surdité qui affecte parfois les adultes.

Alezane broncha alors qu'une poule passait en caquetant entre ses jambes fines. Isabelle maîtrisa aussitôt sa pouliche, puis la laissa reprendre l'allure.

— Et il est à parier que le capitaine de la garde sera bientôt fort occupé ailleurs, laissa tomber Montaigu, sibyllin.

Louis jeta un coup d'œil étonné à son précepteur. Se pouvait-il qu'il l'encourageât à en profiter pour désobéir ? Il haussa les épaules.

— Quand bien même. Il n'est pas une poterne qui ne soit gardée, marmonna-t-il avec amertume.

— Si fait ! Je connais un goulet dans la muraille du verger. Un goulet que le sire de Graville ne connaît pas.

Le jeune Orléans en resta ébahi.

— Viendras-tu ? l'appela soudain Isabelle.

Plantant là son précepteur et ses tentations, Louis de France prit son élan et sauta sur son cheval sans toucher les étriers, ce qui était d'un usage remarquable pour un bon cavalier, mais surtout devant la dame de son cœur.

La cour basse, comprise entre la première et deuxième enceinte, renfermait les potagers, les jardins, les écuries et toutes les dépendances du château de Beauté. Elle était séparée de la haute cour par trois poternes qui enjambaient des douves.

— Allons sur la haute cour, cria Louis à la reine en talonnant son coursier, nous y serons plus à l'aise.

Alezane regimba à nouveau alors que Louis les doublait, déjà au grand galop. Isabelle lâcha les rênes, laissant la jument se reprendre cette fois d'elle-même. Doucement, elle se pencha sur son encolure, flattant des deux mains la tête fine de sa monture.

— Doux, Alezane, doux, ma belle.

Puis elle posa sa joue sur la crinière fauve, lui prenant le cou à pleins bras, avec tendresse et lui murmura des mots d'amour. Entre la bête et sa cavalière, le contact prenait. Isabelle caressait des mains et de la voix. Les oreilles dressées d'Alezane pivotèrent vers sa nouvelle maîtresse. Elle se soumit, soufflant fort des naseaux, agitant sa tête fière.

La jeune reine sentit entre ses cuisses la soumission de sa jument. Une jubilation intense monta en elle, elle la sentait sienne, sienne aussi sa puissance. Elle se redressa et pressa des deux genoux les flancs d'Alezane qui s'envola.

Elles débouchèrent dans la haute cour à plein galop alors que Bois-Bourdon la traversait de son grand pas élastique. Il s'immobilisa, les regardant venir.

Isabelle, avec une férocité d'amazone, pressa encore sa monture, fonçant droit sur lui. Alezane fit un écart au dernier moment, évitant l'homme toujours immobile, puis ralentit au vu du mur d'enceinte. D'une main légère, sa cavalière lui fit faire demi-tour doucement, la laissant souffler. Alezane répondait parfaitement à sa volonté, comme si elles avaient toujours chevauché ensemble.

La reine revint au pas vers le capitaine de sa garde qui l'observait, impassible.

— Eh bien, messire de Bois-Bourdon, qu'en est-il de votre Geoffroy Tête-Noire ? l'apostropha-t-elle du haut de son admirable monture. N'est-il pas encore branché au gibet du château ?

Négligeant la question, il se contenta de répondre en énumérant les mérites d'Alezane :

— Issue d'une noble lignée espagnole, ce qui lui donne sa race, mâtinée d'arabe, ce qui lui donne sa fougue. Cette pouliche a fait déjà vider les étriers à plus d'un écuyer. Elle vous va à ravir, madame, elle est aussi ombrageuse que vous.

— Vous n'avez pas parlé de son courage, messire, mais sauriez-vous le reconnaître lorsqu'il s'en trouve ?

Sans attendre de réponse, elle remit Alezane au petit trot, rejoignant Louis d'Orléans qui l'appelait.

Le visage de Bois-Bourdon n'avait pas frémi. Le coup le touchait en dedans sans qu'il n'en laissât rien voir. Seules ses prunelles s'étaient encore assombries.

— Elle est belle, n'est-ce pas ?

Il se retourna, le cardinal de Laon s'approchait de lui.

— La reine ?

— Certes, et l'on voit que vous l'appréciez en amateur. Mais je parlais de la pouliche, ironisa le prélat.

— Je vous croyais très attaché à cette jument ? demanda le sire de Graville, ignorant le sarcasme.

— Je le suis également à la reine.

— Vraiment ?....

Les deux hommes se dévisageaient. Pierre Aycelin se troubla le premier : il y avait de la glace dans le regard de Bois-Bourdon, et chaque fois qu'il l'avait accroché, il y avait lu une menace, senti un danger mortel.

Le cardinal était habitué à côtoyer la haine, un homme tel que lui et de son rang avait de solides ennemis. Mais ce qui le troublait chez le sire de Graville, c'est qu'il ignorait la raison de cette implacable inimitié. Bois-Bourdon, hier grand ordonnateur des menus plaisirs du roi, lui avait semblé fort peu préoccupé de politique. Il l'avait toujours considéré avec négligence, le jugeant homme léger, fait de veulerie et de débauche.

Aujourd'hui, le débauché était capitaine de la garde personnelle de la reine. N'est-ce pas lui-même qui, en préjugeant, avait eu l'esprit léger ? Pierre Aycelin de Montaigu, qui croyait connaître les hommes, songeait qu'il s'était peut-être bien trompé sur celui-ci.

13

La cage de Beauté

> Ce n'est pas l'homme qui a été tiré de la femme, mais la femme de l'homme, et ce n'est pas l'homme qui a été créé pour la femme, mais la femme pour l'homme. Que la femme soit donc soumise en toutes choses à son mari comme l'Église au Christ.
>
> Saint Paul

— Racontez encore, madame Belle, comment ils sont, les ours en Bavière, grands comme une montagne ? Et comment c'est grand une montagne ? Madame ma tante ne veut pas que je vienne vous voir tout le temps, et pourtant elle vient bien, elle ! J'ai couru vite pour être avant elle.

« Madame ma tante », la duchesse de Bourgogne, s'était fait en effet annoncer chez la reine.

Isabelle sourit, tant il était impossible de tarir le flot des questions de sa petite belle-sœur, princesse de France, pelotonnée contre elle sur l'immense lit à courtines. Catherine de Valois avait sept ans, elle était diaphane comme un pétale d'églantine, vive comme un feu follet, curieuse comme un furet.

Sa naissance avait causé la mort de sa mère, la reine Jeanne de Bourbon. Charles V, en grand deuil, avait immédiatement écarté de lui sa fille nouveau-née, la confiant à sa grand-mère maternelle, Mme de Bourbon la Grant. Cinq ans plus tard, le roi de France était mort, veuf inconsolable, en ce même château de Beauté-sur-Marne.

La douairière de Bourbon se faisant sénile, et même quelque peu folle, le jeune Charles VI avait demandé récemment à Marguerite de Flandre de prendre sa petite sœur dans sa mesnie. La duchesse s'apprêtait à envoyer la fillette rejoindre ses plus jeunes enfants à Dijon, sa capitale bourguignonne, lorsque le duc de Berry demanda la princesse de France en mariage pour son fils aîné, Jean, comte de Montpensier. Étant cousins germains, il fallait la dispense apostolique du pape d'Avignon. La duchesse de Bourgogne avait donc gardé par-devers elle la petite fiancée en attendant cette dispense qui se faisait désirer.

À Beauté-sur-Marne, l'orpheline, qui étouffait de tendresse, avait jeté son dévolu sur la reine qui s'était mise à l'adorer. Catherine l'Églantine, comme se plaisait à l'appeler Isabelle, était la seule à toucher son cœur, à la distraire de sa blessure, à l'égayer lorsqu'elle se sentait dans une profonde morosité, vidée d'énergie et d'espoirs, comme en cette matinée morne et interminable où elle laissait s'égrener le temps sans bouger de son lit.

Cinq jours qu'elle n'était pas sortie, qu'elle n'avait point couru, ni galopé, ni même vu Alezane. Cinq jours que la soldatesque, venue en renfort des quatre horizons, envahissait le château, la confinant en son logis. Isabelle s'y tenait, s'y morfondait, s'y mourait...

Et en ce maudit matin qui n'en finissait plus, elle se sentait encore bien plus abandonnée... La rude tendresse de Miette la Clabaude lui manquait toujours cruellement. Qu'aurait dit sa bonne nounou de la violence du roi ? Tout roi qu'il était, nul doute qu'elle lui aurait arraché les yeux. Elle enviait la liberté de Miette qui avait permis à celle-ci de retourner en Bavière auprès de son fiancé, alors qu'elle, reine de France, était tenue prisonnière, et bien seule.

Sa chambellane, Catherine de Fastavavin, s'était levée lasse et nauséeuse, tant, qu'elle était retournée se coucher. Quant à Ozanne, elle l'avait atournée à son lever avec ses chambrières, puis elle avait disparu Dieu sait où avec ses herbes et ses onguents. Isabelle s'interrogeait sur l'attitude de sa dame d'honneur qu'elle avait connue amicale et gaie. Depuis Amiens, une ombre semblait avoir terni la lumineuse blondeur de la demoiselle de Louvain, elle était comme éteinte. Elle songea avec amertume qu'elle n'avait guère de soutien dans son nouvel état, et il lui était réconfortant d'écouter le babil de la princesse de France qui l'appelait « madame Belle » car Isabelle était trop long pour son débit précipité.

Marguerite de Bourgogne fit son entrée, affable sous son air altier, et salua la princesse de Bavière.

— Dieu vous garde, madame ! Comment va ce jour d'hui la reine de France ?

— Bien, madame, lui fut-il répondu mollement. Et que Dieu vous garde pareillement. Et pareillement votre santé ?

— Elle va bien, madame.

Puis s'adressant à Catherine, Marguerite prit un ton sévère.

— Demoiselle, je vois que vous avez encore disparu sans permission, vous serez punie.

— Oh non, madame, je n'ai fait que vous annoncer à madame Belle, geignit Catherine, avec une moue qui précédait les sanglots.

Il est vrai que la petite princesse de France cherchait toutes les occasions de rencontrer Isabelle.

— Elle ne m'ennuie pas, je vous l'assure, protesta celle-ci, bien au contraire. Il ne faut pas la punir.

— Nous verrons cela, consentit la duchesse, laissant échapper un sourire indulgent en regardant sa nièce, nichée contre sa madame Belle allongée sur sa couche.

Marguerite s'inquiétait fort de la prostration de la reine, et cette inquiétude, accrue par la menace des Têtes-Noires, lui faisait prolonger son séjour à Beauté. Elle prit place à son chevet, sur une des banquettes rembourrées de velours bleu frappé, frangées d'or, où se tenaient les visiteurs, car il était de coutume de recevoir couché en son privé.

— Savez-vous que vous vous tenez dans le propre lit de votre beau-père Charles V ? lui annonça la duchesse avec le sourire, sans préciser toutefois que c'était aussi celui où il avait trépassé.

Elle cherchait à rompre la glace avec Isabelle qui ne répondit que par un grognement d'indifférence. Sans en tenir compte, Marguerite se mit à discourir sur la richesse des courtines, faites d'une étoffe violette rehaussée d'or, du ciel qui était également d'or avec lambrequins, du haut dossier du chevet incrusté d'un bouclier de champ d'azur semé de fleurs de lys et bandé de gueules : le blason du défunt roi.

— Beauté-sur-Marne, lui expliqua-t-elle, était la résidence des champs préférée de Charles V. Rien n'y a été changé depuis sa mort, pas même ses signes héraldiques. Votre époux, lui, a renoncé au semis de fleurs de lys pour adopter les trois lys en l'honneur de la sainte Trinité.

À l'évocation de Charles VI, le visage d'Isabelle se crispa, ce qui n'échappa pas à la duchesse. Elle ne savait plus comment prendre cette enfant qui visiblement lui échappait, la rejetait. Elle avait su la rassurer avec les mots d'une mère la veille de son mariage, une mère qui n'avait pourtant pas su la protéger comme sa fille au soir de ses noces. Il lui serait difficile de regagner sa confiance. Elle réprima un soupir, et changea de conversation :

— Nous avons reçu des nouvelles de Flandre, ce matin. On y parle d'une tempête terrible dans le nord qui mit en péril la flotte royale à l'Écluse...

— Donnez-moi plutôt des nouvelles de ce Geoffroy Tête-Noire, la coupa fort discourtoisement Isabelle.

— On s'arme, lui répondit Marguerite sans se départir de son calme. Des milices sont venues de Paris et d'ailleurs. Ils sont tant, qu'ils occupent toute la haute et la basse cour.

— Je le sais, madame ! J'entends assez le fracas de leurs armures. Il n'y a nul endroit où se rendre. Je ne puis même plus sortir de mon logis, maugréa-t-elle en se remontant nerveusement sur ses oreillers.

Ce mouvement brusque éveilla la petite Catherine qui s'était assoupie contre elle. Elle regarda avec étonnement Isabelle dont les yeux étaient devenus immenses, semblables au miroir d'un lac sur le point de déborder.

— Tu pleures, madame Belle ?

— Non, je ne pleure pas, lui répondit-elle en déposant un baiser sur son front, les larmes au bord des cils.

La duchesse de Bourgogne était de plus en plus embarrassée. Elle hésita, mais il lui fallait bien se décider à sortir de son aumônière un petit rouleau de papier aux entrelacs et sceau de France. Elle le tendit résolument à la reine qui s'en saisit machinalement.

— Par ce même courrier, monseigneur le roi vous a fait parvenir un message.

Isabelle poussa un grand cri en rejetant loin d'elle la missive de Charles VI, comme si elle avait touché un serpent. Puis elle roula sur le ventre, enfouit sa tête dans l'oreiller, et éclata en sanglots convulsifs.

— Qu'est-ce qu'elle a, elle est malade ? demanda Catherine, en se mettant à pleurer à son tour.

Marguerite se leva, et saisit la fillette par le bras, l'obligeant à descendre du lit.

— Venez, mon enfant, il faut laisser la reine se reposer.

— Je suis fatiguée de me reposer, hurla soudain Isabelle de façon hystérique en étouffant ses cris dans la plume. Je ne suis pas malade. Je veux de l'air ! Je veux sortir, sortir ! Je veux courir ! Je veux retourner en Bavière.

La duchesse mit fin à sa visite, la confiant à ses chambrières qui accouraient aux cris de leur maîtresse, avec l'ordre de quérir immédiatement Catherine et Ozanne. Puis elle quitta la chambre, entraînant la princesse de France toute sanglotante, épouvantée par la soudaine crise de sa madame Belle. L'état où Marguerite laissait la reine la terrifiait tout autant. Elle se demandait quel miracle allait pouvoir guérir cette enfant de sa blessure.

La duchesse traversa vivement la grand-salle du logis, comme la proue d'un navire fend des flots tumultueux. Elle songeait à son époux qui avait si mal choisi une femme pour le roi. Philippe le Hardi ne songeait qu'à protéger de tous côtés ses États du nord, et la Flandre pour laquelle il l'avait épousée. À l'ouest, il faisait la guerre aux Anglais, à l'est, il cherchait des alliances comme celle qu'il avait conclue avec la Bavière. Et peu lui chaut si sa politique broie le cœur des enfants... C'était comme pour cette petite fille qui trottinait dans son sillage en pleurnichant : Berry ne la convoitait pour son gros et répugnant rejeton que pour la dot considérable qui était allouée à toute princesse de France. C'est dans cet état de fureur qu'elle se heurta à Ozanne qui arrivait.

— D'où venez-vous ainsi, demoiselle ? lui demanda-t-elle sévèrement en regardant le bliaut de la dame d'honneur maculé de purulence et de sang.

Celle-ci, qui tenait dans les bras un coffret, esquissa une révérence.

— Je soignais les soldats, madame, beaucoup souffrent de furoncles et scrofules causés par leur armure, répondit-elle, tête baissée.

— Il suffit, ma fille ! Quittez vos airs accablés et tenez la tête haute, lui ordonna la duchesse de Bourgogne.

Ozanne releva lentement la tête et croisa le regard impérieux de Marguerite de Flandre.

— La reine est au désespoir, elle aussi a besoin de vos soins. Votre soutien lui est nécessaire après les épreuves qu'elle a subies, et pour lesquelles vous devriez avoir été châtiée comme il se doit. Trouvez à la distraire de ses tourments et affichez un peu de joyeuseté à vos mines.

La duchesse la quitta sur cette impitoyable diatribe et sortit. La demoiselle de Louvain resta un instant les yeux fixes, ses admirables prunelles d'aigue-marine perdues en eau trouble. Elle ne savait comment sortir Isabelle de la désespérance où elle l'avait plongée ; pas plus qu'elle ne pouvait lui ouvrir la cage de Beauté. Le dicton « Chat sauvage encagé ne peut durer » disait vrai. On ne pouvait tenir la princesse de Bavière enfermée, elle était encore sauvage ; déjà, elle dépérissait. Ozanne souffrait de sa peine, une peine qui était sa honte. Elle donnerait jusqu'à sa vie pour apaiser ses tourments, pour sa propre absolution. Pourquoi le duc de Bourgogne n'avait-il pas frappé ? L'épée de Philippe le Hardi était toujours dressée au-dessus de sa tête, la laissant dans une interminable agonie de remords…

*

* *

Ce même matin, il se tenait grande réunion des chefs de milice dans la salle basse de la tour de guet, où Bois-Bourdon les entretenait de sa stratégie contre les Têtes-Noires :

— Tenez vos compagnies prêtes à l'heure de relevée, haranguait-il. Je veux une sortie en bon ordre, et serrée. À une heure de vêpres, nous serons en vue de la citadelle de Charenton où nous monterons le camp avec démonstration. Il faut que Geoffroy Tête-Noire nous croie prêts à faire long blocus et dure bataille.

Le capitaine des milices du prévôt de Paris surenchérit :

— Dix chariots d'intendance nous attendent à Joinville et se joindront à nous. Ils seront vides mais nous avons fait croire qu'ils sont pleins, comme pour un siège. Déjà la rumeur a couru de l'attaque de Charenton.

— Et Geoffroy le sait aussi, il nous attend, répliqua le sire de Graville. Ce soir, tous les Têtes-Noires seront en la citadelle. Geoffroy, qui croit pouvoir se rire de nous, donne festin pour nous narguer, et en l'honneur de saint Roch qu'il dit son saint protecteur.

Une voix cria :

— Parce qu'il se sent pesteux !

Des rires sonores éclatèrent. Saint Roch faisait partie de la cohorte des saints à prier et censés protéger de la peste, mais il était aussi celui des proscrits et des égarés.

Bourdon attendit que les rires et les commentaires se soient calmés, puis il reprit :

— Nous dresserons les tentes avec flammes et oriflammes ostentatoires. Nous allumerons des feux et ferons nous aussi ripaille, puis nous irons nous coucher, mais nous garderons l'éveil. J'ai un homme à moi dans la place. Il connaît une poterne écartée qu'il nous ouvrira après la tombée de la nuit. Les

Têtes-Noires seront en plein banquet, avinés comme il se doit. J'entrerai avec mes lieutenants. Attendez-vous à ce que herses soient levées, et pont abaissé. Vous vous tiendrez prêts à la ruée dans le plus grand silence. Je ne veux point de quartier... et je veux Geoffroy ! Qu'il soit mort ou vif, nous le brancherons de même façon.

Un hourvari salua le discours. Une exclamation indignée s'éleva au-dessus des autres :

— C'est là manœuvre de soudards ! glapit le chevalier d'Albrêche, venu à la tête des gardes du château du même nom.

— Contre soudards, répliqua fermement Louis d'Orléans, guerre de soudards !

Tout le monde se retourna vers le prince, étonné.

— Si cette guerre ne vous convient pas, messire d'Albrêche, reprit ce dernier de sa voix de fausset, attendez les prochains tournois pour y promener vos armes.

La réplique était outrageante. Le plus surpris de tous fut le seigneur de Bois-Bourdon. Il ne s'était guère attendu au soutien du frère du roi dans cette entreprise, tant il est vrai que la chevalerie méprisait la ruse et combattait toujours de plein front, fièrement. Il y avait eu beaucoup de batailles perdues, causées par la désorganisation qu'entraînait un individualisme vaniteux.

Il salua d'un léger sourire l'intervention du duc d'Orléans ; celui-ci lui répondit de même.

— Eh bien, seigneur d'Albrêche, serez-vous des nôtres ? demanda froidement le sire de Graville.

Le chevalier se rassit, mortifié. Désavoué par le premier prince de France, il ne pouvait que se soumettre.

— En est-il d'autres ? clama Bois-Bourdon encore plus fort en parcourant l'assemblée de son regard acéré.

Il n'y eut que grognements désapprobateurs pour lui répondre.

— Demain, à l'aube, Geoffroy et ses Têtes-Noires se balanceront comme grappes de raisin aux murailles de Charenton ! conclut le capitaine avec force.

Une ovation lui répondit avec des cris de guerre et de menace :

— Que les corbeaux leur mangent les yeux !

— Et les couillons !

— À mort les Têtes-Noires !...

Dans le tumulte, alors que les chefs de milice se retiraient peu à peu, Louis d'Orléans s'approcha du sénéchal du Berry.

— Vous savez mener les hommes, messire.

— Et vous, me rendre raison, monseigneur. Que me vaut votre soudaine amitié ?

— Le souci de la reine, répondit Louis. Qui restera à Beauté pour la garder après votre sortie ?

— Des hommes d'armes en suffisance.

— Puis-je en prendre le commandement ?

Bois-Bourdon considéra le jeune duc avec suspicion, puis s'inclina.

— J'allais vous le proposer, monseigneur.

C'était un honneur que le sire de Graville ne pouvait guère refuser au frère du roi. Que comptait faire ce dernier d'un pouvoir auquel il n'était point exercé ? Il se rassura en songeant au fidèle lieutenant qu'il avait déjà nommé à la tête des gardes du château durant son absence.

Le jeune duc d'Orléans, content de lui, se rendit tout aussitôt au logis de la reine. Il traversa la haute cour, avec une allure de conquérant, où la soldatesque s'effaça devant lui, saluant bas à son passage les fleurs de lys de son pourpoint. Il se sentait puissant. Ce sentiment l'enivrait. Son précepteur pouvait être fier de son élève, il avait fort judicieusement suivi ses conseils : « Cherchez l'amitié de sieur de Graville au lieu de vous y opposer. Vous ne faites que l'importuner comme mouche. Faites-vous raisonnable et raisonneur, en véritable prince de sang. Il saura vous considérer. »

Dans le milieu de l'après-midi, les troupes débarrasseraient le château. Louis, alors, en serait le maître.

En entrant chez la reine, il perçut immédiatement le désarroi d'Isabelle. La crise passée, ne tenant plus au lit, elle s'était enfin levée. Elle avait erré lamentablement dans ses appartements, décourageant la sollicitude d'Ozanne et de Catherine. Elle se tenait à présent seule, plantée à la croisée qui donnait sur l'admirable panorama du Val-de-Marne... qui donnait sur la liberté.

— Madame, j'ai bonnes nouvelles. Avant qu'il ne soit demain, nous serons débarrassés des bandits.

Isabelle ne réagit pas, ne se retourna même pas.

— Et avant que le jour ne soit couché, nous aurons couru jusqu'en forêt de Vincennes et serons revenus de même façon.

— Nous n'y sommes pas encore, murmura-t-elle, avec cette envie de pleurer qui ne la quittait pas. On ne nous laissera point sortir.

Remettre en doute sa toute nouvelle autorité irrita le jeune duc.

— Nous allons sortir ! Bois-Bourdon commande aux milices. Il les conduira ce tantôt à la citadelle de Charenton où se confinent les Têtes-Noires. J'aurai pendant ce temps le commandement de ce château ; il ferait beau voir que l'on interdise, à moi, prince de France, de vous conduire hors sous ma sauvegarde et de nous empêcher de galoper à plaisir. Nous sortirons, te dis-je !

— Le prince de France, peut-être. Mais pas la reine de France. Les ordres du sire de Graville sont formels.

Il s'approcha tout près d'elle et prit un ton de comploteur :

— Peut-être. Mais il est des passages secrets à Beauté comme il en existe dans tous les châteaux. (Baissant encore la voix, il souffla d'une traite.) Derrière le grand verger de la cour basse, il existe dans la muraille un goulet escamoté donnant dans une futaie qui nous dissimulera aux regards des tours de guet assez longtemps pour être hors de vue.

Isabelle se retourna enfin, le considérant avec incrédulité.

— Alors nous serons en campagne, triompha-t-il. Et là, nous verrons bien ce que vaut votre Alezane, madame, ajouta-t-il avec malice.

Les immenses prunelles d'Isabelle se couvrirent d'une glaçure de larmes.

— Mieux que votre coursier, monsieur, répondit-elle d'une voix étranglée. Et cette fois, le retenir sera me fâcher, réussit-elle à dire encore avec un pauvre sourire.

Et n'en pouvant plus, elle éclata en sanglots. L'espérance du bonheur de cette chevauchée la brisait à nouveau. Louis se retrouva stupide devant ces pleurs qui l'intimidaient.

— Nous sortirons, je te le jure, ne sut-il que rabâcher.

— Je te crois, gentil beau-frère, geignit Isabelle, mais ne me laisse point jusque-là, le temps me semblera trop long.

Elle cachait toujours son visage derrière ses mains, secouée de hoquets, comme ceux des gros chagrins d'enfant.

— Bien, acquiesça-t-il en mettant de l'entrain dans sa voix, il est bientôt l'heure de sixte, et j'ai une faim de loup. M'inviteras-tu à ta table ?

Isabelle acquiesça de la tête en reniflant.

— Et après, pour attendre l'heure de relevée, nous jouerons.

Louis s'était approché d'elle, il voulut lui prendre les mains, les écarter de son visage. Mais elle résista. Elle ne voulait pas qu'il la vît et posa son front sur son épaule, toujours hoquetante.

— Nous jouerons, gentil frère ?

Louis l'enlaça craintivement. C'était la première fois qu'il la prenait dans ses bras.

— Nous jouerons aux échecs pour prendre patience.

Elle éclata soudain de rire, un rire mouillé mêlé de derniers hoquets.

— Je ne sais point, je n'ai jamais eu la patience d'apprendre.

Elle se laissa enfin aller dans ses bras, le prenant par le cou, nichant sa peine au creux de son épaule.

— Oh, gentil frère, je t'aime de tout mon cœur. Sois assuré que tu n'auras jamais meilleure sœur que moi.

Une sœur ? En resserrant son étreinte, Louis se rembrunit.

À cet instant, trois hommes de la garde du cardinal de Laon se présentaient en son logis pour y prendre des ordres fort étranges.

*

* *

Malgré la présence du duc d'Orléans, le temps parut interminable à la princesse de Bavière. Ils se tenaient de part et d'autre d'une table de jeu d'échecs, dans un retrait de la grand-salle dont les nombreuses croisées s'ouvraient sur la haute cour d'où montait la rumeur des soldats au repos.

Alors que le prince tentait de lui apprendre les règles du jeu, elle manipulait une figurine admirablement incrustée et taillée, qu'elle observait avec curiosité. C'était une sorte de gnome affublé d'une tenue de page dont le minuscule visage d'opaline lui adressait une disgracieuse grimace, la narguant de ses yeux de petits rubis.

— Qu'est-ce ? lui demanda-t-elle en le coupant dans ses explications nébuleuses.

— Le fou.

Elle le regarda avec de grands yeux interrogateurs. Ils avaient à cet instant la profondeur de la nuit, et son velouté. « Par Dieu, qu'ils sont beaux ! » songea-t-il.

— Cette figure est le fou, lui répéta-t-il devant son air étonné, je suis le seul à posséder ce nouvel échiquier. Ce fou a été taillé pour moi à l'image de Capucine.

— Et que vient faire un fou dans ce jeu que l'on dit si noble ?

— Il remplace à présent le juge que l'on nomme l'alphin. Il y a le fou du roi et le fou de la reine. Puis viennent les chevaliers, et sur les bords, les rochs[1].

Isabelle reposa le fou sur sa case et prit la figurine d'un roch. C'était un soldat à cheval sculpté dans l'ébène. Il portait un manteau de cuir avec un capuchon et tenait un bâton dans la main.

— Le roch est le représentant du roi et de son autorité dans le royaume. Devant les nobles pièces se placent celles du petit peuple…

Les cloches de la chapelle du château se mirent à battre none. La rumeur qui montait de la cour s'enfla aussitôt, gonflée du cliquetis des armes.

— Enfin ! dit Isabelle en bondissant de sa cathèdre, manquant de renverser l'échiquier.

Elle se précipita vers une large croisée, elle était déjà vêtue de sa tenue de cavalière. En bas, les hommes d'armes sortaient de la torpeur de leur sieste ou de leurs parties de dés dans une molle agitation. Varlets, sergents, coutilliers, arbalétriers se redressaient et finissaient de s'accoutrer. On relevait et déployait étendards, gonfanons, enseignes et bannières qui

1. Aujourd'hui, remplacé par la tour.

seraient foison pour impressionner l'ennemi. Enfin, les trompes sonnèrent, annonçant le rassemblement.

Isabelle trépignait alors que les chefs de milice se mettaient à vociférer leurs commandements. Leurs aboiements rebondissaient comme balle contre les murailles du château.

— Ils sont bien lents à se mettre en route.

Louis d'Orléans l'avait rejointe.

— Patience, ils auront bientôt libéré la place.

Il mit un bras autour de ses épaules. Elle n'y prêta pas attention, trop tenue par ce qui se passait en bas. Isabelle reconnut son capitaine, le chevalier de Bois-Bourdon, qui chevauchait parmi les groupes, accélérant le mouvement de la voix. Il était entièrement armé, le capuchon de sa cotte de maille ne laissait que l'ovale de son visage à découvert. Il portait son heaume sous le bras. Sa monture était houssée à ses couleurs, un puissant chêne d'argent arraché sur champ de sable à semis d'abeilles. Bois-Bourdon portait des armoiries parlantes : le bois et les bourdons. Son blason se retrouvait sur l'écu qu'il portait sanglé à l'avant-bras gauche. Sa devise était brodée sur la poitrine de sa cotte d'arme en soie vert herbeux qui flottait sur son armure : « Ne rompt et darde. » Il était suivi de son porte-étendard aux mêmes couleurs et devise peintes.

Isabelle lui trouva, en dépit d'elle, belle allure. Il montait un cheval noir comme le Diable, son destrier maure, Alcoboça, du nom du monastère cistercien au Portugal où les moines perpétuaient cette race fougueuse et endurante.

Le tapage était à présent assourdissant, les hommes en clabaudant se regroupaient en milice, sous les plis de leurs étendards respectifs. Au tumulte des armes se joignaient les appels et mugissements du charroi qui déjà s'ébranlait en direction de la passerelle du pont-levis de la première poterne.

Isabelle trépignait de plus belle.

— Ils s'en vont, ils s'en vont !

Louis resserra son étreinte alors qu'elle frémissait d'impatience. Mais il n'y avait pas que le désir impérieux d'aller enfin galoper en toute liberté. Isabelle ne pouvait s'empêcher de s'exalter au spectacle de ce mâle déploiement de forces guerrières. Elle sentit le souffle de Louis d'Orléans sur sa nuque sans y prêter attention. Au même moment, le sire de Graville se trouva en aplomb des appartements de la reine. Il leva le visage et aperçut les deux têtes rapprochées à la croisée.

La reine se durcit. Louis le sentit. Croyant à un refus, il retint le furtif baiser qu'il s'apprêtait à déposer sur sa nuque. Dans ses tentatives d'approche amoureuse, il y mettait la maladresse et les hésitations de son jeune âge.

— Que vous fleurez bon, ma sœur, dit-il en ôtant son bras et en se recomposant une attitude.

Isabelle ne répondit pas, elle avait oublié son beau-frère. Des yeux, elle croisait le fer avec le sombre chevalier. Il avait ce regard fixe et dérangeant qu'elle avait appris à soutenir avec vaillance. Elle mit dans le sien une lueur de triomphe, un défi qui voulait dire : « Allez hors, capitaine, allez ! Et vous verrez ce que valent vos ordres. »

Alcoboça achoppait, rendu nerveux par le tohubohu qui l'environnait. Bois-Bourdon salua profondément la reine de tout le buste, une main sur le cœur, puis il lui jeta un dernier regard, comme s'il hésitait à la laisser, comme s'il avait reçu son défi ; puis, d'un geste précis, il embroncha son heaume. Une brusque volte de son cheval, et il rejoignit la tête de ses hommes.

Alors seulement Isabelle s'aperçut, à la douleur, qu'elle avait gardé la figurine du roch dans son poing et qu'elle la serrait trop fort. Elle ouvrit la main, le chevalier d'ébène s'était incrusté dans sa chair. Elle s'avisa aussi qu'on était le jour de la Saint-Roch.

En regardant dans sa paume l'empreinte à fleur de sang, elle ressentit une flambée d'anxiété inexplicable.

14

La nuit de la Saint-Roch

Exécution de la truie infanticide à Falaise.

Devant l'échafaud, tous les cochons et porcelets du comté étaient réunis, poussant des grognements épouvantés par le crime de leur sœur ; et sous les insultes de toute la population de la ville, le bourreau lui fendit la cuisse d'un coup de hache, car il était dit qu'elle avait dévoré celle de l'enfant, et pour ce qu'elle l'avait aussi mangé au visage, il lui trancha de même le groin, et appliqua sur la plaie un masque à figure humaine. Puis l'habilla d'une veste, d'un haut-de-chausses, et de gants.

Ensuite, il la pendit par les pattes de derrière, et elle trépassa avec des cris de bête après une longue et cruelle agonie bien méritée.

Afin que nul n'oublie, le juge ordonna que l'image de l'exécution soit peinte sur un mur intérieur de l'église.

Ce fut le silence qui réveilla Catherine de Fastavavin. Elle avait encore eu un léger malaise. Ozanne lui avait donné une potion qui devait lui apporter soulagement et sommeil.

— Isabelle ?

Elle appela encore. Tout était silence. Elle se précipita vers les fenêtres. La cour haute était déserte. Les ombres s'étiraient sous les murailles, il devait être fort tard dans l'après-midi, le soleil déclinait. Elle appela à nouveau avec angoisse, sachant que c'était en vain :

— Isabelle ? Isabelette ? Où es-tu ?

Elle le savait... Mais non, il n'était pas possible que le besoin de galoper ait été plus fort que le danger. Elle hurla encore son nom. Une chambrière accourut dans le roulis de ses jupons.

— Où est Isabelle ?

— Avec monseigneur d'Orléans.

— Certes, mais où sont-ils ?

— Est-ce que je sais ? Ils sont partis vers les écuries. (Elle hésita.) Je n'écoute pas aux portes, je vous l'assure, mais j'ai entendu qu'ils allaient galoper en campagne.

— Où est Ozanne ? demanda encore la chambellane.

— Dans les jardins, à ramasser des simples.

Catherine courait déjà retrouver la demoiselle de Louvain.

*

* *

Fascinée, Isabelle suivait des yeux la harde de cerfs qui traversait l'allée forestière. Même en Bavière, elle n'en avait vu de si belle, de si fournie. Elle retenait son souffle, comme Alezane semblait retenir le sien pour ne pas effrayer ces fugitifs animaux.

Louis souriait. La reine était heureuse, et c'est à lui qu'elle le devait.

La forêt royale de Vincennes était vaste et profonde, giboyeuse, primitive. Au hasard des sentiers, ils avaient découvert un site de charbonniers où fumaient nonchalamment les meules à charbonnettes, entourées d'hommes hirsutes, noirs comme la suie, noirs comme l'enfer. Orléans, qui arborait les fleurs de lys sur son pourpoint le plus ostentatoire, s'était placé au côté d'Isabelle qui s'alarmait de ces êtres sauvages, tandis qu'ils contournaient la clairière. La main sur le pommeau de son épée, il lui faisait un rempart de son corps.

Les hommes du charbon n'avaient pas bronché, les suivant seulement de leurs yeux rougis. Louis était fier de son courage, et le cardinal de Laon avait raison : qui oserait s'attaquer aux fleurs de lys ?

Tout à ses vanités juvéniles, il ne s'avisa jamais qu'ils étaient suivis par trois cavaliers qui appartenaient justement à la garde de son précepteur, ceux-là mêmes qui avaient pris les ordres de ce dernier en fin de matinée. Des hommes d'armes curieusement accoutrés : deux étaient plus armurés de noir que charbonniers et le troisième portait la cotte au fuselé d'argent et d'azur de Bavière. Étrange compagnonnage de faux Têtes-Noires et d'un soi-disant soldat aux couleurs de la garde personnelle de la reine.

*

* *

Catherine n'eut pas besoin de chercher Ozanne, qui s'en revenait en compagnie d'une servante ; elles portaient chacune un large panier d'osier plein d'herbes folles.

Le regard pâle de la demoiselle de Louvain prit la dureté de l'agate alors qu'elle écoutait les explications affolées de la chambellane.

— Ozanne, acheva celle-ci comme un reproche, tu m'as trop fait dormir.

— Il le fallait, pour l'enfant. Va, Catherine, va prévenir la duchesse de Bourgogne et le duc de Berry. Moi je pars sur-le-champ à Charenton alerter le sire de Graville.

Puis elle donna son panier à la suivante en lui ordonnant de porter la récolte à l'herboristerie, et se dirigea d'un pas rapide vers les écuries.

— Ozanne, non ! Pas toute seule, supplia Catherine en la poursuivant. Tu ne peux courir seule les chemins, il va faire nuit… et l'on se bat à Charenton. Par pitié, n'y va pas !

— Je dois prévenir Bois-Bourdon.

— C'est au péril de ta vie.

La demoiselle de Louvain s'arrêta et se retourna.

— Ma vie m'importe peu, je l'ai vouée au roi et à la reine. Le Seigneur disposera de moi en cette équipée. (Elle la prit dans ses bras.) Ne t'alarme pas, ma chère sœur, et garde-toi. Tu portes l'enfant d'Adémard. Tu es la dépositaire de l'amour et du don de Dieu. Et prie, pour la reine… et pour moi.

Elle l'étreignit encore un instant et la quitta.

Catherine la regarda partir comme si elle la voyait pour la dernière fois. En entendant dans le lointain sonner le couvre-feu, elle se reprit, et courut alerter les gens du château.

Quelques minutes plus tard, Ozanne se présentait à la poterne du pont-levis. Elle avait enfourché le plus fort des destriers, à même les cuisses, jupe retroussée. Elle hurla alors que le cheval se cabrait et tournait sur lui-même, rendu fou par la poigne de la jeune fille :

— Service de la reine. Place, place ! Madame Isabelle est en grand péril. Ouvrez au nom du Christ ! Faites sonner l'alarme et prenez les ordres de Mme de Bourgogne et monseigneur de Berry.

Ahuris, les gardes avaient obtempéré sans discuter. Nulle fille ne pouvait s'engager ainsi sans raison grave.

— La citadelle de Charenton ? hurla-t-elle encore.

— Droit sur le chemin de Charonne, lui désigna-t-on du bras. Coupez franc le chemin de Vincennes.

Au carrefour des Trois Pendus, tournez à dextre sur le chemin de Charenton.

— Attendez, demoiselle, que j'aille quérir un cheval ! Il vous faut compagnie, l'abjura une autre voix.

Mais Ozanne s'était déjà enfoncée seule entre chien et loup, à toute bride.

*

* *

L'ombre s'épaississait sous les hautes futaies du bois de Vincennes. Isabelle et Louis avaient suivi la harde pendant un moment. Le grand cerf à dix cors qui la menait ne s'était pas inquiété d'eux, comme s'il savait qu'ils n'étaient pas en chasse. Et puis, biches, faons, daguets, andouillers avaient été engloutis dans le sous-bois, comme par enchantement. Alors ils s'étaient aperçus que la forêt et ses sortilèges s'étaient refermés sur eux. Ils s'étaient perdus.

Il n'y a pas de lieux plus terrifiants que les ténèbres au cœur des forêts profondes. Elles sont le refuge des puissances du mal, le séjour des géants et des monstres, des sabbats de Satan, des fées et des magiciens. Elles abritent proscrits et brigands, ermites et hommes sauvages comme ceux du charbon. Et Vincennes était celle qui avait la plus mauvaise réputation, sur laquelle couraient des légendes des plus horrifiques.

La nuit était tombée.

Non loin de là, les trois gardes du cardinal de Laon tournaient en rond à un carrefour forestier. L'ombre géante des grands arbres environnants inquiétait les chevaux qui sabotaient la terre battue. Ils se parlaient à voix étouffées.

— Ils reprendront forcément l'allée aux cerfs pour retourner.

— Ils se sont perdus, te dis-je, comme on les a perdus.

— Que le Diable les emporte ! Le cardinal nous fera bastonner.

*

* *

Au château de Beauté-sur-Marne, la duchesse de Bourgogne organisait les opérations dans la cour haute, en véritable chef de guerre. Dès qu'elle avait été prévenue par Catherine de Fastavavin, elle avait su la reine et le prince d'Orléans en grand péril. Nul honnête homme, et plus encore une femme, ne s'aviserait d'être encore seul dehors, sans bonne escorte armée. Il était forcément arrivé quelque chose aux deux fugueurs. Mais où les chercher ? Où battre la campagne ?

Il n'y avait de recours que par elle, le duc de Berry étant cloué dans un fauteuil par une crise de goutte. Lui, vrai chef militaire, maudissait son impuissance. Il était aussi mortellement inquiet, d'autant plus que les guetteurs du château lui avaient signalé des Têtes-Noires qui rôdaient autour de Beauté : ils n'étaient donc pas tous à la citadelle de Charenton.

Alors que les trompes appelaient au rassemblement, Marguerite de Bourgogne s'avisa de la présence du cardinal de Laon, dont le visage était dévoré d'inquiétude.

— Ils sont en forêt de Vincennes, lui avoua-t-il d'une voix blanche.

— Alors ils se sont perdus, ou pire, sinon ils s'en seraient déjà revenus, conclut-elle immédiatement.

Aussitôt, elle hurla ses ordres aux hommes d'armes qui accouraient :

— Prenez des torches et munissez-vous de cors et de trompes. Nous sonnerons pour les guider et ferons force tintamarre pour impressionner toutes mauvaises gens qui rôdent. Ma jument n'est-elle pas encore sellée ?.... Allons, que l'on se presse ! Nous partons sur l'instant.

Un écuyer aida la duchesse à se mettre en selle à la façon des amazones. Les flambeaux auxquels on boutait le feu firent étinceler la fureur de son regard, elle toisa le cardinal du haut de sa monture.

— Vous saviez et vous n'avez rien fait pour empêcher. Dieu vous damne ! lui lança-t-elle en talonnant son cheval.

Pierre Aycelin la regarda partir et prendre la tête de la colonne de feux qui venait de se constituer. Pourquoi Louis et la reine n'étaient-ils pas encore rentrés ? Le piège qu'il leur avait tendu avait-il mal tourné ? Quant aux trois hommes de sa garde qu'il avait lancés à leurs trousses, ils auraient dû déjà, à cette heure, lui rendre compte du succès de sa stratégie : deux d'entre eux devaient simuler une attaque sous la sinistre apparence de Têtes-Noires et forcer le prince à prendre la fuite, alors que le troisième, sous les couleurs de Bavière, devait surgir à la rescousse, mettant seul en déroute les agresseurs. Le but était d'humilier Louis d'Orléans devant Isabelle, sans faire de mal à personne. Tourner bride est un tel manquement au code de l'honneur de la chevalerie que Louis n'aurait plus osé paraître de sitôt devant la reine.

Contrairement à son attente, s'était-il défendu, refusant de perdre la face devant Isabelle ? Avait-il pris un mauvais coup ? Laon se perdait en conjectures, se maudissant d'avoir imaginé un traquenard aussi douteux.

— Seigneur mon Dieu, qu'ai-je fait ? balbutia-t-il. Vous qui voyez au plus profond de la noirceur de mon âme, protégez ces enfants. Gardez-les de mes détestables entreprises. Je jure sur la Croix où souffrit Votre glorieux fils, qu'alors je renoncerai au prince.

*

* *

Ozanne courait à plein galop, couchée sur l'encolure de son cheval qui écumait sous l'effort. Elle le talonnait sans cesse :

— Plus vite, plus vite, pour la reine !

Et comme si le vaillant coursier comprenait, il ne relâchait pas son train d'enfer.

Ils avaient déjà coupé une ancienne voie romaine à pavage, sans doute le chemin de Vincennes.

Un carrefour était en vue… les Trois Pendus ? Elle tournerait à dextre en priant Dieu de ne pas se tromper.

*

* *

À Charenton, la nuit aussi était tombée, et Bois-Bourdon venait d'entrer en action. Une lourde porte dérobée de l'enceinte de la citadelle tourna silencieusement sur ses gonds bien graissés, il s'y faufila, suivi de ses lieutenants. Tous étaient en simple broigne, mais hautement armés de poignard, masse d'arme, dague et épée. Le sire de Graville voulait sa force d'attaque mobile et rapide, et non alourdie d'armure.

— Qu'en est-il ? souffla-t-il à Pascal le Peineux, qui venait de lui ouvrir.

— Mauvaise nouvelle. Geoffroy Tête-Noire est sorti avec une dizaine de sa ribaudaille.

— Quand est-il sorti ? Comment ?

— Il y a peu, par ce même passage. Il s'en est fallu d'un crin de cheval qu'ils m'y surprissent en train d'envoyer mon carreau sur cette racaille.

Il parlait des deux Têtes-Noires, gardiens de la porte, qui gisaient de part et d'autre, une flèche plantée en plein cœur.

— Que sais-tu de plus ?

— Rien, sinon qu'un Tête-Noire est venu l'avertir d'une chose qui a paru fort le réjouir. C'était un des hommes qui surveillaient le château de Beauté.

Le sang de Bois-Bourdon se glaça sous les mailles d'acier.

*

* *

L'ombre était dense sous le couvert des bois. La lune était cachée.

Louis avait trouvé un sentier, une piste formée par le passage répété de bêtes sauvages, peut-être les conduirait-il vers une avenue forestière. Ils cheminaient en silence, le son même de leur voix leur faisait peur. Ce n'étaient que frôlements, ululements, gémissements d'agonie de bêtes prises. Sous la cathédrale végétale, les fourrés s'animaient de vie nocturne et de tragédies secrètes. L'humidité montait de la terre, libérant la forte exhalaison de l'humus, des végétaux en décomposition, mêlée à la fragrance de mycélium.

Les chevaux devenaient nerveux. Le destrier de Louis fit un brusque écart alors qu'une ombre détalait lourdement dans un fouillis de branches cassées et de grognements. Un sanglier.

Isabelle flatta doucement le flanc d'Alezane, le feu de sa robe était parcouru de longs frémissements. Elle courba son buste sur l'encolure comme elle aimait déjà à le faire, embrassant le cou de sa pouliche, autant pour la rassurer que se rassurer elle-même de sa chaleur animale. La princesse de Bavière songea à la figurine du roch qu'elle avait gardée sans trop savoir pourquoi. Elle l'avait glissée dans sa ceinture avant leur départ, ne pouvant s'en défaire. Elle s'en saisit, et la serra doucement dans ses mains. Saint Roch avait été lui-même exilé en forêt ; saint protecteur de la peste, il était aussi celui des proscrits et des égarés.

Elle se mit à prier ; saint Roch prit le visage de Bois-Bourdon. C'est lui qu'elle priait, sans qu'elle en prît conscience.

*

* *

À Charenton, l'investissement de la citadelle se poursuivait. Le sire de Graville et ses lieutenants venaient d'égorger les hommes de guet qui commandaient le pont-levis. Tout se faisait dans un froid silence. Dans la grand-salle de la tour, on entendait les cris avinés des marauds de Geoffroy Tête-Noire, et les rires aigus des prostituées. Bois-Bourdon procédait avec rage, du sang avait rejailli sur sa broigne. Un homme se glissa près de lui et chuchota :

— Une femme dehors vous mande. J'ai cru devoir vous avertir, vu son urgence et son insistance.

— Comment se nomme-t-elle ?

— Ozanne de Louvain, service de la reine.

Bois-Bourdon eut alors la certitude qu'Isabelle était en grand péril. À ce moment, un Tête-Noire surgit non loin d'eux, et se mit à pisser contre un mur en braillant une chanson leste. Le Peineux se détendit comme la foudre et s'en saisit ; il eut vite fait de le faire taire en lui écrasant la bouche de son énorme main, puis le traîna tout pantelant jusqu'à son capitaine.

— C'est le bras droit de Geoffroy, lui souffla-t-il. Il lui a laissé la garde de la citadelle avant de sortir.

— Où est ton maître ? lui demanda Bois-Bourdon, une lueur de meurtre dans le regard.

Le misérable, suppliant qu'on lui laissât sauve la vie, leur apprit que Geoffroy Tête-Noire était en forêt de Vincennes, pour y capturer deux nobles personnes du château de Beauté qui s'y étaient aventurées, un homme et une femme.

Bois-Bourdon partit aussitôt avec quelques soldats, laissant la prise de la citadelle à Pascal le Peineux. Avec lui, ses occupants pouvaient recommander leur âme à Dieu, et pour commencer, l'impitoyable écuyer trancha le cou de leur informateur.

*
* *

Dans la forêt, les trois hommes du cardinal de Laon désespéraient de retrouver Isabelle et le prince d'Orléans. Comme cela se fait à la chasse pour regrouper ceux qui se sont écartés, ils décidèrent de sonner du cor. Nul doute que les égarés se guideraient à la voix, pensant qu'ils étaient recherchés. Les comploteurs ne se doutaient pas qu'ils allaient du même coup faire converger sur eux la colonne de feux de la duchesse de Bourgogne, Bois-Bourdon et sa petite troupe, et pire encore, Geoffroy Tête-Noire et ses sbires en quête du mauvais coup qui pouvait leur rapporter gros.

Isabelle priait toujours lorsque la corne mugit ; le son caverneux s'enfla jusqu'au cœur de la forêt, s'éteignit, reprit, gonfla, pour s'éteindre et reprendre encore, comme un souffle profond et lugubre.

— On nous cherche, cria Louis, reprenant espoir. Allons ! Suivons sa direction. Nous sommes sauvés.

Mais dans leur précipitation à vouloir répondre à l'appel, ils s'embroussaillèrent dans un roncier. Leurs montures renâclèrent à se frayer un chemin dans les taillis où ils se débattaient. Louis se mit à tailler une trouée à grands coups d'épée. La forêt semblait vouloir les retenir de toutes ses griffes.

Bois-Bourdon et ses hommes, ainsi qu'Ozanne qui avait changé de cheval, pénétrèrent la forêt de Vincennes par l'allée du roi.

— Comment pourrons-nous les y retrouver ? hurla la demoiselle de Louvain. Où aller ?

— Dieu y pourvoira ! répondit farouchement le sire de Graville qui ne croyait qu'au Diable.

C'est alors qu'ils distinguèrent l'écho de la corne dans les profondeurs végétales.

— Dieu vous a entendu, messire ! hurla Ozanne.

Et tous éperonnèrent leurs montures.

Isabelle et Louis se libérèrent enfin du roncier, les jambes et les bras en sang, les vêtements déchirés. Ils déboulèrent avec un soulagement indicible sur l'avenue d'où mugissait l'appel. Non loin, ils aperçurent deux silhouettes à cheval. La corne se tut.

— Qui va là ? demanda une voix.

— Duc d'Orléans, prince de France, et votre reine bien-aimée !

— C'est ce que nous demandons ! répondit une autre voix.

Les deux cavaliers inconnus se mirent au galop, venant à leur rencontre. Louis et Isabelle ne comprirent pas tout de suite. Ils reprenaient leur souffle en les laissant venir. Mais comme ils approchaient, ils distinguèrent mieux. Isabelle poussa un cri : les hommes, tout de noir cuirassés, venaient de tirer leur épée. Ils chargeaient.

Louis aussi avait vu. Il tira la sienne alors qu'il venait à peine de la remettre au fourreau, mais il était encore incrédule.

— Nommez-vous, messires ! hurla-t-il.

— Nous sommes à Geoffroy Tête-Noire ! lui fit-on accroire.

Isabelle avait déjà talonné Alezane qui piétina dans une volte nerveuse avant de prendre le galop. Louis tourna bride également, forçant désespérément son cheval. Il savait qu'il n'était pas de taille. Il ne pouvait que fuir à corps perdu avec la reine. Derrière, les poursuivants étaient tout proches. Pourtant, il semblait qu'ils retenaient leur monture.

Immobile au milieu d'une sente, Bois-Bourdon écoutait avec anxiété :

— La corne s'est tue, nous en étions si proches.

Ozanne et les hommes d'armes écoutaient aussi. L'un deux s'exclama, pointant son doigt dans une direction à travers la futaie :

— Par là, le bruit d'une galopade !

— Ya ! hurla Bois-Bourdon en lançant son cheval.

Isabelle se retourna un bref instant, Louis la suivait de près. Plus loin, leurs assaillants se rapprochaient. Elle ne vit pas surgir un troisième cavalier qui déboulait au détour de l'allée. Elle hurla alors qu'il la croisait à plein galop en faisant tournoyer au-dessus de sa tête le fouet de sa masse d'arme.

— Fuyez, messeigneurs ! Fuyez, je vous garde ! beugla-t-il en passant.

Alezane se cabra. Isabelle vida les étriers. Elle eut le temps de réaliser que le nouvel arrivant était à ses couleurs avant de rouler dans le fossé.

Le garde de la reine fonçait droit sur les deux poursuivants en vociférant des menaces. Rien ne semblait pouvoir l'arrêter, comme une machine à tuer. Il n'eut pas à les atteindre, les Têtes-Noires tournèrent bride et s'enfuirent, sans chercher le combat. Le garde leur lança des injures à pleine voix en ralentissant sa monture, abaissant son fléau d'arme :

— Maudits Têtes-Noires ! Lâches ! Fuyards ! Couards !...

Et il éclata d'un rire sonore. Il s'amusait comme un fou, le plan du cardinal de Laon se déroulait parfaitement.

Il fit demi-tour, il était temps de s'occuper des royales victimes. Alors son rire s'étrangla dans sa gorge : un puissant cavalier se tenait planté au milieu de l'allée. Il était totalement harnaché de noir, jusqu'à son cheval. Son heaume était surmonté d'une crête de plume d'autruche couleur de nuit. Il était comme un géant de l'enfer surgi des entrailles de la terre. Le faux garde de la reine en resta cloué sur place. Cette apparition infernale ne faisait pas partie de la stratégie du cardinal de Laon.

Il embrassa d'un seul coup la nouvelle situation : plus haut, le prince ferraillait désespérément, environné de sombres cavaliers qui lui avaient coupé la route, le forçant au combat. La reine grimpait le fossé à quatre pattes, et rampa dans un bosquet. Un homme la coursait. D'où sortaient-ils tous ceux-là ?

— Qui va ? demanda-t-il à celui qui lui faisait face.

— Geoffroy Tête-Noire en personne, pour vous servir, gentilhomme ! dit ce dernier en levant son épée.

L'homme du cardinal de Laon n'eut pas le temps d'entendre l'arme siffler. Sa tête sauta d'un seul coup. Le corps étêté resta un instant droit sur le cheval, puis il bascula avec lenteur sur le côté, le sang jaillissant à grands flots. Son cheval se reculait, effrayé, comme pour éviter d'en être éclaboussé. Il finit par se cabrer, et prit le mors, traînant le corps de son maître, le pied pris dans un étrier.

Louis faiblissait sous le nombre, un coup de dague venait de lui percer le gras du bras. Geoffroy brailla dans leur direction :

— Vivants, marauds ! Je les veux vivants ! Morts, ils ne vaudront plus rien.

— On ferraille, hurla Ozanne, on ferraille, là, droit devant, derrière ces taillis !

Dans un bond prodigieux par-dessus les ronces, Bois-Bourdon et ses hommes atterrirent sur le chemin. Sans ralentir l'allure, le sire de Graville fonça dans un grand cri sur l'assaillant le plus proche du prince, l'épée brandie devant lui, et le perça de part en part. Entre les hommes de Bois-Bourdon et ceux de Geoffroy, le combat s'engagea, féroce.

Ozanne, éperdue, faisant tournoyer son cheval, cherchait la reine, l'appelant à tue-tête.

L'escorte de la duchesse de Bourgogne, qui s'était guidée au son de la corne, approchait, flambeaux tenus haut pour éclairer loin. Au bout de la perspective de l'allée qui s'enfonçait sous les voûtes mystérieuses des arbres, Marguerite distingua soudain des silhouettes qui s'agitaient.

— On se bat là-bas. Sonnez cors, sonnez ! Sonnez plein ! hurla-t-elle en éperonnant son cheval.

Flamboyante, la troupe força le galop, tandis que les cors explosaient en un concert sauvage. La forêt tout entière s'en épouvanta, renvoyant et grossissant en multiples échos la puissance formidable des sonneries.

— Par les foudres de Dieu ! Qu'est-ce que c'est que ce tintamarre ? se mit à rugir Geoffroy.

Il semblait que toute la forêt chassait à cette heure.

Les Têtes-Noires comprirent que des renforts inopinés arrivaient. Sans plus attendre, leur chef rompit le combat et entraîna les hommes qui lui restaient dans sa fuite. Alors on entendit les cris stridents d'Isabelle toute proche. Bois-Bourdon, abandonnant l'idée de poursuivre Geoffroy, sauta de son cheval et se jeta à corps perdu dans les taillis.

Le cauchemar recommençait. Plaquée au sol, Isabelle se débattait de toutes ses forces, hurlait aussi fort qu'elle le pouvait, alors qu'elle suffoquait sous le poids de l'homme en armure, dont les plates du corselet meurtrissaient sa poitrine. Elle sentait l'haleine avinée de son agresseur, ses mains dures qui la palpaient sans ménagement avec un rire hideux. Sa tenue d'écuyère l'aidait à se défendre alors que le harnachement du brigand le gênait.

— Alors, ma poulette, tu veux tâter du coq ? ricanait-il.

Comme elle commençait à faiblir, il lui sembla que le ciel tout entier sonnait de l'olifant et s'allumait en une myriade de lucioles, jouant comme feux follets dans les ramures.

Et soudain le poids de l'homme se fit plus lourd, son rire se termina en râle.

Horrifiée, elle put voir, aux mystérieuses lueurs dansantes, son visage qui grimaçait de façon atroce. Ses yeux luisaient d'étrange façon, exorbités. Sa bouche s'ouvrit, la langue en jaillit, énorme. L'affreux râle continuait, il bavait, ses pieds raclaient furieusement la terre. Une violente secousse lui souleva soudain tout le buste, renvoyant brutalement sa tête en arrière. Il y eut l'insupportable craquement sec de la vertèbre qui rompt. Un dernier gargouillis, puis il fut rejeté de côté, mou comme un pantin de chiffon, la libérant. Alors elle vit Bois-Bourdon, son regard était terrible. Il tomba à genoux près d'elle.

— Ma reine ! murmura-t-il dans un souffle.

Elle se jeta contre lui et elle retrouva la chaude étreinte, la force et la douceur, l'abri de ses bras, cette chaleur qui l'embrasait tout entière, comme en cette autre nuit d'horreur.

— Ne me lâchez pas, pas cette fois ! sanglota-t-elle.

— Ma reine ! souffla-t-il encore, l'enveloppant de sa protection, la berçant.

Enfin, il lui prit la bouche sans retenue, faisant taire ses sanglots de terreur. Elle referma ses bras sur son cou, s'accrochant éperdument à sa puissance, buvant à ses lèvres le bonheur de son immense soulagement.

15

D'honneur perdu

La Sainte Croix fut découverte plus de deux cents ans après la Résurrection de Jésus-Christ par Hélène, mère de l'empereur Constantin. Elle se rendit à Jérusalem, sur le Golgotha, aussitôt le mont trembla et il se répandit une fumée d'aromates d'une admirable odeur.

Après avoir adressé des prières, les clous de la sainte Croix apparurent brillants comme de l'or sur la terre. Alors Hélène fit creuser le Golgotha. On y trouva trois croix enterrées. Quelle était celle de Jésus-Christ et celles des larrons ?

Hélène fit déposer le corps d'un jeune homme mort tour à tour sur les trois croix. À la troisième, il ressuscita, signe qu'elle était celle du Christ.

Sainte Hélène ordonna que cette fête de l'Invention de la sainte Croix[1] fût célébrée chaque année solennellement.

D'après *La Légende dorée*, Jacques DE VORAGINE

1. L'Invention (ou l'Exaltation) de la sainte Croix est fêtée le 3 mai. Les morceaux furent dispersés à titre de reliques, la Sainte-Chapelle à Paris en posséderait un fragment. *La Légende dorée* a été écrite au XIIIe siècle, cette compilation de cent soixante-dix vies de saints était très populaire.

À la Sainte-Hélène, dix-huitième jour du mois d'août, deux jours après la folle équipée de la forêt de Vincennes, le château de Beauté-sur-Marne entra dans l'agitation des grands jours : la délégation hongroise, arrivée dans la matinée, serait reçue solennellement dans la salle d'apparat du château.

Le duc d'Orléans n'avait point été vu de ces deux jours. On le disait blessé, et gardant la chambre. Il n'apparut, pâle, les mâchoires serrées, son bras dextre bandé sur sa poitrine, que lors de cette réception officielle, où il se devrait de répondre à la demande en mariage magyare.

La reine s'y trouvait, présidant pour la première fois en majesté sous le dais royal, sur le trône qui avait été celui de Charles V. Elle portait couronne sur le léger voile rond qui recouvrait de sa blancheur transparente ses lourdes nattes rassemblées sur la nuque dans une résille d'or. Elle était entièrement vêtue d'or et de blancheur, jusqu'à la barbette qui lui enserrait le visage, soulignant le pur ovale aux grâces encore enfantines.

La souveraine était entourée des représentants de la famille royale : son jeune beau-frère Louis d'Orléans ; le duc Jean de Berry ; Marguerite de Flandre, duchesse de Bourgogne ; ainsi que certains membres du gouvernement du roi, comme Bureau de la Rivière, ou le cardinal de Laon, vêtu de pourpre.

La cérémonie fut rapide, à l'image de la députation magyare qui fit son entrée au pas de charge avec une vivacité martiale, comme s'ils allaient prendre le trône d'assaut. Barbus et tête nue, le chaperon d'écarlate posé sur l'épaule, ils n'usaient pas de cette allure compassée et lente qu'on affecte à la cour de France lors des représentations solennelles.

Puis ce fut l'échange des saluts :

— Notre bien-aimée reine Élisabeth de Hongrie-Pologne envoie par nos voix ses hommages à sa très chère sœur la reine de France, dit avec force le représentant de la délégation hongroise.

— De même, sa très chère sœur la reine de France donne pareils hommages à sa très chère sœur Élisabeth, reine de Hongrie-Pologne, répondit clairement Isabelle, le visage impassible, qui avait bien appris la leçon de Marguerite de Bourgogne.

Enfin, le délégué magyar fit sa demande au duc d'Orléans :

— Notre bien-aimée reine Élisabeth de Hongrie-Pologne envoie par nos voix ses hommages à son bien-aimé fils, Louis, prince de France, comte de Valois, seigneur d'Orléans, roi de Hongrie.

Tous regardaient le jeune duc, suspendus à sa réponse. Il y eut un silence, le visage du prince était décomposé.

— Louis de France reçoit les hommages de la reine Élisabeth, et lui rendra pareil hommage, en fils très respectueux, en mon royaume de Hongrie, répondit-il enfin d'une voix atone.

En agréant le vocable « fils », Louis venait d'accepter Marie et le trône de Hongrie. Il venait de choisir l'exil, fuyant sa honte de chevalier d'honneur perdu, et ne reviendrait en France que protégé par la gloire inaltérable de la couronne mythique de saint Étienne.

Le cardinal de Laon respira mais n'osa point en remercier Dieu. Le simulacre d'attaque, dont il était l'instigateur, avait diffamé le prince de France, mais avait aussi failli lui coûter la vie. L'un de ses hommes de main avait été tué, et les deux autres n'avaient pas réapparu. Ceux-ci se doutaient sans doute que le cardinal ne les laisserait pas vivre avec un tel secret. Grassement payés, ils avaient préféré prendre le large.

Chacun s'inclina, la reine quittait la salle des cérémonies pour regagner son logis. Elle ne regarda personne, les yeux droits devant elle, superbe et solitaire. Elle laissait déjà derrière elle le seul compagnon qu'elle avait eu si peu de temps. Elle avait à nouveau le cœur brisé.

*

* *

La cérémonie à peine achevée, Bois-Bourdon demanda audience au cardinal de Laon, pour une affaire d'importance dont il avait à l'entretenir sans délai. Pierre Aycelin de Montaigu était encore dans sa pourpre cardinalice. Il avait laissé le duc d'Orléans aux Hongrois, affairés aux préparatifs du départ que Louis précipitait pour le lendemain.

Le sire de Graville, une fois dans la place, confortablement installé dans un fauteuil, paraissait avoir oublié l'urgence de sa visite et se mit à discourir complaisamment sur la bataille de Charenton.

— Cette racaille a été nettoyée. Elle est à présent charognes pendues aux murailles de leur bastille, en pâture aux corbeaux, comme il se doit.

Tout en parlant, il caressait d'une main distraite une cassette à encoignures d'ivoire posée sur ses jambes croisées. Ce geste machinal irritait le prélat. Cet homme le mettait décidément très mal à l'aise.

— Je sais cela. On m'en a déjà rendu compte. Est-ce tout ce que vous désiriez me dire ?

Bourdon affecta ne pas remarquer la nervosité de son interlocuteur et poursuivit :

— De notre côté, nous n'avons pas eu de perte. Mon écuyer Pascal le Peineux a mené l'attaque de main de maître. Il est vrai qu'il sait le prix de la vie des hommes, fût-il simple piéton. Il est des leurs !... Hélas, Geoffroy Tête-Noire nous a échappé dans la forêt de Vincennes alors que nous portions secours à la reine et au prince d'Orléans. Aux dernières nouvelles Geoffroy a été aperçu en faubourgs de Bercy. Il semblerait qu'il courait vers des cieux plus cléments que ceux de l'Île-de-France avec le peu d'hommes qui lui restaient... (Il ajouta, comme pour lui-même :) Je me demande si ces deux Têtes-Noires ont pu le rejoindre ?

— Quels deux Têtes-Noires ? demanda Pierre Aycelin, soudain alarmé.

— Ceux qui ont attaqué en premier, comme deux loups solitaires... et qu'un garde de la reine a si facilement mis en déroute. Étrange... (Il resta un instant plongé dans ses réflexions, mettant les nerfs du prélat à vif.) Oui, étrange que cette lâcheté ! Les Têtes-Noires sont de redoutables combattants, leur férocité leur tient lieu de courage. Geoffroy est un chef avisé qui reconnaît les couards... un recrutement trop hâtif sans doute...

— Venez-en au fait de votre visite, messire, l'interrompit sèchement Montaigu qui pâlissait dans sa pourpre.

Le capitaine, affectant la confusion, se saisit du coffret qu'il avait apporté et le tendit au cardinal de Laon.

— Mille pardons, Votre Éminence, d'abuser de votre temps. J'étais venu vous demander votre avis sur ceci.

Pierre Aycelin prit la cassette et la posa sur ses genoux. Il jeta un coup d'œil interrogateur au chevalier.

— Qu'est-ce ?

— Ouvrez, et dites-moi ce que vous en pensez.

Le cardinal soupira, et pour en finir au plus vite, il ouvrit.

Il poussa alors un cri d'épouvante en se redressant, lâchant avec répulsion le coffret qui tomba à terre. Une chose sanguinolente et grimaçante s'en échappa et roula sur le sol. Dans un désordre de cheveux collés par des croûtes de sang, la chose s'immobilisa, fixant de ses yeux vitreux le plafond aux moulures polychromes. Des yeux qui gardaient dans la mort le dernier instant d'une stupeur horrifiée.

Le cardinal de Laon regardait la tête coupée avec un regard fou.

— Beau coup d'épée, n'est-ce pas ? ironisa calmement le sire de Graville. Geoffroy Tête-Noire a toujours excellé à la décollation.

— Que veut dire ceci, Bourdon ? coassa le cardinal, fasciné par le macabre spectacle.

— Je voulais vous le demander, monseigneur... Qu'allait donc faire ce garde de la reine seul en forêt de Vincennes ?.... Était-ce pour le plaisir de se faire couper la tête ?

— Et que voulez-vous que j'en sache ? s'emporta le prélat en perdant son sang-froid.

Le regard de Bois-Bourdon se durcit. Sans quitter Pierre Aycelin des yeux, il se leva et s'approcha lentement. Pris de panique, le cardinal se mit à reculer pas à pas, jusqu'au mur où il cabossa son large chapeau de pourpre.

— Vous saviez où s'étaient rendus le prince et la reine ! La duchesse de Bourgogne me l'a dit !

— Je... je n'ai fait que supposer, balbutia Pierre Aycelin, acculé contre la muraille.

— Vous seul pouviez connaître le secret du goulet par où ils se sont échappés.

Le cardinal de Laon ne pouvait nier qu'il avait séjourné très souvent à Beauté avec feu le roi Charles V.

— Et il manquait trois de vos propres gardes à l'appel ce matin, poursuivit inexorablement le sénéchal du Berry. Deux plus un ! Le compte y est, n'est-ce pas, Éminence ?.... Deux, se dissimulant sous le heaume des Têtes-Noires, sans doute pas plus connus de Geoffroy que moi je ne connais la tête de cet homme aux couleurs de la reine. Avez-vous oublié que je suis le capitaine de sa garde personnelle et que je connais mes hommes ?

Il tira d'un seul coup le poignard de sa ceinture et le mit sur le cou de l'homme d'Église.

— Non, messire, non !

Le cardinal sentait que le sire de Graville luttait pour ne pas lui enfoncer la lame dans la gorge.

— Non, souffla-t-il encore.

Un temps interminable sur le fil du couteau.

Bois-Bourdon respira un grand coup et lâcha sa pression. Il s'écarta légèrement, mais le fixait toujours dans les yeux.

— Partez, cardinal ! Partez en Hongrie avec le jeune prince. Vos manœuvres vous l'ont gagné. Mais ne revenez jamais en ce royaume, car sur Dieu, je vous tuerai !

Il resta le regard planté dans les yeux du prélat. Enfin, il se dégagea, et remit son poignard à sa ceinture en se détournant. Comme il s'apprêtait à sortir, il fut arrêté par la voix sans timbre de Montaigu :

— Pourquoi, Bois-Bourdon ? Pourquoi me haïssez-vous mortellement depuis si longtemps ?

Le chevalier se retourna avec lenteur.

— Vous aimez le prince, et pourtant vous avez immolé son honneur et sa jeunesse sur l'autel de vos désirs coupables. Alors qu'en a-t-il été des enfants que vous convoitiez… sans les aimer ?

Il sortit sans plus un mot.

C'est alors qu'une image incongrue fulgura dans la mémoire de Pierre Aycelin de Montaigu : les tendres fesses pitoyablement exposées d'un jeune page, la tête et le buste pris sous le couvercle rabattu d'un énorme coffre ; et puis cette voix, grassement hilare, en réponse aux cris étouffés de supplication et de souffrance : « Voyez donc comme il frétille et bourdonne, ce petit bourdon. »

Le cardinal sut alors qui était le seigneur de Graville, sénéchal du Berry, chevalier de Bois-Bourdon.

*

* *

— Très noble dame Isabelle, je viens à deux genoux implorer la grâce de votre pardon et faire amende honorable pour les grands torts que je vous ai causés.

Louis venait de se jeter aux pieds de la reine dans son oratoire ; complies venaient de sonner, le soir tombait. Demain, il partait avant le lever du soleil. Il n'avait pu résister à lui faire ses adieux, malgré la honte qu'il eût à se retrouver devant elle. Il sanglotait et baisa le bas de sa robe. Elle se recula.

— Non, levez-vous, Louis. Gentil beau-frère, par pitié, tenez-vous debout.

Il sanglotait de plus belle.

— Je ne saurai partir chargé du poids de votre mésestime.

Ne sachant que faire pour calmer cette explosion de désespoir, Isabelle tomba à son tour à genoux et le prit dans ses bras.

— Ne pleure point, gentil beau-frère. Ne pleure point ! Tu ne m'as fait nul tort en voulant me complaire.

— Je ne suis plus digne que vous leviez les yeux sur ma personne.

— C'est moi qui demande ton pardon. C'est moi qui t'ai fait déchoir. Il y avait trop grands périls, un seul ne pouvait y suffire.

— Un seul y a suffi pourtant, sanglota le jeune prince de plus belle.

— Mais voyez votre blessure, n'est-elle pas la preuve de votre bravoure ?

— À me battre ils m'ont contraint à plusieurs alors que je fuyais devant deux seulement.

Une voix tranchante coupa leurs effusions :

— Ces deux-là n'étaient pas des Têtes-Noires, mais des tueurs !

Bois-Bourdon se tenait planté devant la porte. La reine se redressa, rouge de colère.

— Vous ne vous êtes pas fait annoncer, seigneur de Graville.

— Vous ne m'auriez pas reçu.

Non, Isabelle n'aurait pas reçu son capitaine, elle l'évitait depuis le baiser de Vincennes. Louis se releva en essuyant ses larmes dans la longue queue de son chaperon.

— Que disiez-vous, messire ?

— Que j'ai bonnes nouvelles. Mes patrouilles ont arrêté et pendu vos deux premiers agresseurs. La couleur sombre dont leurs armures étaient brossées n'était que feinte qui ne masquait que vils coupe-jarrets.

— Je ne comprends pas. N'étaient-ils pas à Geoffroy Tête-Noire ?

— En aucune façon. Ils étaient de cette espèce maudite qui contrefait son apparence, soit obligeante pour attirer voyageurs et marchands sans méfiance dans leurs pièges, soit pour les épouvanter par leur aspect. Une espèce qui égorge les malheureux égarés pour une paire de bottes ou un pourpoint de velours. Les vrais Têtes-Noires vous voulaient vivants et monnayables. Mais ceux-là, s'ils s'étaient saisis de vous, ils vous auraient laissés tous deux nus et crevés dans un fossé.

Il sentit plus qu'il ne vit Isabelle frémir.

Bien que ce type de brigandage soit courant, le sire de Graville mentait. Quant aux hommes de Laon, ils n'avaient pas été pris et couraient toujours. Mais il avait trop de rage pour laisser partir le prince avec sa honte sans chercher à l'adoucir. Louis n'avait que quatorze ans, et lui aussi était la victime de la trahison des adultes.

Louis renifla et essuya ses larmes d'un revers de main.

— Il n'empêche que j'ai fui devant eux alors qu'un garde de la reine est venu à la rescousse, s'entêta le prince.

Il doutait toujours. Certes, l'explication était aléatoire, mais il fallait le convaincre. Bois-Bourdon fit mine de se fâcher :

— Quel garde de la reine ? Ce décapité dont la figure m'est inconnue ? Croyez-vous que je ne me soucie pas de mes hommes ? Il ne m'en manque aucun ! Ce n'était qu'un complice d'autre déguisement.

— Complice ? Mais combien étaient-ils donc ?

— Plus encore que vous n'en avez vu. Ces loups ne se déplacent lâchement qu'en bande, prenant toutes sortes d'apparences, du mendiant faussement contrefait au chevalier travesti. Ils écument partout, mais le fief de cette gueuserie se tient au cœur de Paris[1].

— Alors, pourquoi ce complice nous a-t-il secourus ? argua encore le jeune Orléans.

— Il ne vous a pas secourus ! Il accourait au sauve-qui-peut, prévenir ses bélîtres de l'arrivée de Geoffroy et des – vrais – Têtes-Noires.

Louis en restait bouche bée.

— Cherchez-vous à me dire que nul n'a eu le courage d'affronter ce qu'un prince de France fuyait ? dit-il enfin.

— Et nul ne l'aurait affronté avec une damoiselle sans l'exposer grandement. La fuite était courage.

— Y a-t-il courage à tourner bride et à avoir peur ?

— Tout le monde a peur. Elle peut être raison et sauvegarde. Il n'est qu'un être stupide pour l'ignorer.

Louis se recomposa une attitude et lança avec défi :

1. La future cour des Miracles.

— Connaissez-vous la peur, sénéchal ?

— J'ai connu grandes peurs et grandes angoisses. J'ai tourné le dos quand je le devais, j'ai fait face quand il le fallait. Exposer sa vie en vain est un péché d'orgueil, un crime devant le Dieu qui vous l'a donnée.

Tout cela arrangeait le jeune duc qui n'avait jamais eu l'humeur guerrière, à l'image de son père Charles V le Sage. Il n'aimait les armes que pour le faste. Mais son immense orgueil ne pouvait avoir l'air de s'en contenter.

— Prétendez-vous donner des leçons de chevalerie au premier prince de France, messire ?

— Oui, monseigneur, répondit tranquillement Bois-Bourdon.

Louis en resta interloqué. Puis il éclata de rire :

— Décidément, vous me plaisez, monsieur le sénéchal !

— Bien que je vous aie trouvé ferraillant bravement avec de vrais Têtes-Noires, continua Bourdon avec un sourire.

— Et je vous dois la vie, messire.

— Non point la vie. Encore une fois, Geoffroy ne voulait que votre capture. Ce sont ceux que vous avez fuis avec sagesse qui en voulaient à votre vie et à celle de la reine.

Louis resta un instant pensif en le considérant.

— Je vous ai méconnu, sire de Graville.

— Il en est d'autres, répondit ce dernier en croisant les fulgurances violettes des yeux d'Isabelle.

Le duc d'Orléans lui tendit le bras. Bourdon répondit et ils accolèrent fermement leurs avant-bras, s'entretenant par le coude, le salut fraternel des hommes de bonne amitié.

— Je me propose demain de vous faire bonne escorte jusqu'à Melun, monseigneur, avec votre permission, ajouta Bois-Bourdon.

— J'ai grand plaisir à l'ouïr, messire, répondit Louis, tout heureux.

— Ce serait plus belle escorte si vous étiez des nôtres, madame, proposa encore le capitaine en fixant Isabelle, qui s'empourpra. Ainsi, chacun pourra s'aviser que le prince de France n'est point désavoué par la reine, et point d'honneur perdu.

Louis se retourna vers elle, plein d'espoir. Il fut stupéfait de lui voir un visage plein de courroux. Mais il crut avoir rêvé car elle sourit tout aussitôt :

— Il ne me sera pas plus grand bonheur.

— Mes peines sont bien consolées, répondit le jeune prince en lui prenant la main pour la poser sur sa joue.

— Allez en paix, gentil frère. Nous nous verrons demain et nous ferons meilleurs adieux en chemin.

Le duc d'Orléans s'inclina. Il rayonnait, et sortit tout léger. Comme le sire de Graville s'apprêtait à le suivre, Isabelle le retint d'une voix impérieuse :

— Que faut-il que j'en pense, messire ? Avez-vous dit : « J'ai tourné le dos quand je le devais, j'ai fait face quand il le fallait » ? Avez-vous tourné le dos au roi parce que vous deviez me laisser à sa violence ?

Bois-Bourdon pâlit et ses mâchoires se serrèrent. Il s'inclina sans répondre, et voulut partir. Elle l'en empêcha encore une fois :

— Vous faites bien l'apôtre de la veulerie. Vous ne savez combattre que racailles alors que vous m'avez abandonnée au roi et à ses gardes.

Il pâlit encore plus, comme vidé de sang.

— Quels gardes, madame ?

— Vous le savez !

— Quels gardes, madame ? répéta-t-il d'un ton âpre.

— Les gardes qui m'ont emportée et qui m'ont tenue sous le roi…

Sa voix se brisa. Elle se détourna, bien déterminée à ne pas pleurer encore, à ne pas lui faire grâce d'une seule de ses larmes. Il y eut un silence pendant lequel elle maîtrisa son émotion. Ce fut les yeux secs et vindicatifs qu'elle ajouta :

— Je vous dois remerciements pour votre courage en forêt de Vincennes. Mais il n'y aura point de pardon, jamais, pour votre lâcheté d'Amiens. Allez, messire, c'est dit !

Le silence lui répondit encore et rien ne bougea. Elle sentait la puissante présence de Bois-Bourdon qui se tenait immobile, et qui ne quittait pas les lieux.

Elle se retourna. Elle découvrit avec stupeur que c'était lui qui pleurait.

— Des gardes qui vous tenaient, dites-vous ?

Des pleurs silencieux roulaient sur son visage. C'en était trop pour Isabelle, elle laissa couler les siens.

— Assez ! Cessez de me faire boire toute ma honte.

— Le roi aurait mieux fait de me tuer...

— Que dites-vous là ! cria-t-elle. Votre abaissement lui suffisait.

— Même devant le roi, je ne souffre aucun abaissement.

— Allons donc, Bourdon, je vous ai vu plier des deux genoux devant lui.

— Ce n'était que sous le coup de la masse de ses poings ! avoua-t-il enfin.

La foudre était tombée aux pieds d'Isabelle. Toute la scène cauchemardesque de cette nuit-là lui revint dans sa vérité. Elle revit les deux ombres qui luttaient, les deux poings joints haut levés qui s'abaissaient avec une grande force. Tout aussitôt, les jambes de Bois-Bourdon s'étaient dérobées. Elle le revoyait tomber à genoux comme dans un acte de soumission.

Elle regarda le chevalier de ses immenses yeux encore incrédules. Elle savait qu'il ne mentait pas, que cet aveu même lui coûtait. Il se détourna de ce regard. D'avoir été mis hors de combat n'était pas pour lui une excuse mais un déshonneur.

— J'ai, hélas, la tête trop dure pour en avoir été tué, mais trop faible pour ne pas en avoir été assommé.

Il ajouta, dans une plainte rauque, ce qui lui était le comble d'une indicible horreur :

— Et alors que je gisais, il vous faisait tenir…

Bois-Bourdon se mit enfin à parler. L'ombre avait envahi l'oratoire, l'obscurité lui semblait propice à unir son humiliation à celle d'Isabelle, la femme qu'il aimait. Il raconta à voix basse, à voix grave :

— Ils m'ont tenu aussi, le corps cruellement pris dans un coffre jusqu'à la taille. Ils riaient !… Ils m'ont arraché mes braies, mis à nu, exposé indécemment à leurs attouchements de sodomites. Ils m'ont forcé à outrance… comme des chiens !

Bois-Bourdon racontait ce qu'il n'avait jamais dit à personne, la souffrance atroce, son enfance perdue, la haine et la vengeance.

— Ils étaient trois parmi les plus grands seigneurs de ce temps : Louis de Maele, comte de Flandre ; Charles le Mauvais, roi de Navarre ; et le seigneur de Montaigu, cardinal de Laon !

En énonçant les noms, il les martelait d'une voix métallique, comme autant de coups d'épée plongeant dans la même plaie. Il se tourna vers Isabelle et vit qu'elle tremblait. Son propre martyre, toujours intact, la frappait de plein fouet. Sa douleur s'unissait à la sienne, l'enflait jusqu'à étouffement.

— Messire, taisez-vous, par grâce.

— J'ai tué le comte de Flandre sur ordre…

— Taisez-vous ! Il est des choses que je ne dois pas savoir.

— Je l'ai contemplé, agonisant, tandis que je lui servais ma propre agonie, que je lui rappelais pour quel crime et de quelle main il mourait.

— N'allez pas plus avant. Je vous en supplie.

— Je tuerai les autres quand les temps seront venus. Je tuerai le roi même, si vous le demandez !

— Non, il est sacré, il est l'oint du Seigneur ! implora-t-elle en se jetant contre lui.

Il referma ses bras, et posa sa joue sur les cheveux d'Isabelle. Il se mit à bercer leur souffrance. Ils n'étaient plus que deux enfants meurtris cherchant consolation de leur blessure commune.

Isabelle sentit à nouveau ce feu étrange et délicieux envahir tout son corps. Elle ne savait pas que c'était celui de l'amour.

16

Le camp de Damme

L'amiral Jean de Vienne et six vaisseaux de la grande flotte française ont abordé au principal port de l'Écosse qu'on dit Édimbourg. Ils découvrirent un pays stérile, des forêts et montagnes où ne se trouvent que bêtes et hommes sauvages.

Le roi d'Écosse à qui Jean de Vienne venait porter secours contre l'Anglais, se fit longtemps prier par l'amiral pour adjoindre aux Français trois mille Écossais.

Ils entrèrent ainsi en Angleterre sur soixante milles dans l'intérieur où ils mirent tout à feu et à sang, commettant les excès auxquels on se livre d'ennemi à ennemi, en sorte qu'on pouvait dire d'eux : ils ont tué la veuve et l'étranger, ils ont égorgé l'orphelin, le jeune homme avec la jeune fille, l'enfant à la mamelle avec le vieillard.

D'après la *Chronique du religieux de Saint-Denys*

Votre très noble frère Louis est parti en grand équipage prendre possession de son royaume de Hongrie et de la princesse Marie. Il s'est laissé instruire par le sire d'Arany sur le caractère sacré de la couronne de saint Étienne, qu'il a reçue du pape Sylvestre II le jour de

Noël de l'an mil. Votre bien-aimé frère est parti fort réjoui d'aller ceindre si mystique couronne, adorée comme sainte relique, sans laquelle nul ne peut se dire roi de Hongrie...

— Elle m'ignore ! interrompit violemment le roi.

Le duc de Bourgogne leva les yeux de la longue lettre envoyée par son épouse Marguerite de Flandre, informant le roi des affaires de France. Charles VI portait armure de grand harnois ; il était tête nue, secouant ses cheveux blonds comme une crinière. Il était très agité et ne dissimulait pas sa vive contrariété. Le courrier de France, apporté par des chevaucheurs de Beauté-sur-Marne, était arrivé au camp de l'armée royale qui faisait le siège de Damme depuis près de trois mois. Parmi les nombreuses lettres, il ne s'y était pas trouvé de missive personnelle de la reine pour le roi ; il n'y en avait jamais eu.

— Elle m'ignore ! répéta-t-il.

— Non pas, répondit Philippe le Hardi avec patience, voulez-vous que je vous relise celle où madame Isabelle vous fait envoyer ses amitiés ?

— Ne m'en faites pas accroire. Le secrétaire de ma belle tante l'aura ajouté sous sa dictée. Elle m'ignore, vous dis-je !

Charles aimait Isabelle comme au premier jour. Il n'avait aucune souvenance qu'il l'eût possédée, ni violentée. Comment pouvait-il imaginer une telle laideur ? Le roi ne voyait en la reine que beauté, fragilité ; elle ne lui inspirait que le désir le plus doux. Il fallait, pour avoir osé la brutaliser, que le Diable se soit mis de la partie, et le Diable, c'était le roi de Navarre et ses poisons. Ce maudit Charles le Mauvais le payerait de sa vie. Il avait fait déjà parvenir moult lettres à la reine, pleines de tendresse, de remords, d'excuses et de larmes. Chaque courrier était pour lui attente et espoir de pardon.

Trompes et clameurs venant du camp éclatèrent soudain, distrayant Charles VI de sa déception.

— Ah ! Les truies crachent. On se bat là-bas. Allons ! lança-t-il d'une voix encore hargneuse.

Les engins de mort, vulgairement appelés truies, étaient des sortes de balistes lourdes de bois plein, de ferrures, de nerfs et de treuils, capables de projeter des pierres à grande distance, bombardant la ville, ébréchant les murailles. Une charge de pierraille venait d'être lancée. L'attaque, interrompue à sixte afin de festoyer et prendre du repos, venait de repartir sous la férule rageuse du connétable Olivier de Clisson.

Charles allait sortir, mais l'aîné de Bourgogne le retint.

— Pas sans votre heaume, noble cousin, l'avertit Jean de Nevers.

Il est vrai qu'il était dangereux de sortir à découvert. Par intermittence, les assiégés faisaient pleuvoir une grêle de traits sur les assaillants, dirigeant les foudres de leur artillerie particulièrement du côté où ils voyaient les fleurs de lys briller au soleil et flotter l'oriflamme de Saint-Denis. Les carreaux ennemis avaient atteint et tué des gens qui allaient et venaient autour du pavillon royal.

Charles se laissa embroncher et verrouiller son heaume par son cousin de Bourgogne, qui affichait plus que jamais son air de taurillon rechigné : la nouvelle du mariage d'Orléans, qui le faisait roi de Hongrie, l'avait indisposé.

Nevers et le roi quittèrent la tente, aussi renfrognés l'un que l'autre.

*

* *

Le camp s'étendait sur la plaine en une véritable ville de toile haute en couleur, grouillante et bruyante. La multitude de bannières et d'enseignes claquait fièrement au vent de la mer, affirmant la puissance de la noble armée de France.

Il y grouillait une fourmilière de gens d'armes et de machines de guerre, et comme fond de décor, se dressaient, formidables, les murailles crénelées de Damme, hérissées d'archers. La cité était entourée de hauts murs et de fossés. Les garnisons gantoises étaient soutenues par toute la population de la ville. Sur les chemins de ronde, les hommes chargés du guet passaient des nuits sans dormir, adressant avec des cris terribles des injures et des invectives aux seigneurs français, les accusant de faiblesse et de lâcheté.

Les multiples vagues d'assaut avaient été vaines, l'armée royale ne s'attendait pas à une résistance aussi opiniâtre et les provocations avaient profondément courroucé le roi. Pour en finir, il avait ordonné de fabriquer en toute hâte une dizaine de truies qui s'alignaient à présent face aux murailles, semant la mort et la terreur dans la ville.

Charles VI, à l'extérieur du pavillon, retrouva sa garde à cheval qui l'attendait. Outre de son jeune cousin, Jean de Nevers, la garde royale était composée de la plupart de ses Plaisants Cousins, compagnons au champ comme aux fêtes.

Les gardes royaux portaient sur leur armure la cotte d'armes de soie mi-partie. À dextre, ils affichaient tous le tenant de Charles VI, le cerf ailé richement brodé de fils d'or, et sa devise, « Jamais ». À senestre étaient leurs armoiries propres qui se retrouvaient sur leur écu sanglé à l'avant-bras gauche. Les heaumes arboraient la même crête de plumes cramoisies de sorte que chacun pouvait suivre les déplacements du roi à son escorte de panaches flamboyants.

Aidé du sire Adémard de Courtemay, devenu son grand écuyer, Charles VI s'apprêtait à se hisser sur son destrier caparaçonné aux couleurs de France. Comme il lui présentait ses deux gantelets joints et que Charles y posait son soleret, Adémard ne put s'empêcher de lui glisser :

— J'ai grande joie à vous dire, doux sire.

— J'aurai grand plaisir à l'ouïr, il n'est pas trop de joie.

— Ma douce dame, demoiselle de Fastavavin, m'apprend par le courrier de ce jour d'hui qu'elle porte le fruit de nos amours.

S'il n'avait été le heaume, on aurait pu voir la carnation rousse d'Adémard devenir écarlate de bonheur. Charles éclata de rire. Remis de bonne humeur, il se hissa en selle.

— J'en suis bien aise ! Allons, il faudra bien vous marier à notre retour.

— Gentil sire, vous me donnez là grand bonheur, car je voulais l'épouser mais la hâte du départ m'en avait empêché.

— Votre promise n'est-elle pas déjà veuve ?

— Si fait, Votre Majesté.

— Alors nous vous ferons grand charivari, s'écria le roi, qui se réjouissait par avance de cette fête païenne, souvent fort licencieuse, qui se donne à l'occasion d'une union mal assortie ou pour le remariage d'un veuf.

Et soudain joyeux, il éperonna son cheval, imité par ses seigneurs. Charles VI était ainsi fait, le plaisir de ceux qui lui étaient chers devenait le sien, et il avait appris à connaître et à aimer son grand écuyer au cours de cette campagne. Adémard était devenu l'un de ses favoris.

*

* *

Le Hardi, resté seul dans le pavillon royal, était silencieux et soucieux. Il avait reçu par le même courrier une lettre personnelle de la duchesse de Bourgogne qui lui parlait de la perdurance des mauvaises dispositions de la reine envers le roi. Elle lui narrait également sa folle équipée avec le duc d'Orléans dans la forêt de Vincennes, et qu'après cette grande peur, Isabelle se montrait plus docile, moins imprévisible. La reine paraissait même soucieuse de s'instruire des affaires de la France, et contre toute attente, elle avait choisi pour ce faire le sire de Bois-Bourdon qui se révélait avoir une excellente influence sur elle, malgré la mauvaise réputation de ce dernier.

Philippe sourit. Lui seul connaissait le sire de Graville et la haute intelligence de son homme lige. Certes, Bois-Bourdon ne pouvait pas commander au cœur de la reine, mais il saurait lui apprendre à reconnaître et à tenir sa position. Et il n'est pas besoin du cœur pour mettre des enfants au monde, songeait Bourgogne avec irritation. Il faudra bien que la reine se soumette à ses devoirs de génitrice. Sinon, il devrait la faire répudier au plus tôt. Le duc était obsédé par la nécessité de donner des héritiers à la couronne de France.

Un héraut d'armes pénétra dans le pavillon.

— Sa seigneurie Guillaume, duc de Gueldre, demande audience à sa seigneurie le duc de Bourgogne.

Le Hardi sourit : « L'amant de ma belle-tante de Brabant », songea-t-il. Déjà le jeune duc de Gueldre entrait sans plus attendre en ôtant son heaume. Il était grand, longiligne, blond presque blanc, et ne manquait pas de prestance, armé tout d'argent franc. On l'avait surnommé Guillaume l'Argenté tant il étincelait sur les champs de bataille. Il avait à son service trois valets dont la seule charge était d'astiquer son armure. Son orgueil était sans limites, à l'inverse de son duché minuscule. Il cherchait de solides protections, ce qui l'avait poussé à se mettre au service du roi de France dans son interminable guerre avec l'Angleterre.

Il salua profondément le duc de Bourgogne qui lui rendit son salut.

— J'ai de mauvaises nouvelles de Bruxelles. Notre très chère et très noble duchesse Jeanne de Brabant serait indisposée. Je suis son plus fidèle ami et voisin. Souffrez mon seigneur que je me retire de ce siège qui s'éternise pour courir lui porter assistance, et la soutenir dans le gouvernement de son État.

Bourgogne prit un air de circonstance, affectant une profonde affliction.

— Je suis fort marri d'apprendre que ma bonne tante est malade. Et je vous sais gré de courir lui porter assistance. Mais pour le gouvernement de son État, ne prenez pas cette peine. J'y ai déjà pourvu.

Le jeune duc rosit :

— Que dois-je comprendre, monseigneur ? La duchesse m'a toujours honoré de sa confiance depuis son veuvage qui faisait d'elle une femme esseulée.

— Je n'en doute pas.

Malgré sa mine grave, le Hardi s'amusait beaucoup. Il se leva, déployant sa puissante personne. Il n'était point armé et arborait une de ses riches et vastes houppelandes qu'il affectionnait. Gueldre, bien que plus grand, en apparut plus fluet dans son armure ostentatoire. Bourgogne le savait aussi fat que stupide. Il posa une main condescendante sur l'épaule du chevalier, prenant un air accablé :

— Aux noces royales d'Amiens, ma belle-tante fut déjà victime d'une attaque qui nous donna bien du souci. Aussi je me suis porté garant de mon soutien.

— Au nom de quoi, monseigneur ? demanda Guillaume qui rougissait de plus en plus.

Philippe le Hardi joua l'étonnement :

— Mais... au nom du roi, et au nom de mon épouse bien-aimée, Marguerite de Flandre, la nièce de Mme de Brabant – et son héritière.

— Depuis quand, monseigneur ? demanda le duc de Gueldre, écarlate.

— Mais depuis que Mme de Brabant, soucieuse de sa santé, a mis ses affaires en ordre en signant l'acte de succession.

Il y eut un silence qui finit par inquiéter Philippe le Hardi, tant son interlocuteur virait au violet, le souffle coupé.

— Elle a osé ? cracha enfin Guillaume entre ses dents serrées de fureur.

Le duc de Bourgogne laissa tomber le masque.

— Elle a osé ! confirma-t-il avec un ironique mépris. Avez-vous sérieusement cru que les cuisses de la duchesse vous ouvraient aussi un droit sur le Brabant ?

— Vous m'en rendrez compte, Bourgogne !

Sur cette menace, Gueldre tourna les talons et sortit de la tente royale, laissant Philippe le Hardi gloussant silencieusement dans le vaste col fourré de sa houppelande.

Il avait tort de rire. Il avait oublié qu'il est toujours dangereux d'humilier un chevalier, surtout ce petit duc affligé d'une si grande vanité.

*

* *

Le roi, entouré et protégé de sa garde, se tenait près d'une baliste que manœuvraient quatre servants et des piétons. Le connétable Olivier de Clisson rythmait l'attaque à grands coups de gueuloir de cuivre, repris en écho par les aboiements des capitaines qui cavalcadaient d'une truie à l'autre. D'où ils étaient, ils pouvaient voir les balistes en enfilade. Elles étaient enchaînées à d'énormes pieux profondément enfoncés dans le sol afin qu'elles ne s'arrachent pas sous la violence des lancers. Les servants étaient en train de manœuvrer les treuils qui abaissaient les verges qu'ils bloquèrent à l'aide d'un fort crochet. Puis ils vissèrent, tendirent à outrance les arcs faits de nerfs et de cordes. Les piétons apportaient la pierraille dont ils chargeaient les énormes cuillers de bois.

De nouveaux grands coups de gueule et les sonneurs embouchèrent leur trompe. La sonnerie éclata, annonçant le lâcher. On décrocha les verges presque simultanément. Elles se rabattirent avec une vitesse inouïe, butant violemment sur la traverse-obstacle dans une série de chocs sourds et formidables. Projetés avec puissance, les blocs de pierre s'envolèrent en un rugissement terrifiant, dans un souffle d'enfer.

Au moment de la sonnerie des trompes, les créneaux de la ville s'étaient noircis des archers ennemis qui lâchèrent leurs carreaux tous ensemble, pour tout aussitôt disparaître. Le vrombissement des pierres empêcha la plupart des assiégeants d'entendre les sifflements qui prévenaient du danger mortel.

L'air soudain se zébra.

Alors que Damme retentissait du fracas du bombardement, dans le camp, une immense clameur accueillit la bordée de flèches. D'un même geste, les gardes du roi avaient levé haut le bras, se faisant un rempart de leurs écus. Tout à côté, l'un des manœuvriers de la truie s'écroula, un carreau en pleine poitrine. Un garde royal poussa une sorte de grognement. Il lâcha les rênes et porta ses gantelets à sa gorge. Puis il tomba lourdement de son cheval qui hennit de frayeur et prit le galop à travers le camp, selle vidée. Le chevalier râlait en se tordant sur le sol, mêlant ses gémissements aux cris des autres blessés. Il avait un trait planté entre heaume et colletin. À la longue manche bleu de ciel, écharpe donnée par Catherine de Fastavavin qu'il portait toujours au bras en signe d'amour, chacun sut qu'il s'agissait du chevalier de Courtemay.

Le roi poussa un cri affreux.

*
* *

Adémard de Courtemay gisait dans le propre lit du roi, où Charles VI avait voulu qu'il soit porté. Depuis trois jours et deux nuits, il y râlait, séparé du reste du logis royal par de riches tentures armoriées et tapisseries précieuses, qui divisaient l'immense pavillon en appartements tendus de soie d'azur fleurdelisée.

Charles n'avait pas quitté le chevet d'Adémard, pleurant et suppliant que l'on sauve le noble chevalier dont il avait appris le sacrifice. Tout à la marche des truies, le roi n'avait pas vu venir les traits ennemis. Courtemay s'était laissé lui-même à découvert pour le protéger de son écu.

Le jeune souverain ne supportait pas qu'on le quitte, ne supportait pas que la mort lui prenne les êtres qui lui étaient chers. Il avait perdu sa mère à l'âge de dix ans. Il en gardait le souvenir du gémissement des pleureuses, de l'odeur des cierges et de l'encens, du vide terrifiant que suscitait cette forme immobile au visage de cire de madone, d'une indifférence froide, insoutenable. Ses deux petites sœurs, Marie et Isabelle, si vives et si jolies, étaient aussi parties, raides et minuscules dans leur suaire blanc. Enfin, son père, alors qu'il n'avait que douze ans.

Il ne lui restait plus que Louis et sa petite sœur Catherine. Que Dieu les ait en Sa sainte Garde.

Charles faisait multiplier les oraisons pour la vie du chevalier de Courtemay. Les chirurgiens avaient tout tenté, sauf retirer la flèche de peur de faire gicler le sang en abondance, précipitant la mort du chevalier. Le trait était encore là, crocheté dans la gorge d'Adémard de sa pointe acérée en double triangle. La penne en avait été brûlée, ainsi que les chairs aux abords de la plaie, pour éviter toute purulence. Et le bruit courait dans le camp que la térébrante pointe était empoisonnée, ce qui était grande perfidie de la part de l'ennemi.

Malgré toutes les décoctions, les emplâtres et multiples saignées, le cou avait gonflé, la peau était tendue, d'une couleur blanchâtre, malsaine. Le visage congestionné du chevalier marquait toutes les phases de l'étouffement et de l'empoisonnement du sang. Dans son inconscience, il cherchait son souffle, avec des périodes de halètement convulsif ou de râles profonds.

Jugeant qu'il était entré en agonie, il lui avait été administré les derniers sacrements, des flambeaux avaient été allumés aux quatre coins du lit, et l'assistance s'était mise en prière. L'on pouvait croire que Charles VI priait aussi, à genoux près du lit, le front posé sur les draps. Mais son esprit crucifié errait sur d'autres lieux de bataille, d'autres champs de tripes ouvertes et de cris d'agonie, et toujours cette odeur de sang.

Roosebeke ! Sa première victoire, la révolte des tisserands flamands [1].

Roosebeke, la terreur de ses nuits de cauchemar depuis quatre ans, comme cette nuit même : tant et tant de cadavres hideux se relèvent au jour du Jugement dernier, squelettes d'épouvante qui le traînent de leurs mains crochues, lui, le roi de France, jusqu'au pied du tribunal de Dieu en criant vengeance. Roosebeke !

1. C'était la révolte du travail contre le parasitisme de la noblesse. Les historiens parlent des « premières révoltes sociales », qui explosèrent spontanément dans les années 1380 un peu partout en Europe.

« De quoi sont morts tous ces gens, messire de Clisson ? » avait-il demandé à son connétable, après la bataille. « La plupart ont péri d'étouffement et d'écrasement, sire. »

Et le connétable lui avait raconté l'inconcevable : « Ils s'étaient liés de cordes les uns aux autres en formation massive et considérable. Ils marchèrent ainsi au coude à coude, à la façon des antiques phalanges romaines, sûrs de la puissance de leur charge. Ils s'enfoncèrent, tout hérissés d'épieux entre les lances du gros de l'armée française qui les déborda et les encercla. Mais les lances étaient plus longues que les épieux, et les Flamands étaient percés avant de pouvoir atteindre. Alors, les premiers rangs reculèrent en mouvement de panique, opérant une lente et inexorable pression sur la masse du bataillon. Sur les pourtours, le sang coulait à flots, alors que le centre suffoquait. Point de combats, mais râles de poitrines broyées, craquements d'os rompus, cris de supplication hors d'haleine. »

« Où sont les prisonniers ? » avait encore demandé l'enfant-roi. Alors, il s'était fait expliquer que ce n'étaient que ribauds indigents. Pas de rançons à espérer, donc pas de quartier... Le champ était hideux à voir, un entassement de plus de cinquante mille cadavres.

Charles avait été tenu hors des combats, entouré de sa garde, sous l'oriflamme de Saint-Denis. Puis on lui avait donné à admirer une si belle victoire. Ils lui dirent que c'était lui qui avait gagné la bataille puisqu'il était le roi. Et parce qu'il était le roi, il avait gardé pour lui sa répugnance devant cet immense meurtre, passant sa fureur sur leur chef mort, ce gueux d'Artevelde qui avait mené cette révolte. C'était lui, le responsable de cette horreur. Avec quel désespoir il l'avait piétiné ; avec quelle jubilation il l'avait fait pendre par les pieds ; et avec quel soulagement il s'était laissé glisser dans l'abîme sombre de l'oubli, hors de ses sens martyrisés.

Il s'était fait dire que Roosebeke signifiait en flamand : « ruisseau couleur de rose ». Pour l'enfant qu'il était, les roses de Roosebeke avaient la couleur du sang.

Charles VI n'avait alors que quatorze ans.

Il avait une peur incoercible des morts. Il gardait cette honte enfouie, secrète, tremblant que quiconque puisse s'aviser de cette sensibilité de damoiselle, indigne d'un chevalier.

Au cœur de son âme perdue d'effroi, il crut s'entendre appeler imperceptiblement. Il leva la tête. Le seigneur de Courtemay avait les yeux grands ouverts.

— Gentil Adémard, vous voilà vivant ?

— Que cela fleure bon le foin, murmura le blessé.

Le chevalier délirait, il se mourait, il n'était nul remède. Charles VI éclata en sanglots bruyants.

— Je vous les recommande, ajouta encore le moribond.

— Je pourvoirai dame de Fastavavin, réussit à articuler Charles. Sur la Croix, je la pourvoirai de la meilleure façon, elle et ton enfant.

Adémard de Courtemay avait-il entendu ? Son regard était vide. L'eau verte de ses yeux, où aimait tant à se perdre Catherine, se troublait, devenait lentement vitreuse.

Il avait rendu l'âme.

*

* *

Alors que le chevalier de Courtemay se mourait, il se tenait Grand Conseil sous le pavillon des chefs de guerre, en l'absence du roi qui ne s'intéressait plus au siège de Damme. Philippe le Hardi présidait dans une grande envolée de colère :

— Il faut en finir ! Le temps est encore clément pour une traversée. L'amiral attend les renforts de la flotte française. Et l'Angleterre s'arme, exaspérée des attaques de Jean de Vienne sur son flanc de l'Écosse[1].

Il déroula un parchemin aux sceaux des armes d'Angleterre.

— Voilà ce que son roi, Richard II, prétend écrire à notre amiral :

On pourrait avec raison vous accuser d'une aveugle présomption pour avoir osé porter jusque dans ce pays les armes françaises ! Vous deviez savoir que de tels outrages ne resteraient pas impunis. Ainsi, vive Dieu, tous ceux qui suivent vos bannières tomberont bientôt sous le fer victorieux des Anglais et seront abattus comme des arbres inutiles ! Ou réduits au désespoir, ils trouveront la mort au milieu des précipices et des abîmes !

Il jeta avec fureur le parchemin sur la table et tapa du poing.

— Par Dieu, ne répondrons-nous pas aux insultes faites à notre amiral ? Allons-nous perdre encore beaucoup de notre temps sous les remparts de cette ville félonne alors que nous aurions dû déjà porter tous nos efforts outre-mer ? Allons-nous attendre que Richard traverse le premier avec ses navires ? Il est temps de se replier sur l'Écluse où se masse notre glorieuse flotte, et de porter les armes en territoire ennemi en leur faisant haute guerre.

Les chefs militaires approuvèrent unanimement à grands cris. Mais le connétable Olivier de Clisson, le vainqueur de Roosebeke et de tant d'autres combats, se leva de toute sa formidable stature. Ce colossal Bre-

1. Voir tête de chapitre 16.

ton, à l'aspect redoutable, avait perdu un œil au cours d'un engagement. Il avait été le compagnon du grand Du Gesclin, et se faisait remarquer sur les champs de bataille par la férocité et la puissance de ses coups de hache, creusant des trous sanglants dans la mêlée. Ce qui lui valait son surnom : le Boucher borgne.

Clisson dominait de sa stature toute l'assemblée des capitaines de guerre, le duc de Bourgogne lui-même semblait en être rapetissé.

— Prétendez-vous, monseigneur, rétorqua le connétable à ce dernier, en appeler à l'abandon du siège alors que vous nous avez tant pressés à le faire ?

Le Hardi était effectivement en pleine contradiction avec ses objectifs précédents. C'est qu'il avait analysé la situation en fin politique. Certes, l'avant-port de Damme était un point fort sur la côte, une porte ouverte aux Anglais. Gand ne s'y trompait pas en y faisant garnison, car sa propre résistance ne tiendrait que par le soutien de l'Angleterre. En conséquence, en avait conclu Philippe de Bourgogne, soumettre l'Angleterre, c'était soumettre Gand et toute la Flandre. Aussi, la patience du Hardi s'exaspérait à Damme.

— Il s'agit de stratégie, répliqua-t-il durement, et je revendique le droit d'en changer. L'armée s'épuise pour une poignée de Gantois sise en ce port. Nos pertes sont importantes. Le ravitaillement ne suit plus. Les hommes sont rationnés, grondent et se démobilisent. Qu'avons-nous à faire de Damme si nous portons diligemment et directement l'attaque en Angleterre ?

— Qu'ira faire la glorieuse armée royale en territoire anglais si elle ne sait même pas faire capituler trois garnisons ennemies ? Nos hommes s'épuisent et ont faim, dites-vous ? Il en est pire de l'autre côté de ces murailles, et la ville est près de tomber, argua fort justement Olivier de Clisson.

— Laissons-la tomber toute seule comme un fruit pourri, et rejoignons l'amiral de Vienne outre-mer, rugit Bourgogne.

— Il est trop tard !

— Il n'est pas trop tard ! Nous sommes en septembre et le temps est beau.

— Il est trop tard, vous dis-je ! Allez-vous apprendre la mer à un Breton ?.... Nous approchons des équinoxes d'automne. Le temps va tourner. De plus, où est l'ost de votre très respecté frère le Camus ?

Philippe le Hardi en resta la bouche ouverte, cramoisi de fureur. Il avait oublié le duc de Berry. Envahir l'Angleterre ne relevait pas de la simple bataille, mais de la haute guerre. Il n'était pas envisageable ni décent de l'engager sans l'aîné de la maison de France. Ainsi le voulait la coutume féodale.

Le roi fit soudain irruption mettant fin à la querelle.

— Nous voulons que nul ne s'échappe plus de la ville. Nous voulons que nos archers, nos arbalétriers, tous les gens de trait, tous, se jettent hardiment dans les fossés, que l'on escalade les murs pour combattre corps à corps sur les remparts. Nous voulons que nos chevaliers et barons soient dignes de leurs ancêtres et qu'ils fassent des prodiges de bravoure. Prenez cette ville maudite, et que l'on n'entende plus que des cris de terreur et de lamentation. Tuez ! Tuez ! Pillez ! Brûlez ! Rasez la ville ! Tuez-les tous...

La voix de Charles VI s'enraya et il tomba d'une seule pièce.

Tous avaient compris que le seigneur Adémard de Courtemay venait de mourir. Pour venger ce mort, il fallait au roi d'autres morts, beaucoup de morts, pour aller jusqu'au fond de l'atrocité et de l'infamie, sa propre abjection comme un contrepoison.

Il resta hors de sens le reste de la journée.

17

La librairie de Charles V

> Avignon, la Babylone, l'enfer sur terre, sentine du vice, cloaque du monde. Il n'y a ici ni foi, ni charité, ni religion, ni crainte de Dieu. Toute souillure et la perversion du monde se sont assemblées ici. Elle ne célèbre pas la gloire du Christ, mais celle de l'orgie, l'ivresse et la luxure, la fornication, l'inceste, les enlèvements, les adultères sont les délices lascives des divertissements à la cour pontificale.
>
> PÉTRARQUE

À la Saint-Matthieu, le temps avait tourné. Le grand soleil d'août avait fait place à une pluie sans interruption. Ce mois de septembre annonçait un automne précoce. Isabelle se retrouvait confinée au château de Beauté, privée des grandes chevauchées dont la distrayaient sa garde personnelle et son capitaine, depuis le départ du duc d'Orléans.

Alcoboça et Alezane s'étaient pris d'amour pour le plus grand bonheur de Bois-Bourdon et de la reine. Leurs montures se cherchaient et se mignardisaient sans cesse du bout des dents, se frottaient du col, et s'affrontaient dans de folles courses qui les laissaient tout fumants et frémissants. Cependant, la pouliche n'acceptait pas encore la saillie du mâle. Alcoboça devenait nerveux, son maître avait toutes les peines à le maîtriser. Cette pluie venait à point pour calmer les ardeurs frustrées de l'étalon.

Ces cavalcades amoureuses avaient contribué à rapprocher Isabelle du sénéchal du Berry. Les défenses d'Isabelle étaient tombées depuis qu'il s'était confié, sans pudeur, faisant fi de tout orgueil. Ils étaient tous deux des enfants violés. Elle ne se sentait plus si solitaire, quelqu'un partageait la même souffrance, la même déchirante humiliation qui atteint le corps comme l'esprit, irrévocablement. Mais elle restait comme Alezane, ombrageuse.

Le temps se prêtait davantage à l'étude, Isabelle s'y soumettait volontiers. L'air qui s'était rafraîchi et l'humidité avaient fait allumer les feux des grandes cheminées. Il pétillait, haut et clair, dans celle de la librairie du château de Beauté-sur-Marne, occupant tout le premier étage de la tour flanquante de l'est.

Isabelle se plaisait à déambuler dans la librairie en compagnie de Bois-Bourdon, dans les ruelles qu'ordonnaient les étais en bois d'Irlande qui portaient quantité d'ouvrages jusque sous les voûtes du plafond lambrissé, sorte de dédale maintenu dans la pénombre salutaire aux livres. Les lumières des lustres et des porte-cierges faisaient jaillir, au détour d'une étagère, les scènes édifiantes d'une grande tapisserie ou d'une tenture à images ; de leurs flammes vacillantes, ils animaient soudain de vie le portrait d'un lointain ancêtre, un bestiaire fabuleux ou les fresques de fleurs fantastiques qui enluminaient les murailles. La librairie était habitée de fantômes dominés par celui du grand roi qu'avait été Charles V le Sage.

Un vaste espace de travail avait été aménagé, face aux fenêtres à meneaux qui donnaient sur la cour haute. Ces étroites ouvertures étaient défendues par un treillis de fils d'archal contre les oiseaux et les rongeurs, qui sont les ennemis mortels des bibliothèques. Isabelle pouvait imaginer feu le roi y travaillant et lisant en compagnie de ses copistes. Il en restait des vélins inachevés, où se déroulaient les savantes cursives lacunaires, là où l'enluminure aurait dû trouver place. Des ouvrages étaient ouverts, oubliés sur un banc, une roue à livres, ou un lutrin, témoins d'une vie arrêtée.

Isabelle se tenait à un scriptionale[1]. Elle prit une nouvelle plume d'oie, en essaya la pointe de la hampe sur la pulpe de son doigt ; puis elle en suça le bout avant de le tremper dans l'encre de la corne placée dans son trou. Elle s'essayait à faire son paraphe, tandis que Bois-Bourdon discourait sur le Grand Schisme qui déchirait actuellement la chrétienté d'Occident.

Elle s'appliquait grandement, une signature se devait d'être claire dans un entrelacs de courbes élégantes et de boucles compliquées.

La plume crissa sur le vélin dans un silence.

Le sire de Graville venait de se taire brusquement, perdu dans la contemplation d'Isabelle sur son ouvrage, troublé par son profil, son front haut et admirablement bombé, l'ombre de ses longs cils portée sur le velouté de ses joues encore rondes, son nez, un peu fort, juste ce qu'il fallait pour deviner en elle du caractère. Et surtout sa bouche, menue, aux lèvres retroussées et charnues, qui trahissaient sa jeune sensualité.

Bois-Bourdon vint se pencher derrière elle pour admirer son travail, si près que le léger voile qu'elle portait sur ses cheveux nattés lui caressait la joue. Il huma son parfum de bergamote, Isabelle était sucrée comme un fruit. Elle leva la tête, prenant conscience du silence, sentant sur elle le regard

1. Pupitre de genoux ou sur pied pour écrire.

ardent de son capitaine. Elle croisa son regard, rosit et se réfugia tout aussitôt dans son exercice de calligraphie.

Entre eux, il y avait une sorte de malaise, un malaise délicieux, entretenu par l'intimité des lieux. Pour faire taire ce silence qui lui faisait battre le cœur, elle relança la leçon du jour :

— Ma noble mère Thadée Visconti disait que le pape d'Avignon est l'antéchrist et le pape des hérétiques. Comment se fait-il qu'il y ait deux papes ? demanda-t-elle, revenant au Grand Schisme.

Bois-Bourdon se détourna, prit un livre enluminé sur un lutrin et le feuilleta machinalement.

— Il n'est pas de pouvoirs qui ne se disputent. La papauté n'y échappe pas.

Isabelle leva furtivement les yeux vers lui et l'observa à son tour. Il s'était installé sur une banquette, le buste appuyé sur un accoudoir, un pied posé sur les coussins, la jambe haut pliée, l'autre étendue vers le sol. Il feuilletait son livre sans avoir l'air d'en voir les enluminures. Encore une fois, elle s'étonna de la puissance que dégageait le chevalier. Il possédait cette allure féline, dont la grâce nonchalante et sensuelle ne faisait pas oublier la foudroyance de ses détentes.

— Raconte, gentil Bourdon, relança-t-elle encore.

Il semblait préoccupé. Elle n'imaginait pas qu'il s'émouvait tout autant qu'elle de l'enchantement de leur tête-à-tête. Le chevalier était si impénétrable qu'elle ne pouvait se douter de l'agitation de ses sens ; elle-même était trop préoccupée à masquer la sienne.

Isabelle avait aimé le roi comme une belle image. Elle ne savait comment nommer à présent le sentiment qui lui nouait le ventre, embrumait sa raison. Elle se sentait chaude et vivante sous le regard du sénéchal du Berry. Sa présence emplissait tout l'espace, et son absence la laissait glacée et impatiente. Elle aimait ses leçons, qui étaient autant de prétextes à assouvir ce lancinant besoin qu'elle avait de sa compagnie.

Il s'était relevé, ne tenant pas en place, et avait négligemment rejeté le livre sur le lutrin. Il se tenait à présent campé devant la fenêtre à meneaux façonnée de vitrail d'un jaune franc, qui filtrait la lumière parcimonieuse de cette journée de pluie. Elle auréolait d'or pâle la haute stature du chevalier. Isabelle fut soulagée qu'il lui tournât le dos.

Au-dehors, les trompes des guetteurs sonnèrent, annonçant l'arrivée de visiteurs. Qui pouvaient-ils être ? La reine, pas plus que Bois-Bourdon ne s'en préoccupèrent. Ce dernier reprit le fil de la conversation qui languissait :

— Pourquoi avons-nous deux papes ? Il cita : « Tu es Pierre et sur cette pierre je bâtirai mon Église. » On y bâtit surtout le pouvoir et la fortune…

Et tandis qu'il discourait, Isabelle le savourait à nouveau du regard : son aisance, la force et la souplesse des muscles de ses cuisses sous le haut-de-chausse, ses hanches étroites, la largeur de son torse où elle s'était trouvée blottie, rassurée, protégée, sauf de l'émoi incontrôlable de sa chair.

Que disait-il ? Ah oui, les papes…

— Cela se fit sous le règne de votre feu beau-père Charles V, que l'on dit pourtant sage. Un nouveau pape avait été élu à Rome. Urbain VI était italien, ce qui ne plut guère à la France. À peine ceint de la tiare, Urbain déçut les espérances de la curie. Il avait l'outrecuidance de vouloir réformer les mœurs de l'Église, accusant ses cardinaux de simonie, d'être corrompus et débauchés…

— L'étaient-ils ? demanda distraitement Isabelle en le contemplant tout à loisir.

Le sire de Graville se détourna vers elle. Elle se plongea tout aussitôt dans la réalisation d'une arabesque savante qui couronnait son prénom.

— S'ils sont corrompus et débauchés, voulez-vous dire ?

Il la fixa un instant. Sa question innocente lui fit soudain penser à l'infâme cardinal de Laon, sodomite et prévaricateur.

— Ils le sont toujours et encore plus, répondit-il avec haine.

Et il se mit à déambuler tout en poursuivant sur le Grand Schisme :

— Les cardinaux décidèrent alors de trouver un autre pape, plus accommodant et moins vertueux. Charles V proposa un Français, Robert de Genève, son propre cousin. Quitte à avoir un pape, autant qu'il soit de la famille ! Il fut élu sous le nom de Clément VII, et ce deuxième pape s'installa en Avignon.

— Et quel est le vrai ?

— Dieu même ne le sait ! Aucun des deux, sans doute. À grands coups de promesses, d'anathèmes ou d'excommunications, ils affolent la chrétienté en cherchant à se la rallier. Et maintenant, clémentistes et urbanistes s'affrontent. Évidemment, la France s'est soumise à l'obédience d'Avignon du pape Clément VII. L'Angleterre est sous l'obédience de Rome avec Urbain VI. Autre prétexte à la chicane !

Ses déambulations l'avaient ramené devant le pupitre d'Isabelle. Elle ne put faire autrement que de lever la tête. Bois-Bourdon planta ses yeux dans les siens et ils restèrent ainsi, rivés l'un à l'autre. Le regard du chevalier était si acéré qu'elle en eut presque peur. Elle réussit à s'arracher à lui et reporta son attention sur son travail.

— On dit du pape qu'il est le berger des brebis du Christ, continua-t-il d'une voix sombre. Mais le plus pauvre et le plus humble des pâtres mène mieux son troupeau, et avec plus d'amour, que toutes les tiares et les sièges pontificaux croulant sous la magnificence.

— Vous ne vous plaisez qu'à blasphémer, protesta Isabelle.

Elle pensait, rebelle, que son capitaine lui donnait là d'étranges leçons, contraires à son éducation et à sa foi.

Il surveillait la ligne du savant paraphe qu'élaborait la reine pour la troisième fois.

— Ce n'est pas Dieu qu'adorent les papes et leurs cardinaux, mais le Veau d'or ! laissa-t-il tomber.

La pointe de la hampe accrocha le vélin, projetant une minuscule pluie d'encre. Elle lâcha la plume avec humeur, et regarda son doigt taché de noir.

— Voilà ce que vous me faites faire avec vos propos sacrilèges !

— Ce n'est rien, murmura Bourdon en lui prenant la main.

Il ne put s'en empêcher. Il mit irrésistiblement le doigt de la reine dans sa bouche pour en laver l'encre. L'effet sur Isabelle fut terrible, elle se sentit s'embraser tout entière au contact chaud de la langue de son capitaine.

— Laissez cela, chevalier, souffla-t-elle légèrement haletante.

— Voyez, tout est parti, dit-il en jouant avec sa main sur laquelle il posa un baiser. Nous parlions des papes ? ajouta-t-il, comme si rien ne se passait.

À ce jeu, Isabelle était mal assurée.

— Oui, nous parlions des papes, répondit-elle avec nervosité. M'apprendrez-vous enfin qui doit-on prier ?

Elle tentait de retirer sa main, mais il la tenait fermement. Le regard de l'homme caressait à présent ses lèvres, s'y attardant. Isabelle les mouilla du bout de sa langue, elle avait soif tout d'un coup.

— Qui faut-il prier ? murmura-t-il d'une voix légèrement rauque en répétant la question. Dieu ! répondit-il simplement.

Bourdon avait une envie irrésistible de mordre sa bouche humide.

Ils furent à nouveau les yeux dans les yeux. Une force invincible les tenait dans la contemplation d'eux-mêmes. Le sire de Graville ajouta, presque inaudible :

— Si Dieu existe…

Alors Isabelle, dans sa superstition, trouva la force de briser le sortilège qui les rivait l'un à l'autre.

— Vous tairez-vous enfin ? s'exclama-t-elle avec indignation en lui arrachant sa main. Vous vous damnez !

Mais elle-même, ne se damnait-elle pas ? Elle subissait l'alchimie impudique de son corps sans même chercher à lutter. Il est des humeurs et douleurs d'entrailles d'une ineffable félicité, trop secrètes, trop intimes, trop nouvelles pour même songer à s'en confesser.

À nouveau, elle eut peur, et tenta désespérément de ramener encore une fois Bois-Bourdon à sa leçon.

— Vous ne m'avez rien dit de la guerre, messire ? Il semble que l'Angleterre et la France n'en ont jamais assez.

Le sénéchal du Berry fut soulagé qu'Isabelle le tînt à ses devoirs. Il s'égarait. Il devait se reprendre, ne pas se laisser troubler par la passion. Il s'était promis d'amener la reine à prendre conscience de sa position, et c'était lui qui oubliait la sienne. Les ordres de Philippe de Bourgogne étaient clairs, et le seigneur de Graville savait qu'il n'y avait pas de salut pour la reine hors du roi.

Il fallait rendre la reine au roi.

Cela lui était intolérable, mais lui-même ne comptait pas. Il se mit à parler, parler encore, se raffermissant au fur et à mesure.

— Pourquoi cette guerre ? répéta-t-il en s'éloignant d'elle. Les royautés de France et d'Angleterre sont une même famille, liées au cours des temps par de nombreux mariages, et comme au sein d'une même famille, on s'y déchire, et particulièrement pour des questions d'héritage.

Il lui raconta comment Philippe le Bel, roi de France au début de ce siècle, était mort en laissant trois héritiers mâles, qui régnèrent et moururent sans descendance chacun à leur tour. Le trône de Philippe le Bel resta vacant, mais il lui restait une fille, Isabelle de France, qui avait épousé le roi d'Angleterre dont elle avait un gros garçon. Elle réclama alors l'héritage qui revenait de droit à son fils, descendant direct de Saint Louis, autrement dit la couronne de France. On lui opposa la loi salique.

— La loi salique ?

— Une coutume franque, sortie opportunément de l'oubli, remaniée fort malhonnêtement pour justifier l'exclusion pure et simple des femmes du trône de France. Par la loi salique, une reine ne doit son titre qu'à son époux. Une femme ne peut ni ceindre, ni transmettre la couronne en toute souveraineté. Ainsi, madame, si vous n'avez qu'une fille du roi, cette dernière ne pourra ni être reine de France, ni faire monter sur le trône son propre fils.

— Passez outre ! répondit Isabelle avec humeur.

L'évocation d'avoir un enfant du roi la faisait tressaillir de répulsion.

— Ainsi, sans la loi salique, poursuivit-il, inébranlable, le fils d'Isabelle serait légitimement devenu roi de France et d'Angleterre. C'est ainsi que ses descendants le pensent encore outre-mer.

— Qui fut le roi de France alors ?

— Un neveu de Philippe le Bel, Philippe de Valois, qu'on appela le « roi trouvé ». Votre époux est aussi un Valois, arrière-petit-fils de ce roi trouvé. L'Angleterre ne l'entendit pas de cette oreille, elle joignit sur son blason les fleurs de lys à ses léopards, et prit ce prétexte pour déclarer la guerre à celui qu'elle nommait « le soi-disant roi de France », et la guerre dure toujours.

— Le prétexte, dites-vous ? Il y a d'autres raisons ?

Bourdon se détourna d'Isabelle pour retourner se planter devant la fenêtre, évitant de la regarder. Il parla plus haut et plus clair, tout entier à la mener là où il le fallait, où il le devait :

— L'Angleterre est une île où elle se sent par trop à l'étroit, et Bourgogne attise encore la querelle en verrouillant la mer du Nord, asphyxiant le commerce de la laine des moutons anglais avec les mécaniques flamandes. L'Angleterre cherche sans arrêt une expansion sur le continent, par les armes ou par mariage. Une princesse – bien dotée – assure bonne alliance, surcroît de puissance et de richesses. Les Anglais pensèrent naguère à votre tante Marguerite, héritière de la Flandre. Mais votre oncle de Bourgogne les prit de vitesse et épousa la fille unique de Louis de Maele. Ainsi, la France est également bien aise de marier Louis d'Orléans à l'héritière du royaume de Hongrie, on ne peut trouver princesse mieux... dotée. Une femme ne vaut que par sa dot...

Le seigneur de Graville se tut, il en avait assez dit. La reine demeurait silencieuse, le temps s'éternisait, pesant.

— Ai-je une dot ? murmura-t-elle enfin.

On y était. Bois-Bourdon l'avait conduite où il voulait, à cette question qu'elle ne s'était jamais posée. Il se retourna et la fixa.

— Le roi vous a prise sans dot ! laissa-t-il tomber.

— Pourquoi ?

— Par amour !

— Pourquoi ? cria-t-elle en se dressant. Charles ne me connaissait pas. Pourquoi le duc de Bourgogne, qui soigne tant ses alliances et qui semble tout diriger en ce royaume, a-t-il laissé le roi de France épouser une princesse sans dot et sans apanage ?

Il aurait voulu la prendre dans ses bras, la consoler, la rassurer. Fallait-il encore la laisser souffrir sans secours ? Il continua, impitoyablement :

— Votre bel oncle de Bourgogne était, en son jeune âge, le mal nommé Philippe sans Terre. Alors il se construit sans répit un empire propre. Il n'en a jamais assez ! Et pour maintenir son empire, il cherche des alliances parmi les turbulents États germaniques, comme la Bavière. Que votre mariage ne profitât guère à la France lui importait peu.

Elle encaissa rudement le coup.

— Ainsi, en ce royaume, je suis la plus pauvre d'entre les pauvres ? murmura-t-elle, encore incrédule.

— Par le roi, vous êtes reine de France !

— Et condamnée à le rester, n'est-ce pas ?

Le sire de Graville s'étonnait de sa vive intelligence. Elle comprenait vite. Une femme, être débile assimilé aux enfants, est privée de tous droits successoraux, à l'exception du douaire qu'elle apporte en dot, qui lui reste inaliénable. Ainsi, la princesse de Bavière n'aura nulle part où aller en cas de veuvage ou de répudiation pour mariage stérile. Sinon le retour honteux au château de Ludwigsburg, chez un père qui l'a si mal pourvue. Un déshonneur qui rendrait tout remariage impossible. L'habit de nonne deviendrait alors son seul refuge.

— Aussi, pour votre sauvegarde, je ne saurai que vous recommander au roi... et à lui donner un fils, acheva-t-il.

— Non ! cria-t-elle sauvagement.

— Hors du lit conjugal, vous n'êtes rien. Épouse du roi et mère de ses enfants, vous êtes tout, continua-t-il, impitoyable.

— Non ! hurla-t-elle encore, cachant son visage dans ses mains.

Elle resta anéantie un long moment, sous l'effet du choc.

— Et c'est vous qui me dites cela ? gémit-elle enfin.

Il voulut s'approcher, mais elle le devança en se jetant sur lui, le frappant de ses poings, hurlante, vociférante :

— C'est vous qui me livrez au roi ? C'est vous qui me dites de partager sa couche ? Vous ne savez donc pas ce que cela signifie ?

Il se laissait frapper sans réagir. Il se laissa même gifler. Enfin, elle s'affaissa contre sa poitrine.

— C'est vous ! C'est vous qui me dites tout cela ?

Elle voulait ses bras, il le savait, alors il les referma encore une fois. Ne saurait-il jamais que lui donner cette dérisoire protection ?

— Je vous aime, Isabelle, murmura-t-il malgré lui, la bouche dans ses cheveux.

Elle respirait avec oppression, nichée contre lui, et ne réagit qu'en suspendant son souffle.

— Je vous aime, répéta-t-il d'une voix douce.

C'était la seule richesse qu'il pouvait lui donner, qu'il lui donnerait toujours. Elle se reprit imperceptiblement à respirer, ses mains se crispèrent sur la soie du pourpoint. Enfin, elle leva lentement la tête et le regarda avec une telle intensité qu'il ne put douter qu'elle l'aimait aussi.

Le désir monta en lui comme une tempête.

À ce moment, des cris déchirants montèrent de la haute cour, les ravissant l'un à l'autre. D'un bond, déjà Bois-Bourdon était à la fenêtre.

Dans la cour, une femme, trempée de pluie, hurlait. Elle arrachait sa coiffe, tirait sur ses cheveux qui s'épandaient sur ses épaules, se griffait le visage. On accourait autour d'elle.

Il pensa aussitôt aux trompes qui avaient annoncé des visiteurs. Il eut juste le temps de voir des chevaux caparaçonnés aux armes de France menés par des valets qui disparaissaient en direction de la cour basse : le courrier du roi.

Isabelle était aussi à la fenêtre, les hurlements de la femme n'en finissaient plus.

— Catherine ! cria-t-elle.

Bois-Bourdon était déjà dans les escaliers.

18

Toute la vie à votre vouloir

Un ancien dit à Iseut : « Belle dame, nous avons ici grande douleur, Tristan le preux, le franc, est mort ! »

Cette mort accable Iseut d'une telle souffrance qu'elle va, par la rue, vêtements en désordre. On ne vit jamais femme d'une telle beauté.

Iseut arrive devant le corps : « Ami, ami ! de votre mort, jamais rien ne me consolera, ni joie, ni liesse, ni plaisir. Si j'étais arrivée à temps, ami, je vous aurais rendu la vie ; je vous aurais parlé doucement de l'amour qui fut entre nous ; j'aurais pleuré notre joie et notre bonheur, je vous aurais embrassé, enlacé ! Puisque je n'ai pu venir à temps, et que je suis venue pour votre mort, pour vous je veux mourir également ! ».

Elle s'étend, lui baise la bouche et la face : elle l'embrasse étroitement, corps à corps, bouche contre bouche. Aussitôt elle rend l'âme et meurt ainsi, tout contre lui, pour la douleur de son ami.

D'après *Tristan et Iseut*, Thomas D'ANGLETERRE.

Elle titube, bras écartés, elle tournoie, échevelée en lourdes mèches trempées. Catherine creuse un vide autour d'elle, à l'image de celui qui vient de la frapper en plein cœur. Le chevalier messire Adémard de Courtemay est mort au champ glorieux de Damme.

Un cercle craintif se forme dans la haute cour, autour de son désespoir dément. Elle crie le nom d'Adémard en plaintes qui n'en finissent pas, le visage levé vers le ciel, offert à la pluie qui ruisselle sur son corps. Elle tourne, hurle, tourne encore. Elle se débat contre l'inconcevable. Le chevalier messire Adémard de Courtemay est mort au champ glorieux de Damme.

Gardes et servantes n'osent l'approcher, la croyant possédée.

Ozanne de Louvain fendit le cercle.

— Catherine ! Pour l'amour du Christ, arrête, tu vas te faire mal, la supplia-t-elle, songeant à la grossesse de la chambellane, qui était si délicate qu'elle l'exhortait sans cesse à se ménager.

Mais Catherine était hors d'entendement, elle se frappait les seins tout en se dépoitraillant.

— Ceinturez-la ! cria Ozanne aux gardes. Ceinturez-la donc !

Les hommes d'armes restaient immobiles, craintifs et fascinés par cette femme ardente qui manifestait tous les signes démoniaques. À ce moment, Bois Bourdon les bouscula violemment et s'approcha d'elle.

— Catherine ! appela-t-il doucement.

Elle s'immobilisa, le regarda, puis lui tendit les bras.

— Bourdon ! Adémard est mort.

Elle tournoya encore une fois, avec lenteur. Le sire de Graville n'eut qu'un pas à faire pour la recevoir, elle s'effondra dans ses bras. Il la souleva, tête renversée. Les mèches serpentines de ses cheveux collés de pluie se larvaient sur son visage, sur sa poitrine, jusqu'au sol où ils traînaient comme le chagrin.

Ozanne poussa un gémissement en regardant le sang délavé d'eau qui gouttait le long des jambes de Catherine.

— Portez-la au logis de Mme de Bourgogne ! Il est au plus près. Faites vite !

Et pour elle-même, elle ajouta :

— Elle saigne. Mon Dieu, ayez pitié d'elle ! Faites qu'elle ne perde pas aussi l'enfant !

La duchesse de Bourgogne avait quitté le château de Beauté-sur-Marne avec toute sa mesnie pour sa bonne ville de Dijon, emmenant avec elle sa ventrière. La demoiselle de Louvain était bien seule pour affronter une telle situation. Elle ne cessa de prier avec anxiété en suivant Bois-Bourdon qui déposa doucement Catherine de Fastavavin sur le grand lit à colonnes de Marguerite. Puis il quitta les lieux. Ce qui allait à présent se passer ne concernait pas les hommes.

Les chambrières déshabillèrent Catherine, la séchèrent, lui passèrent une chemise chaude. Tout aussitôt, un flot de menstrues vint la tacher.

— Mon Dieu, tout ce sang, s'alarma Ozanne. Il faut arrêter ça. De la charpie ! Qu'on m'amène de la charpie et des linges propres. Faites bouillir de l'eau !

Les femmes s'affairaient sous les ordres de la dame d'honneur. Catherine se mit à gémir alors qu'on la changeait à nouveau. Ozanne la prit dans ses bras.

— Je vais tout faire, douce amie, je vais tout faire pour garder ton enfançon. Je te le jure.

Ce serment, elle était loin d'être sûre de pouvoir le tenir. Le choc avait été rude, et tout semblait indiquer que le fruit risquait d'être perdu, le sang pouvant entraîner avec lui l'embryon. Si elle le contenait, peut-être l'enfant tiendrait-il ; il fallait qu'il tienne.

— Allez aux cuisines, demanda-t-elle à une servante, qu'on y prépare une tisane à la cendre de hérisson.

— J'ai mal, gémit Catherine, j'ai soif.

— De l'eau, donnez-moi de l'eau, ordonna la demoiselle de Louvain.

Tout aussitôt, une femme apporta une aiguière d'argent sur un plateau et une timbale, elle y versa de l'eau pure. Ozanne s'aperçut que ses mains tremblaient en prenant le verre. Elle s'affolait, il fallait qu'elle reprenne ses esprits. La souffrance de Catherine lui était insupportable. Elle se sentait terriblement démunie, ignorante, impuissante. Elle déplora à nouveau l'absence de la ventrière de la duchesse de Bourgogne et sa froide efficacité. « Il n'y a nulle matrone au château », songea-t-elle avec détresse, alors qu'elle la faisait boire.

À peine bue, Catherine rejeta l'eau et grimaça de douleur. Cette souffrance était mauvais signe. On apportait sur le lit les linges et la charpie. Ozanne retroussa la chemise de la chambellane sur son ventre.

— Préparez un linge imbibé de vinaigre, demanda-t-elle. (Puis elle s'adressa à Catherine.) Pardonne-moi, je vais te faire un peu mal. Il faut que j'arrête le sang. Ouvre les jambes.

Le sang coulait entre les cuisses de Catherine. Sans s'occuper des gémissements de son amie, Ozanne enfonça des tampons de charpie dans son ventre pour l'empêcher de saigner. Puis elle prit le linge humide qu'on lui tendait et lui lava les jambes.

— Il faut à nouveau la changer, sa chemise est souillée.

La dame d'honneur garnit Catherine de linge alors qu'on lui repassait une tunique de lin. À ce moment, elle s'aperçut qu'on lui présentait un bol d'étain fumant. C'était une énorme femme au faciès rougeaud, dame Arégonde, maîtresse cuisinière du château.

— La décoction à la cendre de hérisson, dit cette dernière, en observant la parturiente. Mais elle sera sans effet sur une femme en fausse couche.

— Ce n'est pas une fausse couche, répliqua Ozanne avec la hargne du désespoir.

Les mains de cette dernière tremblaient toujours alors qu'elle prenait le bol. Elle s'y brûla. Inexplicablement, la douleur qu'elle endurait la calma, lui fit reprendre son sang-froid. C'était comme si elle partageait un peu les tourments de Catherine.

— Soutiens-la, intima-t-elle à dame Arégonde.

La cuisinière souleva Catherine par les épaules, la cala contre son énorme poitrine, et la tint assise.

— Bois ! intima fermement Ozanne en approchant le bol de ses lèvres.

— Sauve l'enfant, Ozanne. Par toutes les douleurs du Christ, sauve l'enfant d'Adémard, supplia Catherine, refusant le bol.

— Vous êtes jeune et forte. Vous aurez de beaux enfants à foison, intervint Arégonde.

— Non ! cria Catherine. Je veux celui d'Adémard.

— Bois ! ordonna encore Ozanne.

Catherine trempa ses lèvres dans le breuvage. Une nouvelle douleur la secoua, et elle vomit à nouveau. La cuisinière eut le temps de lui tendre une écuelle sous le menton.

Tandis que les servantes nettoyaient et recouchaient la malade, Arégonde entraîna Ozanne à l'écart.

— Que lui avez-vous fait ? demanda-t-elle.

— J'ai arrêté le sang avec de la charpie pour éviter la chute de l'enfant.

La grosse dame jeta un coup d'œil vers le lit.

— C'est trop tard. Tant de sang signifie que l'enfant est décroché.

Alors que la dame d'honneur s'entretenait avec la matrone, Catherine regardait d'un air égaré l'agitation qui régnait dans la chambre. Elle aperçut Isabelle, au pied du lit, qui pleurait, cramponnée à une colonne. Personne n'avait remarqué la reine, ni n'aurait su dire quand elle était arrivée. Elle se tenait silencieuse comme silencieuses étaient ses larmes.

— Prie, lui murmura la demoiselle de Fastavavin. Prie, pour Adémard, pour son enfant et pour moi.

Isabelle tomba à genoux et se mit à prier avec ferveur. Tout aussitôt, des chambrières l'imitèrent et s'agenouillèrent au côté de la reine.

— Ce n'est pas de prières dont elle a besoin, s'exclama Arégonde aux servantes, mais de notre aide. Allez donc aux cuisines. Demandez que l'on fasse bouillir de la centaurée avec des crêtes de coq dans un vin excellent et fort, et tenez ce bouillon prêt.

Puis elle s'adressa à Ozanne en baissant la voix :

— Il faut au contraire laisser le sang couler en abondance, damoiselle. Son fruit est mort, il faut l'en débarrasser au plus vite.

— Non ! Il faut essayer encore.

— Il est mort ! Laissez, petite, j'ai mis moult enfançons au monde. Vous me semblez bien jeune encore. Avec l'enfant crevé, voulez-vous grever la mère ?

La demoiselle de Louvain cacha son visage dans ses mains pour réprimer un sanglot. Elle savait que la cuisinière avait raison, que le fruit était mort et qu'il fallait maintenant sauver Catherine.

— Faites, madame, balbutia-t-elle en pleurant, avouant sa défaite. Il est vrai que l'expérience me manque. Et que je me sens bien faible devant la souffrance de ceux que j'aime.

Arégonde s'approcha du lit et se pencha vers Catherine, lui murmurant des paroles apaisantes. Puis elle interpella Ozanne :

— Venez m'aider à lui tirer les reins au bord du lit.

Avec précaution, elles déplacèrent la jeune chambellane jusqu'à ce que ses pieds reposent dans la ruelle. La robuste cuisinière s'agenouilla, lui remonta la chemise jusqu'au nombril, puis lui releva les jambes, l'obligeant à poser ses pieds sur chacune de ses larges épaules. Elle lui ôta les tampons de charpie qui déjà débordaient de sang. Ozanne vit bien là l'inutilité de ses efforts. Catherine commençait à se débattre.

— De l'aide, qu'on la tienne fermement, ordonna Arégonde.

Une chambrière grimpa sur le lit et pesa de tout son poids sur les épaules de Catherine pour l'immobiliser. Une autre femme ainsi qu'Ozanne lui saisirent chacune une jambe, s'efforçant de les maintenir écartées pour faciliter le travail de la maîtresse cuisinière.

Arégonde sortit de la vaste poche de son bliaut un étrange outil fait de deux lames ovales de bois poli, jointes entre elles par un système de vis. Elle l'enfonça dans la vulve, et en tourna résolument la rouelle dentée. Les branches de l'appareil se séparèrent lentement, forçant les entrailles de Catherine à s'ouvrir. La chambellane se remit à crier.

Arégonde fouilla à nouveau dans sa poche et en sortit une racine. Ozanne pâlit.

— Il faut introduire une racine de coriandre dans l'utérus pour favoriser le flux des menstrues et la sortie de l'enfant, expliqua Arégonde.

La chambellane, qui avait entendu, hurla de plus belle qu'elle voulait garder l'enfant en se convulsionnant désespérément entre les mains qui la maintenaient. Elle se débattit si fort qu'il fallut une troisième femme pour la tenir. Une fois totalement immobilisée, Arégonde put examiner le fond du sexe qui béait, et d'un geste précis et sûr, elle força sans ménagement l'ouverture de la matrice à l'aide de la racine. Les cris de Catherine étaient horribles.

Enfin, quand la coriandre fut totalement introduite, dame Arégonde dévissa rapidement l'appareil, l'ôta, et ordonna qu'on lâchât la chambellane. Catherine referma ses cuisses, se recroquevilla en se tenant le ventre, au comble de la douleur ; elle savait que l'enfant de l'amour était irrémédiablement perdu. Arégonde lui caressait la tête, aussi douce et apaisante qu'elle avait été vive.

— C'est fini, demoiselle. La douleur va passer. Il faut à présent laisser faire le travail de la nature. Quand la racine de coriandre tombera, l'enfant tombera avec.

— Mon enfant. Je veux l'enfant d'Adémard.

La souffrance vrillait les entrailles de Catherine. Elle se tordait en gémissant.

— Soyez courageuse, petite fille, Dieu ne l'a pas voulu.

Arégonde leva la tête et croisa le regard horrifié d'Ozanne. La grosse femme recouvrit avec des gestes de mère le corps torturé de Catherine qui sanglotait à petits coups. Puis elle se leva.

— De l'eau pour me laver les mains, ordonna-t-elle en s'éloignant vers le feu.

Une chambrière l'y rejoignit en portant l'aiguière dans un bassin. La cuisinière tendit ses mains ensanglantées sur lesquelles la femme versa l'eau. Ozanne s'approcha d'elle, toujours aussi blême.

— C'est là pratique d'avortement.

— La mort dans le ventre d'une femme empoisonne le sang. Il faut faire vite à l'en faire sortir.

— Quel est cet engin diabolique qui écartèle ?

— Il est de mon invention, et de la fabrication de mon époux menuisier. Dans ce genre d'opération, à travailler seulement au doigt et non à l'œil, on risque de perforer la poche de la génération, et de tuer la mère.

Elle s'essuyait les mains dans le linge posé sur le bras de la chambrière. Puis, voyant l'extrême pâleur de la demoiselle de Louvain, elle ajouta :

— Souviens-toi, petite, pour délivrer une femme d'un enfant mort, on pratique de même que pour un enfant vivant. Et Dieu avait déjà choisi de le reprendre, je n'ai fait qu'aider à Sa volonté.

Ozanne comprit que la grosse maîtresse cuisinière n'avait pas seulement assisté des femmes en couches, mais qu'elle en avait aussi beaucoup délivré de leur fardeau.

Isabelle avait cessé de prier et se cramponnait à nouveau à la colonne du lit où son amie d'enfance pleurait à présent doucement. Elle avait assisté à tout. Elle était terrifiée. Elle venait d'apprendre tout à la fois que le chevalier de Courtemay était mort, que sa chambellane était grosse de ses œuvres, et que, maintenant, elle perdait l'enfant.

« L'amour est beau, je te le jure. Il est doux, il caresse. Il est tendre et respectueux », lui disait Catherine.

Souffrance, sueur, sang, sanie. C'était ça aussi l'amour.

Il lui apparaissait que tout se passait entre les cuisses d'une femme : l'amour, la vie, la mort, et l'indicible martyre du corps et de l'âme. Elle sentit soudain la présence de Zizka.

— Le ventre de la femme apparaît comme une spirale, symbole de l'univers, disait-il. L'amour, la vie, la mort, et la douleur christique.

— Zizka, Catherine va-t-elle mourir ?

— Non, Basileia.

— Je ne veux pas connaître cette souffrance. Zizka, aide-moi. Je ne veux pas être femme.

— Tu le seras quand tu accepteras l'amour. Alors, tout te sera plus facile. Déjà, ton ventre l'appelle.

— Non !

— Il est la loi omnisciente. Écoute ton ventre, Basileia. Souviens-toi, l'homme et la femme sont en Dieu trois fois : lorsqu'ils naissent, lorsqu'ils s'unissent dans l'amour, lorsqu'ils meurent.

— Non !

Isabelle était sortie de la chambre en titubant. Elle s'engagea dans un corridor, une ombre se détacha de l'embrasure d'une fenêtre : Bois-Bourdon. Ils se regardèrent. La voix de Zizka bourdonnait toujours à son oreille : « Écoute l'appel de ton ventre, Basileia. Le roi revient vers toi, son retour te sera plus facile si tu es dans l'amour. »

Elle secoua la tête en signe de refus désespéré.

— Comment va-t-elle ? demanda doucement le chevalier.

— Elle n'aura pas l'enfant d'Adémard. Et elle souffre ! Dieu, comme elle souffre.

Le sire de Graville ne fit pas un geste. Il la regarda passer devant lui, l'enveloppant seulement de son regard chaud. Elle savait que l'amour était là, l'amour rédempteur, consolateur... Isabelle eut alors et encore l'envie de ses bras, un désir tellement impérieux que, l'ayant dépassé, elle se retourna, puis se jeta contre lui.

— Aide-moi, gentil Bourdon, aide-moi par pitié.

— Que veux-tu que je fasse ?

— Fais-moi l'amour. Oh oui, fais-moi l'amour pour que je n'en sois plus effrayée ! Apprends-moi ! Ce soir, je t'attendrai. Je t'aime.

La reine s'arracha à lui et disparut en courant.

Bois-Bourdon resta pétrifié. Il avait peur.

*

* *

Isabelle se laissait prendre par les sortilèges de la nuit qui l'apaisaient peu à peu. Les nouvelles de Catherine étaient bonnes, elle reposait dans l'immense lit de la duchesse de Bourgogne, délivrée de l'enfant mort, et une décoction d'Ozanne lui assurait l'oubli et le sommeil.

La reine attendait. Elle guettait les bruits, le moindre froissement qui lui annoncerait la présence de l'homme qu'elle désirait. Elle attendait. Viendrait-il ? Elle avait demandé d'être cette nuit totalement seule en son logis. Elle avait chassé tout son monde et Ozanne veillait Catherine. Les gens de la maison de la reine étaient habitués à ses sautes d'humeur, ils ne s'étaient point étonnés de ce nouveau caprice.

Elle attendait. Comment pouvait-elle aimer autant le sire de Graville après l'avoir tellement méprisé, même haï ? Mais l'avait-elle haï ?.... La présence du chevalier l'avait toujours troublée, même alors qu'elle ne voyait que le roi. Le roi était si beau, si clair. Il lui était apparu comme une lumière, alors que Bourdon était l'ombre. Comment la lumière était-elle devenue cauchemar, et l'ombre, rassurante, comme à présent, dans l'obscurité de sa chambre ?

Isabelle rêvait de poser ses mains sur son corps, de caresser ce torse puissant qui l'avait souvent protégée. Bois-Bourdon était la force tendre, et à la fois le désir impérieux, comme lorsqu'il lui avait pris la bouche après avoir étranglé sur elle le Tête-Noire. Le souvenir de ce baiser lui était un plaisir indicible. Chaque fois qu'elle y pensait, une sorte de pulsion taraudait ses entrailles, et son ventre se mouillait. L'amour n'était pas raison, il était chair. Il était une puissance qu'aucune réflexion ne pouvait contrôler. Il était l'appel du ventre, il était l'appel de Dieu, Zizka disait vrai.

Dans son attente du mâle, Isabelle se sentait en harmonie avec l'univers, il lui apparaissait qu'elle en était le centre. Son sexe, qu'elle sentait sourdre doucement au rythme de son sang, était devenu ce centre. Bien plus, il générait le monde. Il était la vie. Cette vie qui avait engendré la mort pour Catherine.

Ce sang qui engendrait la douleur. Et pourtant, elle voulait Bois-Bourdon, à en crier d'impatience.

Se pouvait-il qu'elle soit en Dieu alors qu'elle attendait, déjà soumise à l'adultère que proscrivait si fort l'Église ? Mais elle avait été violée, un viol légitime, qu'aucune loi, ni divine ni humaine, ne semblait condamner. Alors, de loi, elle n'en voulait plus. Isabelle appelait à présent la jouissance, comme une revanche. Elle attendait Bois-Bourdon, et ferait de son plaisir sa seule loi, car elle aimait.

Et tout à coup, elle le vit, silhouette haute et puissante qui se détachait dans la pénombre, dressée, derrière les courtines. Il était entré sans un bruit et il se tenait là, dans le silence de la nuit. Elle resta immobile, mais son cœur se mit à cogner si fort que ses battements emplirent tout ce silence.

— Viens ! dit-elle seulement dans un souffle.

L'homme écarta les courtines et s'approcha du lit. Il portait une chemise lacée, à amples manches, largement ouverte sur la poitrine. Elle était serrée à la taille par le haut-de-chausse qui moulait fortement ses reins. Son visage était dans l'ombre, auréolé par les mèches foisonnantes et souples de ses cheveux noirs. Elle le trouva beau et de noble stature. Elle voulait son étreinte et lui tendit les bras. Mais Bourdon se laissa tomber à genoux, et s'enfouit la tête dans les draps, grand corps abattu par l'émotion et la crainte de l'amour.

— Ma reine, Isabelle, mon aimée, je ne puis, murmura-t-il d'une voix étouffée. Chassez-moi, je ne pourrai vous toucher. Chassez-moi, par miséricorde.

Et pourtant son désir était d'une violence qu'il n'avait jamais connue. Mais aussi, il n'avait jamais aimé.

— Viens, supplia-t-elle encore. Ne m'abandonne pas.

Elle se redressa vers lui et enfonça ses doigts dans les cheveux du chevalier prostré ; sa propre chevelure se déploya quand elle posa son front sur le sien, les enveloppant d'une nappe protectrice, et ils restèrent ainsi. Ils tremblaient tous deux.

Doucement, il se releva et repoussa les mèches follement longues qui mangeaient le visage d'Isabelle, puis effleura du bout des doigts la peau veloutée de ses joues. Il la regardait avec une telle intensité de tendresse qu'elle jeta ses bras autour de son cou en gémissant. Alors, il la coucha sur l'oreiller, elle gémissait toujours, la tête renversée, la bouche entrouverte et humide. Il y posa la sienne, et longuement, la fouilla de sa langue. Instinctivement, elle y mêla la sienne, elle sut lui rendre son baiser avec autant de passion. Il se mit à gémir à son tour. Sans lâcher ses lèvres, il enlaça son buste menu à pleins bras et l'enleva contre lui, la serrant à la broyer. Elle cria.

— Me veux-tu vraiment ? demanda-t-il, impérieux. Veux-tu que je te prenne et être tout à moi ?

— J'ai peur, répondit-elle seulement, perdant haleine.

Il la lâcha, prêt à se retirer, presque soulagé. Mais elle le retint avec une exclamation de détresse, l'attira à nouveau à lui, cherchant encore ses lèvres, l'étau de ses bras.

— Ne me quitte pas, supplia-t-elle, ne me quitte pas.

Dans le mouvement qu'elle fit, les draps glissèrent complètement, elle apparut dans la blancheur de sa nudité. Il la contempla ; elle ne fit aucun geste pour se couvrir, fermant les yeux, consciente de son impudeur et de la caresse de son regard.

Isabelle avait un buste étroit, les seins menus et fermes, hauts plantés, sa taille était si fine que Bois-Bourdon ne put résister à l'enserrer entre ses deux mains. Elle se cambra. Ses hanches rondes s'évasaient comme une amphore aux courbes douces et pleines. Le triangle de sa toison se nichait au creux de son ventre, là où ses cuisses jointes se serraient, protégeant l'ultime mystère de son corps.

Il lutta contre la tentation brutale de percer ce mystère, contre le vertige de ce désir qui lui commandait de la prendre sur-le-champ. Il posa sa tête sur sa poitrine, reprenant le souffle qui lui manquait, épouvanté par la violence de sa passion, comprenant que le roi avait pu devenir fou alors qu'elle se refusait à lui. Pensait-elle à la même chose ? Au mouvement de sa respiration, il comprit qu'elle pleurait. Bouleversé, il la reprit dans ses bras et se mit à la bercer, la joue contre la sienne.

— Je suis là, murmura-t-il, n'aie pas peur, je te prendrai si tu le veux, quand tu le voudras, même si ce n'est pas cette nuit ou jamais.

Elle se faisait si fondante entre ses bras, si douce, si infiniment fragile qu'il en conçut une sorte de détresse. Comment allait-il pouvoir la protéger ? Il avait une crainte animale de la blesser à nouveau. Il sentait le sang qui pulsait à grands coups dans sa verge dressée et se mit à l'écoute de cette pulsation afin qu'elle se calme, tout en berçant toujours Isabelle.

Elle s'apaisait ; il reprenait le contrôle de lui-même. Il l'écarta doucement de lui, elle semblait dormir, une moue enfantine aux lèvres. Il songea encore à la laisser, mais encore une fois, elle le retint :

— Viens !

Alors il se déshabilla en silence et glissa son corps nu et robuste auprès d'elle. Isabelle se lova contre sa force et sa tendresse, s'abandonnant à ses caresses. Il explorait ses formes, frôlait des doigts le grain de sa peau, emprisonna délicatement ses seins dans ses mains. Elle s'accrochait à lui, suspendue à ses épaules larges, sentant les muscles de l'homme jouer sous ses paumes, s'étonnant de ces ondes de plaisir qui la parcouraient tout entière. Elle desserra les jambes dans un réflexe inconscient, basculant les hanches dans une offrande instinctive, s'ouvrant sans savoir qu'elle s'ouvrait à la possession.

Il sentait ce désir de femme qui montait, il caressa l'intérieur de ses cuisses, effleura la toison serrée et la fente mouillée qui l'appelait. Ses doigts s'y glissèrent...

Isabelle poussa un cri sauvage, se cabra en le repoussant, roula sur elle-même et le regarda avec terreur, recroquevillée à l'autre bout du lit.

— Je ne peux pas, haleta-t-elle avec désespoir, j'ai peur. Va-t'en !

Elle avait reconnu les attouchements qui blessent, ce désir du mâle qui déchire.

— Va-t'en ! répéta-t-elle sourdement.

Bois-Bourdon ne bougeait pas, il l'enveloppait de ce regard brûlant qui la troublait si fort. Elle sentait qu'il l'attendait.

— Non, non ! gémit-elle encore.

Elle se renversa sur le lit, luttant contre ses terreurs et cette exigence d'entrailles qui la poussait à nouveau vers lui.

— Viens ! ordonna-t-il à son tour de sa belle voix grave. Viens, je te veux.

Isabelle se mit à ramper vers lui. Il la regardait venir, il la regardait se soumettre. Elle se redressa sur les genoux, la taille cambrée, vacillant de tout le buste, toujours hésitante.

— Viens ! dit-il encore d'une voix rauque.

Elle s'abattit contre sa poitrine. Il la reçut dans ses bras, la courba sous lui, et, l'emprisonnant sous son poids, il la prit d'un seul coup, glissant en elle comme une caresse. Elle se raidit avec une plainte brève qu'il étouffa de ses lèvres.

Elle sentait l'homme au fond de son ventre, immobile, s'étonnant de n'en ressentir nulle souffrance.

Il la tenait sous lui, fermement pénétrée, et attendait que le corps d'Isabelle s'amollisse entre ses bras et se donne. Et puis doucement, il lui apprit le mouvement éternel de l'amour, de la vie.

Enfin, elle se laissa posséder, noua ses jambes autour de ses hanches, ardente, offerte, enfin révélée.

Alors que l'homme se faisait plus puissant, elle comprit les paroles de Zizka : « L'homme et la femme qui s'unissent dans l'amour sont en Dieu. »

*
* *

Dès le lendemain, Isabelle se résolut enfin à écrire au roi :

Château de Beauté-sur-Marne, la Saint-Florent,
Le vingt-deuxième jour du mois de septembre de l'an 1385.

Moi, Isabelle Wittelsbach Visconti, princesse de Bavière, reine de France, prend respectueusement nouvelles de la santé de son très cher et très honoré et très redouté seigneur, Charles de France le sixième, mon époux par la grâce de Dieu et envoie nouvelles de sa bonne santé de corps.

Pardonnez-moi, monseigneur, de ne pas dire pareillement des nouvelles de mon âme. Les blessures de l'âme ne se referment pas de même façon.

Votre fidèle ami et capitaine de ma garde, messire de Bois-Bourdon m'a confortée chaudement et éclairée sur l'action criminelle de cet homme que l'on nomme justement Charles le Mauvais, le roi de Navarre. Il me paraît bien méchant homme celui qui forma le dessein de dévoyer le plus grand et le plus courtois prince de la terre.

Le temps approche où nous serons à nouveau ensemble. Je vous supplie, gentil sire, de m'accorder la fin'amor *comme épreuve purificatrice, requérant courtoisie, chasteté, mesure et droiture, jusqu'à guérison de mon âme.*

Je ne saurais douter, seigneur roi mon époux, que vous saurez accorder à la reine ce qu'accorde le noble chevalier à sa dame de cœur, comme vous ne sauriez douter alors de mon humble pardon et de mon amour.

Votre très dévouée épouse en Dieu, la reine de France, Isabelle de Bavière.

Deux semaines plus tard, son époux lui fit parvenir cette réponse :

À la Saint-Clément, premier jour de novembre 1385.

Que soient fêtés en ce jour tous les saints martyrs.

Le roi à sa reine bien-aimée.

Il ne m'a pas été donné de bonheur plus grand que de recevoir missive de votre main et vous pouvez accroire combien je l'ai baisée et mouillée de mes larmes. Madame, vous m'avez rendu la vie.

J'implore votre pardon et ferai à votre plaisir cour très courtoise aussi longtemps qu'il sera nécessaire à guérir votre âme que j'ai si vilainement blessée à mon corps défendant.

Je fais donc serment de chevalier d'attendre, Madame, s'il le faut, toute la vie à votre vouloir.

Votre très respectueux chevalier en courtoisie à sa dame de cœur Isabelle, Charles le sixième.

Par le même courrier, il était annoncé à Beauté-sur-Marne que des pourparlers de paix avec la

Flandre étaient engagés, ce qui laissait prévoir le prochain retour de Charles VI.

*
* *

— N'ai-je pas bien joué, Zizka ?
— Il est des jeux qui sont des guerres.
— Jeu ou guerre, le chevalier se doit aux règles de la chevalerie. Le roi s'est réduit à sa promesse courtoise.
— Prends garde, Basileia, la courtoisie est l'image d'un idéal amoureux qui farde la réalité charnelle. C'est à cette réalité que l'homme et la femme sont réduits.
— Laisse-moi, Zizka. Je ne suis réduite qu'à mon amant.

À la lumière parcimonieuse de l'aube, Isabelle contemple le sire de Graville dans son sommeil. Elle admire ses cheveux fous aile de corbeau, la noblesse de son front, l'arête droite et franche de son nez aux narines légèrement retroussées, sensuelles, et surtout ses lèvres, finement ourlées, sa bouche volontaire qui sait si bien prendre la sienne, la faire crier de plaisir lorsqu'elle la mord au creux de son intimité.

Elle se sent chaude à nouveau. Bois-Bourdon lui a fait découvrir la volupté, et elle ne s'en lasse pas. Il est son amant, un amant qu'elle veut exclusif et éternel. Il a pour elle une totale adoration, et sait la soumettre à toutes ses volontés.
— Je suis à vous, gentil Bourdon, chuchote-t-elle, toute la vie à votre vouloir.
Elle caresse doucement l'épaule du chevalier, sa paume épouse la rondeur d'un muscle. Elle a envie qu'il s'éveille, elle a envie de lui. Sans ouvrir les yeux, Bois-Bourdon replie son bras, emprisonnant son jeune corps.
— Mon doux amour, murmure-t-il en se retournant sur elle...

[illegible]

— [illegible], Zelda ?

— Il est des jeux qui sont des guerres.

— Jeu ou guerre, le chevalier se doit [illegible] de la dame [illegible].

[illegible]

[illegible] Zelda [illegible]

A la lumière parcimonieuse de l'aube, Isabelle [illegible]

[illegible]

Elle [illegible]

[illegible]

Elle [illegible]

[illegible]

III

MONTJOIE ISABELLE

19

Paris

La ville de Damme est tombée, pillée et moult gens furent égorgés. La colère du roi s'étendit sur toute la région qui fut mise à feu et à sang, l'armée se gorgea de butin mais n'approcha pas l'irréductible ville de Gand.

Les ravages furent tels en Flandre que le duc de Bourgogne, ému de voir son héritage s'épuiser, reçut une délégation gantoise à Tournai afin de définir les conditions d'une paix définitive. Le prince accorda en négociations tout ce qu'il refusait aux Flamands par les armes : libre commerce, privilèges, obédience au pape de Rome. Les Flamands reconnaissaient en retour la suzeraineté du comte de Flandre, duc de Bourgogne, et renonçaient à leur alliance anglaise.

Mais les négociations traînèrent en longueur car les Gantois refusaient de parler à genoux, cérémonial d'usage du vassal au seigneur.

Le duc de Bourgogne finit par les en dispenser et la paix de Flandre put être signée.

D'après *Le Moyen Âge,* Jules MICHELET

— Est-ce là Paris ? hurla Isabelle, le buste complètement sorti de sa litière arrêtée, au capitaine de sa garde qui attendait près d'elle.

Alcoboça, qui s'impatientait aussi, s'ébroua dans un cliquetis de harnais et se mit à frapper la terre du sabot.

— Nous sommes devant la bastille Saint-Antoine, lui répondit Bois-Bourdon en flattant sa monture. Elle défend l'entrée de la capitale en amont de la Seine.

— C'est donc ça le palais que m'offre le roi ? demanda-t-elle encore, effarée.

— Certes non, mais nous y serons bientôt.

Deux jours auparavant, ordre avait été donné par courrier que la reine gagne la capitale, afin d'y attendre Charles VI à l'Hôtel de Saint-Paul, la résidence royale.

À la Saint-Martin d'hiver, le 11 novembre 1385, la suite d'Isabelle de Bavière avait donc quitté Beauté-sur-Marne. Partie à tierce, elle progressait laborieusement sur les voies défoncées par les pluies incessantes des deux derniers mois, et des chariots avaient versé dans les effondrements boueux des bas-côtés. Novembre se révélait tout aussi calamiteux, les rivières étaient en crue.

La jeune reine avait quitté le château de Beauté la mort dans l'âme, et regardait à présent avec effroi la formidable forteresse Saint-Antoine, contre laquelle venaient s'adosser les murailles à créneaux qui ceignaient la grande ville, profilant leur blancheur à perte de vue. Un fossé, comme le bras d'un fleuve aux eaux glauques, étales sous un ciel bas de grisaille, protégeait l'accès des fortifications.

La Bastille, de forme barlongue, possédait deux tours flanquantes qui en gardaient les angles. Au centre de sa façade, en saillie, deux tours de renforcement encadraient une porte de colosse et son attiraillage géant de herses, de treuils, d'engrenages et autres chaînages. La forteresse se portait en avant comme une gueule camarde, élevant à plus de soixante-dix pieds de haut son austérité blafarde, soulignée d'un simple ressaut de mâchicoulis, couronnée de larges créneaux qui surmontaient les terrasses des tours et des chemins de ronde.

Le pont-levis s'abaissait lentement sur ses larges douves d'où la Bastille semblait jaillir, symbole de la puissance et de l'orgueil royal, indestructible. Dans un ferraillement de chaînes et de poulies, elle ouvrait sa gueule : la herse monumentale se levait, denture à longues pointes acérées comme la mâchoire titanesque d'un animal fabuleux. Un monstre, songea Isabelle avec détresse, un monstre sorti des pires légendes chevaleresques qui allait l'engloutir d'un coup.

Un choc sourd ébranla tout l'appareillage. Le pont était jeté. Au même moment, les puissantes cloches de la forteresse se mirent à battre.

— Et que sonnent les cloches ? hurla-t-elle à nouveau à Bois-Bourdon.

— La Bastille salue l'arrivée de sa reine !

À l'intérieur de la litière, la voix rauque d'Ozanne l'interpella :

— Par pitié, Isabelle, ferme les courtines. Je vais finir par attraper la fièvre.

Pour souligner l'urgence de son état, elle entama une série d'éternuements pitoyables. La dame d'honneur traînait depuis la veille une mine chiffonnée, des yeux larmoyants et un nez rougi coulant comme une fontaine. Isabelle rabattit les rideaux de cuir doublé de velours et se rencogna dans ses coussins avec un sentiment d'angoisse exacerbée. Des murailles, encore des murailles… allait-on la condamner à vivre derrière ces hauts murs qui allaient se refermer sur elle, comme les portes d'une prison ?

Ozanne s'épongeait le nez avec de l'étoupe. Catherine restait silencieuse : depuis son malheur, elle était comme un coquillage déserté, vidé de sa chair savoureuse, égarée avec les fantômes d'Adémard et de son enfant perdu. La reine soupira, il n'y avait nul réconfort à attendre de ses deux compagnes, et tout se prêtait à cette maussaderie, comme ce ciel bas, plombé, qui crachotait une neige mouillée giflée par un vent glacial.

Le sire de Graville était dans ses jours sombres depuis que l'estafette, annonçant le retour de Charles VI pour le premier dimanche de l'avent, le 28 novembre, jour de son anniversaire, ordonnait également à la reine de s'installer en sa plaisance au palais royal de Saint-Paul.

En sa plaisance ! Comment pouvait-elle se plaire à se sentir à nouveau précipitée dans l'inconnu, arrachée à ses amours de Beauté, à sa liberté, aux grands espaces. Et pour ajouter à sa détresse, elle ne cessait de se quereller avec Bois-Bourdon, qui voulait, une fois à Paris, lui imposer un maître cacochyme, un certain Philippe de Mézières, ancien précepteur du roi lorsqu'il était Dauphin. Le capitaine se disait inapte à poursuivre l'édification de la reine, et elle s'entêtait dans un refus opiniâtre : elle ne voulait ni ne pouvait se priver des longues heures d'intimité studieuse qu'elle passait avec son amant.

La litière de la reine, encornée de plumets, surmontée de flammes aux fleurs de lys et aux fuselés de Bavière, avait passé la Bastille, et était entrée dans Paris. Isabelle détestait d'avance cette ville que l'on dit si tumultueuse, la ville aux cent clochers. Elle détestait le roi, elle détestait même Bois-Bourdon et ses humeurs noires.

Le cortège remonta la rue Saint-Antoine, tourna à senestre dans une ruelle à encorbellements qui y mangeaient toute la lumière, et s'immobilisa. En avant, se percevait une agitation désordonnée, une clameur de protestations, dominées par de hauts cris : « Place ! Place ! Faites place à la reine ! » Exaspérée, Isabelle se jeta à nouveau hors des courtines.

— Que se passe-t-il encore, n'arriverons-nous jamais ? lança-t-elle en direction du sire de Graville.

— Nous y sommes, mais les gardes font rentrer les gens chez eux et fermer les vantaux des étals. La rue de la Pute-y-Muse[1] est si étroite que votre voiture n'y passerait pas.

— La rue de la Pute-y-Muse ? s'effara-t-elle.

— La pute n'y muse plus, lui sourit-il. L'Hôtel royal ne saurait supporter une proximité si déshonnête, les filles folieuses ont été chassées depuis longtemps. Mais la présence de la Cour a fait fleurir bon nombre d'échoppes de frivolités.

De ces explications, Isabelle ne retint que le sourire de son amant. Enfin ! il lui avait souri.

Les nuées se déchirèrent à cet instant, laissant darder par un accroc de ciel bleu un rayon de soleil inattendu qui la frappa en plein cœur. Elle voulut y voir un signe divin, le temps se débarrassait de ses oripeaux de grisailles pour l'accueillir, le crachin glacial avait cessé de tomber. Elle se sentit soudain l'âme plus légère.

La rue dégagée, Bois-Bourdon pressa les flancs de sa monture pour reprendre la tête du cortège. La lourde voiture s'ébranla et descendit la voie exiguë. Arrivé en vue de la Seine, le cortège tourna à dextre sur le quai de l'Arsenal. Il longea sur la droite un mur d'enceinte jusqu'à un imposant portail, bardé de fer forgé, qui s'ouvrit immédiatement, et la litière s'engouffra dans l'univers protégé et raffiné de l'hôtel royal de Saint-Paul.

En descendant de sa voiture, Isabelle resta bouche bée.

1. Muser : flâner. Littéralement, la pute y musarde. Aujourd'hui rue du Petit-Musc.

— Où est le château ? demanda-t-elle, en apercevant un gros bourg aux maisons cossues dans de vastes espaces arborés.

Angésine de Grosparty, premier grand chambellan de l'hôtel, qui l'attendait avec componction entouré d'une armée de valets, se présenta avec servilité et entreprit de lui expliquer qu'il n'y avait point de château, mais une dizaine de demeures, sises aux marais de Saint-Paul.

— Point de château, dites-vous, messire de Grosparty ? demanda-t-elle incrédule. Ainsi ce palais royal en compte plusieurs ?....

— Cet ensemble s'appelle également « Hôtel solennel des Grands Ébattements », ainsi désigné par notre feu roi Charles V tant il avait de plaisir à s'y tenir.

Isabelle s'était attendue à une sinistre et pompeuse bâtisse, hérissée de tours, bardée de créneaux et de défenses. L'instant de stupeur passé, elle fut sous le charme.

Le premier grand chambellan s'inclina à nouveau, proposant à madame la reine de la conduire à ses appartements dans l'un des hôtels, celui de Sens, la résidence de Charles VI.

— Que nenni, répondit-elle allégrement. Mon royal époux désire que je m'installe en ma plaisance. Puisque nous avons le choix, visitons, messire de Grosparty.

Et entraînant tout son monde, elle laissa sur place le chambellan en pleine confusion, qui se mit à la suivre en toute hâte, bafouillant que seul l'Hôtel du roi avait été apprêté, et nul autre.

Angésine de Grosparty était le plus ancien des grands officiers de l'hôtel. Il avait connu le roi Charles V et la reine Jeanne, vu grandir les enfants royaux, vécu bien des fêtes et des tragédies. Grand et longiligne, il avait le haut du dos bossu à force de courbettes depuis plus de quarante ans de fonction, et le cou à jamais rentré dans les épaules, comme si le ciel devait à tout instant lui tomber sur la tête.

Avec l'impétuosité de son âge, impatiente de se dégourdir les jambes, Isabelle était partie à l'aventure explorer l'Hôtel solennel des Grands Ébattements sans écouter les protestations de Grosparty. Elle découvrait avec ravissement que la résidence royale de Paris était comme en campagne. Les hôtels, entremêlés de cours, de préaux, de fontaines, de galeries, d'espaces pastoraux et de pièces d'eau, constituaient un ensemble labyrinthique, disparate et délicieux.

Au détour d'une allée, elle tomba sur d'immenses volières en fils d'archal, peintes en vert. Elles abritaient, lui dit Angésine, des nichées d'oiseaux chanteurs dès les premiers beaux jours.

— Où sont les oiseaux ? lui demanda-t-elle aussitôt.

— L'hiver, ils sont logés ici et là dans les colombiers des cours basses, madame, répondit-il en agitant les mains comme des papillons, le souffle court.

Des oiseaux ! C'était bien pour ravir la princesse de Bavière qui lui adressa un sourire éclatant. Grosparty en resta coi, soudain envoûté par sa jeune souveraine qu'il trouvait adorable.

Avec plus d'impétuosité s'il était possible, Isabelle reprit sa course, essoufflant toute sa suite. Elle tomba dans une nouvelle cour où se tenait encore une enfilade de cages aux solides barreaux.

— Quel genre de volatiles y tient-on ici ? demanda-t-elle, surprise.

— Non pas des oiseaux, madame, des fauves, répondit Grosparty.

— Des fauves, dites-vous ? Où sont-ils donc ?

— Au château de Vincennes, madame. Des salles chaudes en sous-sol leur sont réservées, pour l'hiver bien sûr. Mais il ne reste de la ménagerie [1] que deux lionnes, un lion, un couple de léopards et les ours. Les lynx et les guépards sont tous morts, hélas, madame.

Angésine prit un air d'une telle contrition qu'on aurait pu croire qu'il les avait tués lui-même.

— Nous repeuplerons la ménagerie, répondit la reine dont les yeux pétillaient d'excitation.

— Himiltrude[2] s'y emploie déjà, madame, ajouta-t-il en rougissant. Elle vient de donner trois beaux petits à Charlemagne.

Isabelle regarda le chambellan, ses grands yeux écarquillés par l'incompréhension. Angésine en resta muet à nouveau, frappé par la beauté de leurs fulgurances violettes. Bois-Bourdon vint à son secours et éclaira Isabelle.

— Charlemagne est un lion, et Himiltrude une lionne. Elle a mis bas, à ce qu'il semble.

Isabelle battit des mains à l'idée des lionceaux. Déjà impatiente du jour où elle pourrait aller les voir, elle reprit sa course, infatigable. Enfin, la vue d'une exquise demeure à colombages, flanquée de tourelles dominées par la flèche d'une petite chapelle, l'immobilisa dans une contemplation ravie.

— Visitons cet hôtel ! souffla-t-elle.

Grosparty fut à nouveau submergé par le désarroi. Ce manoir était fermé depuis sept années.

*

* *

1. Le souvenir de cette ménagerie a survécu dans le nom de la rue des Lions-Saint-Paul.

2. Himiltrude était l'une des concubines de Charlemagne dont le culte était mythique.

— Madame, la salle aux Bourdons !

Isabelle ne cilla pas, seul son cœur s'emballa. Et elle se garda bien de croiser le regard du sire de Graville. Ils se trouvaient devant une grande porte dans un corridor du troisième niveau de la demeure, ils y avaient accédé par un large escalier d'honneur statuaire. Négligeant les basses salles et les logis du deuxième palier, octroyés aux gardes et officiers de l'hôtel, Grosparty les avait menés directement aux appartements princiers du dernier étage. Des valets poussaient le lourd vantail à deux battants de chêne massif sculpté, à pentures de feuilles d'acanthe.

La salle aux Bourdons... Isabelle vit dans ce hasard encore un signe de Dieu, l'approbation et la protection du Ciel dans ses amours adultères.

La salle était vaste et désertée, comme endormie. Les deux imposantes cheminées en vis-à-vis étaient froides. Les hauts patins de bois d'Isabelle claquèrent résolument sur le pavement poussiéreux, fait en damier de pierre blanche et verte. Elle avait gardé aux pieds ces sortes de socles, montés sur d'épais talons de bois, sur lesquels on se juchait afin de pouvoir marcher dans la boue sans salir ses chausses et le bas de sa robe. Elle n'avait pas souhaité les quitter à son arrivée, ils la grandissaient, et la sonorité de ses pas lui donnait de l'assurance. Sa suite l'avait imitée et l'immensité vide de la salle aux Bourdons résonna de sabotements qui dominaient le bruissement des grandes houppelandes fourrées.

Plantée au centre de la salle, Isabelle leva les yeux et resta béate d'admiration. Le plafond à caissons était un jardin, une délicatesse de fleurs dans un fouillis de feuillages peint à la détrempe. Violettes, muguets, pâquerettes, lys, iris, roses et bien d'autres encore se côtoyaient comme sous l'envol du semis d'un jardinier fou. Et frappés sur le tout, des essaims d'abeilles d'or brûlé butinaient.

— Comme s'appelle cette salle, dites-vous ? demanda-t-elle encore à Grosparty, se faisant répéter à l'envi ce nom prédestiné.

— La grand-salle à parer[1], madame, la salle dite aux Bourdons.

Immense, une couronne de lumière[2] de ce même or brûlé, à douze godets, était suspendue en plein centre. Ses chaînes arachnéennes donnaient l'impression qu'elle flottait dans les airs avec une légèreté incomparable. Isabelle s'avisa que la salle était sombre, faiblement éclairée par les hautes fenêtres aux vitres peintes.

— Allumez ! intima-t-elle.

Aussitôt, Grosparty donna l'ordre d'aller quérir de l'huile. Un boutefeu entreprit d'abaisser le lampier. Il décrocheta du mur la chaîne liée à une poulie du plafond qui retenait la suspension, et lentement, la couronne descendit. Le travail en était admirable : la rosace était finement tressée de feuillages. Douze tourelles à images ciselées dressaient leur dentelle aux angles curvilignes, soutenant chacune une lampe à huile. Des petits porte-cierges ovoïdes faisaient comme un collier de perles sur le pourtour.

— Allumez tout ! demanda encore la reine. Je veux toute la lumière.

— Un cent de cierges ! hurla avec empressement le chambellan.

Isabelle avait hâte de voir cette merveille illuminée. Ils furent bientôt une dizaine à s'activer autour de la couronne de lumière, pendant que la reine allait regarder par une haute fenêtre à treillis. Elle donnait sur la perspective d'un parc où folâtraient des chevaux, et sur des écuries à voûtes. Elle songea

1. Chambre de parade, autrement dit salle de réception.
2. Ancêtre de nos lustres.

à Alezane, au plaisir qu'elle aurait à la voir, de ses appartements, jouter amoureusement avec Alcobaça.

— Comment s'appellent ces écuries ? demanda-t-elle au chambellan.

— Les écuries de la reine Jeanne, madame.

— Et cet hôtel ?

— L'hôtel de la Pissotte, madame, celui de la reine Jeanne.

— Il sera le mien.

La poulie grinçait. Elle se retourna et resta éblouie. La couronne de lumière remontait lentement, embrasée de tous ses feux. Le plafond s'illuminait peu à peu, le jardin fou s'animait à la multitude des petites flammes vacillantes. Les couleurs s'avivaient, devenaient éclatantes ; fleurs et rameaux se mirent à frémir aux flammèches tremblotantes, comme agacés par un vent de printemps ; les ors de milliers d'ailes se mirent à vibrer, les bourdons, réchauffés d'éclats de soleil, semblaient sur le point de s'envoler. Isabelle en étouffa d'émotion.

L'hôtel de la Pissotte, abandonné depuis sept ans à la mort de la reine Jeanne de Bourbon, sortit de son endormissement sous l'agitation grouillante des valets qui s'activèrent à le réveiller. Ils allumèrent les vastes cheminées et les porte-flambeaux, époussetèrent les sculptures, lessivèrent les murs et les dallages, dressèrent les tentures. D'autres déchargeaient les chariots, et se relayaient à monter les coffres et les garnements, les bahuts, les faudesteuils, les bancs, les lits et tout l'ameublement apporté de Beauté-sur-Marne. Et c'est dans cette effervescence que les trompettes sonnèrent quelque part dans l'hôtel de Saint-Paul, avertissant que des visiteurs y faisaient leur entrée.

Monseigneur Louis de France, duc d'Orléans venait d'arriver de façon tout à fait inopinée. Par la même voix du héraut venu l'annoncer, Isabelle apprit que son jeune beau-frère sollicitait l'honneur de souper chez la reine, avec le sire de Craon, son hôte.

*

* *

Dans le petit retrait de la reine apprêté pour un souper intime, Louis surgit et se jeta aux pieds d'Isabelle.

— Madame ! s'exclama-t-il en embrassant le bas de sa robe.

Isabelle éclata de rire.

— Relève-toi donc, gentil frère, et embrasse-moi plutôt comme ta sœur.

Orléans se releva, la prit avec transport dans ses bras et la fit tournoyer.

— Isabelle ! Dieu du ciel, que j'ai de plaisir à te retrouver si jolie.

Elle riait de plus belle. La chambre prit le tournis.

— Tu es à ravir, et que ne suis-je ton ravisseur, ajouta-t-il en la déposant sur le sol.

— Je vous l'interdis bien, seigneur mon prince. Et que faites-vous de votre fiancée ? s'offusqua-t-elle, légèrement vacillante.

— Plus de fiancée, plus de Marie de Hongrie. Envolée ! lui répondit-il avec désinvolture.

— Et me diras-tu le mystère de ce démariage ?

— Il se trouve que j'aime ailleurs...

— Vraiment ? s'excita-t-elle. Et la connaît-on ?

— Il se pourrait, madame la reine, répondit-il, en prenant des airs mystérieux.

— Que ne me le contes-tu céans ! dit-elle, en tapant du pied.

— Que nenni, s'obstina-t-il. Et que penses-tu de la mode de Venise ? ajouta-t-il en exécutant soudain un enchaînement de petits pas sautés à la manière d'un bouffon.

Il sembla qu'au même moment, un invisible musicien rythmait sa danse en agitant des clochettes cristallines. Il portait des poulaines de soie, dont la pointe s'allongeait fort exagérément en corne dressée, munie à son extrémité d'un grelot d'argent.

— Cesse donc, tu sonnes comme grenaille, dit-elle en riant.

Louis d'Orléans avait changé. Il semblait plus fort, mais il avait gagné en légèreté, de celle qu'affectent complaisamment les hommes conscients de leur haute naissance. Ses cheveux étaient plus courts et moussaient tout autour de son visage. Il était coiffé d'un petit feutre à plume posé crânement sur le côté de sa tête. Son pourpoint, élargi d'épaulettes, lui étranglait la taille et retombait en jupe à gros plis presque à ras des fesses alors que l'usage les voulait aux genoux.

— Te voilà bien court vêtu. As-tu si grandement poussé que tes atours ne sont plus à ta mesure ? demanda-t-elle, taquine.

— Je te trouve aussi grandie, belle-sœur. À moins que ce ne soient ces patins de bois que tu portes sous tes chausses ?

— Cela me plaît, je m'y sens plus assurée à voir de plus haut. Je vais en commander au chaussetier de l'hôtel : des sculptés, fourrés, incrustés de nacre et pierreries, et même des patins de chambre rembourrés d'étoffes brodées. Qu'en dis-tu ?

— Je dis qu'à voir la reine d'en bas, toutes les dames de la Cour seront bientôt juchées.

— Et toi, à t'entendre tinter, tous les preux iront encornés de pieds et plus clochetés que le harnais de leurs chevaux.

Ils éclatèrent de rire. Isabelle était tout au bonheur de ces retrouvailles.

— Monseigneur de Sablé, sire de Craon ! annonça alors un chambellan, et le sénéchal du Berry, sire de Graville et de Bois-Bourdon !

Louis d'Orléans se précipita aussitôt vers les arrivants et prit familièrement par le coude le nouveau venu, un seigneur d'une rare somptuosité.

— Venez, mon ami, venez saluer la plus belle et la plus noble dame de ce royaume. (Et s'adressant à la reine :) À Dijon, j'y ai retrouvé messire Pierre de Craon qui s'en revenait d'Italie.

Pierre de Craon s'approcha d'Isabelle avec aisance et s'agenouilla, tête inclinée.

— Madame, je mets mon cœur à vos pieds, vous êtes encore plus belle que votre renommée.

— Relevez-vous, messire de Craon, répondit-elle, distraite par l'accoutrement de ce beau seigneur.

Le sire de Sablé était atourné ainsi que Louis d'Orléans, mais les manches de son pourpoint cerise étaient plus amples aux épaules et plus rembourrées encore. La jupe en était si courte qu'elle ne dépassait pas les hanches sur le haut-de-chausse qui lui moulait les fesses à outrance. Malgré elle, le regard d'Isabelle était attiré par un triangle d'étoffe matelassé, dont la pointe lui partait d'entre les cuisses pour aller s'attacher à la hauteur des aines par deux aiguillettes enrubannées. Ce triangle se détachait en rouge sur son haut-de-chausse bleu, de façon fort impudique.

Surprenant son regard, il sourit :

— Cela se nomme brayette.

La reine devint écarlate.

— Est-on si peu sûr de sa vigueur à Venise, messire, qu'on y souligne ainsi ses attributs ? intervint Bois-Bourdon avec une ironie mordante.

— Vous y viendrez aussi. La brayette est fort commode pour la petite nécessité. Voyez plutôt.

Il alla se poster dans la cheminée, leur tournant le dos. En un tour de main, il dénoua les rubans, et urina dans le foyer. Les bûches sifflèrent de colère sous le jet du pissat.

C'était une habitude fort courante chez les hommes de se soulager dans les âtres, Isabelle ne s'en formalisa pas. Elle était plutôt préoccupée par le ton âpre de son amant : à n'en pas douter, Bois-Bourdon n'aimait pas cet homme, son sourire était celui d'un loup qui retrousse dangereusement les babines.

— La chose semble commode, j'en conviens, reprit celui-ci, surtout pour les Vénitiens qu'on dit fort prompts à tirer leur braquet.

Venise s'était forgée la solide réputation d'une cité de fêtes et de plaisirs, où le vice battait le haut des pavés.

— Nous avons été trop bons compagnons de bordellerie pour que ma réputation ne soit plus à faire, Bourdon, répondit Craon avec ironie.

— Rassurez-vous, messire. Chacun ici n'a pas oublié votre acharnement à sacrifier à Vénus, et la Divine République possède la plus grosse troupe de putains d'Europe qui font grand tapage de luxe. (Et d'ajouter, glacial :) Il est vrai que tu t'en es donné les moyens, Craon.

Ce dernier pâlit dangereusement et posa sa main sur le pommeau de son épée, sans quitter son adversaire du regard. Isabelle sentit les deux hommes au bord de l'éclat. Mais fort opportunément, un cor sonna.

— Allons ! Que l'on passe aux ablutions, l'eau est cornée, commanda-t-elle, heureuse de pouvoir faire diversion.

Ils se lavèrent les mains à une fontaine remplie d'eau tiède et parfumée, et passèrent à table. Craon dévisageait la reine avec un sourire tranquille. Il avait un visage étrange, long et étroit, comme si sa tête avait été prise malencontreusement entre marteau et enclume. Sa bouche épaisse, sensuelle, occupait pratiquement la totalité de son étroit menton. Des roulottés de cheveux blond cendré tombaient de chaque côté de cette figure en lame de couteau et l'adoucissaient. Sans qu'il soit beau, il émanait de lui une séduction arrogante, une sorte de magnétisme.

Un valet apporta sur la table une nef fumante de brouet subtil d'Angleterre, un bouillon de poule aux châtaignes, qui embaumait de toutes ses épices : gingembre, cannelle, girofle, safran et cardamome. Humant avec régal, Craon ne résista pas à y plonger sa cuiller, chacun mangeant à même le plat.

— Êtes-vous vénitien, messire ? demanda Isabelle tout en goûtant le « subtil brouet » du bout des lèvres.

— Baron breton, madame, et seigneur de Sablé, pour vous servir, se présenta-t-il en reprenant du potage qu'il lampa en gorgées gouleyantes.

— Monsieur de Sablé est un illustre cousin de monseigneur duc de Bretagne, commenta Bois-Bourdon, et il se dit sans vergogne apparenté au roi de France. Il possède un pied dans chaque cour d'Europe et sait remarquablement faire le grand écart comme un jongleur de foire.

Le seigneur breton accueillit le sarcasme avec un grand sourire ironique. Il avait des dents larges et solides qui lui emplissaient toute la bouche. Se détournant ostensiblement du sire de Graville, Craon se mit à narrer à Isabelle les dernières nouvelles courant les chemins sur la bataille des Flandres. Tout en l'écoutant, elle détacha un oison rôti d'une des brochettes qui venaient de leur être apportées, et se mit à le grignoter.

— Après la chute de Damme, rien ne semblait pouvoir calmer l'humeur assassine du roi, poursuivait le seigneur de Sablé. Il paraîtrait que c'est la mort d'un de ses chevaliers qui lui aurait fait perdre tout sens commun.

« Adémard de Courtemay ? » s'interrogea Isabelle, tout en déchirant de ses petites dents carnassières sa carcasse d'oisillon.

Craon continuait son récit où il était question de soldatesque défonçant les portes des maisons, égorgeant les hommes, mettant en perce les tonneaux comme les femmes et les fillettes.

Isabelle blanchit, et jeta nerveusement son rôt dans la corbeille aux tranchoirs.

— Passez outre, messire, murmura doucement Bois-Bourdon d'un air menaçant. Nous savons ce que c'est que pillage. Mais notre reine est faite d'un autre bois.

— Pardonnez, madame, à ce rude récit, répondit le seigneur de Sablé en s'inclinant vers Isabelle qui se lavait les doigts dans le bassin présenté par l'échanson.

Celle-ci changea de conversation et s'adressa à Louis d'Orléans qui mangeait avec l'appétit de son adolescence.

— Nous diras-tu enfin pourquoi tu es de retour, monsieur le Mystérieux ?

— J'y viens, madame l'Impatiente, répondit-il, la bouche pleine. Comme j'arrivais à Dijon, j'y croisai des courriers que m'avait dépêchés la reine de Hongrie-Pologne pour m'empêcher de pousser plus avant. Marie avait épousé ailleurs.

— Sigismond de Bohême, précisa Craon. Il était prétendant à la main de la princesse Marie ; aussi, lorsqu'il apprit ce projet de mariage avec Louis, il eut l'impudence de mettre le siège devant le château de Buda [1] de la reine de Hongrie-Pologne, qui dut céder à la force, et qui donna sa fille en mariage à cet opiniâtre Sigismond.

1. Située sur la rive droite du Danube, Buda n'a été réuni à Pest, sur la rive gauche, qu'en 1873.

— C'était sans doute fort insultant pour la parole jurée, renchérit Orléans. Pourtant, jamais insulte ne m'a si fort réjoui. Et nous avons fêté la nouvelle tant et plus dans les bordeaux de Dijon, insista-t-il fier d'afficher sa nouvelle émancipation.

— Des bordeaux bien achalandés, acquiesça Craon, fasciné par Isabelle.

Elle buvait du moretum à petites gorgées gourmandes, ce vin de mûres miellé qui était sa boisson favorite. La liqueur, d'un vermillon capiteux, empourprait joliment ses lèvres bien ourlées, sur lesquelles elle passait machinalement sa petite langue rose. Bois-Bourdon, le visage de pierre, fixait Craon à travers ses paupières, comme un chat épie un rat. Isabelle finit son verre, qu'un échanson emplit aussitôt. Sautant du coq à l'âne, elle demanda à Orléans :

— Gentil beau-frère, te souviens-tu d'Alezane que tu m'as donnée ?

— Fort bien, gentille belle-sœur.

— Eh bien Alezane est amoureuse du destrier de messire de Graville, et il en est de même pour Alcoboça. Et si Dieu le veut, nous aurons un poulain dans quelques mois.

Tout en parlant, ce n'était pas Orléans qu'elle regardait, mais Bois-Bourdon, qu'elle dévorait des yeux. Ce regard ardent n'échappa pas au sire de Craon. « Il se pourrait bien qu'il n'y ait pas que la pouliche qui soit amoureuse », songea-t-il. Le sire de Graville, comme s'il avait lu dans les pensées du baron breton, se sentit glacé jusqu'à l'âme. Isabelle était jeune, et bien qu'elle ne prît pas cet air assoté qu'affichent les femmes éprises, elle était encore bien fragile à dissimuler.

Et le seigneur de Sablé était une fine mouche, dangereux comme un serpent.

Un valet fit diversion en apportant une jatte d'œufs caramélisés, fleurant bon la vanille. Isabelle, qui sirotait à nouveau son moretum, et qui commençait à être légèrement euphorique, y plongea profondément un doigt qu'elle porta à sa bouche. Elle y lécha la crème avec un plaisir sensuel. Un ange passa, tandis que ses trois compagnons l'observaient.

Alors que la reine suçait son majeur avec volupté, Craon ne fut pas sans remarquer la mine de Bois-Bourdon qui la regardait faire avec une rage impuissante. « Et il se pourrait bien, qu'en plus, il soit jaloux comme un tigre », en conclut-il avec jubilation. Rompant le silence, il demanda avec malice :

— De quoi parlions-nous ?....

— Des amours d'Alezane et Alcoboça, lança gaiement Isabelle, décidément grise. (Elle se tourna vers Orléans.) À ce propos, me diras-tu enfin qui est ta mystérieuse dame de cœur dont tu me parlais à ton arrivée ?

— Je ne saurai vous faire languir davantage, madame l'éternelle curieuse.

Louis sortit alors de son gousset un petit bijou ovale et le tendit à Isabelle. Elle s'essuya les mains dans la nappe, s'en saisit et contempla longuement le médaillon : enchâssé dans un cadre d'ivoire, le visage d'une ravissante jeune fille lui souriait.

— Il semble que c'est moi, s'esclaffa-t-elle. D'où tiens-tu cette miniature ?

— Messire Pierre de Craon me l'apportait de Milan quand il me croisa à Dijon. Quand il me vit, il me dit : « Monseigneur, c'est justement vous que je cherchais. » Et il me la donna sur-le-champ. Il la tient de Jean Galéas Visconti.

— Jean Galéas Visconti ? N'est-ce pas un mien cousin ?

— Voilà sans doute pourquoi cette figure te ressemble, répondit-il malicieusement, il s'agit de ta cousine, Valentine Visconti.

— J'ai su convaincre le seigneur de Milan d'accorder sa fille unique à monseigneur d'Orléans, renchérit Craon avec un air avantageux.

— Et que te paraît cette nouvelle fiancée ? demanda Isabelle à Louis.

— Dès que je la vis, amour m'est entré tout droit au cœur, affirma-t-il, péremptoire.

— Elle est fort belle. Ainsi, gentil beau-frère, tu vas être mon cousin ? constata-t-elle, s'amusant de ce hasard.

— Doublement, intervint Bourdon. Car si monseigneur d'Orléans épouse votre cousine, madame, il épouse aussi… la sienne.

Isabelle se tourna vers le seigneur de Graville.

— Que voulez-vous dire ?

— Que Valentine est la fille de Jean Galéas Visconti et d'Isabelle de France, sa tante, sœur des princes des Fleurs de lys.

L'esprit embrumé, la reine resta déconcertée, se demandant si un jour elle s'y retrouverait dans ces embrouillaminis généalogiques des familles d'Europe. L'arrivée du nain Capucine lui évita d'y trop réfléchir.

— Par Dieu, madame ! Vous êtes bien la reine de beauté ! s'exclama-t-il après le triple soleil qui l'avait amené jusqu'aux pieds d'Isabelle.

Et il se mit à lui embrasser les chevilles avec une telle exagération qu'elle devint écarlate.

— Louis ! Tenez votre fou, gronda Bois-Bourdon.

« Comme un tigre décidément », se dit le seigneur de Sablé en esquissant un sourire, tandis que d'un franc coup de pied, assorti du tintement bref du grelot, Orléans visa le postérieur de Capucine qui esquiva d'un roulé-boulé : il était trop souvent botté pour ne pas se méfier. Il rebondit debout sur ses petites jambes torses et salua l'assistance, comme un bateleur.

— Messires, vos appartements sont prêts, annonça-t-il. Nous avons fait diligence. Sire de Craon, vous y gîtez ? Et qu'en pensera le roi quand il saura ?

— Et qui le lui dira ? rétorqua le Breton.

— Moi, assurément, si vous ne me donnez pas un denier de bon argent pour garder le secret.

« Quel est donc encore ce mystère ? songea Isabelle. Pourquoi fallait-il cacher à son époux la présence de ce grand seigneur à l'hôtel de Saint-Paul ? »

Craon s'était levé, menaçant.

— Veux-tu aussi tâter de ma heuse ?

— Mille mercis, monseigneur, pour mon cul, je préfère les poulaines à clochettes.

Isabelle partit d'un grand rire clair en regardant le nain s'enfuir à petits pas rapides et chaloupés.

*

* *

Isabelle commençait à s'assoupir dans ce grand lit inconnu qui avait été celui de la reine Jeanne. Ses invités s'étaient depuis longtemps retirés à l'hôtel de la Conciergerie. Elle avait des difficultés à trouver le sommeil, énervée par le souper et le moretum. Mais surtout, les bras de son amant lui manquaient.

Dans l'immense cheminée, où un cavalier à cheval aurait pu se tenir, il y eut un léger grincement qui l'alerta, tandis que l'une des caryatides qui soutenaient les corbeaux armoriés se mit à onduler lascivement sous la caresse d'une main de lumière. Puis elle vit avec terreur une sorte de feu follet qui s'approchait du lit, accompagné d'imperceptibles frôlements. Elle allait hurler quand une main la bâillonna.

— Tais-toi ! C'est moi.

Avec un soulagement indicible, elle reconnut la voix du sire de Graville. Reprenant son souffle, elle chuchota :

— Tu as osé ? Comment... comment as-tu pu entrer ?

— Par la cheminée.

— La cheminée ?

— Les hôtels de Saint-Paul possèdent presque tous un escalier dérobé. Ils communiquent avec des souterrains qui se rejoignent en une vaste galerie débouchant dans la haute cour de la bastille Saint-Antoine. En cas de guerre ou de révolte parisienne, ainsi tous les gens de l'hôtel peuvent s'échapper.

Tandis qu'il parlait, il allumait de sa petite lampe à huile les mèches des chandelles qui garnissaient un candélabre.

— Ce passage secret communique de même façon avec toutes les cheminées en aplomb de celle-ci. Sous tes appartements, un logis est réservé au capitaine de la reine, comme le veut l'usage pour sa sécurité. Il est donc le mien. Cet escalier passe également par la salle des gardes du rez-terre, et finit en sous-sol, dans un boyau souterrain.

Ainsi, de par sa charge, apprit-elle avec bonheur, son amant se tiendrait juste en dessous de sa chambre, et le mystère d'une muraille serait complice de leur intimité. Le sire de Graville s'assit sur le lit et la prit dans ses bras. Elle était nue et se blottit contre sa poitrine.

— Il nous faudra rester très prudents. Même les murs ont des oreilles, ajouta-t-il d'une voix sombre.

Elle leva la tête et lui découvrit un visage préoccupé. Il abaissa vers elle son regard qui accusait à nouveau le strabisme des mauvais jours. Du revers de la main, il lui effleura la joue avec une infinie tendresse, l'air absent, la mine soucieuse. Isabelle était toujours inquiète des humeurs du sire de Graville. Elle se sentait si jeune enfant dans les bras de ce grand mâle farouche. Elle s'étonnait encore de trouver dans ses étreintes l'extrême douceur, s'émouvait jusqu'aux frissons de la caresse de ses yeux quand ils se faisaient velours.

Il s'était mis à lui caresser distraitement les cheveux, Isabelle chercha à le dérider en le taquinant :

— Tu faisais bien triste figure à ce seigneur breton, qui m'a paru fort aimable, et toi fort discourtois. (Elle conclut, ravie :) Ne serais-tu pas jaloux ?

Les doigts du sire de Graville se crispèrent dans la chevelure d'Isabelle, lui arrachant une grimace de douleur. Elle se dégagea et continua avec coquetterie, inconsciente de la tempête qu'elle soulevait dans l'âme de son amant :

— Il faut dire qu'il me regardait de bien belle façon…

— Tais-toi, gronda le sire de Graville.

Un grondement annonciateur d'orage qui ne l'alerta pas, tant elle trouvait du plaisir à éprouver l'amour de son amant, un plaisir tout neuf.

— Toi aussi, tu as vu qu'il me regardait tout le temps. Voilà pourquoi tu es de mauvaise humeur. Tu es jaloux.

Bois-Bourdon, ne pouvant plus contenir sa rage, lui releva durement la tête.

— Oui, je suis jaloux ! Jaloux à occire qui te regarde avec désir. Qui te regarde tout court. Jaloux ! Jaloux de qui doit te prendre à moi.

— Tu me fais mal, protesta-t-elle, surprise.

Mais il ne lâcha pas, les yeux d'Isabelle s'emplirent de larmes.

— Aujourd'hui, c'est cette canaille de Craon qui te dévorait du regard au souper. Et même Orléans ! N'as-tu point vu comment Valentine Visconti te ressemble ?…. Ce n'est pas elle qu'il aime, c'est toi qu'il veut.

— Non, laisse-moi, tu me fais peur.

— Et demain, c'est le roi qui te prendra. Parce que tu es à lui.

— Non !

— Tu es belle, demain, tu seras plus belle encore. Et tu es la reine. La promesse de chevalier de ton époux ne pourra y tenir, et certainement pas toute ta vie durant, poursuivit impitoyablement le sire de

Graville, qui connaissait le serment épistolaire du roi. Car tu es sa femme devant Dieu, ce Dieu que tu crois avec nous. Mais il n'en est rien. Dieu n'existe pas !

— Tais-toi, par pitié, supplia-t-elle en éclatant en sanglots.

— Où était Dieu quand ces grands seigneurs me forçaient sans rien craindre de leur crime ? Où était Dieu quand Charles t'a mise à mal en toute légitimité ? Et où sera Dieu quand il faudra que tu lui ouvres à nouveau ton ventre ?

— Non ! Je me tuerai plutôt, je le jure, balbutia-t-elle, sanglotant de plus belle.

— Que nenni ! Peut-être en jouiras-tu ? Peut-être te donnera-t-il le plaisir que je suis le seul à t'avoir fait connaître ?

— Lâche-moi ! finit-elle par hurler.

Ce cri lui rendit ses esprits. Il la lâcha, affolé de sa soudaine violence, et se détourna d'elle, la laissant pleurer, incapable d'un geste de consolation.

Oui, il était jaloux, à crever.

Le souper avait été une torture pour lui. Louis était revenu plein d'arrogance et de défi. Bourdon avait perçu en l'adolescent le prince qu'il serait : beau, terriblement séducteur, maniant les mots avec esprit, prenant en grand seigneur ce qui lui plaît, rejetant avec une élégance cruelle. Louis d'Orléans serait tout cela. Mais bien plus encore, il avait une intelligence brillante au service d'une totale amoralité. Comme Craon.

Craon, responsable de la mort du duc d'Anjou, l'aîné des princes des Fleurs de lys. Qui pouvait ne pas se souvenir de la guerre désastreuse que ce dernier avait menée en Italie pour y conquérir le royaume de Naples dont il était l'héritier ? Le seigneur de Sablé avait été dépêché pour lui porter secours, nanti de quatre-vingt-dix mille ducats. Mais c'est en vain que le duc et son armée affamée l'attendirenl ; tandis que Craon dilapidait l'argent avec les belles Vénitiennes, Anjou mourait à Bari dans le plus grand dénuement.

Et le baron breton avait eu le front de réapparaître à la cour de France en grand équipage. Le duc de Berry l'en avait fait bannir avec ces mots terribles : « Méchant traître, tu mérites la mort, car c'est toi qui as fait mourir notre bien-aimé frère. » On a le sens de la famille chez les Valois, mais le Camus regrettait les ducats perdus bien plus sûrement que le frère.

Et ce n'était pas tout. C'est encore Craon, qui, après avoir été chassé, était parti en Italie où il s'était entremis avec Jean Galéas Visconti. Il l'avait si bien servi qu'en septembre il l'avait aidé à assassiner le légitime seigneur de Milan, Bernabo, le grand-père maternel d'Isabelle.

Le sire de Sablé sacrifiait tout à ses plaisirs ; il était un hédoniste pervers, perdu de femmes et de jeu, capable de vendre jusqu'à sa propre mère pour satisfaire ses deux passions. Et c'est avec une telle escorte que le jeune Orléans s'en était revenu, le sourire aux lèvres, se vantant de ses nuits bordeleuses.

Craon rentrait triomphant de son exil italien avec une promesse de mariage qui ferait d'Orléans l'héritier du Milanais. Un sauf-conduit qui lui assurerait sans nul doute son retour en grâce à la Cour. Sûr de lui, déjà il défiait le roi en se faisant héberger en son hôtel.

Bois-Bourdon étouffait de dégoût. Mais que pouvait-il dire à la reine de cet imbroglio d'intérêts sanglants des familles d'Europe, qui se mariaient, se reproduisaient et se dévoraient entre elles comme des loups ? Que pouvait-il dire à cette enfant, victime elle-même de ces alliances intestines ? Elle n'était qu'un pion sur un vaste échiquier ; encore perdue dans ses rêves courtois, au premier coup, elle serait balayée sans pitié. Et lui, Bois-Bourdon, se faisait le complice criminel de cette inconscience, par le trop grand désir qu'il avait d'elle...

Il perçut derrière lui le souffle d'Isabelle qui venait timidement de poser sa joue contre sa peau. Il ne s'était même pas rendu compte qu'il lui tournait le dos.

— Gentil Bourdon. Je n'aime que vous. Je voudrais mourir pour vous, chuchota-t-elle humblement, suppliante.

Il se retourna d'un bloc et la prit contre lui avec désespoir. Le roi revenait, et la reine était encore si fragile, elle n'était pas prête. Que ne s'était-il éloigné d'elle, que ne l'avait-il remise en des mains plus expertes alors qu'il était temps encore, que l'avait-il entraînée dans une passion insensée, impossible ? Il l'étreignit davantage. Isabelle balbutia des mots d'amour, il les but sur ses lèvres, l'embrassant à pleine bouche. Puis il descendit sur son cou, promena ses lèvres sur sa gorge. Puisant dans sa détresse une fureur amoureuse, il la renversa sauvagement, dévorant son corps de baisers, et la mordit soudain cruellement au pubis, comme un chien qui se saisit d'une femelle. Elle poussa un cri et se tendit sous la douleur. Il attendit, sans desserrer les mâchoires, qu'elle se soumît, qu'elle acceptât de lui jusqu'à la souffrance, la souffrance à venir.

Doucement, elle s'apaisa. D'un léger renversement du bassin, elle s'offrit. Alors il lâcha sa prise, il l'ouvrit, délicatement, comme on ouvre les pétales d'une fleur. Il se mit à la lécher longuement. Il aimait son odeur, sa moiteur.

Isabelle s'abandonna totalement, hors de sens. Il la lécha jusqu'à ce qu'elle délire et qu'elle jouisse, en longs spasmes. Alors il la pénétra, comme elle aimait qu'il le fît, d'un seul coup. Ils se sentirent aspirés dans un tourbillon de lumière, laissant tout ce qui n'était pas eux dans les ténèbres de l'oubli. Ils étaient seuls.

Ils n'étaient qu'un.

Elle reçut sa semence, au plus profond du mystère de son ventre.

20

L'épée de l'*asag*

> Roland frappe sur une pierre bise. Il en abat plus que je ne saurais vous dire. L'épée grince mais ni ne s'ébrèche ni ne se brise ; elle rebondit et remonte vers le ciel. Quand le comte voit qu'il ne la brisera pas, très doucement il la plaint se parlant à lui-même : « Ah ! Durandal comme tu es belle et sainte ! Dans ton pommeau d'or, il y a foison de reliques : une dent de saint Pierre, du sang de saint Basile, des cheveux de mon seigneur saint Denis, du vêtement de sainte Marie…
>
> Dieu ne permettez pas que la France en ait honte ! »
>
> *La Chanson de Roland*

La nuit était noire, le samedi de la Saint-Séverin s'achevait, la minuit allait sonner. La reine se tenait réfugiée en son gîte où elle avait désiré rester seule.

Des coursiers royaux avaient été dépêchés pour confirmer le retour du Charles VI dans les deux jours, le 28 novembre 1385. Sa Majesté faisait aussi savoir, par ce même courrier, qu'elle désirait en son église Saint-Paul chanter les laudes du lendemain, premier dimanche de l'avent, avec toute la mesnie royale, comme cela avait été fait dix-huit ans auparavant au matin de sa naissance. Les deux jours étaient passés, l'imminence de ce retour terrifiait Isabelle.

Elle était assise dans un faudesteuil, le buste raide, devant sa « damoiselle à atourner ». C'était un guéridon de toilette, surmonté d'une grosse vis, où s'articulaient deux bras pivotants, et qui se terminait par une tête sculptée où s'apprêtaient les coiffures. L'ensemble paraissait contrefaire une damoiselle dont il tirait son nom. Cette silhouette roide de marionnette, au visage de bois à l'expression pétrifiée, lui semblait à son image. Que n'était-elle d'autre qu'un pantin, mû par des liens invisibles qui la contraignaient d'accueillir son époux, en dépit d'elle ?

L'un des bras de la damoiselle à atourner supportait un panier empli d'épingles, de peignes d'ivoire ou d'écaille, et divers affiquets ; sur l'autre était fixé un miroir d'argent poli. Il lui renvoyait le reflet de son visage où elle s'efforçait d'afficher un air de noblesse détaché.

Isabelle s'y voyait pâle et crispée, malgré ses efforts ; elle tremblait, son cœur battait douloureusement dans sa poitrine, à grands coups sourds. Revoir celui qui l'avait si méchamment violée lui était insupportable. Elle sursauta alors que Catherine entrait comme une flèche.

— Isabelle ! mon Isabelette, il faut venir, on dit le roi au portail de l'hôtel.

Le cœur de la reine s'arrêta, elle ferma les yeux, elle avait une peur horrible. Catherine lui prit la main, la pressant à se lever.

— Viens, mon Isabelle, on n'attend plus que la reine, il arrive !

La princesse de Bavière respira profondément, et se dressa.

— Je viens, répondit-elle d'une voix qu'elle tenta d'affermir, elle se signa et ajouta : Que Dieu me vienne en aide.

*

* *

La salle aux Bourdons luttait contre l'obscurité de tous les feux de ses lampiers et de sa couronne de lumière. Ses deux vastes cheminées en vis-à-vis flambaient, dévorant d'énormes tronçons d'arbre. La foule des courtisans, en grands atours, s'y pressait.

Dès la veille, des tables avaient été dressées. Elles étaient surchargées de petits pâtés et galettes épicés, et de fontaines d'hypocras ; le vin chaud embaumait des vapeurs de ses aromates, la cannelle, le gingembre et le poivre.

Le samedi, à sixte, les services étaient fin prêts, les feux des hôtels princiers avaient tous été allumés, et l'église Saint-Paul était réchauffée par des chariots de braises.

Il ne manquait plus que le roi.

Le jour s'était passé vainement à l'attendre, prolongeant la torture d'Isabelle. Puis des chevaucheurs royaux étaient venus avertir que le retour de Charles VI était si glorieux que le cortège royal avait pris un retard considérable, chaque bourg voulant fêter le vainqueur de Damme, fêter la paix, en ce plat pays que la guerre et les révoltes flamandes avaient rendu exsangue. Douais, Arras, Saint-Quentin et combien d'autres ? Des noms qui sonnaient comme le tocsin, qui sentaient le sang, le feu et la peur. La population y retenait le roi en grande liesse, comme le garant de l'espérance renaissante. Charles le Bien-Aimé était le soleil qui lèverait toutes les ombres maléfiques de cette fin de siècle, qui avait connu l'épouvante de la peste noire, la désespérance de la famine, les calamités d'une guerre incessante.

Peste, Famine, Guerre, les Trois Cavaliers de l'Apocalypse du temps.

Ce n'est qu'à trois heures des laudes que le roi mit pied à terre dans la cour de l'hôtel de la Pissotte où l'attendait la reine. La nuit serait blanche et l'hypocras réchauffé. La fièvre des courtisans monta en flèche, l'hôtel était excité à blanc. Cris et bousculades, sabotements et hennissements, cliquetis de harnais, ordres sonores des capitaines : la cour d'honneur grouillait, fantomatique, dans les éclats de lumière des flambeaux.

Au troisième étage, la salle aux Bourdons se mit à vrombir, comme si soudain toutes les abeilles d'or brûlé du plafond étaient agitées de la fureur de vivre. Des courtisans se précipitèrent dans les corridors et le grand escalier. D'autres s'agglutinèrent aux fenêtres où les vitres peintes s'illuminaient de fugitives lueurs, jouant à faire surgir soudainement une fleur écarlate, un visage d'ocre, l'azur d'un drapé. Leur impatience à voir le roi était hystérique. La jeunesse de Charles VI, sa beauté, son affabilité en avaient fait leur Dieu.

Le roi montait l'escalier statuaire ; la déferlante des courtisans quitta les fenêtres, reflua dans la salle à parer, s'embouchonna dans la grande porte en couinant comme en souricière. Les hérauts repoussèrent le monde de chaque côté d'une travée centrale, face à l'estrade royale. Les trompes sonnèrent. Chacun retrouva sa place. Le silence tomba comme une chape.

La reine se tenait au pied des marches du trône, surmonté du dais d'azur fleurdelisé. La famille du sang l'entourait : la duchesse de Bourgogne dans les jupes de laquelle s'accrochait la petite Catherine de France, Berry et son fils Jean de Montpensier, et Louis d'Orléans, tous figés dans l'attente comme les personnages d'une tapisserie. Charles entra. Le cœur d'Isabelle s'arrêta à nouveau.

Débarrassé de son manteau de cavalier, il était en garde-corps[1] à haut collet de renard, ses boucles

1. Habit de dessus pour le voyage.

blondes coiffées d'un chaperon vert herbeux à triple queue déchiquetée, piqué d'une escarboucle à feux de rubis. Il n'était armuré que de jambe.

Tout crotté de la boue des chemins, Charles VI éblouissait. Il prit une pose sur le seuil de la porte, semblant laisser à chacun le loisir d'admirer sa royale personne, mais son regard n'embrassa que la reine.

L'assemblée s'effondra sur les genoux, dans un bruissement de houppelandes et de brocarts, tandis que le roi remontait la travée, droit sur Isabelle. Indifférent à la forêt de coiffes et de chaperons inclinés bas, Charles ne voyait qu'elle ; il aurait couru si sa dignité le lui avait permis. Ses chevaliers s'engouffrèrent à sa suite. Les solerets et les éperons belliqueux sonnèrent sur le dallage.

Isabelle regardait le roi fondre sur elle. Il portait bas sur les hanches son baudrier à médaillons d'or, semé de perles et pierreries. Son poing serrait le pommeau d'Esfoldre[1], son épée qui lui battait le flanc gauche. Elle s'était promis de ne point faiblir à l'apparition de son époux ; mais à le voir marcher ainsi sur elle, trop grand, trop fort, trop beau, et tant glorieux qu'elle perdit contenance, sa gorge se noua d'une peur panique. Déjà le roi était sur elle, et l'étreignait à pleins bras ; une étreinte qui n'en finissait plus…

Les courtisans à genoux s'agitèrent. Les chevaliers piétinaient d'impatience, massés sur le devant de la porte. Catherine l'Églantine qui s'énervait aussi, échappa à la vigilance de Marguerite de Bourgogne pour aller vivement tirailler la manche de son frère.

— Tu l'étouffes, madame Belle. C'est à moi maintenant.

---

1. Foudre, ouragan. Il était courant de donner un nom à son épée, comme Durandal, l'épée de Roland, ou l'Escalibor du roi Arthur.

En l'apercevant, Charles éclata de rire et lâcha enfin la reine. Il souleva sa petite sœur à bout de bras :

— Catherine, qu'il m'est doux de te revoir !

Elle cria de joie, et rit de chatouilles alors qu'il la baisait un peu partout. Elle le prit par le cou et se blottit contre lui.

— Tu sens le cheval, gloussa-t-elle, riant toujours.

Une forte odeur de suint et de bourbe s'était engouffrée dans la salle avec l'escorte et le disputait à présent à celle des épices et du vin chaud.

— Je t'ai rapporté à plaisir des cadeaux de Flandre. Ils ont les plus beaux jouets du monde, répondit Charles à Catherine.

— Tu me les donnes ?

— Il faudra attendre le charroi, madame l'impatiente.

Gardant l'enfant ravie dans ses bras, il salua sa famille : Marguerite de Bourgogne, son oncle de Berry, son cousin de Montpensier, et son frère d'Orléans.

Les genoux commençaient à s'ankyloser sur le froid dallage. Une voix à la sonorité d'airain résonna suffisamment fort pour faire tourner les têtes :

— Par Dieu, la France n'était-elle faite que de cul-de-jatte qu'elle rampe ainsi à plaisir à ras de chausses ?

Cette apostrophe, digne d'un fou de cour, émanait pourtant d'un religieux, au froc déguenillé. Sa solide personne se tenait avec les chevaliers, auprès du chapelain royal, qui semblait à ses côtés tout rabougri, encapuchonné dans son aumusse. La vigoureuse présence de ce moine haillonneux semblait sucer toute l'énergie de Pierre de Foissy.

— Taisez-vous, Jean la Grâce, grogna ce dernier d'une voix lasse et chargée de haine.

Charles VI, qui avait rendu la princesse de France à la duchesse de Bourgogne, présenta son poing à

Isabelle. Elle s'était recomposé une attitude, mais ne put réprimer un frisson de répulsion en posant sa main sur ce poing qui l'avait si fort meurtrie.

Le roi et la reine gravirent ensemble les trois marches de l'estrade. Enfin, faisant face à l'assemblée, Charles VI libéra ses courtisans d'un signe.

— Que Dieu vous ait en Sa sainte Garde !

Le tumulte emplit aussitôt la salle alors que chacun se remettait sur ses pieds. Le roi étendit les bras, imposant le silence.

— Mon cœur est empli d'allégresse à vous revoir. Et plus encore, à revoir ma reine, si noble et si belle.

Il est vrai qu'elle était belle, sa taille fine bien prise dans un pelisson montant, à larges manches relevées d'écureuil. Sa tête, embrumée de mousseline bleutée, était enserrée d'une coiffe à doubles bourrelets en forme de pétale, recouverte d'une résille enrichie de grains d'or et de gouttes de cristal. Des vagues de perles irisées retombaient sur son admirable front bombé, hautement dégagé.

— En présence de cette noble assemblée, reprit le roi avec apparat, je veux donner le plus grand gage d'amour qu'un chevalier en courtoisie puisse donner à sa gente dame.

Le roi se recula à deux pas de la reine qui le regardait faire avec ébahissement, et tira son épée du fourreau. Il prit Esfoldre par l'extrémité de la lame, et la dressa avec solennité vers le ciel jusqu'à bout de bras. Lors des sacres, Joyeuse, l'épée mythique de Charlemagne, était ainsi dressée devant les rois de France, mais pointe au ciel. Charles VI semblait en vouloir travestir le rite sacré.

Les joyaux du bracelet qui reposait sur les quillons d'Esfoldre étincelèrent, alors que le jeune souverain lançait d'une voix vibrante, à la manière d'un histrion :

— Je rends grâce à Dieu qu'Il m'ait donné victoire que je dépose, ma très honorée dame, à vos pieds !

Il mit les deux genoux à terre, tenant toujours l'épée haut levée en équilibre, comme un jongleur de foire.

— Devant Dieu et cette assemblée, je remets, madame, cette épée victorieuse entre vos mains. De me la rendre au jour décidé par vous aura grande signifiance.

Isabelle était éperdue, le roi venait de lui confirmer son serment. Elle se souvint d'avoir réclamé l'épée de l'*asag* au soir de ses noces. Esfoldre était l'épée de l'*asag*, celle qui, suivant les règles de la *fin'amor*, confinait l'amant dans la chasteté jusqu'à libre consentement de sa dame de cœur. Une vague de chaleur fit flamber son visage : elle restait tout à Bois-Bourdon, lui, qui en doutait.

Charles VI abaissa l'épée devant la reine, croix en avant. Elle en saisit le pommeau, mais ses poignets frêles ployèrent sous le poids alors que le roi se relevait.

— Capitaine, la reine vous confie cette épée, lança celui-ci au sire de Graville, et par là même, vous fait le garant de cette épreuve très courtoise.

Bois-Bourdon avait pâli devant cette ironie du sort. Avant de monter les marches, il entrevit le duc de Bourgogne qui affichait un air de satisfaction matoise. Ironie du sort ? Le sort n'était pas loin, il souriait sur le faciès prognathe du Hardi. Impavide, le sénéchal mit un genou à terre, et reçut Esfoldre d'Isabelle. Charles VI prit alors les mains de la reine et les baisa.

— Ma mie ! murmura-t-il, que piètres étaient mes souvenirs. Vous êtes bien plus belle que ce qu'ils me rendaient. Vous êtes belle comme bouton de rose qui s'ouvre.

Il ajouta en murmurant tout bas :

— Ne me faites pas languir à goûter la rosée de ce bouton à peine éclos et d'en effeuiller la rose.

Isabelle devint écarlate. Elle croisa les yeux de Bois-Bourdon dont les doigts blanchissaient tant ils serraient l'acier royal. Son regard était terrible, comme celui qu'il avait eu après avoir étranglé le Tête-Noire de la forêt de Vincennes. Elle s'étonna d'un si grand courroux : ne devait-il pas avoir satisfaction, comme elle-même avait grand soulagement ?

Charles tapa dans ses mains, détendant l'assemblée qui demeurait figée, frappée de stupeur par la scène extravagante à laquelle elle venait d'assister.

— Allons, que chacun boive et se restaure ! lança le roi, passant avec grâce du spectaculaire à la familiarité.

Le brouhaha lâcha les courtisans qui s'agitèrent aussitôt en commentaires. Bois-Bourdon, en descendant les marches, se cogna à Bourgogne.

— Eh bien, sire de Graville, à la serrer ainsi, vous allez finir par briser cette épée pourtant bien trempée.

— Dieu vous garde, monseigneur, répliqua ce dernier en s'inclinant devant lui. Je vous souhaite la bienvenue.

Le prince l'entraîna à l'écart et baissa le ton :

— Mme de Bourgogne m'assurait dans son courrier que la princesse de Bavière était en de bien meilleures dispositions. Mais si l'unique lettre de la reine a rendu l'espérance à mon neveu, je le dis net, à moi, elle ne me plut guère. Aussi, cela valait ce coup d'épée.

L'épée royale symbolisait l'essence sacrée et chevaleresque du roi. Par la force de l'Esprit saint, elle lui conférait la puissance de défendre ses sujets contre la méchanceté, celle de protéger l'Église des infidèles. Priver le roi de son épée, c'était priver le royaume et la religion de la sauvegarde divine. La reine se devrait de la rendre, et la rendre, c'était...

se rendre. Isabelle n'y pourrait tenir longtemps, d'autant que ce geste insensé avait été public.

— Je suppose que nous vous devons cette belle démonstration de courtoisie ? demanda le sénéchal du Berry au duc de Bourgogne.

— Tu peux supposer, confirma ce dernier avec un sourire carnassier. Je voulais la chose solennelle. La reine se doit au roi et ne saurait garder l'épée royale au-delà des grands tournois de Noël. N'a-t-on jamais vu Charles jouter sans Esfoldre au côté ?

— Et vous dois-je aussi le grand honneur d'être le dépositaire de ce gage courtois, monseigneur ?

— Je sais que tu feras merveille à faire comprendre à la reine où est son intérêt, et l'urgence de son devoir, conclut le Hardi en s'éloignant.

Le piège s'était refermé sur Bois-Bourdon. Il n'entendit qu'à peine le roi qui lançait avec force :

— Frère Jean la Grâce ! Faites à la reine l'honneur de venir céans.

— Ma misérable personne est à vos ordres ! répondit l'homme d'Église à la cantonade, occupé à boire une lampée de vin miellé.

Frère Jean était un homme dru, d'allure comme de traits. Il était jaune de cheveux et de barbe, et même de prunelles tant elles étaient d'une pâle couleur noisette. L'assemblée s'écarta vivement devant lui alors qu'il s'y frayait un passage comme un bélier, peu troublé par la curiosité qui l'environnait. Le roi semblait fort amusé par l'effarement des courtisans.

— Nous avons trouvé frère Jean la Grâce braillant sur le champ de bataille, expliqua-t-il alors qu'approchait l'étrange moine. Il encourageait les blessés à mourir en les assurant qu'il voyait dans les cieux les portes du paradis qui leur étaient grandes ouvertes, et qu'ils y trouveraient hydromel, bonne chère et toutes sortes de félicités. Les agonisants rendirent l'âme en souriant, convaincus qu'ils voyaient eux-mêmes le paradis dans les nuées. Cela leur fut une grande consolation.

Frère Jean la Grâce s'inclina devant Isabelle après l'avoir regardée d'un air gourmand.

— Madame, je rends hommage à la reine, à sa jeunesse et à sa beauté. Comme il est doux, mais comme il est étrange de voir si pure oiselle en un tel poulailler.

Les courtisans qui l'entendirent en eurent un hoquet de stupéfaction.

— Qui est cet homme ? demanda le sire de Graville aux Plaisants Cousins du roi qui étaient venus le saluer.

— Un frère mendiant, répondit Pierre de Fénin, grand écuyer du roi. Un cordelier illuminé qui court l'Europe. Selon lui, tout est grâce, et c'est ainsi qu'on le nomme.

Le sire de Nantouillet ajouta avec ironie :

— Il prêche qu'il faut proscrire la crainte de Dieu. Il dit savoir que le Seigneur se réjouit à entendre les rots des estomacs rassasiés de la plèbe, et que les borborygmes affamés du carême écorchent Sa divine oreille.

— Des propos qui sentent le fagot, mais qui enchantent Charles, conclut Guillaume de Chastel, grand chambellan du roi.

Charles VI riait en effet. Avec cette espièglerie qui lui donnait une irrésistible séduction, il lança à nouveau à la cantonade :

— Ce saint homme a fait ma joie aux heures sombres de la bataille. Il manie la rhétorique avec une verdeur qui réjouit le cœur à qui sait entendre !

— Et profane l'âme de qui écoute ! couina Pierre de Foissy, qui semblait reprendre de la vigueur après avoir ingurgité coup sur coup trois gobelets de vin épicé, et qui venait de s'en faire emplir un quatrième.

— Notre sire parlait de qui sait entendre. Pour écouter, même les ânes écoutent, de grandes oreilles y suffisent, rétorqua frère Jean la Grâce de cette admirable voix de poitrine qui forçait l'attention.

Charles s'esclaffa à nouveau, car les oreilles de son chapelain, qu'il avait larges, devinrent écarlates. Les rires serviles des courtisans firent écho à celui du roi. Perdant contenance, Foissy but son gobelet d'un trait, et ne put réprimer une éructation avinée. L'hilarité redoubla.

— Allons, que l'on serve à nouveau à boire au chapelain du roi, tonitrua Jean la Grâce, le vin réchauffe les âmes de glace.

Le roi se pencha à l'oreille d'Isabelle :

— Je crois savoir que vous êtes en mal de confesseur, madame. Jean la Grâce est un saint homme, de bons et joyeux conseils. S'il vous agrée, je ne saurai trop vous le recommander.

Cette brute en haillons, son confesseur ? La reine se demanda si son époux n'avait pas perdu l'esprit. Le sire de Guisay s'était joint au groupe de Bois-Bourdon.

— Le roi sait ce qu'il fait, leur souffla-t-il. Ce maraud froqué en tient pour le bonheur terrestre, il saura fort bien édifier la reine sur la nécessité du plaisir pour le plaisir de Dieu… et celui du roi.

Bois-Bourdon serra à nouveau le pommeau de l'épée royale. Il avait une envie meurtrière de s'en servir à faire sauter la tête de ce coq prétentieux. Charles descendit de son piédestal pour prendre Louis d'Orléans par les épaules et l'entraîner à part.

— Gentil frère, lui dit-il, je suis fort marri des affaires de Hongrie, mais plus heureux encore de vous garder par-devers nous. (Il ajouta dans un sourire :) Tu as forci, ce me semble ?

— À me faire parcourir et revenir sur les grands chemins, je te dépasserai bientôt de la tête, répondit Louis avec une légèreté où perçait une certaine acrimonie.

— Bah ! La couronne de saint Étienne n'est que croix tordue [1]. Nous t'en trouverons une autre.

— Souffrez que cette fois, sire mon frère, je m'occupe de mes affaires, coupa Louis, franchement agressif.

— Certes ! acquiesça le roi sans se départir de son amabilité. En cette matière, la voix du cœur est la meilleure, ajouta-t-il en songeant à Isabelle. (Il changea de sujet en prenant le ton de la confidence.) À propos, il paraît que tu nous as ramené cette canaille de Craon dans tes bagages ?

— Nous nous sommes trouvés à Dijon. Il a su fort bien me distraire de mes peines.

— On sait comment ce paillard de Breton sait distraire les peines, sourit le roi.

— Monsieur de Sablé n'a que le souci de vous servir, mon frère, répondit froidement Louis d'Orléans.

— Comme il a si bien servi notre oncle d'Anjou jusqu'à la mort, ironisa Charles. Et comment notre oncle de Berry a-t-il pris la chose ?

— Comme il a pu ! Le sire de Craon est sous ma protection, et espère, de ta grandeur, être bientôt sous la tienne.

Ce Breton importun avait vidé prudemment les lieux bien avant l'arrivée du roi en son hôtel. Louis espérait l'y faire revenir avec son retour en grâce. Le roi regardait son cadet, prenant conscience qu'il y avait du défi dans sa réponse. Il sourit. Il ne lui

---

1. La couronne de saint Étienne était surmontée d'une croix. Celle-ci avait été tordue lorsque l'on exhuma la relique du tombeau de saint Étienne (1138), et le resta. C'est ainsi qu'elle est représentée dans les armoiries de Hongrie.

déplaisait pas que le duc d'Orléans se conduise en prince de France. Quant à Craon, Charles décida de lui accorder son pardon, songeant qu'il devait bien cette magnanimité à son jeune frère.

Cette décision hâtive, prise dans l'euphorie de son retour, allait avoir des conséquences tragiques. Il est des décisions si banales qu'il est impossible d'en prévoir l'implacable retentissement.

Charles VI quitta enfin son frère pour se mêler aux courtisans avec son affabilité coutumière. La reine était restée seule sur l'estrade. Jean la Grâce, toujours planté au bas des marches, la dévisageait sans vergogne.

— Le roi vous recommande, frère Jean. Mais l'êtes-vous... recommandable ? lui demanda-t-elle.

— Que non pas, madame ! Nul ne pourrait l'être face à l'innocence.

— Me croyez-vous donc innocente ?

— Bien plus qu'après de vaines absolutions.

Il la considérait toujours avec attention.

— Auriez-vous encore quelque chose à me dire, frère Jean ?

— Certes, madame ! Pour vous rassurer, je ne suis pas ici de mon plein gré. Sire le roi me veut tenir comme un oiseau rare. Mon chant le divertit. Je ne suis pas de ceux que l'on met en cage, mais à voir la vôtre, madame, je rognerai volontiers mes ailes.

— Que voulez-vous dire ?

Jean la Grâce s'inclina.

— Baigné, barbe taillée et parfumée, une aube de bonne bure et je ferai un chapelain aussi recommandable qu'un autre au royaume des apparences, reinette !

Isabelle tressaillit sous l'épithète. Il émanait de cet homme rude un charme singulier, mais il était d'une arrogance peu commune. Elle fut soudain distraite par un étrange silence qui s'était abattu sur les courtisans, un silence déchiré par des sanglots qui avaient fait tourner toutes les têtes. Le roi venait de croiser Catherine de Fastavavin et la tenait serrée contre lui. Ce geste de compassion, d'une étonnante simplicité, avait arraché les larmes de la chambellane, et Charles pleurait avec elle la mémoire d'Adémard de Courtemay.

La voix d'airain s'éleva à nouveau, impatiente : Jean la Grâce n'aimait décidément pas la tristesse.

— Il serait temps de s'étriller, sire mon roi ! Sinon, nous allons devoir chanter les laudes tout crottés.

Et il entama le chant d'une voix vibrante et belle :

Loué soit l'astre nouveau qui resplendit,
Et fait disparaître tout ce qui nuit à notre bien !
Loué le Seigneur pour ce jour qui grandit,
Loué le Seigneur pour cette journée qui vient !

— Vous avez raison, Jean la Grâce. Allons aux étuves, répondit Charles VI en essuyant ses pleurs.

En s'éloignant de l'estrade, le cordelier jeta une œillade affidée à la reine et ajouta :

— Allons faire toilette, et nous verrons bien.

Cette familiarité proche de l'outrage faillit cette fois la faire éclater de rire. Frère Jean la Grâce, son chapelain privé ? Elle y penserait plus tard, il était temps pour elle aussi de se faire apprêter pour l'église.

*
* *

Le chœur séraphique lance ses polyphonies ardentes à la puissance divine.

Le chant des laudes retentit, pur et vibrant.

L'assistance est à genoux sur les dalles glaciales de la nef. Le soleil n'est pas encore levé. Les hauts vitraux du chevet, à remplages fleurdelisés, sont éteints. Nulle lumière céleste ne fait resplendir ses bleus profonds et ses ocres éclatants. Les cierges et les torches trouent l'ombre, laissant dans l'obscurité les voûtes basses des chapelles latérales et du déambulatoire.

Odeurs de cire chaude, d'encens, aigreur de neige boueuse.

C'est l'introït.

Le prêtre sollicite les ordres des anges qui sont en paradis, délégation divine chargée d'assister à la messe :

— Oh vous, saints anges qui descendez des sphères divines pour agir et servir sur terre au nom du Sauveur, priez-Le de nous pardonner nos péchés et de nous envoyer Sa grâce !

Puis il lance le *kyrie* :

— *Kyrie, eleison. Christe, eleison. Kyrie, eleison !*

Seigneur, ayez pitié. Christ, ayez pitié. Seigneur, ayez pitié !

Neuf fois, le *kyrie* roule sur les têtes penchées qui lancent leurs suppliques à Dieu. Elles se répercutent sous les voûtes, renvoyées sur un peuple de statues trapues, aux draperies pesantes, qui ornent le jubé. Prophètes et personnages de l'Ancien Testament surveillent d'un air de stupeur grave la dévotion de la royale assemblée.

Kyrie, eleison. Christe, eleison. Kyrie, eleison !

Isabelle, emmitouflée, est d'apparence si fragile auprès de la solide stature de Charles VI. Mais elle paraît soutenir son rôle avec vaillance. Bois-Bourdon ne la quitte pas de ses yeux sombres. Il sait qu'elle pense avoir obtenu sa victoire. Quand tournera-t-elle le dos à son enfance bavaroise et à ses contes courtois où l'amour triomphe de tout ? songe le sire de Graville. Il a peur pour elle ; il voudrait la prendre, l'enfouir contre lui, l'emporter tel un loup dans sa tanière, loin des menaces de ce monde.

Kyrie, eleison. Christe, eleison. Kyrie, eleison !

21

Jour de Grand Conseil

> Une femme adultère accouche d'un fils alors que son mari, marchand d'épices, est à Alexandrie. À son retour, il s'étonne. « Ce n'est rien, lui dit-elle, c'est un enfant engendré par la neige. »
>
> Huit ans plus tard, l'époux emmène l'enfant en voyage et le vend aux Sarrasins dans un marché d'esclaves. De retour, il déclare à sa femme éplorée : « Ce n'est rien, l'enfant de la neige a fondu au soleil. »
>
> Petit conte à l'usage de l'édification des femmes

On jasait beaucoup à propos de l'épée à l'Hôtel solennel des Grands Ébattements, qui se gorgeait, se rassasiait des rumeurs les plus folles. Elles s'étaient emparées de la rue où l'on chantait :

Las, le roi qui a gros vit,
Désire la reine au plus vite.
Las, l'hymen est trop étroit,
L'épée élargira la voie.

Les fêtes de l'hiver avaient mis Paris en dévotions et en liesse. Le bon peuple s'était habillé de neuf et avait dansé dans les églises le jour de la Nativité de Notre-Seigneur ; dansé encore et encore, banqueté et jouté le jour de Saint-Étienne ; processionné et soûlé à la Saint-Jean l'Évangéliste, aux Saints-Innocents ; paillardisé dans la pire extravagance à la fête des Fous, au jour de la circoncision ; tiré le roi aux banquets de l'Épiphanie ; et ainsi jusqu'à la célébration octavale[1] du 14 janvier.

Les calendes de janvier étaient passées avec leur habituel cortège de fêtes liturgiques et païennes. Les prédicateurs avaient à nouveau stigmatisé les déguisements immoraux, l'ivresse et l'impudicité, vitupérant en vain contre la perdurance d'un paganisme qui rend impuissant, depuis l'aube de la chrétienté, toutes les foudres et tous les anathèmes de l'Église.

L'hiver est une saison rude, les jours sont courts, le travail est ralenti, et les nuits sont longues. La plèbe s'échauffe de distractions. Dans les campagnes, comme en ville, on égorge le cochon.

Il paraissait pourtant que le roi avait montré l'exemple de la plus grande humilité. Mais fallait-il en croire cette rumeur insensée qui prétendait qu'il avait beaucoup prié, avait présidé les festins avec modestie, et n'avait jamais participé aux tournois ?

Il restait certain que le roi et la reine avaient été très peu vus ensemble.

Et qu'Esfoldre reposait toujours sur un coussin de velours bleu dans l'oratoire de la reine.

*

* *

Jamais le jeune souverain ne s'était senti aussi seul, assis sur son trône légèrement surélevé, dominant en majesté la salle Charlemagne à l'hôtel de

1. Octave : période de huit jours qui suit chacune des grandes fêtes de l'année ; dernier jour de la huitaine.

Sens où se tenait le Grand Conseil. Et jamais Grand Conseil ne lui avait paru plus fastidieux. Il s'y débattait finances, impôts, emprunts. La guerre vidait le Trésor aussi sûrement qu'un été de grande sécheresse vidait les puits. Et Charles se lassait de la guerre.

Son oncle de Bourgogne avait raison, il fallait en finir avec l'Angleterre et la terrasser sur son propre sol. La flotte rassemblée au port de l'Écluse était considérable. De la Prusse jusqu'à la Castille, il était venu des vaisseaux de partout, parés comme des maîtresses, argentés de mâts, dorés de proues, empavillonnés de soie flottante dans tout l'orgueil héraldique, déployant au vent les lions, les dragons, les licornes, pour faire peur aux léopards anglais.

Visitant sa flotte au cours de l'été, Charles s'était essayé aux régates ; il avait conçu une grande fierté en constatant qu'il n'avait point le mal de mer, comme certains de ses chevaliers. Il se disait même que l'amiral Jean de Vienne était atteint de cette faiblesse.

Le port de l'Écluse et sa multitude de bateaux enluminés qui se drossaient les uns contre les autres avaient encore le pouvoir d'exalter l'imagination du jeune souverain, de le gonfler de son immense puissance. Il aimait la parade et le faste des armées, mais pour le reste... Que connaissait-il des combats ? Qu'un champ de tripes ouvertes, l'odeur du sang, les cris d'agonie.

Le cauchemar de Roosebeke l'avait encore torturé cette nuit. Les milliers de morts au lieu-dit « du ruisseau couleur de roses » s'étaient encore levés et l'avaient traîné de leurs bras décharnés devant le tribunal de Dieu, le laissant à son réveil exsangue et abattu.

Il avait vu depuis bien d'autres massacres que celui de Roosebeke, couler d'autres rivières de sang. Le sang, toujours le sang, celui d'Adémard de

Courtemay. Et toujours cette peur incoercible des morts. Il avait honte de cette sensibilité indigne. Il enviait le soldat qui pouvait exalter sa bravoure en ferraillant de taille et d'estoc sans merci, le porte-lance qui chargeait à plein galop sus à l'ennemi, le brandisseur de fléau qui décervelait, le fauchard[1] pourfendeur de cuirasses. Il enviait jusqu'au simple coutelier qui vous déverrouillait d'un tour de couteau le gorgerin d'un cavalier à terre, se débattant stupidement dans son armure comme un gros hanneton sur le dos, et vous tranchait la chair d'un coup net, ainsi que l'on fait à une huître.

— Que me parlez-vous de finances alors que je viens de faire un emprunt pour le Passage d'Angleterre à mon banquier lombard Dino Rapon ! hurlait le duc de Bourgogne.

— Et qui remboursera la dette ? répondait Olivier de Clisson, hurlant tout aussi fort. La cassette royale, cela s'entend.

Les dignitaires et les chefs de guerre disputaient toujours des affaires de l'État. Charles VI contemplait les tentures dont les tapisseries exaltaient le culte porté à Charlemagne et qui avaient donné son nom à la salle du Conseil. Il songea aux hauts faits de guerre qui avaient fait sa légende, à son neveu Roland le Preux. Puis son esprit s'égara sur les exploits contés dans l'épopée du roi Arthur, du Chevalier au Lion, de Lancelot, de Perceval, de Saint Louis et sa glorieuse croisade. Enfin et surtout, il songea au vaillant Bertrand Du Guesclin, le mythe vivant de sa petite enfance. Son héros. Un culte qu'il avait reporté sur le compagnon d'armes du grand homme, son connétable Olivier de Clisson, auquel il vouait une admiration éperdue.

Mais qu'en était-il pour lui, le roi, le premier chevalier du royaume ? Il n'avait jamais tiré Esfoldre

1. Porteur de faux.

contre l'ennemi, encore moins contre les Sarrasins pour la gloire du Saint-Sépulcre. Il était juste que la reine gardât l'épée ; il n'en était pas digne, il n'était pas digne de son amour. Il lui avait remis l'épée royale en étant certain qu'Isabelle la lui rendrait sur-le-champ. Voilà cinquante-neuf jours qu'elle la tenait. Le roi comptait les jours.

Des éclats de voix firent sortir à nouveau Charles VI de sa songerie pitoyable. Ses oncles de Berry et de Bourgogne se querellaient encore.

— Catherine a neuf ans, Jean bientôt quinze, et la dispense apostolique est enfin arrivée. Il n'y a plus de raison de surseoir, je veux les marier au plus vite, vitupérait le placide Camus.

Il avait enfin reçu la dispense nécessaire à cette union entre cousins germains. Berry, pressé d'unir son fils à sa nièce, était sans doute encore plus pressé de toucher la dot de la princesse de France.

— Nous ne devons pas nous distraire de notre campagne d'Angleterre, lui répondit Bourgogne en rugissant. Nous devons profiter de l'hiver pour réunir nos finances et nos forces, et tu as mieux à faire à rassembler les armées de tes apanages qu'à faire des noces.

Le Hardi ne voyait dans la précipitation de ce mariage qu'un prétexte à reculer encore le débarquement. Mais l'idée de grandes réjouissances d'épousailles princières revigora le roi tout soudain. On y ferait grandes joutes, il faudra bien alors qu'Isabelle rende l'épée.

— Que nenni, mon bel oncle, intervint-il abruptement. Souffrez qu'avant la guerre, nous fassions la fête. Je me conforte grandement de ce mariage, nous le ferons au printemps. Cela vous va-t-il, monseigneur de Berry ?

Ce fut la stupeur au Grand Conseil. On avait rarement vu Charles trancher aussi nettement contre l'avis de son oncle de Bourgogne. Le Camus se rassit en remerciant avec satisfaction. Le Hardi ravala sa fureur. Louis d'Orléans alors se leva. Charles, pour la première fois, avait désiré la présence du prince de France au Conseil. C'était dorénavant reconnaître un honneur dû à son sang.

— Messeigneurs, je souhaite faire requête devant cette noble assemblée. Puisqu'il est question de mariage, parlons du mien.

Une rumeur s'éleva dans la salle. Le frère du roi allait-il exiger réparation contre Sigismond de Bohême pour lui avoir volé sa fiancée de Hongrie ?

— Je désire au plus tôt faire même demande de dispense en Avignon au pape Clément VII pour épouser ma cousine, Valentine Visconti de Milan.

Louis avait énoncé cette demande d'une voix claire et posée, sans plus les éraillements de la mue. C'était celle d'un homme encore jeune, mais qui entendait à présent mener sa vie à sa guise. La rumeur monta, s'enfla en tumulte. Bourgogne se leva, ne voulant pas laisser échapper une seconde fois le poids de son influence :

— Très cher neveu, vous me voyez ravi d'une si heureuse perspective. Mais que sait-on des dispositions de notre beau-frère Jean Galéas ?

— Les meilleures, à ce qu'en dit messire Pierre de Craon, seigneur de Sablé.

Des protestations violentes éclatèrent. Chacun avait eu connaissance du retour à Paris de ce Breton félon. Le duc de Berry se leva à son tour et calma l'assistance :

— Je crois ici me faire la voix de l'indignation générale. Il n'est rien qui ne puisse se décider sur la foi de ce mécréant qui doit être banni à jamais du royaume de France.

Le jeune Orléans ne se démonta pas :

— Très honoré oncle, le sire de Craon a fait pourtant bonne ambassade, et a négocié avec le seigneur de Milan un contrat de mariage où Jean Galéas

Visconti consent une dot de quatre cent cinquante mille florins à sa fille, la seigneurie de Milan et le comté d'Asti.

Il y eut un murmure d'ébahissement.

— Qu'importe l'énormité de la dot, tout le monde sait qu'elle ne sera jamais payée, s'emporta le Camus.

— Quant à la seigneurie de Milan, surenchérit le Hardi, pour une fois d'accord avec son aîné, Jean Galéas, veuf de notre très chère sœur, vient d'épouser une oiselle qui pourrait bien lui donner un héritier mâle, dépossédant sa fille unique de son héritage.

— Par messire de Craon toujours, continua Orléans, négligeant l'intervention de ses oncles, le duc m'a fait tenir une miniature de la princesse de Visconti. Elle est si gracieuse personne que grand amour irrémédiable m'est entré dans le cœur.

Il s'était retourné vers le roi, certain de trouver son appui. Le seigneur de Sablé lui avait conseillé : « Dis que tu l'aimes, et le roi ne saura rien te refuser. »

Le silence se fit, chacun attendait la réponse de Charles VI. Celui-ci songeait à Isabelle et à la passion désespérée qu'il lui vouait. Il ne douta pas un instant qu'il en était de même pour Louis envers Valentine.

— Nous diligenterons ce jour d'hui un courrier en Avignon afin d'y solliciter cette dispense pour le contentement de notre très aimé frère d'Orléans. Et pour service rendu, nous accordons notre royal pardon au seigneur Pierre de Craon et son retour en cour.

Le roi se leva.

— Sixte va bientôt sonner. Tout est dit ! Levons la séance, j'ai grand-faim.

*

* *

Le repas fut morose. Ni vin, ni jongleurs et ménestrels ne réussirent à égayer les convives. La reine n'avait pas paru. Le roi se taisait. Les oncles se boudaient. Les convives se quittèrent pour le repos. Chacun l'emploierait comme il l'entendait, en sieste, en jeux de table, ou en promenade dans les jardins. Le temps était beau. Un brusque adoucissement donnait une douceur exceptionnelle à ce premier jour de février.

Alors que Charles VI se précipitait à l'hôtel de la Pissotte chez la reine, Philippe le Hardi, rompant la glace, avait entraîné son frère le Camus dans un petit cabinet. Jean de Berry, que suivaient en trottinant ses trois petits chiens de Poméranie préférés, s'était insurgé avec force :

— Ne me parle plus de mon ost, de débarquement ou de mariage. Tout a été dit et fort bien signifié par notre neveu.

— C'est justement du roi que je veux t'entretenir.

Jean avait beaucoup mangé, bu de même, et ne désirait que dormir. Voyant que son frère n'en démordrait pas, il s'étendit sur un lit de repos, aussitôt rejoint par ses loulous qui vinrent se coucher contre lui. Sous l'œil irrité de Bourgogne, le Camus croisa ses courtes mains, boudinées de bagues, sur sa vaste poitrine, ferma les yeux et soupira profondément avec résignation.

— Eh bien, parle, je t'écoute.

— Je te conseille de ne pas t'assoupir et de m'ouïr attentivement, fulmina Philippe, exaspéré. Les choses ne vont pas avec la reine.

— S'agit-il de cette épée qui, dit-on, fait du roi un eunuque ? répondit son frère en gloussant dans son triple menton.

— Isabelle ne songe toujours pas à la rendre.

Le Camus ouvrit des yeux agacés.

— Mais enfin, me diras-tu ce que signifie cette mascarade ? N'a-t-on jamais vu plus grotesque qu'un chevalier qui se défausse de son épée au profit d'une femme ?

Il est vrai que l'idée n'avait pas été bonne, et le Hardi ne devait s'en prendre qu'à lui-même. Il avait cru acculer la princesse de Bavière à se soumettre, mais elle se servait d'Esfoldre comme il se doit, comme d'une arme, rendant Charles prisonnier de son serment public.

Philippe déambulait dans la chambre, les mains derrière le dos. Il avait pris le parti de tout révéler à son frère.

— La reine refuse le roi. Lui rendre Esfoldre signifie qu'elle a vaincu ses réticences et qu'elle lui ouvre enfin son lit.

— Comment cela « enfin » ?.... (Berry se redressa lourdement sur les coussins.) Veux-tu dire que le roi et la reine n'ont jamais été au lit ensemble ?

— Certes ! Une fois, le soir des noces. Charles a violé Isabelle et fort gravement.

— Diable ! Voilà un secret qui a été bien gardé. Et pourquoi t'en ouvres-tu présentement ?

— C'est que le dommage est plus grand qu'il me parut alors. Et j'ai besoin de ton soutien pour répudier la reine.

— Comme tu y vas ! Cela me paraît un peu hâtif, répondit le Camus en se recouchant. (Il ferma les yeux, et ajouta d'une voix somnolente.) Laisse du temps à ces enfants, ils jouent encore en jardin de courtoisie.

— La Couronne n'est pas un jeu ! Et le temps nous est peut-être compté, gronda le Hardi, exaspéré de la dolence de son frère.

Berry ouvrit un œil rond, toute somnolence envolée :

— Que veux-tu dire par « Le temps nous est peut-être compté » ?

— Que le roi est solide de corps, mais ses faiblesses d'esprit m'inquiètent. Après le viol, il est resté en pâmoison de longues heures, et s'est réveillé privé du souvenir de sa violence. Tu n'étais pas à Damme, mais sans doute as-tu appris que la mort d'un de ses chevaliers l'a plongé une nouvelle fois en prostration. Et ensuite, pendant des jours, il semblait qu'il n'y eût plus que le meurtre qui satisfasse à sa rage.

— C'est fâcheux mais à qui la faute ? Dès son âge le plus tendre, tu l'as traîné sur des lieux de carnage... pour ton profit !

— Ce n'est pas le moment de me chercher noise ! hurla soudain Bourgogne.

— Bon ! Quel serait donc le remède ?

— Il lui faut les douceurs d'une nouvelle épouse pour lui rendre sa bonne mesure.

— Charles se pique d'aimer Isabelle. En cette matière, notre neveu est plus obstiné qu'en n'importe quelle autre.

— Faut-il attendre sans rien faire qu'elle le désespère jusqu'à la mort ?

— Bah ! On ne meurt d'amour que dans les romans de chevalerie.

— Justement ! Charles en a la tête gâtée. Et je crains autant ses pâmoisons que quelque folie héroïque afin d'éblouir la reine. Je te le dis, je le crois capable de mettre sa vie en péril. Et que feras-tu de Louis sur le trône, avec comme Conseil cet artificieux de Laon et ce serpent de Craon ? N'as-tu point vu comment notre neveu d'Orléans dresse déjà la tête ?

— Certes, ce serait fâcheux.

Le Camus s'avisa qu'il ne s'était guère intéressé à Louis. Il se pourrait en effet que ce prince ait des ambitions au-dessus de son âge ; son intervention au Conseil montrait déjà une grande force de caractère. Il était sans nul doute plus avisé que son frère le roi, qui ne voyait jamais malice, et qui laissait les princes des Fleurs de lys manipuler finances et politique à leur profit. Il lui apparaissait à présent certain que Louis ne laisserait pas faire ; et que ses conseils seraient férocement hostiles à l'influence des oncles. Jean de Berry était trop circonspect pour ne pas sentir la réalité du danger. Un Dauphin, certes, garantirait bien des choses.

— As-tu parlé à la reine ? demanda le Camus.

— Ce matin même ! répondit Philippe, le visage flambant de colère. Je l'ai priée, et puis menacée. Elle m'a répondu avec hauteur qu'elle se percerait plutôt le cœur avec Esfoldre que de la rendre.

« Voilà donc la raison des fureurs de mon frère », songea le Camus.

— Nous sommes décidément en plein poème épique, enchaîna-t-il à voix haute. Eh bien, restons-y... (Il se mit à gratouiller l'épaisse fourrure de l'un de ses petits chiens avec un sourire matois.) Qu'est-ce qui déconsidère fatalement la gente dame aux yeux de son noble chevalier ?

— L'adultère, répondit Philippe, excédé, jugeant la question de peu d'à-propos.

— Alors, disons que la reine Isabelle est adultère.

Le Hardi en resta sidéré.

— Et comment comptes-tu t'y prendre ?

— Moi ? D'aucune façon. Mais je pense que cette âme damnée de Bois-Bourdon te rendra bien ce service. Il t'en a rendu de pires, ajouta le Camus avec fiel.

Bourgogne ne chercha pas à éclaircir ce à quoi son frère faisait allusion, ce qu'il savait de l'assassinat de son beau-père. Il passa outre, prudemment, ne songeant qu'à la princesse de Bavière :

— Il devra la séduire ? Ce n'est pas chose certaine.

— Ce n'est pas nécessaire, c'est la calomnie qui déshonore une femme, non la vérité. Il suffira bien qu'il s'en vante haut et fort. D'ailleurs, il est très assidu auprès d'elle : lorsque la reine paraît, le capitaine de sa garde n'est jamais loin... Quelle imprudence !

L'idée du duc de Berry était inspirée du Diable. Les répulsions d'Isabelle pour le roi s'en trouveraient ainsi justifiées, et Charles ne saurait pardonner une telle fourberie. Nul doute qu'il en éprouverait du désamour, et répudierait la reine sur-le-champ.

— Ne pourrions-nous pas acheter une de ses dames d'honneur ? Un faux témoignage assurerait notre affaire, ajouta le Camus avec cautèle.

« Ozanne de Louvain ! » pensa tout aussitôt Philippe. Il tenait cette sorcière à merci de par son rôle dans le viol de la reine, elle témoignerait de tout ce qu'il voudrait.

— Tes conseils m'ont été d'un grand secours. Je te souhaite bonne sieste.

Il laissa son frère, qui bâillait plus que jamais, à ses loulous de Poméranie, songeant déjà à quelques princesses qui feraient une reine plus docile.

En sortant, il se heurta sans faire attention au grand chambellan de l'hôtel, Angésine de Grosparty, qui s'inclina profondément devant le duc.

Si l'air penché du grand chambellan était dû à ses perpétuelles courbettes, il venait aussi de ce qu'il avait souvent l'œil au niveau des trous de serrure, et l'oreille collée aux huis.

*

* *

— Eh bien parle ! Ne me cache rien, je saurai tout entendre de la reine.

Charles VI marchait à grands pas dans les allées des jardins, faisant nerveusement des allers et retours, car Jean la Grâce ne se pressait pas à le suivre.

— Par Dieu, moi je n'ai encore rien ouï ! Madame Isabelle se tait devant moi. Elle n'est pas de celles qui s'apprivoisent en si peu de temps.

Frère Jean la Grâce avait intercepté le roi alors qu'il allait se faire annoncer chez la reine.

— Isabelle dort. Il ne serait pas judicieux de l'éveiller.

Il l'avait entraîné hors de l'hôtel de la Pissotte avec fermeté.

— À trop la solliciter, tu la harcèles.

— Et comment faire autrement alors que je meurs loin de ses yeux.

— Je concède qu'elle a des yeux à dénouer toutes les aiguillettes, et une bouche à faire le reste, lui avait répondu Jean la Grâce avec irrévérence.

Puis il avait emmené le jeune souverain partager sa promenade sous prétexte de lui parler. Lui-même se sentait perturbé, il avait besoin de prendre l'air. Il fallait croire que la reine l'avait envoûté. En arrivant à Paris, frère Jean ne songeait qu'à se défiler au plus tôt, se souciant d'être son chapelain privé comme d'une guigne. Et voilà bientôt deux mois qu'il se tenait à l'hôtel de Saint-Paul, comme crabe en nasse. Isabelle le fascinait ; elle était d'une beauté peu commune. Il la voyait comme nymphe se faisant papillon, non comme une fillette brisée par un viol, ainsi qu'il l'imaginait lors des confidences du roi. Et quelque chose d'amoureux émanait d'elle… Jean la Grâce s'était arrêté, méditatif.

Oui, Isabelle sentait l'amour.

— À quoi penses-tu avec cet air idiot ? s'énerva Charles en revenant sur ses pas. Parle !

— C'est parler sans penser qui donne l'air idiot. Laisse-moi un peu à mes réflexions, mouche à merderon !

— Il est des fois où tu m'agaces tant avec tes insolences que je te fouetterais, soupira le roi avec exaspération.

Jean la Grâce éclata de rire ; il rompit une branchette de noisetier qui se trouvait à sa portée et la lui tendit.

— Fouette donc, j'ai rude écorce, plus rude que cette verge. Mais tu ne m'en presseras pas davantage, roitelet !

Charles se mit à rire aussi en prenant la baguette. Il en frappa un bouquet de houx vernissé, ses fruits rouges dégouttèrent comme perles de rubis.

— Prends ton temps, moinillon sybarite ! Je ne te presse plus.

Le moine traitait Sa Majesté avec une familiarité sans vergogne. D'ailleurs, il traitait Dieu de même manière. Charles y trouvait son compte : la servilité dont on l'accablait le plongeait dans une profonde solitude. La verdeur de cet homme d'Église le rendait à son humanité, le sol se faisait plus solide sous ses pieds. Sans se l'avouer, le Bien-Aimé aimait à être rudoyé.

Par la présence du frère prêcheur auprès de la reine, le roi espérait contrarier l'éducation castratrice de la mère d'Isabelle. Il avait conversé longuement avec Frédéric de Bavière durant le siège de Damme. L'oncle de son épouse lui avait parlé de sa belle-sœur, et comment cette femme intraitable avait considéré l'acte de chair comme la pire des entreprises démoniaques. Thadée Visconti avait une certitude : le démon et l'enfer gîtaient entre les cuisses de l'humanité. Le duc riait en rapportant qu'elle ne s'était soumise à son devoir conjugal qu'après avoir inondé sa couche d'eau bénite avant de s'y allonger, jambes ouvertes au sacrifice, un crucifix serré sur sa poitrine, et vociférant des exorcismes. *Vade retro, Satana !*

Curieuse façon de concevoir des enfants.

Frédéric racontait encore que son frère Étienne de Bavière, était allé chercher ailleurs, et depuis longtemps, des lits moins mouillés, des jambes moins raides, des poitrines moins encombrées, et des bouches plus paillardes. Tout à l'inverse, frère Jean la Grâce parlait de la chair comme d'un plaisir tout naturel voulu par Dieu, affirmant que jouir faisait jouir le Tout-Puissant. Le contraste était sans doute un peu abrupt. Mais Charles comptait bien que la verve du moine ramènerait miraculeusement dans son lit une Isabelle docile à Vénus pour le plaisir de Dieu.

Mais ce miracle prenait son temps.

Comme ils longeaient une grille, le monarque laissa le bâton de noisetier rebondir de barreau en barreau, comme le font les enfants, puis finit par le briser d'un coup violent.

— On dit que le temps est un maître, mais qu'il tue ses serviteurs, marmonna-t-il avec fureur. Pour ma part, il m'assassine d'heure en heure.

Jean la Grâce ne répondit pas, et se contenta de jeter un coup d'œil vers Charles qui achevait de briser la baguette en menus morceaux. Il y avait dans cette tête folle une exaltation dangereuse. Et la reine semblait si déterminée dans son entêtement qu'il se pourrait bien qu'elle le pousse à bout. Il ignorait ce qui faisait la force de la princesse de Bavière. Elle tenait contre l'appétence royale, contre Bourgogne, contre toute la Cour, et même contre l'opinion publique. Et ce n'était pas l'affligeante religion de sa mère Thadée qui la déterminait à ce point. Frère Jean en revenait toujours à l'amour. Seul l'amour donne cette force.

Isabelle ne s'était pas encore prononcée sur le choix de son chapelain privé. Elle n'avait pas fermé sa porte à Jean la Grâce. Elle lui prêtait une oreille distante, mais curieuse. Il ne s'en émouvait pas, se contentant de la faire sourire, ou rougir, sous l'insolence de ses saillies. Et cela lui en apprenait sur la reine bien plus que longues conversations.

Il eut la vision soudaine de cette dernière telle qu'il venait de la quitter. Elle ne dormait pas, comme il l'avait dit au roi, elle jouait au trictrac avec le capitaine de sa garde.

Bois-Bourdon !

Bien sûr ! C'était tellement limpide qu'il n'y avait vu goutte. Ce sombre Bourdon était l'amant de la reine. Jean la Grâce s'était arrêté sous le coup de cette révélation.

— Parleras-tu à la fin ? cria Charles non loin qui piétinait d'impatience.

Jean la Grâce sourit et rejoignit le prince.

— La reine est braises sous cendres, se décida-t-il enfin à dire. Nul doute qu'il couve sous sa cotte l'incandescence du feu. Mais tu as soufflé dessus trop vite, et trop fort. Et ta tête s'est couverte de cendres sans attiser la flamme.

— Dois-je faire carême au lit de ma femme pour une faute dont je n'ai pas mémoire ?

— Et pourtant, tu l'as blessée.

— Il faut l'en croire ! lança Charles en affichant une mine accablée.

— La reine Isabelle est une beauté qui sort à peine de l'enfance, continua la Grâce. Et tu t'es trop hâté à cueillir la pomme alors qu'elle n'était pas encore fleurie. Prends garde à tes impatiences, roitelet, elles effarouchent, et tu perds à trop brusquer ce que tu convoites.

— Farouches ? J'ignorais que les femmes puissent être farouches, répondit sincèrement le roi.

Jean se mit à rire.

— J'en suis sûr ! Toutes les femelles que tu as percées écartaient autant les cuisses qu'elles le pouvaient. Elles te goberaient tout vif dans leur ventre s'il était possible. Il est des inconvénients à être beau et puissant, et ce n'est que justice.

— Il faudra bien que je le fasse tuer, cracha soudain le roi, l'esprit ailleurs.

— Et qui donc, morbleu ?

— Celui si bien nommé le Grand Empoisonneur de Navarre !

— Charles le Mauvais ? Mais vous ne songez donc qu'à occire, vous autres grands seigneurs ! Les champs de bataille ne te suffisent-ils plus ?

— C'est le Navarre qui m'a fait empoisonner et ensorceler afin que je mette à mal la reine.

— Que nenni ! Billevesées ! Les philtres ont bon dos. Il est fort coutumier de rendre Dieu, le Diable, autrui, ou la pluie et le beau temps, responsables de tous les maux, et de toute la cruelle bêtise des hommes. Une tendre patience aurait suffi à ouvrir ce bouton qui ne demande qu'à s'épanouir à la caresse du soleil. Ainsi le veut la nature qui n'aime pas à être bousculée. Encore une fois, n'avons-nous jamais vu un bourgeon donner un fruit tout de go ?

— Tu me fatigues, gros moine. Je ne te demande pas des conseils de jardinier !

— Ce sont les seuls que je puisse t'offrir ! Crois-tu échapper aux lois de l'essence même de la terre dont tu fais partie ? As-tu jamais vu chienne hors ses chaleurs se faire grimper par un braque sans qu'il ne risque à se faire étriper ? Non ! Il se tient quiet. Il attend. Et ne saille la femelle qu'à son contentement. Morbleu !... il est fort regrettable que la femme n'ait point de crocs.

— Nous comparerais-tu à ces animaux qui n'ont point d'âme ?

— Et qu'en sais-tu, petit singe couronné, de l'âme des bêtes ?

Charles s'arrêta et regarda Jean la Grâce avec horreur. À ce moment, Grosparty les croisa, salua d'une courbette et reprit sa course à petits pas pressés en direction de l'hôtel de la Pissotte.

— Tu finiras par griller sur un bûcher, hérétique ! répliqua le roi en contenant sa voix.

— Je connais quelques lieux qui m'attendent où il m'est déjà dressé, s'esclaffa le moine.

Charles sourit et sembla se détendre quelque peu. La Grâce, qui savait si bien souffler le froid et le chaud, l'apaisait davantage que toute autre consolation. Ils marchèrent un instant en silence.

— Il faudra pourtant bien qu'elle me rende Esfoldre pour les tournois des épousailles princières de ma petite sœur, reprit le roi, se parlant tout haut.

— Que nenni ! rugit encore frère Jean.

Le souverain resta un court instant interloqué.

— Comment que nenni ? Faudra-t-il me priver encore de jouter ?

— Il le faudra si c'est son désir ! Ne lui dois-tu pas épreuve et pénitence ?

— Moine du diable, n'ai-je pas été assez puni ? répliqua Charles en tapant du pied. Catherine, la princesse de France épouse, et il ne faudrait point que je l'honorasse de beaux tournois ?

Alors Jean la Grâce piqua une nouvelle colère, encore plus tempétueuse.

— Que je l'honorasse ! fit-il en le singeant. Et vous croyez, vous autres chevaliers, qu'à vous taper le cul sur vos destriers, vous honorez ? Mais vous n'êtes qu'un cul sur un autre cul, et tout aussi merdeux ! Et vous pétez tout autant que vos chevaux !

Le roi, bouche ouverte, n'en croyait pas ses oreilles. Puis il partit d'un formidable éclat de rire, un rire jusqu'aux larmes qui jaillirent, comme un grand flot libérateur.

*
* *

— Où es-tu ? demanda Bois-Bourdon alors qu'Isabelle rêvassait, oubliant de jouer son tour au trictrac.

— Pardonne-moi. Je pensais à la visite ce matin de l'oncle de Bourgogne.

Le sire de Graville s'assombrit.

— Tu ne m'en as rien dit encore. Pourquoi ?

— Parce que je savais que tu t'en irriterais. Et tu vois que j'ai raison, gentil Bourdon.

— Isabelle, ce n'est pas contre toi que je m'irrite, mais contre le duc qu'il est fort dangereux de contrarier. Et je crois savoir qu'il est de la plus méchante humeur depuis ce matin. Est-ce cette rencontre qui en est la cause ?

— Sans doute ! Je lui ai tenu tête.

La reine revoyait son bel oncle lui parler doucereusement :

« Le roi est marri de vos dédains. Il souffre sans commune mesure. Ne lui ferez-vous pas grâce de ses maladresses ? »

« Maladresses ? Vous avez raison, bel oncle ! Maladresse de m'avoir amenée en cour de France sous prétexte de pèlerinage. Maladresse de m'avoir mariée précipitamment sans autre forme de courtoisie. Maladresse de m'avoir laissée aux prises avec un homme ivre de chair. Maladresse et maladresse encore, tous les mensonges et les trahisons qui ont fait de moi le jouet brisé de vos politiques. Alors, bel oncle, n'y comptez plus ! »

Bourgogne en était resté d'une blancheur de cire. Il prenait conscience qu'il avait sous-estimé dangereusement cette enfant.

« Vous me devez votre trône », avait-il répliqué, menaçant.

« Tant pis ! »

Alors Philippe lui avait envoyé tous ses titres à la tête. Elle lui avait simplement répondu, avec une grande noblesse :

« Je suis la reine de France ! »

Comme Isabelle racontait tout cela à Bois-Bourdon, celui-ci était aussi devenu d'une grande pâleur.

— Et qu'as-tu dit à propos de l'épée ?

— Que je me perce le cœur avec, plutôt que de la rendre jamais.

Elle lui sourit, croyant le satisfaire d'une si grande preuve d'amour. Mais Bois-Bourdon ne lui rendit pas son sourire. Il lui prit les mains, et les serra avec douceur, le visage grave.

— Il est fort maladroit, Isabelle, de prendre de front les grands de ce monde.

— Les grands de ce monde ? Et qui suis-je, je le répète, sinon la plus grande : la reine ! s'insurgea-t-elle.

— Dont le trône est bien fragile, enchaîna-t-il, toujours avec gravité. Il te faut apprendre à composer, songe encore à ce précepteur qui attend pour t'instruire.

Elle lui arracha ses mains et se dressa, plus entêtée que jamais.

— Encore une fois, je n'ai que faire de ton Philippe de Mézières. Je n'ai pas eu besoin de ses conseils pour navrer si fort mon bel oncle de Bourgogne qu'il n'y reviendra plus.

Non, le duc de Bourgogne n'y reviendrait pas, et cela n'en était que plus dangereux. À présent, il allait être acharné à la perdre par des menées souterraines. En cet art, le Hardi était un maître.

Au même instant, le grand chambellan Angésine de Grosparty demandait au capitaine de la garde personnelle de la reine la permission de l'entretenir. Il venait en réponse aux pires alarmes du sire de Graville.

Le duc de Bourgogne n'avait pas perdu de temps.

22

La Chandeleur

Où est la très sage Héloïse
Pour qui fut châtré et puis moine,
Pierre Abélard à Saint-Denis ?
Pour son amour eut cette essoyne [épreuve].
Semblablement, où est la reine,
Qui commanda que Buridan
Fût jeté en un sac en Seine ?
Mais où sont les neiges d'antan ?

Ballade des Dames du temps jadis, François VILLON

Ce même jour, la demoiselle de Louvain croisa le sire de Graville et son écuyer Pascal le Peineux au moment où elle s'apprêtait à rejoindre la reine dans sa chapelle privée. Bourdon l'arrêta.

— Ozanne, viens avec moi !

— Messire, vêpres carillonnent et la reine attend son psautier.

— Qu'elle l'attende, dit-il durement en lui ôtant le livre des mains.

Il sortit, jetant au passage le psautier d'Isabelle sur un lutrin.

Elle se mit à trembler en le suivant. Bourdon avait ce regard d'acier qui l'avait toujours effrayée. Quelle faute avait-elle commise ?

Le sire de Graville l'entraîna dans un petit cabinet et s'y enferma avec elle, en s'assurant auparavant que nul ne s'y dissimulait, inspectant derrière chaque tenture. Puis il ordonna à son écuyer de faire bonne garde devant la porte pendant l'entretien.

Il fut court. Ozanne en ressortit, le visage décomposé. Elle se rendit directement à l'oratoire de la reine, y prit Esfoldre sur son coussin d'azur, et s'en revint avec l'épée royale qu'elle remit au sénéchal du Berry. Elle tremblait toujours, de façon effroyable.

— Reprends-toi, Ozanne ! Reprends-toi pour le salut de la reine et pour le nôtre. Va maintenant ! Va prier avec elle.

Puis il se retourna vers Pascal le Peineux :

— Va, toi aussi, tu sais ce que tu as à faire ! Et tiens-toi prêt.

L'écuyer s'inclina et sortit. Bourdon avait un air de farouche détermination, mais il était aussi livide qu'Ozanne, qui n'avait pas bougé, s'employant à reprendre le contrôle d'elle-même. Il prit le psautier d'Isabelle et le lui tendit.

— Va, Ozanne, lui redit-il, mais cette fois avec une infinie douceur.

Ozanne lui prit la main, et la lui baisa longuement.

— Merci pour elle, messire. Et que Dieu vous protège.

Elle sortit, tenant le psautier serré contre ses seins, d'un pas redevenu ferme. N'avait-elle pas juré devant Dieu de donner jusqu'à sa vie pour la sauvegarde du roi et de la reine ?

Resté seul, Bois-Bourdon se laissa aller à sa douleur furieuse. Avec un rugissement terrible, il brandit l'épée à deux mains et l'abattit avec une violence inouïe sur un tabouret. Le bois fut fendu net de part en part, l'acier rebondit sur le dallage et fit jaillir une gerbe d'étincelles bleutées avec un son de cloche plaintive. La pierre était écorchée, mais Esfoldre, telle la Durandal de Roland, resta indemne.

Narines pincées, les yeux clos, le visage creusé, il resta un moment avant de reprendre son calme, les poings crispés sur le pommeau.

— Maintenant, Charles, à nous deux, murmura-t-il dans une lente inspiration.

*
* *

Charles se trouvait dans la salle d'armes de son hôtel de Sens. Il s'entraînait à l'épée avec son chambellan, Guillaume de Chastel, dont il venait de parer une attaque franche. Les épées s'entrechoquèrent brutalement. D'un vif moulinet du poignet, le roi se dégagea, recula de deux pas, et reprit position face à Guillaume, jambes écartées et légèrement pliées, l'épée basse et bien en main.

— Prêt, sire ? demanda de Chastel qui faisait une tête de moins que son adversaire, mais qui était d'une étonnante agilité.

— Viens donc, Guillaume le Petit, je t'attends, répondit le roi avec jubilation.

Le chambellan fonça, l'épée levée. Charles monta la sienne au dernier moment, les lames se croisèrent haut et crissèrent l'une contre l'autre. Les deux hommes se retrouvèrent nez à menton. Le roi, plus lourd, pesa de sa force et de son poids sur l'épée de Guillaume dont le corps, lentement, s'arquait en arrière sans plier. Soudain, le jeune chambellan rompit d'une intrépide roulade arrière, sans lâcher son arme. Emporté par l'élan de sa pression, le roi s'affala par terre, à plat ventre. Les deux adversaires éclatèrent de rire. Ils s'assirent à même les dalles et reprirent leur souffle. Le duc de Bourgogne fit à ce moment son apparition.

— Désirez-vous m'entretenir, mon bel oncle ? lui demanda le roi, en s'essuyant le visage dans un linge que lui présentait un varlet.

Il ruisselait de sueur, il faisait chaud dans la salle d'armes où crépitait un grand feu.

— D'une chose extrêmement grave, sire mon neveu.

— Bigre ! Vous avez la mine bien sombre.

Charles et Guillaume se relevèrent, burent une grande lampée de vin, et reprirent l'entraînement.

— Parlez donc, reprit le roi alors que Philippe le Hardi prenait place sur un banc.

— Point ici, entourés de vos gens. J'attendrai l'issue de cet engagement.

— Alors vous n'aurez guère de patience à avoir, lança le roi qui ferraillait avec enthousiasme. Le temps de défaire ce furieux et je suis à vous.

Mais au même instant, Chastel fit sauter des mains l'épée du roi qui se mit à jurer, face à la pointe de son adversaire.

— Avec Esfoldre, tu ne m'aurais pas démis, ragea-t-il.

— À moi, sire ! cria soudain une voix derrière lui.

Charles se retourna pour voir Bois-Bourdon qui lui lançait une épée. Il la saisit au vol par son pommeau et repartit à l'attaque. En trois pas, il frappa d'estoc et de taille, et l'arme de son chambellan vola à son tour dans les airs. Le roi poussa un cri de triomphe.

— Tu tombes toujours à pic, Bourdon ! lança-t-il essoufflé.

— Pour vous servir, sire ! répondit le sénéchal du Berry en s'inclinant.

Puis il salua le Hardi, qui s'était levé, blême, fixant avec stupeur l'épée que tenait le roi : Esfoldre !

— Monseigneur de Bourgogne, le bonsoir !

Le regard de Bois-Bourdon était de glace, il croisa celui du duc qui répondit à ses salutations d'une brève inclination de la tête. Bourgogne sut à cet instant que le sire de Graville n'était plus son homme lige, et qu'il ne pourrait plus le manipuler à sa guise. D'ailleurs qu'importe, Esfoldre était rendue.

— Souffrez que je me retire, beau neveu, lança-t-il au roi, soudain pressé.

— Eh bien, et cette chose si grave que vous aviez à me dire ?

— Elle n'était point si grave et peut attendre. À plus tard, sire mon neveu.

— À plus tard donc, bel oncle.

Philippe de Bourgogne sortit de la salle d'armes, l'air préoccupé. Il eut le temps d'entendre le cri du roi : « Par Dieu le Tout-Puissant ! Elle me la rend ! »

Son neveu venait enfin de s'apercevoir qu'il tenait Esfoldre en main. « Ainsi, pensa le Hardi, elle se soumet. » Il ne s'attendait pas à ce coup. Le matin même, Isabelle semblait totalement déterminée. Il ne savait pas encore que penser d'un si brusque revirement. Se débarrasser de la reine lui était devenu en quelques heures une idée fixe.

Charles était tombé à genoux, tenant serrée contre sa poitrine son épée plantée sur le sol, croix au ciel, et lançait vers Dieu une prière d'action de grâce. Bois-Bourdon en profita pour s'approcher de Guillaume du Chastel.

— Laisse-nous. Et emmène tout ce monde, lui dit-il en aparté.

Les deux hommes s'estimaient, et Guillaume lut dans le regard de Bois-Bourdon qu'il y avait une urgence impérieuse. Sans discuter, il sortit de la salle d'armes en entraînant avec lui les écuyers et les varlets. Le jeune souverain se releva, exalté de bonheur.

— Bourdon, te rends-tu compte ? Elle me la rend ! elle me rend Esfoldre.

— Non, sire, *moi* je vous la rends.

— Que veux-tu dire ?

— Que je ne saurai rester le dépositaire de la honte publique de la reine. Il me semble que votre parole de chevalier secrètement donnée aurait dû suffire.

— Explique-toi ! intima Charles en s'assombrissant de colère. Il paraît que chacun ici veuille donner des leçons au roi, jusqu'à douter de sa parole de chevalier ?

— Je me garde d'en douter, sinon, tout roi que tu es, je te tuerai !

— Tu me menaces à présent ? s'emporta Charles VI, outragé par le ton menaçant de son ami.

— Sire, par vous, j'ai reçu la garde de la reine. J'ai le souci de son honneur et pour l'heure, depuis la remise de l'épée devant toute la Cour, on jase, on médit, on se gausse, on suppute, et madame Isabelle en est éclaboussée, avilie jusque dans les rues de Paris. Vous l'avez exposée fort vilainement à toutes les perfidies.

— Qui se permet…

— Tous et chacun ! coupa le sénéchal du Berry. Et il est temps de faire taire les rumeurs, et de protéger la reine d'ignobles complotages.

— Qui oserait ? souffla Charles, comme assommé par une telle perspective.

Mais il savait qu'il n'est nul prince ou princesse qui ne soit exposé à l'infamie de la jalousie, ni à l'abri de viles menées.

— Elle est la reine, elle est belle et rétive. Cela suffit à gêner, reprit plus doucement Bois-Bourdon. Et vos conseils ne sont pas toujours judicieux, ajouta-t-il, visant le duc de Bourgogne.

Le roi parut soudain accablé.

— Par Esfoldre, je ne voulais que hautement l'honorer.

— Je le sais, doux sire. (Et le capitaine enchaîna, en s'arrachant le cœur.) Sire, la reine vous aime. Le moment d'égarement d'une nuit de noces n'a su le lui faire oublier. La douceur, et point trop de presse vous la rendront.

Charles songeait au frère Jean la Grâce. À s'entendre répéter la même chose, il fallait bien qu'ils eussent raison contre lui.

— Et comme je vous l'ai déjà dit, poursuivit le sénéchal du Berry, j'ai le souci de l'honneur de la reine au plus haut point. Aussi je réclame justice pour elle sans plus différer. Justice en Navarre !

— J'en délibérerai avec mon oncle de Bourgogne, répondit Charles avec lassitude.

— J'attends l'ordre de mon roi ! tonna soudain le sire de Graville, et du roi seul ! (Celui-ci sursauta comme s'il venait d'être giflé.) Tu dis aimer la reine ? Et tu hésites à la venger ? Que fais-tu encore de ta parole ?

— Il suffit ou tu me rendras raison ! répliqua Charles VI dans un cri de colère, enfin tiré de sa torpeur d'amoureux misérable. (Puis, après un léger temps d'hésitation, il demanda.) Es-tu prêt pour un si grand crime ?

— À partir sur l'heure.

— Alors va, et venge-nous !

Charles empoigna sa houppelande qu'il jeta sur ses épaules d'un geste rageur.

— Mais ne fais rien sans mon ordre, dit-il encore avant de sortir. Et si tu le reçois, que Dieu nous pardonne.

Et il quitta la salle d'armes. Bois-Bourdon resta seul. Son visage était à nouveau si creusé qu'il en était émacié.

— Qu'Il nous pardonne ! Moi, je ne pardonne pas !

Il songea que la haine seule était décidément plus confortable que l'amour, n'en déplaise à frère Jean la Grâce dont il devait s'enquérir à présent. Et alors, tout serait dit.

*
* *

Isabelle se retourna en gémissant dans son immense lit. Elle y avait longuement attendu Bois-Bourdon et le sommeil avait vaincu son impatience. Un assoupissement brouillé de cauchemars. Quelque puissant vaisseau l'avait portée à travers les tempêtes, et l'avait laissée échouée dans la solitude d'une île glacée.

Non, ce n'était pas une île déserte, il y avait Zizka.

— Que me veux-tu encore, oiseau de mauvais augure ?

— Te remettre sur ton chemin.

— Où est l'homme que j'aime ?

— Il a repris le sien.

— Je n'en crois rien ! Jamais il ne m'abandonnera.

— Rester aurait été t'abandonner.

Isabelle gémit encore et se retourna dans son lit. Au-dehors, dans la nuit profonde, un cheval hennissait sans plus finir.

Il y avait Alezane sur l'île. Isabelle, la tenant par le mors, flattait doucement ses flancs gonflés du poulain d'Alcoboça.

— Tout doux, belle Alezane. Doux. Il nous reste les fruits de nos amours perdus.

Mais la jument n'en finissait pas de hennir. On aurait dit qu'elle pleurait.

Isabelle se réveilla en sursaut et se redressa. Sa couche était vide et froide. Où était la chaleur des bras de Bois-Bourdon ? Oui, Alezane pleurait. La terreur la saisit. Pourquoi son rêve lui parlait-il des fruits de leurs amours perdus ?

Elle sauta à bas de son lit en hurlant : « Ozanne ! Catherine ! » tout en cherchant fébrilement de quoi se vêtir. Elle se prit les pieds dans sa chemise qui traînait sur le sol, elle la ramassa et l'enfila en appelant toujours. Ozanne accourut la première.

— Est-ce Alezane qui hennit ainsi ? lui demanda Isabelle.

— Oui, c'est Alezane.

— Alcoboça ?

— Elle a compris qu'il partait.

— Non ! hurla-t-elle à nouveau. Ozanne, aide-moi à m'habiller. (Et comme la chambellane arrivait à son tour, elle se mit à la supplier.) Aide-moi, Catherine. Je vais chevaucher Alezane jusqu'à ce qu'elle les retrouve. Elle, elle saura les retrouver.

— Non, Isabelle ! Non, il ne faut pas, l'exhorta celle-ci en la prenant dans ses bras.

— Lâche-moi ! hurla la reine en se débattant furieusement.

Son désespoir était si violent qu'elle échappa à l'étreinte de Catherine et se mit à courir comme une folle vers la porte, où elle se heurta à forte carrure qui l'attrapa comme un fétu de paille à bras-le-corps.

— Eh bien, reinette, où cours-tu ainsi à la lune ?

Elle se débattit comme un chat sauvage, donnant de furieux coups de jambe et de griffe à Jean la Grâce qui la rejeta sur son lit où il l'immobilisa. Il la trouva bougrement jolie, à rendre fou. Son visage tourmenté gardait sa beauté de poupée de porcelaine, noyé dans le lac de sa chevelure noire largement épandue sur le satin de la courtepointe ivoirine.

— Pardonnez-moi, noble dame, d'en user avec vous pareillement ! Mais messire de Bois-Bourdon m'a recommandé de vous raconter une histoire qu'il n'a pas eu le temps de vous narrer.

— Bourdon ?

Avide d'en apprendre davantage, elle se calma tout aussitôt. Jean la Grâce alors la lâcha.

— Parle ! Parle immédiatement. Qu'as-tu à me dire de sa part ? Il n'est pas parti, n'est-ce pas ? Non, il n'est pas parti.

— À ce que j'ai pu comprendre, son cœur est irrémédiablement resté ici.

— Que sais-tu donc, affreux moine ? haleta Isabelle que cette allusion terrifiait.

— Rien que l'on ne puisse lire à livre ouvert sur le visage des amants.

— Je te ferai pendre à prétendre une telle chose !

— Bah ! Fais-moi pendre. Il n'en reste pas moins que vous aimez cet homme jusqu'à vous faire pendre vous-même... vous et les autres. Le sire de Graville vous a recommandé à mon impérieuse protection, et il est d'une trempe d'homme à qui l'on aime obéir. Alors, il va falloir que tu écoutes ce que j'ai à te dire, reinette !

Isabelle, figée de stupeur, considérait ce convers infernal.

— Messire de Bois-Bourdon vous fait-il confiance ?

— Il sait juger les hommes !

Elle resta silencieuse un instant, le souffle court.

— Bien ! Me conterez-vous à présent ce que le sire de Graville avait à me dire ? demanda-t-elle d'une voix nouée.

— Doucement ! C'est une longue histoire. Faisons d'abord ranimer ce feu et apporter des collations. J'ai froid et soif, et cela risquerait de m'engourdir la langue. Et j'ai fort à faire pour votre édification.

*

* *

Dans la chambre, le feu flambait clair et tourmentait de ses lueurs le regard droit et violet de la reine de France. Elle fixait l'une des caryatides encadrant la grande cheminée, des femmes aux seins et au ventre lourds, symbole de la fécondité. Catherine, avec des gestes doux, tressait les cheveux d'Isabelle ; sa natte de nuit avait lâché dans la tempête de son désespoir. Ozanne laissait filer entre ses doigts les grains d'un chapelet de corail, elle priait. Frère Jean la Grâce buvait à grandes lampées du vin de Beaune. Les trois jeunes femmes patientaient. Et il se dégageait de ce moine une fascination étrange, il imposait le silence par son silence.

Il s'essuya enfin la bouche d'un revers de manche, et commença d'une voix grave, lente et douce :

— Cela se passait au début de notre siècle. Vous pourriez, damoiselles, en tendant vos mains à travers le temps, toucher celles des trois brus de Philippe le Bel.

« Philippe le Bel, songea Isabelle, les leçons de Bois-Bourdon au temps béni de ses amours de Beauté. »

Le ton du conteur se fit plus vif, plus enjoué :

— Le roi adorait ses brus. Elles égayaient ses vieux jours de leurs rires clairs, de leurs chuchotements d'adolescentes, de leur turbulence charmante. Elles étaient gracieuses, insouciantes, heureuses. Le Louvre en était rajeuni, illuminé de leur fraîcheur. La préférée de Philippe le Bel était la malicieuse Marguerite, l'épouse de son fils aîné Louis, future reine de France ; elle était aussi la plus coquette. Jeanne, l'épouse de Philippe, était d'une douceur délicieuse ; les audaces de sa timidité lui donnaient une incomparable séduction. Quant à Blanche, qui avait épousé Charles, son plus jeune fils, elle était l'intrépidité et la témérité, ses fous rires étaient irrésistibles.

La voix profonde de Jean la Grâce évoquait les ruisseaux des montagnes de la Bavière d'Isabelle. Tantôt fluide et bruissante, ou chuchoteuse et caillouteuse comme l'eau vive sur les galets.

Il but une gorgée de vin et poursuivit :

— Et cette jeunesse s'étourdissait en fêtes brillantes et tourbillonnantes. Il y avait dans cette Cour insoucieuse deux chevaliers qui brillaient plus que nul autre. Ils étaient la grâce, ils étaient la force aimable, ils étaient beaux et radieux comme le soleil ; ils étaient les frères d'Aulnay. Marguerite se prit de passion pour Philippe, Blanche se mit à aimer Gautier à la folie. Et leur amour était intensément partagé. Jeanne la douce, devant tant de bonheur, se fit leur complice. Complices aussi les huissiers de chambre, les dames d'atour, les valets, et tout un petit monde qui travaillait à protéger leur tendre secret.

« Et pendant trois ans, l'amour triompha... Mais il n'est pas de grand amour qui ne se trahisse un jour. L'impunité aidant, la prudente vigilance se relâcha. Il est des gestes inconséquents, comme celui des amantes qui offrent une bourse à leurs amants. C'était pour chacune la plus belle des bourses leur appartenant, brodée d'or et d'argent, ornée de perles et de joyaux : un gage d'amour. Les frères d'Aulnay, plus inconséquents encore, les attachèrent à la ceinture de leur pourpoint et ne les quittèrent plus.

« Il y eut des yeux malveillants pour les remarquer et pour les reconnaître ; il y eut des bouches malfaisantes pour le rapporter au roi.

Frère Jean la Grâce prit un temps.

Isabelle avait le regard de plus en plus fixe, elle enroulait machinalement sa longue tresse achevée autour de son poignet. Ozanne égrenait les perles de son chapelet sans plus penser à patenôtrer. Catherine s'était mise à pleurer doucement, le cœur gros d'Adémard. Le moine se leva. Sa voix s'enfla et gronda. La voix de la rivière à l'approche d'un précipice où s'amorce sa chute.

— Philippe le Bel fit surveiller ses brus par sa police. Leurs rapports furent terribles.

« Adultères ! La justice du roi tomba comme la foudre. Les sergents et les capitaines firent irruption au mitan d'une nuit d'amour et arrachèrent les amants à leur couche.

« Adultères ! Les princesses furent jetées encore en chemise dans le chariot de l'infamie et conduites en prison. Les frères d'Aulnay, battus et malmenés, furent enchaînés dans un cul-de-basse-fosse. Huissiers et chambrières furent soumis à la question. Ils avouèrent tout, et même plus, c'était demandé si délicatement. Philippe et Gautier hurlèrent des jours entiers sur les chevalets de la torture qui fut plus forte que leur amour. Et leurs aveux accablèrent les princesses. Adultères !

« Il y eut un procès public, à l'issue duquel les brus du roi furent condamnées : on enferma Jeanne-la-complice dans les prisons de Dourdan ; quant aux malheureuses Marguerite et Blanche, elles furent tondues, vêtues de bure, et jetées dans les humides et sombres cachots de la sinistre forteresse de Château-Gaillard. Et les abjects suborneurs subirent un châtiment exemplaire : les frères d'Aulnay furent amenés sur la place du Martroi à Saint-Gervais où une foule immense et joyeuse les attendait. Les réjouissances allaient être de qualité.

Jean la Grâce prit le ton d'un tribun.

— Sur l'échafaud hautement dressé afin que nul ne perde miette du spectacle, les bourreaux se mirent au travail ; ils ne manquaient pas de talent, ni de cœur à l'ouvrage. Ils commencèrent par les punir par là où ils avaient péché, et leur arrachèrent les couilles au fer rouge. Puis, sans lâcher les fers, les bourreaux les écorchèrent tout vifs. Leurs cris et leurs supplications étaient effroyables à entendre, leur dépeçage dura plus d'une heure.

« Mais ils étaient encore vivants !

« On lia leurs membres à quatre chevaux, et on les écartela.

« Mais ils étaient encore vivants !

« On traîna leurs corps démantelés sur des chaumes fraîchement coupés.

« Mais ils étaient encore vivants, c'était lassant à la fin !

« Alors on les décapita une bonne fois, et on les suspendit par les aisselles à un gibet.

Jean la Grâce souffla et but longuement. Ses yeux lançaient des éclairs fauves, il semblait enragé de son récit.

— Voilà ce qu'il en coûte de séduire la femme de son suzerain, ajouta-t-il sombrement entre deux lampées.

Il y eut un long silence.

— En avez-vous fini ? demanda Isabelle d'une voix sans timbre.

— Que nenni ! gronda à nouveau le moine. La terreur s'abattit sur le Louvre. Philippe le Bel, animé par une frénésie de vertu, voulut effacer jusqu'au souvenir de l'injure. On en pendait, on en brûlait, on en faisait périr par supplices secrets et l'on en cousait dans des sacs que l'on jetait en rivière. On massacra tous ceux susceptibles d'être complices, comme tous ceux qui pouvaient avoir eu connaissance de ce crime sans nom et qui pourtant en avait un, le plus terrible pour une épouse : Adultère ! La terreur ne cessa qu'à la mort de Philippe le Bel. Elle avait duré dix-huit mois.

Frère Jean se servit du vin qui déborda.

— Alors son fils Louis le Hutin monta sur le trône. (Il fit cul sec avec son verre avant de poursuivre.) Mais que faire de son épouse Marguerite ? Que faire d'une reine de France putassière ? Par surcroît, cette gueuse était grosse à force de subir les assauts à répétition des geôliers de Château-Gaillard. Ordre fut donné de s'en débarrasser.

Après l'avoir violée une dernière fois, ses gardiens l'étranglèrent [1].

— Taisez-vous à présent, demanda Isabelle d'une voix imperceptible et suppliante.

— Vous ne voulez pas savoir ce que devint Blanche ?

Elle secoua la tête. Mais Jean la Grâce continua inexorablement :

— Blanche fut répudiée et passa sept années dans les geôles de Château-Gaillard qui brisèrent à jamais ses fous rires, son intrépidité, sa jeunesse. Sept années d'enfer qui eurent raison de sa beauté. Et c'est une morte vivante, une femme vieillie, décharnée, qui avait perdu dents et cheveux, qui reçut enfin l'autorisation de se retirer à l'abbaye de Maubuisson où elle finit ses jours sous le voile. Et Jeanne la douce...

— Taisez-vous, frère Jean, supplia encore la princesse de Bavière, se cachant le visage dans les mains.

— Elle eut meilleur sort. Elle fut reconnue innocente, et fut reprise par son époux Philippe qui l'aimait toujours. Mais les mois qu'elle avait passés dans les prisons de Dourdan avaient soufflé la flamme joyeuse de sa jeune vie.

Il s'éloigna pour se saisir de l'aiguière, et se versa directement le vin dans la gorge, tête renversée, bouche béante.

Le silence, après ce récit abominable, les écrasait tous. Ce fut Isabelle qui le rompit :

— N'est-ce point vous, frère Jean, qui assurez que tout est grâce ? L'amour est-il une faute qui mérite de tels châtiments ?

---

1. Cette histoire tragique donna naissance à la légende de la tour de Nesle suivant laquelle Marguerite attirait la nuit de jeunes et beaux étudiants pour se livrer avec eux à la débauche. Au matin, elle les faisait coudre dans un sac et jeter dans la Seine. Ainsi Buridan, évoqué dans la *Ballade des Dames du temps jadis* de François Villon.

— Pour Dieu, il n'y a nul péché d'amour. Quant à la grâce, c'est le souffle fleuri du divin. Mais, putain, que les hommes puent de la gueule !

Il but encore à la régalade.

— Donnez-moi de ce vin, s'il vous plaît, demanda doucement Isabelle.

Frère Jean la Grâce se saisit d'un gobelet, et l'emplit à ras bord. Il l'apporta à la reine qui le but entièrement, à longues gorgées ininterrompues. Elle posa son verre et resta silencieuse quelques instants.

— Croyez-vous le roi si méchant ?

— Le roi est trop bon, bien qu'il semble qu'il puisse avoir des colères terribles. Mais il n'est pas seul, son entourage est plus terrible encore. Ses oncles tiennent le pouvoir. Grandissez vite, reinette. Et assistez le roi ! Vous seule l'assiérez comme il convient sur le trône de France. Alors vous serez forte… et libre d'aimer.

— Merci, frère Jean la Grâce. Veuillez à présent nous laisser. J'ai à m'enquérir d'affaire de femmes.

Elle se tenait soudain droite, redressant ses épaules qui avaient fléchi sous le fardeau du récit de tant d'horreurs. Il lut alors dans ses yeux la même détermination que celle qui animait ceux de Bois-Bourdon lors de leur entretien, il y avait quelques heures de cela. « Quelle reine elle sera, si elle le veut… », songea frère Jean en s'inclinant. Il sortit, légèrement titubant, emportant l'aiguière. Mais se ravisant, il ajouta, avant de laisser tomber la lourde tenture derrière lui :

— Le sire de Graville, madame, a rendu Esfoldre au roi.

Isabelle, sous le coup d'un message aussi clair, ferma les yeux. Catherine ne pleurait plus, elle restait le regard hébété. Ozanne s'était remise à prier.

— Pardonnez-moi, mes douces amies, de vous avoir fait courir de si grands dangers, murmura la reine. Mon excuse est le fait de mon ignorance, mais je n'en ai pas pour mon égoïsme.

Catherine reprenait un peu ses esprits.

— Nous n'en étions point si ignorantes que toi. La faute nous revient.

Après un long silence, Isabelle demanda :

— À quel signe reconnaît-on que l'on est grosse d'enfant ?

Ozanne s'arrêta de prier.

— Le sang des menstrues coule en dedans pour nourrir l'enfançon, répondit-elle. Pourquoi ?

— Tu n'as plus le sang ? demanda Catherine en pâlissant.

— Non !

*
* *

Isabelle laissait Alezane aller son train dans les allées de l'hôtel de Saint-Paul. La joue posée sur sa crinière, elle embrassait son cou à pleins bras. La jeune pouliche frémissait de toute la puissance de son corps.

Le jour s'était levé, une journée d'hiver poissée d'une brume pesante et laiteuse.

Non, elle n'avait plus le sang.

Sans un mot, la reine s'était fait habiller en silence, et était sortie consoler Alezane, se consoler, sans espoir d'y parvenir. Isabelle savait son amour chevaucher loin d'elle, toujours plus loin, dans ce même brouillard de cauchemar qui ouatait cette infinie détresse des amants séparés.

— Bourdon, gentil Bourdon, tu me manques à en mourir.

La pouliche hennit doucement. Sa maîtresse la caressa.

— Il nous reste le fruit de l'amour, mais l'amour n'est pas perdu, Alezane. Ils reviendront.

Elle songea à cette autre elle-même qui avait eu le grand tort d'aimer, à sa sœur en souffrance, Marguerite, déchue, violée, étranglée.

Elle se releva d'un coup.

Non ! Isabelle Wittelsbach Visconti d'Ingolstad, princesse de Bavière, reine de France, ne se laisserait pas rompre.

— Oui, frère Jean, je grandirai vite ! J'assisterai le roi et je l'assiérai comme il convient sur le trône de France. Alors je serai forte et libre d'aimer.

Elle pressa sa jument des genoux.

— Galope, Alezane, galope !

La jument, d'un puissant coup de reins, se mit au galop.

— Bourdon, je te ferai le plus beau petit prince de la terre. Plus vite, Alezane, ton poulain sera aussi fier destrier qu'Alcoboça ! cria-t-elle. Encore plus vite !

La pouliche s'envola dans une longue ligne droite. Tendant un bras vers le ciel, Isabelle hurla son défi :

— À moi, Marguerite ! Donne-moi la main. Je vais mettre sur le trône de Philippe le Bel l'enfant de l'adultère.

Elle hurla plus fort, à pleins poumons, comme un anathème :

— L'enfant de l'adultère !

Alezane s'était mise à ruer et à caracoler, prise de folie comme sa maîtresse.

Seul, le chambellan Angésine de Grosparty, sorti de bonne heure, regardait le brouillard avaler l'amazone. Il sourit. Bois-Bourdon pouvait cheminer en paix.

La reine de France était sauvée.

23

Insouciance et Pureté

> Les noces, comme le proclament les lois nuptiales, unissent mari et femme pour procréer des enfants. Mais là où l'on empêche la maternité, il n'y a pas de mariage, donc pas d'épouse.
>
> Je ne vois pas de quelle utilité serait la femme pour l'homme si l'intention de mettre des enfants au monde était écartée.
>
> Saint Augustin

L'insoutenable tragédie des brus de Philippe le Bel avait profondément bouleversé Isabelle. Elle en avait reçu un choc d'une telle violence qu'il avait refermé la porte de son passé bavarois derrière elle. Certes, elle ne pourrait jamais cesser d'y songer avec tristesse et regret, mais son enfance venait de la quitter en une seule nuit ; et c'est en femme, en future mère, et en reine qu'elle prit, au cours de la matinée, un certain nombre de décisions.

Elle commença par officialiser frère Jean comme son chapelain privé en se confessant à lui longuement. Sans vergogne, fidèle à sa doctrine suivant laquelle en amour tout est grâce, il lui donna l'absolution pour le péché d'adultère, et son fruit.

C'est donc d'une âme pure qu'elle suivit la messe des laudes, et reçut la communion. Puis elle fit parvenir un billet au roi, l'invitant à souper pour le soir en son hôtel de la Pissotte. Enfin, elle s'enferma avec sa première dame d'honneur et sa chambellane dans son petit oratoire pour y tenir conseil.

De la bouche d'Ozanne, Isabelle apprit à quel piège le départ précipité du sire de Graville l'avait fait échapper. Ironie d'un destin qui la voulait victime d'une fausse rumeur qui disait la vérité. Ainsi, de grands seigneurs comme Berry et Bourgogne pouvaient s'abaisser aux plus viles roueries si celles-ci servaient leurs intérêts. Elle apprendrait à leur servir de ce même plat. Mais elle n'était pas encore hors de danger. Ozanne affirmait qu'elle était enceinte de deux mois déjà.

Tenir le roi hors de sa couche lui apparaissait puéril à présent, et fort dangereux. Les noces d'Amiens avaient scellé à jamais son futur : elle était la reine, elle ne pouvait échapper à son premier devoir qui était de donner un héritier à la couronne. Elle allait le lui donner.

Pour l'enfant qu'elle portait, elle se sentait soudain la férocité d'une tigresse défendant son petit ; et pour le sauver, il était pressant qu'elle reçoive en son ventre la semence royale pour légitimer son état. Isabelle s'y était déterminée sans plus tergiverser. L'épée de l'*asag* était rendue, ce serait donc pour la nuit prochaine ; à cette perspective, son corps se couvrit d'une sueur glacée.

— N'aie crainte, lui assura Ozanne. J'ai le secret d'une potion lénifiante qui apaisera tes frayeurs.

Restait le problème de se déclarer grosse au plus tôt. Il allait bien falloir en précipiter l'annonce officielle, mais trop de hâte pouvait être suspecte. Isabelle se tourna vers Catherine.

— Ne m'as-tu point parlé d'une chambrière en mal d'enfant qui s'en fut boire l'eau miraculeuse d'une fontaine, ce qui la rendit grosse ?

— Certes, elle se trouve à Maubuisson. Mais toi tu l'es déjà, pas besoin de miracle.

— Un miracle... répéta Isabelle, songeuse. L'on dit du roi qu'il y est fort sensible et qu'il en voit partout.

Ozanne et Catherine, comme la reine, avaient maintes fois entendu raconter les prodiges qui avaient semé la route du roi depuis sa tendre enfance. À huit ans, il avait vu le légat du pape, que son père recevait en grande pompe, converser avec le Diable, invisible aux yeux de tous ; il avait fallu le faire sortir tant cela le fit crier. Quatre ans plus tard, il eut la merveilleuse apparition, en forêt de Senlis, du cerf ailé au collier de César dont il fit le tenant de son blason. Tout le monde se souvenait aussi qu'au moment de lever l'oriflamme à la bataille de Roosebeke, une colombe s'en était envolée et que le brouillard s'était miraculeusement dissipé. Et n'était-il pas lui-même thaumaturge ? L'oint du Seigneur n'avait-il pas le pouvoir de guérir les écrouelles ? En ces temps de grandes superstitions, chacun accordait une valeur considérable à toute manifestation surnaturelle. Charles VI plus que nul autre.

« J'irai à cette fontaine, songea-t-elle, et je saurai bien, pour lui apprendre au plus tôt qu'il sera père, lui faire un petit miracle. »

Cependant, ce n'était pas tout, et pour se garder, elle avait encore beaucoup à apprendre. Bois-Bourdon avait raison. À l'évocation de son amour, une douleur fulgurante la tortura. Elle le chassa résolument de son esprit, et prit la décision de faire convoquer à quatre heures de sixte Philippe de Mézières, qui demeurait au cloître de célestins jouxtant l'Hôtel solennel des Grands Ébattements.

*

* *

Isabelle s'attendait à voir apparaître un vieillard disgracieux ; c'est un homme encore de belle allure qui se présenta à la reine en son hôtel de la Pissotte. Philippe de Mézières était à vrai dire un superbe patriarche à la crinière blanche, de barbe comme de cheveux. Les ans avaient patiné, mais point altéré le dessin de son profil grec et la saillie de ses mâchoires carrées. Le faisceau de rides qui bridait ses yeux faisait rire perpétuellement son regard d'un bleu délavé.

Il s'inclina respectueusement devant elle avec l'aisance des gens de cour, et sans en avoir été invité, il s'installa dans une cathèdre, face à celle de la jeune souveraine.

— Je vous remercie de votre diligence, monsieur de Mézières, murmura-t-elle, décontenancée.

— Cela compense le peu d'empressement que vous avez eu à me connaître, répondit tout de go le célestin avec un sourire.

— Pardonnez-moi. J'ai beaucoup de leçons à recevoir, semble-t-il, répliqua-t-elle en se rembrunissant.

— Chassez cette ombre de votre admirable front, madame. Il paraît que vous avez de l'entêtement, ce peut être une qualité ou un dangereux défaut.

— Que savez-vous donc de moi ? demanda Isabelle, agacée d'une si juste critique.

— Que sait-on des hommes ? J'ai rencontré tout le monde connu de mon temps, j'ai sillonné cette terre de Gibraltar au royaume d'Arménie, de la Baltique à l'Éthiopie, j'ai étudié en pays musulmans, vu toutes sortes d'États, l'Empire, les villes italiennes, l'Angleterre, la cour des papes, Chypre. J'avais mission diplomatique, et j'ai pu juger les hommes dans leurs œuvres. J'ai tout lu, tout vu, tout écrit, et au déclin d'une vie si riche, je reste pauvre d'esprit [1].

— Vous voulez m'en faire accroire ? répondit Isabelle en contenant un léger sourire.

— Que nenni, que servent toutes nos sciences alors que nous sommes incapables de percer le mystère de Dieu ?

— Si vous êtes ignorant, que prétendez-vous à l'enseignement ?

Le célestin sourit.

— Mais je n'enseigne rien, madame, j'ouvre tout au plus l'esprit à la connaissance que Dieu a semée en chacun de nous.

— Dieu aurait-il mis en chacun de nous la connaissance ? répéta Isabelle, incrédule.

— Aussi sûr qu'Il vous a mise sur le trône.

— Alors vous avez raison, vous ne savez rien, monsieur de Mézières. Je ne dois ma position qu'à monseigneur de Bourgogne.

— Certes, le Hardi le croit-il, mais il n'a été que l'instrument du Tout-Puissant dont les desseins sont impénétrables.

— Tenez-vous donc pour rien la puissance de ce prince ?

— Que nenni, je ne saurais l'oublier, et je lui fais régulièrement ma cour.

— Êtes-vous donc à Bourgogne ? répliqua la reine, à nouveau sur la défensive.

— Je ne suis qu'à Dieu. Mais il ne faut jamais perdre de vue ses ennemis, et se garder de ses amis.

— Et à qui appartient mon bel oncle ?

---

1. Philippe de Mézières, (vers 1327-1405), auteur du *Songe du vieil pèlerin,* récit allégorique sur l'éducation des jeunes chevaliers, du *Livre de la vertu du sacrement de mariage et réconfort des dames mariées,* de l'*Épître lamentable sur le fait du roi de Hongrie,* qui traite du désastre de Nicopolis. On lui attribue également le *Songe du verger,* un traité de doctrine politique.

— Jugez vous-même, madame. J'étais le confident d'un grand roi, Charles le cinquième, qui m'éleva au rôle de précepteur du Dauphin, présentement Charles le sixième. Il me nomma membre du Conseil de régence pour veiller sur son fils après sa mort. Rien n'a été tenu, tous les conseillers de Charles le Sage furent chassés par les princes des Fleurs de lys, et moi-même, je dus me retirer au cloître des Célestins où je demeure toujours, laissant un enfant-roi entre les mains des spoliateurs, ses oncles, et particulièrement celles du Hardi.

Il y avait quelque humeur dans sa diatribe. À n'en pas douter, Mézières détestait Bourgogne. Mais très vite, son œil pétilla de malice.

— La roue de la fortune tourne. Il se peut fort, madame, que vous ne l'ayez mise en branle, vous, qu'il voulait son instrument.

Et cette idée semblait beaucoup l'amuser.

— Vous me prétendez plus de force que je ne puis en user, sourit enfin Isabelle, qui se détendait.

Le Célestin caressa un instant sa barbe en la considérant avec intérêt.

— Je gage que si.

Il mit tant d'espièglerie dans sa réponse qu'Isabelle éclata de rire.

— Très bien, monsieur, gagez ! Mais commençons les leçons si vous ne voulez point perdre.

Mézières se rencogna dans sa cathèdre en soupirant :

— Bah, laissons là les leçons, voulez-vous me gâcher le plaisir de cette première entrevue ?

Et devant l'air interloqué d'Isabelle, il enchaîna :

— Je préfère vous conter le songe étrange que je fis et qui me chatouilla plusieurs nuits. Je dis chatouiller car c'est l'histoire d'une plume…

— Une plume, vraiment ? Vos rêves sont bien légers, monsieur le savant.

— Je vous l'accorde, madame, cette plume était bien légère, aussi légère qu'un duvet, détachée sans doute de la gorge d'une colombe, car elle était blanche comme neige. Elle s'appelait Insouciance comme l'est l'innocence.

— Insouciance ? C'était pour le moins, étant si légère, coupa encore la reine que ce conte extravagant commençait à divertir.

— À m'interrompre sans cesse, vous me ferez perdre le fil de mon songe, madame. N'oubliez pas qu'il ne pèse que le poids d'une plume.

— Je vous promets, monsieur, de me tenir coite et de retenir ma respiration de peur qu'elle ne s'envole, s'excusa-t-elle avec un sourire gracieux.

Philippe de Mézières se mit à rire. La reine avait de l'esprit et il était enchanté de la voir à présent si à l'aise avec lui. Il est vrai qu'Isabelle trouvait le vieil homme attrayant, alors qu'elle avait tellement craint l'ennui d'un maître sentencieux. Elle se sentait en confiance, déjà moins seule.

— La plume Insouciance, donc, reprit Philippe de Mézières, sitôt échappée, fut emportée par un souffle qui descendait des montagnes où il s'était vivifié à l'azur des cimes et à la caresse des glaciers. C'était une brise pure comme le cristal, c'est pourquoi elle se nommait Pureté. Insouciance et Pureté se prirent d'amitié et montèrent au plus haut dans les airs, batifolant et jouant en toute candeur, survolant et considérant toute chose de leur firmament. Après avoir joué tout leur soûl, Insouciance dit à Pureté : « Toi qui as fait le tour du monde, me feras-tu visiter la Terre, à moi qui n'ai connu que la gorge chaude de ma mère ? » Pureté y consentit volontiers.

« Insouciance et Pureté avisèrent alors, tout en bas, un pays dont la cité brillait comme de l'or. "Comme cela semble beau, dit Insouciance. Allons voir "

« Pureté, entraînant Insouciance dans ses zéphyrs, se mit à tourbillonner joyeusement et descendit vers les lumières. Mais au plus près, les lumières se ternissaient ; elles s'éteignirent tout à fait lorsque Pureté se glissa comme un courant d'air dans les ruelles. Elles étaient si sombres et si nauséeuses, souillées des miasmes de la calomnie et de la médisance, que la blancheur d'Insouciance en fut tout éclaboussée.

« Les habitants déparlaient beaucoup, et leur haleine fétide exhalait le vent de la rumeur. Pureté s'en trouva incommodée, et demanda à un passant : " Quel est le roi de ce pays ? – Sa Majesté Mensonge. – Remontons vite, dit Insouciance, ce pays-là ne me plaît pas. "

« Pureté prit son élan, mais son souffle s'était alourdi de souillures. La plume elle-même pesait davantage, et n'était plus aussi immaculée.

« Elles ne purent ensemble atteindre les sommets d'où elles étaient descendues. "De loin, cette ville était pourtant de belle apparence, haleta Pureté dans son effort. – Bah, répondit Insouciance, qui n'a jamais été victime d'illusions ? Visitons encore."

« Mais elles n'eurent guère plus de chance aux royaumes d'Envie et d'Avarice, ni avec ceux d'Orgueil, de Jalousie, de Rancune, d'Hypocrisie ou de Querelles. Toutes ces villes, où régnaient ces rois, y mettaient tant d'artifices qu'elles attiraient Pureté et Insouciance comme des aimants. Elles survolèrent Justice, Sagesse, Amitié, Amour, Fidélité, et d'autres villes vertueuses, hélas, sans les voir tant leur éclat semblait peu attractif.

« Ces aventures délétères avaient rendu Insouciance noire comme plume de corbeau, et Pureté ventait de plus en plus bas, alourdie de salissures. Hors d'haleine, Pureté rasa bientôt le sol et enfin s'éteignit, abandonnant Insouciance sur le pavé d'une ville qui s'appelait Pouvoir.

« L'oppression régnait dans cette cité, les princes se disputaient le trône et mettaient le pays à feu et à sang, les rivalités faisaient rage. Le peuple, las de leurs querelles, était en révolte et avait envahi les rues. Ils piétinèrent Insouciance sans la voir, l'enfonçant un peu plus dans la boue où elle disparut à jamais.

« Ainsi, madame, prennent fin les méchefs d'Insouciance et de Pureté, conclut Philippe de Mézières.

Isabelle resta silencieuse. Elle était redevenue grave.

— Est-ce là une allégorie, monsieur de Mézières ? Et attendez-vous de moi que j'en tire un enseignement ?

— Chacun peut en méditer, madame, et en faire son profit. Que vous en semble pour vous-même ?

Songeuse, elle laissa passer un temps.

— Insouciance et Pureté n'ont été attirées que par les cités qui scintillaient, et qui les ont perdues. Il semble que votre fable incite à la méfiance, les apparences sont artificieuses. Les vices se travestissent et attirent, les vertus restent modestes et cachées.

La reine prit encore un instant de réflexion.

— Ne cherchez-vous point à me dire qu'Insouciance n'a pas sa place au royaume du Pouvoir ? Elle y est impitoyablement piétinée et détruite. Le contraire d'insouciance n'est-il pas la vigilance ?

— Certes. Mais devons-nous les exclure l'une de l'autre ?

Isabelle hésita, puis sourit.

— Faut-il avoir la vigilance de son insouciance ?

— Bien, vous savez manier l'art du paradoxe. De même, la pureté doit être vigilante à se garder. Leur salut ne dépendait-il pas de la hauteur où elles se trouvaient ?

Isabelle se concentra, puis énonça lentement :

— Aussi, il ne faut point s'abaisser, au risque d'en être souillé, peut-être mortellement. Il faut veiller à garder de la hauteur.

— Et vous êtes reine de France, conclut Philippe de Mézières. La hauteur, vous l'avez de droit. Faut-il encore vous y mettre et y demeurer...

— À jamais ! coupa Isabelle sous le coup d'une inspiration. « À jamais ! », monsieur de Mézières. Que pensez-vous de cette devise qui pourrait être celle de la reine de France ?

Le précepteur y réfléchit un bref instant.

— Madame, je la crois fort judicieuse, et à plus d'un titre, acquiesça-t-il avec un air malicieux.

— Je le crois, répondit-elle, ravie. Mais j'aimerais vous l'entendre dire.

Mézières se mit à rire, et lui donna ce plaisir :

– « Jamais ! » est la devise de Charles VI, la vôtre rappelle que vous êtes au roi, s'il en était pour l'oublier, et que vous êtes la reine « à jamais ! », s'il en était pour en douter.

— Ainsi la signifiance en est claire ?

— Fort claire, madame.

Les yeux d'Isabelle étincelèrent de triomphe et de détermination.

— À jamais ! Et je m'y emploierai, monsieur de Mézières, je m'y emploierai, soyez-en sûr, avec votre aide.

— Vous pouvez y compter, madame, répondit le vieux sage en s'inclinant.

Les vêpres se mirent à sonner et le visage rayonnant d'Isabelle s'assombrit brusquement.

— Merci de votre si édifiante leçon, monsieur, et je vous quitte à regret. Il est tard, et je dois m'apprêter : j'attends le roi à souper.

*

* *

Au soir de sa seconde nuit de noces, Isabelle, raidie d'angoisse, refusa pourtant la décoction d'Ozanne.

— À quoi bon jouer d'un artifice. Ce serait alors toujours à recommencer, lui dit-elle en s'efforçant de ne pas trembler.

Puis elle se fit apprêter d'une longue robe couleur violine passée, soutenue haut sous les seins d'une large ceinture verte. Ses cheveux étaient lâchés, épandus sur ses épaules, tombant jusqu'au bas de ses reins. Un simple bandeau d'orfroi lui ceignait le front. Catherine prit soin de son visage, pâlissant son teint d'un fard blanc fait de froment mouillé à l'eau de rose, et par contraste, elle noircit d'antimoine les yeux et les sourcils d'Isabelle. L'effet était saisissant, la reine avait la transparence fragile d'une porcelaine, une incitation à la délicatesse.

Ce rappel ne fut pas nécessaire. Le roi ne se présenta pas au souper tel un conquérant, mais comme un mendiant d'amour, les bras chargés de cadeaux : peignes d'ivoire, ornements de tête, et une fibule précieuse à quatre faces d'émeraude. Il s'était fait accompagner de musiciens qui enchantèrent le repas de leurs luths et de leurs cithares.

Puis vint le moment.

Ils étaient nus, couchés ensemble sur le grand lit de feu la reine Jeanne. Le cœur d'Isabelle battait douloureusement sous les caresses, pourtant timides, de son époux. Il hésitait, la touchant du bout des doigts, la dévorant du regard. Il semblait avoir plus peur qu'elle. Sa retenue prolongeait son supplice. Elle souhaitait tant en finir au plus vite qu'elle releva haut les jambes. L'offrande laissa le roi déconcerté ; puis l'ardeur le prit, il se coucha sur elle sans plus atermoyer. Elle se crispa et ferma les yeux. « Pardonne-moi, gentil Bourdon. Mon Dieu, aidez-moi ! »

Le roi était fort, et son désir à elle bien faible. Elle ne sentait pas entre ses cuisses cette onctuosité qui faisait de la pénétration un plaisir d'une douceur ineffable. Isabelle craignait tant la douleur qu'elle fut tentée de se refermer alors qu'il s'enfonçait malaisément en elle ; mais elle s'ouvrit au contraire, le plus possible, malgré la brûlure qui enflammait peu à peu son ventre, afin que l'acte fût plus prompt. À sa grande surprise, le coït de Charles fut intense, mais court, comme s'il voulait lui aussi en finir, comme s'il craignait que sa jouissance ne lui échappe.

Il la martela un bref instant à coups de reins saccadés, avant de s'abandonner sur elle de tout son poids en poussant un long gémissement. Déjà, il la libérait, et se renversait sur le côté en balbutiant les mots d'amour du plaisir satisfait.

— N'ayez crainte, ma mie, je n'abuserai jamais de vous, dit-il enfin.

Et il s'endormit d'un coup.

L'étreinte de Charles lui fit penser à l'accouplement des lapins dans la garenne de son père en Bavière. Dans son grand soulagement, pour un peu, elle aurait éclaté de rire.

Ainsi découvrit-elle que les hommes ne sont pas semblables dans l'acte de chair. Elle avait connu les jeux sensuels de Bois-Bourdon, sa longue et puissante possession. Elle venait de connaître la copulation hâtive et frénétique du roi. Isabelle ignorait que si le coït de Charles avait la brièveté du lapin, il en avait aussi la fréquence. Au cours de ses nuits bordeleuses, il pouvait honorer moult femmes à la suite, avec une ardeur sans faille qui faisait sa réputation de débauche. Mais Isabelle n'était pas une femme comme les autres, elle était son épouse. L'amour qu'il lui portait le rendait frileux comme un puceau. Il l'avait déjà blessée, il avait peur de la blesser à nouveau. Il ne voulait pas « abuser d'elle », comme il venait de le lui promettre.

*
* *

Dès le lendemain, Charles VI la combla à nouveau de cadeaux. Prenant conscience du pouvoir qu'elle avait acquis sur lui, elle lui demanda de l'emmener s'ébattre à Melun, Saint-Germain-en-Laye, et à Maubuisson, où se trouvait la fontaine qui avait le pouvoir miraculeux de rendre grosses les femmes en mal d'enfant. Isabelle en but.

Ils dormirent la nuit suivante à l'abbaye de Maubuisson. Charles la prit avec la même faim et la même hâte, et s'endormit, comme d'habitude. Lui-même raconta qu'il ne sait ce qui l'éveilla au mitan de son sommeil. Il se trouvait seul dans la couche et fut attiré par une lueur étrange. Il découvrit Isabelle à genoux, nimbée de lumière, tenant un cierge allumé entre ses mains jointes. Comme il lui parlait, la reine, en extase, ne répondit pas. Enfin, elle parut s'éveiller d'un songe merveilleux.

— N'as-tu point vu la belle dame qui me parlait ? répondit-elle alors qu'il la questionnait. Une belle dame portant une longue robe bleue qui brillait comme le soleil.

Le roi, éberlué, répondit qu'il n'avait rien vu.

— Ne l'as-tu point non plus entendue m'annoncer que je portais dans mes flancs un enfant couronné ?

— C'est un miracle, s'écria le roi. Maubuisson est bien une fontaine miraculeuse.

Et il s'en alla dire partout que la Vierge était apparue à la reine pour lui annoncer qu'elle allait déjà être mère.

Réconciliés aux premiers jours de février, ce fut le 23, à la Saint-Polycarpe, qu'Isabelle fit connaître ainsi qu'elle était enceinte. Personne ne songea à douter de ce prodige, et le temps confirma cette annonce faite à la reine, qui en fut hautement glorifiée.

Charles pourvut sa cassette de dix mille francs, et lui fit graver de la vaisselle d'or à ses armes, mi-partie aux trois fleurs de lys et aux fuselés de Bavière, avec sa devise : « À jamais ! »

Isabelle n'eut point honte d'un subterfuge qui la comblait d'honneurs et qui rendait le roi si heureux. Elle s'était prise de tendresse pour lui en découvrant sa douceur et son attention extrême. Il fallait bien que quelques poisons de Navarre s'en soient mêlés pour qu'il lui ait fait tant violence naguère.

Et depuis la nouvelle de sa grossesse, le roi ne la touchait plus, comme le prescrivait l'Église. D'ailleurs, Charles VI considérait qu'elle portait l'enfant du miracle, l'enfant de la Vierge, qu'il serait fort inconvenant de souiller par l'acte de chair.

Ainsi, l'épouse se trouva libérée des devoirs de la nature, alors que la position de la reine s'était considérablement fortifiée.

— Vous prenez de la hauteur, madame, lui avait dit Mézières d'un air malicieux. Rien de tel qu'un prodige pour vous placer à la droite du Seigneur.

Doutait-il de ce miracle ? Isabelle resta coite avec regret, mais il est des confidences impossibles, sauf sous le secret de la confession.

Jean la Grâce éclata d'un rire homérique lorsqu'elle s'en confessa :

— Vous avancez vite, reinette.

Et il lui donna l'absolution, avec comme pénitence l'obligation de faire dire sept messes dédiées à la Vierge, payables sur sa cassette.

— Chacun croira que c'est pour remercier Notre-Dame, vous seule saurez que c'est pour implorer Son pardon.

Isabelle en fit dire douze.

*
* *

Honorée et respectée à la Cour, l'enfant de Bois-Bourdon légitimé, Isabelle était pourtant loin d'être satisfaite. Elle gardait la rage au cœur en songeant à Bourgogne qui avait contraint le sire de Graville à l'exil ; son absence la déchirait comme au premier jour, elle ne pouvait le chasser de son esprit malgré ses efforts. D'autant plus que le Hardi manipulait toujours Charles VI à sa guise. Son royal époux aimait son oncle et le respectait comme un père. Libérer Charles de son influence ne serait pas chose facile.

— À quoi bon porter le fils d'un roi, quand le roi n'est pas le roi, se plaignit-elle à son précepteur alors qu'ils travaillaient ensemble.

Ce jour-là, Isabelle s'entraînait à l'art de l'écriture cursive de la pointe de son stylet d'argent sur une tablette de cire : Mézières la voulait calligraphe lorsqu'elle se devait à rédiger une lettre de sa propre main.

— Et que manque-t-il au roi pour être un roi ? demanda-t-il.

— Le désir de gouverner, il me semble.

— Et pourquoi n'a-t-il point ce désir ?

Isabelle leva les yeux de son ouvrage.

— Parce que Bourgogne et Berry s'en chargent... et qu'il leur fait par trop confiance, ajouta-t-elle avec acrimonie.

— Bien, approuva le vieux maître. Alors, cette confiance, brisons-la !

— Comment ?

— En les discréditant.

— La belle affaire, monsieur. La tâche me paraît rude.

— Rude mais pas impossible. Le premier pas vers ce discrédit serait de faire échec au projet de ce débarquement en Angleterre. Charles VI s'en exalte, car il le trouve grandiose. Faisons-le échouer, il deviendra alors ruineux. Le dommage sera considérable, Philippe le Hardi en sortira affaibli. En revanche, s'il est victorieux, son pouvoir sera immense.

— À aucun prix ! s'exclama la reine. Vous avez raison, monsieur, il faut briser cette expédition. Mais n'est-elle pas déjà par trop avancée ?

— Le Camus n'y est pas favorable, et se fait tirer l'oreille à rattrouper ses forces.

— Il est vrai qu'en Languedoc, l'ost du duc de Berry s'organise avec une étrange lenteur. Même le roi s'en est irrité devant moi. Le duc prétend que le mariage de son fils l'accapare, et qu'il fera diligence ensuite.

— Ce mariage est un prétexte à faire traîner, insista Mézières.

Isabelle suça pensivement le manche d'ivoire de son poinçon... Elle suggéra avec une moue malicieuse :

— Et s'il me plaisait que les festivités durent plus encore ? Le roi, pour me complaire, pourrait les prolonger inconsidérément ?

— Il se pourrait, madame, sourit le maître, et cela fera le compte du Camus qui ne s'y opposera pas.

— Et mon bel oncle Philippe en sera fort marri.

— Excellent. Il faut attiser leurs perpétuelles querelles. Jouons Berry contre Bourgogne, et faisons-les tomber ensemble.

Isabelle écrasa soudain dans la cire le graphisme d'une lettrine d'un coup de pouce rageur.

— Facile à dire, mais nous sommes bien seuls pour une telle entreprise.

— Détrompez-vous, madame. Il en est beaucoup dans ce royaume et à cette Cour qui sont las de la tutelle des princes des Fleurs de lys. Et je sais qu'ils n'attendent qu'un signe pour se conjurer.

— Une conjuration ?.... répéta-t-elle avec incrédulité.

À cette perspective, la princesse de Bavière ressentit un frisson d'excitation.

24

Au château de Vincennes

> Les vents se sont déchaînés aux quatre points cardinaux, et ont fait dans le royaume des ravages tels, qu'on ne se souvenait point d'en avoir jamais vu de pareils. Dans leur violence, ils déracinèrent des forêts entières. Et l'on a vu une chose étrange et inouïe, un grand nombre de corbeaux voler du côté de Crécy-sur-Serre, portant dans leur bec des charbons ardents, qu'ils déposèrent comme à dessein sur des granges couvertes de chaume, qui furent brûlées et réduites en cendres.
>
> D'après la *Chronique du religieux de Saint-Denys*

Proche de la forteresse de Vincennes, où Isabelle et sa mesnie séjournaient depuis la mi-juillet, un cor sonna à plusieurs reprises.

Le chevalier Morel de Campremy, nouveau capitaine de la garde personnelle de la reine, sourit en raccrochant sa trompe à son baudrier ; il n'était point inquiet, la campagne de Saint-Antoine-des-Champs était sûre et calme par cette belle journée de septembre, et ses hommes étaient postés discrètement aux quatre coins de la parcelle où la princesse de Bavière avait disparu dans les profondeurs dorées d'une avoine de regain, avec la petite Mme de Montpensier.

Plus que d'appeler les nobles dames, le capitaine voulait signifier que la garde était là et qu'elle veillait. Elle veillait aussi sur l'immense espoir que représentait l'attente d'un héritier royal. Très loin, d'autres cors semblèrent répondre. C'étaient ceux de la chasse de monseigneur d'Orléans qui appelaient à la curée.

Morel de Campremy retourna à la litière où se trouvait assise Catherine de Fastavavin. Les joues de la demoiselle rosirent sous le regard du capitaine, soldat débonnaire et de courage, qui n'était plus trop jeune, mais qui avait cette mâle beauté des hommes faits.

— Ne désirez-vous donc point vous joindre à ces dames ? lui demanda-t-il.

— Que nenni ! fit-elle en s'éventant d'un foulard, il fait trop chaud. À moins que ma présence et ma conversation ne vous soient importunes, messire de Campremy ?

Le capitaine eut un sourire éclatant.

— Que vous en semble, belle dame ?

Catherine rougit davantage. Elle avait perdu sa mine chiffonnée, la chambellane renaissait à la vie depuis quelques mois, depuis que le nouveau capitaine la regardait de si aimable manière.

Des éclats de rire venant du champ, là où s'agitait furieusement la haute avoine, les firent à leur tour éclater de rire. Isabelle, en dépit de sa grossesse avancée, et sa jeune belle-sœur se roulaient dans les grands chaumes qui frémissaient de leur multitude d'épillets, dissimulées douillettement sous ce toit de dentelle à picots d'ambre sur fond d'azur.

— Madame Belle, tu vas lui faire tourner le sang, riait Catherine l'Églantine, des brindilles dans les cheveux échappés de sa coiffe.

— Il est de trop bon sang pour qu'il tourne, exulta Isabelle, essoufflée, en s'étalant sur le dos, les mains sur son ventre rond.

Loin des regards, la reine aimait à retrouver la turbulence de son enfance. Elle gardait toujours ce besoin de vie et de dépense qu'elle s'efforçait de brider en public, obéissant en cela à son vieux maître : « Ne vous montrez qu'en majesté, mesurez vos gestes et encore plus vos paroles. »

Mézières lui avait appris la vigilance, à se méfier de tous, car chacun possède en soi une parcelle corruptible. L'argent, mais aussi la haine, la jalousie, le bavardage inconsidéré, la menace, même l'amour ou quelque faute qui prête au chantage, sont les leviers de la corruption. Nulle bonne politique qui ne soit souterraine, faite d'un réseau d'espions et de menées clandestines. Comme un iceberg, l'on n'en voit que la face émergée, et trompeuse.

« N'y a-t-il point de purs et fidèles gens ? » lui avait-elle demandé.

« Certes, comme une pépite d'or dans un torrent tumultueux, à vouloir la chercher, c'est le torrent qui vous emporte. »

Isabelle, qui caressait toujours son ventre, le sentit soudain se convulser.

— Il bouge ! s'exclama-t-elle, ravie.

— Je peux ? dit Catherine en posant déjà ses mains à plat sur le surcot délacé de la reine.

Impatiente, la petite comtesse fronça les sourcils.

— Je ne sens rien. Comment ça fait ?

— Ça fait que ça bouge, répondit Isabelle en pouffant.

— Mais c'est ton ventre qui bouge parce que tu ris.

— Non, c'est l'enfant qui rit parce qu'il sait qu'il sera le plus beau prince de la terre.

Et tout en parlant, elle songea si fort au sire de Graville qu'elle aurait voulu hurler : « Je t'aime, gentil Bourdon. Je t'aime, et je porte ton fils. »

— À moi, rétorqua Catherine en reniflant, monsieur de Montpensier est si vilain qu'il me fera vilain enfant.

Le fils du duc de Berry, en effet, était loin d'être attrayant. La reine se redressa et prit la fillette dans ses bras pour la consoler. Elle revoyait le faste du mariage de Saint-Ouen, au printemps de cette année 1386, et la minuscule demoiselle de France pleurante auprès de son épais cousin de Berry, à la face camarde et furonculeuse, à l'allure vulgaire. L'évêque avait lié ensemble la délicatesse et la grossièreté, absurdement, inexorablement.

Il n'avait pas été du pouvoir de la reine d'empêcher ces noces ; en revanche, elle avait réclamé au roi la garde de sa petite belle-sœur en attendant qu'elle fût en âge d'être une épouse, et Charles la lui avait donnée, bien que la princesse de France fût de la mesnie de Bourgogne depuis un an. Philippe le Hardi, surpris, s'irrita fort de ce désaveu, et Marguerite de Flandre en fut blessée.

— Tu viens attraper les sauterelles et les papillons ? demanda Catherine, déjà réconfortée, et qui voulait courir.

— Non, lui répondit Isabelle. Je me sens lourde, je vais me reposer un peu.

Elle regarda en souriant la fillette se perdre dans la haute avoine. Elle s'allongea et ferma les yeux, songeant à cette première victoire qui lui avait permis de garder son Églantine. Forte de ce succès, elle fit ensuite prolonger les fêtes du mariage en affectant d'y prendre un plaisir jamais assouvi, tandis que le Hardi trépignait d'impatience.

Profitant de l'euphorie des réjouissances et des bonnes dispositions du roi, Mézières conseilla à Isabelle de demander à être sacrée. Un sacre ! Outre qu'elle en serait hissée plus haut encore, le temps de la cérémonie pouvait donner un retard mortel au départ de l'Écluse. Soucieux de son bon plaisir, Charles VI l'envisagea sur-le-champ avec enthousiasme. Cette fois, le duc de Bourgogne fut pris d'une grande colère. Il réussit à convaincre son neveu que la pompe d'un sacre demandait une munificence telle, que le Passage d'Angleterre ne le permettait pas. Il est vrai que le temps pressait, le roi abandonna le projet, et pour calmer la déception d'Isabelle, il lui promit son sacre dès son retour.

Enfin, sous l'oriflamme de Saint-Denis, l'armée royale partit le jour de la Saint-Martin d'été, le 4 juillet 1386. Isabelle enragea.

— Patience, madame, l'exhorta son précepteur, il faut savoir perdre certains coups, ils distraient la défense de l'adversaire. Et puis nous avons encore un atout dans notre manche.

L'atout, c'était le duc de Berry, encore à Paris, sous l'éternel prétexte qu'il n'eût pas encore réuni toutes ses compagnies. Il avait juré au roi de les rejoindre à l'Écluse au plus tôt.

On se promit que ce serait au plus tard.

« On », c'était la conjuration. Comme l'avait prédit Philippe de Mézières, depuis ces derniers mois, il s'organisait autour de la reine une coalition visant à se débarrasser de la tutelle des oncles. Louis d'Orléans, bien sûr, en était, ainsi que le sire de Craon, et toute une coterie de jeunes seigneurs. Il en était d'autres qui restaient dans l'ombre, des hommes d'une haute intelligence et de circonspection : les anciens ministres de Charles le Sage que Mézières, qui était des leurs, avait rameutés secrètement. Isabelle avait appris à connaître leurs noms, sinon leurs visages : ils s'appelaient Jean le Mercier, Montaigu, Pierre de Giac, le sire de Noviant, Bègue le Vilain et d'autres...

Bannis depuis six ans par les oncles de Charles VI, ils s'étaient unis par un pacte d'alliance, qui les engageait par serment à se soutenir mutuellement de tout leur pouvoir et à n'avoir, tant dans la prospérité que dans l'adversité, qu'un même esprit, une même volonté, un même but.

L'esprit commun était leur haine envers les princes des Fleurs de lys ; leur volonté, les faire chuter ; leur but, revenir au gouvernement. Malgré leur disgrâce, ces anciens conseillers n'avaient jamais cessé d'infiltrer toutes les cours d'Europe, et notamment celle de Bretagne. Prise en étau entre l'Angleterre et la France, celle-ci ne devait son indépendance qu'à l'équilibre des forces de ses puissants voisins. Le duc de Bretagne, Jean de Montfort, était passé maître dans l'art de passer de l'un à l'autre, comme un funambule joue de son contrepoids. Et par conséquent, le débarquement qui faisait trembler l'Anglais faisait aussi trembler le Breton. Il ne fut pas difficile de les convaincre d'unir leurs deniers afin d'acheter le Camus, tous s'accordant à penser que le cliquetis des pièces d'or était une musique qui ne pourrait laisser indifférent cet esthète éternellement impécunieux.

Et le Camus se laissa acheter. Cependant, pressé par le courrier de Charles VI, il dut finir par se résoudre à prendre la route. C'était déjà la mi-août, chaque ville traversée semblait vouloir retenir l'illustre visiteur en l'honorant de fêtes et de banquets, et l'ost du duc de Berry progressait avec une telle lenteur, qu'il semblait marcher à reculons. De Vincennes, la reine suivait les événements, informée par Philippe de Mézières qui lui rendait fréquentes visites.

À la fin septembre, Charles VI, qui se sentait plus que jamais investi de l'âme de Guillaume le Conquérant, attendait toujours les forces de son bel oncle à l'Écluse.

Jamais l'Europe n'avait eu d'armement aussi formidable. La France était en prière, les prédicateurs avaient engagé les habitants du royaume à réformer leur conduite, à expier leurs fautes, et à mériter par des processions et des messes solennelles l'intervention divine pour la victoire de leur bon roi, Charles le Bien-Aimé. La mer était calme, le temps était beau.

Rien, rien ne manquait pour le Passage d'Angleterre face à une Angleterre où soufflait un vent de panique. Rien ! Sauf l'ost de Berry.

Et l'on chantait à Paris les vers du poète Eustache Deschamps[1] :

Princes passez sans plus tant demeurer.
Vôtre sera le pays d'Angleterre,
Autrefois l'a un Normand conquesté :
Vaillant cœur peut en tout temps faire guerre.

Isabelle sortit de sa songerie en entendant à nouveau les lointaines sonneries de la chasse. Catherine se tenait auprès d'elle, dans son berceau d'avoine blonde. Croyant la reine endormie, elle s'était mise à jouer en silence. Elle s'amusait à faire des poupées des boutons de coquelicot. Elle ouvrait les sépales de velours vert, et déployait les pétales d'orange froissés. De ses petits doigts agiles, elle retournait le tout sur la tige, découvrant une tête minuscule ébouriffée d'étamines.

— Il a encore bougé, s'écria soudain la reine avec toujours le même ravissement.

— À moi, l'enfant de monsieur de Montpensier, il me donne des coups de couteau dans le ventre, répondit la petite fille, concentrée sur son ouvrage.

1. Poète français, Eustache Deschamps, dit aussi Eustache Morel (vers 1344-vers 1406), fut très populaire à la cour des rois Charles V et Charles VI. Outre de nombreuses ballades et poèmes historiques, on lui doit notamment un traité sur l'*Art de dicter et de faire des chansons*.

Isabelle ouvrit les yeux. Éblouie de soleil, elle se redressa et considéra avec étonnement la fillette qui liait d'un brin d'herbe la robe de pétales en guise de taille.

— Mais, Catherine, tu n'as pas d'enfant dans ton ventre.

— Et pourquoi pas moi, je suis épousée aussi ? répondit cette dernière d'un air outré. Et je les sens bien, moi, ses coups de couteau.

Et se dressant sur les genoux, elle prit la main de la princesse de Bavière pour la poser sur son côté droit.

— Sens ! C'est là, et c'est souvent. De plus en plus souvent.

Isabelle appuya légèrement, et la fillette grimaça de douleur.

— Tu vois ! C'est encore une fois.

— Ce n'est rien, c'est parce que tu as trop couru.

— Non, c'est parce mon bébé à moi est méchant comme monseigneur Jean, affirma la petite fille, vindicative.

Il y eut des bruits de cavalcade et la corne mugit à nouveau. Cette fois, Morel de Campremy se faisait insistant. La reine, alarmée, se leva vivement malgré sa grossesse avancée.

— Viens ! Allons sans plus traîner, dit-elle en prenant Catherine par la main.

Elles se mirent à courir, Isabelle soutenant son ventre de l'arrondi d'un bras. Soudain, la jeune comtesse de Montpensier s'emberlificota les pieds dans des liserons qui liaient par endroits les chaumes de leurs lianes volubiles. Isabelle ne put la retenir dans sa chute et la vit rouler jusqu'à l'orée proche du champ d'avoine.

— Il m'en a encore donné des coups de couteau ! hurla-t-elle, en se recroquevillant sur elle-même avec des cris stridents.

Le capitaine se précipita et souleva l'enfant sanglotante dans ses bras. Isabelle le regarda faire, soudain inquiète de cette étrange douleur dont se plaignait Catherine l'Églantine. Mais cette préoccupation resta fugitive, sa chambellane lui criait de la voiture :

— Isabelle, on est venus pour vous avertir ! Alezane est en travail !

Le cœur d'Isabelle s'accéléra. Elle accourut et grimpa dans la litière.

— Allez quérir Ozanne ! lança-t-elle aux messagers du château de Vincennes. Qu'elle me retrouve aux écuries avec mon sachet accoucheur et tout ce qui lui semblera bon.

— Je peux venir aussi ? Madame Belle, je pourrai voir ? répétait avec insistance Catherine l'Églantine, toutes larmes envolées, tandis que le capitaine de Campremy la déposait sur les coussins.

— Oui, tu pourras voir le poulain naître, répondit Isabelle, heureuse et anxieuse à la fois, entourant de son bras les frêles épaules de la fillette et la serrant contre elle.

*

* *

Il faisait une douceur moite dans l'écurie, qui fleurait la fumigation. Ozanne activait d'un petit soufflet les braises d'un réchaud, où fumait dans un pot de terre une décoction de *cassia lignea*. Elle disait cette vapeur profitable à la dilatation de la matrice.

Près d'elle se tenait sagement Catherine, accroupie dans la paille, regardant l'événement avec des yeux stupéfaits. C'était la première fois qu'on la laissait ainsi dans une écurie. Ni Mme de Bourbon la Grant qui l'avait élevée, ni la duchesse de Bourgogne n'auraient autorisé une princesse de France en un tel lieu. Le contraire d'Isabelle qui avait traîné les fermes son enfance durant. Mais cette fois, il s'agissait d'Alezane, et son angoisse était grande. Elle lui tenait la tête, la caressant à la commissure des lèvres, là où son cuir est si doux, si fin, et lui parlait avec douceur, lui murmurant des mots tendres à l'oreille. Les yeux dorés de la pouliche s'écarquillaient sur une ineffable interrogation, mêlée de peur. Elle ne comprenait pas ce qui lui arrivait, et malgré toutes les sollicitations, elle avait résisté à se coucher sur la paille, raidie sur ses jambes frémissantes.

Autour des oreilles de l'animal, un collier de corail retenait un petit sachet de soie brodée reposant sur son front. Le corail protégeait des difficultés de l'enfantement, le sachet accoucheur contenait le bref d'une prière à sainte Marguerite, patronne des femmes en couches. La jeune reine voulait pour Alezane tout ce qui lui était favorable. Elle sentait son destin si lié à sa jument qu'elle avait le sentiment qu'elle mettrait l'enfant de Bois-Bourdon au monde de la même façon qu'Alezane mettrait bas le poulain d'Alcoboça. Elle avait également fait mander Rémy, le maître des basses cours, qui était le meilleur bouvier de la région.

La jument releva violemment la tête en hennissant, échappant aux bras d'Isabelle, alors que ses flancs se contractaient avec force.

— Doux, ma belle ! Doux, dit Rémy en flattant la croupe d'Alezane. Il arrive, le voilà.

Isabelle se précipita pour voir deux jambes graciles dépassant de la vulve, dont s'échappait une effusion sanguinolente. Comme la pouliche s'agitait trop, deux valets de ferme cramponnèrent Alezane par sa crinière. Ozanne, qui savait Isabelle à terme, tira celle-ci par le bras.

— Ne reste pas si près, Isabelette, Alezane est nerveuse et pourrait te bousculer.

Isabelle se laissa éloigner quelque peu. Catherine la rejoignit et s'accrocha à ses jupes, les yeux avides.

Rémy était vêtu d'un surcot de cuir sans manches. Ses muscles saillaient, ronds et puissants. Ses bras étaient souillés jusqu'aux coudes. Des deux mains, il saisit les jambes fragiles du poulain.

— Allez, ma belle ! encouragea-t-il Alezane, la prochaine fois, c'est la bonne. Quand tu pousses, je tire.

Comme répondant à la sollicitation de l'homme, les flancs de la jument se contractèrent à nouveau avec force. Alezane se ramassa sur elle-même, s'arc-boutant sur ses cuisses arrière, donnant toute sa puissance. Elle poussa un long hennissement, alors que les valets se suspendaient à son cou pour contenir son affolement.

Dans un flot de glaires et de sang, la tête sortit tandis que l'homme tirait doucement, puis le corps, et enfin les jambes arrière, et le poulain fut expulsé.

L'homme de ferme l'accompagna dans sa chute sur la paille.

— Madame Belle, s'écria Catherine, il est né habillé.

Le poulain était presque entièrement enveloppé d'une poche bleuâtre filetée de rouge. Rémy éclata de rire, prit une poignée de foin et se mit à en frictionner le petit animal.

— Voilà comment on le déshabille, fit-il en essuyant la membrane.

— Il ne bouge pas, il est mort, gémit la reine.

Au même moment, le nouveau-né agita ses jambes fines et grêles, comme celles d'une araignée faucheuse, et secoua vivement la tête avec un air effaré. Alors Isabelle poussa un cri de joie.

Alezane s'était retournée, flairant doucement son petit avec étonnement.

— Oui, ma belle, c'est à toi. C'est une belle pouliche que tu nous as fait là, dit Rémy, lui caressant le chanfrein.

— C'est une pouliche, c'est une pouliche ! criait l'Églantine en battant des mains. Comment tu vas l'appeler, madame Belle ? Dis, comment elle s'appelle ?

— Alcoboçanne ! répondit Isabelle sans hésiter, et Alcoboçanne est à vous, madame de Montpensier.

Catherine en resta pétrifiée.

— À moi ?

— Oui ! Je te la donne. Elle sera ta haquenée quand vous serez plus grandes toutes les deux.

— À moi ? demanda encore la fillette.

— Oui ! Alcoboçanne est à toi, confirma à nouveau la reine en riant de bonheur.

La petite figure de furet de Catherine se contracta, et elle se jeta dans le giron d'Isabelle en sanglotant.

— Elle est à moi, elle est à moi. Oh, mille mercis, madame Belle.

Ozanne, qui riait en les regardant, vit le visage de la reine grimacer soudain, comme sous le coup d'une violente douleur. La dame d'honneur pâlit, s'approcha et écarta doucement Catherine d'Isabelle.

— Qu'y a-t-il, Isabelle ?

La reine sourit en se tenant le ventre.

— Mes chausses sont toutes trempées.

Ozanne soupira.

— Décidément, Alezane et toi, vous ne pouvez rien faire qui ne soit ensemble, lui murmura-t-elle en lui rendant son sourire avec confiance.

*

* *

Un peu plus de trois heures plus tard, des coursiers partaient aux quatre coins du royaume annoncer la bonne nouvelle : un Dauphin était né.

Les cloches de la forteresse de Vincennes s'étaient mises en branle et annonçaient, comme il se devait, la joyeuse nouvelle. Les clochers de Paris y répondaient déjà. Cette nuit, le bon peuple serait en liesse et, comme d'habitude, on boirait sec dans les tavernes en l'honneur de la naissance du Dauphin, Charles de France, à Vincennes, ce 25 septembre de l'an de grâce 1386.

Trois courriers étaient en route à fond de course, droit sur l'Écluse, pour apprendre au plus tôt l'heureux événement au roi et aux princes.

Isabelle tenait son fils dans les bras, ne cessant de l'admirer. Un duvet brun comme jais était encore mouillé, collé sur sa tête, il remuait sans cesse ses lèvres rouges et bien ourlées. Il semblait au bord du cri, mais ne criait pas, n'émettant que de brefs sons, comme des bulles, qui la ravissaient. Elle avait peine à croire que cette merveille venait de sortir de son ventre.

Une jeune femme, dont la grossesse était visiblement à terme, entra dans la chambre de gésine.

— Pardonnez-moi, madame, mais frère Jean m'envoie pour vous dire qu'il est temps de faire ondoyer monseigneur le Dauphin.

La Grâce attendait en effet à l'extérieur, la chambre d'une accouchée étant interdite aux hommes.

— Encore un moment, dame Suzanne ! protesta Isabelle, qui ne pouvait se résigner à se séparer de son fils.

— Allez prévenir que nous arrivons, intima froidement Ozanne à la dénommée Suzanne.

La demoiselle de Louvain éprouvait une aversion instinctive envers cette inconnue, qui était une nourrice proposée par messire de Craon. Il disait qu'elle était de Bretagne, et assurait qu'en son pays se trouvaient les meilleures tétonnes.

Ozanne la regarda partir avec soulagement en songeant qu'elle ne pouvait plus être la nourrice du Dauphin puisqu'elle n'avait pas encore accouché, et par conséquent pas encore de lait. Il est vrai que la reine avait plus de deux mois d'avance sur son terme officiel.

— Ozanne, Catherine, venez voir, il sourit, appela soudain Isabelle.

Les deux dames d'honneur se précipitèrent sur son lit, le regard rivé sur l'enfant qui semblait en effet sourire, découvrant des gencives de nacre rose.

— Isabelle, il ouvre les yeux, s'exclama la chambellane. Vois comme il te regarde déjà !

— Il a ses yeux ! Il a ses yeux, il louche ! s'écria la reine dans une totale euphorie.

Dame Suzanne avait laissé la porte entrebâillée, derrière laquelle elle était restée à écouter. L'exclamation imprudente de la princesse de Bavière résonna jusque dans le corridor où patientait Jean la Grâce dont le sang ne fit qu'un tour.

— Que faites-vous donc là, ma fille ? interpella-t-il la nourrice avec fureur.

Celle-ci sursauta et referma précipitamment l'huis.

— Mais, frère Jean, c'est vous qui m'avez envoyée… balbutia-t-elle.

— Il semble que la reine vous ait pris de vitesse et qu'il faudra se passer de vous. Allez, filez ! Allez mettre bas où bon vous semble, vous n'avez plus rien à faire ici, l'interrompit-il grossièrement.

Dame Suzanne le salua brièvement et vida les lieux sans un mot, tandis que Catherine sortait de la chambre avec l'enfant dans les bras.

— Allons, gronda Jean la Grâce entre ses dents, maudite porte qui m'est défendue, sinon j'irais apprendre à cette reinette à tenir sa langue.

*

* *

À son retour, la chasse avait trouvé le château en émoi : la reine était en gésine. L'inquiétude prévalait, la date était avancée de deux lunes. L'enfant pouvait avoir des fragilités mortelles.

Chez Orléans, les chasseurs s'étaient fait servir des agapes. Louis semblait torturé. Il ne mangeait pas, il buvait. Il était de bon ton de boire beaucoup, il y avait de l'élégance à s'enivrer. Son nain Capucine avait décampé, sachant qu'il serait le premier à faire les frais des humeurs de son maître. Il lui avait adressé une grimace, se tenant le bas des reins en clamant : « Aïe, aïe, aïe ! Je vais remiser mon cul ailleurs. » Ce disant, il avait sursauté violemment, mimant un imaginaire coup de pied au derrière, et était sorti sur ses habituelles pirouettes. Tout le monde avait ri. Pas Louis.

Quand les cloches carillonnèrent, un héraut vint leur annoncer très officiellement qu'un Dauphin était né, que madame Isabelle avait été vaillante, et les couches aisées et rapides. Cette nouvelle fut accueillie par un concert de vivats. Orléans s'assombrit davantage, Craon souriait d'un air entendu.

Les chasseurs burent en l'honneur du Dauphin, puis Craon ordonna à leurs compagnons de chasse de les laisser seuls, et ceux-ci se retirèrent.

— La peste soit de ce soi-disant Dauphin ! cracha le prince de France dès qu'ils furent seuls.

Il était cramoisi d'ivresse.

— N'avais-je pas prédit que cet enfant naîtrait avec une singulière avance ? lui répondit mielleusement le sire de Sablé.

Craon avait pourri l'esprit de Louis, chaque jour, insidieusement, depuis qu'il disait avoir surpris entre la reine et Bois-Bourdon des regards qui ne trompaient pas. « Ils sont amants, affirmait-il. L'enfant n'est pas fils de roi, mais du sire de Graville. » L'accusation était gravissime.

Le seigneur breton, bien que du parti de la reine contre le pouvoir des oncles, s'acharnait pourtant à discréditer Isabelle. Il était trop sagace pour ne pas s'être aperçu que Louis était amoureux d'elle, et le favori se voulait tout-puissant sur le prince. En outre, la naissance d'un Dauphin ne faisait pas son affaire, il éloignait Orléans du trône et donc le seigneur de Sablé du pouvoir.

Louis d'Orléans ne pouvait se résoudre à croire en la trahison de Bois-Bourdon.

Mais son étrange disparition de la Cour ne ressemblait-elle pas à une fuite ?

— Il s'est enfui car la reine était enceinte de ses œuvres, c'est pourquoi elle a enfin rendu l'épée de l'*asag*, lui avait répété Craon tant et plus.

Les couches prématurées de la reine venaient confirmer ses perfides allégations.

Et aujourd'hui encore, Craon savait trouver les mots qui torturaient le duc d'Orléans :

— Passe encore qu'il soit né une fille. Mais un mâle ! Que Dieu le garde, mais s'il arrivait malheur à ton frère, toi, Louis de France, héritier de la couronne, devras-tu baiser la pourpre du manteau d'un bâtard aux marches du trône ?

Sans laisser au prince le temps de réagir, il se leva pour donner plus de force à la perfidie de ses propos.

— Cette bordeleuse ne s'est donnée à Charles que pour légitimer le bâtard d'un débauché ! lui cria-t-il en martelant les mots.

Alors Louis explosa. Il se dressa à son tour et se jeta sur son favori. Il le saisit au col des deux poings, le secouant avec rage.

— Tais-toi, Craon, tais-toi ! Tu parles de la reine.

Le Breton empoigna les avant-bras d'Orléans qui était prêt à le frapper. Il le tint immobilisé, les yeux rivés dans les siens.

— Que défends-tu, mon prince ? Ton droit ?.... ou cette catin ?

— Donne-moi une preuve, une seule preuve de plus, et j'étranglerai ce bâtard de mes mains, hurla le prince.

Un chambellan entra, ils se défirent.

— Messires ! Dame Suzanne demande audience.

— Eh bien, nous allons peut-être l'avoir, cette preuve, dit froidement le seigneur de Sablé en se rajustant.

Et comme Suzanne entrait, il lui jeta avec impatience :

— Parle donc ! Comment est cet enfant ?

— Bien constitué, de corps et de membres. Il est fort vigoureux pour un prématuré.

— Bien sûr, répondit Pierre Craon, satisfait. Est-il brun ou blond ?

— Brun, assurément.

— Ah, triompha-t-il encore, le sire de Graville n'est-il pas noir comme le Diable ?

— La reine est brune ! laissa tomber Louis en se servant du vin qu'il but à vomir.

— Rien d'autre ? s'exaspéra le Breton.

— Si, messire ! La reine a dit exactement que l'enfant avait ses yeux parce qu'il louche.

— Que veut dire ce galimatias ? fit sombrement Louis, secoué d'un brusque hoquet.

Il était totalement ivre.

— Tu dis que ce sont ses mots… exactement ? insista Craon.

— Oui, la reine a dit : « Il a ses yeux, il louche. » Alors frère Jean la Grâce s'est mis soudain en colère et m'a chassée.

— Qu'avais-tu donc fait ?

— Rien, monseigneur, je le jure. Sauf que j'avais entendu.

Le seigneur de Sablé jubilait. Il défit une bourse de sa ceinture et la jeta à Suzanne, qui l'attrapa au vol.

— Tiens ! File, et que nul ne te revoie jamais.

Suzanne salua et sortit en toute hâte, en soutenant son gros ventre.

— Ainsi ce Jean la Grâce, confesseur de la reine, s'est mis en colère ? exulta Craon. C'est une fureur qui en dit beaucoup…

Louis s'était écroulé sur une banquette, son verre à la main, et ne répondit que par une éructation pitoyable.

— Tu voulais une preuve de plus, Orléans ? Tu l'as, de la bouche même de la reine.

Le visage de Louis s'affaissait sur sa poitrine.

— Je ne comprends rien, te dis-je, balbutia-t-il.

— Il louche ! Il louche. Et il a ses yeux, insista le sire de Sablé en s'approchant du prince, le forçant à lever la tête.

Le regardant bien en face, il se pinça l'arête du nez, les pupilles convergeant vers ses doigts.

— Il louche et il a *ses* yeux !

Dans les brumes de l'alcool, Louis revit le regard de Bois-Bourdon et ce léger strabisme, quand il fixait durement, qui lui donnait ce regard parfois terrible. Que ne l'avait-il jamais remarqué ? Ainsi, c'était cela qui le mettait si mal à l'aise parfois ? Le sire de Graville louchait.

Craon insistait encore, parlant lentement, ses mots affreux se frayaient un dur passage jusqu'à l'esprit brouillé du prince :

— La reine s'est trahie, je savais qu'elle se trahirait. Le Dauphin est un bâtard de Graville !

— Alors il va falloir que l'on s'en débarrasse ! marmonna Louis dans un dernier borborygme.

Et il s'endormit d'un coup.

*

* *

À une heure des laudes, cette même nuit, des hurlements horribles réveillèrent toute la maison de la reine. Sortie de son sommeil, Isabelle demanda avec anxiété ce qui se passait.

— Ce n'est rien, lui dit Catherine de Fastavavin accourue à son chevet, Mme de Montpensier a fait un cauchemar.

Comme les cris s'étouffaient, Isabelle se rendormit, trop lasse pour s'inquiéter davantage.

Éloignée à l'autre bout du château afin d'épargner la jeune accouchée, Catherine l'Églantine se tordait de douleur sur un lit hâtivement dressé ; ses plaintes étaient déchirantes, insupportables.

— Dites-lui de ne pas me donner des coups de couteau dans mon ventre, suppliait-elle. Dites-lui, par pitié !

Catherine avait l'abdomen gonflé et brûlait de fièvre. Elle fut prise de vomissements incoercibles qui convulsaient son petit corps de spasmes atroces. Ozanne songea à lui administrer des lavements, mais la fillette se mit à se vider, en diarrhées continuelles. Le ballet des chambrières qui changeaient son linge était incessant. Et toute la mesnie se mit en prière.

La demoiselle de Louvain était désespérée de son impuissance. La petite fille n'avait plus sa connaissance et délirait. Puis elle se tut. Son visage de pétale se décolorait, l'Églantine se fanait. On priait, désespérément.

Jean la Grâce lui administra les derniers sacrements, son corps massif secoué de sanglots.

Ma sœur dans la foi,
Je te confie à Dieu qui t'a créée,
Puisses-tu retourner à Celui qui t'a mise au monde,
Depuis la poussière de cette terre…

Les laudes se mirent à sonner, comme un glas.

Catherine, comtesse de Montpensier, princesse de France, rendit son âme d'enfant à Dieu. Son corps fut porté trois jours plus tard à Saint-Denis, auprès de ses père et mère, Charles V et la reine Jeanne de Bourbon, qui l'avaient si peu connue.

*

* *

— C'était un ange, Zizka. Dieu en possède des cohortes ; ne pouvait-Il pas nous laisser celui-là ? se révolta Isabelle.

— Lorsque le soc de la charrue défonce le champ et détruit la fourmilière, la fourmi peut-elle comprendre le noble dessein du laboureur, qui sème le blé pour faire le pain ?

Isabelle ne pourrait plus jamais apercevoir un bosquet d'églantines sans pleurer la si jolie damoiselle de France.

25

Les Saints-Innocents

> Hérode fit tuer beaucoup d'enfants depuis l'âge de deux ans, et au-dessous, à cause du Seigneur.
>
> Salut, ô fleurs des Martyrs. Qu'à l'aurore même de leur vie, le persécuteur du Christ a moissonné, comme la tempête brise les roses naissantes.
>
> Premières victimes du Christ, tendre troupeau d'agneaux immolés, sous l'autel, ingénus, vous jouez avec vos palmes et vos couronnes.
>
> Ce sont ceux qui ne se sont pas souillés avec des femmes, car ils sont vierges.
>
> Ils accompagnent l'Agneau partout où il va.
>
> D'après l'*Hymne des laudes des Saints-Innocents*

Charles tenait la main d'Isabelle bien serrée et l'entraînait plus avant dans l'extravagance. Qui aurait pu reconnaître dans cette grande fille de joie fardée et ce petit page masqué, le roi et la reine de France ?

L'hôtel de Saint-Paul grouillait de figures carnavalesques et grotesques. C'était le jour des mille fantaisies, de l'exubérance et de l'irrévérence. C'était le jour de la fête des Fous.

Aujourd'hui, les humbles gens des basses cours étaient grands seigneurs ; les petits clercs, papes ; les servis serviraient les serviteurs. Le monde se devait d'être cul par-dessus tête.

Le petit page masqué et sa bordeleuse, qui l'entraînait d'une poigne vigoureuse, atteignirent enfin à travers la foule le porche de l'église Saint-Paul. Soudain leurs mains se délièrent. Un être gigantesque, aux oripeaux couverts de poils, embronché d'une tête de chien à cornes, enleva le page et le souleva dans les airs, comme pour le projeter vers le ciel. Isabelle hurla. Le monstre la redescendit à la hauteur des yeux de son masque, et gronda en falsifiant sa voix :

— Eh bien, reinette, ne me reconnais-tu pas ?

— Oh, frère Jean la Grâce, tu as failli me faire mourir de peur, cria Isabelle en lui bourrant le groin de coups.

Puis elle éclata de rire alors que frère Jean la rendait au roi.

— Garde ton chaland, belle putain, car à voir ton damoiseau, il me vient la fringale de le dévorer.

— Frère Jean, tu es hideux à voir, s'esclaffa Charles VI, et tu n'es déjà pas si joli.

Le rouge de ses lèvres, outrageusement peintes, avait bavé sur la blancheur de ses dents.

— Et vous, mon prince, vous êtes à faire nouer toutes les aiguillettes. Comment pouvez-vous être si bel homme et si laide femme ?

— Allons voir cet évêque des fous ! répondit le roi en reprenant la main d'Isabelle.

En ce jour des Saints-Innocents, tout était permis. Fête folle et sacrilège, dont le couronnement était la cérémonie parodique de l'élection d'un évêque sur un échafaud de bateleur monté devant le portail des églises.

Il faisait pourtant grand froid en ce 28 décembre. Il avait neigé, puis gelé, la neige craquait sous les pieds. Sur l'estrade, sous un dais croulant de jambons suspendus, de bouteilles de vin, de gros pains, de quartiers de viande, trônait un adolescent à l'air égaré. On l'appelait d'ailleurs l'Égaré. Il était le fils d'une lavandière de l'hôtel, un simple d'esprit. Il venait d'être consacré évêque par le maître forgeron, travesti en pape, assisté d'un clerc masqué qui lui passa un seau et un goupillon. Le pape des fous se mit à asperger généreusement l'assemblée, comme on le fait de l'eau bénite, et s'exclama d'une voix forte :

— Troupeau de merdaille, je vous bénis de ce pissat de verrat.

La foule se mit à hurler de rire, bousculée par les premiers rangs qui reculaient précipitamment, tentant d'éviter d'être éclaboussés par l'urine de porc. Il s'ensuivit une belle pagaille, qui finit en ovation, accompagnée du concert assourdissant des crécelles et des tambourins.

Déjà, on amenait l'âne sur lequel l'évêque des fous serait baladé dans les jardins.

Une voix s'éleva alors, criarde. Pierre de Foissy, chapelain du roi, était grimpé sur un tonneau et vitupérait, l'écume aux lèvres :

— Hérétiques, hérétiques ! La main de Dieu outragé est sur vous. Craignez les foudres de Sa colère ! Il pleuvra sur vos têtes des cendres de sang, et vous brûlerez…

Il ne put en dire plus, Jean la Grâce venait de donner un formidable coup de pied dans la barrique. Pierre de Foissy bascula, et de solides bras le récupérèrent avant qu'il ne touche le sol. Puis dans un concert de « han ! » de bûcherons et de rires, ils le firent sauter en l'air comme un pantin désarticulé.

— Qu'on amène l'âne ! hurla frère Jean. Et qu'on l'y mette, tourné au cul, et queue pour rêne. Et vive le nouvel évêque des fous !

Les querelles homériques entre le chapelain du roi et celui de la reine enchantaient la Cour, et l'on se les contait jusque dans les rues de Paris. Une clameur enthousiaste répondit comme une vague puissante à la proposition de frère Jean la Grâce.

Dans un ressac de silence, un cri retentit soudain ; un cri qui annonçait un fléau tout aussi redouté que celui de la peste, cette autre calamité des temps qui pouvait détruire des jours durant, par la violence de sa rage, des quartiers de ville entiers ; un appel qui jetait la population dans la plus folle des paniques :

— Garde au feu !

*

* *

À l'hôtel de la Pissotte, déserté par la fête des Fous, les trois nourrices chargées de veiller sur le Dauphin étaient collées aux fenêtres, fascinées par le spectacle des écuries de la reine en flammes.

Au son du tocsin qui battait à tout rompre, la multitude accourait ; on allait quérir tout ce qui pouvait contenir de l'eau, les chaînes de feu se formaient ; il fallait à tout prix empêcher l'incendie de se propager aux hôtels environnants.

— Ne devrions-nous pas aussi porter secours ? s'inquiéta une des femmes.

De tels sinistres réquisitionnaient tous les bras, même ceux des enfants.

— Allez, dit la nourrice qui s'appelait Laudine, je suffirai bien à veiller sur monseigneur Charles.

Laudine était seule, penchée sur la nacelle de l'enfant. Quand elle le prit, il se mit à vagir doucement. Sans ouvrir les yeux, il cherchait de la bouche le téton d'un sein. Laudine le déposa sur un coussin, défit les bandelettes de toile et le débarrassa de ses langes. Il était nu, chaud, rond et rose à ravir, et se mit à agiter vigoureusement ses membres, délivrés de leurs entraves.

Le Dauphin ouvrit les yeux. Il la fixa de son regard sombre, étonnamment profond pour un nourrisson, accusant le léger strabisme qui lui donnait cette acuité dérangeante, et qui trahissait son origine pour qui savait. Comme tous les bébés du monde, il se mit à gazouiller, et donna à sa nourrice son plus beau sourire.

Laudine le plaqua brutalement contre sa poitrine. Ce sourire venait de la crucifier. L'enfant protesta et se mit à hurler. Lentement, comme un automate, Laudine s'approcha de la croisée. Elle l'ouvrit. La neige, givrée de glace, faisait une crèche immaculée sur le rebord extérieur, contre le treillis de fils d'archal. Elle y déposa l'enfant, nu. Les cris redoublèrent, affreusement aigus. La nourrice referma violemment la fenêtre et s'enfuit, pour aller se jeter à genoux sur un prie-Dieu.

*
* *

— Elle ne le fera pas, te dis-je, murmura Orléans au porteur d'eau qui le précédait dans la chaîne.

— Elle le fera ! répondit Craon.

Le père de Laudine avait été dénoncé et arrêté pour vol en la maison du roi où il était échanson. Une nef d'argent avait disparu d'un dressoir. Il criait son innocence, mais la nef avait été retrouvée, cachée sous son galetas, et l'homme croupissait à présent au Châtelet en attendant d'être pendu.

Le sire de Craon avait ourdi cette machination pour faire pression sur une des nourrices. « Je le sauverai du gibet, Laudine, si tu obéis à mes ordres, lui avait-il promis. Et je pourvoirai à votre établissement, loin d'ici. Sinon… je laisserai le bourreau faire son œuvre. »

— Elle ne le pourra pas, répète Orléans, en saisissant une urne débordante qu'il fit passer au seigneur de Sablé.

Louis le souhaitait à présent, horrifié de ce crime, terrorisé par ces gigantesques flammes qui dévoraient les écuries de la reine, un incendie allumé par Craon pour faire diversion, à l'heure même où l'assassinat du fils d'Isabelle se perpétrait. Et s'ils s'étaient trompés ? Si l'enfant était bien celui de l'oint du Seigneur et vrai Dauphin ? Le prince doutait et ne savait si c'était la fumée ou la honte et la peur de se damner qui le faisait pleurer.

— À t'endurcir, tu as encore du chemin à faire, lui jeta Craon.

*

* *

Devant la cheminée, Laudine frictionnait avec désespoir le petit corps raidi de froid.

— Non, ne meurs pas. Pardon, pardon ! Mon Dieu, ayez pitié de lui ! Ayez pitié de moi !

Elle avait pu supporter ses cris, mais n'avait pas tenu quand il s'était tu, soudainement. Elle l'avait arraché à sa couche mortelle avant le temps qui lui avait été recommandé : il fallait que le froid fît son œuvre sans le tuer sur-le-champ.

Depuis, elle était dans la terreur que le mal ne soit déjà fait.

Le Dauphin cherchait son souffle, tête renversée, bouche grande ouverte, tétanisé par le gel. Enfin, il poussa une faible plainte, l'air s'engouffra dans ses poumons, mais il resta ainsi, sans pouvoir l'expulser. Éperdue, Laudine lui donna des tapes dans le dos. Enfin, il expira l'air dans un râle et se reprit à respirer à petits coups précipités. Alors Laudine le remmaillota et le recoucha. Un peu de rose était revenu aux joues du nourrisson.

Et elle se remit en prière, près du berceau, pleurant de toute son âme, implorant la pitié du Seigneur.

*
* *

L'incendie put être circonscrit aux écuries de la reine qui furent entièrement détruites, et fort heureusement, tous les chevaux étaient saufs. La fête des Fous avait tourné court et Isabelle regagna ses appartements après s'être assurée qu'Alezane et Alcoboçanne étaient indemnes, installées bien au chaud dans les étables d'un hôtel voisin. Elle était épuisée.

En premier lieu, elle se rendit auprès de son fils ; il dormait.

— L'avez-vous baigné et langé ? demanda-t-elle aux nourrices sèches.

Les trois femmes attachées au nouveau-né étaient dites sèches car elles n'avaient pas de lait en mamelles ; elles n'avaient pour charge que la surveillance et les soins quotidiens, Isabelle ayant décidé de nourrir elle-même le Dauphin. Cette bizarrerie de la reine avait choqué. Rares étaient les nobles dames qui allaitaient leurs enfants, car c'était une astreinte de deux ans, et parfois plus. Les grands de ce monde se devaient à d'autres obligations dues à leur rang, et la reine plus encore.

Isabelle prit son fils dans les bras. Laudine, en réponse à sa question, lui assura que monseigneur Charles avait été baigné et changé, comme cela devait se faire sept fois par jour. La reine voulut lui donner le sein, mais le Dauphin le refusa ; pourtant l'heure de la tétée était passée. Il restait somnolent, un peu rouge, un peu haletant.

« N'a-t-il pas trop chaud ? » se demanda-t-elle en le recouchant.

Elle hésita, puis ne le recouvrit pas de sa couette de duvet. Isabelle ne pouvait se résoudre à quitter son fils, une force inconnue la maintenait près de la nacelle.

Cependant, il lui fallait s'apprêter pour le souper qu'elle devait prendre en toute intimité avec le roi. Elle avait surtout hâte de se débarrasser de sa lourde coiffure qui lui enserrait douloureusement le crâne. Sa grande peur de l'incendie lui avait donné des élancements qui ne lui laissaient aucun répit. Enfin, elle se retourna vers la demoiselle de Fastavavin qui l'accompagnait.

— Reste avec lui, Catherine, je me sentirai tranquillisée à te savoir veiller sur le Dauphin, et viens me chercher dès qu'il criera le téton.

La chambellane, qui sentait la reine tourmentée, la rassura d'un sourire.

— Va, lui répondit-elle, ne te soucie de rien, il dort seulement comme un ange.

*
* *

Isabelle se laissa aller entre les douces mains d'Ozanne avec soulagement. À demi étendue sur un lit de repos, sa nuque reposait sur le bourrelet de soie de la longue planche de bois poli qui servait à étriller son interminable chevelure. La dame d'honneur ôtait les épingles et les ornements qui alourdissaient la tête meurtrie de la reine, elle épandit la masse des cheveux, et se mit à les brosser avec une grande douceur. La princesse de Bavière ferma les yeux ; elle avait chassé ses femmes d'atour et chambrières, elle avait besoin d'être seule, dans le silence.

Cette affreuse journée la laissait dans une sombre angoisse, comme le roi, qu'elle avait quitté après vêpres abattu et morose. D'ailleurs, songea-t-elle, depuis son retour de l'Écluse, il passait de la plus vive excitation au plus total abattement. Il ne se consolait pas de l'échec lamentable du Passage d'Angleterre. « Ah, bel oncle, pourquoi avez-vous tant tardé ? Nous devrions être en Angleterre et avoir combattu ! » avait-il dit à l'arrivée du Camus, le 14 octobre.

L'équinoxe était déjà loin, le temps avait changé, il était exécrable. À voir de la terre les flots tempétueux, Charles avouait en avoir eu des nausées qu'il n'avait jamais connues sur mer. « Les vagues étaient si mauvaises, racontait-il sans cesse, que nous regardions tous en pleurant les vaisseaux se briser les uns contre les autres. On a dû renvoyer chez eux les gens d'armes, sans leur solde. Ceux qui devaient les payer disaient ne plus pouvoir le faire tant l'intendance avait coûté cher à force d'attendre. Il fut décidé que le Passage d'Angleterre se ferait de Bretagne au printemps prochain, en moindre équipage. Alors que je sais bien, moi, que le projet est rompu et que l'occasion est manquée à jamais. »

Et dix fois, vingt fois, le roi avait rapporté à Isabelle son retour de vaincu avec sa chevalerie. Il en étouffait de chagrin et de déception. Ces moments de grand accablement attristaient la reine qui savait la part qu'elle avait prise à cet échec.

Berry avait été tenu responsable de la débâcle, mais il était depuis retourné dans son Languedoc afin de le pressurer de nouveaux impôts, plus soucieux de renflouer sa trésorerie, semblait-il, que de sa propre disgrâce. Bourgogne, en revanche, avait toujours la faveur du roi : pour calmer les fureurs de son oncle, Charles VI lui avait même octroyé l'Écluse, le meilleur port qui restait à la France sur la grande mer, ainsi que la ville de bois historiée qui devait abriter son triomphe en terre d'Angleterre et bercer son rêve de conquête, un rêve qui avait coûté trente fois cent mille francs or au royaume ; et le royaume, après avoir tant payé et tant prié, grondait.

La conjuration s'employait à attiser cette colère, désignant les princes des Fleurs de lys comme responsables de ce désastre. Le parti d'Isabelle s'était en effet considérablement enflé après l'échec du débarquement. La chevalerie était grandement déçue ; par ailleurs, un certain nombre de seigneurs, qui comptaient s'établir en Angleterre afin de bâtir une nouvelle fortune sur le dos du vaincu, avaient réalisé la totalité de leurs biens afin de harnacher fastueusement leur équipage, et se retrouvaient aujourd'hui ruinés. Se sentant dupés, tous ces mécontents étaient venus grossir les rangs de la conspiration, qui portait à présent un nom secret : Montjoie Isabelle[1], du mot de passe des conjurés, en l'honneur de la reine.

Naturellement les Plaisants Cousins du roi s'y étaient rameutés, ainsi que toute une turbulente jeunesse qui entourait le couple royal et le duc d'Orléans. Ils y mettaient une prudence de factieux, qui s'employait surtout à maintenir le roi dans la plus totale ignorance de leurs menées. Montjoie Isabelle était pour eux l'occasion de réunions clandestines dans les bordeaux ou les tavernes de Paris, à la nuit tombée, déguisés en escoliers[2] dont ils avaient l'âge. Ils y complotaient avec délices tout en buvant, à savoir quelles embûches semer sous les pas du Hardi pour le faire culbuter. Les idées étaient courtes, mais les nuits étaient longues et se terminaient en ripailles et bacchanale.

Derrière cette fringante ébullition se tenaient les véritables maîtres du complot : Philippe de Mézières

1. Inspiré par le cri de guerre des gens du roi de France : « Montjoie Saint-Denis ! »
2. Jeunes hommes pas encore adoubés, faits chevaliers.

et les anciens conseillers du roi Charles V, chefs occultes de la conjuration.

Isabelle soupira d'aise alors que se répandait autour d'elle un capiteux parfum ; Ozanne s'était enduit les paumes d'une huile essentielle de violette et en caressait ses cheveux qui prirent une luisance d'un noir profond.

— Tes mains font merveille, ma bonne amie, lui murmura la princesse de Bavière dont le mal de tête s'éloignait. Parfois, j'ai envie de couper ras toute cette crinière, comme celle d'un damoiseau.

— Veux-tu bien te taire, Isabelle, ce serait un crime. Ta chevelure est une splendeur, murmura la demoiselle de Louvain en souriant.

La reine sourit à son tour et referma les yeux, sentant un bienheureux assoupissement l'envahir. La dame d'honneur respecta son repos ; elle-même était tout à ses pensées, hantée par un rêve terrible qui l'avait éveillée au cœur de la nuit précédente.

Elle se trouvait au jardin de Gethsémani, au pied du mont des Oliviers où Jésus pria la veille de sa mort. Comme elle était sur le point de découvrir la divine figure du fils de Dieu, c'est celui d'Isabelle qui lui apparut, un visage d'une beauté tragique, qui exprimait une indicible douleur. Une couronne d'épines était incrustée sur son front où ruisselaient des perles d'incarnat qui s'allaient rouler sur ses joues. La reine pleurait des larmes de sang.

Ozanne ne pouvait se débarrasser du malaise que ce cauchemar lui avait laissé, tandis qu'elle contemplait Isabelle qui dormait à présent, si innocemment.

Complies sonnèrent, éveillant en sursaut la princesse de Bavière, qui s'affola en songeant à son souper avec le roi. Elle se jeta hors de son lit de repos et commanda sa robe de dedans à sa dame d'honneur.

Elle venait à peine de la passer lorsque Philippe de Mézières se fit annoncer. Isabelle s'étonna de cette visite impromptue, et le fit introduire aussitôt, tandis qu'elle s'installait devant sa damoiselle à atourner afin qu'Ozanne achève de la coiffer.

Son précepteur arriva tout souriant, la salua et s'excusa avec malice de la déranger dans son intimité. Puis il tira un escabeau près d'elle et s'y installa sans plus de façon. Il sortait, lui dit-il, de l'hôtel de Bourgogne où il avait ses entrées. Il avait pris soin en effet d'y poursuivre sa cour, espionnant sans vergogne le duc qui ne se méfiait pas du vieux sage dont il aimait la conversation.

— Et j'ai bonne nouvelle, annonça-t-il. Le Hardi est en colère, et la colère est mauvaise conseillère.

— Qui donc a mis mon bel oncle dans cet état ?

— La duchesse de Brabant.

Les yeux de la princesse de Bavière étincelèrent de fureur à l'évocation de la douairière. Mézières admira leurs fulgurances violettes, si bien assorties au parfum dont elle embaumait, avant de s'empresser d'enchaîner :

— Je sais, je sais, ne vous emportez pas. Est-ce que je ne viens pas de vous dire que la colère est mauvaise conseillère ?

— Est-elle toujours aussi malade ? rétorqua-t-elle sans désarmer.

— On le dit, elle souffre grandement d'une plaie variqueuse à la jambe et la douairière a considérablement grossi de son impotence.

— Tant mieux !

— Bien ! Maintenant que j'ai satisfait à votre désir de revanche, madame, me laisserez-vous vous dire ce qui m'amène ?

— Je vous écoute, monsieur de Mézières, consentit à sourire la jeune souveraine.

— La duchesse de Brabant, donc, vient de faire parvenir un courrier à son beau-neveu monseigneur de Bourgogne alors que j'étais céans. Elle s'y plaignait de son voisin, le duc Guillaume de Gueldre, qui harcèle ses places fortes de la Meuse, menace d'envahir son duché et de le prendre par la force.

— Le duché de Brabant n'est-il pas l'héritage de Marguerite de Flandre, et par conséquent celui du duc de Bourgogne ?

— Si fait, madame, c'est pourquoi il se sent personnellement outragé. Aussi Philippe se prépare à s'entretenir avec le roi pour porter secours au Brabant et laver l'affront. Il veut obtenir de lui une guerre contre de Gueldre, alors que le pays est encore exsangue du naufrage de l'Écluse.

— Je vous entends, mais ne vous suis pas, répondit Isabelle, qui ne voyait pas où Mézières voulait en venir.

— Patience et écoutez-moi bien, madame. À l'heure du souper, le duc de Bourgogne exposera son affaire au roi. Vous y serez donc. Alors, vous vous opposerez fermement et ouvertement à lui puisque vous êtes son ennemie déclarée. Ainsi, vous ferez écran à nos manœuvres qui viseront à cette guerre à tout prix.

— Encore une guerre…, fit la reine, pensive.

— Oui, encore, et encore au profit de Bourgogne. Il fallait empêcher le Passage d'Angleterre car le projet était grandiose. Il nous faut pousser à cette campagne contre de Gueldre car l'entreprise est misérable. Il faudra à nouveau lever des impôts, lancer des emprunts forcés, et autres coercitions propres à exaspérer davantage l'opinion ; alors comptez sur les conjurés de Montjoie Isabelle pour rendre Philippe le Hardi plus impopulaire qu'il ne l'est déjà.

— Je vois… et vous pourrez aussi compter sur moi ce soir, monsieur de Mézières, pour faire enrager mon bel oncle, assura-t-elle avec une moue espiègle.

— J'en suis persuadé, sourit-il à son tour. Et n'omettez pas de rappeler que la France est liée par un pacte d'alliance au duc de Gueldre. Votre époux possède au plus haut point l'honneur de ses engagements, Bourgogne le sait, et cela l'énervera encore plus.

— Je n'y manquerai pas, approuva Isabelle qui s'amusait des roueries de son mentor.

— Et rappelez une nouvelle fois au roi qu'il a promis de vous faire sacrer solennellement à son retour de l'Écluse. Cela achèvera le Hardi.

La reine éclata de rire.

Le précepteur était visiblement satisfait, mais il ne semblait pas décidé à prendre congé. Il se mit à se gratter la barbe d'un air tracassé.

— Avez-vous autre chose à me dire, monsieur ? s'impatienta-t-elle, songeant au temps qui passait et à son rendez-vous avec le roi.

— C'est que j'ai aussi requête plus délicate à vous présenter.

— Je vous écoute, monsieur de Mézières.

— Il est de plus en plus embarrassant de tenir votre époux hors des menées des jeunes conjurés qui n'y mettent point suffisamment de prudence. Il faut l'occuper, madame. Et seul l'amour peut le distraire de l'éclipse de la plupart de ses Plaisants Cousins, dont il s'est déjà étonné à maintes reprises.

L'amour ? Certes, Isabelle s'était surprise à aimer le roi. Non comme le sire de Graville, mais de cette tendresse qui naît au contact de la vulnérabilité. La robustesse de Charles VI cachait une sensibilité, une soif d'amour jamais épanchée. Il voulait qu'on l'aime, il avait besoin d'amour autant que d'air pour respirer. Isabelle se tenait à ses devoirs et se montrait avec lui complaisante et attentive. Mais elle ne se sentait pas le cœur d'en donner davantage.

Ses yeux croisèrent alors ceux d'Ozanne dans le miroir de la damoiselle à atourner ; celle-ci se tenait derrière elle, achevant d'envelopper sa lourde tresse dans une résille d'or. La reine ne fut pas surprise de la voir fuir prestement son regard en rougissant comme une pivoine. En maintes occasions, elle avait déjà vu la jeune femme devenir écarlate à propos du jeune souverain.

La princesse de Bavière eut un imperceptible sourire : son époux voulait de l'amour, elle savait qui l'aimait.

— Nous y pourvoirons, soyez-en sûr, assura-t-elle malicieusement, nous y pourvoirons, monsieur de Mézières.

Le précepteur n'en douta pas, et c'est enfin satisfait qu'il se leva de son escabeau et prit congé de la reine.

Restée seule avec sa dame d'honneur, Isabelle lui dit doucement :

— As-tu entendu ? Le roi aurait grand besoin d'affection pour le distraire.

— Certes, balbutia Ozanne dont le visage s'enflammait à nouveau.

Ne doutant plus de ce qu'elle soupçonnait depuis longtemps, la reine murmura avec douceur :

— Ozanne, tu aimes le roi, n'est-ce pas ?

La demoiselle de Louvain s'écarta brusquement, comme piquée par un aiguillon. Elle lui tourna le dos et cacha son visage dans ses mains.

— J'en ai si grande honte, gémit-elle, sans chercher à dissimuler.

Surprise de l'avoir tant bouleversée, la reine se leva et la prit dans ses bras.

— Pardonne ma brutalité, douce amie. Mais aimer n'est pas un crime.

— Aimer le roi en est un, et il est ton époux. Chasse-moi, Isabelle, c'est tout ce qu'il convient de faire, chasse-moi, s'exclama-t-elle en fondant en larmes.

— Jamais, Ozanne, jamais ! Je ne saurai me passer de toi, je t'aime et il me plaît que tu aimes le roi.

Émue par la détresse de sa dame d'honneur, la princesse de Bavière ne savait comment la réconforter. Elle l'entraîna vers le banc abandonné par Mézières, et la força à s'asseoir près d'elle. Elle lui tint les mains et l'assura longuement de son affection.

Enfin, la demoiselle de Louvain se rasséréna.

— Oui, j'aime le roi, humblement, respectueusement, et de loin.

— Non, pas de loin, répliqua tendrement Isabelle. Je désire au contraire que tu t'en rapproches. Le roi se sent seul, Ozanne, il s'ennuie, et tu connais mon cœur, je ne puis lui donner tout le contentement qu'il mérite. Charles est affligé de son échec de l'Écluse, je ne sais le consoler. Il a tant soif d'amour, et tu en es une fontaine intarissable. Aime-le, Ozanne, aime-le ! Et fasse Dieu qu'il t'aime en retour, j'en serai bien aise.

Elle était sincère, elle voulait le bonheur du roi dont elle trompait gravement la confiance ; et les intrigues qui se faisaient à son insu l'isolaient de ses compagnons de plaisir, le rejetaient dans une affreuse solitude.

— Cela ne se peut pourtant pas, et que fais-tu de toi ? s'inquiéta la dame d'honneur qui restait irrésolue, inquiète.

La reine l'embrassa avec un soudain sentiment de tristesse.

— Douce Ozanne, je sais que nous saurons nous en accommoder, et nous garder loyale amitié.

C'est sur ce curieux arrangement que la reine s'empressa de retrouver le roi qui devait l'attendre dans son petit retrait depuis un moment. Elle venait tout juste de le rejoindre lorsque Angésine de Grosparty annonça le duc de Bourgogne. Charles se résigna à le recevoir de mauvaise grâce : d'humeur chagrine, il ne désirait qu'être seul avec son épouse.

Le Hardi fit son entrée, apportant l'aigreur de la froidure hivernale, déplaçant l'air de sa volumineuse houppelande fourrée.

— Beau neveu, je viens d'urgence avec des nouvelles de la duchesse de Brabant. J'ai grave chose à vous dire !

— Parlez donc, mon oncle, soupira Charles avec ennui.

Et Philippe lui conta ce qu'Isabelle savait déjà.

— Qu'avons-nous à voir avec ces querelles de princes germaniques ? s'impatienta le roi qui était décidément dans de mauvaises dispositions.

— Le Brabant est mon héritage, seigneur mon neveu, de par mon épouse, la duchesse de Bourgogne.

— Certes, certes, répondit Charles mollement.

— Et que prétendez-vous, mon bel oncle ? intervint Isabelle d'une voix douce.

— La guerre ! La guerre contre le duc de Gueldre.

— Et qui vous en empêche ?

Bourgogne resta un instant interloqué, puis foudroya la jeune souveraine du regard.

— Il ne m'appartient pas de lever l'oriflamme de Saint-Denis contre de Gueldre, cela n'appartient qu'au roi, lui répondit-il avec hauteur.

— Pardonnez-moi, bel oncle, mais j'ai cru ouïr que le duché de Brabant était votre héritage, pas le nôtre. Que ne levez-vous les armées de vos apanages, et que ne marchez-vous sur ce prince qui cause si grand tort à Mme de Brabant ?

— Je suis prince des Fleurs de lys ! M'attaquer, c'est attaquer Sa Majesté royale.

— Personne ne vous attaque, vous n'êtes pas encore duc de Brabant, lui lança la princesse de Bavière avec désinvolture. À ce propos, comment se porte notre belle-tante ? ajouta-t-elle, souhaitant se faire confirmer les infirmités de la douairière à plaisir.

— Bien petitement. Et c'est pourquoi nous lui devons secours.

— Un devoir qui vous appartient, mon oncle, laissa-t-elle tomber avec un irritant sourire. (Puis se tournant vers le roi, elle ajouta.) D'ailleurs n'est-il pas coutumier de faire une trêve lors d'un sacre ? Dois-je à nouveau vous faire souvenir de votre promesse, gentil sire ?

— La pompe d'un sacre est ruineuse et le Trésor est vide, explosa le Hardi.

— Serait-il plein pour faire la guerre ? riposta-t-elle.

Bourgogne resta pantois devant tant de pertinence. Il se tourna vers le roi qui se taisait.

— Noble neveu, que vous en semble ?

— Que vous avez raison, le Trésor est vide. Et la reine est dans la vérité, cette querelle avec de Gueldre ne nous concerne pas, trancha Charles d'un ton maussade.

Isabelle, qui grignotait des épices de chambre, demanda d'une petite voix innocente :

— Ne sommes-nous pas liés au duc Guillaume par un pacte d'alliance ?

— En attaquant le Brabant, il l'a rompu ! hurla le Hardi dont la patience était mise à rude épreuve.

— Que nenni, mon bel oncle, s'énerva à son tour le roi. Le duc de Gueldre ne nous a fait nul tort, et ce serait félonie que de lui faire mauvaise guerre.

Et se levant brusquement, il lui signifia la fin de l'entretien.

— Je vous raccompagne, bel oncle, j'ai moi-même à vous parler d'une affaire d'importance.

Bourgogne connaissait les signes qui annonçaient une crise d'exaltation dont le roi était parfois victime, il savait qu'alors il n'y avait rien à faire. Aussi suivit-il son neveu, blanc de colère, mais sans arguigner[1] davantage.

1. Marchander.

Dans le corridor, Charles, nerveux, se mit à déambuler.

— J'ai moi aussi reçu courrier. Le sire de Graville est à Pampelune. Bois-Bourdon se dit prêt à nous venger, il n'attend que mon ordre pour frapper. Et je ne sais à quoi me résoudre.

Les éternels atermoiements de son neveu mettaient à vif les nerfs du Hardi qui trancha avec agacement :

— Qu'il frappe puisque vous l'avez envoyé chez le Grand Empoisonneur de Navarre pour faire justice.

Philippe faisait peu cas de la vie de quiconque le gênait, et encore moins de celle du Mauvais qui avait tenté, il y a peu, de les faire empoisonner lui et le duc de Berry[1].

Charles s'arrêta. Ses traits s'affaissèrent, son agitation tomba d'un coup. Il sembla soudain comme écrasé par le poids de cette terrible décision. Enfin, il fit le signe de croix.

— Merci de votre avis, marmonna-t-il. Je vais encore prier afin que Dieu m'éclaire et me dicte Sa décision.

Le duc de Bourgogne tourna les talons, maîtrisant mal une furieuse exaspération : les temps n'étaient pas si loin où son seul avis aurait prévalu, même contre celui de Dieu.

C'est alors que, du fond du couloir, ils aperçurent Catherine de Fastavavin qui accourait, échevelée, démente.

— Monseigneur Charles étouffe ! Monseigneur Charles se meurt !

*

* *

---

1. Voir l'exergue du chapitre 8.

Le Dauphin Charles de France mourut au jour des Saints-Innocents, et alla partager avec les bienheureux le règne éternel des innocents. Son corps fut transporté la nuit même à la lueur des torches, avec un cortège de nobles seigneurs et une pompe digne de la majesté royale, au caveau des rois dans l'abbaye de Saint-Denis, et enseveli dans la chapelle au pied de l'autel.

Nul mot ne put décrire le désespoir de la reine que l'on ne pouvait arracher à son enfant mort. Il fut rapporté qu'elle le tenait si fort contre son ventre, qu'il semblait qu'elle voulût à tout prix l'enfouir à nouveau dans ses entrailles pour lui donner naissance et vie une seconde fois.

Elle hurlait que le châtiment divin l'avait frappée au travers de son fils. Pour faire taire des cris si déchirants, il fallut que son chapelain Jean la Grâce la bâillonne d'une main vigoureuse pour la faire taire, et lui fasse grande violence pour l'entraîner de force hors de la chambre mortuaire. Une dame d'honneur de la reine, Ozanne de Louvain, lui administra une potion qui la fit dormir un grand nombre d'heures, dans l'oubli miséricordieux de son malheur.

Au matin de cette tragédie, dans les ruines encore fumantes des écuries de la reine, on retrouva un corps crocheté à une poutre noircie.

La nourrice Laudine s'était pendue.

26

De Paris à Pampelune

> Celui qui tire fierté de sa noblesse
> Parce qu'il est fils d'une haute lignée
> Et que ses ancêtres eurent noble vertu
> Mais qui pour sa part ne fait rien de noble
> Et ne suit pas l'exemple de l'ancêtre mort,
> Celui-là, même duc ou comte, n'est point noble.
> Qui se conduit mal n'est qu'un sale manant.
>
> *Contes de Contorbéry*, Geoffrey Chaucer

Trois jours et trois nuits, la reine se tint recluse en son gîte. On aurait pu la croire morte si murailles et tapisseries, malgré leur épaisseur, n'avaient laissé exsuder parfois des gémissements de bête blessée qui faisaient pleurer les pierres.

Nul ne put l'approcher. Jean la Grâce restait à sa porte tel Cerbère, gardien de l'enfer, et tel le chien mythique à trois têtes, Catherine et Ozanne veillaient avec lui. Nul Orphée ne put endormir de sa lyre leur vigilance afin de leur ravir Eurydice. Princes et courtisans accourus pour les condoléances furent tous impitoyablement refoulés, même le roi.

Ce ne fut qu'au matin de l'Épiphanie qu'Isabelle ouvrit sa porte et leur apparut, en chemise comme une condamnée, cheveux et visage brouillés.

— J'ai faim, murmura-t-elle à ses fidèles gardiens qui la considéraient avec une stupeur navrée.

Puis elle referma doucement sa porte.

— Va, occupe-t'en, dit Jean la Grâce à Catherine qui avait les larmes aux yeux. Je crois que la raison lui est revenue, mais veille encore à ce qu'elle ne déparle pas.

Et tandis qu'Ozanne s'en allait chercher en cuisine de quoi réconforter la reine, la chambellane entra dans la chambre.

L'air y était confiné, la pièce sombre et en désordre. Catherine découvrit Isabelle dans l'ébrasement de la fenêtre qui donnait sur les écuries ; lentement, prudemment, elle écartait un pan de bois des volets intérieurs.

Par l'entrebâillement, un rai de lumière vive jaillit comme une source de vie. Dehors, un soleil d'hiver faisait étinceler la neige de la prairie d'où surgissait le lugubre chaos de l'incendie. Isabelle se détourna, un bref sanglot la cassa en deux. Catherine voulut se précipiter pour la prendre dans ses bras, mais elle la retint d'un geste.

— Non, Catherine, ne cherche pas à me réconforter de vaines consolations. Cela ne se peut, tu le sais bien, toi.

Déjà elle se reprenait, et d'un mouvement résolu, acheva de rabattre les volets. La luminosité de cette journée radieuse l'inonda et profila l'ombre de son corps dans sa chemise sale et chiffonnée ; elle avait maigri.

Comme mue par une sorte d'urgence, Isabelle ouvrit grand la fenêtre à meneaux et, soudain avide, inspira à pleins poumons l'air mordant du petit matin.

— Il fait grand beau et j'ai grand-faim.

— Ozanne est allée te quérir un bouillon et du blanc-manger.

— J'ai hâte aussi de me laver, ajouta-t-elle avec dégoût. Je prendrai mon bain céans. Fais monter un cuveau et l'eau chaude, et fais dire qu'elle soit brûlante.

Elle se retourna face à sa chambellane en repoussant la masse de sa chevelure emmêlée, dégageant son visage défait, et sourit enfin.

— Voilà de quoi bien t'occuper toute la matinée, à débrouiller toute cette crinière.

Catherine lui rendit son sourire, elle savait combien la toilette de tête était un supplice pour Isabelle.

— J'aurai garde d'avoir la main légère.

— Que nenni ! Il faudra au contraire que tu tires autant que tu peux, afin de faire sortir toute cette souffrance de mon crâne. (La voix d'Isabelle n'y résista pas et se brisa.) Oh, Catherine ! qu'est-ce qui nous est donc encore arrivé ?

D'un même mouvement, les deux amies d'enfance se jetèrent dans les bras l'une de l'autre en sanglotant. Elles s'étreignirent longuement, laissant les larmes les apaiser.

*

* *

Apprêtée et coiffée, la reine, ayant retrouvé forme humaine, fit convoquer Jean la Grâce.

Ses traits creusés accusaient le méplat de ses pommettes, et ses yeux sombres paraissaient s'en être agrandis, plus profonds, plus admirables encore. L'ovale de son ravissant visage avait perdu de ses rondeurs enfantines, esquissant la femme qu'elle serait demain, dans tout l'épanouissement de sa beauté.

L'énergie qui l'avait éveillée au matin l'avait à nouveau désertée ; elle alla s'allonger sur sa couche pour attendre son confesseur, et s'abandonna à la somnolence. Elle se mit à rêvasser de sa vie si insoucieuse en Bavière. Sous ses paupières gonflées de ces trois jours de larmes, elle laissait défiler les images de sa chère montagne, suivant l'escalade aventureuse d'un tout jeune lynx échappé trop tôt de la tanière maternelle :

Le jeune fauve saute d'une basse branche, défiant le vertige, il s'élance de roches en touffes de neige où il se roule, libre, innocent. Puis soudain, le pas lui manque. Le petit loup-cervier folâtreur tombe et rebondit de pierre en pierre, dévalant la forte pente comme une balle de son. Sa chute n'en finit plus ; enfin, elle s'arrête sur un plateau où il reste tout étourdi. Il est capturé par les chasseurs. Ils l'emmènent de force dans la plaine, le mettent en cage, l'exhibent comme un animal de foire. Et le lynx meurt...

Elle voudrait mourir aussi, elle est si lasse.

— Par Dieu, mourez et vous aurez affaire à moi, reinette !

Isabelle ouvrit les yeux, Jean la Grâce était auprès d'elle, confortablement installé sur une banquette au chevet du lit.

— Ai-je parlé tout haut ?

— À en croire mes oreilles ! Et sans me vanter, je les ai assez fines.

La reine se redressa et s'adossa aux oreillers de plumes.

— Le bonjour, frère Jean. Si vos oreilles sont fines, j'espère qu'elles ne sont point trop délicates, j'ai à confesser une âme si noire que le Diable s'en est emparé sans coup férir.

— Voyons ce Diable, mon enfant.

Et Jean la Grâce la laissa dire, il n'était rien qu'il ne savait déjà. Elle se croyait maudite pour avoir osé mettre au monde l'enfant de l'adultère, elle en avait défié le Ciel et s'était laissé séduire par les forces du Démon qui l'avaient poussée à tenter le sire de Graville qui ne lui manifestait que du respect. Elle l'avait appelé dans son lit, y avait trouvé le plaisir charnel condamné par l'Église. Elle avait commis le péché de fornication. Elle avait trompé la confiance du roi, du royaume tout entier, et même du Seigneur qui, dans Sa divine justice, lui avait repris son fils...

Jean l'écoutait sans la contrarier de sa foi bourrue. Il pouvait lui donner mille absolutions, mais pas la consolation. N'avait-il pas absous Laudine qui s'était confessée à lui, qui n'avait pu se pardonner le crime d'un nouveau-né, et qui s'était pendue ?

Il n'avait pas été non plus en son pouvoir d'empêcher que le corps nu de la jeune nourrice soit traîné sur des claies par les rues, exposé aux crachats et aux injures de la foule, comme l'était celui de tous les suicidés, crime infâme contre Dieu ; ni qu'elle soit enterrée en terre non consacrée, comme on le fait d'un chien dans un tas de fumier. Et son père se balançait au gibet de la place de Grève, les yeux dévorés par les corbeaux, pour un vol qu'il n'avait pas commis. Tant de crimes et d'injustice le laissaient pour la première fois sans voix. Il était à bout de colère et de révolte.

Non, il ne connaissait pas les mots qui apaisent le désespoir. Ni ceux qui auraient pu prévenir l'abject infanticide des Saints-Innocents : Craon... et le jeune Orléans, complice de cette ignominie !

L'indignation de Jean la Grâce était impuissante, le crime était trop haut placé.

D'ailleurs, ce secret était celui de la confession de Laudine, et rien ne changerait ; le Dauphin n'était plus.

Isabelle parlait à présent des dons multiples qu'elle allait faire aux églises, du grand nombre de messes qu'elle allait commander pour le repos de l'âme de son enfant. Puis elle lui demanda de lui trouver un quéreur de pardon[1] afin qu'il parcoure les pèlerinages sur la route de Compostelle jusqu'au bienheureux Saint-Jacques pour le rachat de ses fautes. La Grâce acquiesçait sans intervenir. Enfin, elle se tut. Il respecta son silence.

Soudain Isabelle lui demanda, avec une brusque révolte :

— Que ne me répondez-vous, frère Jean, que Dieu n'est point si méchant, et qu'Il ne saurait se venger sur un enfant innocent pour atteindre la pécheresse ?

Jean la Grâce se sentit soudain respirer plus librement.

— J'aurai trop crainte que le souffle de ma grande gueule éparpille les morceaux de votre cœur brisé aux quatre points cardinaux, et qu'il soit en miettes à jamais. Il suffit bien déjà que vous y pensiez, ajouta-t-il dans un sourire.

Isabelle le lui rendit, les yeux embués de larmes. La Grâce le reçut comme un premier pas, timide et tremblant, sur le chemin de la guérison. Bien qu'une plaie si profonde saigne à jamais.

*

* *

À Pampelune, des courriers de France arrivèrent à la fin décembre de cette année 1386. Une lettre au roi de Navarre annonçait la mort du Dauphin Charles de Valois.

Dans son exil, Bois-Bourdon n'avait jamais quitté la reine de son amoureuse vigilance. Des courriers codés l'avaient instruit régulièrement des nouvelles

1. Pèlerin payé qui accomplit la pénitence d'un pèlerinage à la place du pécheur.

de la Cour et de celles de la princesse de Bavière. Il avait donc appris la grossesse de la reine, ce qu'il soupçonnait déjà à son départ, et la naissance de son fils. Il venait d'en apprendre la mort. Une rage douloureuse le tenait, il avait l'intuition que sa présence aurait empêché cette tragédie. Qu'à protéger sa progéniture, il avait failli.

Sa longue séparation d'avec Isabelle le torturait sans répit, il ne se serait jamais cru capable d'aimer tant. L'éloignement le rendait impuissant à préserver son amour de cette fosse aux serpents qu'était la cour de France. Qu'étaient toutes les cours.

Pour l'heure, en cette nuit de la Sainte-Lucie, Bois-Bourdon veillait sur un autre serpent, dont la dangerosité n'était plus. Il avait perdu depuis longtemps son venin dont il s'était empoisonné lui-même, étouffé de rancœur, cassé d'intrigues et de vieillesse.

Le comte d'Évreux, roi de Navarre, dit Charles le Mauvais, était sans conteste le prince le plus capétien de sang. Spolié avant même d'être né par la loi salique, le Capétien de Navarre avait épuisé son existence à disputer la couronne aux Valois de France. Aussi le Mauvais avait-il ri à la nouvelle de la mort du Dauphin, jetant le sire de Graville au paroxysme de la haine.

Ce soir-là, Bois-Bourdon assista, comme d'habitude, au rituel de la macération. Le vieil homme se disait tourmenté de frissons extraordinaires, et pour en venir à bout, il lui avait été prescrit par ses médecins de se faire coudre dans des draps imprégnés d'esprit-de-vin, afin de faire suer son corps, et revitaliser sa virilité défunte. Charles le Mauvais avait beaucoup aimé les femmes et ne se consolait pas des défaillances de l'âge.

Ainsi, trois fois par semaine, et durant un bon couple d'heures, Navarre macérait. À ses côtés, Bois-

Bourdon, son nouveau favori, lui faisait la conversation. Le roi s'était pris d'amitié pour le sire de Graville qui avait su habilement lui faire accroire qu'en cour de France il n'était plus le bienvenu. Ces volte-face étaient si fréquentes chez les grands seigneurs qu'il n'y avait pas lieu de s'en étonner, et la mauvaise réputation de Bois-Bourdon, âme damnée de Charles VI, l'avait servi.

Tandis que ses deux chambriers s'employaient à transformer leur souverain en momie éthylique, ils conversaient ensemble des dernières nouvelles de la cour de France ; Navarre jubilait lorsque celles-ci étaient mauvaises, et il se repaissait particulièrement de l'échec de l'Écluse.

— Combien dis-tu qu'il y avait de navires ?

— On en dénombrait près de mille quatre cents, assez pour faire un pont de Calais jusqu'à Douvres. Pour un peu, l'armée aurait pu se rendre à pied sec jusqu'à l'embouchure de la Tamise, répondit Bois-Bourdon.

Il était assis au chevet du roi, avec son accoutumée nonchalance. Le Mauvais, qui adorait son ironie mordante, ne se doutait pas de la déchirante tension intérieure du chevalier qui songeait à la grande peine d'Isabelle. De cette voix zézayante due à la perte de ses quatre incisives supérieures, mais aussi aux vapeurs de l'eau-de-vie qui commençaient à pénétrer chaque pore de sa peau et qui lui montaient à la tête, le roi enchaîna :

— Olivier de Clisson est à Tréguier, dit-on, avec ce qu'il reste des vaisseaux épargnés par les tempêtes. Il semble qu'il ne veuille pas lâcher le projet du Passage d'Angleterre. Je connais le connétable, il est obstiné.

— Certes, le Passage a été remis pour ce printemps. Mais les chevaliers sont lassés, la piétaille débandée. Les princes n'en seront pas, aux dernières nouvelles, répondit Bourdon, affectant la raillerie.

— À propos de nouvelle, connais-tu le bruit qui court en Bretagne ?

— Vous allez me l'apprendre, sire.

Les valets avaient fini de ligoter le roi dans son linceul d'alcool, seule la tête émergeait de son corps emmailloté. Ce dernier leur lança un regard impérieux avant de répondre. Les deux chambriers s'inclinèrent et sortirent. Le sire de Graville sourit imperceptiblement : il était seul avec Charles le Mauvais.

— Eh bien, ces dernières nouvelles ? relança-t-il.

— Ma fille, qui vient d'épouser le duc de Bretagne, aurait déjà pris Olivier de Clisson comme amant.

— Certes, le connétable porte bien son nom de Boucher borgne, il est un rude gaillard ! commenta ironiquement Bois-Bourdon. (Il ajouta avec une affabilité narquoise.) Mais par courtoisie envers Jeanne de Navarre, et par respect pour votre seigneurie, je crois votre fille insoupçonnable.

— Que nenni ! Jeanne est une redoutable chasseresse. Elle tient de son père, se félicita le Mauvais, qui tenait à ses ragots devenus sa seule distraction.

Ses lèvres retroussées sur son ricanement édenté lui donnaient un sourire hideux de vieillard satanique. À le voir aujourd'hui, il était difficile d'imaginer qu'il avait été l'un des plus beaux princes d'Europe, doué d'un charme aussi redoutable que vénéneux.

Bois-Bourdon en eut un frisson de répulsion tandis que le Grand Empoisonneur continuait :

— Toute la cour bretonne s'en gausse, et il paraîtrait que Jean de Montfort couve quelque idée de vengeance, jubila-t-il encore.

La vindicte entre Jean de Montfort, duc de Bretagne et le connétable de France, Olivier de Clisson, était connue de tous et apparemment, ce dernier faisait tout pour l'attiser. Il était le plus riche et plus puissant des barons bretons. De surcroît, il avait récemment donné sa fille en mariage à Jean de

Blois, comte de Penthièvre. Jean de Blois n'était autre que l'héritier de la couronne ducale de Montfort au cas où celui-ci mourrait sans héritier. Ainsi le Boucher borgne était-il le beau-père de l'éventuel futur duc de Bretagne, le pire adversaire de Jean de Montfort.

— Mon gendre enrage, paraît-il. Le ventre de ma fille reste vide, reprit le roi, en songeant à ces querelles d'héritage, qui rongeaient à plaisir les fiefs comme les royaumes.

— Comptez sur la vigueur du connétable pour le remplir.

Charles le Mauvais éclata de rire.

— Imagine-toi, Graville, un bâtard de Clisson sur le trône de Bretagne.

— Cela serait plaisant, en effet, répondit péniblement Bois-Bourdon que le terme de bâtard venait de frapper en plein cœur, lui rappelant le petit Dauphin.

Curieusement, le roi y pensa aussi.

— Relis-moi encore cette lettre de mon cousin Charles VI, je ne m'en lasse pas, demanda-t-il, inconscient de la tempête qui ravageait l'esprit de son favori.

Ce dernier s'en alla quérir sur le lutrin le parchemin aux sceaux des armes de France. Il était au supplice. Son fils était mort, un fils qu'il n'avait ni le droit de pleurer, ni d'en consoler la mère. Et lui, le non-croyant, pria en déroulant la missive. « Mon Dieu, protégez mon amour, apaisez ses douleurs, car nul ne peut imaginer ce que sont ses souffrances aujourd'hui. » Il lut, la gorge nouée malgré tous ses efforts :

Charles, par la grâce de Dieu roi de France, à tous ceux qui ces lettres verront, salut. Faisons savoir douloureusement le rappel à la droite du Seigneur de notre bien-aimé fils le Dauphin, Charles de France, en son troisième mois.

Ainsi le voulait Sa volonté, Dieu donne la vie et la mort.

Priez pour le Dauphin sans différer, et c'est grande pitié.

À notre cousin Charles d'Évreux, roi de Navarre.

— Ce que ces maudits Valois m'ont volé, Dieu saura bien le leur reprendre, jubila Charles le Mauvais qui songeait à la couronne.

Bois-Bourdon regardait avec exécration ce vieillard qui l'avait naguère violé, et qui riait aujourd'hui de la mort d'un enfant. « Ris donc, le Mauvais ! Ris tant que tu le peux toujours, le temps t'est compté. » Car dans ce même message, il lui avait été donné un ordre implacable qu'il avait lu au moyen d'une grille secrète, ne laissant voir à travers ses fenêtres que ces mots fatals :

Charles… roi de France… donne… mort… sans différer… et… pitié… À… Charles… roi de Navarre.

Cet ordre, tant attendu par le sire de Graville, lui était enfin parvenu. Il songea qu'à Paris, comme de coutume en cas de mort princière, le bruit devait courir que l'enfant royal avait été victime du Grand Empoisonneur de Navarre. La rumeur ne peut se satisfaire d'une mort naturelle, il lui faut un bouc émissaire. Et elle avait sans doute enlevé définitivement le parti de Charles VI de le faire assassiner.

— Ils nous ont volé le trône, Dieu nous rendra justice en laissant pourrir la branche des Valois, radotait le roi, tout à son antienne.

Il s'interrompit, pris d'une quinte de toux qui lui mit l'écume aux lèvres. Le sénéchal tira de sa manche un linge, et lui essuya la bouche.

— Je gage qu'il y en aura pour me rendre responsable de la mort du Dauphin, reprit le roi qui connaissait lui aussi la réputation que lui faisaient les trompettes de sa renommée, et qui semblait le ravir.

— Sans nul doute, monseigneur. L'auriez-vous fait occire ?

— Point du tout ! Et je le regrette, mais le Ciel y a pourvu pour moi.

Les vapeurs d'alcool qu'il respirait faisaient de plus en plus leur effet. Bourdon connaissait ce phénomène qui faisait délirer le vieil homme, et celui-ci se mit à invoquer des meurtres dont personne ne l'avait soupçonné. Puis ceux dont on l'accusait à tort, et enfin, ceux dont il s'était toujours vanté, comme celui de Charles d'Espagne, connétable de Jean le Bon, qu'il avait tué de sa main de quatre-vingts coups de couteau, sous prétexte que ce roi de France lui avait fait don du comté d'Angoulême appartenant à la Navarre [1].

Il était un homme bouffi de pouvoir, il l'avait exercé comme un droit de mort sur ceux qui lui avaient manqué, ou l'avaient simplement gêné.

— Vous souvenez-vous, sire, du château de Bernay ? demanda Bois-Bourdon avec la légèreté d'une chose qui n'a pas d'importance.

— Bernay ? Certes, la seule place forte que je possédais encore en Normandie et que ce maudit Du Guesclin m'a reprise sur l'ordre de Charles V. Bah ! elle ne rapportait guère, et je n'y allais jamais.

— Si fait, lors d'un hiver fort neigeux. Il y avait céans Louis de Male, comte de Flandre, le cardinal de Laon et Votre Seigneurie.

Charles éclata d'un rire gras, trop enivré pour se demander comment le sire de Graville pouvait savoir cela.

---

1. Le 8 janvier 1354, crime perpétré avec son frère cadet, Philippe de Navarre.

— Je me le rappelle fort bien à présent ! Nous nous étions fait surprendre par la tempête. Oui, Bourdon, tu as raison. C'était à Bernay, c'était en l'an 1378. Comment ne pas se souvenir de l'année où l'on complotait d'assassiner mon cousin de France, Charles V.

Et le Mauvais parla, parla encore. Comment il s'était entremis avec Louis de Maele qui voyait d'un mauvais œil les succès de Bertrand Du Guesclin sur l'Angleterre qui était l'alliée de sa Flandre. Le cardinal de Laon était à leur solde à cette époque ! Bien en cour de France, il était leur agent de renseignements le plus précieux, bien qu'il coûtât fort cher.

— C'est mon chambellan Jacques de la Rue qui avait été désigné pour ces basses œuvres, continuait le Navarre, dans une logorrhée qui lui ôtait toute prudence. Mon physicien chypriote l'avait pourvu du poison le plus redoutable. Mais il fut arrêté sur une lettre de dénonciation. Ainsi fut dévoyée la conjuration. La Rue a tout avoué sous la torture ; et puis il a été rompu de membres, la tête coupée, exposée aux Halles [1]. J'ai soupçonné un temps le cardinal de Laon d'être l'auteur de cette lettre.

De la salive coulait des commissures de ses lèvres jusque sur son menton, tant il parlait. Le sénéchal l'essuya encore, et le roi reprit, en se mettant à rire :

— Quel diable était aussi ce Laon ! Je me souviens de ce défi qu'il nous avait lancé. Il faut dire que l'on s'ennuyait ferme dans ce château enseveli sous la neige. Alors, après s'être entretenu d'assassinat, on causa femelles. Tu sais ce que c'est, toi, Bourdon le Débauché ?

---

1. À la suite des aveux de Jacques de la Rue, le château de Bernay fut investi par Du Guesclin qui surprit le secrétaire du roi de Navarre et sa femme occupés à brûler des documents compromettants. Ils furent arrêtés et exécutés avec Jacques de la Rue et le château de Bernay confisqué au profit de la couronne de France.

Le sire de Graville acquiesça d'un sourire d'apparente connivence, mais le rythme de son cœur s'était accéléré, jusqu'à la douleur. Seules ses mains dénonçaient sa tension : elles pétrissaient avec force le linge qui avait servi à essuyer la bouche du roi. Et le Navarre continuait de baver ses confidences :

— Le cardinal de Laon nous parla du plaisir indicible qu'il prenait avec les garçons et nous mit au défi d'essayer. On essaya donc ! Je me souviens du joli cul de ce page. Pour ma part, j'aime mieux forcer l'entrée naturelle des jouvencelles, mais je reconnais que ce cul-là était fort plaisant, aussi doux que celui d'une fille. Il gueulait à nous fendre les oreilles, mais à tout prendre, à la fin, il en aurait bien redemandé.

L'ancienne souffrance était revenue, si présente, si violente que Bois-Bourdon en tremblait. Il se leva et alla se saisir d'un candélabre à trois chandelles. Afin de maîtriser ses nerfs à vif, il se mouvait avec mesure et lenteur. Le roi de Navarre s'était tu, perdu dans ses souvenirs.

— Il s'avéra que le cardinal n'avait pas écrit cette lettre de dénonciation, reprit-il. Aujourd'hui encore, je me pose la question de qui avait trahi ?

— Le page ! gronda sourdement Bois-Bourdon.

Tenant le chandelier d'une main redevenue ferme, il se retourna, et fixa le roi.

— Le page ? répéta ce dernier avec stupeur.

Bourdon s'approcha du lit où gisait Charles le Mauvais, lié dans ses draps d'esprit-de-vin, et posa le candélabre à son chevet.

— J'avais treize ans.

— Toi ?

Navarre poussa un cri effroyable. Il venait de lire son arrêt de mort dans le regard du sire de Graville.

Le linge n'était plus qu'une boule dans le poing de Bois-Bourdon. Il l'enfourna de force dans la bouche du roi qui hurlait, l'enfonçant d'autant plus facilement que nulle dent n'y faisait obstacle, jusqu'au plus profond de la gorge, afin que personne ne s'en avise et s'étonne de ce bâillon.

— Tu peux gueuler, Navarre, tu peux gueuler ! Mais à tout prendre, à la fin, *tu en redemanderas bien*.

Le vieux roi, étouffé, tournait des yeux fous. D'un revers de main, le sire de Graville projeta le candélabre sur les draps imbibés d'eau-de-vie. Ils s'embrasèrent immédiatement. Bois-Bourdon ouvrit les croisées. Le courant d'air aviva encore les flammes bleues courant sur le corps ligoté qui se contorsionnait.

Sans un regard derrière lui, il sortit.

Chevauchant Alcoboça, Bois-Bourdon quitta Pampelune la même nuit, avec sa suite et son fidèle le Peineux. Il ne savait où il allait. Une lettre d'Ozanne l'avait mis en garde :

Ne revenez pas, messire de Graville, ne revenez pas dès à présent. La reine a tant de souffrance de son deuil qu'elle se croit maudite par Dieu et que le Diable l'a fait chuter… à travers vous.

*

* *

« Navarre est mort ! Navarre est mort ! » Le cri partait des carrefours et des places, lancé sur des roulements de tambour par les aboyeurs publics, et courait les rues de Paris de bouche en gosier : « Navarre est mort, Navarre est mort ! »

Les courriers de Pampelune venaient tout juste d'arriver à l'hôtel de Saint-Paul, que déjà la rumeur se propageait à toute vitesse. De bourgs en seigneuries, avec leurs hôtes, ils avaient tant fêté l'information qu'ils avaient mis plus de deux mois à gagner la capitale. Charles le Mauvais était cruel avec ses serviteurs, et il n'y avait pas qu'en royaume de France qu'il était détesté.

Les cloches se mirent bientôt en branle, les braves gens s'interpellaient, s'embrassaient. Bientôt, il y en eut qui se mirent à frapper vigoureusement des cymbales. Sur leur rythme endiablé s'accordèrent flûtiaux et chalumeaux ; d'autres agitèrent des clochettes, et dans un joyeux charivari, le bon peuple se mit à danser. Il y avait si longtemps que la ville n'avait reçu si bonne nouvelle.

On était dans les premiers jours d'avril, un printemps précoce était de la fête ; l'air avait le goût sucré des fleurs du Mai.

À l'Hôtel solennel des Grands Ébattements, cet heureux événement rendait Charles VI tout aussi euphorique que son peuple. Impatient de partager sa joie avec Isabelle, il partit à sa recherche, entraînant à sa suite ses courtisans survoltés et les courriers de Navarre de si bon augure.

La princesse de Bavière se trouvait dans les jardins, occupée à surveiller le retour des oiseaux dans leur cage d'été. N'étaient sortis, pour l'heure, que les plus robustes : bergeronnettes printanières, pipits des prés, merles bleus, et autres loriots ou rossignols des murailles. Les gens des cours basses les amenaient dans des paniers d'osier, sous le regard vigilant de la reine qui tenait à ce que les volatiles soient traités avec délicatesse.

Elle était entourée d'une partie de sa mesnie, ainsi que des habitués de l'hôtel de la Pissotte, comme Philippe de Mézières, le conseiller Bureau de la Rivière, et même le cardinal de Laon, qui, depuis son retour de Dijon, courtisait assidûment la jeune souveraine.

Le cardinal, mis au courant de la conjuration par Louis d'Orléans, avait compris que l'étoile de

Bourgogne pourrait fort bien décliner, et que celle de la reine grandissait vite. Et puis, Charles VI finirait bien par régner un jour. Il n'avait pas oublié les menaces de mort de Bois-Bourdon au lendemain du traquenard de Vincennes, et tout en se félicitant de l'absence de ce dernier, il n'en pensait pas moins qu'il lui fallait les protecteurs, qui, demain, seraient les plus puissants. Aussi était-il devenu un membre actif de Montjoie Isabelle.

Dans les jardins, le roi, du plus loin qu'il vît sa jeune épouse, cria son enthousiasme : « Navarre est mort ! » Et les deux groupes de courtisans se rejoignirent et se mêlèrent en se congratulant joyeusement. Isabelle, qui tenait dans ses paumes une mésange familière, restait à l'écart de cette turbulence auprès de son précepteur.

— Nous voilà rassurés, les princes pourront désormais mourir sans craindre que ce soit des poisons du Mauvais, lui susurra celui-ci avec ironie.

Charles VI se précipitait déjà sur Isabelle et la prit dans ses bras avec fougue.

— Ma mie, nous voilà bien débarrassés de ce méchant roi !

— Cessez, monseigneur, vous lui faites peur, protesta-t-elle.

— Mais à qui donc, madame ? demanda-t-il, stupéfait, en desserrant son étreinte.

— Mais à la mésange que je tiens, sourit la princesse de Bavière en déposant un léger baiser sur le minuscule oiseau qui se débattait dans ses mains.

Elle le relâcha tout aussitôt dans une des immenses cages où s'affolaient ses congénères, perturbés par leur déménagement et le tumulte extérieur.

— Éloignons-nous, ordonna Isabelle, ils vont se blesser aux treillis si nous ne les laissons en paix.

— Vous avez raison, répondit le roi en la prenant par la main, promenons-nous, c'est une si belle journée.

Et ils entraînèrent derrière eux les courtisans qui ne tarissaient pas de commentaires sur l'événement.

— Et comment est-il mort ? demanda à la cantonade le cardinal de Laon.

— Grillé tout vif, lui répondit l'un des courriers de Navarre, brûlé jusqu'à la boudine. Un courant d'air a fait tomber sur le roi un chandelier allumé alors qu'il macérait dans l'eau-de-vie. Personne n'était là pour lui porter secours, et personne ne l'entendit crier.

Un autre courrier prit la relève, narra avec volubilité les détails hideux de cette crémation, et raconta comment le Navarre, ayant trop chaud dans ses bandelettes, avait demandé à son favori d'ouvrir la fenêtre pour avoir de l'air, et lui avait demandé d'aller lui chercher à boire de l'eau fraîche. Et c'est durant cette brève absence – d'après ce favori – que le drame s'était produit.

— Mais qui donc était ce favori ? lui demanda-t-on.

— Le sire de Graville !

Pierre Aycelin de Montaigu en fut épouvanté. Ainsi donc, son impitoyable ennemi était à Pampelune. Laon ne douta pas un seul instant du rôle criminel de Bois-Bourdon : des trois violeurs, il restait le seul qui ait échappé à sa vengeance… mais jusqu'à quand ?

Isabelle aussi avait pâli en entendant le nom de son amour perdu, et fut envahie par la même certitude : Charles le Mauvais n'était-il pas l'un de ces princes qui l'avait mis à mal ?

— Le Ciel ne se met-il pas enfin de notre côté, madame ? chuchota Charles à son oreille. Gardez sur ceci le secret le plus absolu, c'est le sénéchal du Berry qui nous a bien vengés.

Ainsi, le roi confirmait. Elle frémit en songeant qu'elle s'était abandonnée dans les bras d'un homme aussi implacable. La peur se mit à sourdre en elle : ainsi personne, aussi haut placé qu'il fût, n'était à l'abri, et l'on pouvait assassiner sans vergogne roture comme tête couronnée.

La reine gênait les ambitions de Bourgogne. Après avoir tenté de la faire répudier, n'irait-il pas aussi jusqu'au crime pour se débarrasser d'elle ? Sa position s'était à nouveau affaiblie depuis qu'elle n'était plus la mère de l'héritier de la couronne. Il y en avait déjà qui, sans scrupule, avaient hautement critiqué son excès de douleur à la mort du Dauphin, un excès jugé indigne de sa condition.

Tout à ses appréhensions, c'est à peine si elle entendit Charles VI qui lançait avec allégresse :

— Je vais commander banquets, tournois et moult festivités pour fêter comme il se doit cette heureuse mort ! Je veux que chacun ait sa part de contentement.

Il fut approuvé bruyamment aux cris de « Noël, Noël ! Vive le roi ! »

Porté par l'approbation générale, il s'exalta de plus belle.

— Nous allons faire grand procès au Grand Empoisonneur pour ses crimes ! Et nous ferons si bonne justice que nous confisquerons tous les biens qu'il possède en France.

Les acclamations redoublèrent, qu'il apaisa d'un geste théâtral. Chacun se tut, tandis qu'il prenait tendrement les mains d'Isabelle dans les siennes et les baisait cérémonieusement.

— Ma gente dame, ces biens vous reviendront et vous constitueront un premier douaire, annonça-t-il d'un ton ostensible. Je veux ainsi réparer le tort que je vous fis en vous prenant sans dot.

Aussitôt, des « Vive la reine ! » éclatèrent.

— Est-ce là don de Joyeux Avènement ? demanda finement Mézières qui s'était rapproché du roi.

Le don de Joyeux Avènement désignait les présents de toutes sortes qui étaient faits à l'occasion d'un couronnement. Cette allusion au sacre d'Isabelle, que cette dernière lui réclamait toujours au nom de la parole donnée, assombrit brusquement Charles VI. Il songea au duc de Bourgogne qui le boudait présentement, car il se refusait toujours à épouser sa querelle avec de Gueldre. Il souffrait de cette brouille, et faire sacrer la reine irriterait bien plus encore son bel oncle contre lui. Il éluda la question du vieux maître avec humeur :

— Nous y pensons, monsieur de Mézières, nous y pensons.

Et lâchant brusquement la main de sa jeune épouse, il rejoignit ses courtisans, visiblement fâché qu'on lui gâchât ainsi si belle journée.

Isabelle avait les yeux brillants d'humiliation. Philippe de Mézières reprit cette main que le roi avait abandonnée et l'entraîna à l'écart, en direction de la fauverie. Docile, elle le suivit.

— Vous m'aviez appelée à prendre de la hauteur, messire, gémit-elle. Et voyez comme l'on m'abaisse.

Il ne répondit pas immédiatement, laissant la reine se vider de son amertume par les larmes qui s'étaient mises à rouler sur ses joues. Ce sacre représentait beaucoup pour elle, car ointe des saintes huiles, elle serait protégée de ses ennemis par la grâce de Dieu, comme le voulait la coutume. Sa personne, comme celle du roi, devenait sacrée, nul ne pouvait y toucher sans en être damné à jamais.

Ils marchèrent ainsi un instant en silence. Isabelle portait une simple robe de velours vert d'eau à longues manches traînantes, l'une d'elles s'accrocha à un bosquet d'églantiers. Mézières l'en détacha alors que la reine, le visage caché dans ses mains, éclatait brusquement en gros sanglots : les églantines lui avaient évoqué la petite Catherine de France, et par contrecoup, son fils.

Ils étaient seuls à présent, longeant une enfilade de cages vides. Lions, panthères et autres fauves étaient encore dans les salles chaudes du château de Vincennes. Seul, un ours solitaire, vautré, rongeait placidement sur son ventre de vieilles pommes d'hiver toutes fripées. Il lui fit penser à sa Bavière, et sa détresse redoubla. Tout la blessait, semblait-il.

Mézières la laissa pleurer tout son soûl, et comme elle se calmait, il lui dit doucement :

— Il faut vous reprendre, madame.

— Je n'ai pas voulu être reine, se révolta-t-elle d'une voix brisée.

— Vous l'êtes !

— Croyez-vous ? Alors que le roi refuse de me faire sacrer ? rétorqua Isabelle avec acrimonie.

— Il ne faut pas contrarier le roi plus avant à ce propos, il est trop marri du courroux de son oncle qu'il ne veut point contrarier davantage. Et de même, gardons-nous aussi de pousser à bout Philippe le Hardi, ce serait dangereux.

— Craignez-vous pour moi ? le coupa-t-elle, tant ces propos confirmaient ses propres alarmes.

Mézières sentit la peur de la reine. Alors il déchargea tout son ressentiment contre les princes des Lys :

— Je vous le répète, Bourgogne est dangereux, si dangereux que l'on dirait que le Ciel entre dans ses vengeances. Il écarte impitoyablement de son chemin tous ceux qui le gênent. Moi-même, je fus rejeté lorsqu'il s'arrogea le pouvoir avec ses frères. Charles VI aimait les conseillers de son père. Aussi, malgré ses douze ans, il m'accorda sa protection comme il sauva la vie du sire de la Rivière que ses oncles voulaient perdre, et le garda à son conseil. De même, il imposa Olivier de Clisson à la connétablie contre l'avis de ses tuteurs qui le détestent. Voyez que le roi sait aussi imposer lorsqu'il aime. Il vous aime, madame, et cet amour vous protège.

— Il aime aussi son oncle de Bourgogne.

— C'est pourquoi il est déchiré. Il serait maladroit de le forcer à prendre parti. Pour l'instant, il ne le peut.

— Il n'y a donc rien à faire ? lâcha-t-elle avec lassitude.

— Si fait ! madame, le roi est las de la guerre et de ses revers, c'est pourquoi il résiste à cette campagne contre de Gueldre. Ne l'avez-vous pas entendu ? Il veut des fêtes, il veut avoir contentement de plaisirs et du plaisir des autres.

Il la prit familièrement par les épaules et l'obligea à lui faire face, lui insufflant sa force de conviction.

— Vous êtes belle. Vous êtes la plus belle des dames de cette cour. Soyez le encore davantage. Convoquez vos dames d'atour, vos drapiers, vos peaussiers, vos orfèvres et brillez de tous vos feux. Soyez dépensière et futile. Ne négligez aucune occasion de paraître. Soyez toujours d'humeur joyeuse. Rendez-vous étincelante jusqu'à l'inaccessible. Puisque, encore une fois, le roi veut des fêtes, contentez-le ! Demandez-en plus encore ! Et soyez-en la reine !

— La reine des fêtes ?

— Oui ! et feignez ne plus vous mêler de politique. Nous vous avons jusqu'à présent bien trop exposée. Donnez à penser au duc de Bourgogne que vous êtes légère. Il a si piètre opinion des femmes qu'il s'y prendra. Endormons sa défiance à votre égard. Dissimulez-vous dans la luminosité des artifices, nous, nous travaillerons dans l'ombre.

La reine se taisait, tout à cette nouvelle perspective.

— Le roi aura bientôt vingt ans, il veut s'amuser, ajouta Mézières avec plus de force encore. Le temps viendra où nous briserons cet indécis. Bourgogne aura sa guerre ! Vous aurez votre sacre !

Alors, sous ses doigts noueux et impérieux, Mézières sentit les épaules d'Isabelle se redresser.

27

L'été des petits riens

Messire Jean de Carrouges a porté devant le roi l'indignité du sire Jacques le Gris qu'il accuse d'avoir outragé son épouse en son absence.

L'accusé nie avoir commis un tel crime. L'épouse maintient ses dires.

Il en fut appelé au Jugement de Dieu.

Un duel à outrance fut décidé où Jean de Carrouges défit son adversaire, et vengea l'insulte.

Dieu avait jugé coupable Jacques le Gris dont le corps fut pendu au gibet.

À quelque temps de là, un homme contre lequel l'on venait de prononcer une sentence de mort, et qui n'avait plus rien à perdre que son âme, confessa le viol de la dame Carrouges.

Ainsi, du Jugement de Dieu, ne restait plus que le meurtre d'un innocent.

Aussi faut-il blâmer la conduite de ces hommes à l'esprit trop crédule qui se laissent abuser par des rapports incertains.

D'après la *Chronique du religieux de Saint-Denys*

L'Hôtel de la reine s'embrasa du tourbillon chatoyant des soies, des brocarts d'or, des diaspres[1] et des voiles de samit, ou de ces draps d'or d'Italie appelés nachiz. À l'incessant va-et-vient des tissutiers et des atourneresses se joignit celui des orfèvres et des peaussiers. Les gemmes les plus précieuses ruisselaient de leur symphonie de couleurs. La souplesse et la douceur des hermines et autres zibelines se laissaient caresser à l'envi.

La devise « À jamais ! » fut gravée, taillée, peinte, brodée sur tout ce qu'il se doit d'ostentatoire.

Alors que Charles VI faisait dresser son lit de justice afin d'ouvrir solennellement le procès du Grand Empoisonneur de Navarre, la reine Isabelle renouvelait entièrement son garnement. Comme sa cassette n'y suffisait pas, elle réclama de l'argent ; le roi y consentit volontiers et sans compter. Les belles dames de la Cour ne voulurent pas être en reste et imitèrent aussitôt le vestiaire de la reine. Isabelle donnait le ton.

La reine possédant des épaules ravissantes, la houppelande dénuda la gorge en décolleté profond, tandis qu'elle s'allongea démesurément vers le bas, se prolongeant en manches d'une largeur extraordinaire et en traîne interminable. Outre ses hauts patins de bois enluminés, la reine, qui se trouvait toujours de trop petite taille, bien qu'elle eût grandi, toise en faisant foi, de plus d'un pouce, lança la mode des coiffures d'une envergure prodigieuse. Entremêlées à son opulente chevelure, ses parures de tête prirent des formes extravagantes : cornes, tricornes, dômes, hennins vertigineux, obligèrent bientôt les dames qui l'imitèrent à se baisser pour passer les portes.

Isabelle possédait un admirable front bombé qu'elle laissait grandement dégagé de la masse de ses

1. Drap de soie à fleurs ou arabesques pour vêtements d'apparat.

cheveux, souligné d'un rang de perles, d'un ruban, ou irisé d'un voile court et diaphane. Chacune voulut en faire de même jusqu'à se faire épiler la racine des cheveux, et à utiliser des postiches pour compenser ce que la nature ne leur avait pas donné.

Les jeunes seigneurs se mirent également en frais, et copièrent plus que jamais la mode de Venise de messire de Craon et du jeune Orléans. Ils ne portèrent plus que les chausses à brayette impudiquement rebondie, et la cotte hardie de couleurs vives, à coupe gracieuse, courte et très ajustée. Leurs tailles s'étranglèrent, faisant ressortir leur torse à la carrure élargie d'épaulettes fort avantageuses. Alors que les pointes de leurs poulaines s'allongeaient de façon déraisonnable, ils abusèrent des clochettes comme sur les harnais de leurs chevaux. Danses et cavalcades tintinnabulaient et se rythmaient à la sonnaille des grelots.

Le printemps 1387 installait à la Cour un luxe étourdissant pour le plus grand bonheur du roi de France qui se ruinait en banquets, lices et festivités fastueuses.

La fièvre des fêtes gagna le petit peuple. Le Mai fit danser les rues de Paris ; les feux de la Saint-Jean embrasèrent les carrefours et les quais ; un mois de juillet caniculaire jeta les Parisiens en rivière de Seine, venus en foule admirer les courtisans qui régataient. L'on s'y baignait nu, et l'on vit le roi et ses seigneurs barboter plaisamment au port au Blé de la place de Grève dans le plus simple appareil.

Les temps n'étaient qu'au plaisir. Isabelle s'y adonnait avec une sorte de frénésie. La reine était loin aujourd'hui de la petite princesse de Bavière qui « sentait par trop sa montagne », comme l'avait méchamment dit la duchesse de Brabant. À présent, elle fleurait la violette qu'elle avait adoptée définitivement comme parfum. Cette essence de fleur, qu'elle exigeait à la fois présente et discrète, entrait dans toutes sortes de préparations composées à son attention. La violette, qui s'accordait si bien avec les fulgurances de ses yeux, embaumait ses savons, ses fards et onguents, et même son bain en décoction.

Ainsi, Isabelle naguère si rétive, si impatiente à son atournement, s'y adonnait aujourd'hui avec un soin attentif et exigeant. Il fallait des heures pour l'apprêter, et pour ce faire, elle n'avait pas moins de douze dames d'atour chargées de sa personne et de sa garde-robe. Et ce n'est qu'après avoir été longuement parée que la jeune souveraine apparaissait, présidant à tous les événements festifs, au centre d'un aréopage munificent, avec le roi, Louis d'Orléans et la douce Ozanne.

Celle-ci avait en effet suivi les ordres de la reine. Dans les jours terribles qui avaient suivi la mort du petit Dauphin, elle n'avait pas quitté le jeune monarque. Elle avait su trouver les mots de l'apaisement, ceux qui exhortent à la patience, à l'espoir d'un nouvel héritier.

Charles VI, qui avait besoin d'une oreille tendre et attentive, l'avait trouvée en la demoiselle de Louvain. Elle avait été présente dans la peine, il la voulait aujourd'hui à ses côtés, de toutes les réjouissances. S'il en avait fait sa favorite, il n'en avait pas encore fait sa maîtresse. Le roi, à qui l'on reprochait naguère sa trop grande libéralité avec les dames, était trop épris d'Isabelle pour y songer. Ozanne s'en contentait, bien qu'elle le désirât de toute la violence de sa chair.

Et l'été se passa ainsi, si insoucieux qu'il fut appelé « l'Été des petits riens ».

Le jour, quand la Cour ne chassait pas, elle jouait au mail, à la quintaine ou à la longue paume ; la nuit, elle banquetait, transformait les hôtels royaux en tripots où l'on s'adonnait aux jeux de table, jonchet, trictrac, ou autres parties de dés, bien que prohibés par l'Église.

Isabelle n'en négligeait pas pour autant son édification auprès de son précepteur. Celui-ci lui donna à lire la vie de hautes figures féminines de l'histoire : Blanche de Castille, mère de Saint Louis ; Berthe aux grands pieds, qui donna naissance à Charlemagne ; la despote et légendaire Brunehaut, qui gouverna l'Austrasie, et qui finit suppliciée, attachée par les cheveux à la queue d'un cheval ; ou encore Clotilde, princesse burgonde, qui convertit Clovis au christianisme. Mais nulle de ces reines ne sut retenir l'attention d'Isabelle, jusqu'à la fascination, autant qu'Aliénor d'Aquitaine. Elle était belle, scandaleuse, et ne faisait pas mystère de sa sensualité. Alors qu'elle était reine de France, elle trompa tant et pis son royal époux, Louis VII, qu'il finit par la répudier. Elle s'en consola aussitôt en épousant Henri Plantagenêt, le roi d'Angleterre.

Aliénor n'était pas qu'une femme bordeleuse. Elle joua un rôle politique éminent, mais surtout, elle conçut dans son Aquitaine sa cour d'Amour qui édifia les règles de courtoisie de la *fin'amor*. Elle régna ainsi sur les troubadours et les plus grands érudits de son temps.

La princesse de Bavière découvrait à quelque deux siècles de là, une reine, deux fois reine, libre de son corps et de ses jugements. Une femme libre d'aimer. À l'instar d'Aliénor d'Aquitaine, elle voulut sa propre cour d'Amour en son hôtel de la Pissotte. Ce projet enthousiasma Louis d'Orléans. Celui-ci, depuis la folle équipée de Vincennes, avait appris à dompter l'exigence de ses caprices. Sa frénésie amoureuse envers Isabelle s'était larvée en une passion sourde et patiente, saisissant toutes les occasions de se tenir au plus près d'elle. Il avait mis la diplomatie au service de sa passion et de ses ambitions. N'ayant d'autre apanage que le duché d'Orléans, qui ne lui assurait qu'un maigre revenu, il ne devait son faste qu'à la rente que lui allouait le roi, aussi l'entourait-il aujourd'hui d'une grande affection fraternelle. Il attendait que son heure vienne, et elle viendrait, lorsque Charles VI serait enfin débarrassé de la tutelle des princes des Fleurs de lys.

Pour calmer ses impatiences, il s'adonnait à la frénésie des plaisirs. Aussi se jeta-t-il à corps perdu dans la folle aventure de la cour d'Amour avec Isabelle. Ensemble, ils réunirent autour d'eux la gent du Gai Savoir, comme le poète Eustache Deschamps, mais aussi des officiers royaux, des avocats, des docteurs en théologie, des maîtres de requête, et toutes personnes nécessaires à faire bons et loyaux procès amoureux. Isabelle et Louis, beaux, spirituels, et qui rivalisaient de séduction, régnaient sur cette cour raffinée.

Et la fleur de la noblesse vint s'interpeller joyeusement devant ce tribunal, s'égayant dans des plaidoyers à coups de maximes courtoises et de citations des Saintes Écritures où se mêlaient pastourelles et virelais des ménestrels, bons vins et bonne chère.

Il s'y rendait des arrêts d'Amour, comme celui de ce mari intolérant qui fut désapprouvé pour avoir forcé sa jeune femme à ôter une robe à la nouvelle mode, la jugeant trop ouverte sur le devant. Ou cet autre qui vint se plaindre d'un chevalier qui se disait amoureux de son épouse : il fut débouté suivant la règle que rien n'empêche qu'une femme soit chérie de deux hommes, ni qu'un homme soit aimé de deux femmes.

Ce genre de sentences et de divertissements ne tarda pas à faire scandale. Et les mêmes qui avaient critiqué l'excès de douleur de la reine à la mort de son fils la critiquèrent pour s'en être trop vite consolée.

Mais Isabelle n'en avait cure. En brillant sur le devant de la scène, elle apprenait à faire face. Aliénor d'Aquitaine avait été adulée autant qu'elle avait compté d'ennemis, mais elle n'avait jamais baissé la tête. La jeune princesse de Bavière avait relevé la sienne, admirablement parée. Elle en imposait à tous. Elle découvrait la force de sa souveraineté.

Pourtant, dans le secret de son cœur, elle se reconnaissait encore une grande fragilité : son premier rôle était d'assurer l'avenir de la dynastie et son ventre restait vide. Craignant que Dieu, dans Son courroux, ne l'ait rendue stérile, elle confia ses craintes à Jean la Grâce.

— Le roi vous néglige-t-il ? lui demanda son confesseur.

— Certes non, répondit Isabelle en rougissant, songeant aux fréquentes et brèves étreintes de Charles.

— Sûr qu'il aurait bien tort en vous voyant si belle. Laissez donc Dieu de côté en cette affaire, et faites confiance en la nature. Je vous prédis qu'avant la fin de cette année, vous serez grosse.

— Êtes-vous donc astrologue, frère Jean ? ironisa Isabelle.

— À mes heures, madame. Voulez-vous parier ?

Elle éclata de rire.

— Un pari ? N'est-ce point contraire à votre robe qui vous sied fort mal d'ailleurs.

Jean la Grâce portait une aube usée jusqu'à la corde.

— Cela est vrai, répliqua-t-il, et j'ai bien besoin de quelques aumusses, cucules ou dalmatiques de bonne facture, car à suivre votre train, je n'y puis.

— C'est gagé. Et vous-même, que gagez-vous si vous perdez ?

— Inutile, madame, je ne perdrai point.

Ce pari, pourtant absurde, rendit quelque peu confiance à Isabelle qui poursuivit ses folles activités avec plus de sérénité.

*

* *

Et l'été des petits riens continua à se passer en joyeusetés sans importance... pouvait-on croire. Car chez la reine se tenaient des réunions très secrètes, sous couvert de sa cour d'Amour. Mézières y trouva en effet le prétexte à faire resurgir, en toute innocence, des personnages qui n'y déparaient pas, tant ils étaient cultivés et sages : Jean le Mercier, Montaigu, Pierre de Giac, Nicolas du Bosc, Bègue le Vilain... les anciens conseillers de Charles V, si vilainement chassés par les princes des Fleurs de lys. Ils devinrent tout naturellement des familiers de l'hôtel de la Pissotte, d'où ils guettaient le moindre faux pas des oncles du roi.

Ainsi Berry, qui se tenait pourtant benoîtement dans son palais ducal de Bourges où il y surveillait des travaux somptuaires, leur donna bientôt l'occasion de se réjouir. Cette dite occasion se présenta sous la forme d'un ermite.

Ce pauvre vieillard, venu à pied du Midi, demanda à voir le roi de France. Il se disait porteur d'un message divin qu'il tenait de saint Michel, de saint Gabriel et de saint Raphaël. Le jeune souverain, toujours enclin au merveilleux, voulut l'entendre.

À genoux devant Charles VI, la reine et les seigneurs, l'ermite montra sur son bras droit la marque d'une croix rouge, signe de sa mission divine, puis révéla son message : « Si le souverain ne vient pas au secours du Languedoc, épuisé d'impôts par les cruels collecteurs de monseigneur de Berry qui en possède la lieutenance, Dieu se courroucera contre lui et punira le roi de France en faisant mourir ses enfants. »

Isabelle fut sur le point de défaillir. Ce messager de Dieu, chargé des inquiétudes dynastiques qui la tourmentaient déjà, venait trop à point. La reine n'eut pas de mal à se laisser aller à une crise d'affliction où elle accabla le Camus jusqu'à l'excès, jusqu'à le rendre responsable de la mort du Dauphin et de la longue attente d'un nouvel enfant royal. Elle cria justice pour le Languedoc, pour la sauvegarde de l'avenir de leur progéniture et du royaume de France.

Déjà très ébranlé par les révélations de l'ermite, Charles VI garda rancune à son oncle de Berry et fit partir sans délai des émissaires dans le Sud, chargés d'évaluer la situation.

Quant au duc de Bourgogne, ce temps où le faste et la futilité régnaient mit un comble à son exaspération, et lui fit perdre patience et prudence. C'était deux jours avant la Saint-Denis, dans les premiers jours d'octobre. La flamboyance de l'automne rivalisait avec celle de la Cour. Le Hardi se fit recevoir par son neveu en son petit cabinet de travail à l'hôtel de Sens. Il harcela une nouvelle fois Charles VI à propos des menaces que le duché de Gueldre faisait peser sur le Brabant, et il eut la maladresse de lui reprocher l'oubli de ses devoirs, le ramollissement de sa chevalerie, et les folles dépenses de la reine. Charles VI s'emporta violemment, d'autant que le moment était mal choisi. Il venait de lui être rapporté une rumeur qui l'avait mis de méchante humeur : l'on disait Louis d'Orléans amant d'Ozanne de Louvain.

Déjà très agité, il fut ulcéré des propos du duc de Bourgogne et le congédia vertement.

— Seigneur mon oncle, nous allons vers la mauvaise saison, il n'est plus temps de faire bonne guerre. Et par Dieu, vous m'importunez, ne m'en parlez plus !

Cramoisi de fureur, le duc quitta le petit cabinet et traversa à grands pas farouches l'antichambre où se tenaient quelques seigneurs. Ces derniers, qui n'avaient rien perdu de la querelle tant elle avait été forte, s'en furent aussitôt colporter l'événement. Quant à Charles, resté tremblant de colère, il fit mander sa favorite sur-le-champ.

La demoiselle de Louvain s'empressa d'accourir chez le roi. Comme elle amorçait une révérence, il lui assena froidement :

— Damoiselle, j'ai pour vous contentement. J'ai décidé de vous doter et de vous marier confortablement à un seigneur picard.

Ozanne, pliée dans son salut, en tomba sur les genoux.

— Non, gentil sire, non ! Ne me faites pas cette violence, j'en mourrai.

— Vous aimez donc tant ? criailla Charles VI, repris par son agitation.

— Plus que ma vie. Je vous aime, mon doux Seigneur, et vous en demande humblement pardon. Je ne veux qu'être auprès de vous, ne me chassez pas de votre présence, par pitié !

Ozanne balbutiait, en pleurs, baisant le bas de la robe de Charles. Celui-ci en resta un instant déconcerté.

— Tu dis m'aimer ? Et tu vas au lit avec mon frère ? reprit-il avec rage.

Ozanne releva la tête, les mots semblaient ne pas parvenir jusqu'à sa conscience.

— Que dites-vous, sire mon roi ?

— Je dis que tu couches avec Louis d'Orléans comme chacun le sait, et que cela est fort méchant d'avoir trompé ma confiance.

— Moi, et monsieur le prince de France ? (Les joues encore mouillées de larmes, le visage d'Ozanne s'éclaira lentement.) Seigneur mon roi, vous êtes jaloux ?

Charles VI en resta sans voix. Ce fut une révélation : oui, il était jaloux. Il considéra la dame d'honneur qu'il voyait, lui semblait-il, pour la première fois. Il lui prit les mains et la releva.

— Que m'avez-vous dit, demoiselle à la jolie figure, que vous m'aimiez ?

— Oui, doux sire, je vous aime.

— Mais… Louis ?

— Sur les Évangiles, je fais serment qu'il vous a été menti.

Le jeune souverain sentit monter en lui une émotion charnelle impérieuse. Il ne pouvait quitter la jeune femme du regard tant il la trouvait soudain belle et désirable.

— Jamais je n'ai vu des yeux aussi limpides, murmura-t-il, ils sont comme de l'eau pure, ils ressemblent à ces pierres d'aigue-marine.

Il la fixait toujours et avec une telle intensité qu'elle sentit son cœur mis à nu.

— J'ai connu ce regard, autrefois, dans les yeux noirs d'Isabelle. Je ne l'y ai jamais retrouvé, lui murmura-t-il encore.

— La reine vous aime, doux sire.

— Certes. Mais plus de cet amour, plus de cette adoration que je lis dans les tiens.

Il prit un temps, et répéta, ne semblant y croire :

— Bonne amie, vous m'aimez donc ?

— De toute la force de mon âme, doux sire, et celle de mon corps.

Alors Charles entraîna Ozanne vers le lit de repos de son petit cabinet. Ozanne s'y laissa entraîner.

Le bourdonnement des activités de l'hôtel de Sens venait s'échouer derrière les lourdes tentures du retrait de Charles VI. Les carillons de Saint-Paul sonnèrent vêpres. Le roi s'enivrait de la nudité blanche et ronde à ravir de la dame d'honneur. Il s'en émerveilla longuement, des yeux et des mains. Il ne voulait la prendre, désireux que cela dure, n'en finissant pas de faire flamber leur plaisir. Ozanne finit par crier grâce. Il la pénétra enfin. Elle cria, et jouit immédiatement tant son désir était à vif. L'étonnement de Charles en fut si intense qu'il bloqua sa propre jouissance. Il eut l'indicible bonheur de découvrir la volupté de travailler longuement une femme. C'était une révélation. Jamais il n'avait pu retenir sa semence dès qu'il était dans la moite chaleur d'un ventre. Il découvrait cette joute des corps qui participent au même mouvement, se boutant l'un vers l'autre, parfois jusqu'à la fureur, et qui vous laisse pantelant, rejeté sur la rive enchantée de la félicité, dans le bien-être de l'extase.

Charles VI et Ozanne se séparèrent à complies. Le roi, euphorique, se fit préparer pour aller souper chez la reine, bien décidé à honorer Isabelle comme il l'avait fait avec sa dame d'honneur. Le roi était doublement amoureux, doublement puissant.

Mais avant que de s'y rendre, désireux qu'en ce jour tout le monde fût heureux, il fit parvenir au duc de Bourgogne un billet par lequel il lui offrait tous les biens français du roi de Navarre dont le procès venait de se clore. Il voulait se réconcilier avec son oncle pour parfaire son bonheur, oublieux de les avoir promis en douaire à la reine.

La nouvelle de cette donation mit Isabelle en furie. Mézières tenta de l'apaiser :

— Ne vous ai-je pas déjà dit que la colère est mauvaise conseillère ? Point de récriminations de votre part, laissez le privilège d'irriter le roi au duc de Bourgogne.

Elle en convint. Pourtant, elle ne pouvait passer outre. Il lui fallait obtenir réparation de cet outrage.

— Le non-respect de parole donnée d'un époux envers son épouse n'est-il pas un délit courtois ? lui fit-elle remarquer. Ne relève-t-il pas du tribunal de ma cour d'Amour ?

— Certes, cela se pourrait, acquiesça-t-il avec un sourire.

— Très bien, je vais l'assigner devant mon tribunal qui tranchera.

Mézières trouva le projet bon et plaisant. Il avait l'avantage de transformer cet incident malheureux en momerie dont il comptait bien profiter avec l'aide des anciens conseillers de Charles V.

L'été des petits riens joua donc les prolongations d'automne, et le roi, qui reconnaissait sa faute, se prêta volontiers à ce travestissement judiciaire.

Charles VI comparut donc avec obligeance devant le tribunal d'Amour à titre de mari. La demanderesse, elle, siégeait en lit de justice, en sa rutilante salle aux Bourdons. Novembre avait apporté ses frimas, il y eut foule à l'hôtel de la Pissotte pour se réchauffer et s'esbaudir de cette instance hors du commun.

Jean la Grâce ouvrit la séance par une courte prière où il demanda à Dieu d'éclairer de Sa justice divine le docte tribunal. Il arborait ce jour-là une splendide dalmatique lilas, garnie sur le devant d'un carré de broderie d'or, qui le changeait fort de ses vieux frocs. Et l'on commença à discutailler de part et d'autre. L'accusation fit paraître moult témoins qui confirmèrent avoir ouï la promesse qui avait été faite à la princesse de Bavière. La défense excusa le roi en invoquant le duc de Bourgogne, qui tannait et persécutait tant son neveu qu'il lui en faisait perdre mémoire. Et le procès tourna à celui de Philippe le Hardi et de son emprise harcelante sur le roi.

L'accusation rétorqua en argumentant sur la règle de la chevalerie qui fait de la parole donnée un devoir sacré. Il n'était point d'excuses à y manquer, et y manquer était se déshonorer. Les défenseurs de Charles VI plaidèrent alors les choses autrement. Ils parlèrent de l'aspect vénéneux que représentaient les biens du Grand Empoisonneur de Navarre, et du risque des maléfices qui pourraient en découler. En un mot, les dépouilles de Charles le Mauvais risquaient de porter malheur ; il était fort estimable et précautionneux de la part du roi d'en avoir épargné la reine. Ces fiefs maudits étaient peut-être sans danger pour un prince qui ne se devait point d'assurer bonne dynastie à la France, non pour la branche régnante des Valois. C'était remettre chacun à sa place. Défense et accusation en furent d'accord.

Alors il fut parlé de dédommagement pour la demanderesse dont les avocats assenèrent l'atout majeur : l'année prochaine, aux environs de juin 1388, la reine donnerait naissance.

L'assistance croula sous les vivats et les applaudissements. Jean la Grâce, dans sa belle robe lilas, souriait. Le silence revint, alors que le roi, éperdu de bonheur, allait s'agenouiller devant la reine où il fit hautement amende honorable. Puis il promit à Isabelle tout ce qu'elle voulait en compensation, en particulier cette bergerie qu'elle convoitait à Saint-Ouen, aux environs de Paris, et qu'elle avait repérée au cours de leurs chasses.

Ce qu'Isabelle appelait sa Bergerie était une grosse ferme fortifiée qui dominait de sa motte des pâtures à moutons. Le domaine s'étendait par ailleurs sur plusieurs milliers d'acres en forêts, terres cultivées et métairies. La reine avait été charmée par la beauté du site et sa rusticité. Elle rêvait d'y recouvrer sa liberté, son besoin de grands espaces, son goût pour la campagne et les bêtes, en plus d'un petit douaire bien à elle dont les revenus lui reviendraient. Le roi lui promit sa Bergerie.

La reine demanda encore qu'il fût pris date sans délai pour le mariage de Catherine de Fastavavin avec le capitaine de sa garde, Morel de Campremy. Le duc de Bourgogne l'avait fait reporter à l'année suivante par souci d'économies.

On fixa la date fort opportunément à la Sainte-Catherine d'Alexandrie, le 25 novembre, qui mettrait ainsi les futurs mariés sous la protection de la Bienheureuse. Charles VI promit de prêter sa vaisselle d'or aux banquets, offrit quatre mille francs or pour l'établissement de la chambellane, et autant pour la cassette de la reine.

Isabelle omit toutefois de réclamer encore son sacre. « Cela embarrasserait votre époux, lui avait conseillé son vieux maître, et pourrait le fâcher. » Ce procès d'agrément avait donc tourné à la déconfiture du duc de Bourgogne pour le plus grand profit de la princesse de Bavière.

Sous la houlette de Philippe de Mézières, les chefs de la conjuration, qui s'étaient promus juges et avocats, y avaient veillé.

Les minutes du procès furent rapportées mot pour mot à Philippe le Hardi qui n'en garda pas moins les biens du Navarre. La nouvelle de la grossesse de la reine sembla du moins le satisfaire, bien qu'il eût pour elle une phrase méprisante : « C'est tout ce qu'on lui demande, qu'elle fasse des héritiers à la couronne et qu'elle continue de s'amuser avec les Marmousets. »

Marmousets, par ce nom donné aux figures grotesques et grimaçantes qui ornaient les heurtoirs des portes ou des chenets de cheminées, le duc désignait les anciens conseillers de son frère Charles V dont il n'avait pas été sans remarquer le retour. Le mot avait été lancé avec dédain, pour afficher le peu de cas qu'il faisait de ces hommes et de leur jugement de carnaval. L'expression courut de bouche en bouche à la Cour, et leur resta.

Bourgogne, premier pair de France, marquait son éminente position envers ces frivoles agitations courtisanes. Il continuait de gouverner le royaume au profit de ses immenses États dont il ne voulait perdre miette, comme le Brabant. Il possédait au plus haut point l'arrogance des Valois, sûr de son indéfectibilité.

Les Marmousets, puisque Marmousets il y avait, allaient le lui faire voir. Ils ourdirent une machination dont le duc d'Orléans serait le seul histrion. La menée était délicate mais elle pouvait réussir, car elle jouait justement sur l'arrogance du duc.

Ils laissèrent passer le mois de novembre qui se grisa de plus belle en fêtes et bacchanales interminables au mariage de Catherine de Fastavavin. Philippe le Hardi, qui se tenait coi depuis son altercation avec le roi, bouillait d'exaspération et d'impuissance. Il était comme un fauve muselé et encagé. Les Marmousets jugèrent alors le duc fin prêt à recevoir toutes suggestions, même les plus insensées, propres à briser la résistance royale. Sur leur instigation, Louis rendit donc une banale visite de politesse à l'hôtel de Bourgogne, comme le doit un neveu à son bon oncle. Le Hardi le reçut avec une feinte affabilité, qui ne sut masquer longtemps son opiniâtre colère. Il en vint très vite à reprocher à Louis sa frivolité et la munificence ruineuse de la Cour.

— Je vous entends, bel oncle, admit le jeune duc, l'air contrit, et moi-même ne puis y tenir, et m'y ruine. Mais je suis prince de France, je ne peux me tenir hors. (Il ajouta dans un grand soupir :) Mais que faire pour occuper la chevalerie quand elle n'est pas à la bataille, sinon l'amuser ?

C'était amener Philippe sur le sujet de son obsession. Le Hardi n'y résista pas, et parla de l'outrage que lui faisait le duc de Gueldre en s'attaquant au Brabant.

— En qualité de prince des Fleurs de lys, je partage l'outrage, mon oncle, l'insulte est patente et touche le royaume de France tout entier.

— Sauf le roi, semble-t-il, rugit Bourgogne en se levant.

Et marchant comme le lion en cage qu'il était, il se mit à clamer son indignation, trop heureux de trouver une oreille complaisante. Le frère du roi laissa passer l'orage. Puis il se risqua à lancer les rets du piège où les Marmousets voulaient prendre le duc de Bourgogne.

— Si j'étais le roi, j'enverrais un défi au duc de Gueldre, le sommant de cesser ses attaques. Il faudrait bien alors qu'il se soumette.

— Que nenni, je gage que ce petit prétentieux renverrait le défi, gronda le Hardi qui connaissait la suffisance des princes.

— Je gage aussi. Si j'étais le roi toujours, alors ce serait la guerre.

— Certes, mais tu n'es pas le roi, mon neveu ! conclut rageusement le duc.

Orléans haussa le ton et rétorqua avec une feinte exaspération :

— À la fin, que ne lancez-vous ce défi en lieu et place de mon frère ?

— Je ne peux pourtant pas me substituer au roi de France, lui fut-il répondu plus fort encore.

— Et qui s'en inquiétera ?

Cette question péremptoire figea le duc de Bourgogne. Il revint s'asseoir, pensif. Louis laissa l'idée faire son chemin. Le Hardi savait la noblesse si morgueuse qu'un défi faisait bouillonner les têtes les plus froides. L'affaire Carrouges [1] avait fait scandale, elle était encore dans toutes les mémoires. Il n'était point de chevalier qui ne fût prompt à laver dans le sang le moindre affront. On se battait pour l'honneur, on réfléchissait après. Charles VI était de ces preux, il en était le plus grand. Si le duc de Gueldre répondait à sa provocation, le roi en serait si marri qu'il la recevrait sans doute comme telle, sans prendre le temps de comprendre. Ce coup était fort tentant.

— Il se peut, beau neveu, que vous ayez raison, supputa enfin le Hardi. (Retrouvant toute sa légendaire prudence, il ajouta.) Si cela se fait, me garantissez-vous le secret le plus absolu ?

— En douter me fait offense, seigneur mon oncle.

Et le jeune Orléans le quitta sur cette belle promesse.

Philippe le Hardi envoya le défi qu'il scella du sceau royal. Il n'y avait plus qu'à attendre et à espérer que Guillaume l'Argenté ait la fatuité d'y répondre.

*

* *

28 décembre 1387... Triste anniversaire. La fête des Fous, l'incendie, la mort du petit Charles : « Monseigneur étouffe ! Monseigneur se meurt ! » Combien de fois le cri de Catherine n'avait-il pas résonné au cœur d'Isabelle ?

L'hôtel de Saint-Paul était désert, il n'aurait pas été décent qu'il soit en liesse en ce jour. Aussi toute

1. Voir l'exergue du chapitre 27.

la Cour s'esbaudissait en dehors, dans Paris, laissant la reine à son deuil.

Elle était dans son petit retrait avec Jean la Grâce pour seule compagnie.

— Jouerez-vous ce coup, madame, ou laisserez-vous mettre votre reine en échec ? lui lança soudain ce dernier.

Isabelle sursauta, ramenée au présent.

— Pardonnez-moi, frère Jean, mais je n'y suis point.

Philippe de Mézières avait fini par lui apprendre les échecs qui étaient autant d'enseignements aux rouages de la société [1]. Le précepteur les considérait comme un exercice stratégique, moral et politique, d'un haut niveau philosophique, et disait du jeu d'échecs qu'il était le jeu des rois et le roi des jeux.

Isabelle déplaça une figurine sur l'échiquier, l'esprit ailleurs. Elle songeait à Ozanne, sa fidèle Ozanne qui ne lui avait rien caché de ses rapports avec le roi. Cette situation les avait rendues paradoxalement encore plus proches, complices. La reine était pourtant embrumée de tristesse à sentir sa dame d'honneur si amoureuse. Pour elle, l'amour, c'en était fini. La tendresse qu'elle avait pour Charles VI ne pouvait compenser la passion qu'elle avait connue pour Bois-Bourdon. Elle ne connaîtrait plus jamais ces étreintes torrides qui la mettaient hors de sens.

Elle voyait bien cependant dans les yeux de certains beaux chevaliers la passion qu'ils avaient pour elle et qui les dévorait. Elle savait aussi que Louis d'Orléans l'aimait plus qu'il n'est décent d'aimer sa belle-sœur. Certes, elle était aimée, mais n'aimait plus. Elle était reine, et ne devait plus se consacrer

1. D'après Jacques de Cessoles (fin XIIIe siècle), les soixante-quatre cases, avec leurs pièces nobles et celles du peuple, n'étaient que l'allégorie de la cité, l'espace où prend place le jeu de la vie.

qu'au devoir conjugal fade, dû à la génération. Elle était encore si jeune, elle se sentait si ardente.

— Que vous en semble ? demanda-t-elle inopinément en songeant au roi, peut-on aimer d'amour deux personnes de même façon ?

— Et même plus ! On a grand tort de croire que l'amour se divise. Il se multiplie. Ou alors comment ferait Dieu pour aimer toutes Ses créatures ? Il n'en resterait que bien petitement pour chacune.

Isabelle sourit tandis que Jean la Grâce déplaçait un pion.

— Échec à la reine, madame, annonça-t-il. Vous n'y êtes décidément pas.

— J'y suis, frère Jean, j'y suis, croyez-m'en, lui répondit-elle d'un air entendu et déterminé. Il ne faut en accuser que ce jour.

— Je n'en doute pas, madame, lui répondit-il en la saluant de la tête, comme pour lui rendre hommage.

Le jour déclinait, Isabelle désira rester seule. Jean la Grâce prit congé d'elle. Elle se réfugia dans sa chambre et vint se tenir à la croisée qui donne sur les écuries. Elle était la reine, solitaire, et pourtant adulée. En ce funeste anniversaire, elle se sentait terriblement abandonnée.

Le cœur lourd, la jeune souveraine se perdit dans la contemplation des écuries qui étaient presque entièrement reconstruites, plus belles qu'avant. Elle sourit en regardant Alezane gambader dans le parc avec Alcoboçanne. Le temps était légèrement brumeux, elle distinguait leurs vagues silhouettes qui se mignotaient. Alcoboçanne était devenue une superbe pouliche, presque aussi grande que sa mère. Plus grande même à ce qui lui parut brusquement. Trop grande…

Le brouillard se déchira un instant, elle vit mieux.

Alcoboça !

Au même instant, elle sut qu'il se tenait derrière elle.

Isabelle avait vécu les tortures du remords, s'était crue punie par Dieu, avait maudit le sire de Graville qui était le péché, un homme sans pitié qui tuait froidement, qui lui avait manqué. Elle frissonna en sentant son souffle sur sa nuque.

— Je n'ai pu en ce jour ne point vous revoir, murmura-t-il de cette belle voix de basse jamais oubliée.

Tout fut balayé. Elle se retourna et ils furent dans les bras l'un de l'autre, s'étreignant à s'en couper le souffle, bouche à bouche, larmes mêlées.

La fureur amoureuse les jeta sur le grand lit. Ils ne prirent pas le temps d'ôter leurs vêtements : leur désir, exacerbé par l'absence, flambait, impérieux. Bois-Bourdon arrachait ses aiguillettes pour se dégager au plus vite, la reine se troussait comme une fille. Il gémissait son nom, elle délirait sa passion, tous deux rendus enragés par l'urgence.

Quand il pénétra son ventre avec puissance, Isabelle poussa un grand cri qu'il étouffa à pleine bouche. Elle sentit le feu de sa possession, éperdue de jouissance.

Non, Isabelle n'avait pas fini d'aimer.

28

Le voyage d'Alemanie

> Épée d'honneur et arbre de vaillance,
> Cœur de lion épris de bravement,
> La fleur des preux et la gloire de la France,
> Victorieux et hardi combattant,
> Sage en vos faits et bien entreprenant,
> Souverain homme de guerre,
> Vainqueur de gens et conquéreur de terre,
> Le plus vaillant qui oncques fut en vie,
> Pleurez, pleurez, fleur de chevalerie.
>
> Eustache DESCHAMPS

Le sénéchal du Berry, sire de Graville, seigneur de Bois-Bourdon, reprit tout naturellement sa place à la cour de France, alors qu'on le croyait en disgrâce depuis son inexplicable disparition au début de l'année précédente ; une absence longue de deux ans, moins un mois, le sire de Graville avait compté.

Il apparut officiellement le jour de la fête de la Circoncision, le 1er janvier. Le roi donnait ce soir-là un bal en son hôtel de Sens, où il distribuait les étrennes suivant la coutume.

Bois-Bourdon croisa moult seigneurs quelque peu ébahis, qui ne surent quelle attitude prendre. D'autant plus que le bruit avait couru qu'il était à la cour du roi de Navarre, ce qui passait pour haute trahison. Louis d'Orléans et messire de Craon vinrent à sa rencontre, Graville les salua aimablement.

— Le bonjour, monsieur le sénéchal ! s'esclaffa haut et fort le sire de Sablé. À quel vent votre girouette tourne-t-elle à présent ?

Il se trouvait que Charles VI était tout proche en compagnie de la reine ; Ozanne, Catherine et son nouvel époux, Morel de Campremy, leur faisaient escorte. Le roi entendit et interpella Craon avec irritation :

— Au mien, et à celui de madame Isabelle, monsieur ! Messire de Bois-Bourdon n'a jamais cessé d'être le capitaine de la garde personnelle de la reine. (Il haussa le ton afin que tout le monde l'entendît.) Sachez vous en souvenir !

Cela jeta un froid dans l'assistance et chacun se le tint pour dit. Puis Charles VI se tourna vers Morel de Campremy.

— Monsieur son suppléant, je vous félicite d'avoir su si diligemment remplacer le capitaine pendant son absence. Aussi je vous nomme grand argentier de l'Hôtel de la reine. Ce sont nos étrennes.

Cette place de grand officier était vacante et grandement sollicitée. Craon, qui lui-même l'espérait, en fut mortifié, bien qu'affichant un rictus servile. Il allait devoir ronger son frein, car Bois-Bourdon, en faveur à la fois auprès du roi et de la reine, était devenu intouchable pour le moment.

Isabelle s'adressait au sire de Graville d'une voix claire :

— La bienvenue, monsieur mon capitaine. Nous sommes heureuse de votre retour.

Bois-Bourdon, la main sur le cœur, la salua bien bas. Elle lui rendit son salut d'un léger signe de la tête, et s'éloigna gracieusement avec le roi, abandonnant dans son sillage son parfum subtil de violette.

La reine était resplendissante, vêtue d'une riche houppelande de samit bleu, à collet d'hermine rabattu qui dégageait ses épaules. La cime de son hennin de drap rose et or s'ennuageait de l'azur d'un voile diaphane. Isabelle irradiait de bonheur.

Un bonheur où pourtant planait une impatience ; elle rayonnait sur la Cour, elle portait l'enfant du roi, elle avait retrouvé les bras de son amant. Mais la réponse de Guillaume l'Argenté se faisait attendre. Avec les Marmousets, elle commençait à penser l'occasion perdue. Et la perspective de son sacre s'en éloignait d'autant.

*

* *

Deux jours avant la Saint-Charlemagne, à la fin du mois de février, des émissaires aux armes de Gueldre se firent annoncer.

On y était !

Bourgogne tenait peut-être sa guerre. Montjoie Isabelle tenait peut-être Bourgogne.

À moins que le petit duc de Gueldre ne se soumette malencontreusement, ce dont le roi, dans son ignorance du complot, ne doutait pas.

Depuis leur algarade, son bel oncle avait cessé de l'importuner avec sa guerre germanique. Charles pensait cette histoire close. Il était convaincu que les émissaires venaient lui présenter l'hommage de Guillaume l'Argenté, et renouveler l'alliance qui liait de Gueldre à la France, par contrat honorable. Cette querelle avec le Brabant n'aurait été, somme toute, qu'un fâcheux incident.

Charles VI avait toujours le souci que chacun s'accordât en sa plaisance. En présence de la reine, et très solennellement devant toute la Cour, il reçut donc les ambassadeurs avec magnanimité dans la grand-salle à parer de son hôtel de Sens.

Il y avait grande assistance pour la visite des représentants d'un si petit duché. Philippe de Bourgogne se tenait dans sa cathèdre en léger contrebas du piédestal royal. Il avait l'air quiet, les mains posées sur son ventre, enfilées dans ses manches comme un chanoine, mais c'était pour ne pas montrer qu'elles tremblaient. N'avait-il pas été assez fou pour envoyer un défi en nom et place du roi ? Si son neveu venait à en être avisé, cette réception pouvait tourner gravement et publiquement à son discrédit. Quant aux gens de Montjoie Isabelle, ils retenaient leur souffle : dans cet engagement contre les princes des Fleurs de lys, une partie décisive allait se jouer dans un instant.

L'échange cérémonieux de bon accueil se fit dans un silence de mort. Puis les émissaires remirent la missive au héraut d'armes, qu'il déroula et lut d'une voix sonore :

– « Nous, duc de Gueldre, nous faisons champion des princes germaniques. Nous mettrons fin aux prétentions françaises dans le Saint Empire, et à celles de Bourgogne sur le Brabant à qui nous ferons bonne guerre, avec l'aide de l'Angleterre et de Dieu qui est du côté du droit, le nôtre. »

Charles VI se redressa sur son trône.

— Mais que veut dire ceci ? lança-t-il, éberlué.

Le duc de Bourgogne était déjà debout et couvrit l'exclamation du roi de sa voix furieuse :

— Avec l'aide de l'Angleterre ? Pouvez-vous dire ce que cela signifie ?

Un des ambassadeurs s'avança, les yeux bas.

— Monseigneur de Gueldre a prêté serment au roi Richard II, fait de bouche ouvrant et parlant, et de main mise. Hommage formel contre quatre mille francs de rente par an, et loyal soutien des armées anglaises, expliqua-t-il, la voix mal assurée.

Bourgogne n'en espérait pas tant.

— Ainsi, ce ducaillon a trahi sans vergogne notre alliance et s'est vendu aux Anglais ! vociféra-t-il.

Charles semblait ne pas comprendre tant les événements le prenaient de court.

— Mais à qui s'adresse-t-on en de tels propos ? finit-il par demander avec effarement.

— À Charles de Valois, *soi-disant* roi de France, lut le héraut d'armes.

L'assemblée gronda.

– « Soi-disant » roi de France, avez-vous tous entendu ? hurla le Hardi en prenant l'assistance à partie. Ainsi le duc de Gueldre a rendu hommage à Richard II Plantagenêt, et soutient la légitimité des prétentions du roi d'Angleterre à la couronne de France !

L'offense était gravissime.

Charles VI gisait sur son trône, comme assommé par un mauvais coup. Voyant qu'il restait hébété, Isabelle lui souffla son indignation :

— Ce défi est un crime de lèse-majesté, mon ami, et mérite un châtiment exemplaire.

— Vous avez raison, madame, nous nous vengerons de ce méchant duc, grogna-t-il.

Ranimé par l'intervention de la reine, il passa de l'abrutissement à la plus folle colère. Bondissant de son siège, il s'érigea de toute sa noble fureur.

— Messieurs les tristes ambassadeurs, portez ma réponse à votre maître : le roi de France se considère hautement outragé ! Nous porterons nos armes sur la terre de Gueldre, et nous mettrons à mal la gent et ladite terre. (Et, criant à s'en casser la voix, il conclut selon l'usage en de telles circonstances.) Qu'ils se retirent et qu'il ne leur soit fait aucun mal !

Les ambassadeurs sortirent à reculons avec force courbettes et passèrent la porte avec précipitation.

Isabelle observait le duc de Bourgogne qui s'était assis, souriant, triomphant : il avait sa guerre. « Souris, beau duc, souris. Le piège est tendu. »

*

* *

Le royaume à nouveau mobilisait. Le ban et l'arrière-ban furent convoqués au service d'un roi si navré qu'aucun roi ne le fut autant. Le Trésor royal était vide, il fallut donc lever des impôts exceptionnels. Les collecteurs s'égaillèrent aux quatre coins du royaume, certains furent lapidés par la vindicte populaire. Le peuple, épuisé, renâclait.

Les chevaliers empruntèrent aux banquiers lombards afin de refourbir leurs armes et le harnachement de leur compagnie, pour le plus grand profit des bourreliers, corroyeurs, cuireciers, éperonniers, forgerons et autres métiers jusqu'aux joailliers, car on ne fait pas bonne guerre sans grand train.

Le Camus ne fut pas oublié dans sa capitale berrichonne, où il lui fut envoyé des émissaires. Charles VI diligenta à Bourges le comte de Joigny et le sire de Nantouillet qui s'étaient portés volontaires ; ces derniers faisaient partie des Plaisants Cousins du roi, et par conséquent de la conjuration.

Et suivant les consignes des Marmousets, ils s'en furent dire à monseigneur de Berry que son royal neveu était si courroucé par les mauvaises nouvelles de son administration du Languedoc, ce qui était vrai, qu'il songeait à lui en ôter la lieutenance générale, ce qui était faux. Perdre le gouvernement du Languedoc étant inconcevable, le Camus garantit qu'il serait de cette guerre germanique, et réunit son ost cette fois sans attendre. Une guerre dont

Montjoie Isabelle comptait faire un désastre, propre à déshonorer les princes des Fleurs de lys.

C'était « le voyage d'Alemanie ».

Laissant la capitale à son effervescence guerrière et le roi à ses fureurs et navrances, la reine s'en alla s'installer en sa Bergerie de Saint-Ouen à Pâques fleuries. Elle était grosse de cinq mois et son état nécessitait le plus grand calme. Elle emmena avec elle toute sa mesnie, vaisselle et mobilier, sans oublier son oisellerie, sous la protection de sa garde personnelle et de son capitaine, le sire de Bois-Bourdon.

Afin que sa Bergerie allie confort et charme rustique, Isabelle en avait supervisé elle-même l'aménagement durant tout l'hiver. C'était une énorme bâtisse à pourtour crénelé, aux façades mangées de lierre et de vigne vierge. Elle possédait à l'ouest une grosse tour d'angle dont Isabelle fit sa fauconnerie ; une autre à l'orient, plus petite, était le colombier. Une poterne à double herse donnait dans une vaste cour pavée qui s'ouvrait elle-même sur les jardins et vergers des cours basses où se tenaient les bergeries proprement dites. Le corps du logis principal possédait un seul étage où courait une galerie en encorbellement ; une glycine y enroulait ses anneaux constricteurs, croulant de grappes mauves et odorantes.

La reine affectionnait particulièrement l'immensité de la grand-salle commune, à rez-terre, avec ses poutres noircies aux feux des cheminées. Un large escalier de chêne massif accédait au deuxième niveau qui constituait ses appartements privés. Elle y avait adopté une chambre spacieuse qui donnait au midi, dominant de sa vaste baie la campagne environnante et le village de Saint-Ouen. La robustesse campagnarde de cette vieille demeure ravissait la princesse de Bavière.

Les cours basses foisonnaient d'animaux de ferme, et c'était l'époque de l'agnelage. Isabelle accourait sans cesse aux bergeries, prenant dans ses bras les fragiles agnelets, donnant tétées quand il le fallait.

Après la pompe épuisante de la Cour, elle reprenait souffle. Son teint s'était avivé comme les fleurs de pêcher qui explosaient de douceur dans les vergers où elle se soûlait à l'air pur et vivifiant de la liberté, en s'adonnant à la vie pleine de simplicité d'une bergerette.

Et Christine de Pisan écrivait alors dans son *Dit de la Pastoure* :

Agneaux en la bergerie
Soigner, mettre foin en crèche,
Semer au toit paille fraîche,
Et les moutons d'une part,
Brebis traire, et faire à heure
Agneau téter…

Mais, si un observateur peu averti en avait conclu que la jeune souveraine avait abandonné les futilités du faste de la Cour pour celles des gentilles pastourelles, il aurait eu grand tort.

Rien de ce qui se passait à Paris ne lui échappait.

Car si la reine paraissait se tenir à l'écart de la politique, comme son précepteur le lui avait recommandé, elle recevait en sa Bergerie, se faisait tout rapporter et tenait même conseil secret.

En outre, tous les beaux seigneurs et les belles dames de la Cour se poussaient afin d'obtenir la faveur à venir s'esbaudir des charmes sylvestres de sa résidence des champs, et ils bavardaient beaucoup. D'ailleurs, il n'était pas loin de Saint-Paul à Saint-Ouen, le courrier était prompt.

Ainsi apprit-elle l'incroyable nouvelle qui venait juste de transpirer jusqu'à Paris, « l'Attentat de l'Hermine ».

Le roi croyait Olivier de Clisson à Tréguier où il s'obstinait à réunir une flotte pour le deuxième Passage d'Angleterre ; à moins qu'il ne fût dans ses fiefs bretons ?.... Nul ne pouvait le dire. Les lettres qui pressaient le connétable de France à rallier la tête de l'armée royale pour le voyage d'Alemanie restaient sans réponse.

Charles VI commençait à en être vivement contrarié, lorsqu'un seigneur breton, qui ne voulut point qu'on le nommât, vint l'avertir que son connétable se trouvait présentement retenu dans les geôles du duc de Bretagne où il était enchaîné de trois paires de fers.

Un tel outrage était inimaginable.

C'était la fin du mois de mai ; dans la campagne de Saint-Ouen, un vent doux de printemps achevait de dépouiller les arbres de leurs pétales comme neige en hiver. Isabelle déambulait lentement dans les jardins, en compagnie de Jean la Grâce qui lui lisait un courrier de Charles VI :

> *... il me fut ainsi rapporté qu'en Bretagne, l'on croyait Montfort et Clisson réconciliés tant ils s'étaient fait bonne mine au cours de la cession de Vannes des barons bretons ; tant encore, que le duc félon invita Olivier de Clisson à visiter son château de l'Hermine en construction, pour y prendre son avis. Mais ce n'était que guet-apens fourbe et cruel. Ce mauvais duc tient depuis notre bien-aimé connétable enfermé dans ladite citadelle, et menace de le mettre à mort.*
>
> *Tant de félonie, Madame, m'accable et me fait souhaiter n'être qu'auprès de vous, à baiser la douceur de vos lèvres vermeilles...*

Et cetera, et cetera, abrégea le cordelier avec impatience.

Isabelle s'arrêta, pensive, le regard perdu.

— À la fin, ils vont le rendre fou, murmura-t-elle.

— Il me semble aussi que notre malheureux roi ne sait plus où donner de l'affront, admit son confesseur en roulant la missive.

Il l'enfouit dans la vaste poche de son aube d'où il tira une autre lettre.

— Voulez-vous que je vous lise à présent le billet de messire de Mézières ?

— Faites, et voyons ce qu'en dit mon docte précepteur.

— Je vous passe les formules de politesse d'usage dont les circonvolutions me fatiguent, grogna le confesseur en parcourant le début de la lettre.

— Passez outre, frère Jean, consentit Isabelle en souriant, sachant combien les redondances courtoises l'exaspéraient.

— Voilà, j'y suis, dit-il en se mettant à lire :

Le roi est dans une colère extrême, notre sire ne sait s'il ne va pas changer de guerre et porter l'ost royal en Bretagne. Mais le duc de Bourgogne ne veut point que son voyage d'Alemanie soit différé et dilapidé...

— Ce qui ne ferait pas nos affaires non plus, le coupa Isabelle, mais malheureusement, je connais l'affection que porte Charles à Olivier de Clisson, et je ne doute pas de quel côté va tourner sa colère... Que dit encore monsieur de Mézières ?

— Qu'il le craint aussi. Il rapporte que le roi a déjà fait parvenir à Jean de Montfort une sommation qui menace fort la paix avec la Bretagne, résuma-t-il avant de reprendre sa lecture à haute voix :

Nous avons pensé à la médiation du sire de Craon, cousin du duc de Bretagne, que nous avons diligenté à Vannes où il se trouve pour l'heure. Que Dieu lui donne bonnes paroles afin de convaincre Jean de Montfort à rendre au roi son connétable, vif et sans délai.

Isabelle sentit une douleur qui la tiraillait dans la jambe gauche. Elle mit les deux mains sur ses reins, se cambrant en arrière, pour soulager la pression de son ventre. Elle avisa un banc et s'y assit.

— Ainsi, le voyage d'Alemanie risque d'être rompu, soupira-t-elle avec une grande lassitude, songeant à son sacre dont le jour glorieux s'éloignait à nouveau.

La reine, qui supportait mal les derniers mois de sa grossesse, affichait soudain une mine si défaite que Jean la Grâce en fut inquiet ; il cacha son anxiété en lançant une boutade :

— Mézières en appelle à Dieu, Craon en appellera au Diable qui lui est encore plus proche cousin que le duc de Bretagne. Le connétable de Clisson sera promptement de retour, madame.

— Est-ce encore une de vos prédictions ? répondit Isabelle en s'arrachant un sourire.

— Bah ! Nul besoin de lire dans les astres pour comprendre que Montfort hait Clisson, mais craint bien plus encore la colère du roi de France. Il n'est pas aussi fol que le duc de Gueldre.

Sans doute le Diable entendit-il Craon. Le duc relâcha le Boucher borgne contre cent mille francs, et la remise de ses fiefs bretons en échange de sa liberté. Après sa libération à ces conditions déshonorantes, Olivier de Clisson ne mit pas plus de quarante-huit heures pour s'en venir droit de Vannes jusqu'à Paris, afin d'en appeler à la justice du roi.

Mais aussi, et surtout, il se devait de lui rendre l'épée de France qu'il avait déshonorée.

Car, comme chacun le savait, tomber dans un tel traquenard était indigne pour un simple chevalier. Un connétable ne pouvait s'en remettre, et ne pouvait que se démettre de sa noble fonction. Seul le roi pouvait la lui rendre s'il l'en jugeait digne.

Les Marmousets firent alors courir le bruit selon lequel Charles VI, lassé des revers des dernières campagnes, comptait accepter le désistement d'Olivier de Clisson. Le duc de Bourgogne souhaitait tant se débarrasser de celui-ci, avait expliqué Mézières à Isabelle, qu'il pouvait être tenté de croire à cette rumeur, jusqu'à prendre le risque de proposer un sien chevalier à la connétablie pour mener son voyage d'Alemanie. Nul doute qu'une telle démarche indisposerait le roi, mais plus encore le coléreux Boucher borgne, s'il venait à l'apprendre – et il l'apprendrait, foi de Marmousets. Montjoie le voulait dans ses rangs, et se devait d'essayer de le rallier à tout prix : quoi de mieux, en effet, que le connétable pour faire mauvaise guerre et conduire à la déconfiture ? Mais hélas, Philippe le Hardi, revenu à sa prudence coutumière, s'était tenu coi.

Dès que le retour du sire de Clisson fut annoncé, Charles VI le reçut à son Grand Conseil. Berry en était, il venait tout juste d'arriver avec l'ost de ses apanages. Maintes fois, la scène fut racontée à la reine, tant les témoins avaient de plaisir à la narrer.

Olivier de Clisson fit donc son entrée dans la salle Charlemagne, une entrée fracassante ; il vint tomber de tout son poids sur les genoux devant son prince.

— Après pareil outrage qui intéresse directement la majesté royale en la personne d'un de ses grands officiers, beugla-t-il, je n'ai plus l'autorité requise pour exercer dignement un si haut office !

Et il tendit au roi le symbole de la connétablie dans son fourreau aux fleurs de lys.

— Par Dieu, messire, répliqua ce dernier avec noblesse, nous refusons et jurons que justice vous sera rendue, car monseigneur de Bretagne nous a par trop fâchés, et nous n'aurons de cesse qu'il vous rende biens et or.

À la suite de ces belles paroles, Charles VI et son connétable s'entêtèrent longuement, le verbe grandiloquent, l'un à vouloir rendre l'épée, l'autre à la refuser. Personne ne pouvait être dupe de ce cérémonial ; l'on voyait bien que le roi confirmait Clisson dans ses fonctions, et que celui-ci tenait à s'en faire prier avec outrance. C'est pourtant cet instant que le duc de Bourgogne choisit pour se prendre les pieds dans le croche-patte tendu par les Marmousets.

— Puisqu'il n'en veut, lança-t-il d'une voix impatientée, je propose messire Guy de la Trémoille à la connétablie !

— La place n'est pas vacante, monseigneur de Bourgogne ! tonna Clisson en se relevant lourdement, le visage cramoisi de fureur.

Et d'un geste belliqueux, il remit l'épée de France à son baudrier.

La reine riait toujours à ce passage tant on lui décrivait la mine déconfite du Hardi à qui le roi jeta, lui affirmait-on, un regard fort courroucé, avant de donner ostensibles accolades à son connétable.

— Nous avons considérablement besoin de vous, messire de Clisson, lui dit alors Charles VI. Notre armée s'assemble en Champagne. Nous y avons quinze mille lances, quatre-vingt mille piétons et machines de guerre qui vous attendent.

— Comptez-vous encore envahir l'Angleterre ? s'effara celui-ci, qui savait pourtant le projet définitivement rompu, l'Attentat de l'Hermine ayant trop retardé les préparatifs à Tréguier.

— Que nenni, le duché de Gueldre !

Le Boucher borgne regarda le roi bouche bée, son œil unique écarquillé. Il eut du mal à reprendre voix :

— Morbleu, sire, n'est-ce pas un déploiement de forces outrancier ?

— Il est à la hauteur de l'offense !

Olivier était alors parti dans une série de jurons que personne n'osa rapporter à Isabelle, mais dont il ressortait qu'il ne serait pas de cette farce indigne de son épée, et qu'il préférait encore une fois s'en démettre. Le jeune monarque, pris d'une agitation alarmante, dut se résoudre, pour le convaincre, à lui rapporter les termes insultants de l'impardonnable défi.

— Mais quelle mouche a piqué cet Argenté qui n'a jamais terni son armure en hauts faits de guerre ? s'insurgea Clisson. Quel était donc le sujet de la querelle ?

— Le Brabant ! laissa tomber benoîtement le Camus qui n'avait soufflé mot jusque-là, et qui buvait du petit-lait.

Bourgogne sentit que le vent pouvait tourner, Olivier n'étant pas aussi naïf que le roi.

— En attaquant le Brabant, de Gueldre a brisé son alliance avec la France, intervint-il avec indignation.

— Mais par les tripes asticotées d'un pendu, ce sont encore vos États que vous servez ! lui brailla Olivier.

Philippe avança sur ce dernier en vociférant :

— Cela vaut de servir l'Angleterre contre la France, monsieur le connétable !

Bourgogne faisait allusion au temps où le baron breton était allié aux Anglais, avant de se ranger sous la bannière du grand Du Gesclin.

— Mettez-vous en doute ma fidélité à notre bien-aimé sire Charles le sixième ? postillonna Clisson au visage de son adversaire.

Les deux hommes étaient dressés l'un contre l'autre, s'imposant leur large carrure : le duc dans son immense houppelande, l'homme de guerre dans sa cotte de mailles. Ils allaient en venir aux mains…

Un cri aigu vrilla soudain les oreilles du Conseil, arrêtant net l'emportement des deux jouteurs.

Alors chacun s'avisa du roi. Grimpé sur son trône, il était en proie à une spectaculaire crise nerveuse : il bavait, trépignait et se contorsionnait d'incroyable façon, poussant un long hululement strident. Le jeune souverain avait déjà été sujet à de telles crises, mais cette fois, il semblait atteint du haut-mal[1].

Enfin, un son libérateur et cohérent réussit à sortir de sa bouche :

— Cessez !

Épuisé par cet effort, vidé soudainement de ses forces, il se laissa choir sur son siège. Des larmes jaillirent de ses yeux.

— Nous ferons guerre à outrance, souffla-il dans le silence, à ce méchant duc de Gueldre qui apporte la discorde au sein de mon gouvernement.

Alors le Boucher borgne sortit de la salle à parer en grommelant :

— Nous en reparlerons !

Il en reparla, mais pas avec le roi, avec les Marmousets. Le lendemain, Clisson faisait parvenir au duc de Bourgogne un billet d'excuse où il faisait valoir la trop grande tension où l'avait mis l'affront de l'Hermine. Il l'assurait qu'il conduirait le voyage d'Alemanie avec un zèle… tout particulier.

1. L'épilepsie.

Isabelle fut rassérénée d'apprendre qu'Olivier de Clisson s'était rallié à Montjoie Isabelle, à laquelle s'étaient également joints le grand amiral Jean de Vienne et autres capitaines. Le voyage d'Alemanie tournait à la guerre contre le duc de Bourgogne, qui ne s'en doutait pas. Pour le coup, la jeune souveraine demanda à Mézières de lui apporter livres, parchemins et enluminures qui se rapportaient au sacre. Elle voulait en connaître tout le rituel et la symbolique. Ainsi, les événements se déroulaient à sa satisfaction. Cependant, elle gardait grande pitié pour le roi : à le presser ainsi de toutes parts, n'allait-on pas le rendre malade ?

Elle-même se sentait rouée, son terme approchait, et une forte douleur à la cuisse la tenait souvent couchée. Pourtant, la future mère n'était point si grosse, ce qui présumait d'un enfançon de petite taille. Isabelle s'inquiétait aussi de ne pas le sentir trop bouger, à l'inverse de sa première grossesse, où le vigoureux petit Charles ne lui laissait guère de répit.

*

* *

À la Saint-Barnabé, Louis d'Orléans vint résider à la Bergerie avec son nain Capucine. Le mois de juin était radieux. Isabelle, ne voulant point gâcher si beau temps en gardant la chambre, s'était fait dresser un pavillon de toile dans l'un des vergers pour s'y délasser en plein air.

Elle se tenait sur un lit de repos ; une agnelle y dormait dans les coussins. Celle-ci, qui était née si chétive qu'elle n'avait pas la force de boire, avait été repoussée puis abandonnée par sa mère. Les bergers avaient apporté l'orpheline à la reine qui l'avait sauvée en la forçant à téter un chiffon imbibé de lait. Elle l'avait appelée Edelweiss, du nom de cette fleur cotonneuse de ses montagnes perdues, et Edelweiss ne la quittait plus, comme un petit chien.

Le jeune Orléans était vautré dans l'herbe auprès de la tente où se tenait Isabelle qui somnolait, caressant d'une main légère la douce toison de son agnelette. Louis était d'humeur chagrine, ressassant l'aventure fâcheuse qui l'avait amené à se retirer à Saint-Ouen.

Cet incident, survenu à Paris, tourmentait sans répit son amour-propre. Il prouvait aussi que la conjuration avait grand tort de penser que le duc de Bourgogne ne se doutait de rien.

Cela s'était passé quelques jours auparavant, au soir de la Saint-Syre. Une réunion de chevaliers conjurés avait été prévue à la taverne de *La Pomme qui croque*, sise rue Perdue près de la place Maubert du quartier de l'université. Cette assemblée clandestine devait y débattre du voyage d'Alemanie, et y recevoir les dernières instructions transmises par le duc d'Orléans et Craon, véritables agents de liaison entre Montjoie Isabelle et les Marmousets qui restaient occultes. Chacun devait s'y rendre à part pour ne pas éveiller l'attention.

La nuit tombante, Louis se présenta donc seul avec Capucine à l'huis de *La Pomme qui croque*. Une ombre trapue se matérialisa brusquement derrière lui.

— Qui va ? demanda Louis, peu rassuré.

— Nevers ! répondit le fils du duc de Bourgogne en tirant de sa ceinture une miséricorde.

— Orléans ! renchérit précipitamment le jeune duc, pensant que son cousin ne l'avait pas reconnu.

— C'est celui-là même que je cherche, gronda l'irascible Jean de Nevers en l'entraînant sans ménagement dans l'ombre d'une encoignure.

Immédiatement, Capucine se mit à piailler, rameutant les affidés qui n'étaient jamais bien loin.

Il y en eut plus qu'il ne fallait qui sortirent de l'ombre, et certains jeunes seigneurs furent reconnus comme de la maison de Nevers. Montjoie Isabelle et gens de Bourgogne se faisaient face. Une rixe était inévitable.

Dans l'encoignure, Jean tenait serré le duc d'Orléans. De damoiseau, Louis s'était fait homme, mais Nevers le taurillon s'était fait taureau, plus vindicatif que jamais. De la pointe de son poignard, le fils du duc de Bourgogne écarta la cape d'escolier qui masquait le pourpoint princier de son cousin.

— N'êtes-vous point trop à l'étroit dans cette camisole, messire le comploteur ? lui susurra-t-il. Attendez, je vais vous aider à respirer.

Il est vrai que l'attaque avait été si soudaine, le couteau si menaçant, que Louis d'Orléans en avait perdu le souffle. Tout en lui parlant, Nevers faisait sauter une par une les agrafes qui ajustaient à outrance le pourpoint de Louis.

— Sache que vous n'inquiétez guère monseigneur mon père. Vous êtes trop sots puceaux. Complote, beau cousin, complote, nous n'en avons cure.

Nevers, qui en avait fini avec les agrafes du pourpoint, s'attaqua aux rubans de sa brayette.

— Il ne faut point ainsi entraver votre vigueur, beau sire, laissez-moi constater s'il vous en reste.

Le triangle d'étoffe se rabattit, laissant à découvert la verge enfouie dans une toison châtaine. Louis, tétanisé, sentit la froideur du poignard qui dégageait doucement son pénis et le relevait sur le plat de sa lame.

— Arrive-t-il à ce petit oiseau en cage de chanter ? ricana l'héritier de Bourgogne.

L'offense prévalut sur la peur.

— Cesse, cousin ! Ceci est trahison, hurla Orléans.

Dans la rue, on ferraillait. Une voix lui cria :

— Tenez bon, monseigneur, nous arrivons !

— Trahison ! hurla Louis de plus belle.

D'une secousse hargneuse, Jean le plaqua davantage contre le mur, et lui pressa le flanc de sa miséricorde sur la joue.

— Que me parles-tu de trahison, beau cousin ? Souviens-toi de ma lance brisée sous les remparts d'Amiens la veille du mariage du roi, de ta traîtrise et de mon épaule démise, gronda Nevers qui n'oubliait jamais l'injure.

Mais pour le jeune Bourgogne, qui était laid et sombre, la beauté et la brillance du duc d'Orléans étaient les fautes les plus impardonnables.

— Le guet ! hurla quelqu'un, dominant le tumulte de la bagarre.

Jean se détacha aussitôt de son cousin, et lança d'une voix puissante la devise de Philippe le Hardi :

— À moi, « Il me tarde » !

Aussitôt, les gens de Nevers se volatilisèrent dans l'obscurité des ruelles adjacentes, tandis que les conjurés s'engouffraient dans la taverne dont l'huis venait de s'ouvrir opportunément ; le frère du roi s'y réfugia à son tour, dépenaillé et mortifié.

Après la rixe de la rue Perdue, les Marmousets tinrent conseil en toute hâte. Il fallut, tout d'abord, calmer les ardeurs belliqueuses du jeune prince de France qui entendait porter inconsidérément l'outrage devant le roi, et demander réparation, ce qui était évidemment impensable. Louis dut se rendre à leurs raisons et ravaler son humiliation. Alors ils purent débattre de cette affaire dont les conséquences pouvaient être fatales.

Philippe le Hardi savait donc pertinemment qu'une conjuration cherchait à l'écarter du pouvoir. Pourtant, il apparaissait qu'il ne s'en était pas encore plaint à son royal neveu, et semblait ne pas avoir l'intention de le faire. Les propos tenus par Jean de Nevers à Louis d'Orléans étaient clairs : Bourgogne disait n'avoir cure de ces complotages, et ne s'en inquiétait point. En outre, le fils du Hardi n'avait parlé que de « sots puceaux », et les Marmousets, de trop grand âge, ne pouvaient y être associés. Par conséquent, ces derniers ne pouvaient-ils pas en conclure qu'ils avaient réussi à rester dans l'ombre ?

Si Philippe le Hardi avait été avisé que les anciens conseillers de Charles V en étaient, il s'en serait inquiété davantage et aurait contre-attaqué sans perdre de temps.

Ainsi donc, il ne croyait qu'à la turbulence d'une jeunesse dorée et désœuvrée, qu'il préférait ne pas prendre au sérieux. Un complot contre un prince de sang était un crime, le dénoncer aurait entraîné de tels désordres qu'ils auraient compromis le départ de l'armée. Les épargner, c'était aussi épargner les chevaliers factieux ; et toute la chevalerie était nécessaire à Bourgogne pour faire bonne guerre au duc de Gueldre avec ostentation.

Les Marmousets en conclurent que l'arrogance indestructible de Philippe le Hardi et la hantise de son voyage d'Alemanie à tout prix étaient les véritables raisons de son silence ; et ils l'espéraient bien, celles de sa perte. Malgré tout, Montjoie Isabelle redoubla de vigilance.

Blessé dans son orgueil, impuissant à se venger, Louis d'Orléans était venu calmer sa rancœur auprès d'Isabelle à laquelle il avait raconté la rixe de la rue Perdue, la tournant toutefois à son avantage en omettant certains détails par trop humiliants.

Cette nouvelle alarme avait laissé la princesse de Bavière perplexe : ainsi, rien n'était jamais sûr, la conjuration pouvait se retourner contre elle-même, et contre la reine, à tous moments.

De cette campagne de Gueldre, les Marmousets voulaient en faire un désastre, mais suffirait-il à emporter le parti de son époux contre des ducs ?....

Et particulièrement contre Bourgogne, qu'il aimait toujours comme un père ? Pour lui donner la force de prendre le pouvoir, ne fallait-il pas que le Ciel s'en mêle encore une fois ? La lecture du rituel des sacres lui avait donné une idée.

À Louis d'Orléans, qui ruminait auprès d'elle les yeux clos, mains croisées derrière la tête, elle demanda doucement, en énervant du bout des doigts le ventre d'Edelweiss :

— Dors-tu, gentil frère ?

— Certes non, je rêvasse à occire Nevers.

Isabelle s'étonnait toujours à trouver tant de haine et de rivalité dans les familles princières, mais là n'était pas son affaire.

— Te souviens-tu de l'âge qu'avait le roi lors de son sacre ?

— Pour sûr ! Dans le cortège, j'y brandissais en avant de lui l'épée de Charlemagne, et Joyeuse était fort lourde. J'avais huit ans, il en avait douze.

— Il était très jeune. Ne crois-tu pas qu'il en a oublié les serments ?

Sous les agaceries machinales de sa jeune maîtresse, l'agnelle s'agita dans les coussins et s'ébroua.

Louis se redressa sur son séant, intrigué par les questions de sa belle-sœur.

— Comment ça, oublié ? demanda-t-il. Il est vrai que, pour ma part, je ne me souviens guère que d'une cérémonie longue à en mourir pour l'enfant que j'étais. Elle dut l'être aussi pour mon frère.

— Ne crois-tu pas qu'il serait temps de lui rappeler le caractère sacré de sa mission de roi ?

— Ce serait pour le moins présomptueux, répondit le prince, qui ne comprenait décidément pas où elle voulait en venir.

— Pas si ce rappel lui vient de Dieu lui-même.

Edelweiss sauta de la couche d'Isabelle et s'en alla cabrioler dans l'herbe pour se dégourdir et s'essayer à brouter. La reine en fut distraite, l'observant avec une tendresse amusée ; Louis, qui attendait qu'elle poursuive, lui dit avec malice :

— Oserai-je, gentille belle-sœur, te demander de revenir à tes moutons ?

Elle éclata de rire.

— J'y reviens, gentil beau-frère.

Et elle lui expliqua comment semer sur la route de Charles VI un nouveau prodige. Il trouva l'idée lumineuse, la qualifia même, dans son enthousiasme, d'inspirée ; et ils se mirent à discuter et à peaufiner le projet avec animation.

— Demain je retourne à Paris ! Il faut préparer l'affaire sans plus perdre de temps, s'enthousiasma Orléans qui se sentait à nouveau le besoin d'agir.

C'est alors que les piaillements de Capucine attirèrent leur attention. Ils aperçurent le nain qui arrivait des bergeries en courant de toute la vélocité de ses petites jambes, avec à ses trousses un bélier de belle taille. Capucine passa comme une flèche près de son maître en criant : « Garez-vous, monseigneur ! » car ce dernier se trouvait en pleine trajectoire de la bête en furie. Louis se releva vivement, mais n'eut pas le temps d'achever son geste, le bélier était déjà sur lui et lui percuta violemment les fesses de ses cornes enroulées. Le jeune prince fit un bond prodigieux, sa tête heurta une pierre, et il resta étendu à plat ventre sur le sol, étourdi.

Isabelle se mit à crier tandis que le bélier s'acharnait des cornes sur sa victime jusqu'à le retourner sur le dos. L'animal irascible, trouvant le corps sans vie, le renifla quelque peu avant de l'abandonner dédaigneusement, et de s'en retourner en trottinant auprès de ses brebis que le nain avait tourmentées.

Oubliant alors sa douleur à la jambe, la reine quitta son lit pour se précipiter vers son beau-frère. Elle s'agenouilla près de lui et posa précautionneusement la tête de Louis sur ses cuisses ; un filet de sang coulait de son front. Elle l'appelait désespérément, le croyant déjà mort, lorsqu'il ouvrit les yeux. Dans un vertige, il vit tout près du sien le visage inquiet d'Isabelle, la peur lui donnait une beauté pathétique.

La conscience qui lui revenait ne put y résister. Il passa une main derrière la nuque d'Isabelle, l'attira vers lui et prit longuement ses lèvres. Surprise, elle s'abandonna, un instant troublée... puis se reprenant, elle s'arracha à son étreinte en relevant brusquement la tête. Louis vit alors le visage de la reine se figer, et se mettre à blêmir. Au même instant, il entendit la voix ironique de Capucine qui chantait :

Isabelle,
Belle entre les belles,
Mais qui adonc vous aime,
Et l'on dit qu'au printemps
Donne ardeur aux amants.

Alors que le fou s'enfuyait en répétant sa ritournelle, Orléans se retourna, prêt à l'invectiver. Il reçut un choc en découvrant Bois-Bourdon qui se tenait derrière lui, pétrifié de colère, ses heuses comme plantées dans le sol, et qui fixait le couple de son regard d'acier.

Les cris d'Isabelle l'ayant fait accourir, il avait surpris leur baiser ; son air était si féroce, elle était si pâle, si confuse, que le prince acquit à cet instant la certitude qu'ils étaient amants.

Ainsi Craon avait raison !

Dans une bouffée de jalousie démente, Louis d'Orléans songea qu'ils avaient bien fait de faire assassiner le soi-disant Dauphin.

*

* *

La reine entra dans les douleurs la nuit même, après que Bois-Bourdon l'eut accablée de soupçons et reproches. Le capitaine fit aussitôt avertir le roi à Paris, puis tourna en rond dans la grand-salle, torturé de remords, écoutant Isabelle hurler. L'accouchement se passait durement.

Il gêna tant le ballet des chambrières qui apportaient l'eau chaude et les linges, à leur demander sans cesse des nouvelles, qu'Ozanne dut lui intimer de rester coi ou de sortir. Une matrone lui fit également remarquer qu'il n'était pas céans qu'un homme restât dans la maison d'une femme en gésine. Mais il ne put se résoudre à s'éloigner, et se tortura à écouter endurer Isabelle.

Charles VI arriva deux heures après laudes. La reine n'était toujours pas délivrée, et subissait un martyre.

Le 14 juin 1388, au lendemain de la Saint-Antoine de Padoue, Jeanne de France naquit alors que sonnait sixte, après avoir fait longtemps souffrir sa mère. Une enfant si menue pour une si grande douleur.

Une si rude épreuve... pour une fille.

Vu sa fragilité, Ozanne apporta le bébé à Jean la Grâce aussitôt sorti du ventre d'Isabelle. Ce dernier l'ondoya sur-le-champ de peur qu'il ne passe sans baptême, le condamnant à errer éternellement dans les limbes. Puis les matrones lavèrent et emmaillotèrent le nouveau-né, et voulurent le remettre dans les bras de sa mère. À leur grande surprise, Isabelle repoussa sa fille avec aversion, leur intimant de la tenir hors de sa vue.

Le roi vint un peu plus tard, et consola brièvement son épouse de ne pas lui avoir donné de Dauphin.

— Allons, ma mie, nous en ferons d'autres, lui dit-il, sans chercher à cacher sa propre déception.

Puis il s'en retourna à Paris s'occuper de sa guerre, sans avoir accordé un seul regard à sa fille.

La jeune accouchée s'endormit profondément et ne se réveilla qu'à la nuit suivante, aux vagissements étouffés d'un nouveau-né. Elle réalisa que c'était sa fille qui pleurait dans la pièce d'à côté, il lui sembla que le fruit de ses entrailles l'appelait désespérément. Isabelle en ressentit une détresse immense : ainsi ne valait-elle pas mieux que brebis qui délaisse l'agnelet chétif et qui l'abandonne à son sort. Elle avait plus de compassion pour une agnelle que pour sa propre enfant.

À Ozanne, qui veillait sur son sommeil, elle demanda la princesse Jeanne. La demoiselle de Louvain s'en fut la chercher et déposa l'enfant dans les bras de sa mère. La reine découvrit le minois fripé de sa fille qui ne cessait de vagir mollement. Elle posa un baiser léger sur le minuscule front où frisottaient de fins cheveux blonds, comme ceux de son père. À contempler ce petit bout de vie fragile, Isabelle ressentit un tel désarroi que ses joues se mirent à ruisseler de larmes : elle se savait incapable d'aimer cette enfant maigrelette et chagrine, comme elle avait aimé le robuste petit Charles. Elle ne pouvait rien y faire.

Ozanne vint s'asseoir près d'elle, lui reprit doucement la princesse Jeanne qu'elle se mit à bercer contre sa poitrine.

— Laissez-la-moi, madame, je saurai la chérir. Nous avons déjà bonne nourrice, il ne faut point vous soucier.

— Ainsi, douce Ozanne, tu vois ma honte.

— Non, madame, point de honte. Il faut bien à la fin vous rendre tâche plus légère.

— Mais je suis sa mère…

— Et vous êtes la reine à charge accablante.

Les pleurs de la petite Jeanne s'éteignirent et elle s'endormit entre les seins de la dame d'honneur. Alors Ozanne parla longtemps, de sa belle voix légèrement rocailleuse, en une litanie apaisante.

Elle rappela la fillette qu'était la princesse de Bavière sur le chemin du pèlerinage de Saint-Jean d'Amiens ; combien on la trompait alors, comment elle y avait rencontré son preux qui l'avait mise à mal si gravement. Elle lui rappela son courage à se redresser, à faire face aux princes les plus puissants de ce monde, sa résistance à leur tenir tête en dépit de tout, de son enfance violée, de son amour perdu, de son fils mort, jusqu'à imposer la crainte de sa souveraineté. Elle lui représenta la place qu'elle tenait aujourd'hui, son éclat incomparable ; et le combat qu'elle menait toujours et encore, sa lutte opiniâtre contre la voracité des oncles.

— Vous avez seize ans, madame, et la naissance de la princesse vous a fort éprouvée. Non, il n'y a point de honte à y perdre ses forces, vous les retrouverez bientôt. Et laissez-moi aimer Jeanne en votre place. Sa débilité a besoin d'un trop-plein amour, un amour patient, vigilant, dévoué. Elle ne sera peut-être qu'un ange de passage, et si Dieu en décide ainsi, laissez-moi cette fois le chagrin de son trépas. Et si elle dure, vous l'aimerez à votre tour, madame, quand les temps vous laisseront enfin du répit.

— Je sais que tu causes avec ton cœur et ta raison, tendre amie. Va, occupe-t'en, donne-lui la tendresse dont je suis épuisée.

La demoiselle de Louvain se leva. Avant de la quitter avec l'enfant, elle ajouta :

— Je ne vous l'enlève point, madame, elle sera toujours près de vous comme je le suis moi-même. Reposez-vous, madame, et n'ayez point de soucis, vous serez bientôt vaillante.

— Comme tu me donnes du « Madame », douce Ozanne. Que ne dis-tu Isabelle ou Isabelette comme autrefois ?

— Je ne saurai plus, vous êtes aujourd'hui trop grande dame.

29

Qu'elle vive pour l'éternité !

Or, en ce temps-là, Clovis, roi de France, s'en alla trouver saint Rémi et lui demanda le baptême.

Quand on vint aux fonts baptismaux, il ne s'y trouvait pas le saint chrême.

Le Pontife, levant au ciel les yeux et les mains, se mit à prier en répandant des larmes.

Mais voici qu'une colombe, plus blanche que neige, apporta dans son bec une ampoule pleine de saint chrême à l'odeur suave, dont le pontife oignit le roi.

Or, cette sainte ampoule miraculeuse est gardée dans l'église de Reims, et les rois de France en ont été sacrés jusqu'aujourd'hui.

D'après *La Légende dorée*, Jacques de VORAGINE

Le roi ne voulut point partir en campagne avant que le mois des relevailles [1] de la reine ne fût passé. Il souhaitait qu'elle soit en mesure de retourner à l'hôtel de Saint-Paul, à l'abri des remparts de Paris.

1. Temps où une accouchée était considérée comme impure et ne pouvait paraître en public ; elle est dite « relevée » à la fin de ce mois. Ce mois « appartenait » à la femme. Même une condamnée à mort ne pouvait être exécutée durant ses relevailles.

Mais une fois relevée, Isabelle s'y opposa fermement, elle voulait passer l'été dans sa Bergerie.

Charles VI doubla alors l'effectif de sa garnison, laissant la reine sous l'autorité du sire de Graville ; puis s'en alla avec ses grands capitaines et les princes prier à Saint-Denis, et lever en grande pompe l'oriflamme, symbole d'un combat qui était le jugement de Dieu, avec ses conséquences mortelles. À son retour, il passa par Saint-Ouen, pour faire ses adieux à la reine.

Le mois de juillet s'achevait, le ciel était d'un bleu limpide, point de nuages à l'horizon pour une si belle entreprise. Le jeune souverain était dans un perpétuel état d'exaltation à savoir le royaume tout entier réuni derrière lui pour le voyage d'Alemanie. Personne n'y manquait, de son frère d'Orléans qui faisait campagne pour la première fois, jusqu'au distingué cardinal de Laon dont la pourpre s'accordait si peu avec le bivouac.

Dans la haute cour de la Bergerie, des tables avaient été dressées pour y recevoir le roi et sa suite ; moult mets et boissons seraient servis aux vaillants chevaliers.

Pierre de Foissy ouvrit le banquet en bénissant la noble assemblée, puis impatienta son auditoire en récitant une fastidieuse oraison afin de mettre Dieu du côté de l'armée royale, ce qui fit ricaner méchamment le connétable de Clisson : « Ventredieu, pas besoin de bénédictions ni de prières pour écraser une mouche à merdaille sous un pilon ! » grogna-t-il en aparté à ses voisins qui gloussèrent discrètement.

La reine regardait aussi le chapelain du roi avec aversion. Elle ne l'aimait pas, pas plus qu'elle ne supportait sa religion criaillarde, fanatique et venimeuse. Et pour toutes ces raisons, cet enragé de

Dieu risquait de faire manquer le plan qu'elle avait imaginé avec son jeune beau-frère.

En accord avec les Marmousets, et avec l'aide des poudres d'Ozanne, elle comptait bien s'en débarrasser. Dans cette intention, Catherine, sa chambellane, vint offrir une timbale de clairet fort épicé à Foissy quand il eut enfin terminé son sermon. Il faisait chaud, et d'avoir tant parlé, ce dernier avait grand soif ; il remercia et but d'un trait. Isabelle, qui observait la scène, fut satisfaite : le chapelain du roi ne serait pas du voyage d'Alemanie. Et l'on fit joyeusement bombance tout en parlant stratégie, étalant des cartes de parchemin sur les tables.

Le duc de Bourgogne ne voulait pas que la grande armée française ne gâtât ses Flandres et son Brabant en le traversant pour aller plus droit, plus plat et moins sauvage. Olivier de Clisson, conciliant, affirma comprendre ses préoccupations. On prendrait donc par les Ardennes et le Luxembourg. Évidemment, la route en serait considérablement rallongée, et les lieux, encore vierges et inextricables, allaient nécessiter le détachement d'au moins deux mille cinq cents terrassiers, bûcherons et tailleurs de buissons pour faire le passage.

— Mais baste ! s'esclaffa le Boucher borgne en donnant une tape amicale, mais non moins vigoureuse, dans le dos du Hardi, puisqu'il faut épargner vos États !

Charles VI était heureux de voir son connétable et son bel oncle si bien réconciliés.

L'assemblée discuta encore, mangea et but beaucoup jusqu'à basse none où les trompettes sonnèrent, donnant le signal du retour sur Paris.

Charles VI embrassa tendrement la reine en lui faisant toutes sortes de recommandations, et embrassa non moins tendrement Ozanne, sa demoiselle à la jolie figure.

L'on se quitta contents les uns des autres et sans plus traîner. Demain, il fallait se lever avant l'aube : le roi, ses princes et capitaines rejoignaient l'ost royal en Champagne pour le grand départ du glorieux voyage d'Alemanie, sous les heureux auspices du jour de la Saint-Bonaventure.

Pierre de Foissy ne se leva pas. Il fut atteint dans la nuit d'une étrange hébétude, secoué d'une fièvre extraordinaire, qui le laissa prostré dans son lit huit jours durant. L'armée ne l'attendit pas, et partit comme prévu le 17 juillet.

*

*   *

La route fut encore plus éprouvante qu'on ne l'avait imaginée. Dans un paysage hostile, le soleil d'août brûlait les heaumes et les brigandines d'acier, et l'on bouillait à cuire dans les armures. Les destriers souffraient, écumant sous le poids de leur harnois. Les taons, les mouches, les moustiques et toutes sortes d'insectes harcelaient sans relâche bêtes et gens.

L'immense armée avançait avec peine derrière les terrassiers qui ouvraient la voie. Chevaux, bœufs et mulets trébuchaient à se casser les os, des chariots versèrent sur les chemins cahoteux, trop hâtivement déblayés. Mais les Flandres étaient épargnées, et suivant les vœux de monseigneur de Bourgogne, nul tort ne serait fait aux terres de la duchesse de Brabant.

Celle-ci, à Bruxelles, gloussait dans sa graisse. Il lui semblait qu'en tendant l'oreille elle aurait pu entendre le formidable tumulte des armes et des harnachements, voir la forêt de lances, gonfanons, étendards et flammes, claquant au vent, qui avançaient dans une campagne malfaisante, contournant son précieux douaire.

Il y avait de quoi se féliciter : l'armée royale de France tout entière contre le duc de Gueldre, cet amant perdu qui menaçait à présent ses biens et sa personne. Elle lui en gardait une rancœur mortelle.

Rancœur plus encore contre cette pucelle de Bavière et ses menstrues ? Elle s'était réjouie à la nouvelle de la mort du Dauphin, ainsi qu'à la naissance d'une fille qu'on disait débilitée. La douairière honnissait plus que jamais Isabelle, ainsi que sa mère.

Les imprécations d'outre-tombe de Thadée n'avaient jamais cessé de hanter l'esprit de la douairière : elle avait été la seule à la voir et à l'entendre, la seule à avoir conversé avec elle, alors que les ducs Étienne et Frédéric tournaient le dos, assistant à la croisée au premier lâcher de l'épervier Autan. C'est encore seule qu'elle l'avait suivie dans les entrailles du château de Ludwigsburg jusqu'à son oratoire infernal. Proférées par un être de ce monde, ces malédictions auraient pu être balayées d'un geste importuné. Mais celles d'une revenante étaient d'une réalité implacable et terrible, comme l'était sa plaie variqueuse, elle ne pouvait ni en douter ni les oublier :

« Si le sang Isabelle n'a pas, qu'il se retourne aux veines du parjure, et la veine inférieure gonfle et noue et rompt. Et que la plaie suinte et pue et souffre année après année à la jambe. »

Sa jambe suintait, sa jambe puait, et elle souffrait alors qu'on lui changeait son pansement de charpie. « Et qu'elle finisse et sèche et se ferme le temps d'une lunaison, de façon que les humeurs pourrissent le corps en dedans, membre après membre, avant douloureuse mort. »

— Et veillez à ce que cette maudite plaie ne se referme pas, gronda-t-elle à son chirurgien qu'elle martyrisait.

Car la duchesse de Brabant voulait vivre suffisamment pour voir s'achever la malédiction vomie des enfers : « Si le sang Isabelle n'a pas, qu'il se retourne au chef du suborneur, et sa tête en dedans gonfle et noue et rompt, et qu'il en demeure hors de sens. Chaos, chaos, chaos ! Que le sang se retourne et se déverse à flots en royaume hérétique ! Et le frère versera le sang de son frère. Et la mère reniera son fils. Chaos, chaos, chaos ! »

La duchesse priait afin de voir le chaos en royaume de France, les rivières de sang, les luttes fratricides et les reniements : immense vaisseau à la dérive dont un roi fou serait le timonier. D'ailleurs le suborneur, Charles VI, n'avait-il pas déjà rompu une veine en dedans de sa tête ? Car il fallait être dément pour entreprendre l'équipée du voyage d'Alemanie.

*

* *

De Saint-Ouen, Isabelle suivait elle-même la progression du roi, informée par des courriers régulièrement détachés de la grande armée. Libérée de sa grossesse, libérée de la Cour et de ses contraintes, elle remontait avec ivresse son Alezane, courant la campagne à folles chevauchées, inspectant son domaine sous la protection de Bois-Bourdon ; car bien qu'elle eût nommé un régisseur pour sa Bergerie, elle entendait tout connaître de ses terres et en contrôler l'administration.

Août s'achevait, septembre s'annonçait aussi chaud que les deux mois précédents, et le ciel retenait ses eaux depuis juin. La sécheresse était grande, les paysans multipliaient les processions, invoquant saint Vincent pour faire tomber la pluie. Les fruits s'étiolaient, les foins de regain étaient perdus. Dans les champs brûlés, les bêtes avaient soif.

Isabelle s'arrêta dans une métairie. Elle écouta les doléances de ses paysans, et leur apporta son aide en les exonérant pour l'année en cours des fouages et de la taille. Elle suivait en cela les conseils de Mézières en matière d'impôts, qui disait « qu'à trop presser le raisin, il n'y a plus de vin ».

Puis, comme le soleil atteignait son zénith et que la touffeur était grande, elle demanda à ses gens quelque lieu abrité pour se reposer. Au grand lit commun de la salle de ferme offert avec empressement, Isabelle préféra la paille de leur grange, isolée en plein champ, à l'ombre d'un îlot d'arbres.

Elle s'y rendit, toujours sous la protection de son capitaine. Le fidèle Pascal le Peineux monta la garde au-dehors, avec trois hommes d'armes de toute confiance.

Sous un ciel comme chauffé à blanc, la campagne se tenait immobile. Les troupeaux somnolaient dans les pâtures à la fraîcheur parcimonieuse des bosquets, les oiseaux se taisaient, nul souffle ne faisait bruisser les ramures. Dans l'air vitrifié qui palpitait, seules les stridulations des grillons, ou le vrombissement soudain d'un frelon, rayaient le silence accablé. Les amants joutèrent longuement de leurs corps nus, soûls de chaleur et des odeurs d'herbes sèches, enivrés de leur liberté retrouvée. Isabelle, faisant fi de ses pudeurs, avait à présent des audaces amoureuses, osait des caresses qui laissaient le capitaine brisé d'amour. Dans cet univers écrasé de soleil, ils étaient vivants, seuls au monde, et rien n'existait plus en dehors de cet assouvissement d'eux-mêmes.

Alors qu'ils se reposaient de leurs ébats, les préoccupations d'Isabelle la reprirent : elle ne pouvait oublier longtemps la conjuration, le roi, la grande armée, son destin qui se jouait en ce moment.

— Que crois-tu, gentil Bourdon ? Le duc de Gueldre livrera-t-il bataille ? murmura-t-elle à son amant qui semblait dormir, allongé auprès d'elle.

Sans ouvrir les yeux, le sire de Graville lui répondit d'une voix lente et rauque :

— Il le voudrait mais il ne le pourra, son armée ne compte que six mille soldats... que peuvent-ils faire à un contre quinze ?

— Ainsi, ce voyage d'Alemanie est inutile ?

— Absurde, même !

Bois-Bourdon se redressa d'un coup de reins et s'assit dans la paille. Isabelle ne put s'empêcher de se blottir contre son torse puissant, lubrifié de sueur. Il referma ses bras sur elle en l'embrassant tendrement sur le front.

— La chevalerie française elle-même, reprit-il, ne peut souhaiter l'affrontement, elle sortirait déshonorée de ce combat inégal. Quelques troupes auraient suffi à assurer la protection du duché de Brabant.

— Alors, que va-t-il se passer ?

— Rien, Guillaume l'Argenté se soumettra, et l'armée du roi n'aura plus qu'à s'en retourner sans coup férir.

— De tels débours pour une simple soumission ? Pourquoi donc le duc de Bourgogne tenait tant à ce déploiement de forces outrancier ?

— Bourgogne sait que le Saint Empire s'inquiète de son expansion en territoire germanique, expliqua le sire de Graville après un instant de réflexion. Le Hardi tient à manifester ostensiblement son hégémonie et sa souveraineté sur les Flandres. Il est le plus puissant prince d'Europe et se devait de le démontrer une bonne fois. Pour cela, il lui fallait toutes les forces du royaume de France derrière lui. Les petits princes allemands y regarderont à deux fois avant de le provoquer à l'avenir.

Isabelle laissa passer un silence, songeuse.

— Pourtant, il se pourrait malgré tout qu'il y ait la guerre. De Gueldre a fait alliance avec l'Angleterre qui pourrait intervenir.

— L'Anglais ne bougera pas, affirma Bois-Bourdon sans hésiter. Le duc de Lancastre est en conflit avec la Castille où il se trouve présentement avec l'ost des Léopards.

*
* *

Le sénéchal du Berry ne se trompait en rien.

L'oriflamme de Saint-Denis, qui avançait inexorablement, finit par affoler Guillaume l'Argenté. Il en appela à l'Angleterre qui fit la sourde oreille. Pourtant, il s'entêta, présumant d'un autre allié, le temps. « Les eaux, le froid et les pluies guerroient pour moi. Les Français arriveront si lassés qu'ils n'auront que le désir de s'en retourner promptement avant que la mauvaise saison ne soit venue, afin d'être en leur hôtel pour y passer l'hiver », prétendait-il, et avec raison.

L'ost royal arriva fin septembre, épuisé et démoralisé, au marquisat de Juliers qui n'était autre que l'État du propre père de Guillaume de Gueldre. Ce dernier vit d'un très mauvais œil s'installer sur ses terres cette multitude vorace, telle une invasion de sauterelles. Très fâché contre la folie de son fils, le marquis fit savoir à ce dernier qu'il le déshéritait, à moins qu'il ne demande pardon au roi de France.

Alors enfin, sous la double pression des menaces de son père et de l'immense armée, le duc de Gueldre céda ; il accourut de Nimègue, sa capitale, et demanda audience à Charles VI.

Celui-ci le reçut sous sa tente où Guillaume fit son entrée, toujours aussi étincelant. À genoux devant le roi, il lui jura que ses clercs avaient trahi ses propos et qu'il n'avait jamais été dans ses intentions de l'offenser. Charles se contenta d'une vague soumission où le duc de Gueldre s'engageait à ne plus ennuyer la duchesse de Brabant et qu'à l'avenir, s'il provoquait la France et lui déclarait la guerre, il l'en avertirait... un an à l'avance.

L'on festoya ensuite en bonne amitié, et il ne fut jamais question de ce défi soi-disant envoyé par le souverain. L'Argenté ne voulait en aucun cas contrarier les bonnes dispositions de son hôte illustre, en lui faisant remarquer qu'en matière de provocation, c'est tout de même lui qui avait commencé le premier. Bourgogne, somme toute, continuait à bien s'en sortir.

Et l'oriflamme de Saint-Denis n'eut plus qu'à s'en retourner, un retour qui ressembla cette fois à une débâcle.

Encore une fois, Philippe le Hardi en traça l'itinéraire. Au lieu de prendre tout droit par la plaine à travers le Brabant et le Hainaut, l'armée française crocheta à nouveau par les Ardennes et le Luxembourg. Encore une fois, le connétable Olivier de Clisson approuva avec complaisance et laissa faire.

Le ciel avait ouvert ses vannes d'automne, il tombait à présent des trombes d'eau. Les rivières ardennaises s'étaient gonflées, torrentueuses, il fallut construire des radeaux. La plus grande partie du bagage s'embourba et se perdit, comme la vaisselle d'or de Charles VI qui fut emportée par les flots, et des centaines d'hommes et de chevaux se noyèrent dans la Meuse. Et pour comble, des bandes de mercenaires germaniques ne cessaient de harceler la grande armée, enlevant pour rançon les chevaliers qui s'écartaient ou s'attardaient.

Après une étape des plus exténuantes dans la boue des Ardennes, le roi, épuisé lui-même, fit halte dans un castelet où le seigneur des lieux le reçut courtoisement, avec ses princes et officiers. C'est avec soulagement qu'ils purent s'y défaire de leur crasse, s'y restaurer, s'y réchauffer aux cheminées, et dormir enfin au sec dans des lits ou sur des paillasses après maints bivouacs sous une pluie incessante.

C'est alors qu'il fut jugé que le moral du roi était assez bas pour mettre en œuvre la mystification si bien imaginée par Isabelle, et que la présence de Pierre de Foissy aurait pu faire manquer. Le cardinal de Laon en était l'interprète capital.

Cette nuit-là, donc, le souverain reposait dans la meilleure chambre du manoir ardennais, en compagnie de son grand chambellan Guillaume de Chastel. L'aube n'était pas loin.

Des chants liturgiques s'élevèrent soudain. Ils étaient si faibles qu'ils semblaient venir de cet horizon lointain qui tremblait au soleil levant. Ils s'enflèrent et approchèrent, si bien que le roi s'éveilla.

Les chants étaient derrière la porte. Charles VI voulut se lever, mais Guillaume de Chastel, qui était du complot, l'en empêcha.

— Restez sur votre lit, gentil sire, et n'en bougez surtout point. Je crois à quelque merveille.

Les chants se turent et l'on toqua derrière la porte.

— Qui demandez-vous ? dit le grand chambellan avec emphase.

— Le roi ! lui fut-il répondu.

— Qui demandez-vous ? répéta Chastel.

— Le roi !

— Qui demandez-vous ?

— Le roi !

Ainsi fut-il demandé trois fois. C'est par ce même cérémonial que l'on était venu le chercher au matin de son sacre.

Guillaume du Chastel ouvrit alors la porte donnant dans un corridor où se tenait le cardinal de Laon, revêtu somptueusement de tous les signes sacerdotaux, entouré de nombreux chantres. Dans un silence impressionnant, Pierre Aycelin de

Montaigu entra, s'approcha du lit, et salua le roi par cette prière :

— Dieu tout-puissant et éternel, qui avez élevé à la royauté Votre serviteur Charles, accordez-lui de procurer le bien de ses sujets dans le cours de son règne, et de ne jamais s'écarter des sentiers de la justice et de la vérité. Par Notre-Seigneur !

Puis il lui tendit la main. Charles la prit et sortit de son lit, le visage hébété : c'était par cette même prière qu'il avait été levé au matin de son sacre.

— Que veut dire ceci, Éminence ?

— Un prodige, Majesté. Cette nuit, un ange m'a visité en songe sur le commandement de Dieu, et m'a ordonné de vous éveiller ainsi qu'au matin de votre bienheureux sacre, afin qu'il vous souvienne que vous êtes roi de France, l'oint du Seigneur en neuf endroits de votre corps.

— L'aurais-je oublié ? s'émut le roi.

— Après votre couronnement en la cathédrale de Reims, vous fûtes pris à nouveau par la main et conduit jusqu'au trône, poursuivit le cardinal de Laon. Et il vous fut dit : « Demeure là, maintiens-toi dans la place qui t'a été transmise par droit d'héritage, par l'autorité de Dieu tout-puissant. Que le Seigneur soit avec toi ! »

Charles pleurait. Il était un enfant lorsqu'il avait entendu ces mots.

— Que me veut votre ange, Éminence ?

— Que vous occupiez le trône qui vous a été donné de droit divin, et que vous en chassiez ceux qui l'usurpent.

— Dites à votre ange, s'il vous visite à nouveau, qu'il en sera fait ainsi.

— Il commande aussi que vous preniez reine.

— N'en ai-je pas ? répondit Charles, complètement perdu.

— Devant Dieu, madame Isabelle est votre épouse. Et selon Dieu, elle ne sera reine qu'ointe des saintes huiles.

— Elle le sera, répondit Charles, très impressionné.

*
* *

Après vingt longs jours encore d'un cheminement harassant, l'armée royale arriva en Champagne à la veille de la Toussaint.

Ce fut un spectacle lamentable. Pour la première fois, les princes se firent huer par le peuple, surexcité par des agents de Montjoie Isabelle restés en France pour y attiser le mécontentement et la révolte. Il y eut même des cris contre le roi, Charles, dit le Bien-Aimé.

Pour le duc de Bourgogne, un ange était passé, et son crédit venait définitivement de s'enliser dans la boue des Ardennes.

*
* *

Blessé profondément par cette hostilité, le souverain ne désira pas entrer immédiatement à Paris. Il commanda qu'on y fît quérir la reine, et convoqua son Conseil élargi en sa bonne ville de Reims. Puis il passa trois jours en oraisons, au bout desquels il retrouva sa sérénité, et c'est avec transport qu'il accueillit Isabelle.

La princesse de Bavière, qui connaissait l'étendue du désastre, avait craint de le trouver abattu. Elle fut heureuse de le voir dans une exaltation joyeuse.

— Madame, lui dit-il, j'ai grand prodige à vous compter.

Il lui narra le songe inspiré du cardinal de Laon, dont elle était l'instigatrice ; puis l'emmena à la cathédrale de Reims pour remercier et louer le Seigneur.

Comme il se trouvait sur le parvis qui avait vu son sacre, Charles VI retrouva avec émotion l'accueil de l'*Ange au sourire* du grand portail. Il y vit encore la confirmation divine de sa mission. Il fit alors signe à ses courtisans de se tenir à l'écart, et prit la main d'Isabelle.

— Vous souvenez-vous, ma mie, d'un même portail, celui de la cathédrale d'Amiens, devant lequel je vous ai promis ma foi ?

— Je m'en souviens, gentil sire, lui répondit-elle avec douceur.

— N'ai-je point encore là trahi mon serment, comme celui de mon couronnement ?

— N'y songez plus, je ne veux plus m'en souvenir, le rassura-t-elle, comprenant qu'il avait fait allusion à leur terrible nuit de noces.

— M'avez-vous accordé total pardon ?

En réponse, Isabelle posa doucement ses lèvres sur celle de son époux. Charles en fut éperdu.

— M'aimez-vous donc, madame ?

— Oui, doux sire, sans mentir.

Et la reine ne mentait pas, sa tendresse était de l'amour. C'est alors que le roi lui fit la même question qu'elle avait elle-même posée un jour à Jean la Grâce.

— Croyez-vous que l'on puisse aimer deux personnes à la fois ?

— Et même plus, l'amour ne se divise pas, il se multiplie ; sinon comment Dieu ferait-Il pour aimer toutes Ses créatures ? Il n'en resterait que bien petitement pour chacune, dit-elle en lui répétant mot pour mot la réponse de son chapelain.

Comme le roi voulait se confier plus avant, elle posa sa main sur sa bouche.

— Gardez le secret de votre cœur, seigneur mon époux, il est si vaste que je ne puis y rester seule, et consens volontiers à le partager.

— Ainsi, vous saviez...

Les larmes aux yeux, il la pressa contre lui avec reconnaissance. Isabelle songea à sa passion pour Bois-Bourdon, et combien il aurait été doux de pouvoir s'en confier, afin de vivre, elle aussi, sans mensonge.

*
* *

Le 3 novembre 1388, surlendemain de la Toussaint, il y avait foule dans la grand-salle du palais épiscopal. Toutes les têtes politiques, les grands barons, et les princes de sang se trouvaient à Reims, entre autres les oncles et cousins de Bourgogne ou de Berry, Jean de Vienne, Olivier de Clisson et tous les chefs militaires, sans compter les grands officiers de la Couronne. Même les anciens conseillers de Charles V se trouvaient présents : les Marmousets. Philippe le Hardi ne manqua pas de les remarquer, une sourde inquiétude se mit à le tarauder, lui-même ignorait les raisons de cette réunion extraordinaire.

Le palais bruissait de rumeurs : si certains s'interrogeaient comme le duc de Bourgogne, d'autres espéraient l'événement pour lequel ils avaient tant comploté.

Enfin les buccins sonnèrent. Le roi et la reine firent leur entrée, et tous s'inclinèrent profondément.

Charles VI était somptueux, vêtu de la robe, de la dalmatique et du manteau royal de couleur écarlate, brochés d'or et de pierreries, un diadème posé sur ses cheveux blonds. Il dominait la noble assemblée sous un dais de parade d'azur fleurdélisé. Il émanait de lui une sorte de nouvelle virilité tout impériale. La reine se tenait noblement près de lui, vêtue d'un ample pelisson vert herbeux, la couleur du roi, surbrodé aux fleurs de lys. Sa coiffure à cornettes entrelacées de vagues de perles lui donnait une hauteur régalienne. Un léger sourire animait son visage.

Le roi la fit asseoir, puis il étendit la main. Les buccins se turent, et les gens de Cour se relevèrent. Le héraut interpella le Grand Conseil :

— Oyez, oyez, oyez ! Le roi va parler !

Charles prit son temps, tous étaient suspendus à son souffle.

— Par le Dieu tout-puissant, commença-t-il d'une voix lente et bien posée, qui nous a fait roi de droit divin, nous remercions le Seigneur de nous avoir gardé, d'enfance jusqu'à ce jour, en ma vingtième année, huitième année de mon règne. Nous tenons à saisir sans plus tarder cette noble assemblée et de faire ouïr combien nous avons de contentement au cœur, et d'obligations et d'éloges aux chevaliers et aux écuyers pour les fatigues qu'ils ont endurées. Nous saurons leur prodiguer, d'une main généreuse, les marques de notre reconnaissance.

Il prit un temps, parcourant l'auditoire du regard, puis ajouta :

— Nous supplions le vénérable cardinal de Laon, aux illustres aïeux, renommé pour sa probité et son éloquence, de bien vouloir suppléer à ma parole.

Et le roi prit place sur son trône, raide et impérieux. Pierre Aycelin de Montaigu se leva dans le silence, le visage grave.

— Je voudrais, illustres seigneurs, entonna-t-il d'un ton emphatique, avoir reçu en partage le génie de Cicéron pour faire passer dans vos esprits les sentiments qui m'animent.

Et il prit un temps. Sentant que le discours allait être long, chacun se prépara à l'écouter avec patience. Michel Pintouin, religieux à Saint-Denis, assis à l'écart sur le rebord du socle d'une statue, s'apprêta à retranscrire mot à mot, pour sa chronique, de si longues et singulières exhortations. En effet, ce fut long. Après s'être étendu sur ses propres insuffisances, il parla de l'honneur du roi et du royaume en passant par les circonvolutions d'exemples bibliques, citant des passages des Saintes Écritures, s'égarant chez les Troyens, pour en arriver jusqu'au règne du sérénissime roi ici présent, légitime héritier du trône.

— Je puis dire sans flatterie qu'il est digne d'un tel honneur. En effet, nous voyons briller en lui tant de qualités naturelles. Les vertus de son jeune cœur, dignes de sa haute naissance, exhalent un si doux parfum. Il semble déjà suivre de si près les traces de ses aïeux et de son père, que l'on reconnaît en lui la majesté royale à l'air de dignité répandu sur toute sa personne.

Il continua ainsi à énumérer les qualités du prince, et elles étaient inépuisables. Enfin, il en vint là où il voulait.

— Or, puisqu'il ne lui manque rien de ce qui convient à la majesté royale, je déclare, en vertu du serment de fidélité qui me lie envers lui, qu'il n'a plus désormais besoin de tuteurs…

Un frémissement passa sur l'assemblée. Le cardinal haussa le ton au fur et à mesure que la houle s'enflait.

— … et qu'il doit diriger par lui-même les affaires du dedans et du dehors. J'engage le Conseil à reconnaître cette mesure comme utile et salutaire…

Il finit, criant par-dessus le tumulte :

— … et à approuver avant de passer outre !

Il se rassit avec componction dans un hourvari qui fit trembler les fenêtres à meneaux des grandes croisées.

Le duc de Bourgogne se leva, le visage congestionné. Il venait de réaliser combien il avait sous-estimé Montjoie Isabelle et combien ces freluquets lui avaient masqué les réels acteurs du complot : les Marmousets. Cependant, il ne se tenait pas encore pour battu ; il étendit les bras pour obtenir le calme, et attaqua de sa voix de tribun :

— Je ne puis croire que cela vienne du roi mon neveu, mais de certains vieux conseillers revanchards et de quelques jeunes courtisans, des factieux, qui n'écoutent que leurs ambitions et ne cherchent qu'à se faire enrichir par la magnificence royale.

Ces propos furent accueillis par un véritable chahut. Alors Charles VI se leva, impressionnant de noblesse. Chacun fit silence, suspendu à ses lèvres : quel parti allait prendre le roi dont les atermoiements étaient connus de tous ?

— Nous approuvons et agréons tout ce qu'a dit Son Éminence le cardinal…

Il y eut comme un long soupir de soulagement qui fit frémir l'assemblée, suivi d'une rumeur qui grossissait. Le roi la fit taire aussitôt en haussant le ton.

— Cependant… nous ne voulons pas encourir le reproche d'ingratitude, et nous vous remercions, oncles bien-aimés, avec toute la reconnaissance que vous méritez, du tendre dévouement que vous nous avez montré en veillant sur notre personne depuis la mort de notre père, dont Dieu veuille avoir son âme. Dans l'adversité comme dans la prospérité, vous avez toujours été, pour nous, des conseillers fidèles et soumis. Nous désirons vous trouver encore tels désormais. S'il nous arrive que des ennemis attaquent notre royaume, nous vous prions de le secourir sans délai, comme vous le devez, et comme vous l'avez fait jusqu'ici.

Et le roi se rassit. L'assemblée alors explosa, approuvant à la quasi-unanimité dans un concert de « Vivat, vivat ! Vive le roi ! Noël, Noël ! »

Car c'était dit, les oncles étaient renvoyés.

C'est dans un tel tohu-bohu que Jean de Nevers fendit la foule à sa manière de taureau furieux, et bouscula sciemment au passage Louis d'Orléans qui triomphait à grands cris. Les deux cousins se défièrent un bref instant.

— À nous revoir, beau cousin ! lui souffla Nevers avec haine.

Et, sur cette menace, il quitta la salle en chahut.

Le duc de Berry se taisait, engoncé dans son triple menton, le regard sombre et résigné, tandis que son frère de Bourgogne se démenait toujours. Il finit par faire entendre sa voix de stentor :

— Je supplie mon royal neveu de délibérer plus mûrement là-dessus quand nous serons arrivés à Paris.

Le cardinal de Laon se leva à nouveau.

— Le Grand Conseil approuve la décision du roi ! clama-t-il.

Laon et Bourgogne s'assirent en même temps et échangèrent un regard. Dans celui de Philippe, il y avait une lueur de meurtre : le cardinal l'avait trahi, il était de la conjuration.

Charles VI se dressa encore, plus majestueux que jamais, et le silence revint.

— Nous remercions encore nos oncles des peines et travaux qu'ils ont eus de notre personne et des affaires de l'État. Qu'ils ne prennent à ce jour que la peine des affaires de leurs apanages.

C'était crûment dit.

Le roi fit signe à son héraut : les buccins sonnèrent alors que le roi tendait le poing à la reine. Elle y posa sa main et se leva lentement. Le héraut annonça :

— Oyez, oyez, oyez ! Et soyez heureux, Sa Majesté royale annonce le sacre prochain de notre bien-aimée souveraine Isabelle qui sera couronnée en grande pompe à une date qui sera criée par tout le royaume !

Les époux royaux se retirèrent, tandis qu'éclataient des « Vive le roi ! » et « Vive la reine ! » dans une envolée de chaperons.

*
* *

« Avant que le roi n'eût quitté la ville de Reims, le cardinal de Laon fut atteint d'une maladie grave et rendit le dernier soupir. Le Seigneur le délivra ainsi de la fureur et de la haine implacable des oncles du roi. On croit généralement qu'il mourut empoisonné. On assure aussi que, dans ses derniers moments, voyant que l'on se disposait à traîner le coupable en prison, il s'y opposa de la voix et du geste, demanda instamment qu'on ne le condamnât pas à mort, et que pour le repos de son âme, on fît grâce entièrement au criminel. Ce fut dans ces sentiments qu'il entra dans la voie de toute chair », écrivit peu après le religieux de Saint-Denis dans la solitude de sa cellule.

Dans sa chronique, il se garda de révéler le nom du coupable, respectant ainsi les vœux du mourant. Personne ne put jamais apprendre s'il s'agissait d'un sicaire de Bourgogne ou du duc de Berry. Isabelle, elle-même, ne sut ni voulut savoir si l'exécutant était messire de Bois-Bourdon, seigneur de Graville, naguère si gravement offensé par Pierre Aycelin de Montaigu, cardinal de Laon.

*
* *

C'est une châsse qu'avait voulue Saint Louis comme sanctuaire et tabernacle à la plus fabuleuse de ses reliques, la couronne d'épines du Christ, et c'est une châsse qu'on lui donna.

La Sainte-Chapelle.

Sveltes piliers, grâce aérienne de ses voûtes d'azur étoilé d'or qui se fondent dans l'envolée de son éclatante verrière flambante de sa dominante pourpre, comme si, en place de pierres et de vitraux, l'abside de la Sainte-Chapelle était tout entière faite de filigrane d'or et de pierreries que la lumière fait chatoyer.

Et c'est en cette châsse que Charles VI voulut la reine Isabelle pour son sacre.

Elle s'y tient haut sur un piédestal à tapisserie d'or, et tout le monde la voit.

Elle regarde droit, portant sur ses épaules une lourde houppelande de velours violet diapré, le manteau royal : l'Englobant célestiel. Elle est l'ointe du Seigneur aux huiles sanctifiées, à la tête et à la poitrine. Elle porte à l'annulaire l'anneau d'alliance avec son peuple, la main de Justice à la main gauche, le sceptre au lys de France à la main droite. La couronne repose sur ses cheveux tombants. Elle est d'une beauté qui ne peut qu'être éternelle. En ce jour glorieux, elle est La Beauté.

L'archevêque ôte sa mitre, la salue profondément, lui donne le baiser de paix et crie avec force :

— Qu'elle vive pour l'éternité !

L'assemblée répond, profondément vibrante :

— Qu'elle vive pour l'éternité !

Le *Te Deum* éclate, et c'est le lâcher de colombes.

Isabelle Wittelsbach Visconti d'Ingolstad, princesse de Bavière, est reine de France par la grâce de Dieu.

Elle suit des yeux l'envol des oiseaux affolés qui cherchent leur liberté dans la luminosité des bleus saphir et indigo, des jaunes bistrés, des verts limpides, des rouges jaspés ou mordorés qui enluminent l'immense verrière.

Un duvet comme gros flocon de neige s'échappe de la gorge d'une colombe, et volette paresseusement sous la nef.

Isabelle songe à la plume Insouciance de Philippe de Mézières.

La route qui menait à son élévation fut longue et impitoyable, depuis celle, ensoleillée, qui menait au pèlerinage de Saint-Jean d'Amiens, où un aveugle en haillons lui avait prédit : « Je vois une couronne sur tes cheveux, Basileia, tes larmes se feront larmes de sang. »

— Ainsi, tout est dit, Zizka ?

— Non Basileia. Rien… n'est encore dit.

Le flocon de duvet immaculé se pose, comme une caresse, sur la gorge de la reine.

Remerciements

à Jean Brasier et à sa fondation littéraire.

Index des personnages

ANJOU Louis, duc de : mort à Bari, en Italie en 1384, oncle de Charles VI et de Louis d'Orléans, deuxième fils du roi de France Jean le Bon, aîné des princes des Fleurs de lys.

ARÉGONDE (née en 1353) : dame maîtresse. Accoucheuse et avorteuse.

BAVIÈRE Étienne III d'Ingolstad Wittelsbach, duc de (mort en 1413) : père d'Isabelle, époux de Thadée Visconti.

BAVIÈRE Frédéric, duc de : frère cadet d'Étienne de Bavière, oncle de la princesse Isabelle de Bavière.

BAVIÈRE Isabelle Wittelsbach Visconti d'Ingolstad, princesse de (née fin 1371-1435) : fille d'Étienne de Bavière et de Thadée Visconti, épouse Charles VI en 1385.

BAVIÈRE Louis, duc de, dit le Barbu (né vers 1369) : frère aîné d'Isabelle.

BERRY Jean, duc de, dit le Camus (1340-1416) : prince des Fleurs de lys, oncle paternel de Charles VI et de Louis d'Orléans.

BOIS-BOURDON Louis de (1365-1417) : sénéchal du Berry, seigneur de Graville, favori de Charles VI, grand ordonnateur des menus plaisirs du roi, puis capitaine de la garde personnelle de la reine.

BOURGOGNE Marguerite, duchesse de, comtesse de Flandre (1350-1405) : fille de Louis de Maele,

comte de Flandre, épouse du duc de Bourgogne, Philippe le Hardi.

BOURGOGNE Philippe, duc de, dit Philippe le Hardi (1342-1404) : prince des Fleurs de lys, quatrième fils du roi Jean II le Bon, époux de Marguerite de Flandre.

BRABANT Jeanne, duchesse de (née en 1339) : tante de Marguerite de Flandre, duchesse de Bourgogne.

BRETAGNE, Jean IV de Montfort, duc de : épouse en troisièmes noces Jeanne de Navarre en 1386.

BUREAU DE LA RIVIÈRE (né vers 1329-1400) : ancien conseiller de Charles V, le gouvernement des Marmousets.

CAMPREMY, Morel de (vers 1346-1402) : épouse Catherine de Fastavavin en 1388.

CAPUCINE (né vers 1357) : nain, fou du duc d'Orléans.

CATHERINE DE FRANCE (1378-1386) : dernière fille de Charles V.

CHARLES V LE SAGE, roi de France (Vincennes, 21 janvier 1338-Beauté-sur-Marne, 16 septembre 1380) : fils aîné du roi Jean II le Bon, père de Charles VI, Louis d'Orléans et Catherine de France.

CHARLES VI LE BIEN-AIMÉ, roi de France (1368-1422) : fils aîné de Charles V et de Jeanne de Bourbon, couronné en 1380 à douze ans, il épouse Isabelle de Bavière en 1385.

CHASTEL Guillaume du (né vers 1364) : chambellan du roi, Plaisants Cousins du roi.

CLISSON Olivier de, dit le Boucher borgne (1336-1407) : connétable de France, baron breton.

COURTEMAY Adémard de (né vers 1366-1385) : chevalier, ami de cœur de Catherine de Fastavavin.

CRAON Pierre de, seigneur de Sablé (né vers 1345) : baron breton, cousin éloigné du duc de Bretagne, Jean IV de Montfort, favori de Louis d'Orléans.

FASTAVAVIN Catherine de (née vers 1370-1401) : Bavaroise, compagne d'enfance puis chambellane de la reine, veuve du sire de Fastavavin, amie de cœur d'Adémard de Courtemay, épouse Morel de Campremy en 1388.

FÉNIN Pierre de (né vers 1369) : écuyer et panetier du roi, Plaisants cousins du roi.

FOISSY Pierre de (né vers 1357) : chapelain et confesseur du roi.

GUELDRE Guillaume, duc de (né vers 1353), dit l'Argenté : amant de la duchesse de Brabant.

GUISAY Huguet de (né vers 1366-Bal des Ardents, 1393) : chevalier, Plaisants cousins du roi.

JEAN LA GRÂCE (né vers 1351-1395) : chapelain et confesseur d'Isabelle de Bavière.

JOIGNY Milon, comte de (né vers 1367-Bal des Ardents, 1393) : Plaisants Cousins du roi.

LANCASTRE duc de (1340-1399) : oncle du roi d'Angleterre Richard II de Plantagenêt.

LAON cardinal de, Pierre Aycelin de Montaigu (né vers 1347-1388) : précepteur, confesseur et confident de Louis d'Orléans, conseiller de Charles VI.

LESCART Yvain de (né vers 1367-Bal des Ardents, 1393) : fils bâtard de Gaston Phébus, comte de Foix, Plaisants cousins du roi.

MÉZIÈRES Philippe de (vers 1327-1405) : érudit, ancien conseiller de Charles V, précepteur du futur Charles VI, puis d'Isabelle de Bavière.

MONTPENSIER Jean, comte de (1363-1401) : fils de Jean de Berry, épouse Catherine de France en 1386.

NANTOUILLET Ogier (vers 1367) : Plaisants cousins du roi.

NAVARRE Charles II le Mauvais, roi de (1322-1387) : fils du comte d'Évreux (neveu de Philippe le Bel), et de Jeanne de France (unique descendante de Louis le Hutin, fils aîné de Philippe le Bel). Il est le prince qui a le plus de sang capétien, mais par les femmes. La loi salique l'exclut du trône de France.

NAVARRE Jeanne de (1370-1437) : fille de Charles le Mauvais, épouse Jean de Montfort, duc de Bretagne en 1386.

NEVERS Jean, comte de (Dijon, 28 mai 1371-Montereau, 1419) : fils aîné de Philippe le Hardi et de la duchesse de Bourgogne, cousin germain de Charles VI, futur duc de Bourgogne sous le nom de Jean sans Peur.

ORLÉANS Louis, duc de (1372-1407) : comte de Valois et de Beaumont, duc de Touraine (1386) et enfin duc d'Orléans (1392), second fils de Charles V, frère cadet de Charles VI.

OZANNE LA BÂTARDE, dite de Louvain (vers 1368-vers 1425) : pupille de Jeanne de Brabant, fille naturelle de Wenceslas de Luxembourg, dame d'honneur d'Isabelle de Bavière.

PASCAL LE PEINEUX (né vers 1355) : écuyer de Bois-Bourdon et son homme de main.

POITIERS Aymeri de (né vers 1367-Bal des Ardents, 1393) : chevalier, Plaisants cousins du roi.

RICHARD II DE PLANTAGENÊT (1367-1400) : roi d'Angleterre, fils du Prince Noir. Il monte sur le trône en 1377 à dix ans. Comme Charles VI, il est soumis à la tutelle de ses oncles.

SAVOISY Charles de (né vers 1368) : Plaisants cousins du roi.

VIENNE Jean de (né vers 1353-Nicopolis 1396) : grand amiral de France.

VISCONTI Valentine (vers 1366-1408) : fille de Jean Galéas et d'Isabelle de France, cousine germaine de Charles VI et de Louis par sa mère, et d'Isabelle de Bavière par son père, épouse Louis d'Orléans en 1388.

Principaux ouvrages consultés

Œuvres d'époque :

Chronique du religieux de Saint-Denys, attribuée à Michel Pintouin (1380-1422), traduit du latin par M.L. Bellaguet (1842), CTHS, 1994.

Chroniques, Jean Froissart (v. 1339-1400), Stock, 1997.

Le Grand Albert des secrets, Albert le Grand (v.1200-v.1280), réédité à partir du XIXe siècle sous le titre : *Les Admirables Secrets de magie naturelle du Grand-Albert et du Petit-Albert,* Albin Michel, 1996.

Journal d'un bourgeois de Paris (1405-1449), « Lettres gothiques », Le Livre de Poche, 1990.

La Légende dorée, Jacques de Voragine (v.1225-1298), GF-Flammarion, 1967.

Le Livre de la chasse, de Gaston Phébus, comte de Foix (XIVe siècle), Minerva, 1993.

Le Livre du jeu d'échecs, ou la société idéale, Jacques de Cessoles (XIIIe siècle), traduction de Jean-Michel Mehl, Stock, 1995.

Le Mesnagier de Paris (vers 1393), « Lettres gothiques », Le Livre de Poche, 1994.

Les Prières aux saints en français à la fin du Moyen Âge, Librairie Droz, 1983.

Le Roman de la Rose, Guillaume de Lorris et Jean de Meung, « Lettres gothiques », Le Livre de Poche, 1992.

Les Très Riches Heures du duc de Berry, des frères Paul, Jean et Herman de Limbourg et Jean Colombe, Seghers, 1988.

Ouvrages contemporains :

Le Château, la Chasse et la Forêt, les cahiers de Commarque, André Chastel, Sud-Ouest, 1990.

Le Cheval en France au Moyen Âge, Brigitte Prévot et Bernard Ribémont, Paradigme, 1994.

La Chevalerie et les Chevaliers brigands de la France au Moyen Âge, Thierry Ribaldone, Publitotal, 1981.

La Chronique de France et des Français, Jean Favier, Larousse, 1987.

La Chronique de l'humanité, collectif, Larousse, 1986.

Les Confréries médiévales dans le royaume de France, du XIIIe au XVe siècle, Catherine Vincent, Albin Michel, 1994.

Cuisine médiévale, Jeanne Bourin, Flammarion, 1998.

Démons et Génies du terroir au Moyen Âge, Claude Lecouteux, Imago, 1995.

Enfance et maternité dans la littérature française des XIIe et XIIIe siècles, Doris Desclais Berkvam, Librairie Honoré Champion, 1981.

L'Enfance au Moyen Âge, Pierre Riché et Danièle Alexandre-Bidon, Le Seuil – Bibliothèque nationale de France 1994.

La Femme au temps des cathédrales, Régine Pernoud, Stock, 1980.

Fêtes des fous et carnavals, Jacques Heers, « Pluriel », Hachette Littératures, 1997.

Fleurs, fêtes et saisons, Jean-Marie Pelt, Fayard, 1988.

La France médiévale, Jean Favier, Fayard, 1992.

La Guerre de Cent Ans, Jean Favier, Fayard, 1983.

La Guerre de Cent Ans vue par ceux qui l'ont vécue, Michel Mollat du Jourdin, « Points », Le Seuil, 1992.

Histoire de la France et des Français au jour le jour, André Castelot et Alain Decaux, Librairie Académique Perrin & Larousse, tomes 2 et 3, 1979.

Histoire du Moyen Âge français, Laurent Theis, Complexe, 1995.

Histoire de la pudeur, Jean-Claude Bologne, « Pluriel », Hachette Littératures, 1997.

Histoire religieuse de l'Occident médiéval, Jean Chélini, « Pluriel », Hachette, 1991.

Les Loisirs au Moyen Âge, Jean Verdon, Tallandier, 1980.

Les Marginaux parisiens, aux XIVe et XVe siècles, Bronislaw Geremek, « Champs », Flammarion, 1991.

Monstres, démons et merveilles à la fin du Moyen Âge, Claude Kappler, Payot, 1988.

Le Moyen Âge, Jules Michelet, « Bouquins », Robert Laffont, 1992.

Naître au Moyen Âge, Sylvie Laurent, Le Léopard d'or, 1989.

Les Nains et les Elfes au Moyen Âge, Claude Lecouteux, Imago, 1997.

Nouvelle Histoire de France, tomes 8 (1328-1422) & 9 (1422-1483), NHF, 1966.

La Nuit au Moyen Âge, Jean Verdon, Perrin, 1993.

Parades et parures. L'invention du corps de mode à la fin du Moyen Âge, Odile Blanc, Gallimard, 1997.

Le Plaisir au Moyen Âge, Jean Verdon, Perrin, 1996.

Pouvoirs et Magies des plantes, Hettie Henriette Védrine, Éditions De Vecchi, 1993.

Les Procès d'animaux, Michel Rousseau, Éditions Wesmael-Charlier, 1964.

Les Rois thaumaturges, Marc Bloch, NRF, Gallimard, 1993.

La Rose et la Mandragore, plantes et jardins médiévaux, Jeanne Bourin, Éditions François Bourin, 1990.

La Rue au Moyen Âge, Jean-Pierre Leguay, Éditions Ouest-France, 1984.

Sacres et Couronnements royaux, Jean-Pierre Bayard, Guy Trédaniel, 1984.

La Selle et le Costume de l'amazone à travers les âges, Evelyne de Faucompret, Caracole, Favre, 1990.

Le Service des âmes à la cour, confesseurs et aumôniers des rois de France du XIIIe au XVe siècle, Xavier de la Salle, École des Chartes, 1994.

Le Théâtre des exclus au Moyen Age, Jelle Koopmans, Imago, 1997.

La Vie quotidienne pendant la guerre de Cent Ans, France et Angleterre, Philippe Contamine, Hachette, 1989.

La Vie quotidienne des religieux au Moyen Age, Léo Moulin, Hachette, 1990.

Sur Charles VI :

Charles VI, Françoise Autrand, Fayard, 1992.

Les rois qui ont fait la France, Charles VI, Georges Bordonove, Pygmalion, 2006.

Rois fous et sages, Anne Denieul, Librairie Académique Perrin, 1974.

Le Bal des Ardents, Charles VI, Pierre Gascar, Gallimard, 1977.

Le Roi empoisonné, Charles VI, Dr Jean-Claude Lemaire, SPL, 1977.

Sur Isabeau de Bavière :

Histoire des reines de France, Isabeau de Bavière, Philipe Delorme, 2003.

Les Reines de France, Paule Lejeune, Vernal-Lebaud, 1989.

Isabeau de Bavière, Jean Markale, Payot, 1982.
Isabeau de Bavière, Inès Nollier, Le Rocher, 1996.
Histoire secrète d'Isabelle de Bavière, Marquis de Sade, Gallimard, 1953.

Sur la cour de Bourgogne :

Les Grands Ducs de Bourgogne, Joseph Calmette, Albin Michel, 1979.
Splendeurs de la cour de Bourgogne, récits et chroniques, « Bouquins », Robert Laffont, 1995.

Autres biographies :

Olivier de Clisson, connétable ou chef de parti breton ? Yvonig Gicquel, Bibliothèque Celtique, 1981.
Christine de Pisan, Régine Pernoud, Calmann-Lévy, 1982.

Dictionnaires, encyclopédies :

L'Art du Moyen Âge, France Dupuis, Edita, 1996.
Dictionnaire amoureux de la chasse, Dominique Venner, Plon, 2000.
Dictionnaire de l'ancien français, le Moyen Âge, Larousse, 1994.
Dictionnaire étymologique et historique du français, Larousse, 1994.
Dictionnaire de la France médiévale, Jean Favier, Fayard, 1993.
Les Dynasties d'Europe, Héraldique et généalogie des familles impériales et royales, Jiri Louda et Michael Maclagan, Bordas, 1984.
Encyclopédie médiévale, Viollet-le-Duc, Inter-Livres, 1993.
La France médiévale : romantisme et renouveau, Jacques Tealdi, Publitotal, 1980.

Histoire de la vie privée, de l'Europe féodale à la Renaissance, sous la direction de Philippe Ariès et Georges Duby, Le Seuil, 1985.
Paris à travers les âges, Hoffbauer, Inter-Livres, 1875.
Le Petit Mourre, Bordas, 1994.

Table

III. Montjoie Isabelle

9120

Composition
NORD COMPO

Achevé d'imprimer en Espagne
par ROSES
le 13 décembre 2009.

Dépôt légal décembre 2009.
EAN 9782290013465

ÉDITIONS J'AI LU
87, quai Panhard-et-Levassor, 75013 Paris

Diffusion France et étranger : Flammarion